UN TALLO
PLATEADO Y ROTO

SARAH A. PARKER

UN TALLO PLATEADO Y ROTO

Traducción de
Xavier Beltrán

PLAZA JANÉS

Papel certificado por el Forest Stewardship Council®

MIXTO
Papel | Apoyando la
silvicultura responsable
FSC
www.fsc.org   FSC® C117695

Penguin
Random House
Grupo Editorial

Título original: *To Snap a Silver Stem*
Primera edición: julio de 2024

© 2022, Sarah A. Parker
Derechos de traducción acordados con Taryn Fagerness Agency
y Sandra Bruna Agencia Literaria, SL
Todos los derechos reservados
© 2024, Penguin Random House Grupo Editorial, S. A. U.
Travessera de Gràcia, 47-49, Barcelona 08021
© 2024, Xavier Beltrán Palomino, por la traducción

Printed in Spain – Impreso en España

ISBN: 978-84-01-03205-9
Depósito legal: B-9134-2024

Compuesto en Comptex & Ass., S. L.

Impreso en Liberdúplex,
Sant Llorenç d'Hortons (Barcelona)

L032059

Para todas aquellas personas
que ocultan sus pedazos rotos

GLOSARIO

El Tallo Pétreo: la torre de Orlaith.

La Bahía Mordida: la bahía a los pies del acantilado que hay debajo del Castillo Negro.

La Línea de Seguridad: la línea que Orlaith no ha cruzado desde que la llevaron al Castillo Negro cuando era pequeña. Rodea la propiedad, hace de linde del bosque y atraviesa la bahía.

La Maraña: el laberinto de pasillos abandonados que se encuentra en el corazón del castillo y que Orlaith aprovecha para ir de un lado a otro de una forma más rápida. Por lo general, no tienen ventanas.

El Brote: el invernadero.

Zonas oscuras: lugares que Orlaith todavía no ha explorado.

La Guarida: los aposentos privados de Rhordyn.

El Dominio: las enormes puertas pulidas custodiadas por Jasken. Es una de las zonas oscuras de Orlaith.

El Tablón: el árbol que se desplomó sobre el estanque de los selkies y que a menudo sirve de lugar para el entrenamiento de Orlaith.

El Lomo: la gigantesca biblioteca.

La Caja Fuerte: la puertecilla donde todas las noches Orlaith guarda su ofrenda.

Los Susurros: el pasillo oscuro y abandonado que Orlaith ha convertido en un mural.

La Tumba: el trastero donde Orlaith descubrió el libro *Te Bruk o'Avalanste*.

El Charco: la zona de baño comunitaria y manantial de aguas termales.

El Agujero Infernal: la sala donde Baze a menudo entrena a Orlaith.

Caspún: un bulbo extraño del que depende Orlaith para calmar los ataques que le producen las pesadillas y los ruidos fuertes.

Exo(trilo): la droga de contrabando que Orlaith toma por la mañana para contrarrestar los efectos de la excesiva dosis de caspún que ingiere para asegurarse un sueño plácido.

Cónclave: un encuentro en el que se reúnen los Maestros y las Maestras de todo el continente.

Tribunal: la reunión mensual en la que los ciudadanos pueden transmitir sus congojas a su Alto o Bajo Maestro.

Fryst: el territorio del norte.

Rouste: el territorio del este.

Bahari: el territorio del sur.

Ocruth: el territorio del oeste.

Arrin: el territorio central que quedó destruido durante la Gran Purga.

Lychnis: la isla de cristal.

Monte Ether: el hogar del profeta Maars.

Alpes de Reidlyn: las montañas que hacen de frontera entre Fryst, Ocruth y Rouste.

El Tramo: la extensión de tierra árida a los pies de los alpes de Reidlyn, que está atestada de trampas para vruks.

Parith: la capital de Bahari.

Río Norse: el río que fluye por el continente. Es la principal ruta comercial.

Punto Quoth: la única zona de la orilla occidental que no es un acantilado. En el pasado, allí se libraron peleas por los territorios.

La Gran Purga: el suceso que aniquiló a los Unseelie.

La Plaga: la enfermedad que se extiende por el continente.

Candescencia/candi: espinas aeshlianas molidas.

Droce: círculos rodeados de piedra de obsidiana esparcidos por el continente que ofrecen protección contra los vruks.

Te Bruk o'Avalanste: el *Libro de la creación*.

Valish: el antiguo idioma.

Shulaks: grupo de fieles devotos que veneran las palabras del profeta talladas en las rocas del monte Ether.

Moal: la gente que dispone las trampas para los vruks en el Tramo.

Forja: el lugar donde se forjan las cuplas.

Mala: el más allá.

RHORDYN

Hace 18 años

Cruzado de brazos, contemplo la puerta cerrada con llave que se encuentra delante de la entrada de la torre norte, cuya superficie de piedra está iluminada por una rendija de luz plateada que se filtra por una ventana, un regalo de la luna mordida que no se alza demasiado en el cielo. Me pesa el bolsillo y apoyo la espalda en la abrupta pared mientras escucho cómo Mersi baja la escalera de caracol de la torre.

Sus pasos son lentos y mi paciencia escasa. Desde aquí huelo el contenido del cáliz que lleva en las manos.

Cierro los ojos y suelto un fuerte suspiro con los puños apretados a ambos lados. Trago saliva, inclino la cabeza hacia delante y luego la echo atrás para golpear la pared.

Con fuerza.

La punzada de dolor me atraviesa el cráneo, me traquetea el cerebro, y durante unos segundos estoy en cualquier parte menos aquí.

Solo por unos putos segundos.

Agacho la cabeza y la estampo de nuevo. Y otra vez.

Y otra.

—¿Alto Maestro?

Miro a la derecha. Veo a Mersi salir de la puerta de la torre, con la respiración acelerada y el delantal atado alrededor de la cintura y cubierto de un mosaico de manchas de comida. Se aden-

13

tra en el haz de luz, que prende su pelo rojizo; sus pecas contrastan con la palidez de su piel.

Se aclara la garganta y me tiende el cáliz de cristal.

—Supongo que ya podéis quitármelo, ¿verdad?

Me quedo mirando el líquido rojizo y me entran ganas de coger el cáliz y verterlo sobre el suelo.

Levanto la vista y detecto un brillo condescendiente en los ojos de ella.

—Por supuesto. —Para su alivio, se lo arrebato. El tallo resulta frágil en mi mano. Lo partiría con un solo apretón—. Gracias.

Una palabra que nunca había sonado tan vacía.

Mersi me dedica un breve asentimiento.

Meto una mano en el bolsillo y saco el colgante que Aravyn me dio segundos antes de que le arrebatara la vida; el cristal, que tiempo atrás era transparente y brillante, ahora se ve negro. Tanto que desprende una atracción cósmica, como si al observarlo fueras a ver tu propia inconsciencia sin fin.

He ensuciado el regalo de Aravyn a su hija, una vergonzosa culpa que siempre acarrearé. Aun así, lo levanto, con la cadena sujeta en el puño, y la joya oscila adelante y atrás como si fuera un péndulo macabro.

Mersi clava la mirada en ella con recelosa curiosidad.

—¿Es para ella?

Asiento.

—¿Qué hace?

Demasiadas cosas.

«Demasiadas pocas».

—La volverá… diferente de como está ahora. Muy diferente. Pero estará a salvo para llevar una vida normal. Nunca debe quitársela. ¿Ha quedado claro?

—¿Nunca? —Abre mucho los ojos.

—Correcto.

No solo la escondo de los demás, sino también de sí misma.

—¿Tenéis alguna intención de contarle lo de la profec…?

—No —le espeto—. En este castillo no se hablará de los dioses. Ni de nada que pueda llevarla a conocer la verdad.

«Ningún niño debería verse obligado a llevar esa carga».

Mersi mueve la mandíbula como si estuviera masticando la respuesta, observando el colgante, que sigue pendiendo de mi mano extendida.

—Con el debido respeto —dice al final—, creo que deberíais llevárselo vos.

Con la sangre desbocada, doy un paso hacia ella y muevo la mano hacia delante.

—Coge el puto colgante, Mersi. Es una orden.

Con los labios apretados hasta formar una línea fina, ve mi mirada adusta y suelta un profundo suspiro.

—Agresivo malnacido —masculla al cogerlo.

Me muevo para meter el puño apretado en el bolsillo mientras ella observa la joya echada a perder. Y la cadena. Al parecer, le llama la atención el cierre; quizá se ha fijado en que el tono es más claro que en los demás eslabones metálicos.

—Es hierro...

Asiento.

—Le puedes quitar el brazalete del tobillo que te di cuando llegó. Supongo que lo ha llevado día y noche, ¿no?

—Pues claro. —Un fuerte suspiro sucede a su brusca respuesta—. Quiero decir que sí, Alto Maestro. —Hace una reverencia con pocas ganas.

—Gracias.

Doy media vuelta y echo a caminar por el pasillo, irrumpiendo en haces de luz de luna plateados.

—La salváis y luego insistís en no tener nada que ver con ella...

Me detengo al oír el deje amargo de las palabras de Mersi, pero clavo la vista en el extremo más alejado del sombrío pasillo. Aprieto con fuerza el frágil tallo del cáliz de cristal.

—Hace ocho meses, la trajisteis al castillo, y no habéis ido a verla ni una sola vez. No podéis endosarme a una niña rota y desentenderos de todas las obligaciones futuras.

Lentamente, me giro para observar su mirada recelosa.

Por primera vez, reparo en las manchas oscuras que tiene debajo de los ojos, en su melena desgreñada y en la falta de color en sus mejillas.

—Pareces cansada —digo tras bajar la voz para disimular un poco la mordacidad—. Si quieres retomar tu puesto a jornada completa en la cocina, encontraré a alguien dispuesto a ocuparse de las necesidades de la niña.

—No estoy cansada de ocuparme de las necesidades de la niña. —Con los puños apretados a ambos lados, avanza hacia mí—. Quiero a Orlaith como si fuera hija mía. Lo que está cansado es mi corazón —farfulla mientras se enjuga una lágrima.

—Encontraré a alguien que sea de fiar para que te eche una mano. —Me aclaro la garganta—. Pero, si me pides que me involucre, no va a pasar.

—Qué terco sois. Necesita más. —Mersi niega con la cabeza, suplicándome con la mirada—. En sus ojos veo una muerte que no se esfuma. Está rota, Rhordyn.

Una chispa violenta prende en mis entrañas.

Camino tan deprisa que el líquido se derrama y me moja la mano.

—¿Crees que no lo sé? —Retrocede cuando me cierno sobre ella como una nube tormentosa y cargada de una lluvia de auto-desprecio—. Soy su techo, la sombra que atenúa su luz e impide que el mundo vea la marca que lleva en el hombro. Y nada más, joder.

Mersi baja la vista al suelo.

—Las pesadillas están empeorando.

Abro la boca, la cierro...

Cuando me mira de nuevo, percibo fuego en sus ojos.

—A veces me gustaría que sus gritos no fueran silenciosos. Así vos quizá les prestaríais atención.

Claro que los escucho. Noto su miedo en el fondo de mi alma como si fuera un árbol chamuscado. Y me provoca ganas de hacer pedazos el puto mundo.

Y ganas de matar.

—He terminado compartiendo la cama con ella para abrazarla cuando empieza a temblar —prosigue Mersi con tono práctico.

Suspiro y miro hacia la puerta de la torre.

Odio la torre de los cojones. El cáliz.

«A mí mismo».

—Está sufriendo, Alto Maestro. Y vos sois el único que comprende lo que le ha ocurrido. Lo que ha perdido.

—No quiero tener nada que ver con la niña. —Fulmino a la mujer con la mirada—. Nada.

—¿Y cuando sea lo bastante mayor como para hacer preguntas? —Balancea el colgante en mi dirección—. ¿Y si se da cuenta de que la habéis ocultado de sí misma? Entonces ¿qué?

Me encojo de hombros.

—Me odiará, no me cabe ninguna duda.

«Por lo menos habrá vivido».

—Y eso os parece bien... —Habla con lentitud, como si estuviera escogiendo las palabras con esmero.

—Su odio es lo único que voy a aceptar. Su odio y esto —siseo, moviendo el cáliz en el aire.

Mersi baja la vista hasta los pies y entre nosotros se instala un silencio preñado de tensión.

—La protegeré. Le daré las herramientas necesarias para protegerse de sí misma. Seré su puta tormenta si es necesario. No le faltará de nada, nunca. Puedo darle todo eso sin involucrarme personalmente.

Mersi me mira a los ojos, fiera y descarada.

—Todo eso no sirve de nada cuando uno está hecho trizas, Alto Maestro. Creo que eso es algo que hasta vos podéis entender. —Da media vuelta antes de que le pueda responder. Su falda negra se balancea cuando se dirige hacia la entrada de la torre, pero se detiene a pocos pasos de la puerta. Mira hacia atrás y dice con voz rota—: Se esconde debajo de los muebles. Se aparta de la luz del sol. Forcejea y me clava las uñas en los brazos cuando intento convencerla para salir a jugar a la hierba. —Tuerce el gesto y afila sus palabras—. No dibuja, ni sonríe, ni baila, como otras niñas de su edad.

—Mersi...

—Sus lágrimas ya no brillan como antes.

Cojo aire y lo suelto mientras la sangre me abandona la cara.

—No soy una medis —prosigue—, pero me parece que está decidida a seguir al resto de su familia hasta la tumba antes de tiempo.

Sus palabras son una espada que me atraviesa el esternón y debo hacer un gran esfuerzo para no inclinarme hacia delante y vomitar.

—No podéis vendar una herida sin haberla tratado primero. No hará sino infectarse. —Mueve el colgante hacia mí y la gargantilla se balancea—. No podéis protegerla de sí misma.

Dicho esto, desaparece por la escalera de la torre. El eco de sus pasos me asalta mientras mastico sus palabras. Y me atraganto con ellas.

Mersi tiene razón, claro. No puedo proteger a Orlaith de sí misma.

Pero lo puedo intentar.

I
ORLAITH

Una cúpula de cristal resplandeciente nos protege del inquietante remolino que no deja de lanzar zarpazos.

«Y más zarpazos».

Las bestias levantan tierra y palpitantes ascuas rojizas cada vez que clavan sus poderosas garras en el suelo helado para impulsarse y descargar su frenético ataque sobre la cúpula. Por más que nos esté protegiendo, noto como me roba energía a pequeños sorbos que me vuelven la sangre espesa y fría.

Mi hermano tiembla en mi regazo y se encoge contra mí más con cada golpe ensordecedor.

«No pueden llevárselo».

Lo estrecho con los brazos, hundo la nariz en su pelo blanco como la cal y cierro los ojos para saborear el olor a pintura, especias y un matiz de manzanas de caramelo. Aromas que me llenan el pecho de cálido amor y que me provocan visiones de risas musicales y sonrisas de medialuna. Y de habitaciones familiares decoradas con un tapiz de imágenes vibrantes colgadas en las paredes de piedra.

«Mi casa».

Quiero quedarme con esa imagen y no abandonarla jamás...

Un golpe sordo. Una respiración entre dientes.

Al abrir los ojos, veo una nariz enorme y rechoncha, resbaladiza por la humedad que desprende, apretada contra el cristal y empañándolo con un violento resoplido.

Lentamente, tiendo una temblorosa mano, toco el interior liso de la cúpula y suelto un grito al notar un repentino y fuerte tirón en el pecho. Apoyo la mano, la extiendo y miro a la bestia a través de los huecos entre los dedos.

«No. Podéis. Llevároslo».

Su labio superior deja al descubierto los dientes y un potente rugido emerge de su ancho pecho mientras las demás alternan entre tratar de rajar la cúpula a zarpazos e intentar colarse por debajo.

—¿Qu-qué quieren?

La vocecilla quebrada de mi hermano hace que yo aparte la mano y contenga el aliento al luchar contra la sombría neblina que amenaza con nublarme la visión. Lo observa todo con los ojos muy abiertos y se encoge con cada nuevo ataque; siento cada uno de sus temblores como un hachazo en el corazón.

Le cojo la cara con las manos para apartarlo de las miradas sedientas de sangre. Pero yo las sostengo. Las amenazo.

«¿Que qué quieren?».

A mí.

«A ti».

—Todo —susurro y aparto la vista para clavarla en la suya—. Pero no pueden llevarte con ellos.

Porque en esta pesadilla soy más grande. Más fuerte. Esta vez voy a ser yo su heroína, y no al revés.

Parpadea y me mira con unos ojos enormes que han perdido su brillo habitual.

—Ya me tienen, Ser...

Sus palabras me tensan la espalda.

—No. Yo te tengo. —Me castañetean los dientes mientras lo estrecho más fuerte—. Estás aquí conmigo. A sa-salvo. Para siempre. —Mis últimas palabras son un gruñido que desafía a las bestias que nos rodean.

Otra ola de violencia golpea la cúpula, y el ruido estridente me atraviesa como una espada. Mi hermano no se encoge. Ni siquiera cuando un espantoso crujido nos ataca desde todos los ángulos.

Noto una humedad cálida en la mano y bajo la vista al tiempo que aparto la palma de su espalda. Parpadeo para despejar la gélida neblina e intento concentrarme en la mancha mojada. Es como si hubiera estado pintando con los dedos, usando luz de estrellas líquida, mezclada con un caleidoscopio de colores apagados.

Es... es su sangre.

El corazón se me parte en dos, centímetro a centímetro, y procuro respirar a pesar del nudo que se me forma en el estómago al enterrar la cara en su pelo.

Busco su olor, que se va apagando.

Cierro los ojos, pero ya no veo el tapiz de imágenes. Ni los colores. Ni las sonrisas de medialuna. Tan solo veo oscuridad.

Me desmorono y estrecho a mi hermano más fuerte mientras unas espinas se me clavan detrás de los ojos. Mientras los monstruos siguen lanzando zarpazos. Golpean.

Rugen.

—¡Basta! —grito con voz quebrada y el corazón en pedazos.

«Por favor, no os lo volváis a llevar».

Un nuevo aullido rompe el aire.

Levanto la vista y veo una grieta que se extiende por el cristal como si fuera la marca de un relámpago. La tapo con una mano y dejo que me absorba.

Mi cuerpo se vuelve más frío. Más lento.

Un nuevo golpe salvaje me sacude los huesos y las grietas se suceden como una plaga de mosaico.

—¡Este no es nuestro fin! —Mis gritos consiguen eclipsar la rabia clamorosa que nos ataca desde todos los ángulos—. No hemos hecho más que empezar.

Mi hermano no responde. No se mueve. No se encoge cuando otro golpe araña la cúpula de cristal.

Cierro los ojos con fuerza mientras el cálido líquido fluye por mis mejillas, procedente de una parte de mí que es dolorosamente consciente de lo ocurrido.

«Se ha ido».

—No me de-dejes...

Ojalá me pudiera oír. Ojalá no estuviera sola. Ojalá yo me desangrara en sus brazos, y no al revés.

—No me dejes —repito, esta vez más fuerte. Maldigo para mis adentros porque se lo han llevado a él. Y no a mí.

«Como siempre».

Un nudo de dolor negro y crepitante se me desata bajo las costillas y extiende por mi interior su propio y malicioso latido. Son enredaderas retorcidas que ascienden las paredes del abismo de mi pecho y se alimentan de mi dolor. Se vuelven más grandes.

Más fuertes.

—¡No me dejes!

«No he podido ni despedirme de él».

Las enredaderas se retuercen, restallan y me golpean la piel desde dentro porque quieren soltarse.

Quieren libertad.

Venganza.

«Solo quiero recuperar a mi hermano».

Una nueva grieta parte la cúpula. En lugar de taparla, aparto la mano y me alejo de esa succión avariciosa mientras toda la superficie se llena de un sinfín de fisuras. Se oye un agudo chasquido y varios rayos de luz inciden sobre mi piel. Me la desgarran.

Me hacen sangrar.

Me inclino hacia delante y protejo el cuerpo inerte en mi regazo del incesante ataque; lo abrazo tan fuerte que noto la ausencia de latido de su pecho. Me duele todo, pero nada es comparable con la pena que me atenaza el corazón.

La espantosa conmoción se acalla.

«Silencio».

Algo húmedo aterriza sobre mí y me atrevo a mirar de reojo el espeso hilo de babas que cae por mi brazo. Levanto la cara hacia el cielo y contemplo los ojos enormes y negros que reflejan mi resplandeciente mirada.

El vruk tiene las orejas hacia atrás y su cuerpo colosal tapa las estrellas. En sus ojos entornados advierto una intención letal mientras su aliento ferviente me golpea con cada vil exhalación.

No sé quién es el mayor monstruo.

Si él o yo.

Su cruel gruñido se me hunde en la piel y de pronto abre las malvadas fauces y me muestra una tumba de sables de marfil que gotean.

Le sostengo la salvaje mirada y dejo que se sacie, que vea lo insatisfactoria que será su inminente presa... Porque estoy vacía.

Estoy seca.

Ya estoy muerta.

El viento se lleva mi breve grito cuando los chasquidos y los ruidos que hace la bestia al masticar mi carne y mis huesos me sobresaltan y me despiertan.

Me incorporo y aspiro una bocanada de aire salado.

«Ha sido una pesadilla. No era real».

De repente, oigo los crujidos de las cuerdas y me doy cuenta de que mi mundo oscila adelante y atrás con un fuerte y monótono balanceo bajo un manto de cielo estrellado.

Me pongo una mano temblorosa sobre la barriga revuelta mientras con la otra aferro la joya que llevo en el cuello, como si mi subconsciente se viera tentado a arrancar la cadena y liberarla.

La suelto, respiro hondo y contengo el aire hasta que los pulmones están a punto de estallarme para apartar la concentración de ese eco de dolor descarnado, de la sensación del cuerpo inmóvil de mi hermano sobre mi regazo. Trago saliva con dificultad y me presiono las sienes palpitantes con una fuerza casi mortífera.

«Ya me tienen, Ser...».

Bajo las manos, recuesto la espalda en el grueso mástil de madera que se alza tras de mí y estiro las piernas; introduzco los pies desnudos en los agujeros entre los balaustres de madera para dejar las extremidades colgando por el borde mientras me froto los ojos para despejarme. Un viento perezoso revolotea sobre mi piel sudada, me despeina el pelo suelto y trae voces quejumbrosas a mis oídos sensibles...

—¿Siempre grita cuando duerme?

—Cuando sopla el viento, no lo sé, pero suele despertarse con ataques como ese. —La voz apática de Vanth está tan hueca como el vacío de mi pecho.

—Qué miedo. Me arrepiento de haberle cambiado el turno a Roal por su ración de cerdo salteado. Y ¿qué hace ahí arriba? Es un puesto de vigía, no una buhardilla.

—Ni puta idea.

—Al capitán no le hace ninguna gracia. ¿Has oído que le ha dado a Brock la orden de echarla del nido si el viento supera los dieciocho nudos? Ahora le da miedo quedarse dormido y ganarse unos latigazos.

Dudo que mi guardia y el vigía, que están junto al mástil central, a un tiro de piedra, sepan que los oigo por encima del sonido de las velas del barco al hincharse y aflojarse, pero... así es.

—¿Todavía no se ha quitado el atuendo negro?

—Es fácil adivinar a quién le debe lealtad —salta Vanth.

Ha aceptado el turno de noche en el mástil central con la excusa de que debe vigilar constantemente a la futura Alta Maestra del territorio occidental de Bahari.

A mí.

Mientras me rasco la costra de la mordedura que se está curando, frunzo el ceño al ver la cupla que me rodea la muñeca...

Su celosa vigilancia de mis acciones es asfixiante.

Rodeo el mástil hasta que me cubre en parte la sombra que el penetrante resplandor de la luna no ha conseguido tocar y extiendo un brazo hacia la bolsa atada a los balaustres, repleta de todas mis pertenencias; es un saco de grano que le cambié al servicial cocinero por mi cesto. Aflojo la cuerda, saco un paquetito y aparto las capas de tela húmeda hasta ver un bulbo de caspún del mismo tono azul oscuro que el cielo.

Acerco la nariz a la protuberancia cortada y aspiro el fuerte olor a tierra... Un aroma que no hace sino incrementar mi dolor; la creciente presión se desata como si le diera miedo que la silenciara y estuviera amenazándola con el tranquilizante que me niego a tomar.

Una ráfaga de viento húmedo me arranca un profundo suspiro de los labios.

Envuelvo el bulbo y lo guardo entre mis cosas. Con los dedos, toco mi espada de madera y un pedazo de tela suave que mi cara y mis palmas recuerdan dolorosamente.

Me da un vuelco el corazón.

«La funda de almohada de Rhordyn».

Trago saliva. Suelto una breve y temblorosa exhalación, como si varios caballos galoparan sobre mi pecho.

Una furia ardiente y una desesperación palpitante se pelean en mi interior y me tomo unos instantes para fingir que soy más fuerte de lo que soy en realidad antes de que la ansiosa oleada de necesidad me inunde como si fuera agua helada. Saco la funda, recuesto la cara en los suaves pliegues y me lleno los pulmones con el olor de él, acompañado de iguales dosis de arrobo y de odio hacia mí misma.

Navego hacia mi prometido y todavía me drogo con el rastro ya débil de otro hombre. Mi último vicio. El ancla que más me cuesta soltar.

El que no quiero soltar.

A diferencia del caspún, no me limito a aspirar una sola vez. Me lleno de ávidas bocanadas de aire hasta que noto que me mareo un poco y que floto, y después la guardo debajo de mi espada y saco otro paquete, que es alargado y bastante pesado para lo pequeño que es.

Lo desenrollo lenta y cuidadosamente.

Entre los pliegues aparece un tenedor que he robado de la cocina, cuyas puntas son lo bastante afiladas como para clavarse en la carne. Sigo desenrollando y una cuchara me cae sobre el regazo.

Me la quedo mirando e intento ignorar las dos siluetas que me observan desde un puesto inferior; me cuesta, pues sus voces no dejan de alzarse hacia mí.

—¿Sabes que le ha pedido al cocinero unos cuantos tarros de conservas y cordeles para «atarlos al mástil y que sus esquejes echen raíces»? Deberías haber visto la cara que le puso él.

—Es una bruja, estoy seguro —le suelta Vanth—. Lo supe en el momento en el que la vi coger setas de un montón de mierda. Al

Alto Maestro lo ha cautivado con ese culo respingón y ese rostro follable.

—A mí no. En sus ojos hay algo que hace que me cague encima. —Una pequeña pausa y luego—: A Gage parece gustarle…

—Porque ya no hace turnos nocturnos junto al mástil de popa.

Sostengo los utensilios ante mí aferrándolos tanto que los nudillos se me ponen blancos. Aprieto los dientes y clavo la mirada entre los balaustres hacia el océano, que parece bañado por pedazos de luz de luna. Me lleno los pulmones de aire salado y me concentro en los ruidos de las olas que rompen contra el casco del barco.

Tensando los músculos, aprieto los cubiertos con las palmas sudadas y los acerco…

Clinc.

El sonido me quiebra los huesos. Libera un torrente de presión en algún punto del interior de mi pecho que se apresura a atacar los confines de mi piel hasta que me da la impresión de que me voy a romper de diez maneras distintas.

Debo respirar hondo muchas veces para reunir el valor suficiente como para arrastrar un objeto por toda la longitud del otro y así provocar un chirrido agudo y ensordecedor que me obliga a cerrar los ojos y a apretar los labios para reprimir la necesidad de chillar.

Me lleno los pulmones de aire, lo aguanto y lo suelto…

Y lo repito.

—¿Qué…? —dice, caminando por la cubierta—. ¿Qué está haciendo?

—Un ritual muy raro. Lo ha hecho todas las noches desde que zarpamos.

Me adentro más en la sombra, con la mente de regreso al día que olvidé una de las normas más importantes de Baze y no saqué el pulgar antes de lanzarle un puñetazo a la cara. Los dos oímos el crujido segundos antes de que el dolor me asaltara por completo.

Durante semanas, no pude trenzarme el pelo, disparar una

flecha ni blandir una espada. Lo peor de todo fue no ser capaz de coger la piqueta de diamante ni sujetar siquiera un pincel.

Nunca volví a olvidarme de sacar el pulgar del puño.

El dolor me dio una lección; mi castigo por no haber hecho caso fueron semanas de una rutina insoportable. Ahora es la única protección que tengo contra mí misma. Un recordatorio de que, si algún día olvido de qué soy capaz —o qué he hecho—, podría volver a perder el control.

—Ya te lo he dicho —masculla Vanth—. Está como una puta cabra.

Me crujo el cuello. Engullo sus palabras. Froto los cubiertos, esta vez más fuerte.

«El sonido no puede romperme si ya estoy hecha añicos».

Varias gotas de sudor me bajan por las sienes mientras algo violento estalla contra mi piel y mi cráneo, hurgando en mí como un corrosivo ejército de gusanos carnívoros. Porque me doy cuenta de que así es la intensa presión que me sobreviene cada vez que estallo.

Esas raíces crepitantes que ansían alcanzar la libertad. Anhelan encontrar algo que cortar.

Miro hacia las estrellas y dudo de que Rhordyn sepa lo espantosa que soy tras la bonita piel que me ha obligado a esconder durante todos estos años. Capas y más capas de mentiras. Sea como sea, el cierre metálico que llevo sobre la nuca ahora parece muy endeble.

La luna creciente me provoca con su sonrisa. Intenta causarme un nuevo tipo de dolor.

—¿Crees que ver cómo devoraban viva a su familia la trastornó?

Un chirrido.

Una gota de sangre me sale de la nariz y me baja hasta la barbilla, y luego otra.

Y otra. Y otra.

—Quizá. No lo sé. Pero hay algo que no encaja.

—¿A qué te refieres?

—Cuando la miro a los putos ojos no veo a una superviviente.

Veo culpa y fantasmas y mi propia muerte volando hacia mí. Creo que está maldita. Creo que su familia lo descubrió por las malas y pagó el precio definitivo.

«Culpa y fantasmas…».

Trago saliva, cierro los ojos y finjo que estoy sentada en el alféizar de la ventana del Tallo Pétreo mientras me baña la luz del sol, no escondida en el puesto de vigía a media altura del mástil de popa, engrilletada por una cupla azul intenso y dándome un festín con mi dolor. Y transformándolo en una nueva especie de Línea de Seguridad.

Un quebradizo escudo para mi magullado y maltrecho corazón.

2

ORLAITH

Entre los huecos anchos de la barandilla se cuelan suaves rayos de sol, un beso cálido en la mejilla que se me filtra por los poros y me prende la sangre. Miro hacia el mar, que parece una sucesión ondulante de pétalos de rosas.

Es de día.

Bajo la luz de la lámpara, he tallado durante tanto tiempo espirales y curvas pronunciadas en los tablones del suelo de madera para proseguir con mi abarrotado mural que apenas me he dado cuenta de que la oscuridad se aclaraba.

Envuelvo mi piqueta de diamante con un pequeño paño y me la guardo en el bolsillo trasero mientras giro el disco de la lámpara, que cuelga de la balaustrada. Tras estirar la espalda y los brazos, meto las piernas entre la barandilla y extiendo los pies hacia el sol; me imagino que se los hundo en la hierba o en la arena o en la tierra al tiempo que la calidez me pinta las plantas descalzas.

Echo de menos recoger piedras redondas en la playa mientras Kai juguetea por la bahía. Echo de menos la tierra firme y la intensa brisa marina con olor a hojas muertas y a musgo cubierto de rocío.

Después de obligarme a apartar las piernas, me pongo a gatas.

Tras rodear el grueso poste de madera que se encuentra en el centro del puesto de vigía, me agacho junto al cubo atado a una improvisada polea y sumerjo un paño en el agua para, a continuación, escurrirlo sobre los tarros llenos de tierra atados al mástil y darles a mis esquejes unas cuantas gotas de valiosísima agua.

Al pensar en la última vez que recorrí el balcón del Tallo Pétreo, blandiendo un pequeño puñal de madera para cortar unas cuantas ramas de mis plantas preferidas, casi sonrío. Glicinas, limonero, varias rosas…, todo eso alojé en mi saco junto a varios tarros con tierra. Diminutos fragmentos de casa.

Me limpio con una esponja la cara y la nuca, y miro furtivamente al marinero de ojos adormilados que trepa por la vela mayor para ocupar su turno diurno en el puesto de vigía. Creo que es Jerid. Es el único que hace un gran esfuerzo por darme la espalda tanto como le resulta posible.

Guardo la manta en el saco y me fijo en que hay tres sombras oscuras que dan vueltas por debajo de la superficie del agua, al paso del barco. Por lo menos hasta que el cocinero lanza por la borda unas cuantas raspas de pescados y vísceras resbaladizas.

Sin embargo, no han venido a por espinas y entrañas. Han venido a por las gaviotas que bajan en picado por el aire arriesgándose a conseguir un pedazo de vísceras; algunas son víctimas de los tiburones, que embisten desde el agua con las fauces afiladas y su cuerpo fiero y fuerte. Atrapan a las presas emplumadas tan rápido que las aves a duras penas tienen tiempo de batir las alas para evitarlo.

Kai me ha dicho muchas veces que los tiburones prefieren las aguas calientes. Y me hizo prometer no salir a nadar en verano por la Bahía Mordida sin él.

Ahora entiendo por qué.

Cuanto más al sur viajamos, más turquesa se vuelve el agua y más sombras protuberantes la recorren a todas horas del día.

La campana unida a la cuerda de mi cubo tintinea muy alto.

Mientras me paso un mechón de pelo por detrás de la oreja, me inclino hacia delante y observo la cadena metálica que emerge del suelo de la cubierta y que abre la escotilla. Llevo la mirada más allá de la escalera, hasta el grupo de hombres de piel bronceada que se afanan en sus tareas, y la clavo en el muchacho que se encuentra a los pies de mi mástil, a casi diez metros debajo de mí.

«Zane».

Lo saludo con una mano y me echo atrás para recogerme el pelo en una especie de moño antes de apretar la cuerda que ciñe mi saco y comprobar que está bien sujeto, e introducirme por el agujero y empezar el tedioso descenso, que ocupa noventa y cinco peldaños de madera, cinco con cada balanceo del barco.

En cuanto pongo los pies sobre la lisa cubierta de madera, oigo:

—He aprovechado la pausa que ha hecho el cocinero para ir a cagar y he rebuscado en la cocina y en la despensa para encontrar los mejores productos que se guarda.

Mi sonrisa secreta es un tesoro robado que no merezco, y desaparece cuando me giro y observo sus ojos azul claro enmarcados por unas pestañas espesas y una mata de pelo castaño revuelto por el viento.

—Buenos días, Zane.

—También he conseguido esto —prosigue mientras, ansioso, mete una mano en uno de los numerosos bolsillos internos de su raída capa de terciopelo.

Mueve una ficha dorada delante de mis narices.

Le aferro la muñeca y detengo su gesto para estudiar la filigrana de la cara de la ficha.

—Menudo ladronzuelo estás hecho. ¿Es una...?

—Una ficha de Bahari. En Ocruth también tenéis fichas, ¿no? —La lanza en el aire antes de cogerla de nuevo—. Ahora es mía. Y supongo que el Alto Maestro me debe un favor.

—Pues... creo que la cosa no funciona así.

Se encoge de hombros y se la guarda en el bolsillo de sus andrajosos pantalones.

—Vale la pena intentarlo.

—¿No estás trabajando aquí, en el barco de tu tío, porque tu madre está desesperada con tu faceta de ladrón?

A la pobre le ha salido el tiro por la culata, ya que casi todos los días su hijo presume de su botín conmigo.

—Sí, ¿y?

—¿De verdad tienes que dedicarte a... —bajo la voz hasta hablar en susurros y me tapo la boca con una mano— robar fichas de oro?

—No se lo vas a contar a nadie, ¿verdad? —Frunce el ceño.

—Claro que no. Es que no quiero que te metas en un lío con el capitán. —Echo un vistazo al hombre de espalda ancha que coge el timón con una mano, con los ojos al frente y esa seguridad arisca que destila su postura calmada—. Parece el típico que se cree con derecho a decir eso de que la letra con sangre entra.

—Solo si no eres su sobrino preferido. —Zane se sienta en la cubierta, cruzado de piernas, y me mira con los ojos muy abiertos y una sonrisa torcida y traviesa en el rostro salpicado de pecas.

Me da un vuelco el corazón.

La mirada brillante de otro chico se ilumina en mi mente y enseguida la guardo en las profundidades que intento ignorar.

Me siento y me concentro en la rebanada de pan frito, las nueces, las frutas y la carne seca, y cojo una loncha de lo último.

Zane se acerca el plato, con los ojos centelleantes de picardía. Arqueo una ceja y saco del bolsillo trasero el paquetito envuelto. Él abre muchísimo los ojos y sonríe de oreja a oreja cuando lo muevo en su dirección y se lo tiendo.

Lo desenvuelve con manos frenéticas, libera la piqueta y coge el mango para blandirla bajo un rayo de sol y arrojar confeti de colores por la cubierta mientras yo picoteo y mastico sin entusiasmo.

Sean o no los mejores cortes, nuestra comida palidece en comparación con el festín que se dan sus ojos enormes, que lo contemplan todo.

—Es que me encanta... —susurra.

Apoyo la cabeza en el mástil y observo cómo gira el mango de madera de tal forma que las esquirlas de color se persiguen unas a otras.

—Ya lo sé.

Ante una tormenta de confeti, nos instalamos en un cómodo silencio mientras compartimos el desayuno y la tripulación nos evita a sabiendas al tiempo que agrupa cajas y las asegura sobre la cubierta.

Soy consciente de las miradas, noto cómo rebotan sobre mi pétrea máscara sin hacerme ni una sola muesca.

—Mi tío dice que la tormenta se ha arremolinado —murmura Zane, comiendo un higo seco—. Y que nos está persiguiendo.

Miro hacia el norte.

—No veo nada...

—Lo ha notado en el aire.

Noto un cosquilleo en la mejilla cuando Vanth emerge de la cubierta inferior con ropa limpia y su obligado ceño fruncido, que no hace sino acrecentarse cuando me pilla mirándolo.

Me niego a apartar la vista. Por lo menos hasta que el cocinero aparece detrás de él, con cubos llenos en las manos. Su abultada barriga está a punto de hacerle perder el equilibrio con cada paso.

—Uy —murmuro. Apoyo el pie izquierdo en la cubierta para doblar la pierna y que tape el plato de contrabando cuando pasa por delante de nosotros. El hedor pútrido a vísceras de pescado está a punto de hacerme vomitar.

Sea o no su sobrino favorito, como a Zane lo sorprendan robándole a quien no debe, el capitán se verá obligado a infligirle algún tipo de castigo físico o, de lo contrario, se arriesgará a poner en entredicho su estatus.

El cocinero sube las escaleras hasta la cabina del timón, se encamina hacia la popa del barco y lanza una buena cantidad de entrañas por la borda en medio de las frenéticas caídas en picado de las gaviotas.

Sigue una erupción de chapoteos.

—Como se desate la tormenta, ahí arriba va a ser un infierno —comenta Zane, masticando un pedazo de cecina y señalando hacia mi austero puesto nocturno. Sin apartar la vista de la piqueta, levanta la pierna izquierda, con el pie sobre la cubierta, para esconder el resto de la comida cuando el cocinero vuelve a pasar junto a nosotros—. A veces lo usan como castigo.

No le digo que en parte de eso se trata.

—No me va a pasar nada —digo y me alejo un poco más de la escalera cuando Gage, el principal vigía del mástil de popa, aparece en cubierta y se encamina hacia nosotros con un catalejo en una mano y un saco de piel en el hombro.

—El capitán te arrastrará a la cubierta inferior cuando empiece la tormenta.

«Que lo intente».

Agacho la cabeza y me concentro en la comida. En ese momento, unos pasos fuertes se nos aproximan y una sombra se cierne sobre mí antes de que unas botas de punta metálica aparezcan en mi campo de visión.

Lentamente, levanto la vista y la clavo en un par de ojos azul claro con arrugas en las comisuras.

A diferencia del resto de la tripulación, Gage se afeita la cabeza y enseña su tatuaje: una sucesión de botones y puntadas que le recorre todo el cráneo y le baja por la nuca hasta desaparecer debajo de la camisa, como si lo hubieran cosido cual muñeca de trapo.

Después de guardar el catalejo en el saco de piel, se mete una mano en el bolsillo, saca un trozo de carbón afilado y me lo tiende.

—Por si queréis añadir un poco de sombra a vuestros grabados.

Paso la mirada del carbón a sus ojos y de vuelta al carbón y alargo una mano para aceptarlo.

—Gracias...

Asiente, se aferra a la escalera con una mano y empieza a subir.

Doy varias vueltas al regalo con los dedos y me lo acabo guardando en el bolsillo.

Zane se termina lo que quedaba de nuestra comida, se limpia las manos en los pantalones y aplana el paño entre los dos. Coloca mi piqueta en el extremo y luego la envuelve con movimientos lentos, suaves y precisos. Si hubiera visto cómo ese objeto se clava en la piedra y la arranca, no iría con tanto cuidado, pero me encanta que lo manipule con esa delicadeza.

—No deja de observarte —murmura mientras mira de reojo hacia el timón.

Soy consciente de que no se refiere a su tío, sino a mi guardia. Al hombre que se pasa todas las horas libres del día ahí, a cinco escalones encima de mí, de brazos cruzados, con el pecho hinchado y unos pantalones planchados a la perfección.

Le cojo la piqueta a Zane y me la guardo en el bolsillo antes de verlo poner el plato de hojalata de lado y darle vueltas.

—A Vanth no le caigo demasiado bien.

—Creo que a su hermano tampoco.

—No sabía que tenía un hermano.

—Tu otro guardia, Kavan.

«Ah».

—No me había dado cuenta…

Zane asiente con un surco de concentración tallado entre los ojos.

—Dicen que eres una bruja. Que masticas cáscaras de bellota y que coges setas de montañas de mierda de caballo.

Claro.

A ellos no pienso ofrecerles té de perrilo si sufren de flatulencias dolorosas o una infección en la sangre.

Se me queda mirando y en las pupilas de sus ojos azules destellan puntitos violetas.

—Yo desconecto de lo que dicen. Es fácil robarles cuando están dándole a la lengua.

—Me parece lo más lógico del mundo.

Se oye un estruendo arriba y, al levantar la vista, veo a Gage bajando la escalera a la velocidad del rayo. Salta desde diez peldaños de altura, aterriza a nuestro lado y echa a correr para subir las escaleras directamente hacia el timón.

Todo se paraliza y un silencio se instala en el barco cuando los hombres se quedan quietos y escuchando. Algunos incluso suben las mismas escaleras hacia la popa del barco para comprender qué es lo que ha llevado a Gage a abandonar su puesto.

—Qué raro —murmura Zane al levantarse—. Voy a echar un vistazo.

Sale corriendo entre aleteos de terciopelo.

Lo imito y me pongo de puntillas para ver por encima de la tripulación reunida y después contemplo el mástil. Subo unos cuantos peldaños y me detengo para mirar por encima de la cubierta más allá del mar de mechones de pelo suelto y melenas recogidas en la nuca.

Los tiburones se han esfumado. Incluso las gaviotas se han dispersado.

A una distancia de diez barcos de nosotros, me llama la atención una ondulación en el agua y un cuerpo cubierto de escamas plateadas surca la superficie antes de desaparecer.

Los hombres balbucean, señalan, gritan. El capitán vocifera algo que consigue que le abran paso para avanzar con el catalejo en las manos.

Con el ceño fruncido, sigo subiendo hasta que estoy lo bastante arriba como para disponer de un buen punto de observación y contemplo el agua.

Me da un vuelco el corazón.

Hay una sombra alargada que duplica el tamaño del barco deslizándose por debajo de la superficie.

«Más cerca que hace unos instantes».

Una aleta dorsal fina y gigantesca sobresale del agua y deja tras de sí un reguero de espuma blanquecina.

Se me forma un nudo en el estómago, que se remueve como si me hubiera tragado una criatura viva.

«Algo nos está persiguiendo».

3

ORLAITH

¡Cerrad las escotillas!

La orden del capitán atraviesa el aire y provoca que los hombres tropiecen consigo mismos en su afán por mantenerse ocupados. Coge a Zane del brazo y lo conduce hacia las escaleras, dejando tras el timón solo a Vanth y al primer oficial de cubierta, codo con codo, escupiéndose palabras.

Vanth se aparta, se dirige al rincón del fondo y abre la mira del gigantesco cañón metálico instalado sobre la cubierta.

Con nudos en el estómago, clavo la atención en la criatura que avanza debajo de nosotros. Mascullo una maldición y bajo la escalera; salto los últimos peldaños y aterrizo agachada. Aunque me resbalan los pies desnudos sobre la cubierta, corro hacia las escaleras y llego junto al timón después de ver a Kavan sin camisa y desaliñado, que parece que acaba de salir de la cama, coger dos lanzas y subir a cubierta sin ponerse los zapatos siquiera.

—¿Has visto esa cosa, Vanth? Joder, ¡es gigante! —Hay un miedo real en sus palabras aceleradas y agudas—. Y viene a por nosotros...

—No te preocupes —dice el otro con los dientes apretados, sin dejar de mirar a los ojos del primer oficial al coger una lanza—. Ahora mismo me encargo.

—Te estás pasando de la raya —gruñe el primer oficial—. El capitán no ha dado ninguna orden.

Me agacho detrás de un enorme barril de agua, lejos de su vista, pero lo bastante cerca como para oírlos.

Y observar.

—Y, cuando lo haga, será demasiado tarde —gruñe Vanth, apretando con el puño una lona mientras coge aire—. Olvidas que estoy a cargo de la protección de la prometida del Alto Maestro. Tengo órdenes directas de hacer lo que sea necesario para mantenerla a salvo.

Pega un tirón con un brazo y arranca la pesada lona que cubría unos ganchos puntiagudos con seis arpones con punta de metal más altos que yo. Y más gruesos que mi brazo.

Se me congela la sangre.

Miro de nuevo hacia la criatura, que se acerca y emerge de la superficie con una sucesión de volantes y escamas que reflejan el sol. Retoza en la espuma que provoca el barco y sacude el mar con unos enormes tirabuzones. Como si estuviera... jugando.

Se me acelera el pulso y los estruendosos pasos y gritos y ajetreos de la cubierta superior quedan en un segundo plano...

Yo he presenciado antes el despiadado asalto de la muerte inminente. Y no se parece en nada a esto.

Con las tripas revueltas por una profunda intranquilidad, abandono las sombras, dejo atrás al primer oficial y me coloco en el centro.

Tres pares de ojos se dirigen hacia mí.

—Estoy... estoy de acuerdo con el primer oficial. —Mi voz quebrada retumba en el repentino silencio de la cubierta y nunca me he sentido tan ruidosa. Tan expuesta y pequeña y tonta. Me aclaro la garganta y echo los hombros hacia atrás—. La criatura no muestra señales de agresividad, sino de curiosidad. Creo que se marchará en cuanto nos haya echado un vistazo.

Vanth me fulmina con la mirada, deja la lanza y separa un arpón del gancho con un agudo chirrido que me llena el cráneo de presión. Con los dientes apretados, lo levanta, lo desliza por la trampilla y lo asegura, con las mejillas enrojecidas por el esfuerzo.

—¿Y qué sabéis vos del mundo exterior, Maestra?

Su aire de superioridad moral es incapaz de eclipsar el desesperado estruendo de mi pecho y paso la vista hacia la bestia que se está dirigiendo a un final brutal y sangriento.

—No mucho —admito e intento hablar con voz serena—. Pero tengo experiencia con criaturas mortíferas y curiosas. Se comporta más o menos como los tiburones; seguramente la han atraído las vísceras que hemos lanzado por la borda. Si quisiera atacar, nos habría golpeado desde debajo antes de que hubiéramos sospechado que estábamos en peligro.

Durante unos segundos, asimilan mis palabras y yo alimento mi valentía con pedazos de esperanza.

Doy un paso adelante con un aleteo en el pecho al esbozar una débil sonrisa. Es una súplica silenciosa para que enterremos nuestras diferencias.

—Por favor, Vanth. Hoy no tiene por qué morir nadie...

Me mira de arriba abajo, me da la espalda y luego gira el arma hasta que apunta hacia la criatura.

Me da un vuelco el estómago. Mi sonrisa se desvanece.

El guardia observa por la mira.

—Si el Alto Maestro pensara que sois capaz de cuidaros sola, no os habría asignado canguros —me espeta Vanth—. Llévatela a la cubierta inferior.

Una mano enorme me aferra el hombro.

Cuando giro la cabeza, me encuentro ante un borrón de piel morena y botas rayadas. El capitán tira con tanta fuerza del brazo de Kavan que me sorprende que no le haya arrancado el hombro de cuajo.

La lanza repiquetea al caer al suelo.

—¿Quién cojones te crees que eres, muchacho? —El capitán lo empuja hacia la cubierta con tanta desenvoltura autoritaria que mis propias rodillas amenazan con fallar—. Esa es nuestra futura Alta Maestra, y estabas a punto de tratarla como si fuera un animal.

Desde el suelo, resoplando y con el rostro sonrojado, Kavan parece muy débil de repente.

—Capitán —escupe Vanth y al girarme clavo los ojos en su dedo, apretado sobre el gatillo del arma letal que quiere disparar. Observo su objetivo, una alargada ondulación plateada cuyos movimientos son veloces y agitados, y que está mucho más cerca ya.

«Parece feliz».

Como si estuviera reduciendo la distancia que nos separa unos valiosos centímetros cada vez.

El corazón me golpea las costillas.

—Vanth —mascula el capitán mientras Kavan sigue clavado en el suelo, resollando y babeando sobre su pulida bota negra—, veo que eres perfectamente capaz de armar un arpón. Muy bien. Espero que no tengas la intención de dispararle a nada.

Una salida fácil a la que el otro debería aferrarse con los puños apretados.

Se aclara la garganta y repone a la defensiva:

—Madame Strings cuenta historias de sierpes marinas rabiosas que se abalanzan sobre los barcos desde el agua y los destrozan. Seguro que tú también lo habrás oído...

El capitán suelta un gruñido de repulsa, con marcas de tensión alrededor de sus ojos azul claro.

—No me creo las patrañas de esa agitadora, aunque afirme que lo sabe todo. Tú tampoco deberías.

Un intenso rubor asciende por el cuello de Vanth y le tiñe las mejillas. Aprieta más fuerte el gatillo, hasta que la punta del dedo se le vuelve blanca y me detiene el corazón.

Adelanto el pie un centímetro.

«No lo hagas. Por favor».

—Bueno, pues yo veo al menos a diez hombres de tu tripulación que crecieron alrededor de su fuego, escuchando sus leyendas...

—Como dispares —gruñe el capitán con franqueza y sin compasión—, lo único que conseguirás es cabrear a esa criatura, diez latigazos y un juicio en consejo de guerra cuando atraquemos. Aparta el puto dedo del gatillo antes de que yo te lo arranque de la mano y se lo lance a las gaviotas.

Los ojos de Vanth centellean, decididos, y mira hacia la criatura apretando el gatillo...

Pego un salto y lo derribo justo cuando el estallido del arma disparada me perfora las entrañas.

El arpón se dirige hacia la sombra a una velocidad endiablada, atravesando el agua con un espeluznante chapoteo. Un gemido dentado sacude el océano, una turbulenta sinfonía de dolor que me parte el corazón por la mitad.

Con la camisa de Vanth apretada entre los puños, suelto un sollozo cuando la criatura se retuerce en una oleada de volantes suaves y afilados. A continuación, emerge de la superficie como una montaña brillante nacida en el mar, escupiendo un río rojizo de la herida provocada por el brutal proyectil, justo entre las aletas.

El silencio se adueña del barco cuando los gritos de agonía de la bestia atraviesan la quietud y resuenan sobre el océano; a mí me golpean la piel como si fueran tangibles. Como si el océano llorase y sus lágrimas fueran un tamborileo que me ataca y del que no puedo desprenderme.

Observo la belleza manchada de sangre y no consigo contener el escozor que me arde en los ojos. La criatura se desenrosca con movimientos lentos y débiles, y se hunde en las profundidades.

Desaparece.

Lo único que queda de ella es una mancha de sangre más grande que el barco, una lápida momentánea que se desvanece un poco con cada uno de mis martilleantes latidos.

—Eres un monstruo —gruño con fuego en la garganta y me giro hacia Vanth para observar, a través de las lágrimas, un par de ojos despiadados—. ¿Qué has hecho?

4

ORLAITH

Que qué he hecho? —Vanth tira de mí con tanta fuerza que nos chocamos de frente; su aliento cálido me golpea la cara con cada palabra que estalla de él—. Le he apuntado a la puta cabeza y está claro que he fallado. Es probable que nos hayáis matado a todos, Maes...

Desaparece de delante de mí por un empujón que lo estampa contra la barandilla. El capitán se abalanza hacia él, le aferra el cuello de la camisa y lo inclina sobre la borda, con la vida del guardia en el puño de una mano.

—Serás estúpido.

El agudo tañido de una campana que me resulta familiar me lleva a mirar hacia el mástil de popa. Zane ha trepado hasta la mitad y, agarrado a los peldaños, me está observando.

Frunzo el ceño y una profunda inquietud echa raíces en mi pecho.

—Capitán..., el mástil de popa... Mirad.

Con el ceño fruncido, el capitán se gira y palidece al ver a Zane.

—A ese muchacho lo había encerrado en mi camarote. ¿Qué cojones hace ahí subido?

Zane sigue señalando hacia las aguas gritando una sola palabra una y otra vez.

—Maldito viento... ¿Entendéis lo que está diciendo?

—Burbujas —murmuro. Doy un paso adelante para mirar por la balaustrada. Inclinada sobre la barandilla, atisbo algo que brilla por debajo de la espuma que flota sobre las olas inquietas y se me cae el alma a los pies—. ¡Sujetaos todos...!

El océano estalla y me veo impulsada hacia atrás. Con un grito, veo como la sierpe marina se alza con un torrente de agua que cae sobre el barco como si de una tormenta se tratara. El mundo se tambalea debajo de mí y me precipito hacia la barandilla. Con los ojos entornados entre los fríos regueros de agua, veo la cabeza de la criatura: rectangular y puntiaguda y cubierta de escamas enjoyadas, con penetrantes ojos verdes sombreados por un manto de esquirlas.

Es preciosa. Imponente.

«Gigante».

Cernida sobre nosotros, se balancea. Las afiladas aletas de un costado de su cuerpo se despliegan como un abanico y dan paso a unos paneles palmeados triangulares.

«Alas acuáticas».

En el otro costado tiene clavado el proyectil, de cuya tensa herida mana sangre. Se me revuelven las tripas.

Abre las fauces y veo una hilera mortífera de colmillos que podrían destrozar el barco de un solo mordisco; su garganta cavernosa apesta a peces muertos y a ascuas. Suelta un impetuoso rugido que me zarandea los huesos, un clamor que me golpea la piel, seguido por un espeluznante alarido que me arranca un sollozo.

Tras proferir otro grito terrorífico, la criatura se precipita en el océano y ladea el barco con tanta violencia que pierdo el equilibrio.

Me estampo contra la barandilla.

La madera cruje y el navío empieza a sumirse en una sinfonía de gritos.

Todos los objetos que no están atados se convierten en misiles mortíferos y todo el mundo cae de lado hasta golpearse con la barandilla en una maraña de extremidades y gemidos. Consigo aferrarme a los balaustres de madera segundos antes de que descendamos contra el rostro lívido del océano.

El agua me martillea, un ataque demoledor que me arranca

los dedos de la barandilla. Floto en la intensa corriente durante unos horribles segundos y termino chocándome contra uno de los mástiles con un golpe tan fuerte que me arranca todo el aire de los pulmones.

Me sujeto y una sucesión de burbujas me estallan en la cara.

El mástil vibra y un estridente crujido sacude las aguas, como un árbol que se astilla. Que se rompe.

«Así es como voy a morir».

Pierdo la noción de la verticalidad mientras el barco se bambolea de un lado a otro como una bestia salvaje que corcovea; se me revuelve el estómago y me provoca un profundo mareo.

Empiezo a aflojar las manos al tiempo que la gravedad me empuja hacia abajo.

El agua se drena cuando el movimiento se va calmando. Aterrizo como un fardo y cojo una preciosa bocanada. El aire emerge de mí con crecientes náuseas que casi me parten el pecho.

Me tumbo de espaldas. Abro los ojos.

«Silencio».

Las nubes brumosas van de lado a lado, algo que me resulta de lo más extraño, hasta que me doy cuenta de que el barco se está meciendo.

El silencio da paso a un estallido de gritos que hielan la sangre, tan estruendosos que me entran ganas de cerrar los ojos con fuerza y taparme los oídos con las manos.

Pero eso es lo que he hecho durante toda mi vida. Bloquear los ruidos.

«Ya basta».

Consigo sentarme sobre la cubierta e inspecciono mi alrededor.

Me quedo paralizada.

Los tablones de madera están llenos de charcos, algunos rojizos y espesos. La ropa se pega a la piel de la gente, desgarrada en algunos puntos con unas heridas abiertas por las que sobresalen fragmentos de huesos. Algunos marineros gimotean con el rostro demudado y las extremidades dobladas en extraños ángulos.

Otros guardan un silencio mortal.

Los pocos hombres que han salido ilesos del ataque se aferran a las balaustradas partidas y escrutan la superficie del agua por si ven señales de que la bestia herida vaya a regresar en busca de más venganza sangrienta.

—Maldita zorra...

El improperio ahogado procede de detrás de mí y al girarme veo a Vanth incorporándose con un corte profundo en la frente del que le sale un reguero rojizo que se desliza por el rostro.

Totalmente aturdida, me quedo mirando ese hilo de sangre mientras él barre el barco con ojos atentos y desesperados. Reúno la energía necesaria para gatear hacia el capitán, que está inmóvil, rodeando la base del arpón. Lo tumbo de espaldas, inspecciono el espeluznante tajo que tiene en la cabeza y apoyo el oído sobre el pecho.

Vanth suelta un gemido ahogado y lo veo doblado sobre la barandilla con la vista clavada en el océano.

—No...

Me incorporo y sigo la dirección de su mirada. Veo a Kavan aferrado a un barril a un barco de distancia. Le mana sangre de una herida espantosa del brazo, que está atravesado por un trozo de hueso que sirve de alimento para el océano y para un tiburón que le triplica el tamaño y que da vueltas a su alrededor.

Se me forma un nudo en el corazón. Se me atenaza el pecho.

—¡Socorro! —farfulla con un grito desesperado—. ¡Hermano, ayúdame!

—El bote salvavidas —balbuceo. Levanto la vista hacia el lugar de la cubierta donde solía haber una barquita.

Lo único que queda de ella es una maraña de cuerdas rotas.

—Ha desaparecido —gruñe Vanth mientras se encamina hacia una caja de madera atornillada a la cubierta. Abre la tapa y extrae una pequeña ballesta.

La bilis me abrasa la garganta y clavo la mirada en Kavan, quien está intentando alejar a base de puntapiés al depredador, que se acerca con cada vuelta que da. Procura subir todo el cuerpo sobre el barril, pero tan solo consigue caer de bruces y sumergirse entre las olas. Reaparece, boqueando y chapoteando mientras intenta mantenerse a flote con un solo brazo.

El tiburón se acerca más y más...

—¡Ayudadme! —El aullido de Kavan atraviesa el aire.

Vanth coge una flecha y la coloca sobre la ballesta, con el rostro tenso y formando palabras en silencio con los labios. Cierra los ojos durante apenas unos segundos, que me golpean en el pecho como si fueran un martillo.

De pronto, los abre y aprieta el gatillo.

La flecha silba por los aires, roza la barbilla ladeada de Kavan y se hunde en su pecho en un ángulo torcido, justo encima del corazón.

Me encojo y suelto una especie de gemido al ver que abre mucho los ojos, con la mirada perdida. Su cuerpo inerte se sumerge de nuevo en el agua segundos antes de que el tiburón lo aleje de la superficie en una maraña de sangre y aletas en movimiento.

Aparto la vista de la escena, pero Vanth la contempla inmóvil, con los ojos fijos y vacíos.

El capitán alza la voz, tumbado como un fardo sobre la cubierta manchada de sangre, y abre con esfuerzo los ojos nublados.

—Za-Zane...

Es un nuevo puntapié en mi pecho.

Con el corazón acelerado ante el coro de gritos, escudriño a la tripulación esparcida por la cubierta, con un nudo en el pecho hasta que veo que ya no queda nadie. Me acerco a la balaustrada, apoyo las manos en la barandilla y me armo de suficiente valor como para contemplar el océano, donde veo pedazos de metralla e intento evitar la sombra que se sacude y que se da un festín en un charco rojizo, lo único que queda de Kavan.

Corro hacia el otro lado del barco, atraída por el tono azulado de nuestra vela raída, que surca la superficie, en parte a flote gracias a una buena ráfaga de viento. Entre todo ese desastre, un pedazo de tela azul intenso se mueve alrededor de una carita que sobresale de una de las masas de agua.

Es Zane.

Bajo las escaleras de dos en dos.

Alguien grita mi nombre y me pide que me detenga, pero su

voz se pierde en el horizonte cuando aferro la barandilla, me subo y salto al agua.

El viento me azota el pelo y me roba el aliento, y el estómago me da un vuelco.

Me estampo en la superficie implacable del océano. Todo el aire se me escapa de los pulmones al hundirme en el abismo profundo, conmocionada por la sensación de su infinita extensión.

Cuando mi cuerpo por fin reduce el ritmo, mis extremidades se ponen en acción y me impulso hacia la superficie con un estallido de burbujas. Emerjo con un profundo jadeo. Mientras ignoro las palabras vociferadas desde el barco, muevo la cabeza de un lado a otro para analizar mi ubicación y adaptarme al paisaje marino, que desde aquí es muy distinto entre los restos hechos añicos de los fragmentos que ha perdido el barco.

Todo parece más grande. Más vivo.

Más lejano.

Expulso de la cabeza las imágenes de dientes afilados y desgarradores, y me precipito hacia la vela azul intenso que flota en la superficie. Mis piernas me impulsan a duras penas, los movimientos de mis manos resultan débiles e insignificantes y...

«No voy lo bastante rápido».

Con los pulmones agrietados y un fuerte escozor en la cara, por fin alcanzo la vela. En mi búsqueda frenética, me enredo con la tela, que reúno y empujo, cogiendo aire siempre que puedo, hasta que al final sujeto la capa de terciopelo de Zane y tiro de él. Lo giro y le saco la cabeza del agua.

Ver su rostro paralizado y sus labios azul pálido me hierra el alma.

—Ya te tengo —balbuceo, sumamente consciente de que su pecho no se mueve y de que el océano sin fin se extiende debajo de nosotros—. Lo siento mucho. —Reprimiendo un sollozo, le desabrocho la capa y lo libero del ancla de su preciado botín.

Lo arrastro hacia el extremo de la vela, me coloco boca arriba y me lo apoyo sobre el pecho para que su cabeza permanezca por encima del agua mientras me impulso hacia el barco, moviendo los pies y respirando de forma entrecortada.

Unas pequeñas olas nos cubren haciendo que me piquen los ojos y nublándome la visión.

Cada segundo que transcurre es otra respiración perdida. Cada descarga de agua que le azota la cara es otra dosis de muerte que se introduce por su nariz. Y por su garganta.

«No voy lo bastante rápido».

Me golpeo la cabeza con algo duro y me detengo, con los pies hundidos en el mar. Al levantar la vista, veo en el extremo del barco una barandilla atestada de marineros histéricos y ensangrentados. Y una escalera de cuerda que cuelga junto al casco.

—¡Sujetaos!

Nuestra tambaleante vulnerabilidad me revuelve las tripas.

Noto a los tiburones al acecho, a la espera. En cualquier momento nos podría atacar uno, arrastrarnos a las profundidades, desagarrarnos y masticarnos. O quizá la serpiente marina vuelva a abalanzarse sobre nosotros y nos engulla de un vengativo bocado.

Aferro a Zane más fuerte mientras intento coger la cuerda. Con su cuerpo inerte entre el mío y la escalera, procuro alejarlo de las amenazas que nos merodean.

—¡No puedo levantarlo sola!

Afilada y desesperada, mi voz parece de otra persona.

Me aparto el pelo de la cara y veo que el capitán desciende por la escalera con un reguero de sangre en la barbilla.

—¿Podéis escalar?

Tras verme asentir, agarra a Zane por la espalda de la camisa y tira de él para colocárselo sobre el hombro. Una oleada de alivio me atraviesa.

«Está a salvo».

Subo la escalera para seguirlos, con el pelo empapado como un ancla sobre la espalda. La cuerda endeble me hace ampollas en los dedos con cada impulso que me aleja de la mortífera amenaza de las aguas y me estremezco desde la base de la columna hasta la planta de los pies.

Convencida de que vería mi propia muerte precipitándose hacia mí con las fauces bien abiertas, no miro hacia abajo, ni siquiera cuando me doy cuenta de que estamos a salvo y fuera de todo peligro.

Zane y el capitán desaparecen de mi vista y alguien me aferra la camisola para levantarme como si fuera un gatito y me lanza sobre la cubierta.

En un silencio aterrador, observo al capitán apretarle la nariz e introducirle enormes bocanadas de aire en los pulmones hasta hincharle el pecho.

«Respira... ¡Respira, maldita sea!».

—Despierta, hijo. —Le da palmadas en la cara con sus callosas manos—. Vamos. Abre los ojos y mírame. —Un duro y desesperado gemido emerge de él cuando tumba a Zane de lado y le golpea la espalda—. ¡Despierta!

Los segundos son como gotas de aceite en el agua que se niegan a fundirse y que rodean la superficie de mi alma. Me da la impresión de que me estoy cayendo por un agujero del suelo sin aire en el pecho para gritar.

Tal vez no sean segundos siquiera, sino minutos, horas, días.

Tal vez este limbo dure eternamente.

Alguien tose, balbucea y escupe, y me dan un vuelco el estómago y el corazón al mismo tiempo.

Zane abre los ojos, tan inyectados en sangre que son más rojos que blancos. Los clava en su tío con la mirada algo perdida, como si estuviera intentando reconstruir una especie de rompecabezas.

El capitán demuda el rostro y de sus labios surge un gemido ahogado...

Me doblo por la mitad y vomito sobre los tablones de madera de la cubierta.

5

ORLAITH

El acre hedor a vómito se aferra al pelo salado y acartonado que me cae sobre la cara. Me lo echo por encima del hombro con una mano cubierta de sangre y le paso un pedazo de vela por debajo del muslo a Gage. Debe de dolerle cuando formo el nudo y lo aprieto con fuerza, pero no se inmuta.

No hace ningún ruido.

Solamente me observa en silencio, con los ojos tan impasibles como los botones tatuados en su cabeza afeitada, mientras el sol alto arroja sobre nosotros su implacable calor y devora las sombras hasta que no son más que débiles rendijas.

El aire se niega a moverse, deja el mar en una quietud antinatural y nos obstruye los pulmones con un aliento cálido y espeso por el olor a muerte achicharrante.

Ha sucedido momentos después de que llevasen a Zane a la cubierta inferior para que el medis comprobara su estado de salud. El viento ha dejado de zarandear las velas raídas y de mordernos la piel empapada. El océano ha perdido su vivo latido, haciendo las veces de espejo.

Se ha detenido.

Los hombres lo contemplaban y murmuraban acerca de un presagio de los dioses: quizá la criatura era importante para ellos y, al matarla, el resto de nosotros estamos condenados a flotar a la deriva hasta que muramos de sed como castigo. Pero, en cuanto el capitán ha reaparecido en la cubierta principal, los marineros se han callado y se han puesto a trabajar.

Ahora la gente grita órdenes, lo coloca todo en su sitio y llena la cubierta de huellas de botas ensangrentadas. Hay una fila de hombres heridos que asciende las escaleras desde las profundidades del barco y se pasa cubos llenos de agua marina para verterla por la borda.

Por lo visto, en el casco del barco hay un agujero. No es espantoso, pero, sumado al mástil partido y a la falta de viento para empujar las velas, significa que no vamos a abandonar este cementerio marino en breve.

Aprieto la venda alrededor del muslo de Gage. Oprimo el material mientras intento desesperadamente cortar la sangre que mana de una horrible herida abierta que deja a la vista el hueso. Sin embargo, el torniquete no basta para evitar que se vaya alejando de mí.

En sus ojos veo la mirada perdida de un hombre que espera a la muerte.

—Eh... —Aprieto pedazos de paño sobre la herida mientras su vida se me escurre entre los dedos—. ¿Sigues conmigo?

Profiere un grave gemido y al levantar la vista veo que está contemplando el cielo.

—¿Sabéis? Antes yo era capitán. De uno de los otros barcos. —Su voz suena congestionada.

—Ah, ¿sí?

—Lo dejé para ocuparme del puesto de vigía —me informa tras asentir brevemente.

Aparto un paño empapado de la herida y lo lanzo sobre la cubierta para sustituirlo enseguida por uno limpio.

—¿Sí? ¿Y eso?

—Prefiero mirar hacia atrás... que hacia delante.

Detengo las manos y clavo los ojos en su cara. Sigo su mirada hacia el mástil principal y hacia el puesto de vigía.

—Me gustaban vuestros dibujos —murmura y me fijo en sus facciones curtidas—. Buscar los nuevos por la mañana me daba algo por lo que seguir viviendo.

Me aclaro la garganta y noto el charco de sangre caliente que se acumula debajo de mí y que se extiende sobre los tablones de madera...

Estoy sentada sobre tanta sangre suya que me sorprende que todavía le quede alguna en el cuerpo para que el corazón la bombee.

Un nudo enorme se me forma en la garganta.

—¿Tienes… familia en la capital?

—Están muertos. La Plaga se los llevó hace cuatro años. Mis padres, mi hermano, mi esposa. —Hace una mueca y cierra fuerte los ojos al balbucir—: Nuestra hija. Le… le gustaba dibujar para mí. —Se rompe en las últimas palabras y noto esquirlas agujereándome el corazón. Y los ojos.

—Lo siento mucho, Gage…

—No lo sintáis. Hoy los veré en el Mala. —Una única lágrima escapa a su control y recorre la pelusa incipiente que le salpica los tatuajes del cráneo—. Ya iba siendo hora.

Intento tragar el nudo de la garganta mientras examino su rostro liso. Y pienso que la herida que tiene en el corazón es tan reciente como la que le cruza la pierna, pero mucho más dolorosa.

Abre los ojos y los dirige hacia el puesto de vigía.

—¿Me haríais un favor? —Le tiembla la voz ronca con la pregunta.

—Lo que quieras…

—Meted una mano en el bolsillo de mi camisa. Ahí llevo algo que me gustaría sujetar…

Asiento, me seco las manos en los pantalones e introduzco los dedos donde me ha dicho. Extraigo una muñeca de trapo andrajosa con botones por ojos y unas puntadas rosas que se han deshilachado en algunos lugares. Se la pongo en la palma, la rodeo con sus fríos dedos y la alzo para que la vea.

Clava su mirada vidriosa en ella durante apenas unos segundos antes de que asienta y le bajo la mano para ponérsela sobre el corazón. Otra lágrima le cae por la mejilla cuando la aprieta tanto con los dedos que se le ponen blancos los nudillos y la muñeca desaparece en el interior de su puño apretado.

—Ahora —musita—, aflojad el torniquete.

Bajo la vista hacia el nudo ensangrentado que retrasa lo inevitable, pero de repente mis manos parecen dos rocas.

Lo miro a los ojos, que me contemplan con más atención de la que he visto en ellos desde que me diera el trozo de carbón que me pesa en el bolsillo.

«Por si queréis añadir un poco de sombra a vuestros grabados».

—Por favor...

Asiento.

Con dedos temblorosos, desato el nudo de la tela y luego, lentamente, dejo la herida al descubierto. La sangre fluye como un río sedoso y rojizo que busca la libertad a borbotones.

Gage empieza a cantar. Su voz grave y ardiente pronuncia palabras desconocidas de tal forma que ni siquiera quiero saber qué significan. Ni sobre qué versa la canción.

Me hiere de todos modos.

Un hombre cojo pasa junto a nosotros y se detiene para mirar a Gage a través de una mata de rizos rubios y, en el acto, al suelo. Deja un frasco de agua en el suelo, agacha la cabeza y le hace un saludo.

Un saludo de capitán.

Se une al estribillo con su voz rotunda y luego se le suma otro. Y otro. Y todos saludan al hombre que se desangra a mi vera.

Con la garganta atenazada, contemplo cómo brota libre la sangre de Gage. Cierro los ojos cuando la canción llega a su fin sin él y unas lágrimas abrasadoras me caen por las mejillas. Cuando encuentro la valentía de abrirlos de nuevo, veo que los suyos se han apagado por completo.

Aparto la mirada hacia el océano, tan tranquilo que no parece real. Y tan extraordinario.

Una belleza que me resulta incomprensible.

No veo más que el barril al que Kavan intentaba subirse en una desesperada apuesta por salvar la vida y el matiz rojizo que tiñe las aguas y que no parece difuminarse.

Unos pasos retumban sobre la cubierta, más fuertes que los demás. Clavo la vista en el capitán, que, con el ceño fruncido, barre la cubierta con unos ojos sombríos que al final aterrizan sobre mí.

Su camisa azul está desgarrada en algunos puntos y arremangada hasta los codos, dejando así a la vista unos antebrazos curtidos y salpicados de sangre.

Me escanea la cara, las manos y el charco de sangre en el que estoy sentada.

Y al hombre tumbado sobre la cubierta a mi lado.

Hincha el pecho, separa los labios y suelta todo el aire de golpe. Acto seguido, se arrodilla junto a mí y extiende una mano para acariciarle el rostro a Gage y cerrarle los ojos.

—Era un buen hombre.

Asiento con la cabeza.

Baja la mirada hasta el improvisado torniquete, cuyos extremos siguen aflojados sobre mis manos.

—He... —Mi voz no es mía. Es fría y está vacía, ya que las palabras de Vanth se repiten en mi cabeza.

«Es probable que nos hayáis matado a todos».

«... matado a todos».

«... a todos».

—¿Orlaith?

—He hecho lo que me ha pedido. —Parpadeo para despejar mi ciego aturdimiento.

—Ya lo sé. —Aunque habla con voz áspera, percibo cierta suavidad en sus palabras, en sus ojos, en su postura. Pero desaparece de inmediato.

Me sujeta por los hombros y atrae toda mi atención mientras busca en mi mirada.

—¿Estáis herida? —pregunta. Niego con la cabeza y susurro que no—. Bien —murmura y asiente lentamente—. ¿Hasta qué punto estáis familiarizada con la aguja y el hilo?

Noto el sabor de la bilis; aprieto los puños y advierto el cosquilleo inexistente que me pincha la punta de los dedos. Y lo detesto.

«Y lo echo más de menos».

—Mucho.

Me aprieta fuerte, como si intentara anclarme al barco.

—En ese caso, tengo una tarea muy importante para vos.

«Una tarea… Nunca me habían asignado una».

—¿De verdad?

Asiente.

—Si os veis capaz, necesito a alguien que ayude al medis a suturar al resto de la tripulación.

6

ORLAITH

Desciendo una escalera oscura y estrecha en dirección a los sofocantes confines de la improvisada enfermería, muy diferente del trajín que se ha desatado en cubierta. Sumado a la falta de ventanas, el techo bajo espesa el cálido y potente hedor a vómito, dolor y cuerpos.

Los tablones de madera del suelo están cubiertos de vómito y de sangre, rociados por el agua marina residual. Alguien resuella y me tapo la boca con una mano cuando una salpicadura grumosa combate contra el coro de leves gimoteos.

Me trago la bilis y clavo la atención en unos apretados catres de madera, separados por unas cortinas transparentes. Y en los marineros afligidos, con ojos manchados de polvo; unos están presentes; otros con la mirada perdida, como si el dolor les hubiera transportado la mente a algún lugar donde no sufren tanto.

Un hombre me observa fijamente y me sostiene la mirada en silencio. Bajo la vista a su pierna izquierda, que ahora termina en un muñón vendado, y noto un nudo de tensión en el pecho.

«Es culpa mía».

—¿Maestra?

Parpadeo y observo a un joven de pelo rubio y revuelto, y ojos amables y cansados, que está entre dos jergones, con la camisa arremangada hasta los codos. Se limpia las manos ensangrentadas con un pedazo de tela y luego se la pone sobre el hombro.

—Llámame Orlaith.

—Yo soy Alon —se presenta y le miro la mano unos segundos antes de darme cuenta de que quiere que se la estreche.

Me la zarandea como si quisiera comprobar que sigue pegada a mi cuerpo y me aclaro la garganta al tiempo que miro por la estancia cuando me la suelta.

—¿En qué puedo… ayudar?

El alivio le ilumina los ojos.

—A caballo regalado, no se le mira el dentado. ¿Se os da bien manejar la aguja?

—Tengo cierta experiencia, sí.

—Excelente.

Apoya una rodilla en el suelo junto a una caja metálica y me hace señas para que lo imite mientras abre la tapa. Me anudo el pelo en un moño bajo, me arremango la camisola y presto atención al curso intensivo sobre los distintos tarros de ungüentos y sus usos; ya estoy familiarizada con la mayoría de ellos. Me señala distintas herramientas que tal vez vaya a necesitar, me muestra dónde encontrar rollos de gasas y luego incluso me hace una demostración de cómo esterilizar una aguja.

Lo que menos se imagina es que hago eso casi a diario desde que tengo uso de razón.

Me tiende una botella de ron.

—Dejad que beban un trago antes de pincharles con la aguja. Suturad las heridas, aplicadles un poco de ungüento, vendadlas con las gasas y luego pasad al siguiente herido.

Se me forma un nudo en el pecho cuando me pone un par de tijeras metálicas en la otra mano. Me aclaro la garganta y envuelvo el afilado instrumento con los dedos.

—Entendido.

—Aguantará, si es lo que te preocupa.

El hombre al que acabo de suturar frunce el ceño al contemplar mi obra, suelta un gruñido y se incorpora para dirigirse hacia la puerta sin siquiera mirar atrás.

Me seco el sudor de la frente y me dispongo a curar a Jerid, que está tumbado en el catre adyacente con un torniquete empapado de sangre en el brazo.

Clava su mirada sombría en la mía.

—La última vez que te vi, estabas trepando por la vela central. ¿Qué ha pasado? —le pregunto.

—Es-estaba en el puesto de vigía. He cogido la cu-cuerda con... la mano para no salir volando —tartamudea entre breves y dificultosos jadeos—. El barco se ha en-enderezado... y ha convertido mi cuerpo... en un lá-látigo.

Hago una mueca y me arqueo hacia atrás para mirar entre los instrumentos tapados en busca del medis. Tiene el brazo metido hasta el codo en el abdomen de un hombre a tres jergones de nosotros.

Maldita sea.

—Nunca he recolocado un hueso —admito mientras me acerco y veo los ojos desorbitados de Jerid—. Pero quizá pueda intentarlo, ¿no?

—Joder —masculla y acepta la botella de ron que le tiendo para beber un buen sorbo. Sisea entre dientes cuando desenvuelvo el vendaje y expongo la herida con cuidado.

Me da un vuelco el estómago.

Un extremo afilado de hueso le ha atravesado la piel, de la que mana sangre como si de un grifo defectuoso se tratara. También tiene una dolorosa quemadura de cuerda en la muñeca y en la mano.

Después de colocar de nuevo la gasa sobre la herida para taponarla, cojo todo lo que necesito de la caja médica y dispongo los materiales encima de un pequeño baúl de madera junto al catre. Paso la vista por los distintos instrumentos y frunzo el ceño.

—Espera aquí.

—¿Dónde me iba a ir? —responde, esbozando una ligera sonrisa con los temblorosos labios.

Corro hacia el fondo de la estancia, aunque, al pasar junto al último jergón, noto una mirada clavada en el rostro, recorriendo las líneas de mi cuerpo.

Al detenerme, busco la fuente.

Vanth está sentado en el extremo de una cama, con la camisa desabrochada hasta el esternón, el pelo enmarañado y unos ojos celestes que me arrebatan el aire como si una mano fantasmal me rodeara el cuello.

Muy fuerte.

Con la cara ensangrentada por el profundo corte que tiene en la ceja y en la frente, aferra una botella de ron con las manos entre los muslos separados. Se inclina hacia atrás, apoya la cabeza en la pared y me observa a través de unas pestañas espesas mientras bebe un buen trago.

En su mirada maliciosa hay algo que me impide apartarme, pero termino girándome para apresurarme a bajar las escaleras hacia la galería de la cubierta inferior. Las tres últimas están inundadas y me veo obligada a detenerme al adentrarme en las aguas turbias.

Me abro paso entre el agua salpicada de copos de avena y manzanas que me golpean las piernas mientras hurgo entre los cajones. Tras encontrar dos cucharas de madera, enfilo las escaleras y camino con paso vivo cuando alcanzo con los pies descalzos la cubierta de la enfermería.

Nuevamente, me coloco junto al catre de Jerid, me meto una mano en el bolsillo y extraigo un trozo de corteza nocturna.

—Te ayudará a mitigar el dolor.

Me mira con alivio antes de abrir la boca y dejarme ponerle el fragmento sobre la lengua, algo que me sorprende. No es el primero al que le ofrezco el trozo de corteza. Pero sí es el primero que no arruga la nariz ni me dice que los calmantes son para gallinas.

Mientras espero que la corteza surta efecto, me vierto alcohol en las manos, enhebro una aguja y caliento la punta ignorando el enjambre de nervios que me revolotea en el estómago.

—Ahora, muerde esto —le indico y le pongo el mango de una cuchara de madera entre los dientes. Él me lanza una mirada ansiosa que procuro ignorar. En cuanto cierra la mandíbula, bebo un buen trago de ron y hago una mueca cuando el estallido de fuego empieza a bajarme por la garganta.

Aparto la tela de su herida y la mojo con alcohol bajo la melodía espeluznante de sus gritos ahogados. No le doy tiempo a asimilar el dolor antes de cogerle el brazo por dos sitios distintos y tirar para recolocarle el hueso.

Su aullido está a punto de perforar la atmósfera.

Con gesto torcido, entablillo la fisura con la segunda cuchara, uso una cuerda para inmovilizarla y luego suturo los extremos de la herida. Estoy tan concentrada que no me doy cuenta de que se ha desmayado hasta que la segunda cuchara cae al suelo.

Le limpio el resto de la sangre con una esponja y aplico un poco más de alcohol; en las quemaduras le unto un bálsamo hecho con grasa de cerdo derretida, y, por último, le vendo el brazo.

Una breve sonrisa de triunfo me tira de las comisuras de los labios mientras me limpio las manos y los utensilios en un cuenco de agua turbia. Me giro hacia las camas, merodeo entre unos cuantos catres y busco a alguien más que necesite ayuda. Como no encuentro a nadie, miro en dirección al jergón de Vanth, que está en un rincón tras una cortina, y luego a Alon, que sigue con el brazo dentro de las entrañas del otro marinero.

—Mierda —mascullo mientras cojo aire, temblorosa.

Meto mis cosas en un cesto, cuadro los hombros y me acerco con hormigueos en la piel al entrar en su campo de visión.

—¿Tienes solo la herida en la cabeza? —le pregunto mientras hurgo en mi caja médica.

Vanth bebe un trago de ron y me clava la mirada al apurar la mitad de la botella.

«En fin».

—Hay que limpiarla, y luego te la coso. —Humedezco un paño con un poco de alcohol y cojo una aguja, que enhebro antes de prender una cerilla y calentar la punta—. ¿Necesitas algo que morder? —le pregunto, moviendo la llama.

El guardia bebe otro trago.

Está tan abierto de piernas que el único sitio en el que me puedo colocar es justo entre ellas. Intento no mostrar lo mucho que me incomodan sus juegos de poder, me aclaro la garganta, doy un paso adelante y le rozo la cara para limpiarle la sangre. No se inmuta, ni siquiera cuando empiezo a hundirle la aguja en la carne y a unir los bordes de la herida con diminutos incrementos.

El corte es enorme y requiere toda mi concentración. De ahí que, cuando su voz áspera rompe el silencio, casi pegue un salto.

—Nuestro Alto Maestro nos pidió que protegiéramos tu virtud —murmura arrastrando las palabras—. Pero me cuesta creer que Rhordyn y tú no follarais.

Su comentario me atraviesa y hago una pausa para clavar los ojos en su mirada perdida. Se le dilatan las pupilas cuando centra la atención en mi cara.

—He visto la forma en la que te miraba. —Me dedica una sonrisa de labios prietos bañada de veneno—. Como un hombre que ya ha conseguido poseerte. Y que te ha rasgado las costuras de par en par.

«Las únicas costuras que ha rasgado Rhordyn han sido las de mi corazón».

Hundo la aguja en la cabeza de Vanth y noto como colisiona con el hueso. Se echa atrás y maldice entre dientes.

—Uy. —Le cojo la cabeza, tiro de él hacia mí y sigo cosiendo—. Lo siento. Soy nueva en esto.

Levanta la botella y la apura del todo.

—¿Cómo es posible que no hayas aprendido a coser? —Al decirlo, me suelta todo el aliento sobre la cara—. La mayoría de las mujeres saben coser, y he visto cómo pasas tú tus días. No es que te haya faltado tiempo para aprender.

—Estaba demasiado ocupada follándome a Rhordyn —mascullo con frialdad, tirando tan fuerte del siguiente punto que le arrugo la piel.

—Zorra —murmura, meciéndose mientras yo coso y tiro, coso y tiro—. Tengo una pregunta: ¿te gusta que te follen bien?

Se me desboca el corazón y paro unos instantes para recobrar la compostura.

—Nunca lo sabrás.

Sigo cosiendo, más rápido ahora por las ganas que tengo de terminar de una vez.

La energía de Vanth parece aumentar, como si oliera mi vulnerabilidad más allá de mi dura fachada. De pronto, soy sumamente consciente de que me encuentro entre sus piernas, con sus ojos a la altura del pecho.

Y me percato de que este espacio está muy apartado del resto de la tripulación.

—Lo vi llevarte en brazos, ¿sabes? Y a ti regresar con su camisa puesta. —Se pasa las manos por los muslos y se las apoya en las rodillas, y hay algo dentro de mí que se tensa—. Te he visto olisquear la funda de almohada.

Me detengo con la aguja medio clavada en un montón de carne arrugada.

Lentamente, muy pero que muy lentamente, recorro con la mirada la línea torcida de su puta herida en forma de cruz hasta fijarlos en los suyos. En ellos veo un dolor muy agudo, una intención maliciosa y una chispa de fuego que desearía no ver.

El momento se alarga y percibo el fuerte olor del ron en su aliento mientras espero a ver si va a arrojarme alguna otra mordacidad.

—Mi Alto Maestro no tiene compasión —susurra, aunque las palabras me abrasan la piel—. No en lo que a los traidores respecta.

—No soy una traidora.

—Quizá no. —Se encoge de hombros y, al enarcar la ceja izquierda, tensa tanto los puntos que varias gotas de sangre le recorren la cara—. Quizá debería mostrarle las pruebas que he reunido y ver qué tiene que decir al respecto.

Sus palabras aterrizan sobre mi pecho como si fueran pedruscos.

Abro la boca para hablar, la cierro y me quedo rígida al notar algo que me acaricia el muslo y luego la curva del culo…

—O quizá…

Se me agarrota la espalda y se me congela la sangre.

—¿Quizá qué, Vanth?

—Quizá podamos llegar a alguna especie de acuerdo —se apresura a responder.

Con el corazón en un puño, reprimo la necesidad de estremecerme.

De gritar.

En cambio, me hundo en un lugar inhóspito y oscuro en las profundidades de mi ser que es inmune al dolor de mi pasado, mi presente y mi futuro, y noto mi rostro desprovisto de toda emoción.

Y mi corazón haciendo lo propio.

Me aparto de su mirada y retomo la tarea que tengo entre manos, dando puntos rápidos y eficientes. Anudo la última vuelta de hilo y utilizo las tijeras para cortarlo antes de dar un paso adelante hasta apretarme contra la entrepierna de Vanth y notar su masculinidad palpitante y dura contra el muslo.

Abre mucho los ojos con un destello de emoción.

Sitúo la punta afilada de las tijeras sobre su polla hinchada y lo oigo coger aire enseñando los dientes, un siseo de sorpresa que me provoca demasiada satisfacción.

Con los labios sobre su oído, le rozo la piel al susurrarle:

—¿Y qué tal este trato…? —Empujo un poco más. Hundo las tijeras un poco más—. Tú me quitas las manos de encima y yo no te amputo la polla.

Su mano cae pesada como una roca y me aparto para guardarlas en el bolsillo y flexionar los dedos. Le sostengo la mirada como si fuera una especie de concurso y me regodeo en las gotas de sudor que le bajan por la sien.

—¿Te crees especial? —me espeta.

—Creo que estás llorando la pérdida de tu hermano y, además, estás borracho.

Suelta una carcajada, un sonido ardiente que me abrasaría si pudiera sentir algo.

—¿Y de quién es la culpa?

«Mía. Solo mía».

Varias fisuras se abren en mi coraza.

Con una mano en el bolsillo, extraigo un pedazo de corteza nocturna y se la ofrezco.

—¿Qué es eso? —Baja los ojos.

—Tienes que dormir la mona después de esa botella de ron.

Se inclina hacia delante y me tira la corteza de la mano antes de escupir a mis pies y apartarme de un codazo. Se dirige, tambaleante, hacia las escaleras, con la espalda de la camisa manchada de sangre oscura. Solamente cuando está fuera de mi vista regreso de las negras profundidades de mi mar sin emociones y me desmorono.

Me tiemblan las manos y las rodillas amenazan con fallarme. De pronto, tengo la impresión de que el barco está meciéndose sin parar, aunque sé que no es el caso.

No es más que mi mundo el que está inclinándose. Y agitándose.

Apoyada en la pared como si fuera una muleta, echo el brazo hacia atrás y me pellizco en el trozo de piel más suave que encuentro.

Muy fuerte.

El estallido de dolor me distrae la mente y me ancla al presente mientras las palabras de despedida de Baze se repiten en mis oídos...

«No sabes cómo es el mundo ahí fuera, Orlaith».

Nunca ha estado tan en lo cierto.

En el Castillo Negro, me he pasado años aprendiendo la forma errática de los pasillos, cayendo y rozándome las rodillas hasta saberme de memoria todos los socavones y los bloques inestables que podrían lanzarme al suelo.

Esa fortaleza agobiante y desapacible se convirtió en mi hogar. En mi refugio. En mi lugar seguro.

Y ahora... vuelvo a estar ciega.

7

ORLAITH

Dejo a un lado la botella de ron y me coloco las manos sobre la parte inferior de la espalda mientras inspecciono la ardiente y anticuada enfermería. Las pocas lámparas que han sobrevivido al vaivén del barco arrojan un resplandor ambarino a la lúgubre estancia, creando así una anhelante ilusión interrumpida solo por ronquidos fuertes y nasales. No se oyen pasos en la cubierta superior. No se oyen crujidos.

«No se oyen gemidos de agonía».

Los hombres con heridas graves que precisan atención o una operación están desmayados, ya sea por el ron, por el dolor o por la corteza nocturna.

—Id a la cama, Orlaith. —Veo a Alon sentado en la insegura silla del fondo de la enfermería. Se frota los ojos y abre mucho la boca para intentar hablar a pesar del bostezo—. Por ahora, hemos hecho todo lo que podíamos.

Me paso una mano por la nuca para masajearme los músculos agarrotados.

—Dudo de que pueda suturar heridas mientras el barco siga llenándose de agua.

—El agujero ya está tapado. —Esas palabras ásperas me asaltan por la espalda y al girarme veo al capitán limpiándose la frente con un paño que luego hunde en un barreño de agua. Tiene la barbilla cubierta por una barba incipiente y profundas ojeras por la falta de sueño—. También hemos arreglado las velas lo mejor que hemos sabido, pero no podemos ir a ninguna parte hasta que se levante viento. —Se agacha junto a la caja médica y frunce el ceño al ver lo que contiene. Se vierte algo sobre los nudillos ensangrentados, deja el frasco en su sitio y la cierra antes de ponerse de pie.

—Eso era un tónico para las hemorroides —anuncia Alon desde el fondo de la estancia.

El capitán se limita a gruñir y a seguir mirándome.

—Alon tiene razón. Id a descansar. Es tarde.

Mis pensamientos se dirigen hacia el puesto de vigía, hacia la sangre de Gage escurriéndoseme entre los dedos, y bajo la vista al suelo por el peso de la culpabilidad, que soy incapaz de quitarme de encima.

«Descansar...».

Las probabilidades de que lo consiga son escasas.

Con un asentimiento, arrojo el paño manchado de sangre por encima de mi hombro hacia el extremo de un jergón cercano y me encamino a las escaleras.

Una mano enorme se cierra sobre mi codo y al mirar hacia atrás veo los ojos atentos del capitán, cuyas comisuras son más profundas que esta mañana.

—Hoy le habéis salvado la vida a mi sobrino.

«Pero primero lo he puesto en peligro».

—Me han dicho que no habéis dudado en lanzaros al agua.

«No me des las gracias. Por favor».

—Él habría hecho lo mismo si hubiéramos estado en la situación contraria —gruño para llenar el vacío con palabras y que así no me suelte elogios ni agradecimientos que no quiero oír.

Y que no merezco.

—¿Está...?

—Está bien.

El nudo que tengo en el pecho se afloja un poco y mi suspiro de alivio procede de algún lugar hondo y oscuro y magullado.

Al capitán le tiemblan los extremos de los labios.

—Aunque no deja de preguntar por su capa.

«Mierda».

—Y por vos.

66

Aparto la mirada y me trago el dolor que me ha subido por la garganta.

Me aprieta el hombro con una mano fuerte y cálida.

—Hoy habéis hecho lo correcto.

—Ha muerto gente. —Las palabras suenan planas.

—Y las serpientes marinas tienen un cráneo muy grueso y chapado.

Lo miro con el ceño fruncido.

—Vanth apuntaba a la cabeza —masculla—, pero el muchacho no ha navegado por el Mar de Shoaling ni ha visto uno de esos cráneos de cerca, que son apreciados por su impenetrabilidad. De haberle golpeado entre los ojos, el arpón habría rebotado e irritado al animal, y todos estaríamos muertos. Al final, el proyectil le ha golpeado tan cerca del corazón que es certero asumir que hoy le habéis salvado la vida a la mayoría de la tripulación, no solo a Zane.

Me aclaro la garganta.

Las miradas reprobadoras de los marineros no me escocerán como antes, pero no siento ninguna oleada de alivio. Son solo más muertes que se me acumulan en las manos.

Me da una palmada en la espalda y zigzaguea entre las camas para comprobar el estado de sus hombres heridos. Como un ladrón en la noche, me dirijo a las escaleras y abandono la densa humedad de la enfermería, aunque el olor a sudor y a sangre siga adueñándose de cada una de mis respiraciones. Dudo de que haya suficientes lampazos para quitar el aura macabra que ahora parece perseguir al barco.

Salgo a una cubierta envuelta en un silencio espeluznante y la noche inalterable se me pega a la piel. Las lámparas de la parte superior del navío deben de haber estallado, ya que no dispongo de nada más que de la sonrisa de la luna para guiar mi camino por los tablones combados del suelo.

Oigo un fuerte chapoteo no demasiado lejos del barco y la luz de la luna incide sobre unas arrugas vidriosas.

«Por lo visto, los tiburones siguen merodeando cerca».

Me froto los brazos para sacudirme el cosquilleo y pongo rumbo al mástil principal, ignorando los aullidos de mi estómago. La idea de interrumpir mi ayuno sin Zane me parece más vana que el hambre dolorosa. Valdrá la pena mañana cuando comamos juntos, una posibilidad a la que me aferro con los puños mientras intento ignorar los temblores.

Al iniciar el firme ascenso por la escalera, me alejo del dañino hedor de sangre recalentada por el sol y absorbo la familiaridad como la cuerda salvavidas que es en realidad. Si consigo quedarme dormida, quizá mañana me despierte y me dé cuenta de que este día no ha sido sino una pesadilla.

Rodeo con una mano el siguiente peldaño, me impulso hacia arriba y la barra de madera se parte con un crujido que imita los latidos de mi corazón.

La sorpresa me arrebata la voz cuando la gravedad se apodera de mí y me desplomo, sacudiendo los brazos y cediendo a la fuerza que me atrae y me castiga.

El tiempo parece ralentizarse. Transcurre tan lento que observo el puesto de vigía bajo el resplandor plateado de la luna, recortado contra el fondo de negro terciopelo.

«Se parece al Tallo Pétreo...».

Qué raro que me fije en eso al precipitarme hacia mi muerte.

Casi me echo a reír y me pregunto por qué mi miedo se ha escondido en un rincón para dejar que la paranoia asome la cabeza y muestre los dientes a la luna sonriente. Es algo que seguramente debería preocuparme, pero ya noto los tablones de madera de la cubierta acercarse a toda prisa a mi espalda.

No me queda ni un solo latido.

Rozo con los dedos la cuerda de la escalera y mi instinto de supervivencia me lleva a aferrarla.

Muy fuerte.

Con la palma ardiendo con el fuego de unas ascuas enfadadas, noto un golpe doloroso en el hombro segundos antes de estamparme contra la cubierta.

Catapún.

No noto nada.

Ni los pies, ni las manos, ni el corazón...

Es una paz que parece contener la respiración, como si la muerte blandiera una guadaña contra mi cuello y estuviera decidiendo si rebanármelo o no.

«¿Vivir o morir? ¿Vivir o morir? ¿Vivir o...?».

El dolor me golpea como unas manos que me atraviesan las costillas con el impulso de su violento puñetazo. Me cogen los órganos y los aprietan.

Muy fuerte.

Con los labios separados, intento que una bocanada de aire entre en mi tensa garganta.

No puedo moverme. No puedo respirar.

No puedo gritar para pedir ayuda.

Un pánico desolador explota al fin cuando una sombra eclipsa la luna sonriente y veo la silueta inclinando una botella. La oigo tragar y luego soltar un siseo.

—¿Tienes miedo, bruja?

Es Vanth.

El corazón me da golpes breves y dolorosos contra las costillas magulladas.

—Él sí que tenía miedo. Estaba acojonadísimo. ¿Sabes por qué lo sé? —Se agacha y se coloca tan cerca de mí que noto su aliento rancio atacándome la mejilla—. Odiaba el agua. Nuestra madre no lo podía bañar cuando era pequeño sin oírlo chillar. —Me aparta un mechón de pelo de la cara y ladea la cabeza mientras prosigue con voz rota—: Kavan ha muerto gritando y tú también lo harás.

Me da un vuelco el estómago.

Cojo un poco de aire, que sirve para dar vida a un graznido medio suspirado y lastimero.

—Va...

Él ladea la botella y me llena la boca con un chorro de ron que me inunda la garganta. Me atraganto y escupo y resuello.

—¿No vas a gritar? —dice arrastrando las palabras y vuelve a inclinarla...

Y otra vez.

Muevo la cabeza, pero me sujeta la mandíbula y me inmoviliza bajo la cascada ardiente.

—Inténtalo más fuerte, bruja. ¡Grita!

Un gorjeo me burbujea en la garganta. Una súplica ahogada.

Vanth deja de verter el líquido, me agarra el tobillo con mucha fuerza y me arrastra por la cubierta, donde me estampo la cabeza contra un barril.

Las estrellas y la luna se emborronan y se aclaran.

Se emborronan y se aclaran.

La presión aumenta, me surca las venas en busca de libertad. Una voz malvada se desliza justo por debajo de mi piel y me canta desde las horribles profundidades de mi alma abrasada...

«Destrózalo».

Me arrastra escaleras arriba y la cabeza me rebota contra los duros escalones, pero las oleadas de dolor no tienen nada que ver con el peso creciente que noto en el cráneo al tiempo que mi fealdad intenta abrirse paso.

Vanth me suelta el pie y me coge la camisola con un puño para incorporarme hasta dejarme sentada sobre la barandilla. El vasto océano se extiende debajo de mí como una garganta vacía que espera engullirme.

—¡Grita! —me espeta.

Tan solo huelo el ron y la rabia. Tan solo veo los ojos vacíos de Vanth, sus rasgos iluminados por la luna y demudados por la furia.

Un líquido caliente me cae por la nariz.

Por las orejas.

Le rodeo la cintura con las piernas mientras le aprieto la camisa y la piel con dedos como garras y escalo hasta agarrarme con el único brazo que me responde. Vanth arroja la botella por la borda y utiliza esa misma fría mano para cogerme del cuello.

Tira de mí hasta acercarnos tanto que nos rozamos la nariz.

—Ya gritarás cuando te llegue el momento. Me suplicarás que te atraviese el corazón con una flecha, pero no lo pienso hacer. —Me pasa los labios por la mejilla y los planta sobre mi oído—. Me quedaré aquí y observaré cómo te devoran.

Y me da un empujón.

La tela de su camisa se me escurre de los dedos y me precipito dando vueltas y manoteando. Aferro el balaustre inferior de la barandilla y toda yo me estampo contra el casco del barco, que me arranca un grito ahogado de los pulmones.

Oigo rasguños, chillidos, golpes carnosos que suenan demasiado lejos de mí. Mis dedos cubiertos de sudor ceden un poco con cada nueva respiración.

Percibo un fuerte chapoteo en la superficie del mar y el pánico me prende la garganta.

—So-socorro...

Mi voz desesperada suena demasiado baja. Demasiado débil.

Mis dedos van cediendo uno a uno hasta que al final solamente dos soportan todo el peso de mi cuerpo...

Y me resbalo.

Una mano tan firme como para partirme el hueso me sujeta la muñeca, aunque mi estómago sigue precipitándose, y a continuación me impulsa hacia arriba, donde oigo el frenesí de varias voces. Me levanta por encima de la barandilla y me estrecha contra un pecho cálido, que me mece como si fuera una niña pequeña.

—Os tengo. —La voz ronca del capitán me proporciona cierto alivio—. Estáis a salvo.

«A salvo».

Esas dos palabras me duelen más que cualquier otra cosa. Me recuerdan a mi casa, a una especie de lugar en el que estaba a salvo y parecía impenetrable...

La oscuridad me envuelve por completo.

8

BAZE

Hace 18 años

La veo ladear la cabeza mientras gime, desparramando una explosión de cabello negro sobre las sábanas también oscuras para enseñarme la cara, con una piel tan pálida que es casi translúcida. Con los ojos cerrados, sus bonitos labios rojizos vierten afilados suspiros que llenan la estancia diminuta, cuyo ambiente resulta denso por el olor a sexo, sudor y alcohol.

Lleva el vestido de gasa arrugado sobre la cintura. Aprieto las esferas de su culo generoso con las manos mientras noto que tiene el coño tan suave que con cada profunda embestida se me tensan más las pelotas.

—¿Te gusta, preciosa? —mascullo con la respiración acelerada—. ¿Te gusta cómo te follo?

—Sí... —La palabra se abre paso entre gemidos y se retuerce tirando de las ataduras que le sujetan las muñecas detrás de la espalda. Una sucesión de incoherentes súplicas emergen de sus labios pintados—. Por favor, desátame. Quiero correrme.

Como no la complazco, arquea la espalda un poco más y se mece para acoger cada brutal arremetida, estampándome el culo contra los muslos.

Jadeo, me humedezco el pulgar y con él acaricio el tenso círculo rosado e hinchado que aparece bellísimo ante mí. La oigo sisear y el grito ahogado que profiere cuando la lleno con el dedo gordo me baja hasta la polla.

Me aprieta con el coño, una llameante advertencia que me provoca un gruñido.

—Ah, ah... —Salgo de su interior y le doy una palmada en la entrada sonrosada—. Todavía no.

Ella gimotea, se mece hacia atrás y se abre muchísimo más para mostrarme su centro rojo, hinchado y brillante.

Una gran invitación.

Me sujeto la polla cuando la puerta se abre y los oxidados goznes chirrían. Un hombre de espalda ancha vestido de negro ocupa el umbral.

La mujer suelta un grito y me quedo paralizado. Oigo cómo el hombre olisquea. Y noto cómo su mirada se arrastra por el entorno angosto y desordenado.

Se invita a sí mismo a entrar, cierra la puerta y se recuesta en la pared cercana a la mesita de noche, en la que hay un pequeño montón de monedas de plata y un candelabro encendido, la única fuente de luz en esta mediocre habitación.

Se quita la capucha y unos ojos duros y plateados me atacan.

—Alto Ma-Maes...

Echo las caderas hacia delante e interrumpo las palabras de la mujer al introducir mi longitud, dura como el hierro, en sus cálidas y sedosas profundidades, gimiendo con cada centímetro que se adentra en ella.

Su agudo jadeo es una mezcla de delirio y humillación, e intenta moverse por encima de las sábanas arrugadas.

No consigue alejarse demasiado; la atraigo hacia mí para mantener su culo caliente y acogedor clavado a mis muslos. Le pongo una mano entre las escápulas, la empujo contra el jergón de paja y las mejillas se le ponen tan rojas como su coño.

—No hace falta que te levantes y hagas una reverencia, preciosa. Ya estás de rodillas.

Rhordyn se cruza de brazos, sin apartar la vista, por más que la mujer lo observe con una hambrienta mirada de sorpresa que parece prenderle fuego a su interior mojado y palpitante.

«Le gusta que la miren».

Supongo que le daremos un buen espectáculo. Es mi venganza por haber irrumpido en la habitación sin haber llamado ni una puta vez.

Sonrío, me echo atrás y embisto hasta el fondo.

Y le sostengo esa mirada fulminante.

—Pensaba que te había cerrado el grifo. —Su voz grave golpea la sofocante atmósfera.

Mis pensamientos se dirigen a la cómoda que se encuentra contra la pared que hay tras de mí y a la botella de whisky que está casi vacía, a diferencia del vaso, vacío por completo, que está al lado.

—Al salir por la puerta de atrás robé un candelabro de plata —digo sin molestarme en aparentar culpabilidad—. Y le he sacado un buen beneficio.

—¿Y no se te ha ocurrido nada más en lo que gastarlo que en whisky y putas?

Me encojo de hombros, bajo la vista y veo mis abdominales empapados en sudor tensarse con cada brutal arremetida.

—No soy demasiado creativo —espeto entre dientes.

—Si no lo intentas, está claro que no.

—Al contrario. Creo que lo estoy intentando. —Me inclino hacia delante y le rozo el lóbulo de la oreja a la mujer con los labios al murmurar—: ¿No te parece?

Ella suelta un gemido ahogado.

Con una grave exhalación que sabe a whisky y a malas decisiones, agarro con el puño la tela negra y fina de su vestido y la levanto para acercarla a mí, exponiéndola ante Rhordyn, con los labios rojos emborronados y los ojos ahumados entrecerrados en una expresión que resulta desvergonzadamente insinuante. Esta le sostiene la mirada, aunque él me mira a mí con una apatía indiferente que no hace más que estimularme.

Sujeto el cuello con volantes y lo bajo para sacarle esas tetas enormes, que rebotan con cada embestida que le clavo. Con un gemido áspero, coloca la cabeza junto a mi cuello mientras le pellizco los pezones hasta que terminan duros como piedras.

No soy un gran amante de las tetas, pero quizá Rhordyn sí.

74

Quizá le gusta verla atada e impotente mientras la follan, aunque lo dudo.

Quizá esa especie de depravación se reserva solamente para hombres tan corrompidos como yo.

Le pongo una mano entre las piernas y utilizo los dedos para separarla más mientras le hundo la polla. Le rozo ligeramente el clítoris durante unas pocas embestidas, trazo círculos con el dedo corazón sobre su resbaladizo y carnoso botón antes de que se quede paralizada. Con el coño apretado como si fuera un puño, suelta una melodía de breves y agudos gemidos cada vez que la acometo.

Son esos sonidos los que me llevan al límite y provocan un ataque voraz y despiadado que me asalta todo el miembro.

Salgo de su interior, la empujo sobre el jergón y me corro sobre su culo desnudo y rojo para pintarlo con trazos blanquecinos.

Todavía sigo eyaculando cuando la vergüenza me golpea como si fuera un puñetazo en el estómago. Esa vergüenza honda y repugnante que siempre me produce arcadas.

Cada puñetera vez.

Recupero los pantalones del dosel astillado y me los pongo. Me abrocho los botones antes de rodar a la mujer —no recuerdo su nombre, aunque dudo de que me haya molestado en preguntárselo— sobre la cama para que se quede de lado.

Me está sonriendo. En su mirada adormecida tan solo se advierten unas rendijas de sus ojos verdemar. Le desato las muñecas, lanzo la cuerda sobre la cama y luego me aparto el pelo de la cara y me dirijo hacia la cómoda de la pared del fondo.

—Tu dinero está en la mesita de noche —mascullo mientras destapo la botella con un estruendoso pop.

Le siguen el sonido que hace al recolocarse el vestido y salir de la cama. El suave golpeteo de sus pies descalzos sobre los duros tablones de madera del suelo antes del tintineo de las monedas que coge de la mesita de noche.

La oigo moverse un poco más antes de decir:

—Alto Maestro.

Su voz suena más recatada ahora que no le estoy metiendo el rabo hasta el fondo, quizá porque ha bajado del clímax y de repente es dolorosamente consciente de quién es nuestro público. No me cabe ninguna duda de que le está haciendo una reverencia, aunque resulta un poco raro después de que Rhordyn la haya visto correrse en mi polla.

Más pasos apresurados y luego el chasquido de la puerta al cerrarse.

Silencio.

Uno de esos que te rechinan los huesos y te aceleran el corazón.

Me echo en el vaso un buen chorreón de whisky, hasta vaciar la botella, y luego me lo bebo y suelto un fuerte siseo cuando el fuego desciende por mi garganta.

Lo dejo sobre la cómoda con un golpe seco.

—¿Qué quieres, Rhordyn?

—¿No quieres lavarte las manos antes de que hablemos?

—De hecho, estaba bastante limpia. —Mi sonrisa es lobuna.

Suelta un grave gruñido.

—Necesito que vuelvas a casa.

Con el ceño muy fruncido, me giro un poco y le lanzo una mirada de soslayo.

—Al Castillo Negro —aclara sin mover los ojos.

—Ni de coña. Ya sabes que odio ese puto lugar.

Cojo la botella por el cuello y me dirijo hacia la puerta, donde agarro el pomo de latón y la abro. Salgo al lóbrego pasillo, que está iluminado como las habitaciones de esta pocilga, con unos pocos candelabros en las paredes, todos ellos con unas cuantas velas cortas y rechonchas que derraman largas lágrimas de cera por el borde de la bandeja de goteo.

Solo he dado tres pasos por un corredor que desprende demasiada humedad como para no ser un peligro para la salud antes de que la voz de Rhordyn me asalte por la espalda.

—Tengo a una protegida. Una niña que no debe de tener más de tres años. Es la única superviviente del ataque de los vruks que mataron a toda su familia.

Sus palabras consiguen que me detenga. Y que mi corazón golpee la caja que lo envuelve.

Más adelante, una de las puertas se abre y una mujer asoma la cabeza, con los ojos muy abiertos al reparar en la presencia que ahora es una fuerza eléctrica tras de mí.

Se queda pálida y cierra tan rápido que ya imagino la expresión que está poniendo Rhordyn antes incluso de que me dé la vuelta. Mortífera. Destructora.

Como si algo arraigara bajo la superficie de su piel pidiendo liberarse. Sus ojos son dos obsidianas pulidas, clavados en la puerta de la mujer como si intentara ver a través de las vetas.

Me arrepiento de haber salido de la habitación sin atarme la daga a la pantorrilla.

—No sé qué está pasando, Rhor, pero aquí la gente es buena. —Levanto las manos.

—Vuelve a la habitación —me ordena y obedezco, acorralado por él cuando cierra la puerta tras nosotros.

A continuación, empieza a rebuscar en el armario abierto y hurga entre mis pocas pertenencias antes de dirigirse a la pared trasera y abrir la ventana de par en par; la estancia se llena de un viento helado que hincha las raídas cortinas.

Lanzo la botella vacía sobre la cama y cojo mi camisa. Mientras me afano en abrocharme los botones, no aparto la vista de la nuca de él.

—¿Cómo ha podido sobrevivir una niña a un ataque de vruks?

No me contesta. Está asomado a la ventana y observa la calle, iluminada por tres lámparas altas que bañan el pueblo de una red de luz de seguridad.

—Rhor.

La cierra, pero sigue mirando tras los cristales helados.

—Es aeshliana. La hija de Aravyn. Tiene… una marca negra en el hombro que no parece natural.

Luz que nacerá en el cielo y en la tierra,
piel deslustrada por la marca de la muerte…

Me fallan las rodillas y con una mano aferro el poste de la cama, que parece muy débil, al tiempo que toda la sangre me abandona el rostro.

Rhordyn se gira y me fulmina con una mirada que se adentra en mis entrañas. Debe de percibir la conmoción que intento asimilar en silencio, así como la necesidad de confirmación. Porque no puede ser verdad.

«No puede ser».

Su sombrío silencio y su brusco asentimiento me arrancan la piel a jirones.

Doy un tambaleante paso atrás y caigo sobre la cama, medio sentado.

—¿Cómo te has topado con lo que ha supuesto el fin de toda mi especie?

—El destino.

Sumada a la mirada que desprenden sus ojos, esa palabra me destroza los huesos, como si fuera una agonía profunda y derretida que intenta salir por entre los barrotes plateados de su compostura.

Se me cae el alma a los pies.

—Te refieres a que...

—Sí.

Transcurre un segundo antes de que se aclare la garganta y se dirija a la silla tapizada del rincón de la habitación, deslucida por una colección abstracta de manchas. Se desabrocha la funda que le rodea el pecho y apoya la espada en la pared antes de sentarse pesadamente, como un hombre que sostiene el mundo sobre los hombros.

—Nada de lo ocurrido es culpa suya. —Al hablar, mira al suelo, aunque eso no hace sino que el golpe duela más.

—Ya lo sé. —Esa admisión desciende por el nudo que tengo en la garganta, al que no le da la puta gana de desaparecer. Es un nudo de dolor provocado por miles de vidas perdidas.

A algunas las conocía. A otras las quería. Con algunas no pude pasar demasiado tiempo.

Una especie entera a la que ya le costaba luchar para evitar la extinción, diezmada por los golpes del cincel de Maars cuando talló esas palabras en la piedra. Cuando nos marcó como los portadores de una semilla de sombras que daría paso al fin del mundo.

La culpa es de él. La culpa es de los dioses.

Me levanto y paso la vista a la ventana, hacia las farolas encendidas de la calle, y entrelazo los dedos detrás de la cabeza. Cojo aire, lo aguanto en las mejillas y lo suelto.

—¿Quién más lo sabe?

—¿Lo de la marca?

—Sí.

—Mersi. Nadie más.

—¿La cocinera? —Bajo las manos y me lo quedo mirando.

Rhordyn sigue con la cabeza gacha y los ojos fijos en el suelo.

—Correcto. Está cuidando a la niña.

—En ese caso, ¿por qué me necesitas?

—Yo no te necesito. —Me fulmina con la mirada—. Te necesita ella.

—No entiendo. —Frunzo el ceño—. Acabas de decir...

—Según Mersi, la niña no está bien. Se niega a que le dé el sol, aunque la tengo alojada en la torre del norte a la que más llegan los rayos. Se esconde. No quiere salir de las paredes del castillo ni tocar la hierba siquiera. —Hace una pausa—. Se está autodestruyendo lentamente.

Sus palabras son cantos afilados tan pulidos que bastan para abrirme en canal.

Suelto un tembloroso suspiro al darme cuenta de lo que me está pidiendo.

—Quieres que...

—Que le prestes tu luz, sí. Me niego a involucrarme. Rotundamente. Pero tú puedes ser la familia que ha perdido y convencerla de que se acerque al sol. Y darle una oportunidad de vivir.

Me miro los pies y me embarga una oleada de autodesprecio. La sensación de que no soy lo bastante valioso para nadie más que para mis hambrientos demonios.

—Tengo muy poco que dar, Rhordyn. Ya lo sabes.

«Lo sabes con creces».

No me contesta, pero su silencio es estruendoso.

Me aclaro la garganta y contemplo la estancia.

—Mira esto —digo, señalando la cama con una mano. Y luego a mí—. Mírame a mí.

—Ya lo hago.

Suspiro hondo, empiezo a caminar… y me detengo. Vuelvo a mirar por la ventana y termino cerrando los ojos con fuerza. Al final, asiento con la cabeza, un gesto tan débil y lento y egoísta que me provoca náuseas.

—Muy bien. Lo haré.

Se hace el silencio, como si Rhordyn esperara una respuesta distinta.

—Habrá normas. No la vas a exponer a ninguna de estas mierdas —dice, haciendo señas a su alrededor.

—Entendido.

—Bien. —Se pone de pie, coge la espada y se abrocha la funda sobre el pecho—. Recoge tus cosas. Te espero abajo. —Acto seguido, se encamina hacia la puerta en un revuelo negro y fuerte.

—¿Qué clase de vida le voy a dar, Rhordyn? —Se detiene con la mano sobre el pomo de la puerta, engulléndolo por completo—. Los dos sabemos cómo acabará esto.

El aire se vuelve tan denso que resulta difícil respirar. Cuando me mira por encima del hombro, en sus ojos se libra una guerra.

Una guerra fría, sangrienta y brutal.

—Cada año, cada hora y cada aliento… será mejor que nada.

Gira el pomo y sale de la habitación cerrando de un portazo.

9

ORLAITH

Otro rugido fétido parte el aire y mi hermano se sobresalta en mis brazos. Unos pasos muy fuertes retumban en el suelo y hacen vibrar el mantel amarillo limón debajo del cual nos escondemos en una maraña de extremidades temblorosas.

—Se están acercando... —Su aterrado suspiro me provoca un fuego líquido que me abrasa las venas.

—No pasa nada. —Le paso una mano por el pelo—. Yo te cuido.

Siempre.

Me rodea la cintura con más fuerza.

Otro rugido y de pronto las exhalaciones se vuelven más estrepitosas, más escandalosas, mientras a mí me sacude otra fuerza distinta y más destructiva.

«Me niego a verlo morir de nuevo».

—Quédate donde estás —murmuro y le planto un beso en la frente. Me separo de él, lo empujo hacia el muro de piedra contra el que se apoya la mesa, le lanzo una sonrisa radiante que ilumina sus ojos anegados en lágrimas y luego me giro para pasar bajo el mantel.

Me levanto y entorno los ojos ante el resplandor de mediodía.

Unos árboles frondosos arrojan una sombra moteada sobre el claro del bosque, que está salpicado de flores amarillo limón y suaves helechos y hierba que se mecen con el viento. Sin embargo, los siete vruks gris oscuro que nos acechan embarran el paisaje, gruñendo con las fauces abiertas, cuyas babas dan fe del hambre que tienen.

Unos astutos ojos de medianoche pasan de mí a la mesa cubierta de botes de pintura.

Hemos venido aquí para pintar bajo el sol.

Ellos han venido aquí para matarnos.

«Se acabó».

Una cólera crepitante se me enciende debajo de la piel, en busca de puntos débiles en mi coraza.

Echo a caminar.

—No os lo podéis llevar.

Lanzan dentelladas al aire y se aproximan con la espalda arqueada y los labios contraídos. En sus patas aparecen garras afiladas.

Una parte de mí quiere hacerse un ovillo y gritar ante esa imagen, pero esa parte es débil. Y muere un poco cada vez que veo morir a mi hermano.

Sujeto el colgante que llevo alrededor del cuello como si fuera una soga.

—No os lo podéis llevar —gruño con la voz teñida de algo oscuro y desgarrador. Una sonrisa cruel me levanta las comisuras de los labios.

Bajo el brazo y rompo la cadena del collar. El colgante se me escurre de los dedos y cae al suelo.

Y se desata un caos malvado e implacable.

Una explosión de enredaderas negras emerge de las grietas de mi piel de porcelana. Los garabatos dañinos abrasan y cortan, frenéticos y feroces. Letales.

Los gruñidos se transforman en gemidos que son música para mis oídos. Las bestias dan media vuelta y echan a correr, pero no consiguen llegar muy lejos.

«No se lo pueden llevar».

Las palabras se repiten hasta que termino fría y vacía, y entonces mi horrible ser se desvanece y deja tras de sí piel tierna y un corazón abrasado y desprovisto de arrepentimiento mientras inspecciono la marea de pedazos de carne que apestan a muerte chamuscada. La hierba quemada irradia columnas de humo y las flores amarillo limón son cenizas levantadas por el viento.

Todo está muerto. Todo el verdor que quedaba a la vista se ha esfumado.

Se oye un crujido de madera ardiente tras de mí y me giro. En cuanto veo la mesa, me quedo sin aliento.

Está en llamas. El mantel es un montón de cenizas, los dibujos han desaparecido y las pinturas son crepitantes charcos de color que caen por los bordes.

Echo a correr y pongo una mano sobre la llameante pata de madera. La carne de la palma se me derrite cuando vuelco la mesa, contaminando el aire con una estela de espuma ardiente.

Caigo de rodillas al suelo. Un grito ahogado abandona las profundidades de mi cuerpo al ver a mi hermano tumbado sobre la tierra...

Inmóvil.

Con ampollas y burbujas en la piel.

Sus ojos, enormes y vacíos, reflejan el amplio alcance de mi desolación. Me reflejan a mí, una muerte bella y deslumbrante.

Me cubro la cara con las manos ensangrentadas y empiezo a gritar.

Abro los ojos de pronto con el aullido del sueño aún vivo en mi garganta de lija. Me concentro en el techo bajo, en la lámpara que cuelga de él y que me baña de luz amarilla.

«Flores amarillo limón. Mantel amarillo».

El aire es espeso y cálido, y encaja perfectamente con la chisporroteante presión que siento en la cabeza y que me golpea las sienes como un pájaro carpintero enojado.

Mis ojos frenéticos rebotan en las cuatro paredes de madera, una de ellas con una pequeña ventana que hace las veces de marco de la sombría noche del exterior, pero que no logra que la estancia resulte menos agobiante.

Me doy cuenta de que aprieto con el puño el colgante, cuya cadena se me clava tan fuerte en la nuca que me sorprende que el cierre no se haya roto. Lo suelto, me limpio la humedad que me cae por la nariz y bajo la mano vendada para inspeccionarla...

Sangre. Joder.

Me incorporo en el jergón...

Un dolor insoportable me explota en el brazo, me nubla la vista y me arranca un quejido de los labios secos cuando lo recuerdo todo.

La caída, Vanth vaciándome la botella de ron en la garganta, el modo en arañé su carne caliente con las uñas, sus ojos vacíos iluminados por la luna segundos antes de que me lanzara por la borda.

Suelto un gemido.

Cojo aire entre el dolor, me aparto la manta de las manos con el brazo sano y me sujeto el otro por el codo. Cada vez que respiro es como si librase una guerra contra mi hombro desencajado.

Creo que se me ha dislocado. Supongo que Alon no lo ha visto.

«Mierda».

Más sangre me cae por la nariz cuando dejo los pies colgando por el costado del catre.

«Tengo que salir de este camarote tan estrecho».

Al levantarme, me tambaleo con los ojos desenfocados. Otra oleada de presión amenaza con reventarme el cerebro y hacerme caer de rodillas, y trastabillo hasta la puerta para agarrar la manecilla.

La giro. No se mueve.

—¡Joder! —Con los ojos cerrados con fuerza, apoyo la frente en la madera—. ¡Joder, joder, joder!

No puedo patear y chillar y pedir que me liberen sin provocar un numerito.

Cae una gota.

Y otra.

Y otra.

Abro los ojos y me fijo en el charquito rojo que se va acumulando en el suelo, en el que se refleja la luz intensa y amarilla de la lámpara...

La imagen de la mirada desenfocada de mi hermano me apuñala y un sollozo me burbujea en la garganta al rojo vivo.

«Tengo que salir de aquí».

Me quito la horquilla del pelo para soltarme la cabellera en una oleada de mechones apelmazados y, acto seguido, introduzco la larga y afilada pieza metálica en el cerrojo, cierro los ojos y apoyo el oído en la puerta.

Hurgo... Muevo... Giro...

Se oye un chasquido débil y suelto una exhalación mientras aparto el oído de la madera, que ahora está manchada de sangre. Con otra grave maldición, me guardo la horquilla en el bolsillo y abro la puerta para salir al sofocante pasillo, iluminado por una sola lámpara.

A pesar del mar quieto y silencioso, avanzo con pasos lentos e inestables. Me obligo a usar una puerta cerrada como apoyo para recobrar el aliento y me limpio de nuevo la sangre que me gotea hasta la barbilla.

Doy unas cuantas zancadas más y se me hincha tanto el cerebro que golpeo la pared con una mano y cojo una buena bocanada de aire a través de los dientes, doblada hacia delante y con los ojos cerrados con fuerza...

«Tengo que llegar al puesto de vigía antes de que me desmaye».

El chirrido de una puerta que se abre retumba a mi alrededor y al levantar la vista veo a un marinero con ojos soñolientos que asoma la cabeza por uno de los dormitorios, con el pelo revuelto y el pecho desnudo.

En cuanto me divisa, abre mucho los ojos y masculla una maldición.

—¡Que alguien vaya a buscar al capitán!

Gruño, me impulso hacia delante y paso junto a él mirándolo de reojo.

«Chivato».

Me tambaleo por la cubierta superior con la camisola empapada en sudor y, cada vez que cojo aire húmedo, es más un castigo que un alivio, que me conduce hacia la oscura promesa de la inconsciencia.

Con la cabeza apoyada en la fría madera del mástil principal, procuro reunir las fuerzas necesarias para seguir moviéndome.

Bajo los párpados veo imágenes de Baze, de la forma en la que me castigaba cuando me cansaba y me volvía vaga al final de una sesión de lucha, incapaz de proteger mis vulnerabilidades.

Tiene que aparecérseme justo ahora, por supuesto.

Con un gruñido, pongo un pie en la escalera y me aferro al peldaño con la mano vendada para impulsarme hacia arriba. Un grito quebrado emerge de mí, pero aprieto los labios y lo corto.

«Esconde siempre tus puntos débiles».

Varios relámpagos de dolor hacen estragos en mi interior mientras me peleo con los peldaños, con los dientes apretados y la mirada clavada en la noche aterciopelada. Mi brazo herido no sirve para nada, así que lo mantengo cerca de la barriga y utilizo la barbilla como gancho siempre que necesito aferrarme con algo que no sea una mano.

Estoy a medio ascenso cuando unos pasos muy fuertes retumban en la cubierta, pero no bajo la vista al oír gritar al capitán que me detenga.

«Solo tengo que llegar al puesto de vigía».

Los pisotones de las botas que suben por las escaleras me persiguen cuando me asalta una nueva ola de presión.

Abro la boca en un grito silencioso.

Acelero el ritmo y me hago una herida debajo de la barbilla al tiempo que unas lágrimas ardientes me caen por las mejillas. Pero sigo ascendiendo. Sigo adelante. Me niego a mirar arriba o abajo, porque soy consciente de que, si lo hago, mi compostura se desmoronará.

Supero el peldaño partido y gruño una advertencia entre jadeos:

—Peldaño… roto. No… caigáis.

—Orlaith, deteneos.

La voz ronca del capitán me persigue, teñida de tensa preocupación.

Me escuecen los ojos al apretar los dientes y subir más deprisa.

Y más deprisa.

Al cabo de diez aterradores peldaños, llego a la trampilla, que ya está abierta, y me subo al puesto de vigía; veo que el capitán ha dejado atrás el peldaño roto y me está mirando.

Masculla una maldición.

Cierro la trampilla y corro el pestillo antes de desplomarme contra mi saco húmedo, que sigue atado a la barandilla, con el corazón aporreándome por dentro.

Con un gruñido, el capitán golpea la trampilla.

—Abrid, Orlaith. ¡Ahora mismo!

Me quedo mirando las cuerdas sueltas que cuelgan alrededor del mástil. Los tarros con mis esquejes han desaparecido. Mis glicinas...

Con dolor en la garganta, froto las cuerdas y no consigo tragarme el pesar. Otro fragmento de casa que se me escurre entre los dedos, como si me estuviera deconstruyendo parte por parte. ¿Qué va a quedar de mí cuando haya terminado de derrumbarme?

Más golpes hacen traquetear la trampilla.

—¡Dejadme en paz!

Me coloco encima de la puertecilla, desato el nudo de mi saco y extraigo la pequeña piqueta del bolsillo trasero de los pantalones. Hurgo entre mis pertenencias con una sola mano y encuentro la funda de almohada de Rhordyn y el paquete envuelto en tela que contiene mi caspún.

El capitán sigue aporreando la trampilla y gritando palabras lúgubres y roncas que se ven eclipsadas por el revuelo que se desata debajo de mi piel.

Con la cara apretada contra la tela, me lleno los pulmones con el olor residual y turbio de él.

Pero con una bocanada no basta. Cojo varias profundas y hambrientas, con la funda abrazada junto a mi pecho mientras me mezo, con el caspún apretado fuerte en un puño que no consigue deshacerse de los temblores.

—Estoy bien —me miento a mí misma, imaginando que me lanzan hacia las nubes y las perforo, rodeada por plantas y rocas y pinturas. Imaginando que Rhordyn me envuelve con su cuerpo, removiéndome por dentro de esas formas que odio que me encanten.

«Qué pensamiento tan venenoso».

Desgarro la tela, me tumbo de lado y cierro los ojos, ignorando el suplicio del hombro y el dolor vacío del pecho. Ignoro el puño que golpea la madera a un par de centímetros de mi cabeza, me abandono al sufrimiento que se amotina debajo de mi máscara y saboreo cada latigazo hirviente como la penitencia que es.

Cae una gota.

Y otra.

Y otra.

—Estoy bien...

«Otra mentira con la que coserme la piel».

10

ORLAITH

Mi mundo se tambalea con un chirriante balanceo y un viento frío me azota la mejilla. Abro los ojos y veo la vela remendada que bate contra un fondo de nubes blancas y mullidas que abarrotan el cielo como una pintura con esponja. Un mechón de cabellos cubiertos de sal ondea ante mi cara, me hace cosquillas en la nariz y levanto una mano para apartarlo...

«Craso error».

Un gemido emerge de mí cuando un relámpago de dolor me atraviesa el hombro.

Con los ojos cerrados con fuerza, me tumbo de costado y siseo entre el eco de la tortura que me fustiga con cada latido del corazón. Me desabrocho los dos botones superiores de la camisola y me la bajo por un brazo para dejar al descubierto un bulto nudoso que ahora me sobresale de la curva del hombro.

Todo el aire me abandona los pulmones.

Efectivamente, está dislocado. Se parece a los dibujos que salen en los libros de medis del Lomo.

Bajo la mano y ladeo la cabeza al cerrar los ojos, con un rastro de sudor sobre la ceja pese a las frías rachas de viento que parecen haber despertado el mar.

Si llamo a Alon, me arrastrarán de nuevo a esa estancia minúscula. Y seguramente impedirán que vuelva a subir al puesto de vigía.

«Tengo que recolocármelo yo misma. Como sea».

Tras reinspeccionar la protrusión, de reojo percibo movimiento y miro entre los agujeros de la barandilla hacia el océano revuelto.

Cuando cojo aire, solo lo consigo a medias, porque paso la vista, histérica, de una vela azul oscura a otra...

—Joder.

Un enjambre de barcos nos rodea, unos muy cerca y otros tan lejos que cuesta divisar los detalles.

Pensaba que Cainon estaba siendo un exagerado, pero ha traído a toda una flota. Demasiados barcos para considerarlos un acto de gentileza a cambio de mi mano.

Se me cae el alma a los pies.

«¿En qué coño me he metido?».

Bajo la mirada hacia el primero de los numerosos botes de remos que avanzan en el mar picado; hacia el hombre recio colocado en el mascarón de proa, con el pelo trigueño peinado hacia atrás y la bronceada piel golpeada por el sol.

Clava sus ojos azul cielo en los míos.

Me quedo sin aliento.

Algo se remueve en mi interior, mientras que el resto de mí está paralizado ante la asfixiante tensión que me envuelve las extremidades y todo el cuerpo.

Es Cainon, el Alto Maestro de Bahari, el territorio del sur.

«Mi prometido».

En sus labios se forma una línea dura y no mueve los ojos mientras los dos hombres a los remos lo acercan al barco. Cada brazada añade otro caballo a la manada que galopa en mi pecho. Atracan junto al navío y una tripulación de rostro serio les lanza por la borda una escalera de cuerda. Cainon por fin desplaza la mirada para ascender los peldaños y me desmorono por completo.

Me tumbo de espaldas y contemplo el cielo, y luego la cupla que me engrilleta la muñeca, cuyos detalles dorados hacen rebotar los rayos del sol en mi dirección.

El fiero traqueteo de mi corazón se acelera.

«Mierda».

Me incorporo soltando una exhalación de dolor al sujetarme

el brazo, me inclino hacia delante y asomo la cabeza por uno de los agujeros de la balaustrada; el pelo me cae alrededor de la cara.

Cainon pasa por encima de la barandilla y aterriza sobre la cubierta.

La tripulación forma una larga fila. Los vendajes blanquecinos que llevan son un fuerte contraste con la piel curtida por el sol. Cainon se detiene delante de nuestro estoico capitán y los veo conversar.

Alargo el cuello para oír algo.

La brisa marina roba sus palabras antes de que lleguen hasta mí.

Cainon levanta la vista hacia el mástil, me mira a los ojos y me deja sin aliento al mismo tiempo. El estómago me da un brinco cuando la aparta, se encamina hacia mi escalera y sujeta el último de los peldaños.

—¡Abre la trampilla, Orlaith! —grita—. Voy a subir.

Miro hacia sus pies, que se balancean, y de nuevo hacia su cabeza.

—El pestillo está oxidado y se ha atrancado. A lo mejor tardo un poco en abrirlo. Mejor te veo abajo.

Hace una pausa y me ensarta con una mirada adusta.

—¡Que alguien me traiga un hacha!

Sus palabras me golpean. Me destrozan. Me matan.

Toda la sangre me abandona el rostro y me deja mareada; meneo la cabeza cuando un recuerdo empieza a arder en mi mente...

«Un hombre enorme se dirige hacia mí y el niño. Tiene la cabeza brillante y lleva en una mano uno de esos utensilios para talar madera. Creo que se llama "hacha"».

«¿Por qué le gotea un líquido rojizo?».

Se me agarrota el cuerpo entero. Esa cosa que hay en mi interior se arquea como una serpiente preparada para atacar.

—Un hacha no... —Niego con la cabeza, con los ojos muy abiertos, y grito para mis adentros las palabras que mi boca tan solo es capaz de susurrar.

«Por favor».

—¡Abre la trampilla!

Me echo atrás y suelto una violenta exhalación mientras me

peleo con el pestillo con manos temblorosas. Lo abro y me hago un ovillo dolorido durante demasiado rato, antes de notar que la funda de almohada de Rhordyn sigue apretada contra mi pecho y que mi paquetito de caspún se encuentra a mi lado, sobre los tablones de madera manchados con mi sangre.

Todas mis debilidades están al aire libre para que él las vea como las heridas abiertas que son.

Meto el bulbo en mi saco para protegerlo y con los dedos rozo el mango de un arma que preferiría fingir que no está ahí. Retiro la mano, pero no tengo tiempo de atar el cordel antes de que Cainon suba medio cuerpo por la trampilla.

Los dos nos quedamos quietos. Me examina la cara con ojos que parecen cuchillas y juraría que se le dilatan las pupilas.

—Orlaith...

—Cainon.

—¿Por qué tienes sangre en la cara?

Dirijo la mano vendada hacia la costra que se me ha formado sobre el labio superior.

—Me ha sangrado la nariz —musito. Clava su mirada astuta en mi oreja—. Me pasa mucho cuando hace calor —me apresuro a añadir y él arquea las cejas mínimamente.

Rhordyn tiene razón. Tengo que aprender a mentir mejor.

Cainon se aclara la garganta y se alza hasta subir al puesto de vigía. A continuación, observa el mural que he tallado en los tablones de madera. La necesidad de estirarme y taparlo me atenaza por dentro.

Extiende un brazo hacia mi saco.

—¿Tienes agua fresca ahí?

Me coloco delante de su mano, gesto que me provoca una llamarada en el hombro.

—Sí. —Me trago la mueca de dolor y hurgo entre mis pertenencias—. La busco.

Sigue mis movimientos con los ojos y me deja un rastro hormigueante en el brazo y en la cara. Saco el odre de agua y se lo tiendo.

Al cogerlo, clava su atención en mi mano herida.

—¿Qué ha pasado?

—¿El capitán no te lo ha contado?

Extrae un recuadro de tela azul del bolsillo y lo humedece con un poco de agua.

—Quiero oírlo de ti.

«Cómo no».

—Me he caído. Y me he quemado la mano al agarrarme de una cuerda.

—Esa no es la respuesta que busco, Orlaith.

Me muerdo la lengua con tanta fuerza que me comienza a sangrar. Si espera que le relate paso a paso lo perverso que se ha ido volviendo su guardia durante el breve tiempo que hemos pasado juntos, se va a llevar una decepción tremenda. No voy a darle munición alguna.

No puedo echarle en cara a Vanth su comportamiento, no cuando yo misma me he bañado en el mismo fango aceitoso con el que resbaló su cordura antes de que me empujara por la barandilla.

La congoja a veces inutiliza el cuerpo. La mente. No tiene ninguna compasión.

Mi propia pena me ha clavado los dientes en la carne y me ha silenciado los latidos del corazón. Y hay algo deslizándose en mi interior, una reservada conciencia que sisea la verdad como si fuera una serpiente.

«Volvería a hacerlo».

Cainon se agacha y me posa el recuadro de tela húmeda sobre la piel. Con un profundo suspiro, levanta la vista y me mira a través de unas pestañas espesas y doradas.

—El hombro derecho te cuelga más bajo que el izquierdo.

—No es nada...

Antes de parpadear siquiera, me ha cogido el bíceps y me ha plantado la otra mano sobre el hombro herido. Acto seguido, me tira del brazo con tanta fuerza que estoy convencida de que me lo va a arrancar.

Un agudo chasquido me retumba en los huesos y grito, aúllo, con la garganta al rojo vivo.

—Había... olvidado... lo capullo... que eras —le espeto entre jadeos, abandonándome a la oleada de alivio que enseguida experimento.

Me coge la otra mano y me la pone sobre el codo para que lo sostenga.

—¿Habrías preferido que te avisara, pétalo?

Gruño, y él empieza a desabrocharse la camisa dejando a la vista unos músculos bien definidos que parecen de piedra tallada, intactos salvo por una herida de unos cinco centímetros que tiene justo encima del corazón. Pero, con el velo rojizo que me empaña la visión, no puedo apreciar el espectáculo.

Ni siquiera me ha dado nada que morder, el muy desgraciado.

Me anuda la camisa debajo del brazo herido antes de que lo aparte de un manotazo.

—Lo tengo controlado —mascullo y, con la barbilla y un trabajo de dedos muy practicado, improviso un cabestrillo con la camisa. Son las ventajas de haber tenido que apañármelas sola durante los primeros días después de romperme el pulgar.

Al levantar la vista, veo que Cainon está acuclillado, como si fuera uno de los gatos de las dunas de Rouste que he visto en los libros ilustrados, unos animales enormes y regios de pelaje dorado y pose majestuosa.

Detrás de esas esferas celestes salpicadas de violeta que tiene por ojos hay todo un mundo de calculadora perspicacia.

—Veo que has ganado agallas desde la última vez que te vi.

Echo la cabeza hacia atrás.

«No he ganado nada. No he hecho más que perder».

—Puedes irte ya.

—¿Me estás echando? —Arquea una ceja—. ¿De mi propio barco?

—Sí. —Me acerco al mástil, apoyo la espalda en la madera y ladeo la cabeza para dirigir los ojos hacia el cielo, que parece un cuadro pintado con los dedos y plagado de gaviotas revoloteando—. Cierra la trampilla al bajar.

Transcurre un buen rato antes de que se aclare la garganta, coja la tela húmeda del suelo y se me acerque tanto que noto la electricidad estática que desprende.

—Te guste o no —murmura y noto su aliento cálido mientras me limpia labio superior—, no te puedes quedar aquí.

—¿Por qué no?

—Porque voy a hundir este barco.

El corazón me da un vuelco y me quedo sin aliento al contemplar la implacable extensión de sus ojos azul cielo.

—Estás de broma.

—Lo digo muy en serio. Están sacando a los marineros heridos en botes de remos mientras hablamos.

Le aparto la mano y le sostengo la mirada.

—¿No podéis... arreglarlo y ya está?

Cainon observa los tablones de madera y arranca una astilla, que deforma ligeramente uno de mis garabatos.

—No siempre se puede arreglar lo que se ha roto. Por desgracia.

Algo retrocede en mi interior.

—Prefiero gastar mis recursos en cosas más importantes. —Se guarda la astilla arrancada—. Levanta la barbilla.

Claro...

Inclino la cabeza y vuelvo a dirigir la mirada hacia el cielo, hasta que Cainon me roza la herida que tengo en la barbilla. Me encojo, pero él me sujeta la cara y sigue con sus cuidados; me limpia la línea afilada de la mandíbula hasta el lóbulo de la oreja y luego baja por la garganta.

—Tienes un cuello precioso.

«Nunca me ha visto el cuello. Ni la cara. Ni mi verdadero ser».

—Ahora te toca responder con otro cumplido. Así es como funciona esto del cortejo.

—No me estás cortejando.

—Sí.

—Pues no has empezado muy bien.

Se instala un breve silencio entre nosotros; en tanto, él me limpia el cuello y pasa a la otra oreja.

—Deduzco que mi flota no te ha impresionado.

—No, a no ser que ponga rumbo hacia Ocruth —digo sin expresión.

Bajo la vista y veo con los párpados casi desplomados que cae en la cuenta.

—Nos escuchaste...

Sí, a él y a Rhordyn cuando mantuvieron una conversación «privada».

—Culpable —admito, sin rastro alguno de culpabilidad en la voz.

—Interesante...

—¿Y bien? ¿Los barcos pondrán rumbo a Ocruth?

El viento me azota el cabello hasta convertirlo en un garabato rubio que nos separa mientras él me contempla con ojos que van de un lado a otro por senderos definidos y calculados.

—En el norte se está formando una tormenta...

—Y estos barcos están hechos para soportar las inclemencias del temporal. Lo sé de buena tinta —digo, alzando la mano herida—. Corrigen su propia posición.

—Lo que llamamos una destrozabarcos —prosigue, ignorando mi comentario—. Estamos a cinco días de llegar a un puerto seguro hacia el sur. A semanas de Ocruth con el retroceso del temporal.

—Así que vais a dar la vuelta.

Hace una larga pausa.

—Correcto. Nos dirigimos hacia la capital.

Una sensación fría y ácida se derrama en mi interior y se instala en las profundidades de mi ser. Trago saliva, clavo la vista en el cielo y contemplo el vuelo de las gaviotas.

—En ese caso, no —mascullo—. No me impresiona tu flota.

Me sujeta la barbilla y me baja el rostro con gesto autoritario para captar mi atención y desbocar mis latidos.

—Qué comentario tan poco amable. Los barcos han venido hasta aquí para verte.

—Porque me he retrasado unos cuantos días.

—Te has retrasado una semana. Y ya te lo advertí, así que ahora no te puedes enfadar.

—Pensaba que lo decías de broma. —Abro mucho los ojos.

—¿Por qué iba a decir de broma una cosa así?

Juraría que está perplejo de verdad.

Con un suspiro, aparto la barbilla e inclino la cabeza hacia el mástil, de pronto más cansada de lo que he estado en los últimos días.

—Eres agotador —murmuro mientras cierro los ojos—. Deja... que me hunda con el barco.

Suena a que sería un final tranquilo.

—Me temo que no es una opción. —Sé por la tensión que le tiñe la voz que se está levantando—. Deja que te ayude a ponerte en pie.

Gruño internamente.

Abro los ojos, me mezo hacia un lado y utilizo la mano vendada para incorporarme con un tambaleo. Cainon me rodea la cintura para estabilizarme, pero lo aparto y me aferro a la barandilla. Noto su mirada clavada en el rostro mientras observo un montón de botes de remos alejarse del barco, repletos de marineros heridos.

—Estás más..., cómo decirlo..., hostil que de costumbre.

Como no le contesto, se arrodilla y se dispone a aflojar la cuerda que fija mi saco al mástil.

Una tormenta arrecia en mi pecho al imaginármelo hurgando en lo que contiene la bolsa...

Y temiendo lo que vaya a encontrar.

Si salto hacia él, no haré sino atraer más su atención.

Repaso para mis adentros el inventario de pertenencias mientras él se pelea con la sucesión de nudos y yo urdo excusas que lanzarle como si fueran rocas. Me cuesta encontrar una que justifique la presencia de la garra. O de la funda de almohada. O del paquete con esas setas que rescaté de un montón de mierda y que no he podido guardar en tarros.

«Me cago en todo».

El saco cae del mástil y él sujeta la cuerda ciñéndola tanto que podría estrangular a alguien. A continuación, hace un nudo con el cordel que casi me hace vomitar de alivio.

—¿Llevas algo frágil? —me pregunta, señalándolo.

—Depende de lo que catalogues como...

Lo arroja por la balaustrada y contemplo, en un asombrado silencio, cómo vuela hasta la cubierta y aterriza con un golpe seco. Un sonido que noto en las entrañas.

Mientras lo contemplo, por fin consigo pescar algunas palabras de las ascuas de mi fiera rabia.

—¿Se puede saber qué coño te pasa?

—Mucho más de lo que llegarías a imaginar —masculla. Una osada conjetura. No tiene ni idea de lo amplia que es mi gama para los distintos niveles de estar jodido—. Ven aquí.

Deslizo los ojos hacia sus brazos abiertos y su pecho, muy desnudo y liso y moreno por el sol.

—Ni lo sueñes.

—Ay, Orlaith. —Me dedica una sonrisa burlona—. Lo que sueño es mucho más retorcido, te lo aseguro.

Noto un fuerte y ardiente hormigueo en las mejillas y me quedo en blanco.

Cainon arquea una ceja y me hace señas para que me acerque, pero mis pies terminan retrocediendo.

—No —balbuceo—. Ni hablar.

—¿No?

—Me sorprende que no estés familiarizado con esa palabra.

—Porque puedes bajar por tus propios medios, ¿verdad? —En sus ojos desaparece el destello de diversión.

«Es probable que no».

—Por supuesto. —Yergo la barbilla.

Suspira, ignora mis protestas a voz en grito y me levanta para situarme contra su pecho musculoso.

—Deja de retorcerte y rodéame con los brazos y con las piernas.

Reacia a la idea de montar un numerito más grande, le paso las piernas por la esbelta cintura y clavo los ojos en el mar, que ya está abarrotado de botes de remos.

—A no ser que quieras volver a caerte, te sugiero que te arrimes más y aprietes esos muslos tan bonitos que tienes.

—Te los voy a apretar alrededor del cuello —mascullo y él suelta una carcajada.

—Cuando estemos casados —dice mientras cruza la trampilla—, te tomaré la palabra.

La idea de que estamos prometidos me asesta un golpe en toda la cara y en silencio le suplico que me suelte para precipitarme a una muerte rápida.

Sin embargo, Cainon desciende por la escalera con confianza. Mi brazo herido, situado entre los dos, es la única barrera que impide que estemos cuerpo con cuerpo, una posibilidad que me calienta la piel pero me inquieta el espíritu.

Con las mejillas ardiendo, veo los barquitos flotando y dispersarse entre el resto de la flota. Los hombres miran hacia atrás para verme pegada a su Alto Maestro, arrancada del puesto en el que me había instalado, tozuda.

—Esto es humillante.

—También lo es esperar en vano durante días con el alma en vilo a que tu prometida llegue a su nuevo hogar.

«Y una mierda con el alma en vilo».

No sé gran cosa de gestionar flotas, pero dudo de que haya podido preparar una con tan poca antelación. Es posible que dispusiera la orden en cuanto regresó a su territorio. Joder, seguro que mandó un duende mensajero antes incluso de salir del Castillo Negro.

Me veo obligada a admitir que las observaciones acusadoras de Rhordyn tal vez estén fundadas...

Cainon es un hombre ambicioso.

—Pon la cabeza debajo de mi barbilla —me indica—. Me está dando un calambre, y no de los divertidos.

Hago lo que me pide, pero me niego a morder su anzuelo verbal. Me niego a disfrutar lo más mínimo de tener la mejilla apoyada sobre su pecho, que sin duda alguna es su intención.

Cainon llega a los pies de la escalera y se aparta. Mueve una mano para apoyarla bajo mi muslo.

Me quedo sin aire.

—Sé caminar, Cainon.

—Chica lista —murmura y se inclina para coger mi saco antes de dirigirse a la barandilla y lanzarlo por la borda.

Me giro a tiempo para ver cómo aterriza en un hueco de los tres botes vacíos que siguen junto al casco del barco, justo al lado de la bota austera de un marinero.

—Me gustaría que dejaras de lanzar mis cosas por los aires —mascullo.

—¡Fuera! —grita Cainon y los dos marineros se suben a otra barca ya abarrotada con otros cinco hombres. Se gira cuando se aproxima el capitán—. ¿Está vacío el barco?

—Es el último —contesta el hombre, señalando a un marinero herido al que bajan por la borda.

—Bien.

El capitán se gira para gritar algo a la tripulación, sin ni siquiera mirar en mi dirección, y un fragmento de culpa se me aposenta en el fondo del pecho.

«Lo he decepcionado».

Cainon pasa una pierna por encima de la barandilla y descendemos por la larga y tambaleante escalera de cuerda que recorre el casco del barco. Estoy obligada a sujetarme fuerte a su cuello, empapado con olor a cítrico y a sal.

—Veo que te estás poniendo cómoda. —Salta sobre el barco y consigue mantener el equilibrio mientras la embarcación se inclina peligrosamente y se choca con el casco—. Me parece que es una pena que nos separemos ahora. A lo mejor te podrías sentar sobre mi regazo mientras remo, ¿no?

—Preferiría que me lanzaras por la borda —murmuro y se ríe mientras me deja en el asiento trasero, que está salpicado de agua marina.

Sin dejar de reír, me recoloca el improvisado cabestrillo al tiempo que yo observo la flota restante, que mancilla el horizonte con grandes velas azules azotadas por el viento.

Su carcajada se detiene de pronto.

—¿Quién te ha dado esto?

Bajo la vista a los dedos de Cainon, que rodean la joya negra que debe de habérseme salido de la ropa, al lado de la concha de Kai.

Se me para el corazón.

Se la arrebato y me guardo los valiosos colgantes debajo del cuello de la camisola.

—¿Quién te lo ha dado, Orlaith? —Me mira con ojos entornados y oscurecidos.

Le devuelvo la mirada.

—La llevo desde que era pequeña.

No es mentira. Tampoco es la verdad que él anda buscando, pero, si le digo que fue un regalo de Rhordyn, insistirá —y no sin razón— en que debo quitármelo. Y eso no es una opción.

—Desde que eras pequeña —repite Cain con la vista clavada en mi atuendo de Ocruth, como si estuviera contando todas y cada una de las fibras negras y guardándolas junto a mi personalidad—. Mmm.

Extiende un brazo, desata la cuerda que nos amarra al navío y luego ocupa su lugar en el asiento que está delante del mío. Coge los remos, los hunde en el agua y nos aleja del barco, que ahora está desprovisto de vidas.

Los músculos se le tensan y se le hinchan. No altera las facciones ni aparta los ojos de mi cara.

Hunde los remos y empuja.

Hunde los remos y empuja.

Hunde los remos y empuja.

El viento me revuelve el pelo y me forma nudos caóticos. La espuma que levanta la proa de la barca me golpea en la cara.

La mirada de Cainon sigue inalterable. Apenas parpadea. Mientras tanto, el colgante de Rhordyn me deja una ardiente marca fantasmal en la piel.

«Márchate y cásate con tu querido Alto Maestro, pero te perseguiré hasta los cuatro confines del continente. No porque quiera, joder, sino porque no puedo evitarlo».

Un estremecimiento me zarandea...

Cada vez más incómoda con el peso del escrutinio de Cainon, miro detrás de él hacia un bote, una mera mota comparada con los navíos gigantescos que se mecen con el latido del mar. Por lo visto, se tambalea en nuestra dirección y no cuenta más que con un solo marinero, con cabello del color del maíz.

Cuando por fin nos cruzamos, el aspecto del hombre me sorprende.

No luce ese brillo propio de Bahari al que ya estoy acostumbrada; tiene la piel cetrina y los ojos sin vida, así como la expresión despojada de toda emoción. Tiene una lesión rojiza que sangra en la mano.

Con el ceño fruncido, lo miro por encima del hombro. La distancia que nos separa aumenta con cada poderosa remada de Cainon, pero el hombre sigue dirigiéndose hacia el barco que acabamos de abandonar.

Atraca contra el casco y asciende la escalera.

—¿Por qué va...?

—Deberías haberte venido conmigo cuando me fui.

Esas palabras me agitan y me giro para mirar hacia sus intensos ojos azules. Fuera del castillo de Rhordyn parece mucho más grande, como si hubiera mudado de piel. O quizá era la presencia dominante de Rhordyn, que arrojaba sobre Cainon una sombra demoledora.

—Dijiste que no pasaba nada por que fuera en un barco separado.

—Un error que casi te ha costado la vida. Subestimé lo poco que te ha enseñado Rhordyn sobre el mundo exterior —me suelta—. Puede que te salvara cuando eras una niña, pero te ha fallado en todo momento desde entonces.

No lo puedo negar, pero no soy ninguna damisela. Ya no.

«Nunca más».

—Veo que me tienes en poca consideración.

—Has estado a punto de morir. Tal vez mueras como se te infecte la mano.

No le digo que en el saco tengo suficientes hierbas como para desinfectar las heridas de todo un ejército porque me da miedo llamar su atención hacia mis ilícitas pertenencias.

Yergo la espalda y veo como alzan un bote a la cubierta de un barco más grande. El silencio se prolonga, interrumpido por las olas y los ruidos de los remos, que rotan cada vez que Cainon los hunde en el agua y empuja.

Los hunde y empuja.

—Dime una cosa. ¿Hay alguna razón por la que sigues vistiendo ropas de Ocruth?

Levanto los ojos hasta los suyos. Le sostengo la mirada.

—Me gusta el color negro —me limito a responder, porque no hay una forma sencilla de decir que por dentro soy de una negrura corrosiva. Y que me parece adecuado llevarla también por fuera.

No estoy aquí para encajar. No. Estoy aquí para hacer las paces con la montaña de muerte que se alza dentro de mí, con todas las miradas condenatorias que me observaban desde la pared de los Susurros.

Lo estoy haciendo por los barcos. Para que Rhordyn y Zali dispongan de la flota que necesitan para navegar el Mar de Shoaling y entrar en el territorio de Fryst por la puerta trasera. Para que corten el derrame de vruks en el supuesto origen y poner fin a las incursiones devastadoras que asolan el continente.

Lo estoy haciendo para que salven vidas.

Cainon desciende la mirada hasta mi cupla y luego la clava de nuevo en mi atuendo.

—La tripulación no te ve como una de los nuestros. Y eso significa que no te ve como mía.

—No soy propiedad tuya —le espeto, tan rápido que apenas noto las palabras pasando por los labios—. No soy propiedad de nadie.

—Quizá no, pero sí se espera que representes el papel. Pronto serás Alta Maestra. Te guste o no, el título implica sacrificios.

—¿Qué se supone que signi...?

Una ensordecedora explosión desgarra el océano. Al girarme, veo que el barco del que hemos salido es pasto de las llamas y vomita una nube de humo y cenizas a medida que se destruye con violencia.

—¿Quién...? —Trago saliva a través del nudo que tengo en la garganta—. ¿Quién ha encendido la mecha?

Una fuerte ráfaga de viento insufla un potente aliento a las llamas y me envuelve con el olor a carne quemada.

En mi interior, algo se marchita.

No puedo respirar. No puedo hablar. No puedo hacer más que observar.

—El hombre al que acabas de ver viajaba a bordo de uno de los otros barcos. —Me giro, fustigada por la mirada despiadada de Cainon—. Llegó hace un par de días con la Plaga. No me podía arriesgar a que se extendiese la enfermedad.

Otra explosión estalla en el sur y sacude las olas, y contemplo, con los ojos desorbitados por el horror, un segundo barco prendiéndose como si fuera una antorcha. Se alzan gritos de los hombres atrapados entre las feroces llamaradas y que saltan por la borda, un chamuscado festín para los depredadores que esperan en las aguas.

«No me podía arriesgar a que se extendiese…».

Una nube densa y gris embarra el cielo y bloquea el sol, y parpadeo al notar como Cainon recorre con los ojos la lágrima que me baja por la mejilla.

Uno a uno, los hombres caen presos de las llamas o de los tiburones y sus gritos se apagan como velas sopladas. Solo miro a mi prometido después de haber visto las aguas burbujeantes engullendo el barco.

Hunde los remos y empuja.

Hunde los remos y empuja.

Sus ojos están vacíos cuando me arroja una palabra al pecho que curiosamente es más pesada que mi dolorida alma.

—Sacrificios.

II

CAINON

Joder.

Tras cerrar la puerta, miro hacia Iven, que se acerca por el pasillo con una mano en la barandilla de oro para no perder el equilibrio por el balanceo y una bandeja dorada en la otra con una enorme campana.

—La comida que pedisteis, Alto Maestro. —Inclina la cabeza al aproximarse a mí.

La levanto y veo un cuenco de trucha humeante en un caldo lechoso, pan duro y un cáliz bajo con algas marinas. Separo un trozo carnoso de pescado especiado con cítricos y sal que se me derrite en la boca, pero que no consigue que me sienta en absoluto saciado.

—Lánzaselo a las gaviotas —mascullo mientras estampo la campana sobre el inmaculado festín.

—¿Todo?

—Se me ha pasado el hambre.

Las mejillas redondas y rubicundas de Iven pierden la palidez y clava los ojos una y otra vez en la puerta que hay tras de mí.

—Y... ¿ella no tiene hambre, señor?

—Por lo visto, no. También me ha dicho que ahora mismo preferiría comer con las ratas que compartir un plato conmigo —digo con una sonrisa moldeada.

Paso por delante de él y atravieso la puerta que da a la cubierta superior.

La brisa intenta acorralarme en cuanto salgo al exterior, un frío cortante procedente del norte. Gime y azota la vela suelta mientras una nube espesa y gris se coloca delante del sol y cubre la escena con un velo solemne que encaja con mi mal humor.

El aire está recargado y la tripulación se ha esparcido para amarrar todo lo que no esté atado y preparar el barco para lo peor. Algo golpea el casco y barro con la mirada la sucesión de objetos de Bahari que inundan el océano.

Diviso a mi contramaestre, que sostiene un catalejo e inspecciona el turbio horizonte.

—¡Debemos irnos! —grito mientras avanzo por la cubierta—. Ahora mismo. No quiero perder ni un barco más por culpa de este desastre.

—Estoy de acuerdo. —Guarda el catalejo en la funda—. Avisaré a los demás para que alcen velas. —Con el ceño fruncido, hurga en su zurrón de piel y me tiende una llave oxidada—. ¿Está instalada?

Me la guardo en un bolsillo y me dirijo a la proa con un sucinto:

—No.

Extraigo la astilla del bolsillo —el único trozo de madera que perdura del barco hundido del capitán Gunthar— y la sujeto con los dientes. Bajo a toda prisa tres tramos de escaleras y luego recorro un pasillo diminuto y lúgubre que conduce a la bodega. Agachado junto a la puerta del fondo del pasillo veo a un muchacho de unos diez años intentando mirar por la cerradura.

—Estoy seguro de que no deberías estar aquí...

Se da la vuelta con las mejillas sonrojadas.

—Alto Maestro. Lo siento, no pre-pretendía husmear.

—Eres Zane, ¿verdad?

—¿Sabéis cómo me llamo? —Abre mucho los ojos.

—Pues claro. Eres el sobrino de Gunthar, ¿no?

—Sí, señor. —Me hace una reverencia y luego se incorpora con el pecho hinchado—. Soy un buen amigo de la futura Alta Maestra.

«Vaya».

Me quito la astilla de la boca y me agacho para mirarlo a los ojos desde la misma altura y dedicarle una media sonrisa.

—Pues eso nos convierte en amigos instantáneamente.

Sus mejillas salpicadas de pecas se agolpan con una sonrisa y asiente.

—Me gustaría mucho ser vuestro amigo.

—Muy bien. Ahora —digo mientras le revuelvo el pelo—, cierra la puerta de lo alto de las escaleras al salir de aquí.

—Sí, señor.

Se encamina hacia allí con pasos tan sigilosos que apenas oigo nada y que hacen que me acuerde de Orlaith.

—Zane —lo llamo antes de que desaparezca de mi vista.

Se detiene y se gira, apartándose el pelo de los ojos.

—¿Sí, Alto Maestro?

—Se acabó lo de fisgar por esta cerradura —lo señalo con la astilla—, ¿queda claro?

Nunca he visto a nadie asentir con tanto entusiasmo.

—Así me gusta. Vete, anda. —Lo despido con un gesto de la mano y muerdo la astilla mientras espero a que se cierre la puerta de lo alto de las escaleras. Meto la llave en la cerradura y, justo cuando la giro, el barco cruje y gime, y entro en la estancia.

La puerta de la bodega se abre de par en par y me adentro en la oscuridad. Arrugo la nariz al percibir el hedor a pis, olor corporal, vómito y alcohol fuerte. Junto a la puerta hay una lámpara colgando de un gancho y la enciendo para que la luz ilumine la habitación: está medio llena de barriles y baúles y cajas de bebidas recostadas contra las paredes.

Y en el centro de la estancia se encuentra Vanth. Está de rodillas, con los brazos extendidos y atados por las muñecas con dos cuerdas separadas sujetas a dos puntos opuestos del techo.

Una tira de tela sucia lo amordaza. Tiene la cabeza caída a un lado y sobre el hombro, y el ojo derecho hinchado y enmarcado por un intenso cerco de piel morada.

Me aclaro la garganta.

Con un gemido y con los ojos entornados, me ve poco a poco y de pronto se despierta del todo.

—En fin —digo mientras arrastro un baúl por el suelo para tomar asiento delante de él. Me quito la astilla de entre los labios fruncidos y apunto directamente a su cara—. Usted, señor, parece incómodo.

Asiente e intenta articular palabras a pesar de la tela que le llena la boca. Lo único que profiere es un caos confuso.

Extraigo la pequeña daga que llevo atada a la pantorrilla, la deslizo entre su mejilla y la mordaza, y veo cómo se encoge cuando la corto para liberarlo.

—¿Mejor?

Mueve la mandíbula antes de hablar y las palabras suenan ásperas entre sus labios agrietados.

—Mucho mejor. Gracias, Alto Maestro.

—De nada. ¿Tienes sed?

Clava los ojos en el balde y en el cucharón que hay cerca.

—Hace…, ah, hace bastante tiempo que no me ofrecen beber algo.

Dejo el puñal sobre el baúl, acerco el cubo y, acto seguido, le apoyo el cucharón lleno contra la boca y lo inclino.

Vanth apura el líquido y repito el proceso dos veces antes de que asienta.

—¿Qué tal así?

—Mucho mejor —dice tras respirar hondo, satisfecho—. Gracias, Alto Maestro.

—No hay de qué. —Lanzo el cucharón sobre el balde y le presto toda mi atención—. Bueno, ¿hay algo que quieras decirme?

Se muerde el interior de las mejillas como si estuviera reflexionando.

—¿Tengo permiso para hablar con libertad, señor?

—Soy todo oídos. Dispara.

Asiente y una parte de la tensión le abandona las facciones, incluso su postura tirante parece relajarse un poco.

—Creo que a vuestra prometida la ha desflorado el Alto Maestro de Ocruth.

Echo la cabeza atrás como si acabara de propinarme un puñetazo en la cara.

—¿Qué te ha llevado a esa conclusión?

—Se negaba a soltarla —argumenta—. Y ella tuvo que escapar. De hecho, creo que lleva un recuerdo de él encima, una funda de almohada que la he pillado olisqueando más de una vez.

«Interesante».

—Con el debido respeto, sus lealtades son cuestionables. —Levanta la barbilla y me mira fijamente a los ojos—. Es un lastre para nuestro territorio.

—Mi territorio.

—Vuestro territorio —balbucea con voz grave y crispada mientras inclina la cabeza—. Perdonadme, Alto Maestro.

—Perdonado. Has tenido un lapsus. —Ruedo la astilla con los dedos y me recorro la lengua con la punta afilada—. Vamos a ver si lo he entendido bien. ¿Te preocupa que tenga... mal ojo para juzgar a la gente?

El pulso que le late en el cuello se desboca.

—No, no es lo que quería dec...

—Es lo que has insinuado, Vanth.

Mueve los labios como si diera forma a palabras que no tiene agallas de pronunciar.

—Y dime otra cosa —prosigo—, ¿has empujado o no a mi prometida por la borda? —Como parece que un gato le ha vuelto a comer la lengua, lo animo—: Asiente para decir que sí, niega con la cabeza para decir que no.

Lentamente, asiente.

Muy bien.

—¿Qué ha pasado, Vanth? Aquí —me doy un golpecito en la sien— me falta un capítulo y Orlaith se niega a darme..., en fin, nada. Sé bueno y permíteme atar cabos, ¿quieres?

—No re-recuerdo gran cosa. —Una gota de sudor le recorre la sien—. Estaba como una cuba, señor.

—Sí, eso ya lo he supuesto gracias al olor que se respira por aquí. Pero ¿qué pasó antes?

Pone una mueca y escupe la respuesta con los dientes apretados:

—Ella es la razón por la que mi hermano está muerto.

«Aaah».

—Me vi obligado a… —se le rompe la voz y un ronco sollozo se abre paso— a ponerle fin al sufrimiento de Kavan. Y todo porque ella me hizo errar el tiro.

—Ya veo —murmuro y doy vueltas a la astilla con los dedos—. ¿Ojo por ojo?

—No… Es decir, sí; mi hermano se ha ido…

—Mira, esto sí que lo entiendo.

El alivio le atraviesa el rostro antes de que se desinfle como un pulmón agotado y clave los ojos en el suelo.

Suelto una exhalación y me reclino.

—Pero hay un problema.

—¿Un problema? —Frunce el ceño mientras levanta la vista.

—Sí. Me han hablado de un motín o algo así.

Abre la boca de par en par.

—El capitán Gunthar es un buen amigo. Un hombre racional. Uno de mis mejores hombres, sin duda, y por eso le confié transportar una carga tan valiosa hasta la capital. Y no soy capaz de comprender por qué ibas a cuestionar su autoridad.

El ambiente sofocante se vuelve tenso.

—Pensé… Pensé que matar a la bestia sería la mejor opción para proteger la vida de vuestra prometida, señor.

—A quien más tarde has intentado matar. —Silencio—. Asiente para decir que sí, niega con la cabeza para decir que no.

Tarda un minuto, pero al final asiente. Una sola vez. Un gesto diminuto.

—Entiendo —mascullo.

—Pensaba…

—Pensabas mal.

Cierra la boca tan rápido que oigo sus dientes chocando.

Cojo la daga, pongo la punta sobre el baúl y luego le doy vueltas para observarla girar.

—Kavan era un hombre estupendo. Pero, Vanth…, has estado a punto de echarlo todo a perder.

Con el puñal en una mano, paso la punta afilada de la astilla por una profunda cicatriz que le cruza el cuello —donde lo arañó Orlaith, histérica y desesperada— y luego la uso para pincharle debajo de la barbilla. Suelta un siseo entre dientes con los ojos desorbitados cuando aplico presión hasta que la sangre cubre la astilla y llega a mojarme los dedos por completo.

—Ahora pórtate bien y saca la lengua para tu Alto Maestro.

Abre la boca. La cierra. La vuelve a abrir.

—Alto Maestro, por favor...

—No te lo pediré dos veces.

Un jadeo le infla el pecho.

—¡Tengo... tengo una ficha! ¡Un favor que en mi familia ha pasado de generación en generación desde que derribaron la casa de nuestros ancestros para construir la muralla!

«Vaya».

Me echo hacia atrás y lo miro de arriba abajo.

—¿Dónde está?

—En el bolsillo de mis pantalones. En el izquierdo. Siempre la llevo conmigo.

—Muy hábil —mascullo, lanzando la astilla al suelo. Meto la mano ensangrentada, paso los dedos por la línea de la costura y le doy la vuelta. Arqueo una ceja.

—¡El-el otro! Debo de haberla puesto en el otro...

Rebusco en el otro bolsillo y saco una cupla azul de Bahari con tonos dorados.

—¿Y esto?

Le tiembla la barbilla y me mira a través del brillo de las lágrimas.

—A Ka-Kavan le asignaron devolverla a la Forja. Una tarea que se tomó muy en serio. Quiero llevarla a cabo por él —dice con voz rota—. Es lo menos que puedo hacer.

—Qué bonito. —Me la guardo en el bolsillo trasero y abre mucho los ojos mientras vuelvo a inspeccionar en el suyo y le doy la vuelta—. Aquí no hay nada más, Vanth.

Su piel adopta un tono grisáceo y su rostro se demuda en un gesto de furia.

—El niño me la debe de haber quitado. ¡Es un ladronzuelo!

—Bueno, pues haber vigilado mejor tus cosas —lo reprendo—. La lengua. Ahora.

La entrepierna se le cubre de humedad y el olor fuerte a pis agria el aire. Emite un inseguro gemido que queda atrapado entre los labios antes de que por fin los abra y saque la lengua más lento que un caracol amenazado.

—Así me gusta.

Se la cojo entre el pulgar y el índice, y muevo tan deprisa la daga que creo que solo se da cuenta de que se la he cortado cuando oye el golpe húmedo de la carne al caer al suelo entre nosotros.

En sus ojos veo un destello de incredulidad y a continuación suelta un aullido burbujeante que le mancha de sangre el mentón y el pecho.

Le sujeto la barbilla con fuerza y lo obligo a sostenerme la mirada al tiempo que suelta un sollozo de angustia.

—Y ahora dime que lo sientes.

Tembloroso, coge aire y, con los ojos desesperados y suplicantes, suelta un chillido patético e incoherente.

—Me temo que no me basta. —Chasqueo la lengua.

Limpio el puñal en sus pantalones y me giro hacia la salida.

—No te ahogues con la sangre —mascullo, cerrando la puerta tras de mí—. Todavía no he acabado contigo.

12

BAZE

El líquido ardiente de mi jarra medio llena se derrama por el borde con cada uno de mis pasos descalzos.

Doy un paso, chof.

Doy otro paso, chof.

Un silbido de viento me mordisquea la cara y los dedos, y remueve la fina capa de niebla a la altura de los tobillos que parece una sucesión de telarañas tejidas sobre la hierba áspera de la costa, que me da un breve respiro del hedor.

Odio el olor a campo de guerra, un potente cóctel de meados, mierda, humo, barro, miedo, gachas de pobres y cojones sucios. Lo único que lo salva es el ligero aroma a cerveza que siempre flota en el aire.

Con una lámpara en una mano, tomo un camino zigzagueante entre hileras de tiendas negras y abovedadas, sigilosos centinelas en la oscuridad. Cada entrada está marcada con una lámpara plateada que cuelga de una pica y que baña los dormidos cuarteles con un tenso halo de luz helada.

Doy un paso, chof.

Casi pisoteo una flor blanca que se asoma por encima de la niebla; curiosamente, ha sobrevivido contra todo pronóstico y dirige mis pensamientos hacia ella.

Otro sorbo anestésico no impide que mi mente dé vueltas y desgrane los últimos dieciocho años. Un buitre con una montaña de huesos emblanquecidos por el sol.

El viento gime entre el bosque frondoso que linda con el campo como si fuera una muralla altiva, un gimoteo que eclipsa el choque de las olas que rompen en la cercana orilla. Es el mismo sonido que me golpeó una y otra vez cuando estaba sentado detrás de esa roca, frío y solo y paralizado por la piel desnuda. Consciente de que se marchaba. De que no había nada que pudiera hacer yo por riesgo a mostrarle al mundo mi horripilante vergüenza.

«Esconde siempre tus puntos débiles».

Me río contra la jarra. Soy un puto fraude.

Doy un traspié y estoy a punto de caer sobre un hombre que está cagando en un cubo.

—Lo siento —murmuro y recibo un grave gruñido como respuesta.

La mayoría de ellos están dormidos, pero la situación será muy distinta cuando el sol empiece a asomar dentro de una hora más o menos; para entonces, espero haberme desmayado en la cabaña, con la polla en la mano y la barriga tan llena de cerveza que mi mente no pueda hilvanar dos pensamientos.

Bendito atontamiento, joder.

Al acercarme a una de las numerosas hogueras, brindo con las estrellas por ser unas cabronas y apuro la jarra de madera antes de lanzarla a las llamas. Surgen chispas y unos cuantos fragmentos salen volando llevados por el suave viento mientras dejo la lámpara a mis pies, me cruzo de brazos y observo cómo palpitan las ascuas. Tras sisear y crepitar un poco, el fuego termina arrojando su luz y calentando el ambiente un poco.

Otra ráfaga de viento aleja el calor y suspiro, rodeándome fuerte con los brazos.

Debería haber sido sincero con ella. Debería habérselo contado todo en el momento en el que empezó a ir en busca de respuestas. Que les den a Rhordyn y a sus putos secretos. Está encantado de absorber el odio de ella, pero no hay ni una sola parte de mí que haya querido estar en su misma situación.

Algo me golpea el antebrazo y estoy a punto de sacudírmelo de encima a ciegas cuando un trino agudo rompe el amargo silencio.

Parpadeo para despejarme y enfoco la visión doble en los ojos negros y redondos que dominan en la pequeña duendecilla que está sobre mi brazo, ataviada con un vestido de fieltro más grueso de lo que suelen llevar esas criaturas y con cara de estar totalmente irritada por mi presencia.

«Ya somos dos, mocosa».

—Tú eres la que me mordió en el dedo —mascullo hipando—. Creo. Me dolió, que lo sepas. Me atravesaste la uña con los dientes.

Se cruza de brazos y entorna los ojos.

—¿Quieres verlo? —Agito el dedo ante su rostro, pero lo aparta con su diminuta manita.

Supongo que eso es un no. A estas horas, cuesta encontrar buena compañía.

Muevo el brazo para verla desde todos los ángulos.

—¿Y tu pergamino? ¿Lo has perdido?

Se pone las manos sobre las caderas y suelta un siseo mientras muestra una hilera de dientes diminutos y afilados que me obligan a fijarme en sus facciones. Lleva el pelo tan revuelto por los elementos que su cabeza parece un diente de león; sus alas de encaje carecen de su habitual capa de polvo y tiene las mejillas sonrojadas por el frío.

Nunca había visto a una duendecilla mensajera con un aspecto tan desmejorado.

Después de ver la gema negra que le atraviesa la punta afilada de la oreja derecha, me doy una palmada en la frente.

—Joder, lo siento. Eres la exploradora del océano a la que enviamos tras Laith. No me extraña que estés tan... desaliñada.

—*Geif han dak't le neivala va me!* —Da un fuerte pisotón con el pie—. *Shashkina me lashea af ten ah!*

Por lo visto, he dicho lo que no debía.

—Perdona, perdona. Prestaré más —hipo— atención.

Después de escupir más palabras tan deprisa que no puedo descifrarlas, echa a volar, se me posa sobre el hombro y se me inclina sobre el oído.

Sus susurros me introducen piedras en el pecho que me devuelven la sobriedad una a una y que destruyen mi puto atontamiento y me arrancan la sangre de la cara.

Regreso a la realidad con una velocidad endiablada que amenaza con darle la vuelta a mi estómago.

«Joder».

Me aparto una rama de la cara y lo veo contemplar el rabioso océano mientras una obra maestra de colores apagados gotea sobre el mundo.

El viento le azota la capa; el acantilado es una pared vertical junto a sus botas y sé que ha oído mi torpe avance por cómo cuadra los hombros, cubiertos por una piel. Y por la tensión que se adueña del ambiente, lo bastante rígida como para partirlo en dos.

—Han dado la vuelta —mascullo. La hierba áspera cruje bajo mis botas cuando salgo al claro del acantilado con la lámpara por delante, envuelto en mi red de seguridad iluminada. Es una mera precaución; la luz es un arma letal que convierte a los iriraks en una montaña humeante de huesos y poco más.

Aunque las criaturas por lo general suelen vivir en el sur, la luz es una red de seguridad de la que prefiero no desprenderme.

—¿La flota al completo?

—Todos los barcos, sin contar los dos que... —me aclaro la garganta— se han hundido.

—¿Qué barcos?

Su pregunta es un fuerte golpe que me traquetea los huesos y la tormenta que tiñe su voz es idéntica a la que se arremolina en el horizonte. Me meto la mano libre en el bolsillo para contener los temblores. No son resultado del miedo, sino de una rabia que ha empezado a desarrollar su propio latido corrosivo.

Orlaith está ahí afuera, vulnerable, desinformada y embargada por una furia comprensible. La vergüenza es un carbón ardiente en mi mano que está preparado para que lo arroje, porque, joder, cómo quema.

—¿Baze?

Me muerdo la lengua y examino el acero que lleva enfundado a la espalda. Al final, se gira. Abro la boca, pero las palabras se quedan atascadas ante la expresión franca que luce.

En sus ojos despiadados percibo un violento desequilibrio, una oscuridad vacía que le devora los iris y que no deja tras de sí más que un débil halo plateado que mantiene a raya la negrura. No se ha afeitado desde que se marchó Orlaith y la barba se le ha vuelto espesa y oscura, agreste como la mirada perdida que desprenden sus ojos.

—Según la duendecilla, el... el barco en el que se subió Laith al salir del Castillo Negro salió muy malparado.

—¿Y ella?

Una gota de sangre se le desliza por debajo de la manga y le recorre el pulgar hasta caer al suelo...

Y otra gota.

Mierda.

—Contéstame, Baze.

—Alguien tuvo que llevársela del barco antes de que se hundiera. Es lo único que sé.

—Alguien...

—Ajá. —Bajo la vista y la levanto de nuevo—. Estás sangrando —mascullo y se limpia la mano en los pantalones sin apartar los ojos de los míos. Señalo el cordel que lleva anudado al cuello, del que cuelga el pequeño odre de sangre de Orlaith, que le llega hasta el corazón—. Quizá deberías beber un sorbo.

—¿Me vas a aconsejar que me automedique? —Me mira de arriba abajo—. ¿En serio?

—Sorprendente, ya lo sé.

Me sostiene la mirada durante unos cuantos segundos más antes de soltar un gruñido y clavarla en el océano.

Llevamos días observando el horizonte esperando ver la flota de Cainon, desde que recibimos la confirmación de que había desplegado una jactanciosa cantidad de barcos por la costa occidental. Como nunca bajamos la guardia, por si recibimos un ataque incierto, estamos gastando recursos valiosísimos e inquietándonos en este espantoso limbo.

Punto Quoth es la única debilidad de la costa occidental accesible por mar. El único lugar de Ocruth que se adentra en el océano, en lugar de terminar en un acantilado escarpado e inescalable.

Si un ejército fuera a atacarnos desde el mar, sería aquí, en la pequeña y abrupta extensión de arena negra salpicada de flechas oxidadas, dientes y esquirlas de huesos. Un testimonio de las batallas del pasado.

Pero no me preocupa un ataque para cuya defensa estamos bien preparados y sé que no es esa su principal preocupación.

Es ella.

En la última semana, he visto a Rhordyn volverse cada vez más desagradable, y yo, cada vez más borracho.

Mismo problema, distintas maneras de sobrellevarlo.

Con un grave gruñido, se gira y se dirige hacia los matojos con largas y decididas zancadas.

—Procura seguir el ritmo sin tropezar con tus propios pies.

Pongo los ojos en blanco y lo sigo entre los árboles. Pasamos por encima de rocas y de troncos caídos hasta que llegamos al destello plateado del campo.

Me conduce hacia dos hileras de tiendas. En la última se alza un barril de cerveza cual centinela, cubierto de bastantes jarras llenas hasta los topes sin espuma. Cojo la más grande al pasar por delante y me la llevo a los labios, pero Rhordyn me la arrebata y pinta la vertiente de una tienda con una mancha espumosa.

—Qué desperdicio. —Arrastro las palabras mientras me pongo la capucha.

—Por fin lo entiendes.

—¿Hace falta que camines tan deprisa? Veo doble.

Alguien sale de una tienda con el pelo revuelto y los ojos adormilados; echa un solo vistazo a nuestro Alto Maestro y, sin color ya en las mejillas, hace una reverencia.

Rhordyn sigue avanzando sin detenerse lo más mínimo.

—La próxima flota de barcos mercantes que baje por el río Norse…

—¿Qué le pasa?

Coge un odre lleno de agua de una mesa de la tienda de hidratación situada junto al pozo y sigue caminando mientras se lo pasa sobre el hombro.

—Necesito que sustituyas a los mercaderes por soldados lo bastante expertos como para ser capitanes de sus propios navíos. Debemos hacernos con esos barcos antes de que Cainon encuentre otra pobre excusa para usarlos en nuestra contra.

—Pensaba que le habías dicho que él y sus barcos podían irse a tomar por el culo.

Con esas mismas palabras, de hecho. Pero estoy tan de acuerdo con esta costumbre de mandarlo todo a tomar por el culo que me parece una pena recular.

—Solo un imbécil sería demasiado orgulloso como para exigir lo que Orlaith consiguió para Ocruth y Rouste al subir a ese barco.

—No hay mal que por bien no venga —mascullo—. ¿Deberíamos hablar de cómo podrías haber evitado todo este lío si hubieras sido sincero con ella sin más?

Gruñe, un sonido tan grave y fuerte que hasta el viento deja de silbar, y un silencio más profundo aún se instala sobre el campo.

«Ha llegado el momento de dejar de atacar a la bestia».

Me froto los ojos faltos de sueño mientras rodeamos un enorme establo negro en la linde del campo que ha visto mejores tiempos; el olor punzante a estiércol se adueña del aire.

—Ya he hecho correr lo de los barcos, por si Cainon decide retirarse. ¿Nos vamos, pues? Tendré que ir a por unas cuantas cosas. Mi espada está en la cabaña.

Rhordyn abre la puerta de madera, que proyecta un cálido resplandor. Los mozos de cuadras ya están alimentando a los caballos y limpiando los gallineros. Se inclinan cuando pasamos por delante de ellos, aunque Rhordyn solo se detiene cuando alcanzamos el compartimento de Eyzar, que está en el fondo.

Se gira, hurga en el bolsillo y me tiende un pequeño pergamino plano, con el sello negro intacto.

—¿Y esto?

—Uno de mis duendes ha regresado con esto sin abrir. Por lo visto, Zali se ha rebelado.

Se me agarrota la espalda.

Dejo la lámpara sobre una mesa y le sostengo la sombría mirada, sumamente consciente de que hoy por hoy los duendes se niegan a volar demasiado cerca de los alpes.

—¿El Tramo?

Rhordyn asiente.

Suelto un gruñido.

«Tenía que verlo por sí misma. Nos lo podría haber contado antes, joder».

—¿Quieres que se lo lleve?

El silencio se prolonga entre nosotros mientras me observa, con la mandíbula apretada, como si estuviera mordiéndole el cuello a sus propias cavilaciones.

—No confío en nadie más.

Me guardo el manuscrito en el bolsillo.

Rhordyn asiente y luego se pone a arrear al enorme semental negro que parece tan agitado como su dueño. De vez en cuando, el animal golpea la paja y suelta columnillas de vapor por los ensanchados orificios nasales.

Como los de Rhor, sus ojos son negros y astutos.

Perturbadores.

Sé que la mente de Rhordyn está lejos de aquí cuando asegura la silla de montar. No me decido a soltarle lo que pienso hasta que ha salido con el semental a la fría mañana y se sube a su lomo.

—Te avisé de que pasaría esto.

Gruñe y Eyzar pisotea la tierra, nervioso. Da media vuelta, dispuesto a salir trotando.

—Las cosas están en marcha, Rhor. Los dos sabemos cómo va a terminar todo. Acabó antes de empezar.

—¿Y si ha cambiado? —Más sangre le cae por la mano.

—¿El qué? —Frunzo el ceño.

—La profecía —ruge y me da vueltas la cabeza al clavar los ojos en el camino del bosque ante el que se encuentra Eyzar.

«Va a ir a ver a Maars...».

Si su indiferencia fuera la respuesta, ya estaría tachada de la lista. Y ya nos habríamos enterado.

—¿Y si no ha cambiado?

Rhordyn no me mira. Se limita a tirar de las riendas y a gritar: «¡Arre!». Eyzar corcovea y sale corriendo a toda mecha, batiendo la niebla al galopar hacia el bosque.

Y se marchan.

Orlaith no tiene ni idea de lo que va a por ella: un hombre que conoce el sabor agrio de perder a alguien y que está totalmente decidido a retorcer el destino a su maldita voluntad.

Busco con la mirada las estrellas entre las nubes de acuarela...

—Putas sádicas.

Con los hombros encogidos hasta las orejas, me encamino hacia el campamento para coger unas cuantas cosas.

No voy a dormir. Hoy no.

Me dirijo hacia los alpes.

13

KAI

Me tambaleo entre las oscuras capas de la tenue realidad por culpa de un dolor brutal, profundo y palpitante. Mortífero. Como si me hubieran ensartado el pecho.

Cojo una borboteante bocanada por las branquias, luego otra, pero sigo sediento y con un desesperado anhelo por más. Cada vez más histérico, abro la boca y trago aire frío por la garganta justo cuando un relámpago de dolor me golpea el pecho hinchado, como si me hubieran clavado un puñetazo en las costillas y me hubiesen arrancado algún órgano vital.

Con la cabeza dando vueltas por la narcótica bocanada de aire, un rostro se enciende en mi cabeza: ojos lilas, cabello del color de un tesoro bajo el sol y sonrisa de medialuna.

Orlaith.

Una punzada de dolor me sacude al soltar un jadeo ahogado. Abro los ojos —borrosos y escocidos por la falta de sueño—, cojo aire a medias y se me detiene el corazón al reparar en el tamaño y en la forma de mi entorno.

Una estancia pequeña con un rincón lleno de una colección de tesoros que me resulta desconocida: cajitas, juguetes oxidados, una montaña inclinada de tazas. La mayor parte de los objetos son de piedra o de metal o de madera, y están desportillados y rotos.

«No es mi tesoro».

Las paredes y el techo están hechos de una familiar piedra valiosa y decorados con un caleidoscopio de colores apagados que rebota en cada faceta astillada. Una piedra que procede de un lugar, de un único lugar...

De Lychnis.

«Debe de ser un sueño».

Ya nadie acude a esa solitaria antigüedad, no desde que el agua que la rodea se quedó paralizada y poseída.

Cojo otra bocanada de aire que me empala con un golpe feroz.

No es un sueño, pues.

La magnitud de haberme dado cuenta de dónde estoy se ve eclipsada por el frío silencio que hay en mi interior...

«Demasiado silencio».

El pánico me inunda.

Zykanth no me hierve en el pecho, serpenteante y alerta, ni me golpetea las costillas. Ni siquiera al ver las cuatro paredes talladas con su devoto material, labrado de forma tan tosca que me aletea el dolorido corazón. Por lo general, esta visión le haría perder la puta cabeza. De hecho, estoy tumbado en un jergón suave en el rincón, con pieles espesas y blancas sobre las piernas.

«Mi debilidad».

Un miedo atroz me asciende por la espalda, aterradoramente consciente de que cada segundo que paso separado de Zyke debilita nuestra conexión.

Lo debilita a él, algo que demasiados de nosotros aprendimos a base de palos.

—¿Dónde estás?

Nada. Como si estuviera enterrado tan hondo en las profundidades de mi pecho que ni siquiera atisbo un destello de sus escamas plateadas.

Pero está ahí. Noto su latido apagado y distante.

Débil...

«¿Por qué es tan débil?».

Un recuerdo se ilumina y me absorbe en su creciente furia.

«Zykanth se hartó de seguir al barco desde una distancia segura y cómoda. Era su desesperación por tomar las riendas. Solo quería divisarla, verla por sí mismo. Confirmar que se encontraba bien. Y luego fue él quien dejó de encontrarse bien».

«Recuerdo el azote mortífero de dolor, demasiado cerca del corazón de Zyke. Recuerdo su salvaje arrebato de violencia».

«El barco escoró. Los gritos se fueron apagando conforme los tiburones desgarraban, atacaban y masticaban. Nos hundimos en las oscuras profundidades, dejando tras de nosotros un rastro de sangre. Lo empujé para que entrara en mi pecho y así sostenerlo. Y protegerlo. Y curarlo».

Ni siquiera forcejeó.

«La imagen del proyectil clavado en mi pecho. La vasta negrura como un vacío interminable mientras el dolor me arrebataba la capacidad de funcionar. Y yo rindiéndome al abrazo del mar».

Un ruido gutural me sube por la garganta y cojo las pieles en un puño para apartarlas.

Me quedo sin aliento.

En mi pectoral hay una enorme escama que cubre la herida, que noto empapada de sangre. Es de bronce y resplandeciente.

«No es mía».

Toco uno de los extremos. Intento arrancármela.

Oigo un siseo agudo, unos movimientos apresurados, y de pronto alguien me aparta con un manotazo.

Un rostro diminuto y etéreo se interpone ante mí... y no me deja ver nada más. Largos mechones de pelo incontrolables repletos de ramitas flotan alrededor de una cara desconocida como un garabato de cal. Veo unos ojos enormes y amarillos como el sol enmarcados por pestañas de alabastro que acarician unas cejas blanquecinas al mirarme de arriba abajo.

La criatura mide la mitad que yo, pero me repasa como si fuera a la inversa. Una camisola marrón casi la engulle por completo; la prenda le llega hasta los hombros y está arremangada por los codos, y oculta la mayor parte del cuerpo, a excepción de los lugares donde la tela está raída o desgarrada, pequeñas ventanas que dejan al descubierto asomos de piel sucia y morena.

—¿Quién eres?

No reconozco el graznido de mi propia voz.

La criatura frunce el ceño y ladea la cabeza. Me sube las pieles hasta la barbilla, como si me arropase para que me durmiera.

—No. —Libero un brazo y le aparto las manos para bajar las mantas y así ver la gigantesca escama fundida con mi piel—. Necesito ver el alcance de la herida.

Y lo cerca que han estado de matarlo. De matarnos a los dos, si no hubiera sido lo bastante rápido como para protegerme.

Otro siseo agudo me lleva a levantar la vista hasta sus labios separados, entre los cuales se ven unos dientes y unos colmillos blancos mucho más afilados que los míos.

—Tú ganas. —Bajo la mano—. Pero... aparta esos dientes. No estoy en condiciones de pelear.

Chasquea la lengua, esconde la afilada dentadura y roza con los dedos la costura que separa la escama y mi piel, gesto que me provoca un escalofrío que me va del coxis a la base del cráneo. Me tapa el pecho con las mantas y oculta la piel de gallina que se ha apoderado de mi cuerpo. Acto seguido, se dirige a toda prisa a una mesa que ocupa toda la longitud de una de las paredes, en la que hay una jofaina.

Piernas desnudas, largas, esbeltas, morenas... y sucias.

«Los pies descalzos me recuerdan a Orlaith».

Me da un vuelco el corazón.

La criatura coge un cuenco tallado con el mismo material resplandeciente que forma las paredes; mete en el interior unas cuantas algas, además de otras cosas que no reconozco, y se sienta en el suelo con las piernas cruzadas. Tras dejar el cuenco delante de ella, se inclina y empieza a moler los ingredientes con el extremo romo de un palo.

Qué raro.

—¿Me has... traído tú aquí?

Sigue pulverizando la mezcla con todas sus fuerzas.

Suspiro e intento mirar alrededor, que no es fácil estando en posición horizontal.

—Me voy a incorporar —le advierto y se aparta el pelo de la cara para mirarme con los ojos entornados.

Sigue moliendo.

Sigue moliendo.

—Vale. Allá vamos. —Utilizo los codos para impulsarme y erguir el torso de la cama de pieles, pero el movimiento me produce un latigazo agonizante en el pecho.

Gruño y tuerzo el gesto al intentar tocarme la herida.

Oigo un revuelo y, de repente, apoya en mí sus manos cálidas para empujarme. Me aprieta cerca del esternón y es como si tuviera un cuchillo en la punta de cada uno de los dedos, cuyas hojas me atraviesan la carne y los músculos y...

Un grito emerge de mi interior, potente y descontrolado.

Con la cabeza ladeada, me observa... ¿y me escucha? Después, sujeta el extremo de la escama.

—¿Qué vas a...?

Y tira.

Suelto un rugido.

Está claro que ha usado una especie de adhesivo para pegármela, porque me arranca una capa de piel.

Jadeando en la ardiente confusión del dolor que me atenaza, bajo la vista y abro mucho los ojos al ver la espantosa herida que tengo en el pecho. Se me desboca el pulso. Es un cráter de carne enorme que no se parece a nada que hayamos sufrido antes.

Aun así, a estas alturas Zykanth ya debería habernos curado. A no ser que...

«El proyectil nos debe de haber acertado en el corazón».

La criatura baja la cabeza cerca de la herida y olisquea larga y profundamente antes de tirar del borde desde otro ángulo. Una nueva y abrumante oleada de dolor me recorre el pecho y me obliga a doblarme cuando me sobreviene un ronco ataque de tos.

Un líquido cálido me cae por la barbilla.

La criatura gruñe y corre hacia su montón de tesoros, donde se detiene con la mano tendida, como si fuera reacia a perturbar el desvencijado orden. Con delicadeza, mueve fruslerías deslustradas y trozos nudosos de madera para liberar una cuerda que envuelve el gancho de un ancla oxidada.

Sigo resollando con el palpitante eco del dolor cuando se sienta a horcajadas sobre mi entrepierna, me sujeta los brazos y me ata las muñecas con unas manos tan veloces que son un borrón.

—Eh, un momento...

Forcejea con el objeto para atarlo y sisea fuerte.

—Mira —suelto cuando se rinde y termina poniéndome la cola entre las muñecas—. Me gusta el cariz que está tomando la situación y no tengo ninguna duda de que me arrepentiré de decirlo, pero no creo que sea un buen momento, la verdad.

La criatura levanta el culo, me coloca las manos atadas sobre la entrepierna y se sienta encima. Me acelera el corazón por una razón totalmente distinta.

Me doy cuenta de lo desnuda que está debajo de la camisa extragrande. Y lo suave y caliente y...

Se me vacía el cerebro. Incluso el dolor parece atenuarse.

Se adentra en mí con la mano y una punzada de dolor insoportable se me clava en el centro mismo de mi ser. Con el ceño fruncido y los ojos cerrados, hurga entre mi carne desgarrada y ensangrentada.

Grito tan fuerte que se me quiebra la voz al mover los brazos y sacudir las caderas. Intento quitármela de encima. Ella aprieta los muslos a mi alrededor y sigue rebuscando en mis entrañas. Empiezo a apagarme por la apabullante oleada de dolor. Una neblina sombría crece en los confines de mi visión, me arrastra hacia la negrura, y se me cae la cabeza hacia un lado...

Oscuridad.

Vago a la deriva en un vacío de delirio embarrado y regreso a la conciencia con una nueva y salvaje punzada de dolor. Un rugido violento emerge de mi garganta cuando la criatura quita la mano de la herida abierta, con los dedos manchados de sangre y algo corto y puntiagudo entre ellos. Le brillan los ojos como si hubiera ganado una puta búsqueda del tesoro.

Unos jadeos bruscos y temblorosos cruzan mis dientes apretados mientras ella inspecciona la pieza desde todos los ángulos. Tiene la mano cubierta de sangre brillante, que dibuja líneas serpenteantes sobre su brazo antes de gotear desde el codo.

Al verla, suelta un siseo feroz.

«Espero que me lo haya sacado todo. No voy a volver a pasar por esta puta tortura».

La criatura echa a correr hacia la puerta de madera, la abre y sale a toda prisa. A mí me deja ensangrentado y luchando contra cada doloroso jadeo. La estancia se llena de aire frío y de una cegadora luz de prisma. Entorno los ojos para mirar alrededor e intentar encontrar un trozo de tela con el que taparme la herida, pero veo que la criatura regresa haciendo mucho ruido y arrastrando algo largo y duro por el suelo. Solamente me doy cuenta de lo que es cuando cierra la puerta de golpe y el resplandor se interrumpe.

El proyectil que me ha desgarrado todo el cuerpo.

«Qué regalo más macabro».

—¿Cómo ha podido... una criaturilla como tú... arrastrar eso... hasta aquí? —Lo digo entre dificultosos resoplidos mientras inspecciona la punta afilada.

No me contesta.

Después de devolverla a su sitio, chasquea la lengua y lanza el proyectil intacto contra la pared en una sorprendente demostración de fuerza. El arpón traquetea en el suelo y el estruendo rebota en las paredes.

Se me llenan las mejillas con el resto de mi torturado aliento antes de soltar todo el aire lentamente.

«Supongo que es más fuerte de lo que parece».

La cuerda que me rodea la muñeca se desata por sí sola y estoy liberando las manos cuando veo debajo de mi barbilla un cuenco de una sustancia verde y gelatinosa.

Parpadeo y observo sus ojos abiertos y expectantes.

Tentado a arrugar la nariz, contemplo la masa pútrida... de nuevo.

—¿Que coma? ¿En serio? ¿Ahora?

El dolor que noto en el pecho hace que quiera inclinarme más por vomitar que por tragar y la idea de que esa sustancia asquerosa me pase por la garganta no consigue aquietar las náuseas.

La criatura ladea la cabeza.

Suspiro, me froto la molestia de las muñecas mientras me dispongo a aceptar el reto y hundo dos dedos temblorosos en la sustancia viscosa.

Con un siseo, ella me da un manotazo.

«Lo he entendido mal».

Finge escupir en el cuenco y luego me lo coloca de nuevo debajo de la barbilla.

—¿Quieres que escupa ahí? —pregunto con las cejas arqueadas. La criatura pestañea. Finjo escupir mientras señalo el cuenco y asiento—. ¿Sí?

Otro pestañeo, seguido de un lento asentimiento, que se acelera hasta que su pelo es un borrón de movimiento alrededor de su bonita cara.

Es un avance. Más o menos.

Muevo la lengua de un lado a otro de la boca. Seca como un desierto.

—No puedo...

Frunce el ceño.

—La boca. Seca. —Me señalo los labios. Saco la lengua.

La criatura abre mucho los ojos y salta de la cama para correr hacia el rincón de la estancia donde se encuentra un balde enorme. Se coloca detrás de él y lo empuja por el suelo, gesto que hace que se derrame agua por el borde, hasta que se detiene justo al lado del jergón y recoge un puñado de pieles. Me empuja hacia delante y gruño cuando sitúa las pieles detrás de mi espalda; a continuación, coge agua con las manos y me la lleva hasta la boca con cierta torpeza.

Algunas gotas se escurren y abren caminos limpios entre la sangre que me pinta el pecho.

Levanto la vista, observo su mirada adusta y cojo aire.

Vale.

Indeciso, abro la boca. Me acaricia con sus dedos sedosos el sensible labio inferior y me humedece la lengua con un poco de agua helada, apenas suficiente para tragarla, ya que la mayor parte me chorrea por el cuerpo.

Aun así, gimo ante una frescura que carece de regusto salado. Y me doy cuenta de lo sediento que estoy.

La criatura coge más agua y le cubro las manos con las mías, que son mucho más grandes, para guiarlas hasta mi boca. Trago toda la que consigue hacer el trayecto hasta superar mis labios secos y agrietados. Antes de que tenga tiempo de preguntar nada, ella repite el proceso, con el ceño fruncido al verme tragar de nuevo. Y de nuevo.

Y de nuevo.

«¿Cuánto tiempo he estado inconsciente?».

—Gracias —jadeo y le levanto los dedos para indicarle que es suficiente.

La criatura coge el cuenco con la sustancia viscosa, vuelve a ponérmelo delante de la cara y asiente con entusiasmo.

Se me curvan las comisuras de la boca, pero ella sigue gruñendo y empuja más el cuenco. No es momento de sonrisas, veo.

Escupo y la criatura enseguida mete los dedos en la masa para mezclarlo todo antes de coger un buen puñado y ponérmelo sobre la herida.

«Hija de la gran...».

Contengo un grito.

«Ojalá se la traguen las profundidades del Mar de Shoaling...». Estoy convencido de que me duele más que cuando el arpón le atravesó el pecho a Zyke.

Sigue cubriendo la herida mientras yo gruño, resoplo, jadeo, incapaz de sacármela de encima sin ahogarme en la culpa.

Justo cuando deseo que una muerte rápida y brutal ponga fin a mi sufrimiento, el dolor empieza a menguar.

Inclino la cabeza y miro hacia el techo.

—Esta casa es un pequeño templo al dolor.

Me enjuga la piel, me limpia el desastre sanguinolento y luego dispone de nuevo la escama sobre mi pectoral como si fuera una venda. Pone en su sitio los extremos con una delicadeza sorprendente en alguien que acaba de hurgarme en las entrañas como si fuera un buitre carroñero.

—Espero que no haya que hacerlo... cada hora.

A todas luces satisfecha, la criatura corre hacia el abrevadero que rebosa agua junto al extremo de la mesa. Una vez allí, se queda paralizada, observando algo que soy incapaz de ver desde donde estoy.

Como saque una sanguijuela oceánica, me largo.

En un gesto muy veloz, mete la mano en el agua y extrae un pez esbelto y rojo por la cola antes de estamparlo contra el borde afilado de la mesa.

Se me seca la boca.

——Eres una criaturilla cruel.

Clava la atención nuevamente en el agua y repite el proceso, esta vez para matar un pez negro brillante el doble de grande que el otro.

Se sienta en el suelo cruzada de piernas con su botín y desescama a los dos peces con una piedra afilada. En el proceso, se cubre las piernas desnudas y los pies con un montón de discos pequeños y redondos.

Qué lista. Quizá ella también detesta que las escamas se le queden entre los dientes.

Usa la misma herramienta para cortarles la cabeza y después mete los cuerpos en un cuenco enorme antes de dirigirse hacia mí. Se sube sobre mis piernas, me deja el bol en el regazo, coge el pescado más pequeño, lo inclina hacia atrás y luego le pega un buen mordisco.

Con el ceño fruncido, me la quedo observando, embelesado por esta extraña criatura con los carrillos llenos de pescado.

Levanta la vista, dos relámpagos de ardiente amarillo que me golpean como dos rayos de sol.

Coge el otro pez y me lo tiende, asintiendo con vigor. Lo acepto y lo señalo con la mano que tengo libre.

—¿Comer?

La criatura traga, pasa la mirada del pescado a mí y luego forma la palabra con sus carnosos labios.

De pronto, me embarga una oleada de decepción.

—Bueno, pues gracias —digo antes de dar un buen bocado a la hinchada barriga. La piel dura y oscura se rompe bajo la presión de mis dientes afilados y da paso a una carne húmeda y jugosa que sabe al olor del mar de una mañana de invierno.

Me rugen las tripas en cuanto trago y pego un mordisco más grande mientras observo el banquete que se da mi extraña salvadora. No hay delicadeza ni sigilo en su forma de arrancar las espinas y sorberlas por completo; unas cuantas escamas rebeldes le salpican las mejillas y los brazos, y a mí también.

Se afana con el pescado y devora cada centímetro de carne, incluidos los órganos y las vísceras.

Me pregunto quién es. Si tiene nombre. Cómo ha terminado en esta isla preciosa e intocable, rodeada por un pequeño botín de tesoros cuestionables.

Levanta las pestañas. Deja de masticar y vuelve a ladear la cabeza.

—Malakai. Mi nombre. —Me pongo una mano sobre el pecho—. Yo.

La criatura traga y abre mucho los ojos al pasar la vista de mi cara a mi mano y de vuelta a mi cara.

—Ma-la-kai. ¿Lo puedes pronunciar? *Gleish taj nah mi-nam, Malakai?*

Me sostiene la mirada, da otro bocado y mastica. El brillante jugo del pescado le gotea por la afilada barbilla.

—¿Cruel? ¿Quieres que te llame así?

Parpadea. Traga. Pega otro mordisco. Me coge la mano con la que sujeto mi pescado y me la empuja hacia la cara.

En fin.

Bajo su intenso escrutinio, me concentro en la comida con la mente a toda velocidad…

Si estamos donde creo que estamos, ¿cómo ha terminado ella sola en esta isla? ¿Cómo ha conseguido traerme hasta aquí?

¿Por qué no habla?

Y Zyke… Ojalá me diera algo.

Lo que fuese.

Pero está tan en lo hondo que no puedo invocar ni una sola escama, y sin cola no tengo ninguna posibilidad de ser más veloz que la bestia que acecha en estas aguas. Y eso significa que estoy atrapado aquí, en esta isla, con esta extraña y silenciosa criatura…, más débil y vulnerable de lo que he estado nunca.

A océanos de distancia de Orlaith. Del lugar donde la vi por última vez mirando a Zykanth con unos ojos sin vida y sin miedo que apenas reconocí segundos antes de que él se precipitara junto al barco...

Y eso es, por encima de todo, lo que más miedo me da.

14

ORLAITH

Unas llamaradas furibundas engullen la casa y la devoran hasta que ya no queda más que un armazón negro. Se desmorona y alimenta el remolino de cenizas y chispas que navega por el viento con el empalagoso olor a carne quemada.

Me fallan las rodillas y un grito se queda atrapado detrás de mis dientes castañeantes al estampar la mano contra el robusto tronco de un árbol.

Una hambrienta gravedad me eriza por completo el vello de la nuca.

—Te he encontrado.

Esas tres palabras, profundas y gélidas, me estimulan el corazón, que emprende un trote frenético, y al girarme veo a Rhordyn cerniéndose sobre mí; sus facciones pétreas y masculinas están iluminadas por una rabiosa luz anaranjada.

Sus ojos son dos layas plateadas que me entierran con colmadas paladas.

Deja de fruncir el ceño y clava la vista sobre mi hombro.

Un temor ardoroso me remueve el pecho.

«No mires. Por favor».

Empiezo a retroceder…

Me sujeta la barbilla tan fuerte que me duele y me obliga a girarme y a observar la carnicería ardiente que se refleja en sus ojos.

—Milaje, ¿qué has hecho?

Tiro de su muñeca en un intento por liberarme y veo que tengo la mano cubierta de sangre de un rojo vivo.

Cae una gota… Y otra… Y otra…

Cierro los ojos. Con fuerza. Intento alejarme de una realidad de la que no puedo huir.

«¿Qué he hecho?».

—Todo —susurro.

«Lo he matado a él. La he matado a ella. Los he matado a todos».

El aire se congela.

Rhordyn me desliza la mano por la coronilla y me entrelaza el pelo con los dedos para sostenerme contra su pecho frío.

La rigidez que había adoptado al sorprenderme se desvanece y me derrito sobre él con un sollozo de alivio.

Algo puntiagudo me da un beso entre las escápulas y abro los ojos y echo la cabeza hacia atrás. Mi mirada colisiona con la suya, que desprende angustia y relámpagos de arrepentimiento.

Es aterradora.

«Y preciosa».

—¿Qué estás…?

—Lo siento —masculla y un frío helador y afilado me atraviesa como si estuviera hecha de mantequilla.

Se me desencaja la mandíbula con un grito silencioso.

Noto como se me rompe el frágil corazón. Percibo algo cálido que se derrama en mi interior en crecientes intervalos. Horrorizada, bajo la vista hacia la punta curvada de una garra que emerge entre mis pechos como una flor sangrienta…

Una exhalación temblorosa surge de mis labios y se me derrama líquido caliente por la barbilla.

Cae una gota.

Y otra.

Me fallan las rodillas. Rhordyn me coge en brazos y entierra la cara en mi cuello mientras impide que me desplome.

—Lo siento… Lo siento… Lo siento… —Las palabras son duras, como si las estuviera tallando en piedra con la punta de los dedos.

Noto un fuerte tirón y la garra abandona mi cuerpo, y a continuación me deja en el suelo. Muevo los ojos para observar el sauce larguirucho que se mece sobre mí.

Intento respirar, pero no se me hincha el pecho.

Mi corazón se niega a latir.

Me zambullo en un eclipse, me precipito hacia la oscuridad y no hacia la luz, soy una mota de polvo que flota en un vacío gélido.

No soy nada. No soy nadie.

Me he ido.

Me incorporo con un jadeo. Me toco el pecho con las manos y parpadeo ante los cegadores estallidos de luz plateada que parecen zarandear los cristales de las ventanas y que iluminan la noche de explosiones.

«No hay ningún filo. No es real».

Cojo bocanadas de aire y me doblo hacia delante para sujetarme la cara ardiente y pegajosa al tiempo que unos rayos de presión me estallan en las sienes. La tormenta aúlla fuera y convierte el océano en una bestia que corcovea. El barco cruje y gime y tiembla y oscila y hace que se me revuelvan las tripas.

Me cae sangre de la nariz hacia las sábanas agolpadas a mi alrededor.

Cae una gota.

Y otra.

Gruño y me limpio con la mano vendada antes de tumbarme de nuevo sobre la almohada, ignorando la oleada de dolor que me atraviesa el hombro cuando esa cosa que hay dentro de mí se retuerce y asciende y arraiga justo debajo de mi piel.

Otro relámpago de luz ilumina la estancia; estoy en el camarote del capitán, completamente sola, vigilada a todas horas del día y de la noche para proteger mi virtud.

Cierro los ojos. Me dispongo a estirar el hombro para distraerme del escozor fantasmal que siento entre los pechos...

«Te he encontrado».

Me tapo la cabeza con las sábanas y me resguardo de los plateados rayos de luz.

«No es real».

15

ORLAITH

Cada brazada de Cainon nos impulsa a través del agua turquesa que golpea contra el casco y lleva nuestra barca más cerca del monolito de mármol azul oscuro que domina la bahía como una torre gruesa y recia forjada por la naturaleza. En la base tiene un enorme agujero que crea una ventana hacia el otro lado, donde un montón de barcazas vacías se bambolean en su abrazo protector.

Sigo con los ojos las escaleras escarpadas talladas en el filo de la gigantesca estructura que suben hasta llegar a la plataforma que descansa en lo más alto. Desde allí, un puente de cuerdas oscila por el viento y se extiende sobre el agua hasta la cima del acantilado que se alza alrededor de la cueva, protegida como si fuera un anzuelo enorme.

Cobijados en ella, no notamos el azote del viento que zarandea el puente. El capitán, Zane y los siete hombres desconocidos que lo recorrían en ese momento se detienen y se aferran a los pasamanos de cuerda. Es una imagen que me provoca cierta inquietud en el pecho.

—Deberíamos haber subido nosotros primero. Se ve bastante frágil...

Cainon mira atrás, por encima de su fornido hombro, hacia el puente.

Con el pelo recogido en un nudo flojo sobre la nuca, lleva una chaqueta azul oscuro hecha a medida con botones de oro que no están abrochados y que me permiten ver su pecho musculoso. Y la cicatriz que le recorre la piel a la altura del corazón.

Su enorme camisa me va holgadísima; la llevo arremangada hasta los codos y remetida dentro de unos grandes pantalones azules ceñidos a la cintura por un cordel. Todo esto lo he encontrado esta mañana junto a mi puerta. Una orden sutil para que me quitara el atuendo de Ocruth antes de atracar. Ha sido la primera interacción que hemos tenido desde que se desató la violenta tormenta —después de subirme a su barco una semana antes— que obligó a que la flota aguardara en el mar a que amainara.

—Sí que es frágil —responde. Rema con más ahínco y nos conduce entre la sedosa extensión de agua. Es un fuerte contraste con el océano revuelto fuera de la cueva, donde veo que la mayor parte de la flota retrocede entre la neblina de la lluvia tras zarpar. Me pregunto dónde irá—. Están comprobando que no haya tablones defectuosos.

—¿Has enviado a un niño a comprobar que el puente sea estable? —Abro mucho los ojos—. ¿Estás loco?

Se encoge de hombros y me dedica una media sonrisa que le hace brillar los ojos.

—Él me lo ha pedido. Dice que eres su persona preferida y que quiere asegurarse de que no te pasa nada.

Me da un vuelco el corazón que entorpece el paso de todas las palabras que tengo en la punta de la lengua.

Cainon dirige la mirada hacia el saco que tengo entre los pies y enarca una ceja.

—Será una auténtica putada subirlo por las escaleras. Son más empinadas de lo que parece. ¿Seguro que ahí no llevas nada que puedas dejar atrás?

Aprieto mis pertenencias con las rodillas y clavo la vista en la frondosa ladera del acantilado. Veo que Zane y el capitán por fin han llegado al otro lado y están ya en tierra firme.

El alivio me enfría las venas y desplazo la atención hacia lo alto del duro acantilado. Me retuerzo las manos, sacudo las rodillas y flexiono los dedos de los pies al imaginarme hundiéndolos en la tierra por primera vez en varias semanas.

Una sombra proyectada por un árbol que oscurece el filo del acantilado despierta mi curiosidad.

«No es una sombra».

Es algo… más.

El enorme borrón negro me deja sin aliento, como si una mano me hubiese rodeado el cuello y me hubiera empujado la cabeza debajo del agua.

Con el corazón desbocado, un estallido de escalofríos me recorre la piel.

—¿Qué es eso?

Cainon se gira para mirar en la dirección en la que le señalo y se le escurre el remo de una mano. Se oye un chirrido cuando este empieza a alejarse del escálamo de metal y los dos nos abalanzamos hacia él a la vez; aprieto los dientes cuando volvemos a colocarlo en su sitio.

—¿Qué es qué? —me pregunta al volverse de nuevo. Pero cuando miro hacia el árbol ya no veo ninguna mancha oscura.

«Nada».

Frunzo el ceño mientras barro el filo del acantilado con la mirada, desesperada.

Quizá me esté volviendo loca. Quizá mis pesadillas han empezado a salir de los confines de mi mente para joderme viva.

—Da igual —murmuro, pero el vello de la nuca sigue erizado, y el aire, vibrando con una carga persistente que intenta sacudirme.

Y que me grita que huya.

—¿Dónde estamos exactamente? —Aparto la vista del acantilado.

—En un acceso trasero. —Cainon mueve los remos hacia delante y los hunde con vigor—. El palacio se encuentra en la punta más al norte de esta islita, a un par de días a pie desde aquí, con un puente que lo conecta con la capital de Bahari.

—La capital es Parith, ¿no?

—Correcto —me confirma—. El punto más al sur del continente principal antes de desperdigarse en un montón de islas. Cuando hay mal tiempo, atracar en el puerto de la ciudad resulta demasiado arriesgado. La cadena sube siempre que el oleaje sea superior a un metro y medio.

—¿Y eso?

—Hay demasiadas rocas escarpadas. No me entusiasma la idea de hundir otro barco.

Unos gritos potentes se reproducen en mi mente y experimento una vez más la rabia que sentí al ver a los marineros sumergirse para huir de la cubierta sepultada entre llamas.

—Pues cualquiera lo diría.

Me fulmina con la mirada y cierro la mano ante su seriedad. Me niego a apartar la vista.

Cainon chasquea la lengua.

—Qué pena que unos labios tan bonitos escupan palabras tan amargas. Podrías hacer mejores cosas con ellos.

—Tienes una imaginación desbordante —mascullo y esboza una sonrisa que no le devuelvo mientras yergue los hombros para hundir los remos en el agua.

—Ay, pétalo. No te haces una idea.

Me arden las mejillas, donde noto un lametón de calidez por sus palabras, impotente ante el hecho de que estoy en un espacio reducido con un poderoso Alto Maestro que me dobla en tamaño y que me mira como si quisiera ahogarme en un mar de placer.

Dirijo la vista hacia el agua para escapar como sea de su mirada.

La risa que suelta a continuación no hace sino cabrearme más.

—Como te iba diciendo antes de que guiaras mis pensamientos hacia un territorio tan placentero, la tormenta ya nos ha causado graves daños. Habrá que reparar en profundidad a la mayor parte de mi flota antes de que esté en condiciones de volver a zarpar.

Noto en el pecho el duro golpe de esas palabras, que deja tras de sí un leve escozor.

Así que la flota que he conseguido no podrá zarpar hacia Ocruth en el futuro inmediato.

El pánico me repta por la garganta.

—No habrá desfile de bienvenida, pues. —Las palabras son frías y secas, y sirven para llenar el silencio mientras intento aplacar a la bestia nerviosa que crece en el interior de mi pecho. Porque cada día que pase sin la intervención de Rhordyn y Zali significa que habrá un nuevo ataque de vruks. Y otra familia asesinada.

Y otra criatura sin madre, padre o hermano...

Cada día que pase, fracasaré un poco más.

—Cuando lleguemos, no. Reservaremos las celebraciones oficiales para cuando nos hayamos casado.

Me está observando. Fijamente. Como si quisiera ver si mi curiosidad picará el anzuelo que me acaba de tender.

—¿Y cuándo dices que será eso?

—Solo debemos esperar a la próxima luna llena. —Le brillan los ojos con un destello de satisfacción—. Nuestras ceremonias son únicas y requieren tiempo de preparación, así que es positivo que dispongamos de unas cuantas semanas para dejarlo todo listo. No me voy a conformar con nada que no sea lo mejor, ya que tengo la intención de casarme una sola vez.

«Tengo la intención de casarme una sola vez».

Sus palabras hurgan en mi interior.

—¿Y los barcos? ¿Cuándo crees que podrán zarpar?

Una nueva y poderosa brazada le tensa los tendones de los brazos hasta el cuello.

—Cuando estemos oficialmente casados —exhala y se me cae el alma a los pies.

Dicho de otra manera: haber aceptado su cupla no ha servido para una mierda.

«Sin boda, no hay barcos».

Tengo que abrirme de piernas delante de este hombre antes de que él cumpla su parte para salvar vidas inocentes y hay algo en ese hecho que me molesta hasta el punto de que me arranca una carcajada sin humor de las profundidades de mi ceniciento ser. La risotada brota mientras le mantengo la destructora mirada cobalto como si fuera Cainon mi captivo y no al revés.

—¿Hay algo que te haga gracia, Orlaith? —Frunce el ceño.

Flotamos hacia la barriga hueca de la cueva y mi risa se apaga.

Se ve obligado a dejar de aguantarme la mirada a fin de maniobrar la barca y conducirla directamente hacia otra que está vacía. Los golpes fuertes y amplificados rebotan en la pared curvada como si fueran un asalto y al poco Cainon nos afianza al extremo de un saliente de piedra lisa. En los pies me nace un hormigueo que me lleva a flexionar los dedos.

Trago saliva, abrumada por la hambrienta oleada de deseo por poner los pies sobre esa piedra.

Cainon extiende un brazo hacia mi saco...

Yo lo aferro contra mi pecho.

Me mira con las pupilas dilatadas.

—Conque vas a subirlo tú por las escaleras, ¿no?

Asiento con la cabeza.

—Estoy harta de verte lanzarlo de un lado a otro como si fuera basura.

—¿Y qué me dices de tu mano? ¿Y de tu hombro?

Me coloco mis pertenencias sobre el costado, que se me está curando ya, y ni siquiera pongo una mueca al notar una ligera punzada de dolor.

—Los cuidados casi constantes de tu medis durante la última semana han hecho maravillas. El hombro está mucho mejor y en la mano ya tengo costra —contesto y se la muestro.

—En algunos puntos, la piedra está cubierta de lodo. Con el peso extra, es muy probable que resbales. Sobre todo porque no llevas botas.

El corazón me da un vuelco y una oleada de desesperación me atenaza la garganta.

Y me suaviza la voz.

—Estoy acostumbrada a ir descalza. Es más probable que tropiece con las botas que sin ellas...

El silencio bulle entre los dos.

—Me las pondré cuando lleguemos arriba —añado y miro hacia la piedra mientras resisto la necesidad de subir delante de él antes de que proteste.

«Por favor, no me obligues a ponérmelas todavía. Por favor».

—Muy bien —dice al fin y me señala la plataforma en la que se apoya la proa de la barcaza—. Las damas primero. Ten cuidado con dónde pisas.

Me levanto e ignoro la mano que me tiende para salir de la

embarcación oscilante y pisar tierra de Bahari. El mármol azul es suave y liso, cubierto de una calidez que me calma la planta de los pies.

Varios escalofríos me recorren la piel. Cierro los ojos y finjo que la piedra es áspera y negra, que el mar inquieto que retumba en la cueva es un océano de nubes silenciosas que se extienden hacia el horizonte. Y que estoy en el balcón del Tallo Pétreo, con la cara hacia el cielo, bañada en cálidos rayos de sol que casi nunca incidían sobre el resto del castillo.

Durante unos segundos, estoy en casa.

—¿Todo bien?

—Sí —musito y abro los ojos de pronto.

Trago la semilla indeseada que se me ha instalado en la garganta y doy un paso adelante.

Seguida por la fuerte presencia de Cainon, recorro la plataforma que sale por la boca del túnel, gira a la derecha y llega hasta la base de las escaleras, acolchada en algunos lugares por montones de musgo esponjoso. Empezamos el arduo ascenso que resigue la pared poco a poco; cada peldaño tiene una altura distinta que el anterior y algunos están encharcados, con lo que el agua me salpica en las tensas pantorrillas.

Aunque mis piernas están habituadas a este tipo de esfuerzo, unas cuantas semanas encerrada en un barco han hecho mella en mí y, para cuando nos acercamos a la cima, me arden los muslos tanto como los pulmones.

Intento disimular la respiración acelerada y subo a la plataforma de madera que ensilla el monolito. Giro la cabeza, con el pelo azotado por el viento, y contemplo la vasta bahía, que se extiende ante nosotros en todas las direcciones. Desde aquí arriba, el barco anclado de Cainon parece diminuto.

Una nueva ráfaga de viento me provoca cosquilleos en los pies.

Me alejo de las escaleras para dejarle espacio a Cainon y sigo por la pasarela balanceante hasta el punto en el que está atada a lo alto del acantilado.

Es un puente largo. Y frágil.

—Hay que sustituir algunos de los tablones de madera. —Cainon pasa junto a mí y empieza a recorrerlo—. Ten cuidado.

Después de recolocarme el saco, me aferro a la barandilla de cuerda con una mano e imito sus movimientos. Con el corazón en un puño, paso por encima de un agujero donde no hay tablón y el mundo se precipita bajo mis pies.

Un mareante remolino me electrifica desde las entrañas y una sonrisa me curva las comisuras de los labios...

Un paso en falso y me caería.

De repente, una fuerte racha de viento sacude el puente y me detengo con el pelo revuelto en una maraña de nudos. Una carcajada emerge de entre mis labios.

Cainon mira hacia atrás con el ceño fruncido, pero no puedo dejar de esbozar una sonrisa mientras rebotamos y oscilamos con un ritmo errático y tonificante que hace que me sienta viva por primera vez en varios días.

Por alguna razón, balancearme en este precipicio entre la vida y una posible muerte hace que avance con más ligereza y no al revés, y de pronto no tengo ninguna prisa por llegar al final del puente. De hecho, me tomo mi tiempo, absorbo cada golpe de viento y me dejo mecer.

Al acercarme al acantilado, percibo el olor de la tierra y la desesperación vuelve a embargarme, y el hambre voraz, a intensificarse. Me empuja hacia delante hasta que me encuentro a pocos tablones de Cainon mientras este termina de recorrer el puente.

Se oye un chasquido y suelto un grito cuando la madera cede debajo de mí.

Me caigo durante un breve instante que me sube el corazón por la garganta antes de que él se gire y me coja por la camisa para tirar de mí.

Una nueva carcajada me sacude el pecho y termino sobre tierra firme hecha un fardo. Mi saco aterriza a mi lado y los espasmos me zarandean el hombro mientras termino de reír. Me pongo de rodillas y extiendo las manos sobre la tierra húmeda, con los dedos bien separados...

Se me ralentiza el corazón.

Apoyo la frente en el suelo y respiro hondo.

—¿Necesitas que te ayude a levantarte?

—Dame un minuto —murmuro. Clavo los dedos más allá de la hierba y obligo a la tierra a colarse debajo de mis uñas. Me abruma el olor fuerte y casi carnal que entra en mi interior con cada embriagadora inhalación.

El dolor del hombro desaparece, los músculos de la espalda se relajan y se aflojan, y hay algo dentro de mí que se calienta. Y que se calma.

—Hay demasiado silencio —susurra uno de los hombres con la voz ronca teñida de cierta preocupación; es una espina que agujerea mis instantes de plácido alivio—. Hay algo... raro.

Con un nudo en el pecho, recuerdo la sombra oscura que he visto desde la barca.

Me incorporo con cuidado, como si arrancase mis raíces de la tierra, y observo a los hombres que aferran lanzas de punta de metal sin dejar de dirigir miradas nerviosas hacia los árboles.

Al mirar tras ellos, me quedo paralizada.

Desde la cueva, la tierra sobre el acantilado asemejaba un oasis frondoso y fértil. Pero desde aquí veo que el follaje salvaje y descuidado oculta los restos de un pueblo chamuscado, reducido a nada más que rocas azules desperdigadas y paredes que se mantienen en pie solo en parte.

Algunos de los árboles más grandes son esqueletos abrasados, hogar de enredaderas que lucen unas flores enormes y azules de las que sobresalen anteras rojas que parecen pupilas llameantes.

En el dosel de la jungla hay una grieta que permite que la luz leve de última hora de la tarde trace un camino entre la penumbra, un sendero recorrido miles de veces, a diferencia del resto de la frondosidad.

Cainon me tiende una mano.

La ignoro y me levanto del todo.

—¿Qué ha pasado aquí?

Mira alrededor como si acabara de reparar en la masacre y, a continuación, arranca una flor de una de las enredaderas.

—La Plaga.

El tallo roto llora una lágrima roja que cae.

Otra gota.

Y otra.

—Es decir…, ¿Le prendisteis fuego a toda la comunidad?

—No tuve más remedio —mascula y recuerdo el barco en llamas. Recuerdo cómo el fuego se amotinó y lo mandó a una tumba oceánica.

Oigo los gritos lejanos, histéricos e impotentes.

Y también el silencio espeluznante que siguió.

—Fue una pena. Buena parte de nuestros productos frescos procedían de esta zona. —Señala hacia el sistema de poleas medio en pie que sobresale del límite del acantilado—. Por no hablar de los acres de cultivo de azúcar de palma que el fuego devoró. —Contempla durante un buen rato la flor que tiene en la mano—. Esa es la realidad a la que hay que enfrentarse al estar confinados en un pequeño lienzo de tierra habitable.

Frunzo el ceño al pensar en los mapas que he repasado con ojos curiosos una y otra vez.

—Pero al menos tenéis tierra. Por no hablar de cientos de islas repartidas por el océano.

—Tierra infértil. —Lanza la flor al suelo y debo hacer acopio de toda mi fuerza de voluntad para no cogerla y guardármela para protegerla. La idea de que todo ese color desaparezca hasta no ser más que una mancha marrón en el suelo me produce dolor.

Cainon señala mi saco con la barbilla.

—Las botas, Orlaith, antes de que demos un paso más. Por aquí hay serpientes venenosas.

Zane me lanza una mueca desde la piedra en la que está sentado cruzado de piernas. Es evidente que nos está escuchando.

Le devuelvo el gesto, hurgo en el saco y meto los pies en esas fundas claustrofóbicas que me ciñen demasiado los talones; acto seguido anhelo el consuelo de la tierra cálida.

—Pongámonos en marcha —indica Cainon con la voz lo bastante alta como para que todos lo oigan—. Hay una manada de irilaks agresivos viviendo en estas ruinas, pero, si vamos rápido, llegaremos a La Hondonada Azul antes de que se ponga el sol.

Los hombres murmuran para sí y se ponen las bolsas sobre la espalda antes de comenzar a seguir a Cainon. Me cuesta obligar a mis pies a moverse.

«Una manada».

Después de colocarme el saco sobre el hombro sano, lo sigo y escruto las sombras profundas en busca de señales de vida. Debería tener miedo al saber de qué son capaces. Yo misma he presenciado sus funestos ataques todas las veces que arrojé ratones sobre mi Línea de Seguridad.

Shay es especial. Nuestra relación es producto de años y años de confianza y comprensión mutuas, y no tengo ninguna duda de que él es la excepción que confirma la regla. No tengo ninguna duda de que los irilaks que viven en estos lares son tan mortíferos como insinuó Kai cuando hojeamos juntos *Te Bruk o'Avalanste* hace una eternidad.

Pero no queda hueco para el miedo en la oleada de arrepentimiento que me inunda.

Shay no tenía ninguna manada. Siempre estaba solo, salvo cuando estaba conmigo.

«Conmigo. Yo era su manada».

Al darme cuenta, me quedo sin aire, más todavía al recordar cómo me habló justo antes de marcharme. Una palabra demoledora que sirvió de eco para un millón más…

«No».

16

ORLAITH

La energía nerviosa que desprenden casi todos los hombres de nuestro séquito es palpable y tensa el aire que nos envuelve, una sensación amplificada desde que la luz que iluminaba el serpenteante camino se ha ido apagando con la puesta de sol.

Unas lámparas chispeantes proveen ahora un escudo protector que no consigue aliviar el presentimiento de estar enjaulados.

Y de que nos observan.

Como si la mismísima jungla estuviera tomando nota de cada paso que hace crujir la tierra. De cada mirada nerviosa a las sombras que separan los árboles. De cada puño que aferra con fuerza una lanza.

Me he pasado el resto del sigiloso trayecto escaneando la jungla y buscando señales de vida, pero no he encontrado ninguna.

Ni un solo pájaro ni una polilla, ni siquiera una de esas serpientes a las que por lo visto les gusta anidar en pozos de luz moteada. Pero percibo que hay algo ahí con la misma certeza con la que noto el golpeteo del corazón, la piel desgarrada en los talones y las gotas de sudor que me bajan por la columna.

En cuanto hemos dejado atrás la zona arrasada por las llamas del desértico pueblo del acantilado, la jungla se ha espesado y el ambiente se ha vuelto caliente, pegajoso y denso. Aun cuando la puesta de sol se ha llevado consigo una parte del calor, la humedad sigue atrapada debajo del dosel tropical.

Devoro con los ojos las enormes hojas cerosas que podrían hacer las veces de toldos o velas, las flores azules más grandes que platos y las enredaderas que estrangulan unos árboles llorosos y oprimidos. Estoy tan acostumbrada a los antiguos robles cubiertos de líquenes cuyas raíces sobresalen del suelo que cada paso que doy es como caminar entre las páginas de un libro ilustrado.

El follaje tiene el color del mar en un día de rabioso mal tiempo, un azul acero salpicado de vez en cuando de puntos verdes que levantan el ánimo. Y que me recuerdan a mi hogar.

—¿Sabes de qué tengo más ganas? —me pregunta Zane. Camina con paso vivo y con una lámpara que le cuelga de la mano sin fuerza. Al parecer, es el único totalmente ajeno a esa tensa y asfixiante sensación que se niega a desaparecer.

Mientras doy vueltas con los dedos sucios al trozo de carbón que me dio Gage, miro hacia su nuca, donde lleva una revuelta melena de pelo caramelo que no se ha molestado en peinarse en todo el día.

—¿De qué?

—De comer el pastel de pescado de mi madre —responde y percibo la sonrisa que le ilumina la voz—. Es una pasada.

—No es mentira —murmura el capitán desde detrás. Sus pasos firmes persiguen los míos—. Es la receta de su abuela. Su madre y yo crecimos a base de ese pastel de pescado. Era un plato de pobres que curiosamente nos hacía sentir que éramos nobles.

Un rastro abrasador me arde en la mejilla, me eriza el vello de la nuca y hace que contenga el aliento.

Miro de pronto hacia la izquierda. No hay nada.

Tan solo las entrañas temperamentales de la jungla, inerte como siempre, sin siquiera el canto de un grillo para que la escena no parezca sacada de un complejo cuadro al óleo.

Aun así, aminoro el paso y alargo el brazo para rozar con los dedos la camisa de Zane.

El chico se detiene y ladea la cabeza para mirarme.

—¿Qué ocurre?

—No estoy segura —murmuro mientras busco en todas las sombrías separaciones entre árboles—. Algo…

—Será mejor que sigamos caminando —gruñe el capitán detrás de mí. Me pone una mano en el hombro y me da un ligero empujón—. A las lámparas les queda ya poco aceite después de la semana extra que hemos pasado en alta mar y el sol se está poniendo muy deprisa.

Asiento lentamente y suelto a Zane.

—Sí, capitán.

—Llamadme Gun —masculla—. Mi barco está ahora en el fondo del Andler.

Advierto movimientos inquietos en los árboles, seguidos de un fuerte golpe seco que me retumba en el pecho y que me incendia la sangre.

Me arrimo a la espalda de Zane cuando todos se apiñan, con la cabeza en alto, las lanzas preparadas y el aire denso por una energía caótica que me hormiguea en la piel. Oigo el suave chasquido de una espada que alguien desenfunda detrás de mí y de pronto pienso en lo tremendamente decepcionado que estaría Baze al no estar enseguida armada después de los esfuerzos que ha hecho conmigo en los últimos años.

El silencio se alarga durante unos largos instantes mientras escruto la jungla. El corazón es una bestia salvaje que me martillea por dentro. El miedo atroz me lleva a arrugar con mano temblorosa la camisa de Zane...

«No os lo podéis llevar».

—No es más que una rama que se ha caído —anuncia Cainon desde la vanguardia—. Sigamos adelante. Ya veo las luces del pueblo entre los árboles.

Unos graves murmullos se suceden en el grupo y todos empiezan a moverse de nuevo. Zane se libera de mi agarre dirigiéndome una sonrisa torcida por encima del hombro. Le revuelvo el pelo, pero su expresión se endurece en cuanto se gira hacia delante y yo sigo inspeccionando los árboles. Se me acelera el corazón al divisar un montón de campánulas a los pies de una palmera a unos diez o doce pasos del camino.

Golpeo algo con la punta de la bota y tropiezo sobre el sendero.

Mi saco sale volando. El trozo de carbón se me resbala de las manos cuando me estampo de bruces con un golpe seco que me hace castañetear los dientes, con el hombro en vías de curación girado debajo de mí.

Pero no siento dolor, apenas oigo el coro de gritos de alarma mientras contemplo las campánulas con un nudo en la garganta del tamaño de una roca. Porque con ese color, con ese tono exacto, conformé la última pieza de mi hermano en la pared de los Susurros.

Es una sensación que nace en las profundidades de mi cuerpo y que me atraviesa hasta la punta de los dedos. La necesidad de tenerlas. De sujetarlas. De acariciarlas.

Me pongo de rodillas en el suelo y alargo los dedos...

Unas manos firmes se posan sobre mí, me incorporan, me sacuden y me retiran el pelo de la cara, interrumpiendo así mi visión de las campánulas.

—Estoy bien —espeto y me aparto de Cainon.

Sus ojos resplandecen, la tensión chisporrotea entre ambos, y de reojo veo que los demás hombres se observan las botas fingiendo que no acaban de verme reprendiendo a su Alto Maestro.

Quizá no estarían tan confundidos si supieran que él ha ido haciéndose con patentes de última hora que impiden que mi gente reciba una ayuda prometida que les salvaría la vida en cuanto fuera posible. Si supieran que él tiene en la palma de una mano el poder de cambiar la marea salvaje de muerte que se derrama sobre el continente y que lo sostiene sobre mi cabeza, fuera de mi alcance, hasta que cumpla sus deseos.

Todo eso no hace sino demostrar que no confía en mí. Y hace que a mí también me cueste horrores confiar en él.

Cainon avanza hacia delante y me envuelve en el olor a cítrico y a sal al eliminar el espacio que nos separa. Mantengo la barbilla en alto, por más que un estallido de escalofríos me recorra el cuello.

—Tenemos que hablar —me murmura al oído.

—Pues hablemos.

—Más tarde. —Coge mi saco del suelo, gira sobre los talones y retoma el camino con la bolsa sobre el hombro como si fuera un trofeo.

Miro hacia las campánulas azules, con el corazón en un puño al buscar entre la maleza el trozo de carbón que he perdido...

Ha desaparecido.

Aprieto las manos con tanta fuerza que noto como se me parten las costras de la derecha y contemplo mi saco mientras doy un paso adelante.

—Orlaith. —La advertencia de Gun atrae toda mi atención. Niega con la cabeza y me lanza una mirada severa que insinúa que estoy caminando sobre una raya más fina que la formada por sus labios—. Ahora no es el momento, cielo.

Quizá no. Pero no es él quien ha vendido su cuerpo por una promesa que no deja de escurrírsele entre los dedos.

El olor dulce del azúcar me provoca hormigueos en la lengua conforme los árboles se desperdigan y dan paso a un montón de edificios altos apoyados unos en otros como si de una fortaleza se tratara. Están plagados de una constelación de lámparas ardientes sujetas a las paredes de piedra emborronadas de esponjoso musgo.

La mayoría de nuestro séquito se queda atrás con órdenes de seguir la señal de un establo que parece dirigirlos hacia la linde del pueblo.

Cainon se encamina hacia el estrecho sendero que surca una pared por lo demás impenetrable.

Me precipito hacia él, con Gun y Zane a la zaga, y llegamos al patio del asentamiento, que está rodeado por los cuatro costados de estructuras muy apiñadas.

Todo está hecho de piedra: los edificios, el suelo y la fuente de agua que se alza en el centro del patio, la cual recibe el abrazo luminoso de las lámparas altas como árboles que se curvan sobre los edificios como siluetas de arqueros con la cabeza llameante apresada en esferas de cristal.

Me tapo los ojos para evitar el resplandor mientras sigo a Cainon con largas y decididas zancadas, y la vista clavada en mi saco, que cuelga aún de su hombro.

Una sucesión de personas con los ojos muy abiertos de asombro se inclinan hacia delante al verlo pasar y apartan la vista.

Él se dirige hacia un enorme edificio situado entre dos más pequeños con un cartel de madera que pende del toldo de paja:

La Hondonada Azul

—Mantenedla alejada mientras compruebo la seguridad de nuestras habitaciones. Esta posada no es un lugar apropiado para una dama —exclama a mi lado y me mira antes de abrir la puerta de par en par, de la que brota el olor a sudor y a humo, así como la rítmica melodía de un violín solitario que se interrumpe en cuanto cierra con fuerza tras de sí.

Me hierve la sangre de furia. Me abalanzo sobre la puerta, cojo el pomo, lo giro y empiezo a abrirla...

Una mano enorme y ajada empuja la madera. Con el ceño fruncido, doy media vuelta, pero Gun me sostiene la mirada con una expresión que me golpea como si fuera un mazo.

—Se ha llevado mi saco.

—Con nuestro Alto Maestro estará seguro.

Suelto una carcajada seca y me deslizo por la pared hasta quedarme agachada. Con la cabeza hacia atrás, observo el patio.

—No creo en esa palabra —mascullo y veo a la gente afanada en sus quehaceres nocturnos.

Nadie parece darse cuenta de que se encuentra en presencia de la niña superviviente, una invisibilidad que he ansiado durante toda mi vida. Cuesta recordarlo con la mente tan obcecada en el hecho de que Cainon lleva sobre el hombro todas mis vulnerabilidades.

—Si me aparto y me siento en el banco de ahí para fumar mi pipa —suelta Gun, señalando el banco clavado a la pared a mi lado—, ¿vais a lanzaros sobre la puerta como un toro y a anunciaros ante un grupo de productores de mimbre borrachos?

—No me muevo tan rápido.

—No os creo.

Con un resoplido, bajo hasta el suelo y aterrizo de culo de golpe. Extiendo las piernas ante mí como muestra de buena fe.

El viento se levanta y llena el atestado patio con un remolino del dulce vapor que despide la gigantesca chimenea al otro lado. Se me pega a la piel y me edulcora los labios mientras contemplo a un grupo de niños jugando a las tabas con mirada despreocupada y el pecho lleno de risas.

Gun se aleja de la puerta, pasa por delante de mí y se desploma sobre el banco, donde extrae una bolsita de cuero de su zurrón lateral.

—¿Hay algo especial en ese saco? —me pregunta al tiempo que mete algo verde en su pipa. Enciende una cerilla, prende el contenido y sopla por el extremo mientras yo pienso en mi piqueta de diamante, en la garra, en la funda de almohada de Rhordyn...

Algo especial, dañino, incendiario.

«Algo mío».

—Podría decirse así.

Gruñe, da otra calada y suelta una espesa columna de humo blanco.

Una vez más, las tabas se desparraman, seguidas por aullidos y vítores cuando uno de los niños se golpea el pecho con puños victoriosos.

Gun se inclina hacia delante y apoya los codos sobre las rodillas.

—¿Qué come ese muchacho?

—¿Qué muchacho?

—Nuestro muchacho.

Sigo su mirada y veo que Zane está agachado bajo la sombra del toldo de una casa en el extremo opuesto del patio. Tiene los carrillos hinchados y aprieta con los puños un palo clavado en el centro de una enorme manzana roja.

—Una manzana de caramelo. —Mis labios casi esbozan una sonrisa.

—No le he dado ninguna moneda...

«Mierda».

—Yo sí.

—No, vos tampoco.

Hago una mueca y veo a Zane pegándole otro mordisco, ajeno a todo.

—¿Vas a… hacer algo al respecto? —pregunto.

Entre los labios de Gun surge humo mientras observa a su sobrino disfrutando de un dulce sin duda robado. Es probable que lo haya cogido del alféizar de alguna ventana. Se apoya en la pared y vuelve a soplar por la pipa, cuyo contenido se tiñe de un rojo intenso.

—Me parece que no estoy de servicio —dice, soltando más humo blanco.

Esta vez, mi sonrisa sí hace acto de presencia.

La puerta que está junto a mí se abre y de ella sale una mujer bajita con un rollo de tela azul. Mira a izquierda y a derecha, y apenas me ve antes de dirigirse hacia Gun.

—¿Dónde está la Maestra? —le pregunta—. Me envían a acompañarla hasta la habitación de las doncellas.

El hombre frunce el ceño y señala en mi dirección con el pulgar.

La mujer repara en mí, sentada a los pies de la pared, y las mejillas se le ruborizan, eclipsando sus ojos azul claro y el pelo dorado amontonado sobre la cabeza.

Hace una rápida reverencia que ondea su falda al viento.

—Maestra, lo siento mucho. No me había dado cuenta…

—No, tranquila, no pasa nada. —«Si acaso, es más un cumplido que otra cosa»—. ¿Has visto mi saco? El Alto Maestro lo ha llevado adentro. ¿Lo ha dejado en algún lado?

Parpadea, palidece al cerrar la puerta tras de sí y mira a Gun como si temiera un poco por su bienestar.

—Pues… Es que no soy más que una de las taberneras…

—No hostiguéis a la mensajera, Orlaith. Solo intenta llevaros a vuestra habitación.

Cojo aire, lo suelto y me incorporo para después seguir a la mujer, pasando por delante de Gun, hacia un camino tallado entre los edificios. Tras detenerse frente a una puerta discreta ganada a la piedra, extrae una llave del bolsillo de la falda y forcejea con el tozudo cerrojo mientras yo me recuesto en la pared y espero.

Se me eriza el vello del brazo izquierdo y frunzo el ceño. Me quedo sin aliento al notar un viento cálido que me golpea el costado y que trae consigo un olor a almizcle que se me introduce en la nariz, salido directamente de mis pesadillas.

La voz de lo más hondo de mi cuerpo me grita que eche a correr.

Sin embargo, giro la cabeza más lento que el sol al ponerse y contemplo el estrecho callejón que se adentra en la oscura jungla.

«Allí hay algo».

Se me comprimen los pulmones y el vello de la nuca se me pone de punta. Todo mi mundo, todo mi ser, parece conducir hacia el tramo de oscuridad del fondo del callejón. Como si me tambaleara sobre un océano negro y notase algo que me roza los pies metidos en el agua.

A la espera de ver si me ataca.

De repente, no puedo parpadear. No puedo tragar saliva. No puedo ni respirar siquiera. Me encuentro aplastada contra la pared por la forma tremenda de esa fuerza invisible.

—¿Maestra?

El repentino regreso a la realidad pone en marcha mis pulmones y me giro hacia la mujer, que se encuentra en el interior de la puerta abierta, que da a una escalera iluminada.

Me aclaro la garganta, me alejo de las sombras videntes y cruzo el umbral. Un escalofrío me atraviesa la columna cuando la puerta se cierra de golpe tras de mí.

17

BAZE

Los alpes de Reidlyn se alzan ante mí como olas escarpadas, cubiertas de zonas de permafrost que desprenden un resplandor espeluznante. Las cumbres están ocultas tras pegotes de nubes blancas que se recortan contra el amoratado cielo del anochecer.

Giro la esfera de mi lámpara y aspiro el olor de pedernal quemado cuando se prende. La sostengo delante de mí y escruto la imponente sombra de los alpes.

Con el corazón en un puño, guio a Ale hacia el vacío de oscuridad. La nieve cruje bajo sus cascos y la lámpara nos baña en un aura protectora y llameante. La temperatura cae en picado tan rápido que se me detienen los pulmones durante unos instantes, como si me hubiera zambullido en un lago helado.

No me sorprende que los duendecillos se nieguen a acercarse por aquí. Los que se atrevan probablemente se congelen y se desplomen muertos en cuanto revoloteen más allá de esta misma línea.

Hoy en día, no es habitual que gente normal se adentre en las sombras de los alpes; la temperatura es demasiado extrema y el riesgo de cruzarse con un vruk aumenta con los años. Un montón de pueblos cercanos han sido arrasados por esas criaturas. Incluso los pastores de cabras de cachemira que dominaron este territorio durante siglos se han visto obligados a conducir sus menguantes rebaños hacia pastos más cálidos y seguros.

El pelaje marfil de Ale contrasta con el entorno negro y combina con los árboles desnudos que sobresalen de la tierra como garras emblanquecidas. Con el oído atento, escucho por si advierto algo que no sea el indolente crujido de los pasos de mi caballo y los gemidos huecos del viento.

Ale se detiene y mueve la cabeza, echando vapor por la nariz al protestar resoplando e intentando cabriolear hacia atrás.

—Venga, chico, deja de llamar la atención. —Le doy un golpecito en el lomo y pega un salto que está a punto de arrojarme de la silla de montar. Apretando las piernas y sujetando las riendas con una sola mano, suelto un gruñido, enderezo al animal y le golpeo más fuerte para que se adentre en el frío dejando atrás filas y filas de enormes costillas afiladas que emergen de la nieve.

Algunas señalan hacia los alpes, dispuestas a empalar a todo aquel que no preste atención al dirigirse al festín de Ocruth. Otras señalan en dirección contraria y protegen Fryst de los ataques de nuestros perros despiadados.

Las últimas están impolutas, sin manchas secas de sangre negra como las pintadas en algunas de las primeras.

Un escalofrío me asciende por la espalda.

Transcurren horas en las que trotamos entre remolinos de polvo que escupen grandes ráfagas blanquecinas sobre mis dedos entumecidos. Ojalá me hubiera puesto ropa más gruesa. En ese momento, diviso el primer marcador: un diente enorme con púas que está clavado en un árbol nudoso que se alza de la nieve como una extremidad macilenta.

Guio a Ale entre un camino que por lo demás resulta invisible y cuento treinta y cinco antes de que una piedra redonda mucho más alta aparezca ante mí. A su lado se encuentra un establo de madera sin ventanas con el tejado muy cubierto de nieve.

Bajo de Ale de un salto y lo llevo hacia la mohosa construcción pese a que él empuja hacia atrás mientras intento no pensar en el arraigado hedor a muerte que brota de su interior. Ni en el hecho de que esté totalmente desprovisto de vida. Me peleo con las riendas para atarlas al raído poste que hay dentro del establo y esquivo sus cascos saltarines.

—No te va a pasar nada —mascullo, viendo de reojo la sangre que salpica las paredes—. Siempre y cuando te calmes.

Meto una paca de heno en el medio barril que sirve como comedero y, acto seguido, introduzco unas cuantas hebras en la llama de mi lámpara para prender con ellas las otras que están colocadas por el establo.

Ale retrocede con los ojos muy abiertos y le acaricio con una mano la cruz temblorosa en un vano intento por tranquilizarlo. No lo puedo culpar, claro, pero no ganará nada con esta actitud de mierda. Con tantos resoplidos y quejidos, es como si hubiera tañido una campana lo bastante alto como para que suene por todo el Tramo.

Con un suspiro, cierro la puerta al salir del establo y lo encierro en un cálido resplandor con la esperanza de que se calme y se tumbe un rato para descansar, pues lo necesita.

Avanzo por la nieve, que me llega hasta las rodillas, y rodeo la roca que algunos creen que dejaron ahí unas manos de gigante. Es muy redonda y lisa, y está muy fuera de lugar en esa porción de tierra plana en la que no hay nada más que un árbol raro que a duras penas se aferra a la vida.

Rozo la superficie de la roca hasta que encuentro la muesca que le recorre un costado como una costura rota. Me arrodillo y miro hacia atrás cada pocos segundos al hurgar en la nieve iluminada por la luz de la lámpara.

Para cuando rozo la trampilla enterrada en el suelo, tengo las puntas de los dedos entumecidas a pesar de llevar guantes gruesos. La abro y observo una garganta de oscuridad. Echo un nuevo vistazo a mi níveo entorno y desciendo por la escalera del agujero con la lámpara en ristre.

Los peldaños protestan con un crujido ante cada paso que doy.

De un salto, aterrizo sobre tierra firme. El olor a cerveza y a carne recién hecha me golpea en la garganta y me provoca hormigueos en los músculos de debajo de la lengua.

O quizá sea…

Me detengo para respirar hondo y mirar hacia la escalera por la que he bajado. Y contemplo cada peldaño.

Vuelvo a olisquear el aire y distingo el rastro del aroma a mantequilla especiada de Zali.

Con un grave gruñido, me precipito por el túnel hasta que llego a otra escalera, por la que desciendo antes de recorrer el estrecho pasillo, cuyas paredes están estabilizadas con incrustaciones de huesos. Un larguero apuntala el techo cada pocos pasos, pero aun así me estremezco al imaginarme que me están enterrando vivo.

El camino al final da a una estancia enorme y llena de humo con el techo reforzado con vigas de madera pálida. Está abarrotada de hombres que gritan y aúllan y cantan con el rostro sucio, los labios agrietados y la barba tan espesa como para taparlos por completo. Apestan a cerveza y se tambalean; ninguno parece reparar en mi presencia.

Después de dejar la lámpara junto a la puerta, me trago la muestra de celos que siento al ver su estado de inconsciencia y examino a la multitud.

Los hombres visten cuero y pieles de distintos tonos de gris y lucen collares de cordeles con enormes dientes de vruk; por lo general, uno o dos, lo que significa un par de años de servicio. Solamente un puñado presume de más. No me sorprende.

A estos hombres se les paga con moneda de Ocruth y de Rouste para mantener en buen estado las trampas que atestan el Tramo y amortiguar la invasión de vruks que deciden cruzar los alpes. Es una responsabilidad que, al parecer, el Alto Maestro Vadon ya no está cumpliendo por su parte.

Hay que ser bastante salvaje para sobrevivir aquí y hacer lo que hacen. Y para aceptar la vida precaria de un moal.

Vienen aquí, ganan dinero e intentan largarse antes de que los alpes los devoren.

Vuelvo a escrutar el gentío…

«No la veo aquí».

En el centro de la estancia, una pata de cerdo da vueltas sobre unas ascuas al rojo vivo.

Me rugen las tripas.

Doy un paso adelante y me quito los guantes antes de detenerme junto al burbujeante festín. Arranco un trocito de carne con los dedos, entumecidos todavía, y observo la exposición de cráneos bestiales que cubren dos paredes. Me guardo los guantes en los bolsillos mientras sigo masticando el pedazo bien sazonado y me deleito con el primer bocado caliente que tomo en varios días, pero entonces el murmullo de alegría se apaga.

La desorganizada muchedumbre acaba de fijarse en mí.

Se oye el chasquido de los filos al desenfundarlos, demasiado imperceptible como para que lo oiga alguien normal y corriente. Si ahora me da por observar a todos los presentes, seguro que blanden armas negras y con la punta curvada.

«Garras».

—¿Quién coño eres tú?

Me limpio las manos en el abrigo y me las caliento junto a las llamas mientras levanto la vista para mirar al tipo a través del pelo húmedo y pegajoso que me cubre los ojos.

—Estoy buscando a una mujer. Es probable que lleve vestido de Rouste.

—¿A la Alta Maestra?

La pregunta la formula un matón fornido y ajado que se encuentra al otro lado del espetón. Tiene el pelo rojizo y la mano metida debajo de la piel gruesa y gris que le ensancha los hombros.

Advierto un halo oscuro en sus ojos. Y la enorme colección de dientes de vruk que le cuelga del cuello.

Es Hoarth.

He oído hablar de él, es una leyenda moal. No tiene esposa ni hijos a quienes mandar el dinero que gana. Por lo que tengo entendido, se encarga de los monstruos por diversión.

—¿Es a ella a la que andas buscando? —Con las espesas cejas arqueadas, masculla—: Es la única mujer que pisa esta pocilga.

Algo se asienta en mi interior y me lleva a relajar la tensión que lleva cargándome los hombros desde que salí del campamento hace días.

—A ella, sí. —Cojo una jarra de una mesa cerca del espetón y recibo una sucesión de miradas afiladas al girar la manecilla del barril y servirme una pinta de cerveza fría—. ¿Dónde está?

Oigo a Hoarth enfundando el arma y, al girarme, lo veo mirándome desde arriba.

—Está fuera.

Me quedo paralizado con la jarra a medio camino de apaciguar la enorme sed que llevo días acarreando.

—¿En el Tramo de los cojones?

Hoarth asiente brevemente.

—La primera noche que vino, intenté decirle que no nos ponemos a arreglar las trampas cuando se ha puesto el sol. Me dijo que no me metiera en lo que no me incumbía o que, de lo contrario, me rebanaría la polla con su bonita espada.

Me aclaro la garganta y apuro la jarra con tres grandes tragos que no consiguen calmarme la maldita sed. A continuación, dejo la jarra sobre la mesa manchada de cerveza.

—¿Dónde está exactamente?

—En Ensartar —exclama un hombre tras de mí y, al mirar, me encuentro con unos lúgubres ojos rojos y una cicatriz que le va de la oreja a la boca.

Con el labio superior contraído, giro la cabeza.

—¿En el paso principal?

Hoarth se encoge de hombros.

—Le brillaban los ojos, tío. —Brinda en el aire con un diente hueco de vruk tan grande que sirve de jarra—. Estaba sedienta de sangre.

Doy media vuelta y me marcho por el camino por el que he llegado, no sin antes coger la lámpara del suelo.

—¡Oye!

Me detengo y me giro a tiempo para coger un frasco volador antes de que se me estampe en la cara.

Lo inclino de un lado a otro y observo la ligera sustancia negra que se mueve en el interior.

«Es acónito líquido».

Miro a Hoarth a los ojos.

—Por si acaso —dice, guiñándome uno.

—Gracias —mascullo y retomo mi camino. La tensión ha regresado sobre mis hombros, pero ahora es muchísimo peor.

Se ha ido a Ensartar de noche...

La madre que la parió.

Debería saber que no es buena idea.

18

ORLAITH

Es una habitación modesta, con una simple cama de madera con sábanas blancas limpias que huelen a almidón.

—¿Blancas? —gruño al mirarlas—. Pero el color de Bahari es el azul...

Después de terminar de hacerla, la tabernera alisa las arrugas de la superficie y evita mi mirada.

—Es la tradición, Maestra. Pretenden dar fe de que se ha roto la virtud de una doncella si alguien irrumpe e intenta... —Se aclara la garganta con las mejillas teñidas de un profundo rubor.

«Intenta abrirse paso a la fuerza entre mis piernas».

Un claro recordatorio de que he vendido mi cuerpo a un completo desconocido.

—Claro —mascullo con amargura—. Por supuesto. Qué pregunta más tonta.

—¿Hay algo más que necesitéis en estos momentos? —Ahueca el edredón colocado sobre los pies de la cama antes de encender otra lámpara—. ¿Os preparo un baño?

—Ya lo hago yo. —Le lanzo una débil sonrisa, asfixiada bajo la tensa inquietud que me inunda el pecho—. Gracias.

Hace una reverencia y se gira para marcharse. En cuanto la puerta se cierra, barro de nuevo la estancia con la mirada.

No corro hacia la letrina para aliviar mi vejiga sobrecargada ni empiezo a llenar la bañera a pesar de que estoy cubierta de suciedad, sudor, espuma de mar y una mezcla de olores desconocidos. Me limito a tumbarme debajo de la cama y a acariciar con los dedos los extremos de todos los tablones de madera hasta que una astilla se me clava en la piel. La cojo, la arranco y luego la coloco debajo de mi almohada mientras me chupo la gota de sangre del meñique.

Vanth me pilló desprevenida. Me niego a permitir que vuelva a suceder algo parecido.

Al inspeccionar las ventanas, veo que están cerradas a cal y canto, salvo la del baño, que está muy arriba y es demasiado pequeña como para que quepa un adulto fornido. Bajo de la letrina y me dispongo a lavarme.

Giro el grifo y lleno la enorme bañera de latón. Me quedo a su lado, observando cómo cae el agua. Suelto un fuerte suspiro; me pican los ojos, me duelen los pies y siento dolor en la parte baja de la espalda, pero eso no es nada comparado con el peso implacable de mi agotamiento.

Me desvisto y el vapor me besa la piel desnuda; me acerco al lavabo de piedra para coger una pastilla de jabón mientras me miro en el pequeño espejo de la pared.

Empañado, refleja un borrón de piel morena.

Levanto una mano, la paso por la superficie y me quedo patidifusa al ver el reflejo que me devuelve la mirada.

Piel de opalina...

Pelo iridiscente...

Pecas resplandecientes...

«Ojos de cristal que me rompen el corazón».

Unas grietas me recorren la piel y se abren para dejar al descubierto la hiriente negrura que se halla debajo de la superficie.

Una silueta se coloca detrás de mí. Robusta. Escultural.

Bella.

«Es él».

El jabón se me escurre de las manos al contemplar unos ojos sin vida que no reconozco.

—Rhor...

Se acerca a mí y juraría que noto su imponente presencia arrimándose a mi espalda desnuda. Y su brazo poderoso rodeándome la cintura, con una mano entre los muslos, sujetándome donde ardo y palpito.

Me estremezco y oigo el ruido que hace un puñal plateado al alzarse y apoyarse sobre mi cuello. Me lo rebana con un corte brutal que me arrebata la voz y el aliento.

La sangre mana sin cesar y me pinta los pechos desnudos con una cascada de regueros rojizos...

Parpadeo y rompo la ilusión, jadeante.

Estoy sola. Es su mentira la que se refleja en el espejo: una melena revuelta, una piel bronceada por el sol y más pecas que de costumbre salpicándome la nariz.

«Me estoy volviendo loca».

Sollozo con un vuelco en las entrañas al doblarme a un lado y aferrarme a la letrina. Con una convulsión en el estómago, una oleada de vómito emerge de entre mis labios temblorosos. Cuando termino, me duele la lengua y tengo espasmos en los músculos del vientre. Cojo un pañuelo para quitarme los restos ácidos de la lengua y lo lanzo por el agujero antes de sujetar con fuerza la joya de ónice que me rodea el cuello.

Suelto un gruñido.

Aferro el cierre con dos dedos y tiro de él para asegurarme de que está bien amarrado.

—Que te follen, Rhordyn. —Me incorporo y contemplo de nuevo su mentira en el espejo. Me pellizco la cara como si fuera él—. Ya has conseguido lo que querías, que me largase de tu vida. No tienes derecho a aparecerte para atormentarme.

Giro sobre los talones, levanto una pierna por encima del borde de la bañera y hundo los dedos del pie en el agua ardiente. Un escalofrío me viaja hasta la base del cuello.

Demasiado caliente.

Cierro los ojos, me concentro en el inesperado abrazo de mi piel tensa y apoyo la planta en el latón mientras suelto una brusca exhalación cuando el calor me muerde la magulladura del talón, como si me hubiera echado sal en la herida. Con la respiración entrecortada, hundo el otro pie en el agua y bajo el cuerpo.

Cada rasguño que me surca la piel se enciende con una llamarada de escozor, pero me obligo a soportar el dolor —y el calor— hasta que por debajo de la clavícula estoy en carne viva y sorteando la fina línea entre fastidio ardiente y ardor achicharrante.

Me echo atrás y apoyo la cabeza en el latón al tiempo que la escaldadura va perdiendo fuerza. Un alivio mustio se apodera de mis extremidades y de mi mente, y vuelve lentos y fangosos mis pensamientos. Cada vez tardo más en parpadear y me cuesta más…

Los veo a ellos, rotos y ensangrentados y hechos trizas.

Mirándome fijamente.

En las manos siento la sangre cálida y pegajosa. Veo su brillo policromado, resultado del balanceo de un hacha mientras mi madre contemplaba y gritaba.

«Es de mi hermano».

Con un jadeo, aparto la cabeza del borde y abro los ojos de pronto.

La bañera, que ahora está cálida como la sangre de mi hermano, me provoca escalofríos por todo el cuerpo.

Joder.

Tambaleante y con las extremidades pesadas, me levanto y casi tropiezo con mis propios pies antes de envolverme con una toalla y secarme el pelo húmedo. Abro la puerta y me dirijo al dormitorio.

Sin apenas aliento, me quedo paralizada.

Cainon se encuentra delante de la chimenea con una mano sobre la repisa, observando las llamas danzarinas.

Con el corazón en un puño, veo que mi saco está a los pies de la cama… abierto.

—Vanth me dijo que Rhordyn se negaba a soltarte. —Clavo la mirada en su nuca. Le ha crecido tanto el pelo que ya no veo el esbozo de su corte—. Me pregunto si también será a la inversa.

—¿A qué te refieres?

Cainon se gira. Sus ojos son dos témpanos de hielo y me fijo en la tela negra arrugada que empuña con los nudillos blancos. Con las fosas nasales bien abiertas, percibo el ligero aroma de Rhordyn, que sigue asestándome un golpe en el pecho y acelerándome el corazón a toda velocidad.

Clavo los pies en el suelo y reprimo la necesidad de abalanzarme.

Y recuperar la funda de almohada.

Cainon la lanza por los aires y la tela aterriza sobre los tablones del suelo, entre nosotros.

Se hace el silencio.

Le sostengo la mirada durante unos tensos segundos antes de dar un paso lento adelante. Cojo la funda, hundo los dedos en la valiosa seda y aparto los ojos de los suyos para dirigirme hacia mi saco, como si estos movimientos suaves y calmados fueran a quitar tensión a la vital significancia de este instante.

Cainon suspira y al levantar la vista veo que se le oscurecen los ojos.

—Te dije que te desarraigaras, Orlaith. Pero estás decidida a encogerte de miedo en su sombra.

Hago una pausa y aprieto la tela con la mano.

—¿A encogerme de miedo?

—Sí. —Empieza a caminar hacia mí.

Me giro y me clavo en las pantorrillas la estructura de madera de la cama. Sujeto la funda de almohada sobre el pecho como si fuera un escudo.

—Aquí lo tienes todo justo delante de ti —dice y se cierne sobre mí hasta que me veo obligada a apartarme y caerme de culo sobre el colchón mientras devora la funda con los ojos—. Pero tienes las manos demasiado ocupadas como para aceptarlo.

Con el corazón en un puño, retrocedo sobre las blancas sábanas almidonadas, pero él me enjaula poniendo sus fuertes brazos a ambos lados de mi cabeza, separándome los muslos con una rodilla y provocándome ardores en la piel.

Contengo el aliento... Así puesto, encima de mí, es enorme y poderoso, y la toalla que lo separa de mi desnudez de pronto parece demasiado fina.

Se inclina hacia delante y me roza la oreja con los labios.

—¿Qué te hizo para meterse hasta ese punto en tu cabeza?

Abro la boca, la cierro... Me doy cuenta de que no hay manera posible de explicárselo sin airear mi debilidad, como una camisa que sigue manchada después de un lavado.

Desde que empecé a ver a Rhordyn por el castillo hace unos años, ha sido una presencia rigurosa que intentaba empujarme por la puerta. Me decía que saliera y viviese, como si estuviera furioso conmigo por no invertir mi tiempo de la forma que él consideraba apropiada.

Pero, después de tanto empujarme, al final no sentí más que atracción.

Si entraba en mi habitación, yo caía presa de su gravedad. Si miraba en mi dirección, todas las células de mi cuerpo se contraían ante su escrutinio.

Cuando me tocó en el balcón bajo un manto de lluvia, fue real e irreal al mismo tiempo. Como si hubiera una especie de velo que nos separaba y que tenía un significado letal.

Lo cierto es que me enamoré de un fantasma. Y ahora me he marchado y sigue... apareciéndoseme.

Cainon me mete las manos en el pelo, me sujeta con suavidad hasta ladearme la cabeza, y el eco de mis pensamientos sigue fluyendo por mi cuerpo.

Y me llena de anhelo.

Con la cara sobre la mía, Cainon me mira a través de sus gruesas pestañas.

—¿Te folló, pétalo?

La vulgar pregunta es un ataque ronroneante que me devuelve a la sensación de los dedos de Rhordyn acariciándome... Y adentrándose en mí...

Toda yo palpito y mis caderas amenazan con sacudirse ante el recuerdo y con asfixiarme con el fragante aroma de mi excitación.

Me arden las mejillas.

Cainon enarca las cejas.

—No —gruño—. No me folló.

—Por lo tanto, si te tomase aquí mismo, ahora mismo... —dice, colocándome la otra pierna entre los muslos y forzándome a separarlos más; un jadeo emerge de mí cuando mi centro desnudo recibe el lametón de calidez del fuego de la chimenea—, ¿sangrarías por mí?

«Sangrarías por mí...».

Las palabras me abofetean.

Endurezco la expresión y, durante un instante tenso, me imagino cogiendo la garra de mi saco abierto, apoyando el filo mortífero sobre su cuello y formulándole la misma pregunta.

Una parte de mí desea hacerlo solo para ver la cara que pone.

Le planto una mano en el pecho y lo empujo. Cuando se aparta con el ceño fruncido, lo miro a los ojos.

—Sí, Cainon. Sangraría.

Mi afirmación la absorbe el repentino vacío que nos separa. Un abismo de su propia creación.

Estoy aquí, cumpliendo con mi palabra, mientras él cuelga la suya sobre mi cabeza como si fuera un cebo.

Quizá lo embruja la ilusión de que el simple hecho de ser su Alta Maestra basta para satisfacerme. Y de que me está dando todo lo que Rhordyn no me ha dado y, por lo tanto, debería estarle agradecida.

Si digo la verdad, no podría importarme menos esa mierda de título. Ni el placer que sus ojos lujuriosos me prometen a raudales.

Quiero los barcos.

Todo el calor desaparece de su mirada y se levanta de la cama.

—Joder, lo siento... —Se aprieta el puente de la nariz y se mete una mano en el bolsillo para dar vueltas a un manuscrito raído entre los dedos—. Aunque no es excusa, estoy de los nervios —dice con una carcajada histérica—. Como ya habrás visto.

Mi curiosidad asoma la cabeza.

—¿Qué es eso?

Cainon pasa la vista de mí al manuscrito y luego me lo tiende.

—Rhordyn se dirige a Bahari para recuperar sus barcos. Es el pago por su valiosa hembra.

¿Que... qué?

Salto de la cama y cojo el manuscrito. Leo las diminutas palabras y luego las releo, lentamente, engullendo las curvas pronunciadas y las delicadas florituras que conozco más y mejor de lo que debería.

Es su letra.

Unos garabatos refinados que no encajan para nada con el hombre que los ha plasmado en el papel. No sé por qué eso hace que me duela el órgano que me palpita en el pecho, pero es así.

Me contengo para no pasar el pulgar por el pergamino y notar la muesca de cada sílaba trazada en la superficie.

«Va a venir a por los barcos».

La inquietud combate contra mis entrañas cuando me doy cuenta de que hay muchas probabilidades de que me vea obligada a estar cerca de él por lo menos una vez antes de que se marche...

«Mierda».

—Cuando esté aquí, buscará tus puntos débiles.

—¿A qué te refieres? —Levanto la vista y frunzo el ceño.

—No recuerdo la última vez que se molestó en visitar mi territorio —prosigue Cainon con las manos en las profundidades de los bolsillos de sus pantalones grises de piel—. Podría haber enviado a otra persona. Si no lo ha hecho, solo hay una razón: busca señales de que no estás aquí por voluntad propia para así usar en su favor la ley que protege a la gente contra la extorsión.

—No te entiendo...

Cainon me arrebata el pergamino y lo enrolla para formar un rulo perfecto.

—Desde que Zali y Rhordyn anunciaron su alianza públicamente en el baile, me ganan en número. El territorio oriental de Rouste es casi el doble que Ocruth y el ejército de Zali es salvaje, forjado en dunas abrasadoras que son casi inhabitables. Juntos son una pareja poderosa contra la que no puedo aspirar a enfrentarme y no sé cuál es su plan. Solo sé que traman algo. —Hace una pausa y se guarda el pergamino—. Soy un gusano bajo su pie, Orlaith. Como le des una razón para que crea que no estás aquí porque lo deseas, me aplastará... y usará su flamante alianza para destruirnos a mí y a mi pueblo.

Niego con la cabeza al recordar el Tribunal más reciente y a la gente que fue a ver a Rhordyn con las manos enlazadas y dolor en los ojos.

—No necesita más tierra que gestionar. Ya está teniendo suficientes problemas.

—De eso se trata. La jungla que nos separa tanto del territorio de Rhordyn como del de Zali es espesa y oscura, y está repleta de irilaks, unas criaturas que frenan a los vruks. Aquí estamos a salvo y la gente está empezando a darse cuenta. Estoy rodeado de refugiados que llegan a diario en barcos mercantes y los que deciden quedarse atrás acaban siendo masacrados.

Mastico sus palabras e intento encontrar un lugar cómodo para que se instalen en mi interior.

Rhordyn cree que Cainon busca cambiar las fronteras con una guerra entre territorios, y viceversa. Son numerosas las acusaciones que están costando vidas, literalmente.

Cainon me acaricia el codo al acercarse a mí.

—Rhordyn siempre ha sido más grande, más fuerte, mejor que el resto de nosotros. El hecho de que yo sea la salvación de su pueblo lo está carcomiendo. Lo veo clarísimo.

Le miro la mano, que ahora me rodea el brazo, y subo hasta los ojos, abiertos y suplicantes.

—Si le das la más mínima razón para que crea que te estoy reteniendo en contra de tu voluntad antes de que oficialmente abandones su protección, la aprovechará. Usará mis propios barcos contra mí y la guerra que nadie quiere acabará llamando a nuestra puerta. Por eso, Orlaith, no puede disponer de mis barcos hasta que nos hayamos casado.

Tiene sentido. Sus palabras son tan llanas que resulta fácil seguirlas.

Pero no impiden que frunza el ceño.

—En ese caso, ¿por qué te arriesgas tanto conmigo?

Una sonrisa radiante se abre paso hasta sus ojos.

—Vi algo que quería y tuve que conseguirlo. Y mandar a la mierda las consecuencias.

—Parece una decisión impulsiva.

—Más bien al contrario —murmura, sujetándome la cara con ambas manos, cálidas y enormes, mientras me mira fijamente a los ojos—. Deja que te salve…

«No hay nada que salvar».

Estoy a punto de pronunciar esas palabras en alto. Es probable que lo hubiera hecho si no tuviera sus manos bajándome por el cuello, por el brazo y hasta el puño apretado. Uno a uno, me abre los dedos y me quita la funda de almohada de Rhordyn. A continuación, se dirige al fuego.

—Espera.

Se detiene y me mira por encima del hombro.

Me acerco a él, con la garganta atenazada al arrebatarle la funda, apretando tanto la mano que me duele y todo. Como si esa misma mano se me hubiera hundido en las costillas y me hubiera aferrado el corazón.

«No pienses. Actúa».

Obligo a los dedos a soltar el agarre desesperado... y lanzo la funda a las llamas, con los ojos clavados en el ardor desatado de los de Cainon, como si estuviera impaciente por ver cómo se quema ese fragmento de Rhordyn.

Me aparto de la escena, consciente de que, si no lo hago, me caeré de rodillas y gritaré y rebuscaré entre las ascuas hasta que se me derrita la carne de las manos y la piel por fin sea idéntica a la de mis víctimas inconscientes.

¿Cainon quiere que sea su perfecta Alta Maestra? Muy bien. Interpretaré el papel. Me ganaré esos putos barcos. Pero, como Rhordyn o él me utilicen para detonar su riña política, se meterán en una guerra contra mí.

Y, a diferencia de ellos, yo no tengo nada que perder...

Ya no.

19

ORLAITH

Envuelta en la toalla, me siento en la cama. Mientras hago los estiramientos del hombro, tengo nudos en el estómago. El contenido de mi saco está desparramado sobre las sábanas; la empuñadura de mi espada de madera sobresale, con la funda de piel encogida un centímetro, probablemente por haberse hundido en agua salada y haber estado en remojo un buen rato.

La cojo y rodeo el mango con los dedos. Está helado, como si albergase el frío de Ocruth de una fresca mañana de primavera en la que las margaritas apenas asoman la cabeza entre un velo de niebla y la hierba congelada cruje a mi paso.

Una extraña tensión me envuelve el pecho.

Me acerco la espada y entorno los ojos al ver un garabato de musgo verde. La punta afilada de una enredadera pintada se arremolina alrededor del extremo del mango hasta desaparecer debajo de la piel.

Con el ceño fruncido, la toco, la recorro con los dedos y pellizco el borde de la funda para empezar a arrancarle la espesa sustancia adherida.

Con cada vuelta que se deshace, más enredadera se libera. Se separa. Son brotes. Unas florecillas moradas cuelgan de la empuñadura y hacen que me escuezan los ojos.

«Mis glicinas».

Están aquí. Han estado conmigo todo el tiempo.

Me desplomo sobre las sábanas con la espada sobre el pecho y observo el techo...

«Es un pedazo de hogar».

No estoy segura de dónde salen. Ni de quién las pintó.

Solo sé que ahora son lo que más me gusta del mundo.

«Rhordyn viene hacia Bahari para recuperar sus barcos».

Recoloco la almohada y me tumbo de lado, un vano intento por desmantelar mis pensamientos incontrolados con la esperanza de que encuentren otro lugar donde asentarse. Es como si me hubiera atiborrado de exotrilo, pero esta vez es una carga natural cuyo efecto no se está pasando.

Me aprieto el pecho desbocado con la palma de una mano y suspiro contemplando las ascuas moribundas de la chimenea y pensando en las campánulas azules que he visto hace unas horas.

Se me forma un nudo en la garganta.

La idea de dejarlas allí, solas en la oscuridad, me inunda de un fuerte temor.

Me incorporo tan rápido que toda la sangre me abandona la cabeza, que me empieza a dar vueltas. Hace tiempo, esas campánulas se me habrían antojado lejanísimas. Intocables.

Pero ahora...

Puedo ir yo misma a por ellas.

Salto de la cama y me pongo ropa limpia, cómoda y más de mi talla que me ha traído la tabernera junto con una bandeja con la cena. Saco mi mochila del fondo del saco, me recojo el pelo en un moño alto y barro la habitación con la mirada en busca de algo pequeño y hueco capaz de mantenerse erguido...

La jarra de arcilla de la bandeja me llama la atención.

«Perfecto».

Me la guardo en la mochila, junto a una de las lámparas de los ganchos de la pared, antes de mirar hacia la puerta.

No puedo tomar la salida evidente; a saber a quién podría encontrarme al recorrer el pasillo. Dudo de que a Cainon le haga mucha gracia verme escabullirme de mi habitación en plena noche, sobre todo teniendo en cuenta la conversación que acabamos de mantener.

Con la espada de madera en la mano, me dirijo al baño y me subo encima de la letrina, justo debajo de la ventana. Abro el pestillo y el cristal, dejo la espada y la mochila en el alféizar, y cruzo la ventana lenta y cuidadosamente para evitar hacerme daño en el hombro.

Maniobro hacia el alféizar hasta que me encuentro sobre la piedra fría y la emoción me chisporrotea en las venas y me enciende por dentro.

Es arriesgado. Peligroso. Inadecuado.

Muy inadecuado.

«Pero qué bien me sienta, coño».

Miro abajo, hacia el callejón vacío apretujado entre este edificio y el siguiente, y luego recorro el alféizar mientras contemplo el patio, animado por un perezoso latido de medianoche. La multitud ha cambiado, ha disminuido hasta formar grupitos de fumadores de pipa, hombres que caminan dando tumbos y mujeres ligeras de ropa que se les pegan como sombras lascivas.

Una llovizna lenta iluminada desde arriba arranca olores dulces y botánicos a la piedra, y respiro hondo antes de girar sobre los talones y ver un enrejado dispuesto a uno de los lados del edificio en el que zigzaguea una enredadera.

Me sirve.

Guardo la espada en la mochila y me la cuelgo en el hombro antes de descender por la red de madera.

Noto los adoquines lisos en las plantas descalzas mientras corro por el patio para adentrarme en la sombra de una maceta con un alto matojo. Uso las manos para hacer de mirilla entre las ramas y compruebo que el banco de la posada ya no está ocupado por un capitán ojo avizor antes de caminar sigilosa alrededor del perímetro del patio.

Paso por delante de casas dormidas, de tiendas de dulces cerradas de noche y un enorme edificio con un cartel que reza: «Molino de Caña».

Aquí todo huele más dulce, como si las piedras que piso fueran terrones de azúcar, y la lluvia, lágrimas de melaza. En la parte delantera del patio están aparcados unos cuantos carros de madera cargados y avanzo entre ellos. Paso por delante de otras dos tiendas antes de encontrar el callejón estrecho por el que hemos entrado en el pueblo hace unas horas.

Mientras camino entre los altos edificios, saco la lámpara de la mochila y giro la rueda con manos temblorosas por una oleada de emoción. Estoy a punto de abandonar la red de seguridad iluminada cuando los escalofríos se apoderan de mi nuca.

Doy media vuelta, un paso atrás y me estampo contra la pared.

Desde aquí, tengo una clara perspectiva de la posada La Hondonada Azul, que se encuentra en el extremo opuesto del patio, así como del recodo del callejón que está justo debajo de mi habitación.

Y veo a un hombre corpulento, encapuchado y vestido de negro en la sombra de la maceta del arbusto en la que me hallaba hace unos segundos.

Se me acelera el corazón y un sudor frío me perla la piel al observarlo.

Llena el espacio sin esfuerzo alguno, como si estuviera hecho para la oscuridad. Y forjado bajo su arcana presión. Por alguna extraña razón, me lo imagino blandiendo esa misma oscuridad sobre mi rostro y usándola para ahogarme.

Parpadeo y ha desaparecido.

Con un jadeo, barro en torno a mí con la mirada y me aparto de la pared para obtener una mejor vista del patio.

Nada.

O mi creciente locura está tallando espectros de las sombras o...

Una grave carcajada me asciende por la garganta y se transforma en un gruñido.

Desenfundo la espada, cojo la lámpara del umbral y me adentro en la noche.

La tierra húmeda se me mete entre los dedos de los pies con cada paso iluminado. La llama de la lámpara es mi escudo; el embriagador coro de grillos, mi compañía; la llovizna casi inexistente, un refrescante rocío sobre la cara y las manos mientras recorro a la inversa el camino que hemos hecho antes, mirando hacia atrás cada pocos pasos.

Embargada por una energía inquietante, examino el suelo en busca de lo que hace unas horas me ha hecho tropezar. Diviso una raíz que sobresale de la tierra como un gusano volcado y la emoción me estalla en la barriga.

Aparto la lámpara del camino para iluminar un mar de arbustos húmedos que se bambolean por el ataque de la extraña lluvia, ya más intensa, que se cuela por el dosel.

«Creo que era aquí». Se ve muy diferente bajo el manto de la noche...

Oteo a derecha y a izquierda antes de avanzar de puntillas sobre la tierra. Camino descalza sobre una alfombra de ramas sueltas y hojas podridas...

«Hago demasiado ruido».

Pongo una mueca y miro hacia atrás antes de dar otro paso crujiente, y luego otro. El matojo durmiente de flores azules aparece ante mí; me calma el galopante corazón y me arranca una sonrisa robada de los labios.

«Te he encontrado».

Un escalofrío me sube por la columna al arrodillarme en el suelo húmedo, dejar la espada en el suelo y sacar la jarra de la mochila. La lleno de tierra que se me pega a las manos y utilizo un dedo para hacer un surco alrededor de la base de las campánulas.

De pronto, los grillos dejan de cantar.

De golpe. Como si todos se hubieran muerto.

Se me pone el vello de los brazos de punta y una brisa fría me acaricia la nuca mientras el aire que me rodea aúlla, como si de repente estuviera famélico.

Cuando exhalo, veo un alarmante vaho blanquecino.

Me quedo paralizada. El pulso me late en los oídos y clavo la vista en las campánulas al tiempo que una mirada familiar me traza la piel como un rastro de aceite frío...

Se me detiene el corazón, que se hunde en mi interior y se desploma en el suelo cuando cierro los ojos.

Con fuerza.

«No es él».

«No es él, Orlaith».

Me obligo a abrirlos y sigo desenterrando las raíces. Esa presencia fría e irritable no es más que otro espectro creado por mi locura. A toda prisa, guardo las campánulas en su nuevo hogar. Meto un poco más de tierra por dentro del borde de la jarra para que las flores estén cómodas y calientes, y acto seguido me la llevo al pecho y respiro.

Y respiro…

Después de dejar a propósito la espada en el suelo, me pongo en pie poco a poco, trago saliva con dificultad y doy media vuelta.

Y me quedo inmóvil.

Suelto una exhalación hueca, un sacrificio escaso para las criaturas que me paralizan con su presencia.

Tres irilaks merodean a mi alrededor. El más grande tiene el doble de tamaño que Shay y me mira con unos ojos negros y saltones desde las cuencas vacías de una calavera blanquecina. Una mirada infinita que me marca la piel y me nubla la vista.

Advierto consuelo en ellos, un consuelo que echo de menos.

Y que lamento haber perdido.

«Cuántos arrepentimientos».

Un gemido grave y estridente suena en el fondo de su garganta, un sonido espeluznante que me pone la piel de gallina. Paso la vista a la criatura más pequeña de la derecha. Y luego a la diminuta pegada a esta, que me llega tan solo por la rodilla.

Me da un vuelco el corazón.

Es… una familia.

Una afilada sinfonía de chasquidos del pequeño me asalta. Un ruido que no me resulta desconocido.

«Tiene hambre. Ahora mismo, tener un ratón en un tarro me sería de gran ayuda».

Una parte de mí quiere echar a correr, esa que es sumamente consciente de su predisposición de depredador y del débil titileo que me mantiene a salvo. Pero es una parte minúscula, eclipsada por una profunda e instintiva necesidad de hacerme lo más pequeña posible.

Y de mostrar respeto.

Con más lentitud que el sol al ponerse, me coloco de rodillas y bajo la barbilla.

Oigo un crujido arriba. Un susurro y un silbido antes de que un poderoso chasquido me sacuda el cuerpo.

Los irilaks se dispersan.

Me echo atrás hecha una bola de protección alrededor de mis valiosas flores cuando algo largo y pesado golpea el suelo.

El silencio se alarga.

Levanto la cabeza y miro más allá de las hojas afiladas de la rama de una palmera caída...

El aire me abandona en forma de neblina lechosa.

Mi lámpara está volcada en el suelo. Junto al camino iluminado, estoy descalza y vulnerable cuando los irilaks se precipitan hacia delante tan rápido que el aire frío me propina un golpe en la cara. Se detienen segundos antes de cernerse sobre mí y engullirme con su sombra y enjaularme; levanto la vista para mirar hacia los ojos reflectantes de la criatura mayor, que se eleva como una ola de reflujo negro dispuesta a vaciarme. O quizá me dará el golpe mortal y luego retrocederá para dejar que las otras se den un festín.

Espero que esa idea me produzca una oleada de temor, pero el miedo no llega.

Los segundos pasan.

Y pasan.

La lluvia arrecia, derramándose entre el dosel arbóreo y precipitándose contra el cristal de la lámpara, el cual se agrieta antes de que se apague la llama.

Inmóviles, nos miramos mutuamente; el agua me cala la ropa, me empapa el pelo y me gotea por la punta de la nariz mientras espero a que ataquen.

A que se alimenten.

A que se abalancen sobre mí y me sorban la vida hasta que no sea nadie.

Nada.

Los segundos se convierten en minutos que se me antojan una breve eternidad y ladeo la cabeza. La curiosidad asoma entre mis sombras. Lenta y vacilante, extiendo una mano hacia el espacio que nos separa… para alcanzarlos. Amenazo con enredar los dedos en su neblinosa lobreguez.

La criatura profiere un sonido afilado que me provoca un vuelco en el corazón cuando echa a correr hacia atrás y se detiene.

Las comisuras de la boca se me curvan hacia arriba…

«No me va a comer».

20

ORLAITH

Corro por el camino. El barro me salpica las pantorrillas y la mochila me golpea la cadera a un ritmo acompasado con mi desbocado corazón. Las tres presencias huecas merodean a mi alrededor como un motín de espíritus impacientes.

Casi como si estuvieran jugando conmigo.

Después de apartarme el pelo empapado de la cara, me abandono a la carcajada imprudente que me burbujeaba en la garganta y libero un sonido descarnado y feliz ajeno a mi lengua.

Aunque ha dejado de llover, la ropa sigue pegada a mí como si fuera una segunda piel para cuando el pueblo iluminado aparece entre los árboles. Aminoro el paso cuando los irilaks se giran a toda prisa mientras me dirijo hacia la luz, apretando con fuerza la jarra con las flores contra el pecho.

Me detengo.

Una avalancha de hombres han salido a cielo abierto y se reúnen alrededor de un enorme círculo formado por lámparas, una zona de pelea para los dos brutos sin camisa que pegan saltos y se asestan ganchos mientras la escandalosa multitud canturrea, farfulla y grita desde el otro lado de la línea que hace de límite.

—Mierda —mascullo.

Podría ir por un camino que rodeara el perímetro del pueblo y entrar por otro punto. O supongo que podría… mimetizarme y pasar entre ellos fingiendo que no acabo de salir de la jungla sin ninguna lámpara que me proteja de las criaturas supuestamente violentas que siguen cada uno de mis pasos.

Esa idea me provoca una oleada de adrenalina en la sangre y el corazón me martillea cuando otro coro de palabras arrastradas a voz en grito retumba en la noche.

«De todas formas, todos están demasiado borrachos como para fijarse en mí».

Hinco una rodilla en el suelo y me bajo el moño para que se quede sobre la nuca, parecido al modo en el que se peinan los hombres. Cojo un poco de barro, me ensucio las mejillas y, acto seguido, miro atrás, hacia la pequeña manada que he adoptado, que merodea indecisa junto a la linde de la luz.

Les dedico un extraño saludo con una mano.

El bebé da un paso adelante, como si estuviera presa de una chispa de curiosidad, pero enseguida retrocede obligado por la criatura mayor, que lo empuja hacia las espesas sombras.

Han desaparecido.

Un poco encorvada, me meto una mano en el bolsillo y practico mis andares masculinos antes de salir a la luz, con la jarra a un costado mientras camino entre la animada muchedumbre con la cabeza gacha.

Un golpe carnoso hace que me encoja un poco y me escabullo para cobijarme entre dos edificios altos.

Por lo visto, la lluvia ha vaciado por completo el patio y me permite avanzar, rápida y sigilosa, hacia La Hondonada Azul. Ya casi estoy cerca del callejón que da a mis aposentos cuando una carcajada rancia me lleva a arrimarme contra la pared.

Presto atención.

Suena una risilla y maldigo mientras me asomo a la esquina.

Una mujer vestida de azul, con la espalda apoyada sobre la frondosa vegetación que se retuerce sobre el enrejado por el que he bajado antes, echa atrás la cabeza cuando un hombre la inmoviliza y le baja la parte delantera del corpiño para dejar a la vista sus generosos pechos.

Aparto la vista y observo el enrejado que da a la ventana del baño de la segunda planta.

«Qué inoportuno».

La risa se funde en un gemido que dirige mi atención a la mano del hombre, que recorre la piel desnuda de la pierna con la que ella le rodea la cintura. Le agarra un buen trozo del culo, también desnudo, y algo me constriñe por dentro.

«Deseo».

La mujer le desabrocha los pantalones con dedos ágiles antes de afanarse en su delantera. Encorva los hombros, adquiere un buen ritmo con el brazo y al poco es él quien echa la cabeza atrás mientras ella lo zarandea, una y otra y otra vez.

Abro mucho los ojos y me arden las mejillas.

El tipo se baja los pantalones y enseña unas nalgas que están mucho menos morenas que el resto del cuerpo. Le aparta a ella la otra pierna y echa adelante la cadera...

La mujer gime y entierra la cabeza en el cuello de él.

Trago saliva, incapaz de apartar la vista de la lasciva escena, mientras el hombre la embiste a altísima velocidad y el pequeño cuerpo de la mujer absorbe cada acometida.

Eso... eso mismo es justo lo que se espera de mí en nuestra ceremonia nupcial.

Eso mismo.

¿Lo anhelaré como ella? ¿El momento se apoderará de mí y me sumirá en la excitación?

¿Cómo voy a sentirme después de haberle dado todo eso a una persona a la que posiblemente no habría elegido si las circunstancias no fuesen las que son?

Tengo un nudo en el pecho.

Me agacho junto a la pared y miro al cielo. Otro gemido rasposo resuena en el aire templado y aprieto los puños y las entrañas.

Aguanto la respiración, suelto el aire y dirijo la vista hacia la entrada principal de la posada. Al aproximarme a la ventana para mirar al interior, veo cierto movimiento en la humeante atmósfera.

En una tarima del rincón, un bardo entona una melodía, golpeando con el pie siguiendo el ritmo animado, mientras las taberneras portan unas bandejas abarrotadas encima de la cabeza y avanzan entre el gentío. Unos hombres brindan con jarras de metal y se derraman líquido ambarino encima y sobre las mujeres ligeras de ropa sentadas en su regazo.

Clavo los ojos en un tramo de escaleras y en un cartel en la pared de al lado que dice: «Solo para huéspedes».

El alivio me anega como un baño frío en una noche cálida.

Cruzo los dedos para pasar por un adolescente manchado de barro que ha desobedecido el toque de queda y empiezo a andar como un hombre, tambaleándome un poco, por si acaso, al encaminarme hacia la puerta. Rodeo el pomo con una mano, respiro hondo y tiro hacia mí.

Al penetrar en la sofocante multitud, contengo la necesidad de apartar de un manotazo el humo de olor dulce que se me arremolina en los ojos.

Siento una mano firme sobre el hombro y me estampan contra la pared. Un cuerpo gigantesco me impide ver a los presentes y subo la mirada por la ancha espalda de Gun, rematada por su melena entrecana.

—Que los dioses me den fuerza —gruñe; una grave reprimenda que me carcome los huesos—. Por Kvath, ¿qué diantres hacíais ahí fuera? ¿Quiero saberlo?

—He salido a coger una planta —susurro gritando y él mira atrás bajando los ojos. Levanto una mano para que vea mis campánulas en su mustia y a la par gloriosa plenitud.

—¿Estáis loca? —Junta las cejas en la frente. «Sí»—. Estáis empapada. ¿Dónde están vuestras botas?

—Las he olvidado. ¿Por qué me encuentro contra la pared?

—Las habéis olvi... —Se interrumpe y niega con la cabeza—. Porque hay un guardia en vuestra puerta.

Pongo los ojos en blanco y golpeo el suelo de madera con los pies descalzos y sucísimos.

—Cuando hacéis eso, me recordáis a mi compañero —mascu-lla—. Y no en el buen sentido.

—Creo que me caería bien.

—Sin duda. Él también es una mosca cojonera.

Sonrío y el barro que me cubre la mejilla se agrieta.

—En fin... ¿Ahora qué? —pregunto.

—En primer lugar, os voy a invitar a un hidromiel —dice. Roba una jarra de la bandeja que lleva una tabernera cuando la mujer está de espaldas.

Enarco una ceja.

Me lanza una mirada que significa: «Haz lo que digo, no lo que hago» y me guía hacia una mesa protegida en un rincón con dos asientos de cuero, no sin antes quitarle el gorro a un tipo y ponérmelo en la cabeza. Me lo cala hasta dejarme media cara en la sombra y ocultar la maraña de pelo húmedo, que me está mojando los hombros.

—En segundo lugar, os vais a quedar aquí sentada hasta que haya un cambio de turno dentro de una hora y vais a rezar a todos los dioses por que el Alto Maestro no vuelva y os reconozca detrás de toda esa suciedad.

—¿Ha salido? —Me siento en el rincón y me aparto de la vista de todo el mundo.

Gun recoloca la silla y me oculta desde todos los ángulos.

—Sí —responde. Inclina la jarra y bebe un buen trago que le llena de espuma el bigote—. ¿Por qué queríais esa planta?

—Me recuerda a alguien... —Doy vueltas y más vueltas a las glicinas.

—Y también es uno de los treinta y cuatro ingredientes necesarios para elaborar cierta droga ilegal.

Levanto la vista y me quedo boquiabierta.

—¿Cómo lo sab...?

—Por mi Enry. Es botánico y bocazas. En la ciudad, debajo de la vieja casa de mis padres, abrimos una floristería.

—¿Tu compañero?

—El mismo que viste y calza.

Levanto la bebida y sorbo el líquido dulce, que está helado y sabe ligeramente a miel.

—En ese caso, me cae la mar de bien.

Gun suelta un gruñido.

Me aparto el barro seco de los brazos, que cae sobre la mesa, plagada de cercos descoloridos y marcas de quemaduras.

—¿Qué sabes de la tal Madame Strings que Vanth mencionó en el barco?

Gun detiene la mano a media altura y se toma unos buenos instantes para dejar la jarra sobre la mesa. Con cuidado.

—¿Hay algo que queráis saber?

«Muchas cosas».

Apoyo la mejilla en el puño apretado y me encojo de hombros, observándolo por debajo del borde del gorro.

Él se aclara la garganta y mira hacia la ventana cercana, en la que se refleja la alborotada multitud.

—Es una mercadera nómada que asegura no ser de ningún territorio y que no parece envejecer. Viene y va como le place —mascula al fin—. Vende sus mercancías en la plaza de la ciudad. A veces se la encuentra alrededor de una hoguera rodeada por niños impresionables que engullen sus historias como si fueran caramelos.

—¿Y tú no las crees?

—No me fío de ella —gruñe; cinco palabras que me raspan la piel mientras él apura la jarra.

Contemplo la mía con el ceño fruncido, como si todas las respuestas que busco dieran vueltas en el fondo.

Odio admitirlo, pero Vanth tenía razón. Aunque por provocación, la criatura marina sí estuvo a punto de hundir nuestro barco en un fiero arrebato de cólera, igual que en las historias que aseguró haber oído de esa tal Madame Strings.

Sé que es poco probable, pero quizá…

Quizá la mujer sepa algo sobre mí.

Sobre mi verdadero ser.

21

BAZE

Cuanto más me acerco a las montañas, más frío hace. Es como si uno de los dioses hubiera drenado el mundo de toda calidez. El viento cortante levanta remolinos de nieve y la medialuna arroja haces de luz interrumpidos por las veloces nubes.

Desde el aura resplandeciente de la lámpara, no veo los alpes a pesar de que a lo largo del Tramo —la zona de tierra estéril a los pies de las montañas— cada vez hay menos árboles. Pero noto su cercanía como si fueran un gigante a la espera; lo percibo en el modo en el que la nieve cruje al pisarla.

—Chist.

Se me acelera el corazón.

Con la cabeza vuelta hacia un lado, entorno los ojos para contemplar la oscuridad y diviso una esbelta silueta encorvada junto a una enorme montaña de nieve justo donde no llega la luz de mi lámpara.

Respiro hondo y casi suelto un gruñido al percibir un rastro del olor de Zali en un torbellino de aire gélido.

El alivio me inunda el pecho.

«Joder, gracias a los dioses».

Me acerco y me agacho a su lado para bañarla con mi luz protectora.

—¿Qué estás haciendo tan lejos? —susurro siseando.

Me mira con los ojos entrecerrados, me quita la lámpara y la abre antes de coger un puñado de nieve y apagar la luz.

El pánico me estalla en la garganta.

—¿Qué cojones estás haciendo? —Con el corazón desbocado, contemplo nuestros fríos alrededores, convencido de que todas las sombras están a punto de abalanzarse sobre nosotros para ahogarnos y sorbernos hasta morir—. ¡Podría haber irilaks por aquí!

—No he visto a ninguno. Y, aunque hubiera alguno, está claro que no les interesaríamos nosotros —me ronronea en el oído con una cadencia que me eriza la piel, por lo menos hasta que me estampa la lámpara llena de nieve contra el pecho con tanta fuerza que me arranca un gruñido—. Estarían demasiado llenos.

«No me consuela lo más mínimo».

—Mira.

Aparto la vista de la Alta Maestra y sigo la dirección que me señala con el dedo. Mis ojos tardan unos instantes en acostumbrarse a la penumbra antes de que el escenario cobre vida delante de mí.

El Tramo se encuentra ante nosotros, ancho y enorme y cubierto de una capa reciente de nieve. A lo lejos, se topa con los pies de las rocas afiladas de los alpes, una barricada de garras pétreas enterradas en la nieve.

Sobre el mar blanco veo pelajes gris oscuro que se deslizan por una cascada nevada que desemboca en el Tramo...

«Son vruks».

Cuento dos..., tres..., cinco.

El corazón me da un vuelco.

—Maldición.

—Exacto —murmura Zali mientras los ve descender con una expresión que luce una tremenda seriedad—. Estoy segura de que de camino hacia aquí te habrás fijado en toda la sangre que cubre los postes que dan al norte.

—Sí... —Hago una tensa pausa antes de añadir—: Estabas en lo cierto.

—Por desgracia. —Dos palabras susurradas, teñidas de tristeza.

Le lanzo una mirada que barre sus elegantes facciones, iluminadas por una esquirla de luz de luna plateada.

—¿Has venido sola hasta aquí para confirmarlo? —No me molesto en ocultar el fastidio que experimento.

Se ha comportado de modo irreflexivo. Imprudente.

«Impropio de Zali».

Sin llegar a mover nada más, clava los ojos en los míos. Una ráfaga revolotea sobre su rostro y le junta las pestañas.

—Debía verlo por mí misma. Y confirmar que necesitamos los barcos. Tengo el presentimiento de que es el motivo por el que Orlaith aceptó la cupla de Cainon.

Se me pone de punta el vello de la nuca.

—No te entiendo… —digo. Ella apresa el carnoso labio inferior con los dientes—. Zali… —Entorno los ojos.

—Orlaith escuchó a hurtadillas la reunión en el despacho de Rhordyn. —Las palabras salen de ella cuando nos azota una racha de viento helado que nos quita la capucha—. Desde detrás de una de las cortinas.

Se me paraliza la sangre.

«No me sorprende».

—Mierda —masculló al atar todos los cabos—. Mierda.

Debería haberlo deducido. El día que me dejó destrozado y solo en una playa que nunca había sido tan fría, Laith me dijo que iba a asegurarse de que obtenía los barcos.

Un latigazo de viento le revuelve el pelo a Zali y juguetea con las puntas heladas cerca de mi cara.

—Lo siento, Baze… Debería habértelo comentado.

—¿Por qué no lo hiciste? —gruño y deja de sostenerme la mirada; es como si me hubiera arrancado la costra de una herida.

—Orlaith ya tenía suficientes razones para odiarme.

Son palabras objetivas, pronunciadas con un deje vacío y ajeno que no reconozco. No en ella.

—¿Por qué te importa tanto?

Apoyada sobre la montaña de nieve, mueve la mano hacia la espada de bronce recostada en el promontorio.

—Me cae bien. —Tamborilea con el dedo sobre la empuñadura con incrustaciones de topacio, con el ceño fruncido—. Me recuerda a alguien.

La contemplo mientras observa a los vruks. El pergamino me hace un ardiente agujero en el bolsillo.

—Venir hasta aquí por tu propia cuenta y arriesgando la vida… no es el antídoto para curar tu mala conciencia.

—Necesitaba pruebas —murmura sin más, dedicándome una mirada de soslayo que brilla bajo la luz de la luna—. Ahora estoy segura de que este es el grifo abierto que explica el exceso de perros que asolan nuestra tierra. Pero… —contrae el labio superior— también me he enterado de por qué tantos vruks nacidos en Fryst están cruzando nuestras defensas.

—¿Por qué?

—Las manadas son mucho más grandes que nunca, con sistemas jerarquizados muy desarrollados. Y se han vuelto discretos —sisea—. Mira.

Bajo la luz de la luna, se agolpan lentamente a los pies de la montaña hasta que todos han bajado sin problemas. Uno de los vruks de tamaño medio acaricia la nieve con el hocico y empieza el camino volátil sobre lo que parece ser una extensión de tierra lisa y tranquila.

La bestia comprueba el estado del suelo con parte de su peso antes de dar un nuevo paso, haciendo así un trayecto lento y precavido. Mientras tanto, los demás se agachan y observan en lugar de correr por el Tramo, como se pretende con las trampas.

La bestia que se acerca ha recorrido ya casi la mitad del espacio que nos separa cuando la tierra cede bajo su peso y la engulle en un enorme trago de nieve. El aullido estremecedor y agudo retumba por la planicie en cuanto la criatura se queda ensartada en la caballería de estacas oculta en el nivel inferior.

Silencio.

Trago saliva con dificultad y observo asombrado a un vruk más pequeño que recorre confiado el mismo camino que el anterior, con pasos cada vez más cautelosos al rodear la trampa y continuar el avance por un nuevo territorio sin explorar.

—Están…

—Volviéndose más listos —susurra Zali cuando el vruk corcovea, levanta el gordo hocico hacia el cielo y suelta un aullido que rompe el frío silencio—. Desafortunadamente.

El resto de la manada sigue sus pasos y recorre el Tramo corriendo en fila india, levantando salpicaduras de nieve con sus enormes patas. Veo como se acercan más y más, sin abandonar el sendero fijado, sin que una sola pata se salga de la línea a pesar de su fiero avance.

—Se están acercando bastante, Zali.

Una breve pausa.

—Por lo general —dice—, las trampas suelen diezmar un poco las manadas…

Horrorizado, me la quedo mirando.

Se encoge de hombros y se incorpora. Al desenfundar la espada, el arma suelta un chirrido: una llamada de atención.

—Debo admitir que tu presencia es muy oportuna. ¿Estás borracho?

—Estoy sobrio —masullo y la tierra empieza a temblar—. Para mi desgracia.

—Bueno, pues siento alejarte de tu lecho —dice con una sonrisa y me guiña un ojo antes de saltar desde detrás de la pila de nieve.

Me da un vuelco el corazón al verla, rápida y segura, balanceando la espada en un arco practicado que le atraviesa el grueso y carnoso cuello al primer vruk que se cruza en su camino. Las patas delanteras de la criatura fallan y se desploma en el suelo formando una montaña de pelaje apelmazado. Le mana sangre mientras gorgotea el último aliento con chorros humeantes que manchan la nieve y la capa de piel de Zali.

Cuando otra criatura se abalanza sobre ella, con las garras preparadas en las patas, empiezo a mover los pies.

Doy un salto, saco mi espada de la funda y se la clavo entre las costillas a la bestia. Noto los músculos, los huesos y los órganos cediendo a la perforación. La tierra cruje al caer sobre ella con un estallido de nieve y sangre y pelaje que me hace castañetear los dientes. Sigo a horcajadas sobre la criatura cuando nos detenemos; la sangre cálida corre a mancharme las manos, con las que sujeto fuerte la empuñadura de mi espada.

Giro la cabeza y miro hacia la oscuridad, donde dos bestias gruñen al precipitarse hacia nosotros.

—¿Y dices que normalmente vienes sola por aquí? —rujo mientras libero la espada con un rechino húmedo.

—Sí —resopla Zali, avanzando hasta que estamos cadera contra cadera—. Nadie más está dispuesto. No sé cómo, pero los perros se han dado cuenta.

Saltamos a la vez y colisionamos con la arremetida de una fuerza salvaje y brutal. Nos agachamos para esquivar unos zarpazos mortíferos y silbantes como si fuéramos una sinfonía conjunta.

Hundo la espada en un cuello grueso y debilito al enorme vruk que está a mi izquierda. Noto como el aire se mueve detrás de mí y doy media vuelta. Blando la espada y suelto un siseo cuando la punta del filo le roza el cuello a Zali. La suya también está sobre mi carótida, tan afilada que si me inclino un poco a la derecha me rebanaría yo mismo. Y me desangraría en cuestión de segundos.

Nos miramos a los ojos.

A pesar de las profundas respiraciones que entran y salen de nuestros pulmones, entre ambos se instala un absoluto silencio durante unos instantes, los dos manchados por la sangre de las víctimas. Me fijo en el resplandor negro de sus ojos y en cómo asciende y desciende su pecho.

Es una impresionante imagen de belleza fiera y salvaje que cuesta dejar de contemplar.

Retiramos las espadas y las limpiamos con las capas con el mismo ademán brusco. Ella se gira primero y avanza.

—Rápido, antes de que lleguen los irilaks.

Casi me deja sin aliento. Echo a correr tras ella y oigo el tañido de su risa mientras el corazón me martillea las costillas antes de percatarme de que está bromeando.

—No tiene gracia —mascullo y me sobreviene un estremecimiento de la cabeza a los pies que me zarandea hasta lo más hondo de mi ser. Expulso de la cabeza recuerdos en los que no quiero pensar.

Su carcajada se apaga.

En cuanto volvemos a estar sentados lado a lado, con la espalda contra la montaña de nieve y la respiración acelerada, busco en mi capa el frasco de emergencia que me había guardado.

Me parece adecuado, ya que apenas hemos logrado escapar con las extremidades intactas.

Arranco el tapón y doy un trago, y a continuación se lo tiendo a Zali. La Alta Maestra lo acepta, bebe y suelta un fuerte siseo antes de mover el brazo hacia atrás y arrojar el frasco a la oscuridad.

Me da un vuelco el corazón al verlo desaparecer.

—Pero ¿qué...? ¡Era brandi de vainilla! ¡Tuve que pagarle un puto diamante de bolsillo a un mercader!

—Pues te timó. Solo una persona verdaderamente desesperada cambiaría un diamante de bolsillo por una petaca de brandi, así que está mejor por ahí.

Gruño y vuelvo a recostarme contra la nieve.

—Eres igual que tu prometido.

—Pero mucho más guapa —ronronea. Se arremanga la camisa, se pasa a un lado la larga melena de mechones ondulados y la divide en tres.

—Y con un ego el doble de grande —mascullo, viendo cómo se trenza el pelo de cualquier manera—. Veo que no llevas tu cupla.

Se observa la muñeca desnuda antes de contemplar de nuevo la noche.

—Mentimos a la gente, no a nosotros mismos. Además, a mí las tradiciones me traen sin cuidado.

Suelto un gruñido e intento fingir que sus palabras no me afectan, con los brazos sobre las rodillas flexionadas.

—Por cierto —murmura—, ¿cómo está Orlaith?

—Se ha ido.

—¿Cómo que se ha ido? —Gira la cabeza con las manos inmóviles.

—Hace semanas se subió a un barco rumbo a Bahari. —Meto una mano en el bolsillo y extraigo el diminuto pergamino alisado.

—¿Por qué no has empezado por ahí?

Levanto las manos, miro hacia los cadáveres, luego hacia la sangre que me cubre la ropa y después en su dirección con una ceja arqueada.

Zali pone los ojos en blanco y me arrebata el pergamino.

—Estaba todo controlado —dice mientras lo abre.

—A mí no me lo ha parecido —afirmo, tentado de ir a buscar mi petaca, con la esperanza de que haya quedado algo—. Deberías haber enviado a un duende que nos informara de tu ubicación antes de entrar en el Tramo. No eres indestructible.

—Más que la mayoría —asegura, tendiéndome una mano—. Pásame la lámpara.

La cojo y la aparto.

—¿Esta?

Zali gruñe y pasa un brazo por detrás de mí. Nos rozamos.

Nuestro aroma se entremezcla.

Oigo como se queda sin aliento; ojalá tuviera un poco más de luz para saber si se le han ruborizado las mejillas.

Empujo más lejos la lámpara para que esté fuera de su alcance.

Zali pierde el equilibrio y cae encima de mí con un golpe seco, y aprovecho para absorber todas las suaves curvas de su cuerpo.

No importa que estemos totalmente vestidos y cubiertos de sangre: su olor, su cercanía y la emoción del peligro me llevan a estirarme y a mostrarle una parte del cuello.

—Eres gilipollas —me espeta mientras coge la lámpara.

—No siempre. —Las palabras me salen más bruscas de lo que pretendía.

Zali levanta la vista y se queda quieta con los ojos brillantes al recorrer la piel de mi cuello.

Una extensión desnuda de carne frágil.

«Una invitación».

Una puta súplica, patética y desesperada y vergonzosa.

Gruñe y aparta la cara, un bofetón de regreso a la realidad.

Me aclaro la garganta, me aliso la ropa y espero que esté demasiado oscuro como para que vea el bulto de mis pantalones.

En un estallido de nieve y respiración entrecortada, se sienta a horcajadas sobre mí y me aprieta el miembro anhelante con la espada contra el cuello, enseñándome los dientes y con los ojos centelleantes.

Me quedo sin aliento al ver el brillo salvaje de su mirada.

Se inclina tanto hacia mí que noto su aliento cálido contra el oído antes de que me susurre:

—No vuelvas a iniciar ese juego conmigo. ¿Queda claro?

Trago saliva, con un nudo en la garganta, y el filo se me clava en la piel sin remedio. Una gota de calidez se desliza y el aire que nos rodea se llena del olor de mi sangre.

Zali gruñe y se echa atrás; tiene las facciones tan afiladas que todas las células de mi cuerpo se preparan para el tangible golpe de placer que anhelan.

—Ya deberías haber aprendido la lección —ruge y luego se pone en pie para recoger sus cosas y alejarse rumbo a la noche.

Disfruto de mi propia vergüenza durante unos cuantos segundos antes de seguirla como el perro inútil que soy. Porque sí que la he aprendido…

De verdad.

Y al mismo tiempo no.

22

ORLAITH

A mi yegua le gusta morder. Es negra y blanca, y, desde que hemos entrado al alba en el establo, el único ser vivo contra el que no ha arremetido soy yo.

El mozo de cuadras del pueblo me ha dicho que se llama Rosie, justo antes de que el animal le mordiera en el brazo y le hiciera sangre; me ha recordado a Eyzar, el enorme semental negro de Rhordyn. Baze nunca me dejó montarlo e insistió en que me conformara con los jamelgos. Decía que el caballo era demasiado salvaje e impredecible, y que Rhordyn lo castraría si me mataba de un pisotón.

Desde que hemos dejado el establo de La Hondonada Azul sin apenas animales, y como Rosie prefiere pedirme que le rasque la oreja en lugar de morderme, Cainon ha permitido que la montase con la condición de que vaya justo detrás de él. Como era de esperar, el animal ha estado a punto de lanzarle una dentellada al trasero de su caballo, así que ahora lidero nuestra pequeña comitiva y finjo que estoy sola y me dirijo a algún lugar donde no hay ninguna expectativa sobre mis hombros.

Una bonita artimaña.

«Y aun así...».

Dondequiera que mire, lo veo a él: en las nubes de tormenta que no dejan de calarnos, en el viento frío que me muerde los nudillos blancos, en la oscuridad que aguarda entre los árboles.

Me persigue.

El pozo de rabia se remueve.

Cae más lluvia, que empapa el abrigo que me cubre los hombros, mientras Rosie asciende al trote una pequeña colina. Al llegar a la cumbre, a lo lejos veo una estructura de piedra azul que se asoma entre una ligera espesura y respiro hondo, temblorosa. Con el final a la vista, de pronto soy sumamente consciente de las rozaduras del interior de los muslos y del dolor que me agarrota los músculos de la espalda después de haberme pasado casi ocho horas seguidas sentada.

Conforme nos aproximamos, la jungla da paso a un camino mucho más ancho y el palacio aparece ante nosotros, gigantesco e impresionante. Las ventanas están adornadas con filigranas doradas, un fuerte contraste con el azul turbulento de las murallas, bloques de lapislázuli colocados unos sobre los otros, de líneas rectas y cima cuadrada.

Me quedo boquiabierta.

Desde este ángulo, no parece tan grande como el Castillo Negro y me cuesta bastante asimilar que estoy viendo una edificación que no es de un negro azabache.

«¿Estoy soñando? ¿Me despertaré de un sobresalto en mi cama del Tallo Pétreo, jadeante y sudorosa, con los dedos dirigidos hacia una botella de caspún?».

Los cascos retumban sobre la tierra compacta cuando el regio semental blanco de Cainon pasa a medio galope por nuestro lado, a pocos centímetros de llevarse de nuevo un intento de mordisco de Rosie.

—A tu yegua le apetece darme un bocado en el culo —dice, guiñándome el ojo—. Tiene buen gusto, ¿eh?

—Te tienes en muy alta estima. —Le lanzo una sonrisa exageradamente almibarada.

—Con la esperanza de contagiároslo a los demás —repone antes de echar a trotar y alguien detrás de mí intenta disimular una carcajada con un forzado ataque de tos.

Miro atrás, hacia nuestro lento séquito, y veo a Zane sentado sobre la grupa de un caballo grande y marrón, con las manos alrededor de la cintura de Gun, que luce un rostro pétreo. Con el pelo pegado sobre la frente, el niño me lanza una sonrisa torcida que me calienta el pecho.

Se oye el tañido de una campana y desplazo la vista hacia delante. El chasquido de unas cadenas da paso al izado de una puerta colosal que se levanta del suelo como una boca cuadrada que se prepara para gritarme a la cara.

Un suspiro nervioso escapa de mis tensos pulmones.

Atravesamos la entrada y llegamos a un patio que es tres veces más grande que el salón de baile de Rhordyn y que está protegido de los elementos por un techo alto de piedra.

El inhóspito espacio se llena de los retumbos de los cascos que salpican barro sobre los pulidos adoquines del suelo. Las paredes son altas y austeras, y lucen un potente resplandor; las vetas de oro talladas entre las piedras destacan en un claro contraste. En el extremo más alejado hay una puerta dorada que es el doble de grande que la que acabamos de cruzar. Tal vez sea la que da a la ciudad, como Cainon me comentó.

Aparte del grupo de sirvientes, criadas y soldados de rostro serio que forman una fila frente a unas grandes puertas bañadas en oro, nadie nos da la bienvenida. La cinta tensa que me rodea el pecho se afloja un poco y suelto un suspiro de alivio.

Son las ventajas de haber entrado por la puerta trasera, como si fuéramos un oscuro secretillo.

Un hombre da un paso al frente. Lleva unas charreteras azules y doradas que dotan sus hombros de un orgullo y una seriedad a juego con la mirada que desprende. Inclina la cabeza y, a continuación, extiende el brazo hacia las riendas. La dentellada de mi yegua está a punto de costarle los dedos.

Estabilizo al animal, paso una pierna por el lomo y bajo de un salto. Le acaricio el flanco empapado mientras ella da coces sobre las piedras.

—Gracias, pero no hace falta. Ya me encargo yo.

El hombre abre mucho los ojos y enseguida baja la vista al suelo antes de regresar al lugar que ocupaba en la fila mientras el resto de nuestro convoy desmonta. Me dispongo a abrir mi saco y veo de soslayo a un criado con una bandeja dorada llena de pergaminos corriendo hacia Cainon, que coge el primero del montón y rompe el sello. Con el ceño fruncido al leer el manuscrito, masculla una maldición.

—Kolden.

Un soldado de intensos ojos azules que se arrugan en las comisuras se separa de la hilera. Lleva solo la mitad del pelo recogido, el resto cuelga sobre sus anchos hombros.

—¿Sí, Alto Maestro?

—Ofrécele a la futura Alta Maestra unos refrigerios y luego llévala a conocer a Elder Creed. Es importante que la presentemos cuanto antes a la Pecera para que empiece a prepararse para la prueba —dice Cainon mientras desgarra el sello de un segundo pergamino.

—¿Qué...? —Me adelanto, pero recuerdo que mi yegua odia a todo el mundo y me lo repienso. Ato las riendas en uno de los postes—. ¿Qué prueba?

—La que debes superar para demostrar que los dioses te consideran digna de ser la Alta Maestra de Bahari —murmura él, concentrado leyendo la información de otra de las misivas abiertas—. Empezarás a practicar a primera hora de la mañana.

Empezaré... «¿Qué?».

—Nadie me ha informado...

—Es la tradición, pétalo. —Cainon levanta la vista—. Nuestra boda tendrá lugar con la próxima luna llena y la prueba se lleva a cabo el día antes. Por desgracia, no habrá ceremonia hasta que termines la misión. ¿No estabas al corriente?

Se me cae el alma a los pies.

«No».

Respiro hondo, suelto el aire y cojo mi saco del suelo.

—¿Hay algún sitio seguro donde pueda dejar mis cosas? Me gustaría empezar de inmediato, si te parece bien.

—Estás cansada, Orlaith. —Frunce el ceño—. Ha sido una jornada muy larga.

—Me he pasado todo el día sentada. Estoy bien —le espeto, ignorando las punzadas que noto en la parte baja de la espalda y entre los hombros.

Él no tiene problema alguno en prender fuego a dos barcos y a una tripulación para dar coherencia a su narrativa filantrópica. Este es un camino mucho menos destructivo en la misma dirección.

—Hay que hacer sacrificios, ¿no?

Las palabras van acompañadas de cierta amargura y Cainon enarca ambas cejas. Se me queda mirando durante un buen rato.

—Muy bien —dice al fin—. Izel, lleva las cosas de Orlaith a su habitación.

Una criada guapa de ojos azules con un sencillo vestido cobalto se acerca con las manos extendidas. Es alta y adusta, tiene la piel un tanto bronceada y la ropa planchada con tanta perfección que me siento como un pergamino arrugado.

Algo que no sé descifrar me lleva a mirarla con recelo.

—Os lo llevaré a vuestra habitación, Maestra.

—Preferiría hacerlo yo misma. No puede volcars...

Cainon coge mi saco y se lo entrega a la mujer, y me veo obligada a morderme la lengua y a verla regresar junto a los demás criados. Lo fulmino a él con la mirada, pero me la sostiene con una sutil reprimenda en la suya.

«En fin».

Me aclaro la garganta, le lanzo una sonrisa falsa y le hago una tensa reverencia. Después observo a Izel, que sujeta mis pertenencias.

—Por favor, no vuelques el saco. Llevo una jarra con tierra y, si se derrama, me pondré muy triste.

Un ligero fruncimiento le adorna el ceño antes de asentir y me obligo a girar sobre los talones para ir tras Kolden por el patio mientras me recuerdo que solamente hay una manera de conseguir los putos barcos...

Seguir el juego.

23

ORLAITH

Me conducen al ala oeste del palacio y luego hacia un pasillo cavernoso en el que retumban nuestros pasos y que parece interminable, aunque al final da a un enorme par de puertas de piedra áspera. Justo antes de que lleguemos a ellas, Kolden me lleva por otra lateral y por unas estrechas escaleras que nos transportan a una gran habitación polvorienta bañada de luz e impregnada del aroma mohoso de objetos viejos.

Una de las paredes está cubierta del suelo al techo por ventanas, marcos perfectos hacia el mundo exterior que ofrecen vistas a un puente de piedra azul que cruza la furibunda bahía y que comienza en la base del palacio de Cainon. La estructura se adentra en la ciudad, un montón de edificios de tamaño irregular que son grandes y pequeños, altos y bajos, todos construidos con la misma piedra azul de Bahari. Todo está en el interior del estrecho abrazo de una alta muralla que recorre el perímetro y que la mantiene apiñada contra la orilla rocosa.

—¿Es Parith? —pregunto mientras devoro los detalles con los ojos como platos.

—Así es. Por aquí, Maestra.

Aparto la mirada de las vistas y sigo a Kolden por la estancia. Avanzamos entre montañas de libros y mesas sobrecargadas con tarros transparentes, cada uno de ellos lleno de distintas... cosas.

Orejas, dedos, dientes, patitas esponjosas... Incluso hay una duendecilla flotando en un líquido rosado, con las alas desgastadas y el pelo negro formando un remolino inmóvil alrededor de la cara.

Aparto la vista y me doy cuenta de que estoy caminando sobre la piel peluda de un animal que es dos veces mi cama del Tallo Pétreo y que luce de un alarmante tono grisáceo.

Acelero el paso, repentinamente agradecida por las botas que llevo.

Llegamos hasta una pared en el extremo de la habitación que está abarrotada de tantos relojes desfasados que cuesta ver la piedra que se alza detrás. Todos hacen tictac mientras Kolden roza una puerta de madera lisa con los nudillos.

Esperamos en silencio, él con los ojos clavados en el frente.

Es bajito, robusto como un árbol y el modo en el que se mueve desprende una confianza tranquila que sugiere que sabe con precisión cómo blandir la media lanza que lleva a la espalda.

—¿Algún consejo?

—Ninguno que pueda daros. —Ni siquiera me mira al contestar.

—Había que intentarlo —murmuro y juraría que se le curvan las comisuras de la boca antes de que la puerta chirríe al abrirse hacia dentro y él la cruce, dejándome sola.

Pues vaya.

Frunzo el ceño, miro alrededor y dirijo la atención hacia un enorme cuaderno de dibujo que está abierto sobre una mesa. Hojeo las viejas páginas, incapaz de descifrar las notas garabateadas en los márgenes en un idioma distinto, pero eso no impide que me deleite con las ilustraciones de diferentes animales y criaturas que pueblan el pergamino.

La puerta vuelve a chirriar, suelto la hoja y doy media vuelta.

Y me quedo sin aliento.

El pecho me palpita tan fuerte que cada latido parece otra losa depositada encima de mí y que amenaza con derribarme las costillas con su insoportable peso.

La silueta que se encuentra junto a la puerta abierta parece recién salida de la pared de los Susurros. No veo piel. Ni facciones. Ni pies.

Tan solo la túnica, la misma túnica gris que he visto tantísimas veces.

Demasiadas.

Un ligero sonido me bulle en el fondo de la garganta.

«Apártate, chaval. La compasión no se reserva para aquellos que se apoyan en las piedras».

El recuerdo me asesta un golpe detrás de las rodillas y debo alargar una mano para apoyarme en la mesa en un débil intento por calmar el profundo remolino que da vueltas en mi interior.

—La futura Alta Maestra, supongo.

Su voz desagradable no hace más que reforzar mi creencia de que este hombre ha salido directamente de mis pesadillas. Casi espero que se quite la capucha y me muestre una cabeza calva y reluciente, y que al bajar los ojos vea un hacha manchada de sangre en sus manos.

Cae una gota.

Y otra.

Me hormiguean los carrillos y noto debajo de la lengua el contenido de mi estómago revuelto.

Empiezo a retroceder un pie...

Kolden pasa junto al hombre con un ceño fruncido que me paraliza y nos mira a los dos.

—Orlaith, os presento a Elder Creed. —Hace una pausa—. Él os va a llevar a la Pecera para que podáis empezar a practicar para la prueba.

A pesar de que el susodicho tiene la cara oculta bajo la sombra de la capucha, noto sus ojos analizándome de la cabeza a los pies.

¿Verá el chisporroteo que me culebrea debajo de la piel?

¿Verá lo indigna que soy?

Elder Creed junta las manos y las anchas mangas se sobreponen cuando ladea la cabeza.

—¿Es... muda?

Su voz es una espina que se me clava en el pecho. Como si debajo de la capucha estuviera chamuscado y lleno de ampollas, hablándome desde el otro lado de la tumba a la que lo mandé.

«Asesina».

—¿Orlaith? ¿Os encontráis bien?

No soy capaz de responderle a Kolden. No soy capaz de respirar, ni siquiera de parpadear. Lo único que quiero hacer es quedarme donde estoy hasta que Elder Creed desaparezca de nuevo por esa puerta.

Kolden frunce el ceño más todavía y se me acerca. Me roza el codo con una mano, con los ojos ensombrecidos por la preocupación.

Al sentir su caricia, una áspera bocanada de aire se adentra en mis pulmones y aparto los ojos para clavarlos en el suelo.

«Tranquilízate, Orlaith. No es el mismo hombre».

—Estoy bien —gruño y me aclaro la garganta—. Perdón. Mostradme el camino, por favor.

Las puertas de piedra parecen lo bastante grandes como para albergar una porción de la luna, salpicadas de apliques que arrojan una luz dorada y unas sombras etéreas sobre su superficie dura. Los guardias armados que flanquean ambos lados accionan unas palancas idénticas en perfecta sincronía, cuyos chasquidos provocan vibraciones en el suelo que me suben por las piernas cuando las puertas empiezan a moverse, dejando pasar entre la creciente rendija un tempestuoso alboroto, semejante a los aullidos de una tormenta enjaulada.

Con el ceño fruncido, miro hacia Kolden.

—Es el océano —me explica—. La arena es parcialmente subterránea. Los ruidos proceden de arriba.

«Ah».

Sigo a Elder Creed por la puerta y contemplo el anfiteatro, tan grande que me imagino sin problemas un sol que sale y se pone en ambos extremos del descomunal techo, en el que hay una sucesión de agujeros que proyectan el ciclo entero de la luna por la arena como si fuera un halo iluminado. La principal fuente de luz pretende atraer la atención sobre tan solo un lugar: el escenario central, con un lago en el suelo, redondo y ancho como el Tallo Pétreo.

«La Pecera».

Con el corazón en un puño, sigo a Elder Creed hacia la ancha escalera iluminada por llameantes lámparas de aceite y noto el cuerpo más pesado con cada nuevo paso.

En este sitio no hay nada que me guste.

Nada de nada.

Estoy persiguiendo un recuerdo andante de la noche en la que lo perdí todo, bajando cientos de peldaños que dejan atrás filas de asientos vacíos que esperan llenarse, en dirección a un escenario formado por un charco de agua que brilla como ese en el que estuve a punto de ahogarme.

Un puñado de mis pesadillas, protagonizadas por la peor de todas.

Yo.

Expulso de la mente los pensamientos dañinos y aprieto los puños y el corazón.

«Consigue terminar tu misión. Consigue los barcos».

Bajamos a la arena, que está grabada con un mar de escritura, palabras pequeñas y apiñadas.

Bajo la vista hacia los costados azules y escarpados de la Pecera, semilleno con un agua siniestra e inmóvil, oscura y aciaga en los confines del sombrío entorno. Una pasarela arqueada va de lado a lado del charco y del punto más alto cuelga una cuerda con una campanita dorada en el extremo, que casi roza la superficie del agua.

Iluminada por los apagados rayos de luz que reflejan el cielo exterior, clavo la mirada en los tanques altos, transparentes y cilíndricos que se alzan sobre pedestales de madera a lo largo del borde de la Pecera. En cada uno de ellos hay una criatura viva diferente que se retuerce, que se arrastra, que revolotea...

Los inspecciono todos y voy de uno a otro mientras Elder Creed me observa desde el borde de la Pecera.

—Medusa —dice cuando paso junto a una criatura que palpita en la jaula acuática como si fuera un corazón translúcido—. Anguilas eléctricas... Piraña... Tortuga...

Me detengo junto a un animal, embelesada por el habitante

que se retuerce en el interior. Ocho tentáculos serpenteantes golpetean el cristal al tiempo que un ojo enorme y opaco me observa fijamente.

A mí y a mi ser interior.

La criatura salta sobre el cristal como si fuera una salpicadura de pintura blanca.

—Pulpo —susurro, con la mano plana sobre el cristal frío, en el centro de su forma de estrella.

El animal se encoge y pasa de un blanco espuma de mar a un negro carbón en un santiamén, como si yo hubiera vertido pintura sobre el sediento lienzo de su piel. Se aparta del vidrio y suelta chorros de tinta que enturbian el agua mientras se contorsiona hasta formar una maraña de texturas entre las tinieblas.

—¿Cuál os llama más la atención? —me pregunta Elder Creed arrastrando las palabras con voz feroz.

—Ninguno. —Retiro la mano.

—Debéis elegir uno.

No me gusta este juego. Parece una trampa.

Señalo una piedra cubierta de líquenes.

—Ese.

—¿El pez roca? —Ladea la cabeza—. ¿Un animal en camuflaje constante?

«Me cago en mi vida».

Exasperada, suspiro y me aprieto el puente de la nariz.

—¿Podemos empezar? Ha sido un día largo. Quiero acabar de una vez.

Hace una pausa y luego señala la Pecera.

—Entrad, pues.

—Un momento, ¿quieres que me suba ahí?

—Sí —contesta—. La prueba imita la oleada de seres vivos que descendieron del monte Ether al principio de los tiempos. Solamente podréis bajar por vuestra propia cuenta si los dioses os consideran digna del enlace propuesto. Una misión que debéis completar ante el pueblo de Parith la mañana de vuestra ceremonia.

Miro hacia el agua y me acuerdo de la última vez que me sumergí en un charco parecido, abrumada por recuerdos que me cambiaron la vida y de los que jamás seré capaz de desprenderme.

—Esto es...

—¿Qué?

«Ridículo».

—Nada —mascullo. Me quito las botas y me desabrocho la pesada capa para lanzarla al suelo. Me miro el cuerpo y señalo la ropa con un gesto—. ¿Qué pasa con...?

—El sastre pasará por vuestra habitación y os tomará las medidas para el atuendo adecuado. Si preferís esperar a entonces...

—No —lo corto—. No es necesario. Es decir, que tengo que... entrar y salir de ahí, ¿no?

—Correcto. Por vuestra cuenta.

Estiro bien el hombro que se me está curando.

—¿Y ya está?

—Sí. Si no lo conseguís, tocad la campana y os lanzaré una escalera de cuerda a la Pecera que podréis usar para salir. Podéis practicar tanto como queráis, pero, si no completáis la misión la mañana de vuestras nupcias, no seréis digna del gran privilegio que se os ha otorgado.

Parece un poco duro. Quizá debería empujarlo a él al lago, a ver cómo se las arregla. O a Cainon.

«Me gustaría verlo».

Me acerco, planto el culo en el extremo y examino el agua, que parece un lago de tinta, con el corazón martilleándome las costillas.

«No es el Charco. Es distinto».

Me trago el nudo que se me ha formado en la garganta, cojo una temblorosa bocanada de aire y me impulso para deslizarme por la pared de cristal. Me zambullo en el agua cálida, que me traga envuelta en su temperatura corporal.

Cuanto más me hundo, más impresión tengo de que me ceden las costillas.

«¿Es mi último aliento? ¿Algo está a punto de arrastrarme a las profundidades y se negará a soltarme hasta que reviva aquella noche? ¿Hasta que oiga el grito estremecedor de mi madre? ¿Hasta que vea la mirada perdida de mi hermano clavada en la pared? ¿Hasta que sienta que se me desgarra la piel para dar paso a ríos de rabia que proceden del dolor que tengo enterrado en el pecho?».

Un miedo ardiente me corta las riendas...

Me agito.

Y entro en pánico.

De la boca me salen burbujas, liberadas con un grito amortiguado por un agua que parece demasiado espesa. Demasiado cálida. Al salir a la superficie, cojo aire, con el corazón desbocado, y observo a mi alrededor, histérica.

«No es el Charco. No estoy en el Charco».

Los bordes son demasiado altos. Demasiado lisos y pulidos y azules. No huele igual.

«No es el Charco».

—¿Va todo bien?

Clavo los ojos en Elder Creed, que me mira desde el extremo de la Pecera.

—Perfectamente —escupo y elijo un objetivo en el que concentrarme. Desde el centro mismo del recinto, los acuarios de cristal parecen capiteles puntiagudos. Con los ojos clavados en las anguilas, pateo como una loca y me impulso hacia arriba con el brazo levantado para agarrarme con los dedos al borde de la Pecera.

Me estampo contra el pulido cristal, lo araño y sacudo los pies para tener agarre.

Me deslizo y trago agua al sumergirme.

Llego hasta arriba dando fuertes patadas con los pies, cojo aire y toso, con la vista clavada de nuevo en las anguilas.

Gruñendo entre dientes, nado lejos de donde estoy para disponer de impulso suficiente antes de precipitarme hacia delante, hundir la cabeza en el agua y nadar como no lo he hecho nunca: sacudiendo desesperada las piernas y meneando los brazos. Me propulso por la pared, levanto un brazo, me golpeo contra el cristal pulido y me deslizo nuevamente hacia el cálido lago del fracaso.

Una y otra vez, me impulso y me deslizo, me impulso y me deslizo, hasta que me quedo sin aliento, con la cabeza hacia atrás, moviéndome por un agua que parece estar quemándome viva. Me imagino a los dioses colocando esos barcos sobre mi cabeza, viéndome saltar y saltar y saltar...

«Y riéndose de mí».

La luz menguante del cielo ya casi no basta para iluminar el lago. Está muy pero que muy lejos.

«Es inalcanzable».

Miro hacia la campana que pende del extremo de la cuerda y un sollozo burbujea en mi interior cuando nado hacia ella, levanto el brazo y la toco con una mano. A continuación, dejo de sacudirme y...

Me hundo. Me sepulto a mí misma en la quietud como aquella duendecilla hundida. Es casi placentero.

Me saca de mi trance un chapoteo que suena arriba y uso la poca energía que me queda para nadar y coger la escalera de cuerda que flota en la superficie. Tengo la punta de los dedos arrugada como pétalos secos.

La campana sigue oscilando a un lado y a otro, anunciando mi derrota con su tañido.

Con un nuevo sollozo, arrastro mi pesado ser fuera del agua y llego al extremo del recinto antes de empezar a subir los peldaños con manos temblorosas y piernas que apenas si consiguen sostener mi cuerpo empapado. Después de pasar por el borde del estanque, me pongo de rodillas, agacho la cabeza y devuelvo sobre la piedra.

Unas botas se adentran en mi campo de visión y se detienen justo delante del charco de vómito.

Con los labios temblorosos, sigo con la vista unos pantalones grises hasta una silueta fornida que reconozco y clavo los ojos en la mano que me tiende Cainon.

—Lo has intentado con todas tus fuerzas —dice y advierto cierta suavidad en sus palabras—. Nadie lo ha logrado en el primer intento. Ahora debes comer y descansar. Ya volverás a practicar mañana.

Le cojo la mano, pero no lo miro a los ojos. Me da demasiado miedo ver que asiente como respuesta a los pensamientos que me inundan la mente...

«No soy digna».

24

ORLAITH

Sigo a Cainon y dejamos atrás una pared con apliques tras otra, que para mí no son más que un llameante borrón mientras procuro poner un pie delante del otro. Miro atrás y veo a dos criadas de rostro estoico fregando mis pisadas mojadas, como si no fuera más que un fantasma que se desliza sobre el suelo pulido veteado de oro, antes de perderlas de vista al girar una esquina.

Avanzamos por un enorme patio interior, cuyos duros extremos están suavizados por telas de terciopelo azulado que cuelgan de las barandas de las ventanas. En ese momento, me llama la atención una puerta abierta junto a una columna; el sombrío interior no se parece a nada de lo que he visto hasta ahora en este palacio.

Aminoro el paso y pongo una mano sobre el marco de la puerta para echar un vistazo a la penumbra de dentro.

Me quedo sin aliento al ver a una mujer vestida bajo la luz de una lámpara, de espaldas a mí, con el pelo plateado formando una sucesión de ondas finas que le bajan por los hombros hasta amontonarse en el suelo. Está sentada en un taburete, encorvada hacia delante ante un enorme telar en el que mueve los hilos con la velocidad que da la práctica.

Con un sobresalto, me doy cuenta de que le faltan un pulgar y un índice, si bien la pura belleza de su obra implica que no es ningún obstáculo para ella. La pieza en la que está trabajando es magnífica: un árbol en pleno apogeo floral, con un curioso pétalo que cae sobre el suelo por terminar.

Hay algo en la imagen que me provoca hormigueos detrás de los ojos y la sensación de que alguien me ha arrancado las entrañas y me ha dejado totalmente vacía.

Un caparazón cognitivo.

Las manos de la mujer se quedan inmóviles.

—Veo que has encontrado a la vieja Hattie —susurra Cainon demasiado cerca de mi oído y luego me arrebata las botas que llevo en la mano—. Le gusta la privacidad. Sobre todo cuando está tejiendo. Vamos.

Le echo una última ojeada a su postura, paralizada en medio de un movimiento, y después lo sigo y espero hasta que estamos a una distancia prudencial de la habitación para preguntarle:

—¿Quién es en relación contigo?

—Mi antigua gobernanta. —Se aclara la garganta y se arremanga la camisa—. Ya no habla. Estuvo en un trágico accidente que se llevó a su hijo y a su esposo.

Sus palabras me golpean como clavos en el pecho.

Por primera vez, me lo imagino siendo tan solo un hombre irónico y afable. Me lo imagino demasiado joven como para hacer algunas cosas por su cuenta. Cosas con las que la mujer lo habría ayudado.

Si tenían una relación tan íntima, el dolor de ella probablemente fue de él también.

—Lo siento, Cainon…

No me responde.

Me conduce por una escalera empinada que deja atrás numerosos pisos. El silencio se ve acompañado de los pasos de sus pesadas botas.

—Después del accidente, le di una residencia permanente en el palacio —me cuenta al fin—. Ahora se pasa los días perfeccionando su maestría con el telar.

—Fuiste muy amable.

Se encoge de hombros.

—Siempre y cuando esté ocupada, parece contenta, así que no dejo de proporcionarle hilo. En el palacio todos saben que deben respetar su privacidad y dejarla en paz.

Llegados a lo alto de las escaleras, entramos en un gran pasillo, con candelabros de esferas colgando del techo cada pocos pasos que asemejan soles poniéndose.

—Alto Maestro. Maestra. —El saludo monótono despierta mi atención.

Kolden abre una puerta adornada de oro de par en par con los ojos fijos en la pared. Al pasar junto a él, me pregunto si sabrá de mi espectacular fracaso.

Nos encontramos en un recibidor en el que hay otras dos puertas, una a cada lado, y miro hacia Kolden, que sigue en el pasillo con rostro inexpresivo.

Frunzo el ceño.

—¿Mi habitación estará vigilada... siempre?

—Por supuesto —repone Cainon con alegría, dirigiéndose hacia la puerta de la izquierda mientras rebusca en el bolsillo—. Por motivos de seguridad.

—Innecesarios.

No llego a comentarle que la primera ronda de vigilancia no salió demasiado bien.

En todo caso, al contrario.

—Innegociables —me lanza con una ceja arqueada, mirándome a través de sus pestañas doradas—. Entre mi prolongada ausencia y la flota maltrecha por nuestro viajecito, no tendré demasiado tiempo. Me pasaré buena parte de las próximas semanas en el mar, supervisando las reparaciones en lugar de estar aquí, que es donde me gustaría estar. Necesito saber que estás protegida.

Se me ocurre una idea que me hace abrir mucho los ojos y que calma la bestia implacable de mi pecho.

—¡Voy contigo! Me encantaría ver las islas...

«Y saber dónde se guardan los barcos».

—¿Qué? No, Orlaith. —Además de las palabras, profiere también una carcajada ronca—. Los días en las islas son agotadores. Necesito que inviertas todo tu tiempo libre aquí, practicando para la prueba.

—¿Prefieres que me pase los días trepando por el cristal resbaladizo de un cuenco gigante? ¿En serio?

—¡Pues claro! Vas a necesitar toda la práctica posible. Cuando lo consigas, nosotros estaremos un paso más cerca de estar casados, y Rhordyn, de conseguir su flota y navegar de vuelta a su mundo de problemas. ¿No es lo que queremos los dos?

—Sí…

Pero la idea de sumergirme una y otra vez en la Pecera durante las próximas dos semanas mientras Elder Creed me observa me produce escalofríos. Y hace que el dolor del hombro palpite con un afán recién descubierto.

—Siendo el Alto Maestro, ¿no puedes… exonerarme de la tradición?

Su rostro palidece y su expresión se endurece, y me doy cuenta de que he dicho lo que no debía.

—Voy a fingir que no te he oído —masculla y me da la espalda—. Y reza por que los dioses no estuvieran escuchando.

Dudo de que vaya a marcar alguna diferencia que nos escuchen o no. Es probable que no salga nunca de ese puto estanque, porque ningún dios con dos dedos de frente me dejaría ocupar un puesto de poder.

Por voluntad propia no.

Aprieto los labios y lo contemplo mientras mete una llave larga en el cerrojo. Abre la puerta y me muestra un gran espacio y muebles lujosos bañados en una potente luz dorada procedente de un sinfín de candelabros. Todo se transforma en un borrón porque echo a correr directa hacia las puertas dobles del balcón; las abro y acojo una ráfaga de aire fresco que ondea las finas cortinas y me provoca hormigueos en la piel mojada.

Juraría que el viento me ha aullado.

Respiro hondo y saboreo el olor de lluvia reciente al salir al balcón de piedra con los ojos como platos, impresionada por el resplandor de la ciudad bajo el manto de la noche, un contraste esplendoroso.

Cainon me aparta el pelo pesado y empapado de la espalda y me sobresalta.

—Perdona. —Me pone una bata mullida sobre los hombros—. Parecía que tenías frío. Hace fresco para esta época.

Meto los brazos en las mangas y los cruzo sobre el pecho mientras le lanzo una breve sonrisa.

—Gracias...

—No hay de qué. —Pasa los dedos por mi enmarañada melena y la separa en tres grandes secciones que luego empieza a trenzar—. Tienes las mejores vistas de todo el palacio —murmura—. Desde aquí se ve toda la ciudad.

Unos enormes cuencos encendidos salpican el puente que sale del palacio y que se extiende hacia la tierra y la metrópolis iluminada. La muralla, con una sucesión de torrecillas con fuego, crea un fuerte escudo protector alrededor de la compacta civilización y separa la ciudad de la oscura jungla que se alza más allá.

Es impresionante. No se parece nada a como me lo habría imaginado.

En el pecho me estallan pequeñas burbujas de emoción.

Me pregunto si en la ciudad habrá ajetreo o calma. A qué olerá. A qué sonará. Qué plantas y bienes y comida albergará. Y si Madame Strings estará al otro lado del puente con todas las respuestas que necesito, cuyas preguntas se acumulan como una montaña de piedras torcida que se bambolea en mi interior.

¿Qué soy... exactamente? ¿Hay más como yo por ahí? ¿Todos los que son como yo tienen este ser nocivo viviendo dentro? ¿Hay alguna forma de controlarlo?

¿O de destruirlo?

Quizá esa mujer sepa incluso por qué los irilaks no parecen interesados en sorberme la vida.

Otra racha de viento me azota la cara y me estremezco a pesar de la bata.

Cainon me ata la trenza y después se pone a mi lado.

—Confío en que tus aposentos te resulten adecuados...

Giro sobre los talones y observo a través de las puertas del balcón para depositar toda mi atención en la enorme estancia: paredes de lapislázuli, adornos de oro, un cojín de suelo de terciopelo suave delante de una chimenea llameante. Hay una cama con dosel bastante baja, cuya estructura bañada en oro está suavizada por las cortinas de raso azul que ondean al viento.

Una vez más, mi colchón está cubierto de impolutas sábanas blancas. Incluso el edredón doblado a los pies de la cama es de ese color.

«Un lienzo en blanco para que sangre en él».

Aparto la vista y la dirijo a una puerta de cristal esmerilado que probablemente lleve a mi baño personal y, acto seguido, a un tocador custodiado por un espejo de adorno colgado en la pared. A su lado, un vestidor atestado de hileras de vestidos de los tonos azules más vivos: con cuentas de oro, con hilos de oro, con adornos de oro.

Hay una pared entera de zapatos y nada más verlos me duelen los pies.

Barro las paredes desnudas de la habitación, tan lisas y rectas... No hay bancos largos donde ocultar mis tesoros. Cojo aire y me lleno los pulmones de un olor aséptico a eucalipto y a vinagre. No es el aroma suave y dulce de las glicinas en flor.

Otro duro recordatorio de lo lejos que estoy de mi hogar.

—Me resultan más que adecuados —digo tras soltar el aire, obligándome a sonreír—. Gracias.

—De nada.

Izel entra en la habitación con una bandeja cubierta por una enorme campana. La coloca sobre mi mesita de noche, hace una reverencia y se marcha sin mirarme a los ojos ni una sola vez.

—Voy a cenar con un Maestro Regional —me informa Cainon mientras se mete las manos en los bolsillos y se dirige hacia la puerta—. Te dejo que comas y te instales.

Tamborileo con el dedo sobre la barandilla y me muerdo el labio inferior al tiempo que observo la centelleante silueta de la ciudad. Quizá he superado ya el punto de agotamiento y estoy echando mano de fuerzas que no sabía que tenía, pero de repente estoy llena de energía y mi mente va de un pensamiento a otro como una piedra saltarina.

—Cainon...

Me mira por encima del hombro desde el centro de la estancia.

—¿Sí?

—¿Podría disponer de algunas monedas?

—¿Monedas? —Enarca una ceja.

—Dinero. Drabias. —Una calidez ardiente se me extiende por las mejillas—. Es que... solo metí en mi saco lo básico. La tormenta se acercaba y cuando salimos del Castillo Negro íbamos con prisas... —Frunce el ceño y niego con la cabeza, aclarándome la garganta—. Es que estaría bien tener mi propio monedero para cuando visitemos la ciudad, ¿sabes? Así no tengo que pedirte delante de la gente...

—No será necesario. —Sale al balcón, me coge la mano y me levanta la manga para dejar al descubierto la cupla que me rodea la muñeca, con vetas doradas que recorren el brillo azulado bajo la luz de las llamas—. Enseña esto y ya está. Compartimos la única cupla de lapislázuli que han elaborado en la Forja, así que cualquiera que la vea sabrá exactamente quién eres.

—Pero ¿cómo pago? —Contemplo sus ojos celestes.

—No pagas.

—No entiendo...

—Parith es la capital más rica del continente. No deben ver a su futura Alta Maestra cambiando monedas por bienes o servicios, Orlaith. Tendrás lo que quieras siempre que quieras. Mi gente lo respeta y mi constante protección los recompensa con creces.

—Ah —murmuro e intento apartar la mano—. Perdona, es que todo esto es muy nuevo para mí.

Me sigue sujetando la muñeca sin vacilar, atándome mucho más que con su contacto.

—Aquí vas a ser feliz. Vamos a ser felices.

—Ah, ¿sí? —Paso la vista de mi mano a su cara.

—Sí. —Me pone un mechón de pelo mojado detrás de la oreja, una caricia tan tierna que casi me apoyo en su mano—. Este es tu lugar, bajo el sol. Te voy a dar todo lo que siempre has soñado. Todo lo que él no te dio.

«Él...».

Me da un brinco el corazón. Se me eriza la piel. Incluso me hormiguea la lengua, como si anticipara el sabor de la presencia de Rhordyn en el aire.

Y la anhelase.

—¿A qué te refieres con eso? —pregunto con la voz ronca por motivos equivocados. Por motivos vergonzosos que me arden en el corazón.

Cainon da un paso adelante con una atrevida media sonrisa que le arruga los ojos.

—A mí.

Trago saliva y doy un paso atrás hasta apoyarme en la barandilla de piedra, y entonces otra ráfaga de viento me envuelve desde la espalda.

—Cuando estuve en tu habitación del Castillo Negro, olí algo —sigue Cainon con la voz tan baja que es como si me estuviera contando un secreto que teme que el viento vaya a oír—. Tu último celo. El deseo de que te follasen.

Todos los músculos del cuerpo se me agarrotan y un ardor me viaja del pecho a las mejillas, abrasándome con una cólera vergonzosa que me deja con los ojos muy abiertos y sin voz.

«¿Pudo haberlo olido?».

Mirarlo a los ojos es una tortura, pero apartarlos se me antoja una especie de derrota, así que me obligo a sostenerle la mirada.

Y me obligo a respirar.

—Vi la necesidad de que te veneren en las lágrimas que lloraste —prosigue, arrimándose a mí—. Lo noté en el beso que me diste.

«Era todo mentira».

Quiero gritárselo a la cara. Juntar las palabras y luego aporrearlo en el pecho con ellas.

La mujer que cree que tiene, la mujer a la que desea, no existe. Ya no. Mi llama se apagó en el momento en el que vi el monstruo que soy en realidad.

Se me acerca tanto que su aliento cálido cae sobre mi rostro, con los ojos brillantes.

—Te lo voy a dar absolutamente todo, Orlaith. —Se inclina hacia delante, se detiene y me planta un beso rápido en la sien antes de girarse y echar a caminar por la habitación. Y de salir por la puerta.

Se me vacían los pulmones con una temblorosa exhalación.

Me derrumbo contra la balaustrada y me deslizo por los barrotes de piedra pulida hasta quedarme sentada en el suelo con las piernas cruzadas. Con la cabeza hacia atrás, un rocío de lluvia me salpica la cara, lo suficiente como para darle al viento algo que apresar cuando llega la siguiente ráfaga, dura e intensa. Casi es un empujón.

Me giro, me pego las rodillas al torso y rodeo con las manos los barrotes para mirar hacia el puente en dirección a la ciudad iluminada que se alza en el horizonte.

Algo se me retuerce en el interior del pecho.

Estar tan arriba, mirando el mundo desde lo alto, antes hacía que me sintiera intocable. A salvo.

¿Ahora?

Ahora todo lo que pienso, todo cuanto me obsesiona, es la emoción que me provocaría la caída.

25

KAI

Incluso cuando es noche cerrada este lugar brilla con un resplandor encantado, luz colorida que se vierte de la aurora enhebrada en el cielo. Se cuela por las paredes de cristal y por la diminuta ventana alta tallada a uno de los lados.

Miro hacia el montículo a mis pies, donde Cruel está hecha un ovillo debajo de las pesadas pieles; su aliento es una brisa de verano sobre mi espinilla.

Es su sitio.

Todas las noches sin falta, en cuanto hemos terminado de zamparnos los peces que ella golpea hasta matar, pasa por debajo de las pieles, forma un montículo, se aovilla y se queda dormida enseguida. Su respiración superficial me hace imaginarla con un ojo abierto.

Por lo general, utilizo el suave latido de su aliento contra mi piel para adormecerme. Es un cálido consuelo al que le he cogido cariño. Y que espero con ganas. Con ansia.

Pero esta noche no funciona.

No puedo desconectar. El corazón me martillea tan rápido que es como si algo me estuviera revolviendo el interior. Pero no es él.

No es Zykanth.

Sigue silencioso. Sigue tan hondo dentro de mí que no noto movimiento alguno. No pido demasiado, tan solo una escama. Un volante. El detalle más insignificante que afiance nuestra conexión e impida que su esencia se marchite en mi interior.

La idea de vivir sin él hace que en el pecho y en todo el torso sienta una roca enorme aplastándome.

A lo lejos, dos icebergs colisionan en alguna parte, gritando en su propio idioma con chasquidos y ecos espeluznantes.

Cruel sale corriendo de debajo de las mantas y se incorpora hasta ponerse de puntillas para agarrarse de la repisa de la ventana y contemplar el mar. Unas cintas de luz colorida pintan los suaves ángulos de su elegante rostro, con el pelo en forma de nube y las piernas bronceadas, que quedan al descubierto cuando se estira.

Contrae los labios y enseña los dientes puntiagudos para soltar un ligero gruñido.

—Eh, no pasa nada. —Enredo los dedos en el dobladillo de su camisola y le doy un tirón.

La tela se desliza hacia abajo y muestra la lisa extensión de un hombro moreno y la generosa prominencia de su pecho derecho.

«Joder».

—Perdona.

No se mueve; se limita a gruñir más fuerte. Más grave.

Trago saliva y le rodeo el fino tobillo con la mano, con los dientes castañeteando.

—Cru-Cruel...

Clava sus ojos amarillos y osados en mí y, durante unos segundos, me cuesta pensar ante el poder de toda su atención, cegado por la salvaje y erótica elegancia de su pecho desnudo y su pezón duro y rosado.

El corazón se me desboca.

Los colores de la aurora se funden con su pelo cuando ladea la cabeza, un gesto casi depredador. Por algún motivo que se me escapa, me pilla por sorpresa una oleada de emoción.

Se agacha y me da un manotazo en la frente sudada, envolviéndome en su olor a agua de mar.

Suelto un gemido por las razones equivocadas.

Ella observa mi sudor, que ahora le mancha la mano, y lo olisquea.

Frunzo el ceño. ¿Por qué estoy sudando? La gente solamente

suda cuando tiene demasiado calor, que no es en absoluto mi caso. De hecho, en mi larga vida nunca había tenido tanto frío.

Me roza el cuello con la nariz y respira hondo...

Me quedo paralizado. Joder.

Su exhalación me sacude y durante unos instantes creo que va a abrir su bonita boca para hundir los dientes en mi carne.

—Estoy bien. —Le vuelvo a poner la camisola sobre el hombro y luego la cojo por el antebrazo—. Túmbate y vu-vuelve a dorm...

Aparta las pieles y deja mi cuerpo desnudo a la intemperie del viento frío.

—Por el amor del mar —mascullo y extiendo un brazo para protegerme—. Aparta los ojos. Hace frío.

Cruel me pone una oreja sobre el pecho, cierra los ojos y me deja sin aliento al colocar una mano extendida sobre mi corazón. Da golpecitos con un dedo y bajo la barbilla para contemplarla con clara intriga.

No deja de tamborilear con él. Primero rápido, luego lento. Incluso crea pequeños patrones que me hacen fruncir el ceño.

¿Quizá acompasa los golpes con el latido de mi corazón? Tal vez su preocupación esté justificada. Ese ritmo no parece muy saludable.

—Funciona, Cruel. De lo contrario, no es-estaría respirando.

Me posa la otra mano sobre los labios, una forma no demasiado sutil para pedirme que cierre el pico.

Gruño porque me da miedo morderle la palma salada con mis dientes castañeantes.

Un golpe en la puerta la lleva a erguir la cabeza. Todos los huesos de mi cuerpo se inmovilizan al verla saltar de la cama con un estallido de energía y emoción que me pone nervioso.

Creía que esta isla estaba abandonada. Que llevaba décadas abandonada.

Quizá... Quizá tenga pareja. Quizá sea la camisa de él la que le va tan grande.

«Quizá este sea su nido».

Intento taparme con las pieles, pero el movimiento me provoca una punzada de dolor.

—¿Quién es?

No sé por qué lo pregunto con voz tan ronca. De hecho, casi lo he gruñido. Ojalá Zyke se removiera y me ofreciera una o dos espinas. O puede que una aleta. En estos momentos, me conformaría hasta con una puta escama.

Cruel abre la puerta y el alivio se me arremolina en las entrañas al ver que no hay nadie.

Se inclina, se incorpora y luego vuelve adentro con una cesta desgastada. Corre hacia mí y aparta la tela que cubre el contenido: un montón de pescado seco y una jarrita que me recuerda a Orlaith. Advierto que en el interior hay un polvo luminoso y un frío amargo me congela el corazón y detiene su histérico latido.

—Candescencia…

Coge la jarra con tanta celeridad que sus movimientos son un borrón y después va a por una concha llena de agua.

—¿Quién te ha dado eso? —La inquietud me quiebra la voz—. Cruel, por favor…

No me responde, sino que se limita a verter el polvo en el agua y a remover con un dedo, con toda la atención concentrada en el remolino iridiscente, me parece desde aquí.

El miedo cobra vida en mí, intenso e imperturbable.

Si se lo bebe es que no es la criatura que me pensaba.

Para nada.

—Cruel —gruño y maldigo la barrera de comunicación que nos separa mientras intento incorporarme. No sé por qué. Tal vez para arrebatárselo de la mano antes de que se lo acerque a los labios.

Bajo la pierna por el borde de la cama…

Cruel gruñe y gira la cabeza en mi dirección.

—¡Estoy bien! —Las palabras alcanzan la libertad, aunque el dolor que siento en el fondo del pecho se acrecienta.

Después de trepar sobre las pieles, se me sienta sobre el pecho y me pone la concha sobre la boca con los ojos muy abiertos.

Como el bofetón de una cola en toda la cara, me doy cuenta de qué se trata.

«Quiere que me lo beba porque cree que me va a curar».

Aprieto fuerte los labios y endurezco la mirada.

No. Joder, no.

Le brillan los ojos, que acto seguido entorna al intentar meterme un dedo entre los labios, sin dejar de refunfuñar.

Está refunfuñando de verdad.

Me da igual lo enfermo que piense que estoy. Ni una sola parte de mí se dejará convencer jamás para beber espinas de oreja de aeshliano molidas.

Cuando consigue introducir la punta del dedo entre mis labios, se lo muerdo, casi lo bastante fuerte como para hacerle sangre. Cruel aparta la mano y se lleva el dedo a la boca sin dejar de contemplarme.

—No vo-voy a be-ber —la riño, negando con la cabeza—. No.

Ella asiente… muchas veces. Y deprisa.

Niego con la cabeza con el mismo fervor.

—Que no.

Desvía la mirada de mis ojos a mis labios, luego a las branquias y frunce el ceño al clavarlos en la nariz. Me la pellizca tan fuerte que no me entra ni me sale aire y abro mucho los ojos.

Con un estallido de adrenalina, le sujeto la muñeca, nos giro a los dos y la coloco debajo de mí. Derramo la candescencia líquida sobre las pieles al ponerme encima de ella y gruñirle en toda la cara con voz grave y áspera.

Cruel parpadea.

Se queda inmóvil, con el pelo enmarañado, y me mira con ojos de luna llena. En su iluminada profundidad hay algo, un cebo deslumbrante que quiero perseguir. Coger. Acunar.

Abrazar.

También noto algo en la forma en la que se estira debajo de mí, arrimada contra mi desnudez, suave y flexible y salvaje hasta la médula.

Una criatura feroz y preciosa.

«Un tesoro sin pulir».

La cálida oleada de presión palpitante que se yergue entre mis piernas me desmorona la determinación.

«Joder».

Me tumbo de lado para protegerla de la protuberante intrusión y una explosión de dolor me golpea como un relámpago en el pecho. Mientras reprimo la necesidad de chillar o vomitar o quizá las dos cosas a la vez, oigo un chapoteo de agua. Un chasquido entre cristal y concha.

Cruel se me sube a la cintura y arqueo la espalda cuando me arranca la escama del pecho tan rápido que otra ola de vómito amenaza con romper; a continuación vuelca el líquido sobre mi herida como si fuera una lluvia de fuego.

«Me va a matar. Y luego seguramente me va a devorar».

En este punto, incluso me parece un final pacífico.

Cojo grandes y dolorosas bocanadas de aire al tiempo que ella alisa la escama y golpetea los extremos antes de afanarse en desabrocharse los botones de la camisa. Ceden uno a uno hasta que todas sus curvas aparecen desnudas ante mí.

El corazón me da un vuelco.

Varios vuelcos.

Contemplo su diminuta cintura, unos pechos generosos y unas caderas que arrancarían gritos al mismísimo mar. Su vientre plano da paso a un mechón blanco y minúsculo en el centro de sus muslos separados, con los que me está rodeando.

Noto el latido de mi erección dura y desnuda.

«Aparta la vista, puto depravado».

Cruel se quita la camisa y me la lanza mientras observa mi miembro preparado. Un rubor rosado le tiñe las mejillas y desplazo los ojos hacia la otra punta de la estancia.

«No pienses. No huelas. Ni te muevas, joder».

Un largo silencio se instala entre nosotros y disecciono cada una de sus breves y ásperas exhalaciones como si me estuviera volviendo loco; intento moldearlas para formar palabras. Intento convencerme de que su silencio significa algo que en realidad no.

Trepa encima de mí y yo sigo observando la pared. Oigo como recoloca las pieles y a mi lado crea una montañita acolchada. Me mueve el brazo y se tumba contra mi costado, su aliento un golpeteo caliente sobre mis costillas.

Lentamente, me acaricia el pecho y posa la mano en un punto cerca de donde siento dolor, donde tamborilea una y otra y otra vez...

Los golpecitos disminuyen conforme su respiración se vuelve más profunda y por fin me permito contemplarla: está aovillada, desnuda y salvaje, con el pelo a un lado como una ola de agua burbujeante.

Le quito una ramita de sus mechones y me fijo en algo que tiene justo detrás de la oreja. La ligera punta de tres líneas pequeñas.

El corazón se me estampa contra las entrañas.

Le aparto el pelo y trago saliva. Recorro las líneas con la punta de un dedo y la noto temblar contra mí con cada tierna caricia.

«Tiene branquias».

Hace años que dejé de buscar. Creía que era el único que quedaba en pie, que Zyke y yo estábamos solos en el mundo.

Me equivocaba.

26

ORLAITH

Con una pierna colgada por encima del extremo de la barandilla y la otra flexionada debajo de mí, froto mis utensilios. Con fuerza.

Chas.

Ni siquiera siento la tentación de buscar en el bolsillo el pedazo de caspún que llevo conmigo a todas horas por si acaso. El ruido ya no me provoca ganas de hacerme un ovillo y empezar a gritar, sino que se limita a picotear mi endurecido cascarón. Como si unos nudillos golpearan una puerta para comprobar si hay alguien en casa.

Yo no.

Los centinelas hacen sus rondas nocturnas, recorren los jardines delanteros iluminados por cuencos llameantes de aceite y altas lámparas que se ciernen sobre los árboles y los matojos. Los veo sin problemas desde aquí arriba, balanceándome sobre la balaustrada con la espalda recostada en la pared, oculta en un pozo de sombras al borde de una caída mortal.

Es mi sitio preferido.

Me acelera la sangre. Me hace sentir viva.

Me he pasado las últimas cinco noches aquí sentada, estudiando las costumbres de los centinelas, así como sus rutinas; tienen el hábito de fumar como carreteros y de expulsar enormes nubes blancas que se mecen con el viento.

Me he pasado las últimas cinco noches en vela y cada vez más inquieta, observando cómo la luna se hincha poco a poco para dar la cuenta atrás de los días que me quedan para descubrir cómo salir del maldito tanque.

Me paso los días inmersa en un patrón que me resulta demasiado familiar: comer, practicar para la prueba, sentarme en mi habitación vigilada con tiempo de sobra para preocuparme y ver a Cainon irse y regresar desde mi ubicación, mucho más arriba que el resto.

Son las partes de un engranaje que no quiero lubricar ni cuidar, sino destrozar.

No siento culpa alguna por lo que voy a hacer.

Él conseguirá lo que le han prometido: una mujer a su lado que dirá lo que debe, que sonreirá y saludará y asentirá... Y mentirá.

Pero ya me he pasado demasiados años encerrada y estoy harta de vivir así. Hay muchas cosas que necesito ver. Y preguntar.

Quizá Madame Strings esté al otro lado del puente, sentada frente a una hoguera, como la describieron Vanth y Gun...

Alguien llama suavemente a mi puerta.

Alargo el cuello para mirar por la ventana cuando se abre. Izel asoma la cabeza, mira a derecha y a izquierda, e irrumpe en la habitación como si fuera de aire.

—¿Maestra?

No creo que sepa que la estoy observando. Mira en mi cuarto de baño y en mi vestidor antes de recoger al fin mi bandeja. Al levantar la campana y ver que no he tocado el plato de comida, se le demuda el gesto.

Era difícil que tuviese algo de apetito después de cortar un trozo de gamba glaseada con miel, llevármelo a los labios y descubrir que estaba espolvoreada con diminutas bayas negras de acónito, una cantidad más que suficiente para hincharme las vías respiratorias y provocarme la muerte.

Ha sido una buena manera de arruinarme la noche.

Después de pasarme toda la tarde en la Pecera y luego vomitar sobre el suelo, me apetecía disfrutar de un buen plato caliente. Ahora estoy decidida a examinar todas las comidas, evitando las sopas y los tés, así como a vigilar a la gente que me las trae como un halcón hasta que encuentre al culpable y comprenda sus motivaciones.

Cuando Izel se marcha, entreveo a Kolden por la puerta abierta, haciendo guardia en el lugar de siempre.

Como de costumbre, es imposible pasar junto a él.

Bajo la vista hacia los centinelas y los veo ir de un lado a otro, de un lado a otro…

El Castillo Negro era mi ciudad. Mantenía mi cordura en su puño frío de piedra negra.

La ciudad que veo ahora y que centellea bajo el amoratado cielo nocturno es un lienzo nuevo con tiendas de verdad. Con casas de verdad. Con calles de verdad que explorar.

Una nueva Maraña en la que perderme.

No hay líneas de seguridad.

Un movimiento me hace clavar la vista en el puente. Un caballo y un carruaje llegan traqueteando desde el extremo y se me acelera el corazón. La entrega nocturna de alimentos; el carro está tan cargado de frutas y verduras que llama la atención de todos los centinelas.

He ido desgranando el ritual nocturno, separándolo en segmentos e incluyéndolos en mi floreciente plan.

El caballo tarda unos treinta minutos en cruzar el puente entero, así que dispongo de ese tiempo para bajar siete pisos. Y después tendré los seis que necesitan los guardias para registrar las mercancías del carro para cruzar por delante de ellos sin que me vean y conseguir llegar a la cuesta de la mitad del puente.

Se me desboca el corazón.

Salto de la barandilla, corro a la habitación y guardo los utensilios debajo de la almohada antes de recogerme el pelo y ponerme el gorro que Gun robó para mí en la posada. Tras coger la mochila preparada de antemano de donde la había guardado en el cajón de un armario, me detengo a centímetros del balcón.

Bajo la vista hasta mi cupla…

Si me pillan sin ella, puede que me meta en un buen lío. Pero, si alguien la ve, mi coartada saltará por los aires.

«Tendrás lo que quieras siempre que quieras. Mi gente lo respeta…».

Abro el cierre, me quito la cupla y la guardo en el fondo de un cajón de mi mesita de noche antes de dirigirme al rincón más alejado del balcón. Estiro el hombro mientras hago un barrido rápido para recalcular la ruta que llevo cinco noches urdiendo mientras practicaba.

Para llegar al suelo, tendré que trepar de balcón en balcón por una repisa de ventana muy fina. Hay una sección en la que tendré que depender por completo de las pequeñas muescas que hay entre los ladrillos antes de hacer el descenso final por una cañería.

Hurgo en mi interior en busca de una punzada de miedo, de recelo, de algo…

«Nada».

No me embarga nada más que una emoción tan nociva como estimulante.

Salto sobre la barandilla y me agacho. El viento frío me roza la nuca al girarme y bajar por el otro lado. Un reguero helado me baja y me sube por la columna antes de instalarse en la nuca y congelarme la sangre.

Con el corazón en un puño, me detengo a esperar a que la sensación desaparezca, pero se limita a asentarse, como si quisiera decirme: «Hola. Sí, estás completamente loca».

Aprieto los dientes tan fuerte que me duelen; miro atrás, hacia la ciudad iluminada y hacia el carruaje que se acerca…

«Se me acaba el tiempo».

Mientras procuro ignorar el pensamiento intrusivo, paso a sujetarme de la cornisa inferior y me quedo colgando, con los pies dirigidos hacia la balaustrada del piso de abajo.

El viento adopta una calma espeluznante.

Espero hasta dejar de balancearme y luego salto. Aterrizo agachada sobre la barandilla con una sonrisa que resulta casi felina.

Repito el movimiento hasta que ya no quedan balcones, tan solo un descenso de cuatro plantas hasta el suelo. Mi punto de aterrizaje se encuentra en unos matojos muy convenientes no lejos de donde dos centinelas hacen una pausa para fumar mientras esperan a que el carro alcance la puerta del palacio.

Afortunadamente, por lo general no miran hacia arriba.

«Por lo general».

Recorro la estrecha cornisa de una ventana y me giro para quedar de frente a la pared, con el cuerpo arrimado a la piedra y la lengua entre los dientes al extender un brazo y buscar a tientas la primera ranura. Desplazando el peso a un lado, alargo el pie hacia otra muesca profunda y con la otra mano intento dar con un punto de agarre; ahora todo el cuerpo me cuelga ya de la fachada de piedra.

«Me gusta».

Concentradísima, desciendo por la pared escuchando los instintos naturales de mi cuerpo, más y más rápido con cada movimiento furtivo.

Mi confianza se ensancha cuando veo la cañería casi a mi alcance.

Me alargo hacia la siguiente ranura...

Un trozo de roca se desmenuza bajo mis pies y resbalo con el ruido de un trueno. El estómago me da un vuelco y me veo obligada a usar los puntos de apoyo para impulsarme hacia un lado antes de tiempo.

Salgo volando, con la mochila ondeando tras de mí, y me golpeo el costado con la cañería, que aferro con ambas manos. Bajo casi un metro por la superficie húmeda del tubo y me doy cuenta de que los centinelas ni siquiera han levantado la vista. Sonrío a pesar del ardor que siento en el hombro, con la respiración acelerada y dando gracias por el oportuno retumbo del trueno, ya que me ha servido de estruendosa protección.

Miro atrás y veo el carro avanzando, guiado por un mercader de túnica roja sentado a las riendas.

«A él no lo había incluido en mis planes».

—Mierda —mascullo mientras escalo por la cañería con movimientos lentos, con la esperanza de que no le dé por mirar hacia la pared del palacio, donde sin ninguna duda me verá arrastrarme por la fachada como una oruga.

Al constatar que los centinelas apagan las pipas y se alejan de mi punto de aterrizaje, en la barriga me estalla la emoción.

Salto los últimos metros y aterrizo en la hierba, donde cojo una profunda bocanada de aire embriagador y clavo los dedos de los pies en la tierra. Solo dispongo de unos breves instantes de descanso antes de echar a correr hacia la sombra de un arbusto, donde recobro el aliento al tiempo que el carro se detiene varios pasos más adelante.

—El momento perfecto —susurro al ver que los centinelas se reúnen alrededor del carruaje como si fueran moscas para interrogar al mercader e inspeccionar sus productos.

Espero hasta que me dan la espalda para empezar a correr por el patio adoquinado, con el corazón a toda mecha y las piernas en tensión. Tras dar un brinco hacia la fina sombra que arroja la adornada columna de entrada del puente, arrimo la espalda a la pared.

El alivio me vacía los pulmones.

«No me ha visto nadie».

Miro hacia los bloques de sombra que se proyectan sobre el puente y sujeto la mochila contra el cuerpo al correr hacia el siguiente, y al siguiente, y al siguiente, con el corazón en un puño con cada esprint hasta que subo la cuesta de la mitad del puente.

La ciudad brillante se alza ante mí como un sol que perfora el sombrío horizonte.

Giro sobre los talones y observo el palacio, situado en el extremo de la isla como una dentadura.

—¡Vaya! —Barro con la mirada el camino que acabo de hacer hasta subir a mi iluminada habitación. Una sonrisa me asoma en los labios—. Lo he hecho…

Un solo paladeo de libertad me ha dado un hambre insaciable.

Como no quiero que la gente de la ciudad me vea bajar por el puente, salto sobre la gruesa barandilla y caigo justo encima de la enorme tubería que se encuentra bajo la estructura.

Lejos y debajo de mí, el océano se revuelve mientras recorro el escarpado camino, con el corazón acelerado y las manos extendidas para no perder el equilibrio.

Las olas rompen contra las rocas de la orilla. Los pescadores se cobijan en rincones protegidos con los sedales preparados, cubos de peces cuyas colas sobresalen y lámparas llameantes a sus pies. Ninguno de ellos levanta la vista mientras cruzo la tubería que queda por encima de ellos.

La pendiente desemboca en las piedras, por lo que me veo obligada a seguir avanzando sobre las rocas lisas y resbaladizas. Salgo a un sendero de la linde del paseo marítimo y me coloco en el bloque de sombra que arroja la colosal entrada del puente.

Con el gorro lo bastante calado como para ocultarme media cara, observo los edificios altos y compactos, iluminados desde lo alto por un sinfín de farolas, que me llenan los pulmones de un mosaico de aromas.

En la calle hay carros cargados de peces tirados por caballos inquietos, quizá deseosos de regresar a su establo. Un grupo de marineros bronceados caminan tambaleantes entonando una melodía desafinada. Una mujer ligera de ropa se pavonea entre la multitud haciendo malabares con dos palos con fuego, seguida por un hombre que, gorra en mano, recoge una sucesión de monedas del público que los aplaude. Parejas de pelo rubio avanzan entre el gentío cogidas del brazo, como si nada pudiera penetrar la burbuja que han construido a su alrededor.

La ciudad… es una especie de monstruo vivo con latido propio que cambia de un segundo a otro.

Clavo los ojos en una tienda que por lo visto cierra por la noche y me quedo sin aliento al ver el cartel que cuelga sobre la puerta:

BULBOS Y BOTÁNICA

La emoción me revolotea en el pecho como una bandada de mariposas.

Me fijo en una jardinera ubicada justo delante, de la que sale una planta de aspecto ceroso con hojas rosas, suaves y gruesas.

—Es imposible…

Es albalina. Solamente la he visto en libros de botánica. ¡No me puedo creer que crezca ahí al aire libre!

Meto una mano en la mochila, extraigo el par de tijerillas doradas que he encontrado antes en el baño y, a continuación, me sumo a la turbulenta corriente de la multitud. Zigzagueo entre carruajes y niños de rostro sucio, y me detengo justo delante de la jardinera buscando un zarcillo de aspecto sano.

Miro rápido a mi alrededor antes de cortar un tallo grueso y duro, y meto el esqueje en un pañuelo que luego introduzco en la mochila.

La victoria me hormiguea en la punta de los dedos.

Me aparto de la escena del crimen y me acerco a la ventana, con una sonrisa de oreja a oreja al apoyar las manos en el escaparate y escrutar la oscuridad. Entorno los ojos ante la penumbra; por las formas sombrías, sé que la tienda está abarrotada de plantas de distintos tipos y tamaños. Con un arrebato de júbilo, me giro y recuesto la espalda en el cristal, sumida en un mundo de maravilla.

«Una tienda entera dedicada a las plantas».

Un momento...

Cuando Gun y yo conversamos en la posada, me habló de una floristería que era propiedad suya y de su compañero.

Miro hacia atrás, hacia el interior del establecimiento. ¿Puede que sea esta?

La culpa se me asienta en las entrañas como una losa.

«Y acabo de robarle albalina. Uy».

Una sensación fría me cruza el rostro, un trayecto lento y delicado que está a punto de lograr que me fallen las rodillas.

Se me desboca el corazón. Me quedo sin aire.

Contemplo la multitud y dirijo la mirada hacia la sombra que se halla justo al lado del puente. En el mismo lugar que ocupaba yo hasta hace unos segundos, ahora hay algo más que una mera sombra.

Un hombre.

Alto, fornido, encapuchado...

«Me está observando».

La caricia de la frialdad es implacable, me desentierra y me devora de tal manera que es imposible quitármela de encima. De una forma que hace que me sienta desnuda y vulnerable.

Dentro del pecho, rodeándome las costillas, hay algo salvaje que se estremece y que se agranda.

«Huye», me grita. «¡Huye!».

27

ORLAITH

Tengo la espalda pegada al cristal. Al sostenerle la mirada oscura al hombre, soy una mariposa sobre un tablero de corcho con un alfiler clavado en las entrañas. Empiezo a jadear. Me da vueltas la cabeza.

«¡Huye!».

Un caballo y un carruaje pasan junto a mí y me arrancan de la imagen y de la gravedad de la devastadora mirada del desconocido. Salgo disparada hacia el paseo marítimo y evito a la gente, los carruajes y los puestos de pescado. Corro por callejones secundarios atestados de cajas de madera y de barriles y de charcos de agua sucia que me salpica las piernas.

El ruido de un rasguño araña el suelo tras de mí, demasiado cerca, y un estremecimiento me asalta la nuca, como si alguien me respirara en el cogote. Un escalofrío me carcome la piel y me arranca mordiscos de calor.

Me devora bocado a bocado.

Con el corazón entregado a un latido violento y exaltado, una parte volátil de mí cobra vida al ser consciente de que el peligro me va a la zaga. Cambio de dirección una y otra vez hasta que los pulmones me arden tanto como el fuego tóxico que me quema el bajo vientre. Hasta que he dado tantas vueltas que sin duda me va a costar una barbaridad encontrar de nuevo el palacio antes del alba.

Se me pone de punta el vello de la nuca; el aire se vuelve caliente y pegajoso.

Con la respiración acelerada, me arriesgo a mirar hacia atrás. Al no ver nada más que un callejón vacío, me detengo en una sombra contra la pared y me quito el gorro para limpiarme el sudor de la frente. Me estremezco pese al calor y a la piel febril, y revivo la sensación de esa mirada que me cortaba por fuera...

Y por dentro.

Me da un vuelco el corazón.

—Joder —mascullo. Me paso mechones sudados por detrás de las orejas, inundada por un desasosiego que no consigo quitarme de encima y que me insufla más vida que estar sentada en la balaustrada o descender por la fachada del palacio.

Con un suspiro tembloroso, intento ignorar el dolor vergonzoso y abrasivo que noto entre las piernas.

«Es mi imaginación. Él no está aquí».

Me pongo el gorro de nuevo, cierro los ojos y apoyo la cabeza en la piedra.

Los ruidos de la ciudad se enfrentan a mi alrededor mientras devoro unos olores fuertes y exóticos: especias, pescado frito, el almizcle del vino. Un violín produce una notas agudas y suaves, traídas hasta mí por una brisa curativa.

Me inclino hacia delante y veo que el callejón desemboca en una calle.

Está llena. Viva.

Me aparto de la pared y esquivo un charco rumbo a la algarabía, aunque el corazón me da un salto cuando percibo el olor del humo.

«Madame Strings».

Atraída hacia lo más profundo del callejón, veo un patio estrecho a un lado, abarrotado de gente que rodea una hoguera abrasadora. Retrocedo hasta un rincón y observo; paso los ojos de uno a otro y veo que todos tienen el pelo rubio y la piel bronceada.

Uno de ellos se ríe tan fuerte que se cae de la piedra cuadrada que le hace las veces de asiento. Otra se pone en pie, levanta los brazos y empieza a dar vueltas hasta que de la taza que tiene en las manos sale volando una lluvia ambarina.

—Perdón —grazno al entrar en la atmósfera humeante y ana-ranjada.

Uno de los chicos se gira y entrecierra los ojos.

—¿Te has perdido?

«Probablemente».

—¿Sabes dónde puedo encontrar a Madame Strings?

Se echa a reír con un destello de locura en sus ojos brillantes.

—Ojalá lo supiera. Ven a verme si das con ella. Ya casi no me queda candi y su mierda es la mejor.

«¿Candi?».

Estoy a punto de preguntarle a qué cojones se refiere, pero retoma la conversación que mantenía con una chica que está sentada sobre su regazo, ignorándome sin miramientos.

Pues vale.

—Gracias —mascullo y sigo por el callejón hacia el violinista y la fuente de los ricos olores que hacen que me rujan las tripas.

El callejón desemboca en un patio gigante abarrotado que supongo que debe de ser una plaza, animada por una suerte de mercado nocturno.

Observo boquiabierta el árbol colosal que se alza en el centro. Acribilladas con pequeños agujeros, sus ramas alargadas están salpicadas de lámparas y de duendecillos sentados que se mecen adelante y atrás.

«El árbol del correo».

Es mucho más grande que el del Castillo Negro, rodeado por una verja de piedra que sirve de telón de fondo para un montón de carruajes que venden bebidas, mercancías y dulces de aspecto delicioso que me hacen la boca agua. Incluso las tiendas de la periferia de la plaza están abiertas, a diferencia de las otras que he encontrado durante mi apresurado viaje por las calles.

La gente pasea, algunos trastabillando con la cabeza hacia atrás por las carcajadas. Otros con niños sobre los hombros o con cestos grandes colgando del codo, llenos de comida y de fruslerías.

Me adentro en la plaza, con el gorro calado para ocultar la cara, y los fríos adoquines me abrazan las tiernas plantas de los pies.

—Te encontré.

Con un jadeo, doy media vuelta…

Nada.

Esa voz grave y aterciopelada me resuena en la cabeza, un golpe contundente y helado propinado sobre la oreja que me deja un estremecimiento frío que baja hasta mi duro pezón.

«Y más lejos todavía».

Con el corazón desbocado y una mano sobre la piel de gallina del cuello, escruto la muchedumbre revuelta en busca de una mata de pelo negro y unos ojos plateados.

Trago saliva, niego con la cabeza y entierro el eco de esa voz de barítono tan profundo en mi interior que no podrá jugar con mi cordura ni enturbiarme la mente.

«No es real».

Al ver un puesto que vende bolas de masa espolvoreadas que se parecen a los bollitos de miel de la Cocinera, se me parte el corazón.

Me aproximo y cojo una hambrienta bocanada de aire.

El olor es parecido, cremoso y rico con el aroma de la miel, pero más dulce.

Leo los precios anunciados en un tablón de madera que cuelga del extremo inferior del carruaje:

UNO POR *TRES NIMIOS*.
DOS POR *CINCO*.

Nimios. A saber qué aspecto tienen. Y a saber de dónde puedo sacar cinco sin tener que volver a suplicar a los pies de Cainon.

Sigo caminando y paso por delante de puestos que venden manzanas de caramelo, unas figurillas de flores de cristal magistralmente talladas, brochetas de carne glaseada con algo oscuro y espeso, y vino especiado que huele a canela y a clavo, y que alguien remueve en un caldero tan grande que yo cabría dentro. Hay otro puesto del que sale un bosquecillo de sencillos percheros de madera situados sobre el suelo adoquinado, todos ellos atestados de capas artesanales con pinta de haber necesitado semanas de costura.

Cojo una y desdoblo las solapas delanteras.

De patrón recto, con capucha grande y un montón de bolsillos donde guardar cosas...

«Zane».

Es la sustituta perfecta de la que perdí. Y una excusa ideal para saber dónde vive y hacerle una visita.

Una cálida emoción me inunda el pecho al imaginármelo desenvolviéndola y esbozando su sonrisa torcida al hacer recuento de los numerosos bolsillos.

Deslizo las perchas sobre la barra y busco con cuidado entre el género. Encuentro una, solo una, con la talla perfecta para él.

«Tengo que llevármela. La necesito».

El propietario del puesto pasa por mi lado mientras cuento los bolsillos y clava la atención en mí como si fuera la punta afilada de una espada.

—¿Tienes monedas, muchacho?

Me giro y reparo en sus ojos astutos.

«Mierda».

Con la mente zumbando, acaricio el dobladillo de la capa con los dedos.

Me preocupa que, si me veo obligada a volver más tarde a por ella, ya no esté a la venta.

Una idea explota en mi interior y me llena el pecho de calidez.

—Tengo algo muchísimo mejor —respondo con una sonrisa, rebuscando con una mano en la mochila. Saco un paquetito y retiro las capas para enseñárselo.

El tendero se lo queda mirando.

—¿Un palo?

—Un esqueje —le aclaro—. Es albalina. Es muy difícil de encontrar. Si lo secas y lo sumerges en agua caliente, forma una pasta que puede usarse como un vendaje a prueba de agua, pero tiene otros... muchos... usos.

La voz se me va apagando cuando veo un profundo surco formarse entre sus cejas espesas, como si le repugnara entrever siquiera mi ofrenda. Me mira fijamente a los ojos y nunca me he sentido tan pequeña.

—¿Eres imbécil o qué? —me espeta y el alboroto que nos rodea se detiene.

—Es que…

Miro alrededor y me doy cuenta de que algunas personas se han quedado quietas para observarnos con ojos muy abiertos que engullen, avariciosos, mi vergüenza.

Me arden las mejillas.

—No, es que…

—¿Quieres cambiar un palo por una de mis prendas de sastre? —Suelta una carcajada y envuelvo con la mano el valioso esqueje para llevármelo contra el pecho—. Debes de haber perdido la puta cabeza.

No puedo hacer más que parpadear, clavada en la piedra como una estatua.

«Quiero que este momento termine».

El hombre coge una escoba que estaba apoyada en uno de los estantes y se dirige hacia mí.

Echo a correr entre viandantes curiosos; noto las miradas furiosas sobre mí mientras me escabullo entre la muchedumbre y dejo atrás un grupo de marineros borrachos. Paso por delante de un flautista bailarín, esquivo a un hombre subido a un monociclo y me pierdo entre el gentío, jadeando y con escozor en los ojos.

Me detengo, me guardo el preciado tallo en la mochila, bajo la barbilla hasta el pecho y respiro a través de la nueva oleada de vergüenza que me chamusca la garganta…

«¿Eres imbécil o qué?».

Aprieto los puños con tanta fuerza que las uñas me perforan la piel de las palmas. Cierro los ojos y deseo dejar de existir con un mero parpadeo. Desaparecer. Subir el Tallo Pétreo y acurrucarme en mi cama.

¿Cómo he podido ser tan tonta?

El corazón se me detiene cuando una figura dura e imponente

se coloca tras de mí como un escudo, una presencia robusta y demasiado familiar que parece decirme: «Estoy aquí. No pasa nada. No estás sola».

Un peso se me instala sobre la coronilla y un aliento gélido me azota el pelo, provocándome picor detrás de los ojos.

Casi creo que es real. Casi.

Una parte de mí desea que lo sea. Que él esté aquí. Que yo pudiera inclinarme y lanzarme a sus brazos, ladear la cabeza y volver a notar el aliento helado sobre la cara.

Para que calme mis llameantes mejillas.

El resto de mí está tan horrorizado ante la idea de que mi imaginación lo haya traído hasta aquí para mofarse de mí en mi momento más vergonzoso que quiero chillar y gritar y girarme y asestarle puñetazos en su pecho imaginario.

Un sollozo amenaza con estallar entre mis dientes apretados.

—Vete —susurro.

Suplico.

Alguien me posa un par de manos fuertes en la cintura, me la aprieta y me deja sin aire.

El corazón se me acelera tanto que estoy a punto de desplomarme.

«No es real. Está todo en mi cabeza».

Hurgo en mi mochila y cojo las tijeras con dedos temblorosos.

—¡Lárgate! —grito mientras me giro y lanzo un tajo al aire vacío.

La palabra resuena sobre la tranquila multitud de rostros pálidos. Innumerables pares de ojos me ven golpear y atacar la nada.

«Nada. Está todo en mi cabeza».

Bajo el brazo, con el pecho desbocado por el arrebato de rabia descarnada. O quizá «locura» sea una palabra más adecuada. Más precisa.

Observo el arma diminuta y patética que cuelga de mi mano inerte y, a continuación, a la multitud silenciosa.

«Es una palabra más adecuada, sí».

Con lentitud y precaución, empiezan a ponerse en marcha y a murmurar.

Cierro los ojos y bajo la barbilla al pecho mientras respiro hondo de forma controlada.

«No es real».

28

ORLAITH

El mundo que me rodea recupera el ritmo natural. Se reanudan los pasos, las carcajadas, los silbidos. Abro los ojos y veo un pequeño disco plateado en una muesca entre dos adoquines.

Se me acelera el pulso.

«Una moneda».

La cojo, le doy la vuelta y noto su peso sobre la palma de la mano. Debe de valer. ¿Quizá bastará para comprar la capa de Zane? Aunque la idea de enfrentarme de nuevo al tendero me provoca un ardiente temor.

¿Tal vez encuentre una en otro lado?

Mis ojos viajan hacia la fila de tiendas permanentes que circundan el patio. Todas en buen estado, apiñadas y bañadas en la luz dorada de una vibrante farola. La más grande de todas ocupa el mismo espacio que tres de las más pequeñas, hasta tres plantas de ventanas gigantescas que dan a la plaza. El enorme cartel cruje azotado por el viento:

GANGAS
ABIERTO HASTA LAS DIEZ LOS DÍAS DE MERCADO

Avanzo entre el gentío, atraída por el escaparate de la planta baja, donde se expone un batiburrillo de objetos, incluido un armario que parece contener elementos de mayor valor que el resto.

Una espada plateada con empuñadura de opalina me deja sin

aliento y, después de guardar las tijeras, apoyo la nariz en el cristal para examinar los elegantes detalles.

Tiene un tamaño parecido a las dagas de madera con las que Baze a veces nos hizo practicar; más grande que mi mano, pero lo bastante pequeña como para caberme en la cintura de los pantalones o llevarla atada sobre el muslo sin entorpecerme el paso. Incluso cuenta con una delicada planta y florecillas grabadas en el mango, parecidas a la ilustración oculta que encontré en mi espada.

Es un arma de verdad. Una que podría llevar en todo momento y con la que podría entrenar en mi habitación sin llamar la atención.

«Y con la que podría protegerme».

Nunca he elegido un arma para mí misma. Siempre me las ha dado alguien. Y creo… creo que Baze la aprobaría. Creo que, si estuviera ahora mismo aquí conmigo, me lanzaría una de esas sonrisas torcidas que le surcan el rostro cuando está orgulloso de mí y me diría que entrara a por ella.

La mera posibilidad me provoca un nudo de tensión y anhelo en la garganta.

Abro los dedos, observo la moneda, doy un paso atrás y me dirijo hacia la puerta. Al abrirla, suena una campanita. Un ambiente cálido y mohoso me golpea la cara junto con el olor de objetos antiguos.

Barro el atestado local con la mirada, que paso por las estanterías que van hasta el techo con una colección de objetos: teteras viejas, candelabros que requieren un buen pulido y bonitos vasos de cristal en descuidadas torres.

—¿Hola?

No contesta nadie.

Me adentro en el establecimiento y avanzo entre los estantes; el suelo cruje al pisarlo.

La campanita vuelve a sonar e ignoro el escalofrío que me asciende por la espalda, pues me niego a darle a mi imaginación la atención que pide a gritos. Entro en una zona amplia en la que se exponen muebles más grandes. Un enorme mostrador de piedra preside la pared del fondo, bañado en la luz proveniente de una colección de lámparas dispares que cuelgan del techo.

Tamborileo con los dedos sobre la lisa superficie de piedra y miro alrededor.

—¿Disculpad?

Un hombre cruza cojeando una puerta del rincón más alejado, con una barriga tan grande que probablemente podría ponerse un plato y usarla de mesa. Lleva el pelo gris embadurnado con una sustancia brillante y un traje de botones dorados tan elegante que parece fuera de lugar entre el remolino de partículas de polvo.

Me mira con los ojos entornados a través de unos anteojos de medialuna mientras se limpia migas de las comisuras de los labios con una servilleta azul oscuro.

—¿Sí?

—Quería echar un vistazo a la daga del armario del escaparate. La de la empuñadura de opalina.

—Faltaría más. —Pasa por delante de mí y desaparece entre las estanterías; yo me quedo dándome golpecitos en el muslo con los dedos. Regresa al cabo de poco, se sitúa detrás del mostrador y me pone la daga sobre la palma de la mano.

Abro los ojos como platos, con un hormigueo de tensión en el pecho.

De cerca es aún más bonita; las flores grabadas reflejan la luz. Rodeo el mango con la mano y me sorprende que encaje a la perfección con mis dedos.

Respiro hondo y suelto el aire lenta y firmemente antes de sonreírle al hombre.

—Me lo llevo.

—Excelente. —Me lo quita, da media vuelta y, con manos diestras, lo envuelve con un papel crema—. Pues será una drabia.

El alivio me sube por la garganta con un suspiro tembloroso. Por suerte, tengo una de esas monedas.

«Solo una».

Oigo un crujido en el suelo tras de mí mientras deslizo mi única moneda por el mostrador con la punta de un dedo.

Al darse la vuelta, el hombre clava los ojillos brillantes en la madera.

—Eso es un nimio. —Me mira por encima del borde de las gafas y me tiende la mano—. ¿Y los otros novecientos noventa y nueve?

Se me congela la sangre, se me cae el alma a los pies y me sudan las manos al sujetar las correas de la mochila.

«No».

—¿Es todo lo que tienes, chico? —Entorna los ojos.

«Por favor, no».

Suspira y deja mi maravilloso paquete en el mostrador antes de rodearlo.

—Largo de aquí, rata callejera. ¡Esto no es una casa de la caridad!

—¡Un momento! —grazno. Doy un paso atrás cuando se me acerca tanto que el hedor que desprende eclipsa el olor del polvo—. Tengo... tengo otra cosa.

Detesto que se me rompa la voz al final de la frase. La forma en que ciño la mochila con las manos, que ahora sujeto contra el pecho, como si todas las células de mi cuerpo supieran lo que estoy a punto de hacer.

Y como si estuvieran en contra.

El dependiente se detiene y me observa fijamente, como si valorase de qué maneras podría trocearme para aprovechar mi carne al máximo.

—¿Otra cosa?

Un aliento blanquecino emerge de entre mis labios.

—Sí. Una cosa... —«valiosa, irreemplazable, algo de lo que ni una sola parte de mi ser quiere desprenderse»— de valor. O... eso creo.

El hombre me tiende la mano con la palma hacia arriba.

Mientras me trago el nudo que se me ha formado en la garganta, le doy la espalda y hurgo en mi mochila. Abro el bolsillo lateral para sacar mi piqueta de diamante, inmaculada a pesar de las miles de veces que la he usado para arrancar susurros de la pared del pasillo del Castillo Negro.

Esta herramienta preciosa, majestuosa y delicada ha notado el peso de mi pena. De mi vergüenza. De mi rabia y de mi pesar. Ha visto cómo mis mayores miedos cobraban vida.

Aferro su pequeño mango liso y lo libero de la oscuridad. La luz incide sobre sus numerosas facetas, que me recuerdan a los ojos de mi hermano. Vacilo, miro atrás, hacia la daga..., y me vuelvo de nuevo.

Tengo la impresión de que el corazón se me parte en dos.

Una mitad está más que encantada de ahogarse en las aguas lodosas de mi pasado siempre y cuando giren en torno a esa semilla luminosa, los escasos restos del chico que me salvó la vida, aunque a cambio no hice sino dar media vuelta y hacer unas cosas espantosas y horribles que no podré deshacer.

La otra mitad nada desesperada hacia la superficie liviana, con ardor en los pulmones por la necesidad de coger aire.

«No puedo seguir viviendo en el pasado. Con él».

Debo encontrar la manera de pasar página, desprendiéndome de un susurro cada vez, hasta que la pared se haya deconstruido en mi mente. Hasta que ya no sea como un lastre de piedras acumuladas en mi barriga.

Sintiendo una pequeña parte de mí desmoronándose, me giro, pongo la piqueta sobre la mano impaciente del hombre y, al levantar la vista, veo que se le iluminan los ojos.

—Mmm. —Sopesa el arma, se va detrás del mostrador y pisotea mi repentina necesidad de recuperar la piqueta y salir corriendo por la puerta. La arrastra por encima de una superficie de cristal y el chirrido me desgarra el corazón y me provoca el mismo dolor en los huesos que siento en el alma. Tras de sí deja un surco profundo y el dependiente se aclara la garganta, mirándome por encima de los anteojos—. ¿Tienes algún modo de autentificarla?

Un nuevo crujido en el suelo.

—Es de diamante, os lo aseguro.

Se encoge de hombros.

—Sin ningún documento que confirme su autenticidad, vale lo mismo que la basura.

Abro la boca, a punto de suplicarle, cuando levanta un dedo hacia el techo.

—Sin embargo, ¡hoy me siento generoso! —Da media vuelta, coge el paquete recién envuelto y lo planta en el mostrador entre los dos—. Pero no se lo cuentes a nadie. No me puedo permitir ser caritativo con todos los mocosos descalzos que entren por mi puerta.

Tiendo la mano para coger el paquete y la moneda, pero él sujeta el nimio antes de señalar la salida con la barbilla.

—Vete, anda. Intenta no matar a nadie con eso. La zona exterior no es lugar para un muchacho como tú. —Se ríe, coge un espejo de la mesa y me da la espalda—. Te comerían vivo.

Quiero llorar. Quiero gritar. Quiero volver atrás.

Me obligo a dar un paso adelante, luego otro, mientras mi hermano se me escurre de los dedos extendidos.

Abro la puerta y salgo corriendo de la tienda tan rápido que juraría que he dejado mi corazón sangrando en el suelo, junto al mostrador.

29

RHORDYN

Una rabia despiadada e inquieta me golpea las costillas. Cuando vuelvo al pasillo y me dirijo al fondo de la tienda, con la capa ondeando tras de mí, la campana sigue sonando después de que Orlaith haya salido corriendo. Alargo el cuello de un lado a otro y dejo atrás el mostrador vacío sumido en la luz de las lámparas.

Aquí les encantan sus lámparas. Creen que el resplandor puede protegerlos de todo. La mayoría de los habitantes de la ciudad son demasiado jóvenes o analfabetos como para saber que antes había monstruos mucho peores que medraban en la luz.

Y algunos todavía lo hacen.

Sigo una melodía silbada y el inconfundible aroma del pato asado, una exquisitez originaria de Ocruth. Yo lo único que huelo es gula al cruzar la puerta abierta del rincón más alejado del local.

El despacho contrasta mucho con el resto de la tienda. Está atestado de muebles caros procedentes de todo el continente: un candelabro que arroja gotas de luz ambarina; unas sillas de terciopelo mullido con incrustaciones de plata de ley; un escudo con forma de almendra en la pared, tallado en el cráneo impenetrable de un draco oceánico; el pelaje oscuro de un gato de las dunas de Rouste extendido sobre el suelo, tan grande que solo permite atisbar ligeramente la piedra azul que se encuentra debajo.

Hay incluso una garra de vruk en la pared, larga y curvada y negra.

El comerciante silba de espaldas a mí mientras gira la manecilla de una enorme caja fuerte del rincón.

Clavo los ojos en la estatua de cristal de un hombre fornido al que reconozco, cuya melena de rastas es una maraña transparente rodeándole la cara, con la mirada lúcida consumida por un hambre colérica, y los colmillos a la vista mientras sisea a la nada y se abalanza hacia la nada, con la translúcida garra de vruk que blande en pleno ataque.

Debe de haberle costado mucho dinero conseguir esa estatua. Y que la tallaran en el corazón inhóspito de Arrin, la arrastraran durante días por las desapacibles llanuras azotadas por el viento y la cargaran en una barca para recorrer el río Norse sin que le hicieran una sola grieta.

Nadie consentiría tantísimo esfuerzo a no ser que lo hubieran sobornado o le hubiesen pagado una buena suma. A no ser que lo hubiera hecho él mismo, claro.

Pero lo dudo.

La caja fuerte se abre.

—¿Sabes una cosa…? —Mis palabras interrumpen la melodía silbada y el hombre se gira tan rápido que se le caen las gafas de la cara y traquetean en el suelo. Lleva la piqueta de Orlaith apretada contra el pecho—. Los shulaks dicen que el campo de batalla de Arastile es sagrado. Que explotarlo da mala suerte de por vida.

—¿Qu-quién eres tú? —balbucea. Se inclina para recuperar los anteojos y se los planta sobre el rostro arrugado.

Me giro para mirarlo cara a cara por debajo de la capucha.

El tipo se queda boquiabierto. Fija la vista en la empuñadura de mi espada, visible por encima de mi hombro, y luego en el broche que llevo en la nuca, el sello de Ocruth. Hace una profunda inclinación de cabeza.

—Alto Maestro…

«Esta noche no».

—¿Ves ese diamante de ahí? —Señalo la piqueta—. Lo extraje yo mismo. —El hombre se yergue, ladea la cabeza y baja la mirada lentamente hacia la herramienta delicada que aferra con los nudillos blancos—. Era un trozo tan grande como tu cabeza —añado mientras finjo sopesarlo con las manos—. Lo usé para crear tres herramientas pequeñas y se las di a alguien especial.

A alguien que necesitaba ver que los objetos bellos no tienen por qué ser rompibles.

Él levanta la vista con el ceño fruncido.

—Debéis de estar equivocado. Se la he comprado a un mocoso...

—Dime una cosa. ¿Tienes por costumbre aprovecharte de gente ingenua para satisfacer tu avaricia?

—No —musita. Hincha el pecho y se inclina de tal forma que oculta la caja fuerte medio abierta que tiene detrás—. Soy un hombre honesto que trabaja con ahínco. Pago un diezmo anual y contribuyo a mi territorio más que la mayoría.

—Apártate. —Sujeto la puerta con una mano.

El olor punzante y embriagador de su miedo me inunda la garganta y su rostro pierde todo el color.

—Al-Alto Maestro, yo...

—Que te apartes.

Su pose se desmorona y lo observo fijamente mientras se aparta. Dejo de sostenerle la mirada para contemplar el interior oscuro de la caja fuerte.

Se me cae el alma a los pies. Me da un vuelco el estómago.

Dos de los tres estantes de metal están abarrotados de numerosos tarros llenos de orejas de aeshlianos en salmuera, algunas tan pequeñas como la falange de mi pulgar. Todas ellas siguen luciendo sus delicadas espinas de cristal, que nadie ha arrancado aún de la carne ni molido para obtener ese polvo tan fino que estos cabrones han descubierto que les proporciona una vida larga si lo beben. Si lo inhalan. Si lo fuman. Estos tipos retorcidos que se toman demasiado en serio el cincel del profeta actúan con rienda suelta sobre lo que queda de la raza marchita.

La sangre me chisporrotea y crepita en las venas, las letras plateadas de la piel me clavan los dientes en lo más profundo de la carne y me envuelven con una venda de alambre de espino.

Me giro lentamente y veo al hombre trastabillar hacia atrás tan rápido que se golpea con la mesa, gesto que desparrama su plato a medio comer y las montañas de drabias de oro que me apetece hundirle en el cráneo.

Su enorme tienda, su gusto caro por las antigüedades... De repente, todo cobra un sentido espantoso.

—Eres un traficante.

—No es lo que parece...

—Estás llenando las calles de candescencia. Con orejas arrancadas a hombres, mujeres e incluso niños.

—¡Se lo estoy guardando a otra persona! ¡Os lo juro! ¡Tan solo soy el intermediario!

—Eres un avaricioso —exclamo categóricamente y él pega un brinco que casi lo lleva hasta el techo.

La piqueta de Orlaith traquetea por el suelo.

Me precipito hacia delante con estruendosas zancadas mientras me quito la capucha y le permito ver mi cólera voraz en toda su gloria, que sale a la superficie como si me aquejara una erupción.

Con un gruñido parecido al de un cerdo atrapado, echa a correr, pero tropieza con una silla y aterriza en el suelo con un golpe seco. Gatea, se gira y apoya la espalda contra el tapiz de vivos colores que cubre la pared.

—Procedo de una época en la que la avaricia hacía que te rebanaran el cuello y te arrancaran la mandíbula. —Señalo la garra de vruk clavada en la pared—. Y que te hundieran una de esas en el pecho.

Sin dejar de jadear, el hombre alza los ojillos brillantes hacia la estatua y luego hacia mí, sin duda captando los paralelismos.

No tiene ni idea de que soy mucho peor que el monstruo al que venera.

—¿Sabes quién dictaba esas sentencias mortales?

Un sollozo emerge de sus labios temblorosos al tiempo que se hace un patético ovillo a los pies de la pared.

Saco mi daga de la funda que llevo en la cintura.

Huelo cómo se ha meado encima.

—Yo.

30

RHORDYN

Giro el cartel para que indique «Cerrado» y cierro la puerta principal tras de mí. Me calo la capucha y me adentro en la multitud como una sombra que se ha liberado de su creador.

Al respirar hondo, percibo un rastro de ella.

Suelto una exhalación, como si una enorme bestia en el interior de mi pecho se hubiera aovillado, satisfecha, y sigo el rastro. Supongo que me conducirá a otra persecución por la ciudad. Frunzo el ceño al rodear un carruaje que vende bolas de masa glaseadas y me la encuentro sentada en los peldaños bajos que dan al árbol del correo, observando a un músico callejero con una sola pierna arrancar una melodía a su violín.

Se rodea las rodillas con los brazos y lleva el gorro tan bajo que solamente le veo la punta de la nariz salpicada de pecas, la pendiente de sus labios de pétalos de rosa... y el ligero temblor que le zarandea la barbilla y que hace que las ataduras de mi piel me carcoman.

Rozo el carruaje con una mano y me giro, yendo de una sombra a otra, acechando sus respiraciones, los golpes que se da en la rodilla o con el pie, y todos los latidos que le aletean en el costado del cuello; la devoro como el monstruo que soy.

«Un puto egoísta».

Subo la escalera, aferro con los dedos la puerta de piedra que se alza tras ella y me acerco tanto que podría agacharme y rodearle la cintura con un brazo para arrimármela contra el pecho. Podría hundirle la cabeza en el cuello y llenarme los anhelantes pulmones...

«No».

Forcejeo contra esa imperante necesidad y me obligo a retroceder. Bajo un escalón y luego otro, hasta que me alejo entre dos altos edificios a varias largas zancadas de donde está ella sentada. Es un callejón tan largo y alto que apenas ninguna luz de las farolas consigue incidir sobre su abrazo húmedo.

Recostado en la pared de piedra, contemplo la multitud que se agolpa debajo de la protección que provee el árbol del correo. La gente esquiva a Orlaith como si tuviera miedo de tropezar con ella, sea de forma consciente o no.

Una lágrima le recorre la mejilla y le cae por el borde de la mandíbula.

Sigo su rastro...

¿Lo nota? ¿La desgarra? ¿La acaricia como la brisa? ¿Se sabe perseguida, como ella me persigue a mí?

Otra lágrima.

«No llores».

Un carruaje cargado de pescado traquetea entre los dos y me muevo a la izquierda, maldiciendo los segundos que desaparece de mi vista. Al poco, veo que se ha esfumado. Como si se hubiera evaporado.

—Joder —mascullo, dispuesto a precipitarme hacia delante cuando noto la punta de un filo frío apoyada en el cuello.

Una pequeña calidez se me instala sobre la espalda y aplaca mi desbocado corazón.

«Está aquí».

El olor a ámbar y a flores silvestres me envuelve como no hace su cuerpo y sonrío aun sin querer.

—Hola, Milaje.

Silencio. Ni siquiera respira.

Se me aproxima más y sigue empujando el filo.

—Ten cuidado. La espada en la que te apoyas está muy afilada.

—La mía también —me responde con voz ronca; tres palabras que templan mi frenesí y que concentran mi atención en el arma que me apunta al cuello.

Echo los brazos hacia atrás, le rodeo la muñeca con los dedos y le acaricio con el pulgar la zona donde he visto la cicatriz de un mordisco que se ha hecho ella misma, casi no me cabe ninguna duda.

—Ya lo veo.

«Cuidado. No la espantes».

—¿Cómo has progresado tanto?

—Me liberé de todo al mismo tiempo —me espeta, palabras que me propinan golpes entre las escápulas—. Estás en el lugar equivocado.

«Malgastando un tiempo muy valioso».

Su pensamiento viaja hasta mí como humo llevado por el viento.

—Estoy justo donde debo estar.

—En ese caso, necesito que me dejes en paz.

—No puedo hacerlo, Milaje. —Contraigo el labio superior.

Con un gesto rápido, desenfunda la daga que me había atado sobre el muslo. Y esa también me la apoya sobre el cuello.

—¿Y ahora?

—No —gruño, resistiendo el escozor y apretándole la muñeca para que no la mueva—. Tendrás que hundirlas un poco más. —El olor de mi sangre enturbia el aire y su mano empieza a sacudirse, un ligero temblor que anula la aspereza de mi voz. Le suelto la muñeca—. Baja el arma, Orlaith. Déjame mirarte a los ojos.

—¿Para qué? —Suelta una risotada fría y hueca que me deja casi sin aliento—. ¿Para que veas si hay grietas en tu mentira?

Gruño, doy un paso atrás y la obligo a removerse una y otra vez hasta que la arrimo contra la pared. Me giro, totalmente preparado para que las dos armas me rebanen el cuello con tal de verle la cara.

Me estampo la frente con la piedra de la pared; parece haberse disuelto en el aire.

Me giro y la veo apoyada en la pared opuesta, con un arma en cada mano y colgando a los costados. Ladea la cabeza a la izquierda y mira por el callejón hacia la animada multitud.

Es como si toda su espíritu combativo se hubiera disuelto, dejando tras de sí un aura vacía que me consume.

Me limpio la gota de sangre del cuello y abro la boca para hablar.

Ella se me adelanta.

—No dejo de tener sueños.

«Pesadillas».

Las palabras que abandonan sus labios carecen de vida, pero la fuerza de su pensamiento es una tormenta que arrecia sobre mí. Catastrófica.

—¿Sobre qué? —Preguntarlo con voz firme me supone mucho esfuerzo.

—Son variados. —Baja la vista hacia las dos dagas; la suya está manchada con la sangre que me ha arrancado y la mía es un sencillo filo de hierro con empuñadura de madera—. El tema es siempre el mismo.

Veo como traga saliva.

—¿Y de qué se trata?

—De la muerte. —El golpe es más duro que si me hubiera clavado el puñal de hierro en el pecho—. Cada vez. No importa lo mucho que intente evitarlo.

El cielo restalla como la sangre de mis venas.

—En uno de ellos me matabas. —Alza las pestañas y no sé si son sus palabras o su mirada vacía lo que me destroza, pero ambas me atacan de todos modos—. Me hundías algo afilado en la espalda. Notaba como se me partía el corazón. Y la vida abandonándome.

—¿Y después? —Me arrepiento de la pregunta en cuanto la he formulado.

—Después, nada. —La bilis toma un camino ascendente por mi garganta—. Oscuridad. La oscuridad más fría que he sentido nunca.

Agacha la barbilla para que el gorro le tape los ojos. Quizá debería dar gracias por dejar de ver la intensidad acusadora de su mirada, pero estoy demasiado jodido como para sentir eso.

—No sé por qué te lo estoy contando —susurra; y la ráfaga de aire húmedo que juguetea con las hojas caídas del sombrío callejón se lleva el comentario.

Orlaith cree que no me importa. Y eso casi basta para hacerme caer de rodillas.

«Yo le he hecho eso».

«Yo le he hecho eso, joder».

Vuelve la cabeza y sigue a la gente que pasea bajo el árbol del correo.

El abismo que nos separa parece insalvable. Aun así, lo intento:

—Te he visto bajar por la pared del palacio como si no tuvieras nada que perder...

No me contesta, pero su silencio es una especie de admisión.

Al final parpadea y respira hondo antes de mirarme a los ojos y lanzar mi puñal al suelo. El arma repiquetea entre los dos y por su mirada comprendo que me está retando. Por alguna razón, me genera una emoción inabarcable que me mire como si ella fuera indestructible. Pero también me da miedo, porque sé que no lo es.

«Ni muchísimo menos».

Hinco una rodilla, cojo mi daga y me la guardo en la funda.

Orlaith no mueve la barbilla, se limita a contemplarme por debajo de la nariz, con las pestañas tan cerradas que sus ojos no son más que dos rendijas violetas.

—¿Cuánto tiempo te vas a quedar aquí, Rhordyn?

—Hasta que consiga lo que he venido a buscar.

—Los barcos.

No me molesto en corregirla.

—Vale, pues necesito que te alejes de mí.

Me levanto y me cierno sobre ella mientras la violencia se desata en mi interior.

«No puedo hacerlo. No pienso hacerlo».

Mira hacia su mochila y suelta un profundo suspiro antes de agacharse para cogerla y guardar el puñal en el interior. Se da la vuelta y se dirige hacia la multitud con pasos descalzos y sigilosos.

—Orlaith.

Se detiene.

—¿Qué?

Meto una mano en el bolsillo de mi abrigo y extraigo una bolsa pesada que arrojo en su dirección. Levanta una mano y la coge sin dejar de contemplar al gentío, de espaldas a mí. Oigo como afloja el cordel y agacha ligeramente la cabeza. Se gira un poco y me mira por encima del hombro, sus ojos como dos joyas lilas de luz tallada, al sujetar el monedero abierto con la palma.

—¿Qué es esto?

—Dinero suficiente para que compres todas las tiendas de la plaza y que te sobre.

Se le demuda el gesto con una furia tan intensa que la percibo al coger aire.

—Ya no soy problema tuyo. No quiero tu caridad.

«Nunca fuiste mi problema. Siempre fuiste mi trágico final».

—No es caridad, Milaje. —Doy un paso adelante—. Ese comerciante te ha estafado. Tan solo estoy poniendo remedio a la situación.

—Poniendo remedio a... —Abre mucho los ojos y su piel bañada por el sol parece perder su saludable palidez.

En su mirada vislumbro la pregunta.

«¿Qué has hecho?».

Lo que no sabe es que haría cualquier cosa por ella.

Menos dejarla marchar.

Se aclara la garganta y baja la vista al saquito lleno de oro.

—Recuerdo encontrar la piqueta a los pies de mi cama, junto al martillo y al cincel a juego. Por aquel entonces, pensé que eran un regalo de Baze. Ahora no estoy tan segura.

—¿Hay algo que quieras preguntarme, Milaje?

Abre la boca, aspira. Pasan largos instantes antes de que tan solo suelte aire.

La decepción aterriza sobre mis entrañas como una roca cuando se gira para alejarse.

—No trepes por la muralla que rodea la ciudad. Es peligroso.

Hace una pausa y resopla.

—¿Ya no me vas a decir que salga y viva un poco?

Arqueo una ceja al oír la voz grave que ha impostado, pero la bajo enseguida cuando se me acerca tanto que tan solo nos separa un espacio cargado, un par de dedos, que me apetece eliminar. Y dejarlo hecho trizas a nuestros pies.

—¿Qué pasa? —ronronea; dos palabras que me desgarran la piel como si fueran una espada—. ¿Las normas han cambiado de repente ahora que has conseguido que saliese por la puerta? —Ladea la cabeza y me lanza una mirada gélida—. ¿Ahora que soy libre te cuesta seguirme el ritmo, Rhordyn?

—¿Es lo que piensas de verdad?

Orlaith frunce el ceño y da otro paso para que nos rocemos. Bajo la vista. Disfruto de su respiración entrecortada, que nos aproxima, y me meto una mano en el bolsillo para sacar un trozo de carbón y mostrárselo.

Le brillan los ojos y oigo como se le acelera el corazón. Mucho.

—¿Me has estado siguiendo todo este tiempo?

—Desde el momento en el que bajaste del barco —gruño y, con un rugido, me lo arrebata.

—¿Quieres añadir algo más?

—Sí. Durante la semana que viene, mantente alejada de la plaza mayor.

Mira hacia atrás en dirección a la agitada multitud.

—¿No es esa la plaza mayor?

—Es la del mercado. La otra es más grande y está en la zona oriental. No sé cómo, pero has conseguido evitarla durante tu carrera por las calles.

Suspira y deposita toda su atención en mí.

—¿Por qué?

—Porque he visto que están talando un árbol en la linde de la jungla.

—¿Y?

—Y que aquí las cosas se hacen de forma diferente. Solamente cortan árboles de esa frontera cuando se preparan para quemar a alguien en la hoguera. —Algo destella en su mirada clara, pero enseguida recupera una máscara de frialdad y apatía que duele ver—. Es la forma que tiene Cainon de mantener el orden: se carga la red de seguridad de su pueblo y luego lo obliga a presenciar cómo queman vivo a alguien. No hace falta que seas testigo.

Le tiembla el labio superior, como si estuviera a punto de enseñarme los dientes. Al final, me escupe palabras como si yo no fuera más que un trozo de mierda entre los dedos de sus pies.

—No me conoces.

Tras girarse, se marcha abriéndose camino entre la multitud como si la gente tuviese una mente colectiva y debo reprimir la necesidad de perseguirla.

—Claro que sí —mascullo mientras regreso entre las sombras.

31

ORLAITH

Termino de contar las monedas restantes esparcidas sobre mis sábanas blancas almidonadas, las apilo en un montón y luego cojo mi daga y me la paso de una mano a la otra. La cupla, que vuelve a ocupar su sitio, se balancea con el movimiento. Recorro con un dedo el filo pulido del puñal y me acerco peligrosamente a la punta afilada que le ha arañado la piel a Rhordyn...

Verlo sangrar por mí me ha provocado una satisfacción malévola.

Quería más.

Quería desgarrarle el cuello con los dientes. Saborear cómo goteaba entre mis labios.

Esa idea me ha sorprendido.

Me ha asustado.

Me he marchado antes de hacer una de las estupideces que me daban vueltas en la cabeza y he ido a comprar un poco del vino especiado que había visto antes.

En las monedas había sangre.

No en todas, pero en las suficientes como para saber que es probable que procedan del dependiente de Gangas, de cuando ha metido el oro en el saquito de piel.

«Tan solo estoy poniendo remedio a la situación».

Levanto la daga y la cojo por la punta afilada, con los ojos entornados ante el fragmento de mi reflejo que se ilumina en la plata abrillantada.

Ya no sé quién soy y casi no lo he reconocido a él. No ha sido por la barba larga que le endurecía la apariencia ni por el modo en el que me miraba, como si fuera una bestia hambrienta alimentándose de cada segundo. Ha sido por algo más profundo. He tenido la sensación de que me veía de tal forma que atenuaba mi miedo y mi cobardía.

¿Por qué me mira ahora que necesito ocultarlo todo?

Con un gruñido, lanzo el puñal con tanto ahínco que silba por los aires y se hunde en el poste del rincón, inmovilizando la cortina de gasa como si fueran las alas deslumbrantes de una mariposa.

Una puerta se abre en el recibidor y giro la cabeza al oír el ruido de pasos que retumban por las paredes. Alguien llama ligeramente a mi cuarto y acto seguido oigo la voz ronca del guardia que a veces sustituye a Kolden.

—¿Estáis bien, Maestra?

—Sí.

«Lárgate».

Desclavo la daga, salto de la cama, me dirijo a la puerta del balcón y, al salir al aire libre, doy media vuelta. Levanto un brazo y busco la ranura dañada.

Un viento frío revolotea sobre mi nuca; cierro los ojos y me estremezco entera, con el corazón tan desbocado que me asalta un ligero vértigo. Me aferro a la puerta para no perder el equilibrio y abro los ojos lentamente para mirar hacia el banco de piedra del balcón a mi derecha, justo debajo de la ventana.

Allí hay una funda pequeña de cuero.

Suelto una exhalación temblorosa.

Voy de un lado a otro y miro hacia el suelo del palacio; después, hacia el tejado, antes de sujetar la funda por la correa. Cojo el pequeño manuscrito que está dentro de ella, lo desenrollo y leo su delicada letra, cuatro palabras que prenden unas ascuas crepitantes en mi pecho:

Regalo de cumpleaños atrasado

Lo había olvidado por completo. Supongo que porque estuve en un barco, inmersa en una tormenta y ahogada por las pesadillas en las que Rhordyn me clava una garra en el pecho.

Me guardo la nota en el bolsillo y meto el puñal en la funda.

Es perfecta.

Niego con la cabeza y aprieto los dientes con la correa de cuero arrugada en la mano. Estoy convencida de que él me dio la piqueta, las campánulas y esto. Quizá incluso fue él quien pintó las glicinas en mi espada de madera. Pero eso no cambia el hecho de que me ocultó mi verdadera identidad.

Y de que me mintió durante años.

No cambia el hecho de que me encerró en sus putos aposentos después de besarme como si no hubiera comienzo, desarrollo ni final. Tan solo ese instante catastrófico, ardiendo en el firmamento vacío como una estrella solitaria.

Me peleo con esa idea y lanzo otra mirada por el balcón. A continuación, cierro las puertas y paso el pestillo antes de dirigirme hacia la cama con paso muy lento.

Las puertas de cristal, enormes y pesadas, de pronto parecen muy frágiles. Una barrera patética y endeble que Rhordyn podría romper en un segundo.

Me deshago el moño bajo, respiro hondo e intento calmar la vergonzosa oleada de emoción que me asalta al pensarlo.

Sentada sobre la cama de espaldas al balcón, dejo a un lado el puñal y cojo la bolsa de tela que he comprado para guardar mis cosas. Saco dos capas gruesas de terciopelo y las extiendo sobre las sábanas; la más grande es para mí; la más pequeña, para Zane. Sonrío al pensar en la encantadora tendera que he encontrado en el rincón de la plaza del mercado. Y en lo mucho que me ha ayudado a seleccionar las tallas perfectas y me ha explicado cómo funciona el sistema monetario en Bahari al darse cuenta de que yo no tenía ni idea.

Le he pagado el doble por su amabilidad.

Pliego con cuidado la capa de Zane, la envuelvo con papel y, con una sonrisa, me imagino cómo se le iluminará la cara al abrir el regalo. Cruzada de piernas, me pongo la mío sobre los hombros y levanto la capucha.

Hurgo en la bolsa de tela y extraigo un paquete de papel lleno de las imitaciones de los bollitos de miel. Me espolvoreo el regazo y los dedos con el azúcar glas al pegar un mordisco tan grande que se me hinchan las mejillas; del centro rebosa un poco de miel pura.

Cierro los ojos y paladeo la armonía de la masa esponjosa con la crema de miel, cuyo sabor estalla con cada nuevo bocado. No están tan buenos como los que prepara la Cocinera, pero son deliciosos igualmente.

Me meto el resto en la boca medio llena todavía y vuelvo a hurgar en la bolsa, de donde saco una camisa azul, unos pantalones marrones, una taza de terracota con asa resistente y una caja de madera llena de pinturas. Acto seguido, cojo un saco de piel con pinceles y una bolsita de tela que he llenado de esquejes en mi camino de regreso al palacio.

Muerdo otro bollo y observo mi colección de bienes mientras mastico con el ceño fruncido, la mente revolucionada y pasando los ojos de la taza a las pinturas y a los esquejes.

Algo me cae sobre el pecho y al bajar la vista veo una gota de miel que me ha manchado el collar entre dos eslabones, justo encima de la concha de Kai.

—Mierda —mascullo. Me retiro la capucha y dejo el bollito a un lado mientras me limpio la sustancia pegajosa que me resbala por la barbilla y por el pecho. Me desabrocho los botones de la camisola y me quito la capa de los hombros para así disponer de mejor acceso. Lo último que quiero hacer ahora mismo es bañarme, pero no puedo dejar la piel y el colgante cubiertos de miel…

Una idea rebelde me golpea y me levanto poco a poco con cierta inquietud instalándoseme en el pecho al volver a contemplar las frágiles puertas y recordar la última vez que me liberé de su mentira.

Él lo sabía. No sé cómo.

«No te voy a suplicar que te protejas, Milaje. Ponte el collar ahora mismo, maldita sea».

Me lo dijo como si la mera posibilidad de que no me lo pusiera lo torturase. Pues no me opongo a que sufra un poco. Un «que te den» silencioso por haberse pasado la última semana persiguiéndome.

Compruebo que el pestillo esté bien cerrado, corro las cortinas y me encamino al cuarto de baño siguiendo el ritmo de mi atronador corazón.

La enorme estancia de piedra azul está iluminada por lámparas decorativas que penden de ganchos dorados de la pared, cuyos altos paneles de cristal bañan el espacio de un tono subacuático.

Con una mano sobre la nuca, me detengo; toco el cierre con dedos temblorosos mientras intento calmar mi respiración acelerada. Trago saliva, aprieto los dientes y abro el cierre.

El colgante me cae con fuerza sobre la palma de la mano y el tintineo de la cadena parece retumbar por la habitación.

Me estremezco.

La tensión se retira y me libera de su abrazo caliente en intervalos hormigueantes que me hinchan el pecho y me cierran los párpados. Respiro hondo, como si fuera la primera vez en varias semanas.

Rodeo la joya con los dedos y aprieto fuerte.

Sé que soy un monstruo, que esta bonita piel se ha agrietado para mostrar algo verdaderamente espantoso. Y odio que algo tan malo produzca tanto placer. Es natural, es liberador, soy yo.

Abro los ojos y evito mirarme en el espejo al poner el colgante debajo del grifo y masajear los eslabones de la cadena con espuma de jabón. Evito prestar atención a mis manos, a una piel que es sedosa y fina como la de un pétalo. Igual que... la de mi hermano.

Me duele la garganta por un inesperado aluvión de emociones.

«Ha sido una mala idea».

Con el corazón desbocado, froto más fuerte, más rápido, y aclaro la espuma. La luz de la lámpara incide sobre algo garabateado en el cierre y me detengo para aproximármelo y entornar los ojos ante unas letras tan diminutas que es imposible descifrarlas.

—Qué raro —murmuro, con el colgante más cerca de la lámpara que cuelga detrás del tocador.

Un movimiento me llama la atención y clavo la mirada en el espejo. Suelto un jadeo cuando veo a la vieja Hattie detrás de mí, con su piel apergaminada y su melena de pelo plateado.

El estómago me da un vuelco tan rápido que casi vomito. Me giro, con el colgante aferrado en una mano y la otra encima de mi apaleado corazón para protegerlo.

La mujer me mira. Me observa. Analiza con ojos frenéticos cada centímetro de mi piel desnuda.

Aunque veo mi reflejo deslumbrante rebotar en su mirada apagada, aparenta calma ante mi río de pelo perlado, mis orejas estrechas y las espinas de cristal que les sobresalen.

Centra la atención en mi hombro desnudo, parcialmente tapado por el pelo, y da un paso hacia mí. El pánico me prende la garganta cuando alza una mano arrugada, con una cupla azul en la frágil muñeca, y abre sus dedos huesudos de tal manera que me recuerda a Shay. Me aparta los mechones para dejar al descubierto mi hombro y mi pecho jadeante.

Traga saliva y levanta los ojos para clavarlos en los míos.

Algo que ninguna de las dos ha dicho flota entre nosotras como un dardo silencioso.

Algo que no entiendo.

Agarra la cadena y tira con fuerza para urgirme a abrir el puño, con los nudillos blancos.

—No. —Tiro hacia mí—. Lo necesito…

La mujer gruñe. Una llama se enciende en sus ojos apagados, un fuego que zarandea lo más hondo de mi ser y que me sujeta por la columna y me sacude hasta que se me aflojan todos los músculos.

«Es urgencia».

Aflojo los dedos.

La vieja Hattie me arrebata la joya de la mano y mueve la muñeca como indicativo para que dé media vuelta. Trago saliva y me giro, y entonces veo un breve reflejo de mi mirada cristalizada.

«Asesina».

Un fuerte escozor me nace detrás de los ojos y los cierro con fuerza, con lágrimas cayéndome por las mejillas cuando la anciana me aparta el pelo, me pone el colgante y me devuelve a la asfixiante prisión de la mentira de Rhordyn.

Apenas puedo coger aire.

Me cuesta mucho.

«Lo odio».

—No se lo digas a nadie, por favor...

Hattie me recoge el pelo, me lo pasa por encima de la espalda y me gira para que la mire. Me pone una mano cálida y callosa sobre la mejilla. Una sonrisa torcida le alarga los labios.

—No se lo dirás a nadie, ¿verdad?

Niega con la cabeza y cierta calma se instala en mi interior. Le ofrezco una sonrisa débil a cambio, hasta que un chasquido sobre mi muñeca atrae mi atención sobre la cupla, que me acaba de quitar con dedos veloces.

Dejo de sonreír.

Con los ojos como platos, veo como da un paso atrás y me enseña la pulsera, con un brillo de travesura en los ojos.

—¿Qué estás...?

Se gira y cruza la puerta a toda prisa en dirección a mi habitación con una celeridad impresionante.

El corazón me da un vuelco.

Corro tras ella y veo que rodea la cama, seguida por su trenza plateada, que se arrastra por el suelo.

—¿Qué estás haciendo? —susurro siseando, mirando hacia la puerta cerrada que da al recibidor. Y entonces la realidad me golpea como un mazo en el pecho.

Se lo va a contar a Cainon.

—No, por favor —le ruego al darme cuenta de que es muy probable que deba enfrentarme a esta anciana para recuperar la cupla antes de que llegue a la puerta principal, y después tendré que encerrarla en mi vestidor hasta que descubra cómo evitar que revele mi secreto.

Dioses míos. Qué desastre. Qué horror.

Lo único que quería era fastidiar un poco a Rhordyn. Ahora valoro secuestrar a una persona.

Hattie se gira hacia mi vestidor y desaparece en el interior.

Me detengo con el ceño fruncido.

«Ella sola se ha metido ahí».

Cojo mi daga de la cama, pero dejo atrás la maldita funda, y la sigo, mirando tras de mí antes de cerrar la puerta. La anciana se tambalea hacia el enorme espejo colgado en la pared del fondo, roza el extremo con los dedos y lo abre, pero las bisagras no suenan. Me quedo boquiabierta y en mi corazón prende una llama furibunda al mirar al túnel semiiluminado que se extiende más allá.

«Esto sí que no me lo esperaba».

—Supongo que así es como has evitado a mi guardia —musito mientras ella hurga por el pasadizo, coge dos lámparas encendidas y lanza una en mi dirección.

Paso la vista del túnel a la clara intención que le ilumina los ojos azules. Y de pronto me doy cuenta.

—No. Ni de coña. No pienso entrar ahí —susurro gritando.

«Aunque en parte sí quiero».

La mujer me dedica una sonrisa radiante y desdentada, y arroja mi cupla por el pasadizo. Con un jadeo, me precipito hacia delante y la oigo tintinear, encogiéndome un poco más con cada agudo repiqueteo.

—No me puedo creer que hayas hecho eso. —Me señala la oscuridad con una mano y me muerdo el labio inferior, pasando la vista de ella a la lámpara y al vacío sombrío—. Vale —le espeto mientras me guardo la daga en la cintura de los pantalones—. Pero solo si tú vas primero.

Me dedica otra sonrisa radiante y desdentada antes de adentrarse en la penumbra.

Miro por encima del hombro, me calo la capucha y la sigo.

Localizo mi cupla hacia la mitad de la escalera de caracol. La froto y compruebo que no se haya dañado antes de ceñírmela sobre la muñeca. Hattie sigue caminando y yo titubeo mirando hacia los peldaños superiores.

A la mierda. Por qué no continuar un poco.

La sigo.

La escalera acaba en un túnel que parece interminable, pero que al final desemboca en una puerta de madera que la anciana abre. Una oleada de aire fresco me golpea la cara y respiro hondo, sorprendida por una cacofonía de ruidos en el interior de la jungla a medianoche: los cantos de los grillos, los susurros de las hojas que se rozan y el retumbo lejano de un trueno. Salgo a la selva, aspiro el profundo olor de los matojos húmedos y clavo los pies en la tierra mientras una fría oleada de tranquilidad me inunda las entrañas.

El pelo de Hattie le va a la zaga como un haz de luz de luna y yo corro para no perderla. La sigo por un sendero sombrío atestado de ramas caídas y esquirlas de piedra azul. Varias miradas me perforan la piel y me provocan hormigueos que me aceleran el corazón.

«Son irilaks».

Tres sombras ágiles merodean junto al límite de nuestro resplandor y una presencia chasqueante se apresura tras de mí. Giro la cabeza a tiempo de ver a una criatura bebé cerca de la luz de mi lámpara que luego retrocede, como si estuviera jugando a algo.

Sonrío y me pregunto, en parte esperanzada, si será la manada del pueblo por el que pasamos.

Su presencia se esfuma cuando abandonamos la jungla y salimos a un acantilado vasto y plano que se precipita hacia el océano.

La hierba suave me acaricia los pies descalzos, el viento me quita la capucha y un rayo de luz de luna se cuela entre las nubes para iluminar el árbol solitario que se alza en la linde del acantilado, un tronco anciano de madera nudosa y ramas larguiruchas.

Un centinela solitario que vigila las vistas del mar.

Miles de medusas resplandecientes abarrotan el océano revuelto, una especie de cielo nocturno y vivo que respira del revés, interrumpido solo por el montículo de una islita a lo lejos.

—Es precioso —susurro, dirigiéndome hacia el árbol. El viento se lleva mis palabras como si fueran un secreto robado. Al mirar hacia atrás, veo que Hattie me observa desde su titilante haz de luz—. ¿Vienes aquí a menudo?

Su sonrisa suave no está a la altura del brillo lacrimoso que le empaña los ojos. Asiente en mi dirección y se apoya la mano mutilada en el pecho.

—¿Te… calma el corazón?

Otro asentimiento y me empieza a doler la garganta. Cierro los ojos y respiro hondo.

La anciana está compartiendo conmigo su lugar especial. Quizá ha visto que yo también lo estoy pasando mal.

Abro los ojos, dispuesta a darle las gracias por su regalo, pero ya está retrocediendo por el camino.

Me limito a susurrárselo al viento.

Dejo mi lámpara en el suelo y examino el árbol antes de cogerme a una rama firme y comenzar a trepar. Me siento encima, me recuesto en el tronco y admiro la constelación de vida que se mueve en el océano.

Desde aquí parecen libres, flotando sin que nada en el mundo les importe.

Los celos me estallan en el pecho.

Yo quiero flotar. Quiero que me meza la marea y fluir con el baile calmado del mar. Pero lo que ocurre es que las mareas hinchadas por la luna me conducen hacia el desgarrador momento en el que mi cuerpo ya no me pertenecerá a mí, sino a mi prometido, un hombre que no tiene ni idea de que debajo de la piel que cree conocer soy alguien muy diferente.

Y, mientras tanto, estoy atrapada en la órbita de un hombre que ve demasiado, y no puedo escapar. No puedo liberarme.

Esta noche, resulta meridianamente claro que la distancia que puse entre ambos no ha conseguido arrancarme a Rhordyn del alma, pero algo ha cambiado.

Algo es distinto.

Lo he notado en el espacio cargado que nos separaba. En el modo en el que se ha arrodillado ante mí y me ha sostenido la mirada con una confianza dominante, con el pecho desnudo, como si recibiera mis ataques de buen grado. Lo he notado en mi forma de salivar al ver su sangre manar por el corte que le he hecho...

Trago con fuerza y cojo una temblorosa bocanada de aire que expulso de golpe.

Con la daga sobre su cuello, me he sentido más viva que en las últimas semanas.

Quiero hacerle daño. Que sangre. Quiero que se rompa como él me ha roto a mí.

Él es la enfermedad, sí, pero también el remedio que no esperaba. Un saco que absorbe mis golpes con un estoicismo imperturbable.

¿Cuánto va a aguantar antes de reventar?

Me llevo la concha a los labios y le doy un beso a la superficie nudosa mientras siento la tentación de susurrar en su interior mis espantosas verdades en un esfuerzo por arrancármelas del alma.

Cierro los ojos con fuerza y aprieto los labios.

Me meto la concha por el cuello.

«Kai merece algo mejor».

32

CAINON

Rhordyn está al final de mi muelle privado. Su capa negra ondea al viento como una bandera de guerra de Ocruth. Mi barco está atracado delante de él; el mar turquesa e implacable golpea su casco liso y mi ajetreada tripulación le lanza miradas mientras se prepara para nuestra salida matutina.

Recorro el muelle con pasos que se acompasan con el creciente latido de mi corazón. Quienquiera que le haya dejado cruzar el puente y entrar en el recinto del palacio sin notificármelo va a tener que darme explicaciones.

—Hace tiempo de la última vez que honraste a Bahari con tu presencia —exclamo—. Ha cambiado mucho, ¿no crees?

Rhordyn se da la vuelta lentamente y me mira con ojos salvajes. Como si fuera su puta presa.

—¿Dónde está el resto de tu flota?

Me río para mis adentros y me detengo delante de él.

—Vamos directos al grano, ¿no?

Está inmóvil como una estatua, cruzado de brazos, y me engulle con los ojos.

Muy bien.

—La están reparando. Hemos tenido días de muy mal tiempo. —Aflojo el cordel que ata el saquito que tengo en las manos—. La flota estará lista para partir más o menos cuando se selle mi matrimonio. Con Orlaith —le aclaro y le lanzo el ataque con una sonrisilla mientras le tiendo la bolsita llena de fruta recién secada—. ¿Un higo?

Sigue fulminándome con la mirada mientras el viento azota las velas sueltas.

—Qué frío eres. —Cojo un trocito azucarado y me lo meto en la boca. Se me tuerce el gesto cuando la dulzura extrema me estalla en la lengua y se desliza por la garganta—. Pues al final has hecho bien. Están demasiado impregnados. —Lanzo el resto a un lado del muelle, con la bolsa y todo, y acerco una mano al odre que lleva colgado al cuello—. ¿Es agua?

Me mira la mano como si prefiriera que la tuviera mutilada.

—¿No te gusta compartir? —Arqueo una ceja.

El muy capullo ni siquiera parpadea.

—Qué maleducado. —Paso por su lado y recorro la pasarela; acepto la cantimplora que enseguida me tiende uno de mis marineros con entusiasmo cuando subo a la cubierta del barco—. Y sobre todo ahora que somos prácticamente familia, ya que me follo a tu protegida.

Destapo la botella y la inclino sobre mis labios para beber un buen trago. El aire electrificado me eriza el vello de la nuca.

«Silencio».

Incluso los crujidos y los sonidos de mi tripulación al prepararse parecen suavizarse.

Bajo la cantimplora y veo que me da la espalda.

—¿He dicho algo inadecuado?

—Al otro lado de tu ciudad hay indicios de la Plaga —mascula, crujiéndose el cuello.

Estampo la cantimplora contra el pecho de alguien que pasa por mi lado.

—¿Y?

—Tu pueblo está demasiado apiñado. Sería más manejable si os adentrarais en la jungla. Si expandieras tu tierra habitable. —Gira sobre los talones y en sus ojos advierto una oscuridad que me congelaría si yo no sostuviera todo el poder en la palma de la mano.

—Tierra habitada por una floreciente manada de irilaks que hacen que sea casi imposible que los vruks ataquen mis fronteras. Entre otras cosas —añado, guiñándole un ojo.

La oscuridad se acrecienta.

—¿Crees que tengo algo que ganar si envío mi ejército por esa jungla hasta este agujero infestado por la Plaga?

Me encojo de hombros.

—Que yo sepa, soy yo el que acepta refugiados de tu territorio.

—Exacto —gruñe—. Haría daño a mi propia gente, la cual está aquí no porque quiera, sino porque no tiene otra alternativa.

—La verdad es que, a juzgar por el estado del Castillo Negro, no los culpo —prosigo, ignorando su arrebato, de rodillas para coger el cabo de una cuerda de una montaña a mis pies y enrollarla con el brazo—. En serio, ¿no has hecho ni un solo cambio en todos estos años? Es una puta cripta.

Rhordyn me mira fijamente. Yo hago lo propio con él mientras doy vueltas largas y controladas a la cuerda.

Se cruza de brazos de nuevo cuando una ráfaga de viento nos ataca, procedente de la ruinosa bahía y punzante con el olor del mercado de pescado de la ciudad.

—Hay cosas más importantes en las que gastar los diezmos que los pomos de oro, Cainon.

—¿Como adentrarte en mi tierra para que tu pueblo tenga más espacio? —Se hace un nuevo silencio gélido. Se me cansan los brazos por el peso de la cuerda—. Perdona que sea un poco egoísta, pero no pienso poner en peligro la capital si lo puedo evitar. Es el núcleo comercial de Bahari. Si Parith cae, todo mi territorio sufrirá las consecuencias. Además, estadísticamente hablando, los vruks han matado a más gente que la Plaga, y lo tengo todo controlado.

—¿Te refieres a la muralla que separa a los pobres de los ricos y que condena a los primeros a una muerte prematura? —Arquea una ceja.

—Los que contribuyen a mi territorio se mantienen alejados del perímetro. Parece un buen incentivo. —Señalo con la barbilla la ciudad brillante, iluminada por un rayo de luz que atraviesa las nubes grises y toscas—. A veces un Alto Maestro debe hacer sacrificios. Es algo que aprendí de ti.

La tensión cruje entre los dos y él adelanta un pie para rozar con la bota el extremo de la rampa de desembarco.

Lanzo una mirada a la empuñadura de la espada que lleva en el hombro. Al dejar la cuerda a mis pies, me aseguro de que sigo portando una daga en el interior de la bota.

—¿Te duele saber que fue tu comportamiento lo que provocó el suicidio de tus padres?

Otra mirada larga y reprobadora.

Esa sí la disfruto.

—Y ahora tu juguetito me prefiere a mí. Vio el sol y se dio cuenta del monstruo que eres. —Desplazo la tapa de un barril y cojo una pera de un verde intenso, que muerdo sin dejar de hablar con la boca llena—. Me da a mí que te cuesta que la gente permanezca a tu lado.

Me mira sin pestañear y me observa masticar.

«¿Por qué nunca habla, joder?».

Me encojo de hombros.

—No me sorprende que la única forma que tuviste de asegurarte un polvo fuera forzar a tu amiga más antigua a aceptar un enlace político.

—Dice el hombre que se ofreció a comprar la virtud de Orlaith después de haberla visto formalmente una sola vez.

Enarco una ceja. La rampa se acerca a la plataforma que tengo al lado y la parte trasera del barco se separa del muelle.

—La tienes controlada, ¿eh? Me refiero a su virginidad.

Se cruje los nudillos y parece hinchársele el pecho, y percibo un levísimo temblor en su labio superior que me llena de satisfacción.

En efecto, siente debilidad por ella.

Pego otro mordisco a la fruta y mastico mientras hablo.

—Me quiere. Te lo demostraré esta noche en la cena. Verás lo feliz que es y luego podrás largarte a Ocruth. Enviaré los barcos cuando el enlace se haya sellado.

Los marineros preparan la vela. Las palabras de Rhordyn suenan en el momento en el que nos impulsamos y nos alejamos del muelle.

—Me parece que tienes prisa por librarte de mí.

—O... —lanzo el corazón de la pera, que rebota en el muelle mientras el viento tamborilea sobre las velas hinchadas— quizá solo estás buscando una excusa para comenzar una guerra y quedarte mi tierra. A fin de cuentas, se te ve interesadísimo en cómo debería gobernarla.

Sigue persiguiéndome con esos desconcertantes ojos conforme nos alejamos rumbo a la entrada de la ondulante bahía. Tal vez se ha dado cuenta de que lo tengo agarrado por los huevos. Tal vez no. Sea como sea, no tengo ninguna intención de acelerar el proceso.

Llevo mucho tiempo queriendo verlo retorcerse.

33

ORLAITH

Con el pelo mojado y desgreñado cayendo sobre la espalda, cierro otra puerta y recorro el alto pasillo con ligeros moratones en las caderas y en los codos, mis heridas de guerra. Me he pasado horas lanzándome contra el borde de la Pecera y no he ganado nada más que unos cuantos comentarios mordaces de Elder Creed que me han plantado amargas semillas en el pecho.

Niego con la cabeza, con los dientes apretados al doblar un recodo, y me choco con una criada muy guapa que lleva una pila de toallas plegadas que caen en el suelo pulido de piedra azul con un golpe suave y mullido.

—¡Ay! Lo siento mucho, Maestra. —Me hace una reverencia, con las mejillas sonrojadas, y se agacha para recogerlas de forma apresurada—. A partir de ahora tendré más cuidado.

—No, no te preocupes. Ha sido culpa mía. —Doblo una toalla y la coloco sobre la pila que acaba de recuperar—. Por casualidad no sabrás dónde puedo encontrar la biblioteca, ¿verdad?

Durante el día no puedo escabullirme a la ciudad a buscar a Madame Strings, pero me niego a quedarme sentada y ociosa. Necesito encontrar un libro que me diga algo, lo que sea, sobre mí misma. A poder ser, en un idioma que comprenda.

La muchacha niega con la cabeza y se aparta el pelo rubio oscuro de la cara al mirarme a los ojos.

—Soy nueva aquí, Maestra. No he visto ninguna biblioteca…

Maldita sea.

—Gracias de todos modos.

Tras hacerme otra reverencia tensa, prosigue con su camino.

Con la bolsa apretada contra el costado, abro una puerta bañada en oro que pertenece a otra habitación de invitados inmaculada, iluminada y fresca, y la decepción se desploma en mi interior como una piedra.

—Esto es ridículo —mascullo mientras me precipito hacia una puerta del lado opuesto del pasillo. Después de abrirla, la cierro de golpe al ver una cama hecha a la perfección—. Solo quiero una biblioteca, joder.

Al doblar una esquina, reparo en una puerta bastante más grande a la derecha, un poco entornada con apliques encendidos en la pared. Me da un vuelco el corazón; un nudo de tensión en el pecho me conduce hacia delante y miro atrás antes de posar una mano sobre la puerta y abrirla más.

Nuevos apliques proporcionan una titilante luz dorada a un tramo de escaleras que bajan y digiero la chispa que me prende el pecho siempre que me topo con algo interesante.

El dobladillo de la falda me dificulta el descenso y maldigo la ridícula prenda. Me la subo hasta las pantorrillas y acelero el paso siguiendo la espiral hasta salir a un pasillo largo y estrecho lleno de polvo iluminado apenas por unas cuantas antorchas en la pared. Resulta muy diferente al resto del palacio; incluso el suelo es distinto, de piedra vieja y rayada y desportillada en algunos puntos.

Con los ojos muy abiertos, clavo la mirada a la derecha y observo los incontables tapices que cubren las paredes, que solo permiten atisbar rendijas de piedra entre las vibrantes obras maestras.

La emoción me burbujea en el pecho.

Los hay grandes y pequeños. Algunos me provocan ganas de ladear la cabeza para contemplar el concepto general, mientras que otros parecen tan reales que quiero adentrarme en su tejida profundidad. Y entrar en otro reino.

«Y convertirme en otra persona».

Paso la mirada a la izquierda...

«Mierda».

Con el corazón desbocado como una bestia enjaulada, me recuesto en la pared.

«No ha percibido mi presencia. No me ha percibido. No ha...».

—Hola, Milaje.

Las palabras son gravilla que se me clava en las plantas de los pies y que me desmorona la compostura.

«Maldita sea».

Con la cabeza inclinada, espero hasta que el estremecimiento me recorre todo el cuerpo antes de derribar mis muros y reunir suficiente valentía como para acercarme a la luz.

—¿Qué estás haciendo aquí? —le pregunto con tono firme.

Se gira y retrocede, con una antorcha llameante en una mano y la otra en lo más hondo del bolsillo de sus pantalones de cuero negro.

—Tu prometido me ha invitado a cenar.

Es una pésima idea.

—Vaya —digo. Escruto su cuello en la penumbra y no veo ninguna cicatriz. No hay nada que rinda homenaje al momento en el que anoche casi se lo rebané—. Pues no tengas reparos en marcharte y volver justo cuando sirvan la cena.

—Te estás volviendo bastante mandona, ¿eh? —Con una ceja arqueada, me sostiene la mirada entornada durante varios segundos irritantes antes de dar media vuelta y retomar el camino—. Me gusta.

Aprieto los dientes, levanto el dobladillo de la falda, libero mi daga y me adelanto con el puñal en alto y la clara intención de acompañarlo hasta la puerta del palacio a punta de arma. Me dispongo a alargar el brazo y ponérsela sobre el cuello cuando se gira para sujetarme la muñeca, aguantarme la mirada y dejarme sin aliento en un solo gesto.

Esos ojos plateados penetran en mis entrañas; su camisa arremangada deja a la vista sus antebrazos gruesos y tatuados, poseedores de una fuerza obstinada.

El corazón me martillea.

Un mero apretón y me partiría la muñeca. Es una idea que no debería provocarme la emoción que me provoca.

—Esto también me gusta —dice y pasa los ojos al filo que he situado entre ambos—. Que conste.

—No te va a gustar cuando te lo hunda en la carne hasta la empuñadura.

—No me refería a la daga, Orlaith. Me refiero a tu fuego.

«Una negrura pringosa que se vierte en feroces chorros torrenciales. Ardientes. Silenciadores».

El estómago me da un salto y los músculos del brazo se me aflojan.

Rhordyn frunce el ceño y libero la mano de su leve agarre para pasar por delante de él.

—Milaje...

Me recojo la parte delantera de la falda e introduzco la daga en la funda del muslo que he creado con un pedazo de sábana desgarrada, porque tanto él como su regalo se pueden ir a la mierda.

—Cainon ha ordenado que reparen sus barcos en una de las islas. Será lo mejor para todos que los encuentres y que te concentres en eso —digo mientras sigo caminando por el polvoriento pasadizo.

—Es justo lo que estoy haciendo.

Me giro tan rápido que mi pelo húmedo corta el aire.

Arqueo las cejas y contemplo un pasillo en el que no hay ni un solo barco antes de arrojar una mirada gélida en su dirección.

—Pues esmérate más.

Le lanzo el desafío como si fuera de fuego.

Me mira con ojos afilados mientras su antorcha proyecta sombras duras sobre un rostro esculpido que duele ver. Es la razón misma por la que no parpadeo. Ni aparto la vista.

«Me enveneno con ese dolor».

Rhordyn se precipita hacia delante sosteniéndome la mirada.

—Esa es mi intención. —Sus palabras adoptan la forma de un grave gruñido cuando pasa por delante de mí al tiempo que su antorcha coge aire.

Aprieto los dientes y giro sobre los talones para verlo encender una de la pared que ilumina más espacio de esta tumba de interminables tapices. Corre uno como si fuera una cortina y deja la antorcha en el suelo antes de golpear la piedra con los nudillos.

—Interesante. —Después de dar unos cuantos golpeteos, empieza a reseguir las ranuras que hacen las veces de venas—. Por aquí antes había un pasillo —murmura y mi curiosidad asoma su indeseada cabeza.

Con un gruñido en mi interior, camino en su dirección, entro en su aura helada e ignoro el hormigueo de la piel mientras paso una mano por la piedra e inspecciono la pared en busca de alguna veta oculta.

—¿A dónde conducía?

—A todas partes. —Traza con la mano el mismo camino que la mía, como si estuviera persiguiendo el rastro de mi calor—. Era un túnel subterráneo que se extendía por debajo de la ciudad y conectaba con algunas de las islas.

«Aah».

Apoya el oído en la pared y cierra los ojos.

—En otras zonas de la ciudad también lo han tapiado.

Mis compuertas internas se alzan más veloces que mi mano al descender y entorno los ojos.

—¿Estás intentando volverme en contra de mi prometido insinuando que oculta algo?

—No —murmura y golpea de nuevo la piedra, removiéndose un poco—. Tienes unos ojos enormes. Seguro que no te cuesta ver perfectamente sin mi ayuda.

—¿Qué se supone que significa eso?

Se aparta y deja que el tapiz se desplome con un golpe que levanta una nube de polvo.

—No voy a decidir tus pasos, Milaje. Incluso te dejaré tropezar. Pero me niego a dejarte caer.

—No necesito que me vigiles. —Aprieto las manos.

—Me temo que no es una opción. —Su mirada se endurece al avanzar y engullir mi espacio hasta que me estampa contra la pared, envuelta en el potente olor a cuero y a día frío de invierno—. Ya te lo dije. Te perseguiré por los cuatro rincones del continente.

Sus palabras me rodean el corazón como una soga y toda la sangre me abandona la cara.

«No ha venido aquí solo a por los barcos».

—Creía que estabas siendo...

Otro paso reduce el espacio que nos separa hasta que forma una fina rendija.

—¿Qué?

Los escalofríos me estallan sobre la piel cuando el último centímetro desaparece y su cuerpo encaja con el mío como si nos hubieran creado a partir del mismo molde y luego dividido por la mitad.

Su exhalación desciende sobre mi rostro inclinado como una brisa de mitad de invierno y respiro hondo, apenas capaz de reprimir un gemido.

No necesito esto.

Necesito que duela.

—Dramático —gruño mientras noto cada una de sus respiraciones hundiéndome más en la piedra y anclándome al suelo.

Baja los ojos hasta mis labios y vuelve a subirlos.

—No es propio de mí escupir palabras sin ton ni son.

—Bueno —resoplo—, cómo lo voy a saber yo.

«No te conozco».

—Pues te lo repetiré. —Las palabras caen sobre mí como una helada—. Para que no quede ninguna duda. —Yergo la barbilla y afilo la mirada. Lo reto a intentar que me escueza—. No hay ningún sitio en el que puedas ocultarte. Ningún lugar al que puedas ir. Aunque esto de aquí dejara de palpitar —dice, plantando una mano sobre mi desbocado corazón—, te seguiría.

Las dos últimas palabras se me adentran en la piel como el filo de una sierra y veo algo muy distinto devolviéndome la mirada desde detrás de esos ojos oscurecidos. Algo salvaje y mortífero.

«Debería estar asustada...».

—Pero te dejaré tropezar, Milaje. Porque son esos tropiezos

los que prenden tu llama y eso es algo que vas a necesitar en un mundo cruel y avaricioso como este, que no tiene ninguna compasión porque no piensa antes de morder.

«Yo tampoco».

Muevo la cabeza a la izquierda para esquivar el golpe definitivo y huir de su mirada ardiente. Fijo la vista en un arco abierto entre dos tapices, donde un haz de luz plateada que procede del apagado cielo nocturno ilumina...

Libros. Pilas de libros almacenados.

«Por fin».

—Una charla de lo más interesante. Muy inspiradora. Ahora, si eres tan amable de apartarte... —Intento zafarme de él, pero lo único que consigo es familiarizarme más con las cuestas pétreas de su poderoso cuerpo—. He encontrado lo que andaba buscando.

Rhordyn mira atrás, hacia la pared opuesta, y, aunque no se mueve ni un centímetro, curiosamente me siento menos atrapada contra la piedra.

Me libero y cojo su antorcha encendida del suelo para correr hacia la otra estancia. Me adentro en el espeluznante silencio de la habitación, donde respiro un aire mohoso y espeso mientras examino las montañas desiguales de libros; algunas miden el doble que yo; otras no me llegan ni a la rodilla. Hay tantísimos ejemplares que seguro que podría pasarme el resto de la vida leyendo sus páginas y nunca conseguiría terminarlos todos.

Creo.

No tengo ni idea de cuál es mi esperanza de vida. Quizá soy una criatura eterna, una mancha fraguada poco a poco que no se va nunca. Es una de las cosas que he venido a buscar aquí.

Empiezo a caminar entre las pilas, me detengo al lado de una que me llega por el ombligo, soplo la gruesa capa de polvo de lo alto y aparto las partículas que revolotean para encontrarse conmigo.

No estoy en el Lomo, eso está claro.

—Estos símbolos de la cubierta... —La voz grave y retumbante de Rhordyn me sobresalta cuando pasa junto a mí y me provoca escalofríos en el brazo.

En el pecho.

Noto los pezones convertidos en cumbres duras al verlo rozar el sello dorado impreso en la tapa de cuero.

Una montaña en movimiento resultaría menos significativa.

—Es valish antiguo usado en matemáticas —dice, palabras que me asestan un golpe frío en el oído—. Por si te lo estabas preguntando.

—Me has arruinado la sorpresa —refunfuño.

—Perdona.

—No te perdono.

Con la mandíbula apretada, profiere un gruñido grave que casi hace que me fallen las rodillas y, a continuación, camina entre las pilas de libros para inspeccionar la escena, como si estuviera estudiando un campo de batalla para decidir cuál es la forma más ventajosa de afrontar la guerra.

—Por lo visto, Cain ha bajado aquí toda la biblioteca.

Seguramente pensó que los tomos resultaban inadecuados para su prístino santuario de piedra azul.

—Mejor eso que usarlos para avivar la chimenea —balbuceo con voz plana y me gano un gruñido como respuesta.

Aparto la vista de la anomalía tosca que se alza entre las débiles montañas de libros y que me deja poco espacio para respirar.

Y para pensar.

«No».

Con el ceño fruncido, me obligo a llenarme los pulmones y cojo el volumen de lo alto de la pila; hojeo las páginas y confirmo que, en efecto, está dedicado por completo a ecuaciones matemáticas.

Lo cierro de golpe, lo dejo a un lado y examino las montañas. Voy a tardar una eternidad en encontrar lo que busco.

«Mierda».

La verdad sea dicha, podría preguntarle a Rhordyn todas las respuestas que quiero conocer. Por lo visto, hoy está bastante hablador. Me arriesgo a mirarlo y lo veo hojear con el ceño fruncido un libro que parece muy frágil en su gigantesca mano.

No. Antes prefiero comerme mi propio hígado que mandar mi curiosidad de cabeza a su matadero.

De nuevo.

Y lo peor es esto: ¿y si me da el gusto de contestarme?

No sé cómo lo gestionaría. Ya no.

Sería más una maldición que un regalo. Haría que me costase un poquito más odiarlo.

Resignada a mi destino, regreso junto a la pila pequeña que hay ante mí, la divido en dos, me siento en el suelo con las piernas cruzadas y cojo un libro para echarle un vistazo. Por suerte, está escrito en lengua común.

Un tenso silencio se instala entre ambos.

Está lleno de miradas robadas tras de mí, de punzadas de frío que me golpean en la mejilla cuando menos lo espero; su esencia inunda la estancia y me droga un poco con cada inhalación de contrabando.

Mi cuerpo reacciona a su cercanía, desesperado por caer dentro de su órbita.

Sutilmente, muevo una mano y me doy un pellizco en el brazo, una acción que queda oculta por el velo de mi cabellera.

«No».

Me masajeo la nuca; tengo un volumen grueso de tapas de cuero acerca del arte de la guerra abierto sobre las piernas estiradas. Mi bolsa llena está en el suelo, a mi lado.

Desplazo la vista de la página al lugar donde Rhordyn se ha agachado como una bestia encaramada y sopla el lomo de un librito de tapas rojas. Empieza a hojear las páginas con un ansia voraz y se detiene antes de cerrarlo como si fueran las fauces de un monstruo.

Me encojo.

Se pone en pie y se gira, dedicándome toda su atención por primera vez en varias horas. Avanza hacia mí y sus poderosos muslos se tensan con cada potente zancada, volviéndome diminuta, situada en el suelo como una mota de polvo.

Se detiene ante mí y me tiende el libro.

Con el ceño fruncido, paso los ojos del lomo en blanco a su mirada condenatoria.

—¿Qué es?

—Una traducción bastante precisa de valish. —Se me para el corazón y juraría que Rhordyn ve mi órgano sobresaltado a través de la piel y la carne y los músculos y los huesos—. He pensado que podría serte de utilidad.

Me reta con los ojos a mirar. A ver. A concentrarme en las páginas y saciar mi famélica curiosidad.

Vuelvo a mirar al libro con una nueva perspectiva; una sola palabra me asesta golpes como la punta afilada de una piqueta de diamante.

«Milaje».

«Milaje».

«Milaje».

—No se me ocurre para qué podría servirme —gruño, imprimiendo un gran desinterés en mis facciones.

—¿No se te ocurre nada?

—No.

Rhordyn se pasa las manos por los pantalones y los llena de polvo —parece una salpicadura de pintura—, se agacha y guarda el libro en la bolsa.

—Por si acaso.

Le arrebato las correas de ganchillo de la mano tendida. Mi bolsa de tela pesa mucho con todos los libros que me han parecido algo prometedores.

—Te veo diferente. —Las palabras salen por sí mismas, como si estuvieran desesperadas por salvar la distancia que nos separa.

Enseguida me embarga el arrepentimiento.

—Yo también a ti —repone.

Su comentario me golpea. Me inutiliza. Casi hace que se me cierre la garganta.

Un desafío y una pregunta disfrazados de afirmación, como si me estuviera pidiendo que escupiera mi fealdad sobre sus botas.

Recuerdo cómo me sentía al mirarlo y desear que me diera algo. Lo que fuese. Recuerdo el bofetón frío de decepción que seguía siempre, una y otra vez.

—Es porque estoy harta —mascullo. Le doy la espalda y me pongo en pie para encaminarme hacia la salida—. No me sigas o volveré a hacerte sangrar.

34

KAI

El cielo despejado se nos echa encima. La luz rebota en todos los ángulos de esta isla de cristales apiñados, arrojando prismas de color sobre mi piel cetrina, perlada por el sudor, y golpeándome en los ojos.

El frío viento marino me azota y siseo mientras me castañetean los dientes, observando con los ojos entornados el estrecho camino tallado en la roca; avanzo otro paso tambaleante que amenaza con lanzarme por la ladera a mi izquierda, la cual se precipita directamente hacia un barranco largo y escarpado que está vivo con el sonido del agua borboteante.

«No ha sido una buena idea».

Lo he sabido desde el momento en el que Cruel me ha lanzado el viejo bastón nudoso, largo y blanquecino, como si la corriente del océano lo hubiera aclarado durante décadas antes de dejarlo sobre la orilla para que soportara el embate de mi tortura. Pero decir que no a sus ojos decididos y a su asentimiento fiero y entusiasmadísimo me ha parecido más catastrófico que usar las últimas gotas de mi menguante energía vital para satisfacer su extraño antojo. Pero, con cada estremecimiento que me zarandea hasta lo más profundo de mi ser, y con cada paso dificultoso que amenaza con provocar que me fallen las rodillas, pongo en tela de juicio esa lógica un poco más.

Cruel se remueve tras de mí y me pone una mano cálida sobre las doloridas escápulas, haciéndome estremecer por las razones indebidas; el roce me asesta un golpe que me baja por la columna.

—Estoy cansado, Cruel.

Me da un ligero empujón. Creo que quiere que me ejercite un poco. Quizá crea que eso marcará la diferencia.

Yo sé que no.

Me estoy esfumando. Día tras día, hora tras hora, una nueva pizca de mí se apaga. La candescencia no ha ayudado. Este duro paseo matutino tampoco lo hará, está claro.

Quiero volver a nuestro nido, hacerme un ovillo con su cuerpo cálido y sumirme en el sueño profundo del que me ha arrastrado. No hay nada como un mordisco en la oreja para sacarte del agradable estado de entumecimiento que parece maravillosamente eterno.

Aunque, para ser justos, sería agradable volver a ver el mar, paladearlo y notarlo arremolinarse contra la piel.

Una última vez.

«A lo mejor es a donde me está llevando».

Deslizo el pie por la piedra y me aferro a la tela que me rodea la cintura, que protege el poco recato que me queda, si bien no consigue aliviar el frío calador que me traquetea por dentro.

—¿Es eso, Cruel? ¿Me llevas a ver el mar?

Todas las palabras me resultan espesas y pegajosas; todos los pasos, forzados y pesados. Se me caen los párpados y a mi cuello le cuesta mantener erguida la cabeza.

Miro atrás y me topo con sus ojos devoradores.

No asiente. No parpadea. Tampoco habla. Se limita a observarme con una intensidad que me expone de tal forma que me parte el corazón por la mitad y me llena el pecho de una calidez desesperada y posesiva que casi hace que deje de notar el suelo que piso.

En una isla de la piedra más preciosa de los cinco mares, me marcharía con las manos vacías si pudiera tenerla a ella.

La habría protegido. La habría llevado a mi cueva y le habría enseñado mis tesoros. Ese melancólico pensamiento me fustiga por dentro, me azota sin descanso las fibras sensibles y tira de ellas con tanta tensión que me parece que voy a vomitar.

Otro empujón suave y la cabeza se me bambolea de nuevo

hacia delante, provocándome una especie de gangueo en el pecho. Como si hubiera extendido los hilos de algo letal. La sangre rompe el sello de la escama clavada sobre mi herida y siento un reguero cálido y húmedo por el torso, con un olor demasiado agrio como para resultar saludable.

Me urge a doblar una curva pronunciada a base de empujones y el océano aparece ante mí.

Casi me rompe en dos.

Es precioso y liso, y está muy abajo.

—Zykanth, mira eso…

No obtengo respuesta.

Con un tembloroso jadeo, suelto la tela y levanto una mano para golpearme el pecho con el puño en un intento por despertarlo.

—¡Despierta!

Con los ojos fijos en el océano cristalino, mis pasos se vuelven más veloces. Más decididos.

Cruel me rodea el estómago con el brazo y me detiene.

Lanzo una mirada titubeante a la izquierda, hacia unas escaleras de aspecto abrupto e implacable. Conducen al fondo de un barranco y a un lago ondulante de agua rojiza que se alimenta de la diminuta cascada que cae del escarpado acantilado.

Ato cabos y me desplomo, cogido por un par de manitas que me ayudan a bajar al suelo hasta que me siento en el primer peldaño.

Es el mismo líquido reconfortante que se vierte en el océano. El mismo líquido reconfortante en el que me he bañado muchas veces.

De la última hace años.

«Muy lejos de aquí».

Suelto el bastón. Veo cómo rebota por los escalones.

Cruel sisea y corre tras él; su camisa extragrande ondea sobre ella y su cabello es un remolino de espuma que me deja sin aliento.

—Preciosa —susurro. Los pesados párpados se me caen; el ruido de mi bastón se convierte en un sonido amortiguado y distante…

Mi visión de Cruel se quiebra.

Tras un nuevo parpadeo, el mundo se inclina hacia un lado, hacia el precipicio vertical que forma un acantilado sobre el océano en el que anhelo sumergir las branquias...

Me estampo el hombro contra la piedra, que me arranca un gruñido de los pulmones al rojo vivo al deslizarme y precipitarme hacia el acantilado tan rápido que el mundo se emborrona.

Mi mente no lo resiste.

Se apaga.

«Oscuridad».

Una oleada de dolor que me desgarra el pecho me devuelve la consciencia y un gemido agónico emerge de mis labios separados al tiempo que sacudo las piernas.

Me cuelga todo el cuerpo.

Al levantar la vista hacia la ladera del acantilado, veo un halo de mechones blancos y frenéticos que me rozan el brazo extendido. Veo una mano que me rodea la muñeca con los dedos apretados.

«Me ha sujetado».

Una cascada rojiza borbotea a mi lado y me rocía la cara y el lado del cuerpo al arrojarse por el extremo de la isla. Bajo la mirada hacia los miles de esquirlas de cristales que sobresalen de la superficie sedosa del agua.

Vuelvo a levantar la vista hacia los tensos tendones de su brazo.

Me hormiguean los pies, me da un vuelco el estómago.

«Voy a conseguir que ella también se precipite al vacío».

—¡Tienes que soltarme!

Gruñe, como si esta vez sí me hubiera entendido. Me sujeta más fuerte.

—¡Cruel!

Pateo, intentando liberarme de su agarre férreo.

Abre los ojos como platos y niega con la cabeza.

—¡Suéltame!

Cierra los ojos y tira con tanta fuerza que el color rojo le tiñe el rostro por el esfuerzo.

Me levanta poco a poco hasta que estoy lo bastante arriba como para alzar el brazo sin dejar de gritar por la punzada de dolor que me atraviesa el pecho. Más humedad cálida se me desliza por el torso cuando me aferro al borde afilado del barranco.

Cruel extiende la otra mano y me sujeta un puñado de cabellos para tirar de mí; me arranca un rugido de la garganta al subirme hasta que puedo impulsarme hacia delante para dejar atrás el extremo del acantilado. Jadeando, me lanzo de bruces sobre la piedra lisa.

Levanto la vista hacia el cielo azul pálido, con las tripas revueltas y la boca abierta, por la que entra y sale el aire sin parar. El corazón me martillea tan fuerte que me devasta.

En un trajín de pelo blanco y miembros dorados, Cruel se sienta encima de mí y me planta la frente sobre la mía.

Absorbemos la respiración entrecortada del otro mientras me posa las manos suaves sobre las mejillas y yo enlazo las mías sobre su espalda. Enredo los dedos en su pelo esponjoso.

Se queda petrificada, sin aliento.

Abro los ojos y veo que los suyos están como platos, mirándome fijamente, y el mundo entero parece detenerse.

Aunque no pronuncie palabra alguna, noto el peso de sus pensamientos volcados sobre mí, una colisión que me vacía los pulmones de aire. Sus pestañas se cierran cuando se derrite encima de mí y mi dolor palidece en importancia comparado con esto.

Es tan cálida y lisa y suave…, y luego se tensa al arquear la espalda.

Suelta un gruñido agudo y fiero.

Con el ceño fruncido, abro la boca, pero, antes de que consiga decir nada, ella agacha la cabeza y me apresa el labio inferior entre los dientes para mordérmelo.

Fuerte.

Me aprieta más, penetrándome con la mirada, y noto sus dientes perforándome la carne, el gruñido que profiere pasando de su pecho al mío.

La sangre caliente me cae por la barbilla y todas las células del cuerpo se me agarrotan.

—Cruel...

Me muerde más fuerte.

—Me haces daño.

Sigue gruñendo.

Sus ojos abiertos irradian temor, fiereza y acusación al mismo tiempo. Parpadea, ruge y se le escapa una lágrima.

El corazón me da un vuelco y casi me asfixia.

Le aguanto la mirada, recorro la línea de su columna y noto que la piel se le puebla de escalofríos al tiempo que le acaricio el cuello con los dedos. Los envuelvo en sus suaves mechones y los deslizo por la cabeza. En cuanto coloco toda la mano sobre su nuca, le aferro el pelo y tiro con suavidad.

Abre los ojos.

—No pasa nada —masculllo—. *I'ng orite.*

Suaviza los sollozos.

—Me puedes soltar.

Con una lentitud exasperante, abre la boca, aunque no dejo de tirarle de la cabeza hacia atrás; veo que mi sangre le tiñe los dientes y la barbilla y el cuello.

Joder.

Me meto el labio inferior en la boca y paladeo mi sabor. Y el suyo, suave como el océano y tan fresco como claro.

En algún punto de lo más hondo de mi ser, Zykanth se remueve. Un ligero culebreo que me acelera el corazón.

—¿Zyke?

Silencio.

Pero ese movimiento serpenteante... lo es todo.

Cruel se aparta de mí, me deja abandonado y frío y agotado.

Vacío.

Baja hasta los pies, me rodea los tobillos con las manos y empieza a arrastrarme por el acantilado, en dirección al lago rojizo que reverbera cerca del filo.

—A veces... eres muy... emasculante —balbuceo mientras la

piedra me irrita la piel. Contemplo el cielo escurriéndose entre pesados parpadeos; ni siquiera me molesto en resistirme. Tampoco sé si podría.

Me pone las manos debajo de los brazos y tira de mí hasta que me incorporo con la cara sobre su cuello, gruñendo por la oleada de dolor que me inunda el cuerpo.

Suelto un tembloroso suspiro.

—Quiero dormir —susurro—. Por favor.

Me desliza las manos por la cintura y, tras sujetar mi peso, tira de mí hacia la calidez arremolinada. Mi suspiro se convierte en un gimoteo cuando nos baja a los dos por una repisa de piedra pulida y nos sumerge hasta que el agua osada y rojiza me lame la clavícula.

Entrelaza las manos entre los dos, toqueteando algo. No sé de qué se trata hasta que la tela que me revoloteaba sobre la piel de pronto desaparece, de forma que no hay ninguna barrera entre las carnes desnudas.

No me aparto de su cuello, ni siquiera cuando me tapa con su desnudez. Cuando se arrima contra mi cuerpo. Cuando me hace sentir cosas de las que no puedo avergonzarme.

Detrás de mí se oye un chapoteo y me echa atrás hasta apoyarme la cabeza sobre el gurruño de su camisa empapada.

Los ojos se me cierran, despojado de energía para dar voz a mi protesta mientras me arranca la escama de la herida con lentos incrementos.

El agua la inunda y su reconfortante calidez es un agradable bálsamo.

Tiendo los brazos hacia ella a tientas, pero los aparta, se inclina hacia delante y recuesta el cuerpo sobre el mío. Su fuerte latido me retumba desenfrenado contra el pecho mientras me acaricia el cuello con la nariz y su aliento es un tamborileo calmante sobre mi piel de gallina.

—No me dejes —susurro.

«Por favor».

«No me gusta estar solo».

«No quiero morir solo».

Mueve la mano sobre mi espalda y me la coloca encima del costado izquierdo, donde me da un golpecito.

Y otro.

Y otro.

Y otro...

Le acaricio las costillas con los dedos; su piel sedosa es un sueño en el que quiero sumergirme.

Y entonces la inconsciencia me engulle.

35

ORLAITH

Queda mucho?

Mi hermosa y seria criada se coloca entre el sofisticado tocador y yo, y me tira de un mechón como si fuera una correa para retorcerlo alrededor de una vara de metal que estaba clavada en la llameante chimenea.

—Tenéis muchísimo pelo, Maestra.

Izel suelta el bucle, separa otro mechón lacio y me lo peina sobre la nuca hasta que se parece a una pluma de gallina; su delicada cupla de piedra azul de Bahari tintinea con cada gesto brusco que hace con la mano.

La miro entre mis tirabuzones mullidos y dorados.

—Me gusta tu cupla. —Me da otro tirón—. Es muy bonita.

Se la queda mirando y, con los labios muy apretados, se limita a contestarme con sequedad:

—Gracias.

Reprimo las ganas de soltar un siseo de dolor cuando me vuelve a peinar con exagerada satisfacción.

—¿Estás casada? ¿Prometida?

Izel contempla el espejo y me fulmina con una mirada gélida.

—Viuda. Mi prometido iba en el barco que os trajo hasta aquí. Y no regresó.

Se me cae el alma a los pies tan rápido que casi vomito.

—Lo si-siento mucho, no tenía ni idea...

Me dedica una sonrisa de labios tensos y me dice con los ojos vacíos:

—Vuestras palabras no lo van a traer de vuelta.

Cualquier respuesta se me atasca en la garganta.

Sigue ahuecando y alisando y retorciendo y domando mechones ondulados alrededor del hierro como si no acabara de golpearme el pecho con una roca. Bajo la vista y observo mis dedos enredados en la cinta de seda azul atada sobre la cintura, y no tanto mi reflejo, mientras termina de domesticar mi pesada cabellera en espiral para luego peinarme los mechones. Se dirige hacia el maniquí para coger mi vestido, de un estilo parecido al que Cainon había hecho confeccionar para mí mientras todavía estaba en el Castillo Negro.

El que Rhordyn destrozó justo antes de arrojarme su camisa gigantesca, que me engulló por completo.

—Puedo vestirme sola.

Me mira a los ojos en el reflejo del espejo y luego va hacia un cubo de agua junto al fuego que está inundando la habitación de un calor innecesario.

—Eso también puedo hacerlo sola.

Al cabo de unos instantes con los labios apretados, Izel hace una reverencia y se marcha sin articular palabra.

La puerta se cierra y echo los hombros hacia delante para hincharme los pulmones de una forma que apenas he logrado mientras mi doncella acababa de peinarme.

Si fue ella la que puso las bayas venenosas en mi comida, no la culpo.

Es probable que Izel no se prometiera igual que yo, con un desconocido y con la única misión de rescatar vidas y liberarse de su mala conciencia. Su historia seguramente era un cuento de hadas real lleno de las preciosidades que he leído en las historias de fantasía.

Y yo se lo he arrebatado.

Yo.

Esa idea se me hunde en el corazón cuando me levanto, envuelta en un kilómetro de seda azul que se me ciñe a todas las curvas. Voy a buscar mi bolsa de tela, que está en el suelo sobre un cojín junto al fuego, y saco los libros que he encontrado antes para coger el de las tapas rojas.

A pesar de lo pequeño que es, pesa bastante; me lo quedo mirando mientras las llamas de la chimenea me arrojan calidez sobre el rostro y las manos. Apoyo la nariz en el cuero y me lleno los pulmones del aroma de él, apenas distinguible, al tiempo que recuerdo cómo me ha entregado el libro: con la mano sobre el lomo, como si estuviera aferrando el cuello de su enemigo.

Reúno el valor de abrirlo y hojeo las delicadas páginas hasta llegar a la sección de la letra M, donde voy más lento y me permito repasar de arriba abajo las columnas como si estuviera cavando mi propia tumba. Y echando más tierra encima de mí con cada pestañeo.

—Ma... Ma... Me...

Tengo un nudo de tensión en el pecho y me tiemblan las manos.

Pestañeo.

Otra vez.

—Mg...

Pestañeo... No puedo respirar.

—Mh...

Pestañeo.

—Mi...

Lo cierro de golpe y lo lanzo al fuego tan deprisa que me sorprendo a mí misma. Con un jadeo, doy un paso atrás al presenciar el estallido de las chispas y el fuego devorando la piel en un bocado de ardor.

Las esquinas se curvan y el rojo se vuelve negro conforme las páginas se queman. Me quito la bata y dejo que caiga al suelo formando un charco de seda para hallarme desnuda ante las osadas llamas.

Y vacía.

Sin ninguna emoción.

Un calor intenso me pinta el cuerpo y lo noto por todas partes, alimentándose de mí como si fueran los latigazos llameantes de su decepción cuando se entere de la desconsideración con la que he tratado lo que ha intentado regalarme.

«No quiero saberlo».

Aparto la vista de la imagen chisporroteante lo justo para coger mi vestido de azul Bahari del maniquí y, a continuación, sigo contemplando cómo arde el libro mientras me visto, atándome las cintas de gasa una a una.

Hay una bastante gruesa alrededor del talle que se ata justo en la espalda y la aprieto más y más, hasta que noto el pecho tan tenso como la cintura. La cinta imita la presión que suele rodearme el busto.

Me cojo el antebrazo con una mano y me lo pellizco tan fuerte que veo el fuego crepitar a través de una niebla de lágrimas por verter.

Alguien llama a mi puerta y me saca de mis ensoñaciones.

El libro se ha convertido en cenizas y el fuego se ha reducido a tan solo unas ascuas palpitantes con una fuerza vital menguante.

—Ya voy —exclamo con voz tan muerta como me siento por dentro.

Giro sobre los talones, le doy la espalda a la chimenea adormilada y cojo los zapatos y el bolso, que combinan con el vestido. Me paso la correa sedosa sobre el hombro y me dirijo hacia la puerta con un paso tintineante con el que dejo al descubierto la piel; las cintas con cuentas de la prenda culebrean detrás de mí como cadáveres de serpientes bañadas en oro.

Estoy a punto de coger el pomo de la puerta con la mano cuando se aparta de mi alcance y me deja sin aliento.

Cainon ocupa el umbral con mucho más que solo con su presencia física, oliendo a espuma y a rayos de sol. Me encuentro ante una imagen de sinceridad despreocupada vestida con una camisa azul oscuro que parece suavísima, cuyos botones desabrochados en la parte superior dejan entrever el inicio de su pecho moreno. La lleva arremangada, el pelo recogido en un moño bajo que en parte oculta la zona rapada.

—Veo que has recibido a mi duende mensajero. —Me devora con una mirada evaluadora que me cubre la piel como una llovizna de miel—. Ahora me pregunto si deberíamos pasar de la velada. Y quedarme tu belleza solo para mí en lugar de malgastarla con él...

El ligero cumplido se estampa contra mi coraza gélida.

—Te voy a acompañar a esta cena… política a la que no me interesa para nada asistir con una condición.

—¿Piensas hacerme chantaje? —Arquea una ceja.

—Sí.

Me mira de arriba abajo de nuevo y una comisura de la boca se le curva hacia arriba.

—Chica lista. Dispara.

Echo atrás un pie y lo enfundo en el zapato azul con tiras y un tacón altísimo, el cual me apetece arrojar al fuego con lo que queda del libro.

—Quiero ir a la ciudad. Mañana. Quiero explorar.

«De día».

Un ceño fruncido se abre paso en el gesto despreocupado de Cainon.

—Pues estará complicado, pétalo. Mañana me vuelven a necesitar en una de las islas. —Se cruza de brazos y se recuesta en el marco de la puerta—. Llámame cursi si quieres, pero quería ser yo quien te enseñara la ciudad la primera vez que la visitaras.

«Ese barco ya ha zarpado».

Planto el pie en el suelo, echo el otro hacia atrás y me dispongo a poner en su sitio las tiras del zapato.

—No pensarás dejarme encerrada en el palacio, como le echaste en cara a Rhordyn, ¿verdad?

Me observa durante un largo y tenso rato.

Bajo el otro pie y le sostengo la mirada con la barbilla en alto.

—Irás acompañada —consiente al fin—. Desde un carruaje seguro se ven muchas cosas.

—Eso no es lo que te estoy pidiendo.

Endurece la mirada al dar un paso adelante hasta que lo único que nos separa es el espacio que ocuparía un cabello. Hasta que estoy marinada en cítrico y en sal y en la cólera punzante de su creciente frustración.

—Yo tampoco he pedido tener a Rhordyn merodeando por Parith como un perro salvaje que busca un hueso perdido.

Me deja boquiabierta.

«Así que de eso se trata... De él».

Me parece irónico que Rhordyn invirtiera tanto tiempo intentando convencerme de que rebasara mi Línea de Seguridad y que ahora esté aquí manteniéndome encerrada aun sin darse ni cuenta.

O quizá sí.

—Vale —masculло antes de que Cainon use el arma que acaba de blandir para romper por la mitad la idea.

—¿Decidido, pues?

—Una carabina femenina —agrego mientras paso por su lado y atravieso la puerta hacia el recibidor, alisándome las arrugas del vestido mientras él me sigue.

Me coge la mano libre y se la pone en el brazo antes de que Kolden nos abra la puerta a los dos, antes de recorrer el pasillo y bajar las escaleras.

—Esta noche estás más mordaz que de costumbre. —Hace una larga pausa y se le relajan los músculos del brazo bajo mi mano al decir—: Ya lo has visto.

«Lo».

—Sí. —Mantengo la barbilla alta. Y el paso firme—. Un encuentro sin sobresaltos.

Se hace el silencio, solo interrumpido por el taconeo de mis zapatos.

—Necesito que te comportes de la mejor manera posible.

—Intentaré hacerte el favor.

Cainon se remueve, me sujeta el antebrazo y me obliga a detenerme y a retroceder. Me estampo contra la fría pared de piedra, con su cuerpo ardiente sobre el mío y su fuerte aroma por todas partes.

Con el corazón latiéndome en los oídos, miro sus ojos duros.

—Lo digo en serio, Orlaith. Es un enemigo peligroso. Un hombre peligroso.

—Sé lidiar con Rhordyn.

Su carcajada grave y áspera me atraviesa la piel sonrojada.

—Sola no. Pero ahora estamos juntos. —Me pasa los dedos alrededor de la cupla y de la muñeca—. Te protegeré.

«Sola no… Estamos juntos… Te protegeré…».

Trina unas melodías perfectas.

Debería estar contenta. Se me entrega un amor fácil en una bandeja de oro. Uno que no se adentra en lo más hondo de mi ser para irrumpir en la cripta de mis defectos más profundos y oscuros. Uno que no me mira como si quisiera desmenuzarme y luego analizar mis pedazos rotos.

«Debería estar contenta».

Cojo aire para hablar…

Sus labios colisionan con los míos en un beso devastador, intenso y sensual que me embrolla la mente. Me cubre con las manos las franjas desnudas del cuerpo con una presión abrasante; me sujeta y me aprieta y me recorre las líneas de las costillas. Solamente cuando se aparta y me limpia el color que se me ha corrido en el labio inferior me doy cuenta de que estoy jadeando.

Borracha de atención, pero en cierta manera sedienta aún.

—Vamos —ronronea y me roza la mandíbula con los nudillos. Me escruta el rostro con un destello satisfecho en los ojos que prende los puntitos violetas—. Quiero que él vea el rubor de tus mejillas antes de que desaparezca.

«Él…».

Me trago el nudo de ansiedad que se me ha formado en el pecho mientras Cainon enlaza su brazo con el mío y me conduce escaleras abajo.

36

ORLAITH

El sol de última hora de la tarde baña la enorme y lujosa estancia de una luz dorada que se derrama por toda la pared de ventanas de cristal tintado y que me calienta la piel de los brazos. El techo alto está coronado con un candelabro de oro que arroja gotas de luz sobre una mesa de lapislázuli el doble de grande que la que solía ocupar a diario para comer.

La sala está llena de criados de rostro serio que visten la mesa con un despliegue de platos colmados de marisco cocinado con la cáscara y bañado en mantequilla, cuencos hondos de verduras especiadas acompañadas de nueces desmigajadas y hierbas, y urnas empañadas de agua de menta.

Aparte de ellos y del bardo vestido con elegancia y sentado en un taburete en el rincón más alejado de la estancia, solo estamos nosotros.

Cainon y yo.

Él está sentado presidiendo la mesa, yo a su lado, en el primer asiento, y justo delante de mí hay una silla que todavía debe ocupar alguien.

Un camarero irrumpe en la sala con fuertes zancadas portando una botella de vino. Al verlo, se me desboca el corazón y pienso en la bolsa que he puesto debajo de la silla.

Y en lo que contiene...

Me llena la copa y me la inclino sobre los labios para beber un enorme trago burbujeante y acoger con alegría el zumbido que se me instala en las entrañas.

Aunque no es que ayude demasiado.

Se me eriza el vello de los brazos y los próximos pasos que oigo son claramente de él. Sus pies aterrizan con ese golpe atronador que tan bien conozco.

Mantengo la vista clavada en una montaña de patas glaseadas y noto cómo me mira, cómo me recorre los labios, el corte del vestido y las áreas de piel desnuda que muestra la tela.

«Todos los lugares en los que me ha tocado Cainon».

Quizá no se ha percatado de que ha bajado la guardia. De que percibo cómo le escuece gracias a la tensión que crepita entre nosotros.

Un escalofrío me pone la piel de gallina. Me endurece los pezones, que se insinúan bajo las finas franjas de tela que apenas me los llegan a cubrir. Noto cómo absorbe los evidentes indicios del efecto que tiene en mí y me odio a mí misma.

Odio el latido cálido que me palpita entre las piernas.

Levanto las pestañas y veo sus ojos plateados, sin aliento al fijarme en que ensancha las fosas nasales. Alzo la copa y le sostengo la mirada mientras bebo.

Y bebo. Y bebo.

Está muy guapo vestido con las mismas ropas negras que le he visto antes, pero sin la capa; la misma camisa que abraza su pecho corpulento, combina con el tono oscuro de su piel y resalta sus ojos con un fuerte contraste; y los mismos pantalones ceñidos que se aferran a sus muslos musculosos, que siguen manchados de polvo, como si quisiera dar a entender que se ha presentado a una cita que no ha solicitado.

—Rhordyn. Justo a tiempo.

Cruzando la sala como si fuera una bestia enorme que nos acecha con el pelaje de punta, Rhordyn mira a mi prometido y luego se detiene, contempla la mesa y levanta la vista de nuevo con el ceño fruncido.

—¿No hay consejeros? ¿Ni Maestros o Maestras? Pensaba que íbamos a aprovechar el tiempo tratando asuntos urgentes.

Cainon se recuesta en el asiento, con una pierna encima del reposabrazos y examinándose las uñas.

—Difícil organizarlo con tan poca antelación. He pensado que no te opondrías a una cena íntima que no incluyese cháchara política. Ya que prácticamente somos familia.

«Voy a necesitar más vino».

—Venga —añade y le hace señas a Rhordyn para que se acerque—. Siéntate. Cenemos juntos en paz y armonía.

Pasan unos segundos tensos mientras yo sujeto el tallo de mi copa deseando que se rellene por arte de magia.

Rhordyn al final se aproxima a la mesa. Levanta la silla, la deja en el suelo en silencio y toma asiento contemplándome; el corazón me late más deprisa que nunca.

Cainon baja la pierna del reposabrazos de la silla, se inclina hacia delante y coge un enorme trozo de carne ensangrentada para dejarlo sobre su impoluto plato dorado.

—Vaya, menuda maravilla.

«Alguien está demasiado optimista».

Un criado se acerca y, gracias a los dioses, me llena la copa casi hasta los topes.

Bajo la vista hacia la mesa, donde debería estar mi plato, y me fijo por primera vez en que no hay ninguno. Sobre el mantel tan solo hay un cuchillo, un tenedor y una cucharilla diminuta que no sé para qué sirve.

—¿Tengo que comer de la mesa? —mascullo entre dientes y miro a Cainon, que está llenando un segundo plato.

Ah.

Sintiendo todavía el acero frío de la mirada de Rhordyn, me aclaro la garganta, cruzo las manos sobre el regazo, como si fuera muy buena, y espero paciente mi comida.

Después de servir una pasta verdosa sobre una montaña de pescado en lascas, Cainon toma la palabra:

—Está guapa de azul, ¿verdad?

Me atraganto y empiezo a toser con una mano sobre los labios.

—Orlaith estaría guapa con cualquier color.

Clavo los ojos en Rhordyn, que está observando al otro con una mirada bélica.

—Salvo con el negro —exclama Cainon. Deja el cucharón en

el cuenco de sopa y arruga la nariz al lamerse la salpicadura del pulgar—. Ese tono la ahoga.

«Esa era la intención».

Aleteo las pestañas en dirección a mi prometido.

—Amor mío, ¿es necesario que hables como si yo no estuviera aquí?

Cainon levanta ligeramente una ceja leonada con una media sonrisa traviesa.

—Perdona, amor mío —Recalca lo último.

No me atrevo a mirar a Rhordyn al tiempo que Cainon rodea la mesa con paso lento antes de dejar el plato frente mí.

Miro la gigantesca montaña de comida y se me cae el alma a los pies. Para mí no hay pata de cordero, sino pescado, una bazofia verduzca, tuétano frito, un montón de espinacas al vapor más grande que mi puño y otras cosas que no sé identificar. No habría escogido nada de eso por mí misma, pero las tripas me siguen rugiendo ante la idea de un festín que por fin pueda disfrutar sin antes hurgar en busca de bayas mortíferas.

Aunque me hormiguea la punta de los dedos por las ganas de comer con las manos, de que la comida ceda y se escurra y queme al separarla, contemplo el tenedor dorado que se encuentra a la derecha de mi plato. Al cogerlo, noto la mirada de Rhordyn siguiendo mi gesto al clavarlo en el pescado y arrancar un trocito que consigue evitar la masa asquerosa y verde. Me lo llevo a los labios, levanto la vista y veo cómo me observa, con una fuerza mayor que la del sol, sin pestañear cuando me meto las púas de metal entre los dientes y empiezo a masticar.

El pecho se le hincha y se le deshincha lentamente.

Cainon se sienta, se pone una servilleta sobre las rodillas y mira en dirección al plato vacío de Rhordyn.

—¿Nuestra comida no es de tu agrado?

—No tengo hambre. —Ni siquiera parpadea.

—Vaya. —El anfitrión se mete un trozo de carne en la boca y lo mastica—. ¿Qué tal está el pescado, Orlaith?

Trago y bebo un sorbo de vino entumecedor para bajar la comida antes de que una sonrisa me asome a los labios.

—Delicioso. ¿Lo han pescado en la región?

—Correcto. Es perca tropical. Una de nuestras exquisiteces más perecederas, pero somos incapaces de transportarla por el río hasta Ocruth. Es una pena que nunca hayas viajado lo bastante lejos como para probarla.

Sus palabras son flechas llameantes con la intención de herir al tipo estoico sentado delante de mí, pero dudo de que se haya percatado de que más bien se me clavan a mí en el pecho.

Tuve numerosas oportunidades para abandonar el castillo antes de que mi mente se viera asolada por la carnicería que ocurrió en mi pasado. Oportunidades que no aproveché.

Y ahora esta «exquisitez» me sabe a cenizas, igual que el aire que introduzco en los pulmones.

—Bueno, ahora podré comerlo a menudo. Además de… esto. —Toco con el tenedor la masa verde que cubre toda mi comida—. Huele delicioso. —«A vómito», pienso.

—Son malalgas. Muy ricas en nutrientes. Algo importante si vamos a concebir a un heredero.

El estómago se me cierra.

Se hace el silencio. Un silencio estremecedor.

Suelto el aire como si fuera una columna de humo y me lleno los pulmones en un intento por reiniciar el corazón. Miro de reojo a Rhordyn antes de decidir que más vale que no, que no quiero alimentar a la bestia.

Cainon se mete otro trozo sangriento de carne en la boca.

—¿Qué me dices de ti, Rhordyn? ¿Zali y tú tenéis planeado concebir?

Sus palabras hunden los dientes en heridas viejas que he intentado convencerme de que ya estaban curadas y se me atenaza la garganta, amenazando con devolver el pescado y el vino sobre la mesa.

Rhordyn se recuesta en el asiento y junta la punta de los dedos.

—Últimamente veo mucho a tu padre en ti.

—¿Es una amenaza? —Cainon deja de masticar con los ojos brillantes.

—Es un comentario —responde aquel, lanzando la palabra como si fuera un cuchillo de carnicero.

De repente, el salón parece demasiado pequeño, y la mesa que los separa a los dos, demasiado frágil.

La guerra que he procurado evitar por todos los medios se está librando ante mí. Es el pavoroso prólogo de la muerte de muchísima gente. Si no intervengo, no estoy del todo segura de que no vayan a abalanzarse sobre la mesa y arrancarse la piel a bocados.

Quizá debería permitírselo. Quizá debería repantingarme y observar cómo se desangran mutuamente, como quieren hacer conmigo, cada uno a su retorcida forma.

Tal vez sea llevarlo demasiado lejos.

Me aclaro la garganta y, con el hierro frío de la mirada de Rhordyn clavado sobre la mano, hundo el tenedor en un trozo de pescado más empapado en salsa y animo a las puntas afiladas y metálicas a arrastrarse por el plato.

Ni siquiera me encojo.

—Orlaith. —Golpeada por la fuerza de su atención absoluta, lo miro a los ojos—. No tienes que tragar esto.

No se refiere a la comida. Precisamente por eso me meto el tenedor en la boca y mastico, con los carrillos llenos y la nariz tapada, sin respirar, como si esta mierda con sabor metálico me encantase. Como si me muriese por que Cainon me dé todo lo que quiere darme. Por que penetre la barrera de castidad ante la que Rhordyn se acobardó cuando le supliqué que me tomase en mi balcón del Tallo Pétreo.

Traga saliva: una grieta en su armadura.

Cainon se ríe.

—Me da a mí que le trae sin cuidado lo que pienses, Rhordyn. Se está volviendo muy lista.

—Siempre lo ha sido —masculla Rhordyn sosteniéndome la mirada con una chispa en los ojos oscurecidos que se asemeja a una solitaria estrella superviviente.

Un escudero irrumpe en la sala, sin aliento, y se inclina hacia delante antes de tomar la palabra.

—Alto Maestro, disculpad que os moleste...

—Ahora no —le espeta Cainon, pero el hombre se nos acerca.

—Con el debido respeto, no puede esperar. Hay... —observa con ojos astutos a Rhordyn durante un segundo— un mensajero en vuestro despacho. Insiste en veros de inmediato.

Cainon gruñe, se pone en pie y hace que la silla chirríe sobre el suelo antes de salir a toda prisa por la puerta.

Me meto de nuevo el tenedor lleno en la boca. Me hormiguea la lengua y noto calambres en el estómago al masticar, con la vista clavada en la comida que Cainon me ha servido.

Joder. Para zampármelo todo tendré que armarme de valor, pero ya estoy demasiado entregada a la tarea. Y sobrepasada por las circunstancias de mil maneras distintas.

—Milaje.

Después de pasarme un mechón de pelo por detrás de la oreja, levanto la vista.

—¿Sigues aquí? —le suelto.

Hay una larga pausa helada y juraría que el fuego de sus ojos se aviva, aunque sus iris adoptan un gris más oscuro y tormentoso que me pellizca los rebeldes pezones y me prende la sangre con una punzada de emoción.

Una parte pequeña y corrupta de mí misma, la cual detesto, se alimenta de este juego tóxico del gato y el ratón.

—¿Has leído el libro?

—No. —Dejo el tenedor junto al plato y me limpio los labios con una servilleta—. Pero es una leña estupenda.

Abre mucho los ojos.

El golpe de satisfacción que me asesta su gesto es embriagador.

Extiendo el brazo hacia un plato con dulces cubiertos de un glaseado dorado y me meto uno en la boca antes de lamerme el resto de los dedos. Lentamente. Meticulosamente. Me limpio los cinco antes de decir:

—Ha sido de lo más satisfactorio ver cómo ardía.

Su silla chirría y se le ponen blancos los nudillos, lanzando al músico una mirada amenazante que seguro que el pobre hombre siente sobre sí.

—¿Hay algo que quieras decir, Rhordyn? ¿O hacer? —Sus ojos son piedras que me golpean y levanto la barbilla, pasándome la cascada de pelo sobre el hombro—. ¿Estrangularme, quizá?

Su pecho acelerado se detiene.

Lo miro mientras trazo un camino con la punta de los dedos desde mi labio inferior hacia abajo, por la garganta y hasta la cadena que me rodea el cuello.

Es la maldición oscura con la que él me engrilletó.

—¿Desgarrarme con los dientes? —ronroneo y un gruñido grave y primitivo viaja de su cuerpo al mío y me planta hormigueos en la piel.

Me provoca y me despeja al mismo tiempo. Me da ganas de levantarme de la silla solo para ver si me sigue.

«No».

Asesto un golpe con el puño sobre la dura mesa con tanta fuerza que tintinea la vajilla.

—¿Encerrarme en tu puta guarida?

Le imprimo desafío a la voz porque quiero que ceda. Quiero que se incline hasta partirse de una puñetera vez.

Suelta el aire antes de decir:

—Hay algo que quiero hacer, sí.

—Pues adelante.

Me llevo la copa hasta los labios mientras con su reprobadora mirada me escruta el cuello cuando trago.

Levanta la vista y la clava en la mía con una confianza absoluta y totalmente electrizante.

—No creo que a Cainon le vaya a hacer demasiada gracia entrar por esa puerta y ver a su prometida sobre la mesa mientras yo me doy un festín con su entrepierna.

Me atraganto con el vino, que me gotea por la barbilla.

Entre los pechos.

Un ascua cobra vida en las profundidades de mi ser mientras intento borrar la imagen mental de Rhordyn rodeando la mesa y persiguiéndome.

Alcanzándome.

Apartando la comida con un barrido veloz del brazo y tumbándome sobre el mantel. Agarrándome por los muslos con brutalidad y ternura al mismo tiempo para separarme las piernas y dejar al descubierto mi centro rojizo y desnudo, y gruñendo al constatar que desprendo una excitación retorcida antes de ponerse a comerme como si se muriera de hambre.

Trago saliva.

Intento no removerme.

Sigue castigándome con los ojos, haciéndome un daño que me sienta la mar de bien.

«Demasiado bien, joder».

—Pero adelante, Milaje: ondea la bandera blanca y mando a tomar por el puto culo las consecuencias en un abrir y cerrar de ojos.

Sus salvajes palabras me perforan la compostura y extinguen el calor que me ardía entre los muslos.

«Guerra».

Cainon estaba en lo cierto… Rhordyn desea su tierra.

Me levanto rápido. Él se levanta lento.

Nuestros ojos colisionan mientras respiro hondo y trago saliva, en parte tentada a huir de aquí. En parte tentada a luchar.

Rhordyn me lanza una mirada que sugiere que le encantaría cualquiera de esas dos opciones y apoya los puños sobre la mesa, se inclina hacia delante y me contempla desde debajo de la mata de pelo oscuro con la cabeza ladeada.

—¿Qué eliges?

Cainon regresa a la sala y se detiene en cuanto ve que los dos nos hemos puesto en pie, pero a continuación se acerca a su silla y se deja caer.

—Disculpadme. ¿Por qué no me ponéis al corriente de la fascinante conversación que estabais manteniendo?

Rhordyn abre la boca y se me descontrola el corazón. Las palabras salen despedidas de mis propios labios:

—Le estaba diciendo a Rhordyn que estoy impaciente por sellar nuestro matrimonio.

Le brillan los ojos como dos lunas idénticas sobre un pozo de negrura. Eclipsadas.

Casi me da pena y todo por lo que estoy a punto de hacer.

—¿De verdad? —me pregunta Cainon y lo miro, con el corazón tan acelerado que juraría que va a abrirme un agujero en las costillas y a desplomarse en mi plato, ensangrentado y resbaladizo.

—Sí. Y hablando de eso… —Me agacho, cojo la bolsa de debajo de la silla y la abro—. Tengo un regalo para ti, prometido mío.

El aire se tensa. La luz que se cuela por la ventana mengua, como si una nube hubiera tapado el sol.

Cainon enarca una ceja y le lanza una mirada rápida y arrogante a Rhordyn.

—¿En serio?

Asiento, rodeo con las manos la tacita del interior y dudo durante un segundo antes de enseñarle el matojo de exuberantes campánulas.

Tras respirar hondo para recomponerme, deslizo el regalo en dirección a Cainon, notando el pulso de la atención de Rhordyn, que es como una piqueta que me martillease el perímetro de mi escudo fortificado. Como si estuviera desesperado por arrancarme de esta escena y dejarme caer en la palma de sus manos como uno de mis susurros sin pintar.

Me he dado cuenta de que le gusta darme objetos valiosos y bien meditados. Es su forma engañosa de mostrarme que le importo.

¿Entenderá el simbolismo que le estoy lanzando a la cara?

Es un ataque personalizado que pretende hacernos daño a los dos. Que pretende desangrar este concepto retorcido que formamos los dos.

Miro a Cainon con ojos de enamorada y le dedico una sonrisa almibarada al tiempo que dejo que el dolor me inunde por dentro. Y que mi mensaje sea alto y claro.

Ya no necesito mi muleta. No lo necesito a él.

«Estoy bien».

Si me lo repito las suficientes veces, tarde o temprano me lo creeré.

Cainon coge el paquete y me sonríe de oreja a oreja.

—Vaya. ¿Son para mí?

Debo hacer acopio de toda mi fuerza de voluntad para no recuperarlas y llevármelas hasta el pecho.

—Sí. Las he recogido yo misma.

Rhordyn se aparta de la silla, la levanta y la acerca lo suficiente a la mesa antes de dar media vuelta y encaminarse hacia la puerta.

—¿A dónde vas? —Las palabras que grita Cainon hacen eco en el salón y Rhordyn se detiene, mirándome por encima del hombro. En sus ojos veo... algo que no he visto nunca.

Algo que se parece mucho al dolor.

—Ya he visto suficiente. —Se marcha y deja un agujero en la atmósfera del salón que me lleva a imaginarme una cavidad torácica vacía por dentro.

Me fijo en la música. Me doy cuenta de lo alto que suena en el rincón; las notas agudas me desgarran la piel como si fueran zarpazos de garra.

Levanto la barbilla, pongo el culo en la silla —con la espalda recta al coger de nuevo el tenedor— y sigo comiendo. Me niego a mirar las campánulas; estoy segura de que ya no están caídas de forma natural, sino... tristes.

—Orlaith...

Observo a Cainon, que me contempla con una mirada tan cálida que derretiría hasta el corazón más helado. Por desgracia para él, el mío no es de hielo.

Es de cenizas.

—Lo has hecho bien, amor mío —vuelve a decir las últimas palabras con retintín.

—Ya lo sé. —Me lleno la boca de comida y evito mirar la silla vacía que hay ante mí.

«Demasiado bien».

37

ORLAITH

Estoy bien. Estoy bien. Estoy bien.

Repito el mantra para mis adentros mientras me acompañan de vuelta a mi habitación y Cainon me desea buenas noches con un beso en los nudillos, que quiero estampar en la pared. Observo su espalda hasta que desaparece por el rincón y un pozo de temor se me instala en lo más hondo del estómago.

Tras soltar un tembloroso suspiro, me giro hacia Kolden. No sé qué ve en mis ojos, pero masculla algo relacionado con que se va a montar guardia en la otra punta del pasillo. Solamente cuando él también está fuera de mi vista entro en el recibidor y me tomo unos instantes para recomponerme con ladrillos de valentía.

Abro la segunda puerta y entro en mi habitación. La luz de la luna arroja sombras por toda la estancia y baña de un resplandor plateado todo lo que de día es dorado. Toda la piedra azul se ve negra.

Negra como el Castillo Negro.

El olor de él me asalta. Es un golpe a mi cerebro, a mi corazón.

A mi puta alma.

Me giro y cierro la puerta con suavidad. A continuación, apoyo la frente en la madera fría.

—Pensaba que habías dicho que habías visto suficiente.

El aire se remueve y lo noto a él en todas partes.

Su aliento gélido me golpea el costado del cuello, apoya las manos sobre la puerta a ambos lados de mi cabeza y me encierra en una jaula fría que debería hacer que me sintiera atrapada.

Pero no es el caso.

No sé por qué me escuecen los ojos al darme cuenta, pero es así.

Estoy bien.

—Sé lo que estás haciendo, Milaje.

Habla con una suavidad muy impropia de él, no como yo, que tallo mi voz en ese espacio duro y lleno de cicatrices que tengo dentro.

—No. No tienes ni idea.

Noto como se me acerca. Su cuerpo alineado con mi espalda, un bálsamo para la serpiente hirviente de mi interior, ese ser repugnante y malvado que no puedo expulsar de mí.

La verdad.

Me roza con los labios el lóbulo de la oreja; su susurro es un ataque murmurado.

—¿Quieres hacerme daño?

Sí.

Quiero golpearle hasta estar magullada y rota y destrozada. Hasta que ya no oiga los aullidos ardientes.

Quiero hacerle tantísimo daño que ni siquiera me reconozco a mí misma.

Quizá por fin me desgarrará en jirones de carne de una forma que sirva a mi propósito. A fin de cuentas, es el único que siempre ha sido capaz de dejar una cicatriz persistente que rivaliza con el dolor que experimento en mi interior.

El único que realmente tiene el poder de arruinarme.

—No —gruñe. Es una orden y una súplica y mucho más, como si estuviera analizando el tejido de mis pensamientos.

Un destello de rabia se me enciende en el pecho; contraigo el labio superior y la gélida dureza regresa con sed de venganza.

—Lárgate. —De mi cabeza. De mi corazón—. Tengo todo lo que siempre he deseado y tú te lo estás cargando.

—Una mujer inteligente me dijo un día que todo es nada si estás hecho trizas.

Estoy bien.

—No me mientas. —Las palabras son un gruñido que aniquila el silencio y que ataca el punto sensible que tengo bajo la oreja.

El corazón se me acelera. La piel me arde.

—Que te largues.

—¿Es lo que quieres de verdad?

Se acerca más de lo que parece posible y me aplasta de tal forma que me siento abrazada.

No quiero sentirme abrazada. No merezco sentirme abrazada.

Aprieto los puños.

—Sí.

No se mueve, ni respira, ni habla, pero el aire a su alrededor chilla, me ruega de un modo que no quiero comprender.

La furia estalla y me giro con un rugido.

Pero se ha marchado, dejando tras de sí solo su persistente aroma para que me ahogue en él.

Miro hacia la puerta abierta del balcón, hacia las cortinas que ondean con el viento, iluminadas por un filo de luz de luna que las atraviesa...

Nunca va a parar.

Me pellizco la carne de la parte trasera del brazo. Más fuerte que nunca, y se me llenan los ojos de lágrimas.

Quizá Rhordyn sea mi castigo por el monstruo que soy por dentro, un amor vacío que se agita y arde y lo destroza todo.

Igual que yo.

38

BAZE

Este droce está bien abastecido —exclama Zali desde el interior del círculo formado por piedras negras tres veces más altas que ella. Alrededor ha dispuesto lámparas que se ha tomado su tiempo para encender y que crean una barrera rigurosa que impide el avance de la sombría noche.

—Genial —digo, bajando a rastras dos conejos inertes del lomo de Ale—. Voy a hacer fuego.

Atado a un árbol que se encuentra bajo la luz que se derrama sobre las piedras, Ale bebe del burbujeante arroyo mientras yo escruto el denso bosque, que va perdiendo más luz con cada segundo que pasa, donde las sombras se adueñan de la linde.

Me estremezco y me acerco a un agujero entre las piedras. Me detengo y paso una mano por las marcas blancas talladas en la superficie lisa de la de mi izquierda, el vano intento de un vruk por derruir la barrera y alcanzar a quienquiera que estuviera escondiéndose dentro. Miro hacia la zanja abierta en el suelo, que rodea la base exterior, como si la bestia hubiera intentado excavar tierra para inclinar el gigantesco monolito. Sin embargo, estas piedras están clavadas en las profundidades del suelo, como si hubieran arraigado en el centro mismo del mundo.

Hay incluso gente que cree que las dispusieron ahí las manos de un dios.

Entro en su abrazo pétreo, arrojo los conejos cerca de la leña, me arrodillo en el suelo y uso la daga para remover algo de tierra antes de lanzar una mirada a Zali. Está inclinada arrancando berros del riachuelo que serpentea por la zona; luego junta las manos y se las llena de agua para echársela a la cara. Numerosas gotitas se le deslizan por el pelo.

Trago saliva, aparto la vista y hundo los dedos en la tierra.

Un estremecimiento me prende la piel de la cabeza a los pies.

«Joder».

Casi suelto un gruñido; me permito cerrar los ojos y oler la tierra en bocanadas avaras, como si estuviera bebiendo de una botella de ron.

Un krah aúlla en el cielo y me saca de mi trance. Me aclaro la garganta y vuelvo a mirar a Zali antes de seguir hurgando en el suelo buscando patatas, y encuentro unas cuantas grandes como mi puño.

—Tenías razón —digo y aparto la tierra de la piel de los tubérculos—. Sí que está bien abastecido.

No hay nada como encontrar un droce cuando estás agotado después de haber galopado durante días con una mujer inteligente y decidida rebotando entre tus muslos porque un vruk ha devorado su caballo.

Bien mirado, estas montañas de rocas desparramadas por el continente son la única cosa por la que doy gracias a los malditos dioses.

Con la camisa arremangada hasta los codos, sumerjo las patatas en la corriente fría y las froto, observando en todo momento el objeto de mi creciente frustración. Con el pelo cayendo como una onda de color fresa, Zali se agacha ante los arbustos plantados en la base de una de las rocas y usa la daga para arrancar unas cuantas ramas de romero con una fiereza que resulta demasiado cautivadora.

Mira hacia mí y se me queda observando con osadía y una ceja arqueada.

—¿Qué pasa? ¿No te gusta el romero?

—Al contrario —le respondo mientras me levanto y me encamino hacia la hoguera por encender en el centro del espacio—. Se está convirtiendo en lo que más me gusta del mundo.

Se le sonrojan las mejillas y enseguida aparta la vista.

Enciendo el fuego y luego me pongo a llenar el pesado cazo con agua al tiempo que Zali rebusca en el baúl de metal clavado en el suelo. Extrae cuencos, cucharas y cuchillos, y acto seguido corta las patatas mientras yo despellejo los conejos que he atrapado antes y avivo el fuego.

Nos sentamos en sendos tocones a lados opuestos de la hoguera y observamos en silencio cómo las llamas acarician el fondo del cazo ennegrecido a la par que el líquido empieza a hervir y a llenar el aire con el olor terroso a estofado de conejo. Los últimos rayos de sol de la tarde se apagan y llenan el cielo de una miríada de estrellas.

—Tengo esa típica sensación..., ¿sabes?

—¿A qué te refieres? —Levanto la vista y me encuentro con su intensa mirada.

Se arrebuja con el chal de piel que tiene sobre los hombros; las llamas se le reflejan en los ojos, que no parpadea.

—A que está a punto de pasar algo gordo.

—Yo sigo atrapado en lo último gordo que pasó —mascullo, inclinado hacia delante para meter la cuchara en el cazo y removerlo, aspirando así el fuerte olor del ramillete de salvia y romero.

—¿Tienes...?

Hace una pausa y alzo los ojos para clavarlos en los suyos.

—¿Si tengo qué?

—¿Tienes muchos recuerdos de la época anterior? —Las palabras se me hunden en el pecho como si fueran rocas y ella niega con la cabeza—. Perdona, ha sido una pregunta de mala educación. No tienes por qué contestar.

Clavo la vista de nuevo en el estofado y lo remuevo antes de coger un trozo de carne y soplar un poco.

—No tantos como me gustaría —digo y expulso las imágenes que no se me han borrado de la mente.

Mujeres corriendo y luego desplomándose en el suelo al recibir en el pecho disparos de flechas silbantes. Hombres gritando por su pareja e hijos, gritos roncos amortiguados cuando les rodearon el cuello y las muñecas con grilletes.

Devuelvo la carne al cazo sin siquiera probarla.

—Yo solo tenía cinco años cuando reunieron a mi familia y comprobaron que no tuviéramos marcas ni cicatrices raras... A todas las mujeres las mataron y las descuartizaron.

—Baze...

Remuevo una vez más y rasco el fondo del cazo con la cuchara para cerciorarme de que no se pega ni se quema nada.

—A mí me arrancó de los brazos fríos de mi madre muerta el hombre que se convirtió en mi... captor, a falta de una palabra mejor —añado con una media sonrisa despreocupada que miente de todas las maneras posibles—. Pasó a ser mi único mundo hasta que apareció Rhordyn.

Un largo silencio se instala mientras sigo removiendo el estofado, aunque se me ha pasado el hambre. Si acaso, la idea de comer me provoca ganas de vomitar.

—Nunca me has contado todos los detalles...

—Es algo de lo que jamás suelo hablar —mascullo. Dejo la cuchara en mi cuenco vacío y lanzo otro leño al fuego, arrancándoles bailes a las llamas.

—¿Durante cuánto tiempo?

Es una pregunta teñida por la emoción.

Levanto la vista hacia los ojos marrón rojizo de Zali con puntitos dorados. Tiene las pestañas inferiores anegadas en lágrimas que no ha vertido.

—¿Durante cuánto tiempo qué?

—¿Durante cuánto tiempo te retuvo?

—Tanto que olvidé la sensación de la tierra bajo los pies. El sabor de la fruta. Nos alimentaba con un único rayo de sol y poco más. Le gustábamos débiles cuando se deleitaba con nosotros.

Zali contiene el aliento.

Me inclino hacia atrás y me cruzo de brazos, observando las llamas azotando la base del cazo como si estuvieran desesperadas por abrir una grieta en la dura superficie exterior.

—Odié a Rhordyn cuando lo mató —admito, recordando las veces que le clavé las uñas como un animal destrozado y le rogué que me quitara el sufrimiento. Recordando la pelea con él y mi deseo de que hubiera sido él el muerto. O de que me hubiera matado a mí al mismo tiempo que al otro—. Y entonces él me puso una espada en la mano y me dijo que rompiera algo para dejar de romperme yo. Para que mis entrañas tuvieran una oportunidad de curarse.

—Pero ¿llegaste a hacerlo? —susurra con voz muy suave—. ¿Te curaste?

Me aclaro la garganta, asesto un puntapié a un ascua palpitante para devolverla al fuego —que la había escupido sobre la hierba— y pienso en la punzada de placer que sentía cuando recibía el pinchazo implacable de esos colmillos narcóticos...

Mi captor. Mi torturador.

Mi salvación.

En cierto sentido, era mi familia.

Pero también era un puto monstruo.

Vi a mis amigos marchitándose bajo la presión de sus dientes. Me dije que él a mí no me lo haría nunca, aunque una parte de mí sabía que llegaría el día. Uno de sus amigos lo haría. Perdería el control. O el interés. Yo no era más que una mascota que servía para un propósito hasta que mi sangre ya no fuera lo bastante vívida como para proporcionarle ninguna alegría.

Me doy una palmada en el bolsillo en busca de mi petaca y luego me paso una mano por el pelo al darme cuenta de que no está donde siempre.

«Pero ¿llegaste a hacerlo? ¿Te curaste?».

Le dedico a Zali una sonrisa burlona y enarco una ceja.

—Parece ser que no.

Me sonríe con los labios pero no con los ojos y nos instalamos en un silencio mientras las chispas del fuego distraen mis agolpados pensamientos.

El retumbo de unos cascos me agita los nervios.

Zali se gira en el tocón y observa el bosque al tiempo que yo miro hacia nuestras espadas, recostadas contra las mochilas al otro lado del fuego. Demasiado lejos como para alcanzarlas sin montar un numerito.

—No hace falta que os sobresaltéis —exclama una voz grave y áspera desde la oscuridad—. No soy más que un amistoso mercader nómada que busca un lugar donde pasar la noche en este solitario bosque.

Los pasos se vuelven más altos y veo una luz titilante, cuya intensidad va creciendo hasta que un caballo blanco aparece ante mí en el hueco que hay entre dos piedras. Un hombre salta para desmontar de una silla llena de cosas, vestido con una túnica roja de mercader con el grueso ribete de la capucha de un gris tormentoso.

«Es un shulak».

El corazón se me acelera y bajo una mano al costado de mi bota.

Hacia mi pequeño puñal escondido.

—No todos son iguales, Baze. Ya lo sabes —me susurra siseando Zali—. Déjame hablar a mí. ¿Queda claro? Tú eres mudo.

El hombre libera al caballo y le retira las alforjas del lomo antes de atarlo al árbol que está al lado de Ale.

Envuelvo la empuñadura de mi daga con los dedos mientras una furia salvaje me bulle en las venas.

—Que si te ha quedado claro.

Alzo los ojos hacia Zali y le lanzo una sonrisa que es todo dientes.

—Claro como el agua.

Con el ceño fruncido, observa mi mano, que sigue aferrando el puñal.

Relajo los dedos, yergo la espalda y me calo la capucha antes de cruzarme de brazos y entornar los ojos en dirección al burbujeante estofado del cazo.

El hombre bruto pasa entre dos piedras caminando con una rigidez que sugiere que no ha desmontado del caballo en todo el día. La túnica ondea a su alrededor cuando se aproxima a las llamas. Su rostro luce algo de cansancio alrededor de los ojos y tiene la mandíbula cubierta de una barba negra y espesa. Se quita la capucha y me encojo al ver la cabeza calva y la marca de la frente.

Suelta una carcajada grave con el rostro iluminado al ver nuestra humeante comida.

—Amigos míos, eso huele que alimenta. —Abre los brazos y

nos mira a los dos—. ¿Os importaría compartir en esta noche fría este droce con un solitario mercader?

«¿A ti te importaría hacer una puta reverencia ante la Alta Maestra del Este?».

Tal vez no la haya reconocido. Aun así, me giro, lo observo de arriba abajo y arqueo una ceja en dirección a Zali, que parece dispuesta a evitar mi mirada.

—Por supuesto —canturrea. Le lanza una ligera sonrisa, con la piel todavía ceñida sobre los hombros.

El hombre me mira y le guiño un ojo.

—Es mudo —le explica ella más rápido de lo que tardaría en asestar un espadazo.

—Aaah. —Asiente al comprenderlo—. En este mundo en el que vivimos, no me extraña nada. Hoy en día se ven muchos horrores al viajar. —Vuelve a contemplar a Zali y señala hacia el espacio que nos separa a los dos—. ¿Puedo?

Al verla asentir con la cabeza, toma asiento y se calienta las manos cerca de las llamas.

—¿Te importa que te pregunte a dónde te diriges? —se interesa ella, extendiendo un brazo para remover el estofado.

—Viajo de un pueblo a otro para divulgar las palabras de las piedras y vender mis mercancías. —Se frota las manos y se hurga en la capa para extraer un saquito de piel—. ¿Queréis saje? —pregunta, con las cejas enarcadas al llenar una pipa con esas flores secas que hace años que no pruebo. Forman parte de una era pasada que viví casi inconsciente bajo una nube de juicio apagado antes de cambiar un vicio por otro—. Tengo una pipa de sobra que os puedo vender por la mitad de precio a cambio de un plato de estofado. Hace una semana que no como carne —añade, embutiendo más saje en su pipa—. No soy el mejor de los cazadores, ya lo veis.

La extiende en mi dirección y titubeo, en parte tentado a aceptarla, antes de que Zali intervenga.

—No fuma —interviene y me taladra con los ojos entornados. Alzo una ceja—. Le provoca diarrea. Soy la encargada de viajar con él.

Me trago unas cuantas palabras que me encantaría espetarle.

—Muy bien —se ríe el mercader, poniendo los ojos en blanco en mi dirección.

Le devuelvo el gesto.

Se enciende la pipa, da una calada y suelta el exceso de humo hacia el cielo, envolviéndonos en el olor dulce y potente de las hojas.

—¿Llevas algo más en la bolsa? —le pregunta Zali.

Le arrebato la cuchara y me agacho ante el cazo para ocupar las manos y llenar los cuencos.

—¿Por ejemplo? —Advierto la ansiosa cadencia de su voz.

Ella lanza una rama marchita a la hoguera.

—No sé… ¿Candi?

El hombre pega una larga calada a la pipa y, a continuación, mira a Zali con un brillo cómplice en los ojos.

—Eso explicaría tu… magnífica complexión —comenta y sé por cómo lo dice que ya no se está visualizando en el último eslabón de la cadena alimentaria. Es un intruso en nuestro campamento.

Zali esboza una sonrisa tímida.

—¿Y bien? —le insiste con la cabeza ladeada y la voz embargada por un deje de desesperación.

—Hoy por hoy cuesta encontrarla. —Una nueva calada y el hombre se inclina y le arrebata el cuenco de estofado con ambas manos.

Me quedo quieto y paso la vista a Zali, que me la devuelve y niega ligeramente con la cabeza.

La misión de no hablar me está poniendo de los nervios.

Me muerdo la lengua tan fuerte que me hago sangre y le tiendo a ella mi cuenco mientras observo al mercader sorber el caldo y luego llenarse la boca con el conejo que he atrapado yo.

—Durante un tiempo hubo excedente. —Traga saliva y vuelve a comer—. Pero ahora…

—Por eso siempre lo pregunto —ronronea Zali antes de tomar un remilgado sorbo de su estofado.

Es probable que él la vea como una mujer inofensiva. Desesperada. Para nada capaz de trincharlo en seis pedazos en cuestión de segundos.

—Bueno —dice él. Apura los restos del estofado con tres grandes tragos y se limpia la barba con el brazo—. Estás de suerte. Pero... —Deja el cuenco en el suelo entre los pies y gruñe al estirarse.

—¿Pero? —gimotea Zali. Sus ojos son dos pozos de desesperación.

—Te va a costar mucho más que un simple cuenco de estofado de conejo. Aunque estaba riquísimo.

Ella aparta el cuenco, mete una mano bajo las pieles, entre su vestido, y extrae un pesado saco que lanza hacia el hombre.

Él lo coge por los aires con mano rápida, desata el nudo y vierte la cascada de monedas de oro sobre la palma.

Se le iluminan los ojos.

—Vaya —murmura. Deja la pipa en el suelo y guarda las monedas en el saco sin siquiera molestarse en contarlas. Es probable que sea una pequeña fortuna, que bastará para comprar un búnker lo bastante grande como para proteger a toda una familia y a unos cuantos más—. Estoy a tu disposición.

Se pone en pie, se aleja del tocón y se dirige hacia las alforjas, con bastante más agilidad que cuando ha entrado en el droce.

Clavo la mirada en los pozos vacíos que tiene por ojos Zali, que no parpadea. Irradian determinación, además de sed de sangre, y me provocan una punzada que me electrifica el alma.

—¿Y la has obtenido tú mismo? —le pregunta, aguantándome la mirada.

—La mayor parte se la he comprado a Madame Strings —responde el tipo mientras hurga entre sus alforjas y oigo tintineo de tarros que se golpean unos contra otros—. Casi todos los meses se establece en Parith, pero ahora mismo es la única fuente fiable de verdad. Sin embargo, tengo un pequeño tarro que sí he obtenido yo mismo.

El fuego me recorre las venas.

«No soy el mejor de los cazadores, ya lo veis».

Mentiroso de mierda.

Zali asiente levemente y me deslizo el anillo del dedo, consciente de que se me agrieta el caparazón.

Ella no parpadea. No aparta la vista del ser abominable que soy.

Sujeto la empuñadura de mi daga y me levanto. Doy cinco pasos silenciosos hacia el hombre y me coloco a su espalda.

El tipo se incorpora, se gira y solo dispone de unos instantes para abrir los ojos y verme antes de que le rebane el cuello con el puñal, gruñendo. Se tambalea, boquiabierto, y su fuerza vital burbujea del tajo profundo que le impide coger aire. Se desploma, convulsionándose a mis pies, y los tres tarros con diminutas espinas de cristal se desparraman por la hierba.

Miro hacia abajo y veo la vida apagándose en sus ojos hasta que al final se queda inmóvil.

Noto la mano de Zali en el hombro.

—Baze...

Olisqueo el aire antes de coger los botes y dirigirme hacia el arroyo.

—Te he encontrado un caballo sustituto —mascullo mientras me limpio la sangre—. Siempre y cuando sobreviva a la noche.

—Sí —suspira ella y me sobresalto al darme cuenta de que está agachada justo a mi lado.

Coge unos de los botes y me ayuda a limpiarle la sangre antes de que se lo quite y me dirija hacia el fuego.

Destapo el primero y observo el montón de espinas de cristal que desprenden luz propia e irradian todos los colores del arcoíris. Debo reprimir las ganas de vomitar o gritar o... algo mientras las vierto sobre las llamas y contemplo cómo el fuego centellea con un abanico de tonos pastel mientras susurro las viejas palabras de liberación.

En mi cabeza no me cabe ninguna duda de que las almas encerradas en esos tarros no murieron con el corazón lleno. Es decir, no creo que ninguna de ellas haya pasado por delante de Kvath rumbo al Mala.

Y esa idea...

Es casi insoportable.

39

RHORDYN

Una campana repica y el tañido viaja por el río como si fuera una piedra.

El toldo de paja de una tienda de aparejos de pesca situada junto al río me protege de la llovizna que atraviesa la oscura mañana mientras observo cómo las verjas levadizas se alzan con intervalos lentos y chirriantes, removiendo la capa de niebla que se ha instalado sobre la superficie del agua. Entre el hueco de la boira veo la silueta sombría de una barcaza con las velas hinchadas y lámparas entre ellas y alrededor del borde de la embarcación.

El río Norse serpentea desde los alpes de las profundidades del norte, una ruta mercantil bidireccional que sirve a todo el continente. Las barcas rumbo al sur flotan con la suave corriente, mientras que quienes viajan al norte requieren que los cascos estén abarrotados de hombres con remos capaces de impulsar los barcos a través de la corriente de agua fangosa cuando no sopla el viento.

El Norse roza todos los territorios en su trayecto hacia el mar y desemboca en el océano justo aquí, en la capital de Bahari. Se abre paso entre la muralla gruesa, fortificada y bien iluminada de Cainon que circunda la ciudad, atraviesa el rincón del distrito comercial y luego afluye en la bahía. Pero, en lugar de disponer de un camino libre que permita que los barcos vayan y vengan a placer, la única grieta de la muralla está tapada por unas verjas levadizas de metal custodiadas por guardias armados a conciencia. La alzan siempre que un barco necesita cruzar, cual dientes férreos de control que pueden devorar un navío con un simple movimiento de palanca.

Suspiro, me sirvo del puñal para quitarme la suciedad de debajo de las uñas y clavo los ojos en el gigantesco ballenero atracado delante de mí, al otro lado del ancho sendero adoquinado. Las velas azules remendadas cuelgan inertes y muestran todas sus heridas, dando a entender que el último viaje no fue precisamente tranquilo.

Eso y el estado apagado de la tripulación, cuyos miembros se tambalean sobre piernas frágiles, por fin libres después de pasarse tres horas haciendo rodar barriles de aceite por el muelle hacia el almacén al otro lado de la calle. Frunzo el ceño al recordar sus llagas abiertas y sus dientes podridos, una clara señal de que se han pasado semanas en las profundidades de la embarcación, quizá sobreviviendo a base de ron, sebo y carne de ballena.

Un hombre baja del ballenero y recorre el muelle, con los pantalones holgados ceñidos por un trozo de cuerda. Lleva un pergamino en una mano y un saco cargado por encima del hombro. La gorra de adorno indica que es el capitán.

Bueno, lo que queda de él.

Pasa por delante de un grupo de soldados de rostro agrio apostados a la entrada del muelle, sube hasta una tienda de piel con lámparas en los cuatro costados —en la que hay una mesa de caballete de madera donde deja el manuscrito— y espera.

El general sentado detrás sigue hojeando un libro de contabilidad. Tiene las facciones largas y afiladas, el pelo lustroso y recogido en un moño arreglado, y hombreras de oro que desprenden un brillo resplandeciente.

—¿Hay algún problema, general Grimsley? —pregunta el capitán mientras se frota la barba áspera que le cubre medio rostro.

—Capitán Rowell —dice, plantando un dedo sobre el libro de contabilidad—, veo que atracaste en este puerto por última vez hace unos ocho meses.

—Sí. —Frunce el ceño—. Es el tiempo que he necesitado para llenar los cascos...

—Perdona que lo diga, capitán, pero me cuesta muchísimo creerlo. —Grimsley lo mira con ojos astutos.

—¡Es la verdad! —exclama Rowell, con los ojos como platos al señalar su barco con una mano—. ¿Acaso crees que me gusta vivir en ese sitio de mierda más tiempo del necesario?

—Debo admitir que a estas alturas del año tu barco parece ciertamente más maltrecho que de costumbre. —Grimsley observa el muelle.

—Porque lo está. Hemos tenido suerte de volver vivos. —Rowell asiente hacia el pergamino—. Si no te importa, te agradecería que miraras los registros, contrastaras los números con lo que acabamos de guardar en el almacén de ahí y me des unas cuantas monedas para que pueda volver a casa con mi fam...

—Sabes que solo se te asigna el alquiler del barco si se cumplen las cláusulas —lo interrumpe Grimsley—. La supervivencia de nuestra ciudad depende del aceite que nos traes. Si dejamos de avivar las llamas que mantienen nuestra muralla iluminada por la noche, moriremos todos.

—Soy muy consciente de ello, señor. Y habría regresado mucho antes si las ganancias no hubieran sido tan escasas.

—¿Me estás diciendo que habéis cazado durante la época de migración y, aun así, habéis tardado ocho meses en regresar con los cascos llenos?

—Correcto —sisea Rowell, dejando en el suelo el saco y plantando el puño sobre la mesa. Se inclina hacia delante—. He perdido a tres hombres. Buenos hombres con mujer y niños a los que ahora me toca visitar, mirar a los ojos y decirles que su padre no va a volver. Tarde o temprano, vais a tener que comprar a la gente para que se encargue de esta mierda, y esa es la puta verdad.

Un escalofrío me recorre la columna al mirar a los hombres y a los diez soldados que montan guardia con ojos agudos y manos preparadas sobre las lanzas.

—Bueno. —Grimsley medita y se saca un pañuelo del bolsillo del pecho para limpiarse la saliva de Rowell que le ha salpicado la cara—. Hoy no. Hoy ni siquiera te voy a pagar por el aceite; por lo menos hasta que haya visto tus libros de contabilidad, haya hablado con algunos de tus marineros y esté convencido de que no habéis atracado en Rouste ni en Ocruth para entregarles a ellos el aceite a cambio de un recargo durante los meses que habéis estado fuera. Supongo que mantienes los registros actualizados, ¿no?

Enarco una ceja.

Hace años que no compramos a barcos balleneros, y por aquel entonces solo fue porque las cosechas de las aceitunas fueron pésimas por culpa de una temporada de mal tiempo. Pagamos un recargo altísimo —la exigencia de Cainon a cambio de sus recursos invertidos, ya que es él el propietario de los asquerosos barcos—, pero no tengo ninguna duda de que ese dinero terminó llenando los bolsillos correctos. Los marineros recibieron generosas propinas y no tenían motivo alguno para robar a los de arriba. Fue un año muy pero que muy lucrativo para Bahari. Y eso da paso a una pregunta: ¿por qué de repente el discurso se está empañando?

Quizá han diezmado muchísimo el océano y están buscando a alguien a quien culpar.

—Por supuesto que tengo los registros actualizados —espeta Rowell antes de escupir sobre el libro de contabilidad abierto en la mesa de Grimsley—. Ve a buscarlos tú mismo. Mete las narices entre sus páginas. Nos hemos enfrentado a marejadas y huelen a vómito.

Recoge el saco del suelo, da media vuelta y pasa a toda prisa por delante de mí hacia la calle mientras masculla una maldición.

«Interesante».

Grimsley se aclara la garganta, limpia el escupitajo de su libro de contabilidad con el pañuelo y lo lanza a la basura.

Con el ceño fruncido, meto mi puñal en la funda y me calo más la capucha al reparar en que la barcaza de Ocruth por fin ha atracado. De ella desembarcan pasajeros agotados que empujan carritos o portan cestos en la espalda con bebés sujetos sobre el pecho y niños boquiabiertos pegados a las piernas.

Uno de los soldados arrastra una cadena gruesa por el suelo adoquinado, rompiendo el silencio con el traqueteo. Está atada a un poste, creando una barricada ante la que se espera que hagan filas los hombres, las mujeres y los niños.

Una ráfaga de viento los azota y lleva su fuerte olor a miedo hasta mis fosas nasales.

Frunzo más el ceño, con los sentidos aguzados.

Un hombre de pelo oscuro con la túnica roja de mercader supera la cadena arrastrando un carro lleno de mercancías. Los soldados se lanzan como buitres y con rapidez hurgan en lo que contiene. Tras aclararse la garganta, el mercader se acerca a la mesa y lanza miradas nerviosas a la mujer con dos niños que sigue detrás de la cadena.

—¿Nombre? —pregunta Grimsley, con la pluma en alto.

—Ruslan, señor.

Un caballo y un carruaje lleno de medusas se tambalea entre la tienda de aparejos y la aduana, y durante unos segundos no me deja ver.

—¿Por qué has venido hasta Parith? —Garabatea en la página.

—Soy mercader ambulante, señor.

—¿La documentación oficial?

Ruslan le tiende un pergamino, que Grimsley desenrolla y lee mientras anota algo en el libro de contabilidad.

—Estando aquí, vas a tener que conseguir uno nuevo. Este empieza a descolorirse.

—Sí, señor.

Uno de los niños pequeños pasa por debajo de la cadena, echa a correr por delante de un soldado que se abalanza sobre él y se pega a la pierna de Ruslan.

Grimsley frunce el ceño y pasa la mirada del crío a la mujer que está detrás de la cadena, con una criatura sobre el pecho.

—¿También respondes por esas personas?

—Sí, señor —contesta Ruslan, asintiendo con la cabeza—. Es mi familia.

Grimsley les hace señas para que se acerquen y un soldado afloja la cadena para dejar que la mujer y el pequeño se aproximen.

—¿Sois refugiados?

—De Ocruth. Nuestra casa fue destrozada. Y... —Ruslan se aclara la garganta y baja el brazo para revolverle el pelo negro a su hijo—. Y apenas llegamos a tiempo al búnker —consigue terminar.

La mujer se le acerca y le pone una mano en el hombro como gesto reconfortante.

Grimsley asiente y escribe algo más.

—¿Buscáis un sitio donde mudaros?

—Sí, señor. Así es.

—Muy bien. —Le devuelve la documentación y despide a Ruslan con un movimiento de mano rápido—. Tú puedes pasar. Tu familia se subirá a una barca rumbo a una de las islas más alejadas. Seguid a Quill, por favor —indica, mirando hacia la mujer de rostro pálido mientras señala hacia el marinero que monta guardia tras él—. Os llevará a una bodega temporal, donde esperaréis hasta que zarpe la siguiente barca.

Se me forma un nudo en el pecho.

«Debe de estar de coña».

—Pero, señor —balbucea Ruslan, apretando a su hijo mientras con la otra mano sujeta la camisola de la mujer con un agarre posesivo—, tengo la documentación en regla...

—Para ti sí. Eso no incluye a tu familia. Lo siento, en la ciudad el espacio es limitado.

—Pe-pero ¡en la ciudad se negocia mejor! Debo vender nuestras joyas de familia para disponer de suficiente dinero para empezar de cero...

—Pues te sugiero que lo hagas rápido —asevera Grimsley, lanzándole una sonrisa tensa—. O eso o renuncias a vuestras joyas y te unes a tu familia en la siguiente barca. Tú eliges. Pero hazlo deprisa, tenemos mucha gente a la que atender.

El hijo de Ruslan empieza a gritar cuando lo arrancan de la pierna de su padre.

—¡Suéltalo! —aúlla la mujer, tirando del niño mientras el bebé pequeño, que es una niña, se aferra a su pecho, llorando.

—¡No es justo! —grita Ruslan, empujando al soldado y cogiendo al niño por los hombros para abrazarlo contra sí—. Por favor, tened piedad. Por favor. No nos queda nada. Sin esto, nos moriremos de hambre todos...

Un soldado le sujeta los brazos y se los pone detrás de la espalda.

—Ruslan, como no te calmes ahora mismo —le espeta Grimsley—, romperé tus papeles.

Una oscura oleada rompe en mi interior y me destroza la piel. Son las ganas de abandonar las sombras y cruzar la calle ancha para hundirle el puño en el pecho a Grimsley y hacerle añicos el corazón entre los dedos. O quizá para cogerlo de las costillas y usarlas para abrirle el pecho como si fuera un libro. Y ver sus pulmones respirando por última vez.

Me aparto de la escena y busco calma en el interior en penumbra de la tienda de aparejos. Los gritos del niño siguen retumbando en una mañana por lo demás tranquila y cierro los ojos. Con fuerza. Me crujo los nudillos y el cuello. Me imagino que tengo los pulmones llenos de olor a ámbar y flores silvestres.

—¡Siguiente! —vocifera Grimsley.

Me obligo a darme la vuelta y a aflojar los puños mientras contemplo a una mujer a la que conozco, de piel oscura y pelo blanco y temible, que le llega hasta las caderas. Empuja el carro hasta la mesa, arrastrando la túnica de mercadera por los charcos de suciedad del suelo.

Luce una cicatriz que le va de la comisura de los labios a la oreja. Tiene los ojos de un marrón tan oscuro que es casi negro.

Grimsley frunce el ceño al ver a Cindra después de repasar sus papeles, con clara incertidumbre demudándole las facciones.

—¿Eres mercadera? ¿Cómo es que no te he visto antes?

—Soy nueva en el oficio, señor.

Él vuelve a releer su documentación y la acerca a la luz de la lámpara.

Aprieto los dientes tan fuerte que me duelen.

—¿Hay algún problema, señor?

Uno de los soldados que hurga en su carro aparta la piel que cubre un montón de sacos de cuero. Está masticando algo al acercarse al contenido.

—Hojas de arce negro, señor. Figura en la lista.

Grimsley asiente y le hace señas a Cindra para que pase.

Ella avanza con el carro por delante de mí y espero a que haya cruzado media calle hasta las tiendas que se alzan sobre las aceras antes de seguirla. Tras doblar por un estrecho callejón, nos encontramos detrás de una montaña de cajas mojadas.

—¿Cuántos marineros hay en este?

—Siete —responde Cindra con los dientes apretados. Retira la piel y coge uno de los sacos de cuero de arriba. Lo abre, introduce los dedos entre el contenido y hace una mueca—. Si es que todos consiguen pasar el control de esa rata. No me sorprendería que a la mitad los mandaran de regreso Norse arriba con la siguiente barca.

No le digo que, teniendo en cuenta los dos últimos envíos fluviales, es justamente lo que va a suceder.

Para sacar los barcos de las aguas de Bahari una vez que los hayamos conseguido, a este lado de la muralla necesitamos a una pequeña multitud de marineros diestros con profundas raíces en Rouste y en Ocruth.

Hasta el momento, solo disponemos de cuarenta y tres.

—Me muero de ganas por volver junto a la mesa y partirle la boca con el puño —mascula mientras saca una hoja negra del saco y se la mete en la boca.

«Yo quiero hacer algo mucho peor que eso».

—Me he dado cuenta de que todos los viajeros estaban asustados al bajar de la barca...

Asiente y mastica a la vez.

—Anoche estuvimos a punto de no detenernos después de ver a una manada de vruks junto a la orilla del río.

—¿Hacia Lorn? —Me da un brinco el corazón.

Otro asentimiento.

—A este lado de la frontera. No es problema vuestro.

No, pero, a juzgar por la actitud de Cainon en el Cónclave, dudo de que vaya a molestarse en mover un solo dedo para protegerlos.

—Son mercaderes, no guerreros.

—Y seguro que se dan cuenta de que el pueblo no paga el diezmo anual cuando toque. —Cindra me tiende el saco abierto—. ¿Queréis un poco? Calma los nervios.

Tras ignorar la oferta, giro sobre los talones y observo el final del callejón.

En dirección a Orlaith.

«Tengo todo lo que siempre he deseado y tú te lo estás cargando».

Aprieto los puños y me crujo los dedos.

Debo respetar sus deseos. Debo darle espacio. Aplacar una parte de la energía sanguinaria que me chisporrotea en las venas antes de que se vea obligada a presenciar esa parte de mí...

«Joder».

—¿No será mejor dejar que los vruks se acerquen hasta aquí? —pregunta Cindra con la boca llena y la oigo escupir en el suelo—. Quizá el Alto Maestro del Sur se preste antes a ayudar si sufren la misma rabia.

«No».

—No es así como hago las cosas. —Me meto una mano en el bolsillo, saco un manojo de llaves y se las lanzo—. La posada El Sepulcro. En la otra punta de esta puta ciudad.

—Estupendo —canturrea mientras se las guarda.

—Puedes fiarte de la posadera. Comprueba que la tripulación consigue una habitación.

Vuelvo a introducir una mano en el bolsillo y saco una ficha de plata pesada para dársela.

Cindra enseguida la coge y frunce el ceño.

—Maestro.

—Hay una tripulación de ballenero muy contrariada. El barco del capitán Rowell está atracado al otro lado del muelle. Si no regreso y a nuestra gente la siguen rechazando, síguele la pista. Podría ser una alternativa viable, y, por el aspecto de su barco, saben cómo navegar por aguas revueltas.

Me giro y echo a caminar por el callejón.

—¡Él no mostraría el mismo respeto por vuestro pueblo! —

me grita Cindra cuando doblo hacia la calle principal, ocupada tan solo por una rata que corretea por los adoquines y que termina desapareciendo por un agujero de la muralla.

—Ya lo sé —murmuro, dirigiéndome hacia el río.

40

ORLAITH

No os estáis esforzando suficiente —dice Elder Creed. Sus palabras se me clavan en la piel, hecha un empapado gurruño en el suelo entre mi propio charco de vómito.

El plátano que me he comido para desayunar no me ha sabido igual de rico al salir.

—No hago más que esforzarme —espeto con los dientes apretados y con todos los músculos del cuerpo ardiendo al incorporarme, con rastro de vómito en las mejillas y la pesada trenza arrastrándose sobre la piedra como una serpiente muerta.

Una sucesión de olas rompen contra los muros con tanta violencia que es como si el espacio estuviera lleno de truenos.

Me imagino que la próxima es más alta.

Más furiosa.

Me imagino que golpea la piedra azul hasta que esta cede y libera un torrente que inunda la Pecera como si fuera un pulmón lleno de sangre.

—En ese caso, ¿por qué no estáis progresando?

Me tiemblan los brazos, que apenas si consiguen sostener mi peso, y gruño, un ruido interrumpido cuando arqueo la espalda y suelto otra vomitona.

«No volveré a comer plátano nunca más».

—Decidme una cosa. —Se me acerca; su túnica con capucha es un borrón gris que veo de reojo—. ¿Creéis que lo merecéis?

—¿El qué? ¿Vomitarlo todo sobre vuestro suelo escrito?

—Ser Alta Maestra. Estar con ese gran hombre que de entre todas os ha elegido a vos.

Suelto una carcajada grave y vacía mientras observo las diminutas palabras talladas en la piedra, iluminadas por un rayo de luz que se cuela por un agujero del techo.

… retorcer y sembrar.
Asfíxiala mientras duerme o recibe una bendición letal.

Me da un vuelco el estómago con una arcada que me sube por la garganta y que me deja el sabor fuerte de la sangre sobre la lengua.

—Es una pérdida de tiempo —mascullo—. Mi valía no debería determinarla mi habilidad de trepar por una maldita piscina.

—La Pecera —me corrige y gruño con otra náusea seca acalambrándome las entrañas—. Y estéis o no de acuerdo, eso no tiene importancia. Así es como se hacen las cosas. Permitid que os sugiera que invirtáis menos energía en protestar por una de nuestras tradiciones más antiguas y más en mostrar conformidad.

Sus palabras me queman más que la bilis que me arde en la garganta.

«Conformidad».

Aprieto los puños, obligo a mis rodillas a alzarse y me pongo en pie delante de Elder Creed sobre unas piernas que apenas me sostienen. Tras él, las anguilas eléctricas se retuercen y se giran para golpear la jaula de cristal.

Él ladea la cabeza. Su cara es un vacío sombrío que me veo obligada a imaginarme.

—¿Hay algo que os gustaría decir, Maestra?

Muchas cosas. Demasiadas.

Las puertas de la entrada se abren y Cainon aparece en lo alto de las escaleras. Cruzado de brazos, nos observa desde arriba.

Me trago las palabras. Las guardo en un punto profundo y oscuro.

—No —musito, girándome hacia la Pecera. Estiro el hombro para prepararme a zambullirme de nuevo—. Nada.

Apoyo la daga en la punta del dedo y le doy un golpecito para notar el filo puntiagudo perforándome la piel. Una gota de sangre se libera.

Cierro los ojos y me imagino vertiéndola en el cáliz de cristal.

Y dejándolo en la Caja Fuerte.

Y oyéndolo a él subir las escaleras. Abrir el armarito. Cerrarlo.

Un escalofrío me recorre la piel de la cabeza a los pies y me sorbo la herida. Abro los ojos y miro hacia la puerta de mi habitación, rememorando el día en el que se arrimó contra mí.

Sus palabras, un rasguño frío sobre mi oído, decididas a golpear la parte descarnada y vulnerable de mí que intento por todos los medios ocultar.

Pero ya no hay ninguna puerta entre los dos. Anoche me lo dejó clarísimo.

No tengo nada tras lo que esconderme. Nada con lo que protegerme.

Con un rugido, lanzo la daga hacia la puerta. En el mismo instante, se abre de pronto y Kolden y una mujer a la que no he visto nunca a duras penas esquivan el arma silbante.

Suelto un grito, con el corazón desbocado, cuando el puñal se clava en la pared del recibidor tras ellos.

Dos pares de ojos van del arma bamboleante a mí, cruzada de piernas sobre la cama y con una mano sobre los labios.

—Es que… Perdonad. Ha sido casualidad.

—He llamado, Maestra… Y me he preocupado porque no habéis respondido.

Me encojo y miro a Kolden.

«No he oído nada».

—Lo siento mucho… Quizá la próxima vez podrías llamar más fuerte…

La mujer sonríe de una forma brillante y segura que acrecienta su exótica belleza. Joven, con la piel dorada y el pelo color miel tras los hombros, tiene los ojos de un tono violeta oscuro con un rastro azulado alrededor de la pupila. Está guapísima con ese vestido de seda azul con ribetes dorados, un conjunto humilde que no deja de ceñírsele a unas curvas bien proporcionadas.

Me mira de arriba abajo con un barrido de ojos de pestañas gruesas.

—Me caéis bien.

La mujer retrocede hasta el recibidor, coge mi puñal y lo arranca de la pared.

—¿Quién eres? —le pregunto.

Ella se gira hacia Kolden.

—Gracias por acompañarme. A partir de aquí ya sigo yo sola —dice antes de cerrar la puerta ante el rostro desconcertado del guardia—. Estoy encantada de seguir viva —trina con un guiño mientras entra en la habitación y me devuelve la daga. Con la empuñadura hacia mí.

«Creo que a mí también me cae bien».

—Me llamo Gael. —Se sienta a mi lado en la cama y me coge la punta de la pesada trenza, que sigue empapada y chorreando sobre mi camisola después de la práctica de buena mañana en la Pecera; le quita la cinta y desenreda los mechones con dedos ágiles—. Mi madre recibió un mensaje del Alto Maestro en el que me pedía que viniera al palacio y os hiciera una visita guiada por la ciudad. Mi familia es la propietaria de un monopolio de barcos mercantes que usamos para importar bloques de cristal de las afueras de Arrin, así que me conozco bien la ciudad. —Se levanta y se autoinvita a adentrarse en mi habitación para abrir la puerta de mi vestidor antes de desaparecer en el interior—. Nos espera un carruaje frente a la puerta. ¡Oh! ¡Me encanta este vestido!

—¿Un carruaje? —Las cejas me dan tal brinco que por poco se me salen de la cara.

—Ajá.

Me pongo en pie y corro por la habitación para abrir las puertas del balcón de par en par y salir a echar un vistazo por encima de la balaustrada.

Pues sí, en el patio inferior hay un carruaje bañado en oro, atado a un par de caballos blancos que golpean con las patas los charcos formados por la lluvia de anoche.

Me agrada ver que Cainon es fiel a nuestro acuerdo.

Una oleada de emoción me electrifica las venas y aferro la barandilla más fuerte.

«Hoy puede que encuentre a Madame Strings».

Gael sale al balcón con un vestido con volantes sobre cada brazo.

—¿Azul o azul? A mí personalmente me gusta el azul.

Hago un mohín para mis adentros.

Al final he terminado acostumbrándome a esta falda larga y sencilla con una camisola igual de sencilla remetida por la cintura. Se aleja bastante de mi preferencia, pantalones y blusa, pero es mejor que la ropa deslumbrante, elegante y banal que me propone.

—Ninguno. Me pondré una capa encima de lo que llevo.

—¡De ninguna manera! —Los ojos casi se le salen de las órbitas—. He recibido instrucciones estrictas de consentiros. Y eso es exactamente lo que pienso hacer.

—¿Instrucciones de… Cainon? —pregunto, intentando descubrir a quién le debe lealtad. Y hasta qué punto tiene una relación estrecha con el hombre que hoy por lo visto tan solo está interesado en dejarme ver la ciudad desde el asiento trasero de un carruaje.

—Vale, era mentira. —Pone los ojos en blanco—. Es que me apetece mucho vestiros. Contáis con muchos conjuntos preciosos y yo nunca he tenido una hermana. Dadme el gusto —me ruega, tendiendo una prenda en mi dirección.

Me muerdo las mejillas por dentro.

Por desgracia para mí, cargarme su buen humor no me ayudará en absoluto a salir del carruaje.

—Está bien —mascullo y acepto el vestido.

Gael se pone a gritar y a dar palmadas mientras regreso a mi habitación.

Al mirar hacia atrás, la veo contemplando la ciudad. Cojo mi daga de la cama y abro la puerta del tocador para sacar un pedazo de tela que esta mañana he desgarrado de la sábana. Tras acercarme al cuarto de baño, riego los tarros con los esquejes que he situado sobre el alféizar de la ventana, me desvisto y me ato el puñal sobre el muslo con la tela. Una nueva forma de mandar a la mierda en silencio a Rhordyn y su inesperado regalo, que soy incapaz de tirar a la basura.

Me pongo el vestido, lo subo hacia arriba y forcejeo con los cierres desconocidos de la espalda. Me giro para mirarme en el espejo. Al cabo de unos cuantos minutos de lanzar maldiciones, Gael llama a la puerta.

—¿Necesitáis ayuda?

Acepto encantada e intento no moverme mientras me aparta el pelo a un lado y abrocha las numerosas presillas que recorren la espalda del vestido.

—Por cierto… Tengo entendido que el Alto Maestro de Ocruth os tenía encerrada en una torre y que alimenta a los vruks con su gente.

—Eres… —Me acaba de dejar sin aliento.

—¿Encantadora? ¿Carismática? ¿Un ejemplo de estilo y moda?

—Muy directa.

—Hay que serlo para sobrevivir en nuestra sociedad. —Se encoge de hombros.

Unos cuantos botones más y el vestido se me ciñe y se me pega a las curvas de una forma que detesto.

—Me ofreció cobijo —digo al final—. Y que yo sepa no alimenta a los vruks con su gente. Pero podría estar equivocada.

—¿Así que habéis vivido allí muchos años y apenas lo conocéis?

Algo en mi interior se remueve.

«¿Está intentando sacarme información? Quizá le han pedido que se lo cuente luego todo a Cainon…».

Niego con la cabeza.

—Apenas lo vi cuando era pequeña. Y ya de mayor empezó a intentar empujarme por la puerta. Y aquí me tienes —añado con una sonrisa apagada—, empujada con éxito.

Gael arruga la nariz, una expresión que sugiere que mi respuesta no es para nada tan jugosa como se esperaba.

—Bueno, por lo menos parece que habéis aterrizado de pie.

Bajo los ojos, que me pesan por la certeza de que no estoy para nada de pie, sino flotando en un océano furibundo, impotente ante el embate de la tormenta que no deja de arreciar sobre mí. Ese día en el Charco me ahogué y todo el aire que he cogido desde entonces no ha conseguido devolverme al mundo de los vivos.

Todos los días intento en vano salir de la Pecera y el corazón y el alma se me descomponen un poco más cada vez.

—Sí, soy muy afortunada.

Tras abrochar la última presilla, me recoge el pelo con una mano y pasa un peine de dientes separados por los mechones húmedos.

Abre los ojos como platos al rozarme el brazo por detrás con los dedos.

—Parece una llaga...

Me tapo la herida con la mano y percibo su mirada seria en el espejo.

—No es nada.

—¿Os lo ha hecho alguien, Orlaith?

—No —mascullo; es tanto una negativa como una omisión de la horrible verdad.

«Me lo hice yo».

Odio la lástima que le nubla los ojos al mirarme.

—No confiáis en mí... —Me dedica una sonrisa triste.

—No confío en mucha gente —confieso—. Y menos si acabo de conocerla.

—Valoro la sinceridad. —Asiente y vuelve a contemplarme el brazo—. Sobre todo en un mundo en el que las mentiras suelen usarse como moneda de cambio.

Una píldora de información útil que guardo en el bolsillo para más tarde.

Se pone a reflexionar y se muerde el labio inferior antes de cerrar la puerta de mi cuarto de baño y apoyarse en ella, con la mirada fija en el suelo. Tras respirar hondo unas cuantas veces, me mira y advierto que la chispa vivaracha ha desaparecido de sus ojos.

Con el ceño fruncido, me giro y me apoyo en el tocador con los brazos cruzados.

—Cuando tenía dieciséis años, conocí a un chico. Trabajaba en el muelle y, tan pronto como nos miramos, fue... Nos enamoramos en un santiamén —dice, pasándose un mechón por detrás de la oreja—. Lo metí en mi cuarto y me entregué a él... porque quise. —Hace una breve pausa y traga saliva, bajando de nuevo la vista al suelo—. Uno de mis guardias se enteró, se lo contó a Madre y no he vuelto a verlo. Por ninguna parte. Como si hubiera desaparecido de la faz del continente.

Se me cae el alma a los pies.

—Por lo visto, no era lo bastante bueno. En realidad, Madre tenía planes para casarme con alguien que fuera a suponer un vínculo ventajoso para la familia, alguien que sintiera la misma fe ciega que ella con la esperanza de convencerme para vivir la misma religiosidad que ellos... Y mis discrepancias lo mandaron todo al garete por culpa de sus rígidas creencias de que las mujeres deben ser vírgenes hasta que se casen.

—Gael...

Se encoge de hombros.

—Madre me arrastró hasta los Sabios para que me expiase y dijeron que debía recibir veinte latigazos para purificar el cuerpo. —Se pasa el pelo por delante de los hombros y se gira.

Pongo los ojos como platos al ver las cicatrices en forma de líneas que le recorren la espalda. Doy un paso adelante, las rozo con los dedos y noto sus trazos endurecidos.

—Eso es...

—Una mierda. Ya lo sé —dice y me mira por encima del hombro—. Y el colmo fue que me dijeron que no debía comentar mis impuridades en voz alta. Jamás. Porque, si se corría la voz, sería una vergüenza para mi familia.

—No se lo contaré a nadie —me apresuro a asegurarle.

—Yo tampoco —repone, asintiendo hacia mi brazo y esbozando una media sonrisa—. Ahora que tenéis en la palma de vuestra mano mi mayor secreto, puedo taparos la herida si queréis.

—¿Sí?

Asiente y empieza a abrir y cerrar cajones.

—Seguro que entre tantos cosméticos hay base de maquillaje... ¡Ajá! —Coge un pequeño disco, abre la tapa y me aplica su contenido sobre la piel con una esponja; seca el ungüento antes de dar una segunda capa—. Ya está —dice y se inclina para inspeccionar su obra—. No se ve nada.

—Gracias...

Sonríe y se concentra en mi pelo, que separa para recogerlo en alto con horquillas doradas, y luego me da la vuelta y ladea la cabeza.

—¿Un poco de kohl, quizá? Tenéis unos ojos preciosos. Podría hacer que resaltaran.

Niego con la cabeza y ella suspira, enrollando uno de los mechones que me ha dejado sueltos sobre la cara con el dedo índice.

—Bueno, estáis hermosa de todos modos.

Con el ceño fruncido, observo mi reflejo. El corpiño me ciñe las curvas hasta medio muslo, donde se transforma en una cascada de lazos sedosos.

—Estáis descontenta...

Cojo un bucle y lo suelto para que rebote rumbo al suelo.

—Es que... si quería ir con algo más sencillo es por un motivo.

—Ah, ¿sí?

Asiento y me muerdo el labio inferior.

—Desde el asiento trasero de un carruaje solo se ve una parte de la ciudad. Esperaba adentrarme más... en sus profundidades. —La miro a través de las pestañas y me encojo de hombros—. No sé si sabes a qué me refiero.

Cuando se da cuenta, abre los ojos y luce una sonrisa de oreja a oreja que le ilumina la cara, un gesto encantador y lleno de picardía.

—Ya sabía yo que me caíais bien.

Desde el asiento que ocupo junto a la fina cortina que cubre la ventanilla, observo a niños de pelo oscuro correr por las calles, saltando sin parar y lanzando pétalos de flores al paso de nuestro carruaje, un imán de atención insaciable que congrega una nueva multitud de espectadores con cada giro que damos.

Los rostros se suceden en el pequeño hueco de la cortina, con los ojos iluminados por la emoción. Me encojo al notar su atención y me desplazo al fondo del asiento.

Con dos guardias sentados detrás de la cabina, dos en el asiento delantero y Kolden siguiéndonos a caballo, estamos inundadas de guardias.

—Estoy nerviosa —murmuro, respirando hondo para aplacar mis tensos pulmones.

—No lo estéis. —Gael mira por la ventanilla—. Me parece que ya ha pasado suficiente tiempo desde que hemos salido. Hemos rodeado los enclaves sociales más importantes, así que la gente no dejará de comentar que ha visto pasar el carruaje. —Se cambia de asiento y desliza una trampilla que hay al principio de la cabina para darle un montón de instrucciones al cochero que para mí no tienen ningún tipo de sentido.

—¿Ha funcionado? —le pregunto cuando se sienta de nuevo.

—Puedo llegar a ser muy persuasiva —me dice mientras menea las cejas—. Deberíamos disponer de unas cuantas horas de libertad.

—Y... ¿qué vamos a hacer?

Se pasa un mechón largo por detrás del hombro, un gesto que me he dado cuenta de que hace a menudo.

—¿Qué queréis hacer vos?

—¿Hay algún mercado hoy?

—No, creo que no. —Frunce el ceño y se da golpecitos en los labios con un dedo—. No, solo los nocturnos en la plaza del mercado. Una vez al mes hay uno en el paseo marítimo que dura todo el día, pero no será hasta la semana que viene.

El ánimo se me desploma sincronizado con los hombros.

«Mierda».

—En ese caso, no tengo ni idea...

—A ver, ¿qué queréis hacer? ¿Por vos?

—¿Por mí?

—Sí. ¿Qué es lo que desea vuestro corazón?

«Que nada me importe. Ser capaz de soltar el pasado».

Me miro las manos durante un buen rato y luego levanto la vista.

—Libertad —susurro; una palabra que es mi espantoso secreto, que le entrego a cambio del suyo.

Me dedica una sonrisa suave y cómplice, y asiente.

—En ese caso, conozco el lugar perfecto.

El caballo que nos seguía aviva el paso y Kolden grita para que la muchedumbre se aparte. El carruaje empieza a ir más deprisa, traqueteando tanto que debo sujetarme al pasamanos.

Una inquieta rebelión se me amotina en el pecho cuando doblamos una esquina tras otra, moviéndonos en las sombras de la pared, y luego en dirección al río, permitiéndome ver una buena extensión de agua ondulada. Y pequeños muelles que albergan grupos de barcazas y unos barcos más grandes y raros con velas de distintos colores.

Al mirar por la ventanilla, veo como una enorme puerta adornada se abre para dar paso a lo que parece una comunidad rica.

Avanzamos sobre adoquinados pulidos y dejamos atrás jardines cuidados con casas enormes y relucientes, con mosaicos de colores vivos en las ventanas y tejados rematados con tablas doradas. El ambiente se vuelve salado cuando al fin nos detenemos cerca del mar, que brilla a lo lejos, delante de una casa enorme con tantas ventanas que contiene más cristal que piedra.

—¿Es tu casa? —Miro a Gael.

—Pues sí. Le he dicho al cochero que entraríamos para devorar un banquete de tres platos y luego para hacer una visita a la célebre colección de arte de mi madre —me contesta con una voz pomposa que me arranca una carcajada—. Se lo ha tragado al instante. Esta es la mejor zona de la ciudad, con un índice de delincuencia inexistente, así que los guardias encontrarán algún árbol bajo el que echar una cabezada.

—Eres brillante —le digo y cojo mi bolsa cuando se abre la puerta.

El criado dispone un escalón y me tiende una mano enguantada.

—Maestra.

Bajo entre un aluvión de tela azul que se derrama sobre los adoquines e inclino la cabeza hacia el sol para absorber el aroma de la libertad.

Con una sonrisa, Gael me aferra la mano y me conduce lejos de nuestro estoico séquito a través de la puerta de un jardín y en dirección a un patio enmarcado con una variedad de árboles cítricos que inundan el ambiente con su olor ácido. Después de levantar una roca de un parterre bien cuidado, saca una llave del musgo y la usa para abrir la sencilla puerta azul.

—Es la entrada trasera —susurra, poniendo los ojos en blanco—. No queremos que los criados nos vean. Son unos entrometidos incorregibles.

Entramos en un pasillo iluminado cuyo suelo está cubierto de losas de mármol gris para que haga juego con las paredes de piedra. No era lo que esperaba, teniendo en cuenta que por fuera luce la clásica piedra azul de la mayoría de las casas de Bahari.

—Siempre he vivido aquí —me informa Gael mientras cierra la puerta y empieza a caminar—. Padre murió cuando yo tenía seis años. Madre se niega a marcharse. Esta casa no ha cambiado ni un ápice desde entonces. —Me mira por encima del hombro; arrastra la cola del vestido de seda por el suelo—. Supongo que vos sabéis lo que se siente. Al perder a alguien, quiero decir.

Sus palabras me propinan un golpe físico en el pecho y algo en mi interior se marchita.

«No he perdido nada sin que fuera culpa mía».

—Era mucho más joven que tú. —Le dedico una sonrisa suave—. No recuerdo gran cosa.

«Mentira...».

Lo recuerdo todo. La cólera mortal que hirvió en mi interior hasta curvarme la espalda y producirme grietas en la piel que parecían costuras rotas. Recuerdo los gritos y el silencio que enseguida siguió. Recuerdo mirar alrededor y preguntarme dónde estaba mi madre; fue entonces cuando mi corazón se asustó de verdad.

Ojalá pudiera borrarlo todo de nuevo, pero no puedo. Está

adherido a mí. Es mi penitencia por haber arrebatado todas esas vidas. La de mi madre...

—A veces me gustaría poder olvidar —comenta Gael. Nos conduce hacia otra puerta, rumbo a unas escaleras en espiral. El aire se vuelve más frío cuanto más caminamos—. Hacer que Madre lo olvidara también. Invierte tanto tiempo y recursos intentando escapar de la muerte de Padre que todo lo demás palidece en importancia. En cierto sentido, ese día me convertí en una niña huérfana; así de invisible soy.

Me da un vuelco el corazón al pensar en que creció en esta casa con la posibilidad de darlo todo y que nadie estuviera dispuesto a aceptarlo.

—Lo siento mucho, Gael...

—No, lo siento yo. —Suelta una risa que suena vacía cuando deja atrás las escaleras para recorrer otro pasillo—. Pobre niñita rica, que se queja de su vida de lujos. Es una estupidez, ya lo sé.

Me lanza una sonrisa que no le alcanza los ojos y me guía hacia una puerta. Gira la rueda de una enorme lámpara que arroja luz sobre una bodega impresionante.

—Vaya... —Me quito los zapatos de adorno, que me estaban haciendo ampollas y sudar, y me giro para observarlo todo con los ojos como platos, maravillada.

«Baze se pondría las botas aquí».

Gael se pone de puntillas y coge una botella del estante superior. Sopla para quitarle el polvo a la etiqueta blanquinegra.

—Este parece caro —murmura. Coge un sacacorchos de detrás de un barril y lo clava en el tapón.

Dejo la bolsa en el suelo y me agacho para sacar mi ropa de repuesto.

Ella bebe un buen trago y se limpia los labios con el antebrazo mientras me tiende el vino y suelta una exhalación.

—Pues sí —croa—. Es de los buenos.

—¿Lo has hecho antes? —le pregunto, aceptando la botella.

—Soy una experta en el arte de huir de mis problemas. —Me sonríe de oreja a oreja.

—Vaya, pues brindo por eso. —Me llevo el vino a los labios y doy un buen sorbo. Pongo una mueca cuando el líquido fuerte me golpea la garganta.

Gael se afana con mi vestido. Me zafa del asfixiante corpiño dándome más aire botón tras botón mientras compartimos el vino, hasta que noto la espalda libre y desnuda.

—Enseguida vuelvo —dice y bebe otro trago antes de pasarme la botella y levantarse las faldas—. Voy a escabullirme a mi habitación de la cuarta planta para buscar otra cosa que ponerme mientras vos os cambiáis.

Me quito el vestido, arranco una de las capas de la larga falda y uso la tela para envolverme el pecho; a continuación, extraigo los pantalones de piel marrón y la camisola azul que compré en el mercado. Me recojo el pelo en un moño bajo y lo afianzo sobre la nuca.

Me estoy poniendo el gorro en la cabeza, con una sensación cálida y confusa en la tripa, cuando Gael regresa a la bodega con una sencilla capa con capucha de un fuerte tono cerúleo. Su larga melena no se ve por ninguna parte.

—Increíble —jadea y me mira con los ojos como platos mientras cierra la puerta tras de sí, con dos máscaras negras en la otra mano.

—¿El qué? —Me meto unos cuantos mechones sueltos bajo el gorro.

—Parecéis un chico. Muy guapo, pero chico de todos modos. Nadie sospechará jamás.

Una sonrisa me tira de las comisuras de los labios.

Mete las máscaras en mi bolsa y yo frunzo el ceño mientras le doy lo que queda del vino.

—¿Para qué son?

—Ya lo veréis —dice, guiñándome un ojo—. Vamos a ir al sitio que frecuento cuando quiero ser libre. Os va a encantar, os lo prometo.

Guardo el resto de mis cosas en la bolsa mientras ella apura la botella; forcejeo con el cierre de mi cupla para intentar quitármela.

Gael se detiene en pleno trago y se aleja la botella de los labios.

—No creo que debierais hacer eso…

—Soy la única que lleva una cupla de lapislázuli. Me delataría.

—No sé… —Se muerde el labio inferior—. ¿Estáis segura?

—No pasa nada. —Me peleo con el cierre y tiro de él—. No es la primera vez que me la quito. Luego me la vuelvo a poner y listo.

—¿Y si…?

La pulsera cede de golpe y un trozo dorado del cierre traquetea en el suelo entre las dos.

Nos quedamos mirando el fragmento de oro y un sudor frío me perla la piel.

—Mierda. —Me la quito de la muñeca y examino el cierre roto que cuelga del brazalete—. Creía que en teoría las cuplas no se rompían nunca.

—Y no se rompen —susurra Gael. Al levantar la vista, me encuentro con sus ojos abiertos y temerosos—. Que se rompan es un mal presagio. Un malísimo presagio.

—Ya lo arreglaré —murmuro, metiéndola en mi bolsa—. Cainon no se enterará.

Pero, por más que esas palabras hayan emergido de entre mis labios, el eco de las suyas me rodea el cuello con las manos…

«Un mal presagio».

41

ORLAITH

Nos adentramos en un túnel, cuya entrada está oculta detrás de un barril vacío de la bodega. La salida nos lleva hasta la orilla rocosa que se alza al otro lado de las puertas de la comunidad. Siguiendo el litoral del mar, llegamos al paseo marítimo.

Gael me conduce por calles animadas, entre la zona vibrante y colorida de la ciudad; viramos por callejones secundarios que cada vez están más tranquilos, hasta que la luz parece atenuarse y los edificios son más bajos. Cuanto más nos adentramos en el laberinto de calles, más solemne resulta la atmósfera y más personas empiezan a clavar los ojos en el suelo, en lugar de mirar hacia delante. Los hombres fuman en pipa bajo la sombra de puertas desgastadas; las mujeres lavan la ropa en cubos de madera en medio de la calle, y los niños llevan prendas remendadas con distintos tonos de azul, con risas no tan libres como las de los chavales que viven más cerca del océano.

Nos arrimamos a la sombra de la muralla, tan alta que debo alargar el cuello para ver las gigantescas torrecillas de arriba, que siempre se encienden una hora antes de que el sol se ponga y resplandecen durante la noche. Es la barrera colosal que protege la ciudad del nido de irilaks que por lo visto habitan en la jungla colindante.

Acelero el paso para seguir a Gael. Estaba tan ocupada mirando a mi alrededor que nos hemos separado un poco.

—¿A dónde vamos?

—Ya lo veréis. —Se cala la capucha más sobre el rostro—. La

mayor parte de la gente que vive a la sombra de la muralla es pobre. Es una zona abarrotada y húmeda y plagada de moho, pero muy rica en secretos.

Un aleteo me golpea el corazón.

«Me gustan los secretos».

La sigo y doblamos una esquina hacia un estrecho callejón. Encima de nosotras zigzaguea una red de cuerdas, cargadas de ropa y sábanas goteantes. Esquivo los charcos del suelo y veo la cola de la capa de Gael revoloteando y empapándose más con cada segundo que pasa.

—¿Y cómo te llegaste a enterar de esos secretos?

Hace una pausa, se acerca para hurgar en mi bolsa y extrae las máscaras para tenderme una.

—Antes a menudo me escabullía por la noche y exploraba la ciudad. Cuando se pone el sol, es un mundo diferente. Más emocionante.

Sonrío al percibir la punzada de arrobo que le tiñe la voz y me contagia una oleada de emoción que me acelera el corazón.

Se pone la máscara sobre la cara —es como si se hubiera pintado la parte superior con un brochazo oscuro— y yo hago lo propio. Me guía hacia un callejón más estrecho que desciende hacia una escalera sombría que forma un túnel ganado a la tierra.

—Y una noche, a punto de cumplir diecinueve años, encontré por casualidad este sitio...

Llama con los nudillos a la vieja puerta azul al final de la escalera: tres golpecitos rápidos, dos lentos y tres rápidos otra vez.

Apoyo la cadera en la pared y me cruzo de brazos.

—No me vas a asesinar, ¿verdad que no?

Se aparta de la puerta y se inspecciona las uñas.

—Después de veros a punto de decapitar a vuestro guardia, y teniendo en cuenta que lleváis una daga atada al muslo derecho, creo que no me voy a arriesgar.

«Vaya, vaya».

—Buena vista.

—En esta ciudad, conviene ser observador. —Se encoge de hombros—. Literalmente. —Suelta una carcajada sin humor—.

Creo que es la única lección importante que ha llegado a enseñarme Madre. Soy una rebelde y esta lección me ha salvado el culo más de una vez. Parith puede ser una ciudad despiadada si no la conoces lo bastante bien.

—De hecho, hay algo que quería preguntarte, ya que estás tan familiarizada con este sitio…

Gael arquea una ceja.

—No sabrás dónde podría encontrar a una mujer llamada Madame Strings, ¿no?

—La he visto por ahí. —Pone una mueca, como si acabara de oler algo agrio—. Me pone los pelos como escarpias. ¿Qué queréis de ella?

—Tengo preguntas. Y me han dicho que sabe muchas… cosas.

—Eso es cierto. —Hace una pausa—. ¿Por eso queríais ir a ver los mercados?

Asiento y ella, al haberlo comprendido, me mira a los ojos.

—Siento no poder ayudaros…

—No lo sientas —le digo. De pronto, la puerta se abre y de ella sale un hombre fornido de mirada afilada y barba espesa que le cubre el rostro huraño, mientras que la otra mitad está tapada por una máscara bastante parecida a las nuestras.

Los dos asienten brevemente antes de que Gael me coja la mano y me lleve a cruzar la puerta. Tras bajar una estrecha escalera de caracol, llegamos a una cueva enorme y húmeda que parece interminable; está iluminada por una sucesión de lamparillas circulares que cuelgan del techo. Un latido grave recorre el suelo, como si bajo mis plantas descalzas hubiera un corazón que palpita más rápido.

Y más rápido.

Las paredes están forradas de enredaderas y paso los dedos por las ramas aterciopeladas, donde siento el mismo latido dramático. El intenso olor salado a sudor se me mete en la garganta, acompañado del néctar dulce y floral con el que últimamente estoy demasiado familiarizada.

El rico aroma del deseo libidinoso.

Giro la cabeza. El olor es tan embriagador que alivia el peso de mi cuerpo, me acelera la respiración y me endurece los pezones, que me duelen bajo la banda de tela ceñida.

—¿Qué es este sitio? —le pregunto a Gael al oído cuando alcanzamos una curva de la cueva, cuya piedra se vuelve más suave gracias a la capa de musgo mullido en la que hundo los pies.

Me lanza una sonrisa maliciosa por encima del hombro.

—Una guarida de las ninfas del bosque. —Llegamos a una espesa cortina de enredaderas que impide el paso—. Agarraos fuerte, Alta Maestra...

Se me desboca el corazón cuando Gael mete las manos en el dosel natural y abre un hueco para que pasemos.

De repente, el silencio se acaba. Los ruidos y los tamborileos me golpean con tanta fuerza que estoy segura de que hacen que me traqueteen los huesos.

Doy un paso adelante y observo desde un entresuelo tallado en la pared la enorme cueva rematada con una red de lámparas que arroja un suave resplandor dorado en el espacio.

En el fondo, una pequeña cascada se vierte en un estanque y luego la corriente fluye por el centro de la caverna. Desde el suelo musgoso se alzan árboles repletos de frutos de un rojo intenso, algo bastante raro en una cueva subterránea. Un trío imponente de tamborileros pelirrojos con ropa holgada está sentado sobre una gran piedra plana que hace las veces de tarima, lo que los coloca a cierta altura, por encima de una multitud que da vueltas sin parar.

Debe de haber doscientos hombres y mujeres, unos con ropajes gruesos, otros con apenas vestimenta y algunos con nada más que una máscara y la erótica confianza de su absoluta desnudez al tiempo que se mueven al ritmo de la música como si fueran un corazón palpitante. El fuerte olor a sexo embarga el ambiente y me provoca cosquilleos en la piel con un calorcillo encantador.

Trago saliva con dificultad y contemplo la escena intrigadísima.

—Cuando entran en celo, las mujeres beben tónicos que las vuelven estériles —grita Gael por encima del estruendo mientras se abre el cierre de la capa—. Y luego vienen aquí y se follan a la persona o al ser que quieran, hasta que se les apaga el fuego.

—¿Al ser que quieran? —Abro los ojos como platos.

—Un día yo lo hice con una ninfa —dice con mirada soñadora—. Son muy esquivas y a menudo se parecen a las demás criaturas, pero os aseguro que no lo son.

Me arden las mejillas. Su comentario ha prendido unas ascuas rebeldes en las profundidades de mi vientre. O quizá sea tan solo el latido. Los olores. Las máscaras. El musgo bajo los pies.

Gael se quita la capa y deja al descubierto el vestido con tiras hecho de una tela dorada que se le ciñe a las curvas del cuerpo como si fueran trazos de pintura, y la envidio por la capacidad de desvestirse y desnudarse con tanta belleza.

Y con tanta seguridad en sí misma.

—Hay gente que viene aquí a disfrutar de la música y a dejarse llevar… Y luego hay quienes solamente quieren echar un polvo —ronronea con un guiño.

Arranca uno de los enormes frutos rojos de la red de enredaderas que cubre la pared y que parece brotar de la piedra. Los coloridos brazaletes que lleva en la muñeca tintinean al chocar entre sí.

—¿Qué clase de fruta es esa?

—Una que no es apta para vos. —Su tono ahora ya no es tan distendido—. Las cultivan las ninfas del bosque. Calientan la sangre y hacen que sientas deseo de forma insensata —Sus palabras me golpean como si de flechas llameantes se tratara—. Lo último que necesitáis ahora mismo. A algunas mujeres las han tachado de brujas y quemado en la hoguera por haber roto su sello en vísperas de que se celebrase su ceremonia de casamiento.

—¿Cómo?

—Sí. —Gael asiente—. Recientemente menos, pero… —Se encoge de hombros y señala hacia mi bolsa—. Para algunos, en el momento en el que alguien acepta una cupla, el cuerpo ya no le pertenece.

Con el corazón en un puño, me la quedo mirando, asimilando sus palabras desde todos los ángulos posibles.

Gael pega un buen mordisco a la carnosa fruta y el jugo rojizo se le desliza por la barbilla mientras el comentario de Cainon retumba con fuerza en mis oídos.

«Por lo tanto, si te tomase aquí mismo, ahora mismo..., ¿sangrarías por mí?».

En aquel momento, me calentó la sangre. Ahora mismo me la hierve.

Gael se dirige hacia las escaleras talladas en la pared.

—¿Venís?

Respiro hondo, aunque el gesto no consigue mover el nudo asfixiante que se me ha instalado en el pecho.

—Enseguida voy.

—No os habré asustado, ¿verdad? —Frunce el ceño—. Podemos irnos si queréis.

—No pasa nada. —Niego con la cabeza—. Me quiero quedar. Es que... necesito un momento.

—Vale. —Sonríe y se le empiezan a empañar los ojos con una neblina lujuriosa al comer otro bocado. Habla con la boca llena—: Estaré cerca de la cascada. Por lo general ahí hay unas cuantas caras enmascaradas en cuya compañía me lo paso bien —dice, guiñándome un ojo—. Tan solo debéis dirigiros hacia allí cuando estéis preparada. Sin presión.

La observo bajar las escaleras del tranquilo entresuelo. Abraza a una mujer enmascarada con una melena muy corta. Se dan un beso intenso y tierno antes de que Gael enlace la mano con ella y la conduzca hacia el latido cargado, desapareciendo así de mi vista.

Doy un paso atrás y apoyo la espalda en la pared cubierta de plantas para deslizarme hasta el suelo.

«En el momento en el que alguien acepta una cupla, el cuerpo ya no le pertenece».

Introduzco los dedos entre el musgo mullido y en la tierra fría que hay debajo. Finjo que son las raíces de un árbol que se hunden en el reconfortante suelo. Pero apenas me quita algo de esta presión claustrofóbica con que me aplastan las palabras de Gael.

«No debería estar aquí».

Si me pillase en un sitio así la persona equivocada, las consecuencias serían catastróficas. Eso está más claro que el agua. Es una idea que no debería provocarme este relámpago de emoción en la sangre que me electrifica por dentro y por fuera.

«A algunas mujeres las han tachado de brujas y quemado en la hoguera por haber roto su sello en vísperas de que se celebrase su ceremonia de casamiento».

Resoplo, niego con la cabeza y me pregunto cuántas de aquellas mujeres sintieron lo mismo que yo: que habían vendido el cuerpo y no el alma; que las sábanas blancas en las que dormían eran una jaula en cuyo interior estaban malditas y debían marchitarse.

Prometerse con otra persona no debería significar que una se pierde a sí misma en el proceso.

Las vibraciones de la cueva rebotan en mi interior. Aspiro los olores punzantes y botánicos y me llegan a los pulmones, y noto en mi cuerpo un estallido de vida intensa y palpitante.

Una carcajada me surge de la garganta.

No abandoné mi Línea de Seguridad para verme obligada a permanecer dentro de otra caja. Ni para ser la posesión de un hombre que ni siquiera me conoce.

Le dije a Cainon que sería su perfecta Alta Maestra y lo seré. Pero todavía no soy suya.

Sigo siendo mía.

Y ahora mismo… me apetece bailar.

Me pongo en pie y miro hacia la muchedumbre apenas iluminada, abandonada a su propio esplendor erótico, con los rostros medio ocultos por las máscaras. Lo único que percibo es una oleada de movimiento desnudo y ruidos sordos y extremidades enmarañadas. Paso los dedos por el borde de la tela suave que me cubre las facciones.

«Nadie va a reconocerme».

Una nueva oleada mareante me inunda y me quito el gorro, me suelto el pelo y dejo que caiga pesado y libre. Me guardo la horquilla y el gorro en la bolsa y luego la escondo detrás de unas densas enredaderas antes de bajar las escaleras, pasando los pies por encima del suelo musgoso para adentrarme en el jaleo y dirigirme hacia la cascada.

Cuerpos sudados me empujan y se me arriman, personas de ojos vidriosos que se dan unas a otras esas frutas rojas mientras se manosean y bailan y se tambalean.

No soy nadie, no soy nada. Tan solo un cuerpo en una marea de movimiento carnal que no tiene ritmo ni razón.

Empiezo a ralentizar los pasos y dejo de avanzar, encantada por el excitante latido de los tambores. Rodeada por un pulso colérico, mi cuerpo se bambolea, incitado por el olvido imprudente que me aligera las extremidades y me calienta la sangre.

Echo la cabeza hacia atrás, aflojo las caderas y los hombros, y muevo la pelvis, con el pelo enredado, y me mezo como el agua del mar. Pero la tela que me rodea el pecho es demasiado tensa. Se me clava y me constriñe los brazos. Controla mis respiraciones.

«Estoy harta del control».

Meto una mano debajo de la camisola y me arranco el extremo de la venda que me aplana las curvas para liberarme con dedos fieros y frustrados, y suelto un embriagador suspiro de alivio cuando la tela cae a mis pies. Me revuelvo el pelo suelto mientras los pechos me rebotan con el pulso rítmico de mis movimientos; me duele la garganta ante el ascenso de las emociones..., y me dejo llevar.

Por primera vez en mi vida, me dejo llevar de verdad.

Soy libre.

Pierdo la noción del tiempo y de mí misma. No hay nada más que el latido, el musgo acolchado entre los dedos de los pies, los ricos olores que se cuelan en mis sedientos pulmones.

Cuando alguien me desliza una mano por delante y me provoca cosquilleos en la piel, arrimado contra mi espalda, detengo los movimientos de golpe y porrazo.

—Eres majestuosa —me susurra al oído una voz desconocida, grave y rasposa.

Miro hacia atrás y me encuentro ante unos ojos azul claro con un destello lascivo. Veo un pelo corto y rubio, y medio rostro joven y apuesto con un seductor hoyuelo, acentuado por una cicatriz en forma de curva desde la comisura de la boca hasta debajo de la máscara.

—Gracias…

Mi corazón y los tambores galopan sincronizados…

Bum. Tam, tam. Bum. Tam, tam. Bum.

—No te he asustado, ¿verdad?

—No. —Levanto la barbilla—. De hecho, es el momento perfecto.

No me aparto de él cuando acompasa sus movimientos a los míos. Ni cuando me rodea con sus fuertes brazos. Me permito disfrutar de la cercanía de tener un cuerpo que se acelera por mí, para variar, sin ningún pensamiento en la mente más allá del siguiente movimiento de mis caderas.

Cuando me roza el cuello con los labios, ladeo la cabeza para permitirle acceder mejor a mi piel y le dejo que me lama como si significara algo.

Como si nosotros significáramos algo.

Me giro y contemplo su cuerpo alto y fornido, su rostro ruborizado con una sonrisa traviesa y los ojos envueltos en una lujuria cósmica.

Algo tremendamente egoísta se enciende en mi interior, unas ascuas que cobran vida. Y no quiero que se apaguen. No quiero extinguirlas pensando en qué está bien y qué está mal y qué se espera de mí. No quiero pensar en lo que he prometido. Ni a quién me debo.

Es evidente que tampoco quiero pensar en las horribles consecuencias de la idea rebelde que de repente me obsesiona.

Mi corazón adopta un nuevo ritmo al darme cuenta de que quiero esto. Quiero recuperar el poder que he perdido sobre mi cuerpo por el simple hecho de que dos hombres poderosos son incapaces de tratarse con respeto.

Por una vez en mi vida, durante este minúsculo y egoísta instante, quiero que si sangro sea por mí.

El chico abre los ojos, sorprendido, cuando le cojo la mano y tiro de él entre el gentío para conducirlo más allá de los árboles frutales y las rocas musgosas, cruzar el arroyo burbujeante y adentrarnos en el fondo sombrío de la cueva, cuyo techo bajo está lleno de estalactitas resplandecientes.

Me doy la vuelta, le agarro la camisa con el puño y lo empujo hacia mí para apoderarme de sus labios con un beso desesperado que primero lo paraliza y después le provoca un profundo gemido que penetra en mi interior.

Le arranco los botones de la camisa, meto las manos debajo de la tela y recorro sus firmes músculos con las palmas antes de quitarle la prenda por los hombros.

—Más despacio —murmura contra mis labios.

Me desabrocho los botones con la misma voracidad histérica.

—No quiero ir despacio —mascullo. Me desnudo; tengo la piel cubierta por una humedad turbulenta.

«Solo quiero ser libre».

Me pone las manos sobre los pechos desnudos.

—Joder.

Engullo sus palabras con un beso que se traga su gemido retumbante, le cojo la muñeca y le bajo la mano por mi vientre.

—Por el amor de los dioses —susurra mientras me desabrocha los botones de la cintura.

Se abre paso entre mis bragas e introduce los dedos en mi interior; siento el latido delicioso y me arrimo contra él para obligarlo a entrar más hondo.

Y más hondo.

—Necesito más —murmuro, con las manos sobre la maraña de enredaderas que amortiguan las paredes. Él me baja los pantalones y la ropa interior. Se detiene cuando me roza el puñal con los dedos.

—¿Qué...?

—Déjalo —gruño y me deposita un beso en la pierna, murmurando que soy una caja de sorpresas mientras me desnuda del todo. Me sigue besando en el interior de los muslos separados.

Le cojo el pelo y le aparto la cabeza segundos antes de que sus labios entren en contacto con esa parte de mi cuerpo porque me parece demasiado íntimo. Demasiado personal. No quiero que me saboree. Quiero que me rompa.

Se incorpora, nuestras bocas colisionan de nuevo y baja las manos para quitarse los pantalones. Sus movimientos se vuelven apresurados al desnudarse y su firme erección se me clava en la barriga.

«Joder».

El corazón se me desboca cuando me sujeta una pierna para levantarla y separarme, abrirme, con la cabeza roma de su masculinidad sobre mi entrada tensa e inexplorada.

Todos los músculos del cuerpo se me agarrotan, los pulmones se me paralizan.

Levanto la vista, me concentro en las centelleantes estalactitas que salpican el techo y me recuerdo que debo respirar.

Lo agarro del culo, lo urjo a seguir... y reprimo un grito cuando mueve adelante las caderas y me rompe.

42

RHORDYN

Recorro la lodosa ribera. El río se vuelve más débil con cada meandro que serpentea entre los árboles. Observo a través del pelo que me cae sobre los ojos y veo el primer indicio de que me estoy acercando: un árbol alto y cristalino que llora sobre el suelo, un resquicio del estallido que cayó del cielo y eliminó a la tóxica raza de los Unseelie congelando el territorio central de Arrin en una eternidad vidriosa. El eco del estallido incluso crepitó y se extendió hacia las afueras de Bahari, Rouste y Ocruth.

Destrozó todo lo que tocó.

Arrin es ahora una cápsula del tiempo que luce todas sus heridas para aquellos que son lo bastante valientes como para aventurarse en el cementerio cristalino, aunque pocos se atreven. No hay vegetación. No hay nada más que dunas translúcidas y un viento fuerte que lentamente cubre la desolación con un polvo fino y blanco que se te mete en los ojos y en los oídos y en la boca para que te cueste respirar.

Pero, en las afueras, los mineros se ganan la vida en el cuerpo sólido de las dunas y los bosques y las junglas transparentes y sin sombra proporcionan refugio para la gente que tiene demasiado miedo como para confiar en que la luz de una lámpara los mantendrá a salvo de los irilaks. Lorn es uno de los varios pueblos atrapados en la difusa línea entre la vida y la muerte, entre el cristal y la tierra. Se alza en el punto prominente del recodo más estrecho del río Norse, al otro lado de una curva que es demasiado difícil como para que barcos más grandes puedan maniobrar en ella.

Sigo corriendo hasta que la jungla frondosa y fértil se vuelve cristalina y fría a pesar de los osados rayos de sol que inciden en las copas transparentes y en los grupos de edificios, arbustos y piedras. Unas vetas de cristal escarpado se extienden por el suelo y ascienden por los árboles. Cubren las cabañas pequeñas y calman a los caballos, algunos con la cabeza gacha comiendo briznas vidriosas atrapadas en una eternidad luminosa en la que nunca crecerán.

Sé que llego demasiado tarde por el duro hedor que inunda el ambiente. Por el montón vaporoso de irilaks que se remueven emocionados, en el interior de sombras grandes que drenan zonas de jungla inmaculada.

No les presto ninguna atención al aminorar el paso y agacharme detrás de un matojo. Con el puño apretado sobre la lanza robada, contemplo a un vruk enorme escarbando la tierra con el hocico rechoncho a poca distancia de la línea cristalina, bajo una enorme y oportuna esquirla de sol que mantiene alejados a los irilaks.

Con las garras sobresaliendo de las patas, escarba y escarba, como un gato jugando con la comida. La madera traquetea y unos aullidos amortiguados suenan bajo tierra.

«Hay un búnker».

Ante un establo de cristal que está manchado de sangre, otro vruk se encorva sobre un montón de carne, con la cabeza ladeada mientras devora la comida.

Los huesos se parten. Se rompen.

Se astillan.

Alguien grita a lo lejos, un sonido acallado enseguida por un fétido rugido que me eriza el vello de los brazos.

Muevo el cuello de un lado a otro.

«Son tres. Por lo menos».

Advierto movimiento y me llama la atención el líquido amarillo que se desliza por el tronco de un árbol no lejos de mí y que llena el aire de la peste distinguible de la orina. Levanto la vista hasta la frágil copa, donde un niño pequeño de cabello pajizo, mejillas lacrimosas y ojos azules me mira fijamente. Las rodillas huesudas a duras penas rodean la rama en la que se está sujetando.

Un gimoteo se le derrama de los labios temblorosos y me llevo un dedo a la boca.

El niño asiente y hunde la cara en un brazo.

Salgo a la hierba y me agacho en un rayo de sol, con la lanza baja, y acto seguido desenfundo mi daga. La empuñadura de madera está fría bajo los dedos cuando clavo el arma en el suelo.

Y la arrastro hasta dejarla de lado.

El estridente ruido del rasguño atraviesa el aire y me hace apretar los dientes.

La bestia que atacaba el búnker yergue la cabeza en mi dirección. En las fauces tiene astillas de la puerta y me perfora la mirada con sus ojos negros. Soltando humo por la nariz ensanchada, arroja la madera a un lado y empieza a rugir. Se abalanza hacia mí sacudiendo el suelo con pasos estruendosos que llaman la atención del vruk que se está dando un festín en el establo.

Blando el filo y me concentro en el que está más cerca. No me muevo hasta que noto su fuerte aliento contra la cara; levanto los brazos y hundo el arma larga en el cristal del suelo.

La punta afilada chirría al atravesar las capas.

Me echo atrás y en la expresión fiera del animal veo que se ha dado cuenta.

Se tambalea, le resbalan las patas y patina sobre la superficie pulida. Su pecho desnudo se estampa con el arma letal.

Un gimoteo ahogado emerge de la bestia cuando su cuerpo engulle el filo. El pelaje, la carne y los huesos dejan paso a la dura punta. La sangre brota a borbotones por el golpe mortal y la criatura comienza a aullar de forma entrecortada hasta que se queda inerte y le sobresale la lengua de las fauces abiertas.

Se oye un chasquido fuerte, luego otro y otro.

Me aparto del arma y una grieta recorre el cristal hasta subir por el tronco del árbol en el que se esconde el niño.

La rama en la que se sujeta se parte y él empieza a gritar al perder el punto de apoyo.

Se desploma y pego un salto para cogerlo con el brazo antes

de que se estrelle contra el suelo. Me lo arrimo al pecho y brinco por encima de la bestia caída mientras me guardo el puñal en la funda y le doy la espalda a los dos vruks que siguen precipitándose hacia nosotros. Levanto al niño y lo empujo hacia otro árbol.

—¡Trepa!

Con un sollozo, asciende e impulsa su cuerpecillo frágil entre el follaje quebradizo, que tiempo atrás vibraba de vida.

Me dirijo hacia mi lanza…

Algo tira de ese hilo tierno de mi pecho, un levísimo temblor que me hace flaquear y clavar los ojos en el sur. Mi piel recibe el arañazo de la furia.

Miro entre los árboles como si buscara el rostro de ella. O sus ojos.

El suelo sigue retumbando, pero apenas me doy cuenta, pues esa sensación es como un tallo roto que deja tras de sí un vacío sin sentido que lleno de rabia asesina.

Con un rugido, cojo la lanza del suelo, doy media vuelta y giro el brazo, mirando a la criatura que galopa hacia mí aullando. Me balanceo hacia delante y blando el arma afilada por el aire para empalar al vruk por las fauces abiertas.

Sus patas ceden y se inclina para estamparse con el tronco frágil de un árbol de cristal que se hace añicos con el impacto y se desparrama por el suelo con una violencia ensordecedora.

Empuño el mango de mi arma y la arranco del cadáver que rodea el filo. Saco el puñal de la funda con la otra mano y lo ondeo por el aire. Lo hundo con un golpe húmedo en el ojo de la tercera bestia al cargar hacia delante. Mis botas arrancan crujidos a las esquirlas diseminadas. Sujeto la empuñadura con ambas manos y le rebano el cuello al vruk con tanta fuerza que le arranco la cabeza, que cae al suelo con una lluvia de sangre palpitante.

Silencio.

Me detengo, lleno de aire mis sedientos pulmones, relajo los hombros e inclino la cabeza para mirar hacia el cielo azul entre las hojas cristalinas.

«Respira».

Con una mano sobre el pecho, justo encima de la cálida bolsita de ella, suplico que algún ruido interrumpa el silencio.

«El silencio es lo peor».

Obligo a mis músculos a ponerse en acción y examino la escena ensangrentada, con líquido rojizo goteándome de la cara, las manos y la espada.

Los irilaks ocultos en las sombras prácticamente vibran, profieren chasquidos y se envalentonan para acercarse más a la luz, quizá esperando que una nube tape el sol y puedan devorar a los tres vruks.

Levanto la vista hasta el niño, cuyas mejillas han perdido todo color.

—¿Estás bien? ¿Te duele algo?

No parpadea. No habla. Tan solo me mira como si fuera peor que los monstruos a los que acabo de matar.

—¡Remad! ¡Más rápido! ¡Más rápido!

La orden a voz en grito me lleva a girar la cabeza y a mirar entre los árboles de cristal manchados de sangre.

Una barquita que se dirige al norte con lámparas encendidas abandona la jungla sombría y se planta bajo la luz del sol que se filtra por el dosel cristalino, rumbo al recodo cerrado que da paso al pueblo. Los numerosos remos que salen del casco de la embarcación la impulsan entre un caos errático.

Un borrón de movimiento me llama la atención. Un vruk enorme y oscuro se dirige hacia la barcaza con largas y poderosas zancadas.

—Mierda —mascullo al verlo saltar de la ribera del río, con garras de ébano, para intentar superar la distancia de casi tres metros que los separa. Dos mercaderes con túnica roja gritan tan pronto como la criatura se estampa contra el lado izquierdo y provoca que la barca se incline con una sinfonía de gritos amortiguados.

La bestia se tambalea, pero el navío empieza a escorar por el peso que se aferra al casco, hasta que la criatura pierde el agarre y se hunde en el agua.

La barca se endereza con un violento balanceo que hace que los mercaderes salgan volando por la cubierta.

Al ver que el vruk emerge del río a la altura de la jungla sombría infestada de irilaks, echo a correr hacia la ribera.

—¡Lanzad el ancla! —grito y uso el antebrazo para limpiarme la sangre de la cara mientras señalo hacia las cabañas de cristal con tejados inclinados—. ¡Esta gente necesita refugio!

Uno de los mercaderes me mira a los ojos por debajo del borde de la capucha.

—¡Remad! —aúlla, con los nudillos blancos al aferrarse a la barandilla y ponerse de pie.

La barca empieza a avanzar y niego con la cabeza, siguiéndola por la ribera. El segundo mercader se levanta junto al timón y vira la embarcación mirando directamente hacia la proa.

—Putos cobardes. —Enfundo la espada y doy varios pasos antes de echar a correr para alejarme de la ribera y saltar por los aires. Aterrizo en la cubierta con tanta fuerza que la barca se inclina. Mis botas salpican sangre y embarran los tablones de madera mientras un puñado de gritos los hacen vibrar.

Con el ceño fruncido, miro al suelo y desplazo la atención hacia el hombre que aferra el timón con fuerza. Apenas me da tiempo a ver sus ojos muy abiertos bajo su capucha roja antes de que trastabille y caiga de espaldas con un fuerte chapoteo.

Con un gruñido, me giro y me dirijo hacia el hombre de la proa, que ahora está observándome.

Rezando.

—Oh, poderes brillantes, dejadme entrar por las puertas de Kvath, por favor...

Una ráfaga de viento le quita la capucha y deja al descubierto su rostro liso y su cabeza rapada. Pongo los ojos como platos al ver la letra V invertida que tiene marcada en la frente.

Es un shulak.

—Huelo tu miedo —gruño al aproximarme.

Sigue pronunciando palabras con labios temblorosos.

—Que los dioses tengan piedad, pues mi corazón no está en paz. Por favor, rodeadme con vuestros cálidos brazos y llevadme hasta el Mala, pues no soy sino vuestro más leal servidor.

—Odio ser yo quien te lo diga —mascullo con una grave carcajada—, pero nadie te está escuchando. Les importas una mierda.

«Tú y todo el mundo, de hecho».

Mete una mano en el interior de su abrigo y extrae una daga corta que brilla con la luz. Acelero el paso, aprieto los puños y me detengo cuando la blande y se hace un buen corte en el cuello que le vierte regueros de sangre sobre el pecho. Con la boca abierta y los ojos en blanco, un gorgoteo emerge tanto del tajo como de los labios antes de que se desplome sobre la cubierta.

Su sangre se derrama sobre la madera y se propaga hacia mí como dedos carmesíes.

Me aclaro la garganta, le doy la espalda y cojo el ancla, una zarpa pesada y metálica que lanzo por la borda. Se clava en la ribera centelleante, atascada entre dos enormes rocas de cristal enormes.

Tirando con todo mi peso de la cadena, suelto exhalaciones bruscas y tenso los hombros y los tendones de los brazos para impulsar la proa de la embarcación hacia la orilla. Nos estampamos en la ribera y afianzo la cadena.

Me aparto el pelo empapado por el sudor y miro atrás, hacia la trampilla que se encuentra en la popa de la barcaza.

Mis pasos retumban sobre la cubierta e imprimen la sangre rojo fuerte del shulak con cada zancada. Bajo el brazo, cojo la manecilla metálica y tiro hacia mí. El hedor a mierda, a meados y a temor me inunda la nariz, una mezcla pútrida que me provoca ganas de vomitar.

Miro alrededor, me tapo la mitad inferior de la cara con la capa y bajo las estrechas escaleras que llevan a la cubierta inferior hasta salir al casco iluminado por lámparas.

Abro los ojos como platos.

Sentados en los bancos que abarrotan el espacio, que por lo general ocupan hombres adultos y robustos, hay niños.

Ocho filas de dos. Todos ellos rapados y boquiabiertos.

«Con túnica gris».

Todos llevan una marca en forma de V invertida en la frente.

Una furia eléctrica me crepita en las venas y me muerde la piel al fijarme en las cuerdas que les atan las manos y que los obligan a sujetar los remos, y al darme cuenta de que están sentados sobre sus propios excrementos, algunos de ellos con la ropa manchada de vómito.

—¿Dónde están vuestros padres?

Mi voz retumba en la penumbra, respondida por un silencio que resulta ensordecedor.

Bajo otro escalón y me detengo justo antes de llegar al fango que cubre el suelo, y entonces una vocecilla pronuncia palabras que me patinan por la piel.

Se me detiene el corazón. Vuelve a reiniciarse cuando una segunda voz se une al cántico monótono y apagado. Luego una tercera, una cuarta, hasta que todos los del casco están recitando esas malditas palabras envenenadas...

Reparo en el miedo profundo arraigado en sus ojos y me doy cuenta de que no tiene nada que ver con la ropa ni con la mierda ni con el vómito, sino con el final de una profecía conocida por mí que me están lanzando a la cara.

—El mundo caerá en manos de la oscuridad. El mundo caerá en manos de la oscuridad. El mundo caerá en manos de la oscuridad...

—Joder.

43

ORLAITH

Al pasar la vista de una estalactita de neón a otra, me doy cuenta de que el techo parece una constelación. Un fondo precioso para un acto espantoso.

Quizá me están señalando, susurrando entre sí. Quizá saben lo que me aguarda en el futuro y están demasiado asustadas como para decírmelo.

Tal vez Vanth tuviera razón. Tal vez sí sea una bruja, después de todo.

El peso del hombre agotado tumbado encima de mí me resulta significativo. Está en mi interior. Un hombre al que ni siquiera conozco. Y, aunque me siento libre, también me siento un poco podrida por dentro.

No esperaba que doliera tantísimo. No esperaba que no hubiera ningún «vórtice cegador de placer» que me destrozara el alma, como leí en *La gitana y el rey de la noche*. Como sí sentí el día que Rhordyn me tocó en el balcón del Tallo Pétreo.

Tampoco esperaba sentirme tan sucia después…

Pero ya está hecho.

El desconocido se arquea y me da un beso. Lo empujo levemente. Se aparta y una mueca me demuda el gesto cuando sale de mí y cae a mi lado.

—Eres impresionante —jadea.

La luz tenue de la lámpara recorta su silueta, que se extiende en el musgo.

—Gracias —mascullo mientras busco mi ropa interior, con el

pelo formando una vergonzosa maraña que intento alisar con la otra mano—. Tú también has estado muy bien.

Me incorporo, paso los pies por las bragas y odio notar su mancha en la entrepierna. Me desato la funda improvisada de la pierna y me la sitúo sobre la cintura antes de ponerme los pantalones. Me peleo con los botones mientras él se levanta y se detiene ante mí, ni siquiera molestándose en buscar sus ropas.

—¿Puedo volver a verte? —pregunta. Me aparta el pelo de la cara y recorre con los dedos el borde de mi máscara. Su caricia es demasiado cariñosa.

Demasiado tierna.

Sus ojos, demasiado azules y suaves y necesitados.

—No. Pero gracias. —Tuerce los labios y le dedico una breve sonrisa—. Por no tratarme como un objeto valioso y rompible.

Le doy un beso casto en la mejilla y me pierdo en la animada muchedumbre con toda la rapidez que me proporcionan los pies. Una sensación de irritabilidad me nace en el pecho, una oleada de pánico devastador que me pone mala. Que hace que la gente a mi alrededor esté demasiado cerca. Demasiado caliente.

Y que mi propia piel me resulte más extraña que nunca.

Atravieso la marea de cuerpos palpitantes mientras esta malévola sensación se retuerce en mi interior amenazando con romperme las costillas como no le dé espacio para respirar.

Con los pies acelerados y el corazón desbocado, aparto de mí miembros enlazados, con la vista clavada en el suelo hasta que salgo a un claro.

Con ojos desesperados, barro el entorno apenas iluminado buscando un rincón oscuro y protegido que sea privado y esté vacío. Apoyo la espalda sobre las enredaderas que suavizan la pared y me hago un ovillo en el suelo. Me permito tomarme unos instantes para llorar la pérdida de algo que siempre esperé que fuera especial.

Me desmorono durante un momento en el que escondo la cabeza entre las rodillas y deseo que este dolor que siento entre las piernas me lo hubiera provocado otra persona antes de secarme las lágrimas, ponerme en pie e ir a buscar a Gael.

44

ORLAITH

Miro por la cascada y avanzo entre el caos serpenteante de gente embadurnada en sudor y en jugo de fruta dulce. Me aparto de la presión claustrofóbica cuando no consigo encontrarla por ninguna parte.

«¿Y si le ha pasado algo malo?».

El pánico me envuelve el corazón y me lo llena de un temor férreo.

Se me ocurre que el hombre que vigila la puerta quizá sepa dónde hallarla, así que corro hacia el entresuelo, recupero mi bolsa de tela, me peino y escondo el moño debajo del gorro. Me apresuro por el túnel y subo las escaleras de dos en dos, donde lo encuentro apoyado en la puerta.

—Ha supuesto que aparecerías tarde o temprano —dice, cogiendo el pomo con una mano—. Necesitaba tomar un poco el aire. Me ha pedido que, si te veía por aquí, te dijera que te esperaba en lo alto de las escaleras.

Con el ceño fruncido, cruzo a toda prisa la puerta en cuanto la abre y asciendo la escalera de caracol mientras me quito la máscara y me la guardo en la bolsa.

El corazón se me acelera al llegar a lo alto y ver que Gael no está.

Corro, estampando los pies en charcos que me salpican las piernas, y salgo del callejón.

—Maldita sea —mascullo, observando a la afanada multitud.

Histérica, clavo los ojos en una silueta apoyada en una pared a unas cuantas puertas de aquí. Aunque lleva el rostro oculto debajo de la capucha, reconocería su carísima capa de terciopelo en cualquier lugar. Contrasta con la suciedad del entorno.

El alivio sube tan rápido por mi interior que casi me entran náuseas.

Corro esquivando a gente y nubes de humo dulce expulsado por grandes pipas.

Gael se encoge cuando le sujeto el brazo y gira la cabeza en mi dirección.

—Ah —jadea, con una mano sobre el pecho resollante—. Sois vos.

Me da un vuelco el corazón al ver sus mejillas pálidas y sus ojos abiertos contemplando la calle abarrotada, con la vista clavada tras de mí, nerviosa.

—¿Qué pasa? ¿Ha ocurrido algo?

Ella sorbe con la nariz, se limpia un borrón de kohl de debajo de un ojo y mete su máscara en mi bolsa.

—Siento mucho haberme ido. Sé que ha no ha estado bien. Es que tenía que salir de ahí...

—Gael, ¿qué ha sucedido?

Suelta un suspiro tembloroso y se muerde el labio inferior.

—Me lo estaba pasando genial bailando y me he alejado para coger más fruta cuando un hombre se ha chocado conmigo y me ha quitado la máscara. Iba con otros dos y uno de ellos me ha reconocido. Me han acorralado contra una pared. Me han hablado de su hermano pequeño, que el año pasado trabajó en el hangar del puerto de Madre. Y que empezó a comportarse de forma rara y un buen día desapareció.

—¿Qué tiene que ver eso contigo? —Frunzo el ceño.

—Es que es eso. No tengo ni idea. —Sorbe de nuevo—. Nada de lo que me han dicho tenía sentido.

—¿Les has visto la cara?

—No. Pero ellos me han visto a mí de sobra. Y eso significa que ahora saben que frecuento la guarida. Un secreto que pueden usar contra mí o contra mi familia.

—Mierda...

—Sí, mierda. —Vuelve a sorber con la nariz—. Me han arruinado la experiencia. Les he lanzado la fruta y he echado a correr.

—¿Que les has lanzado la fruta? —Abro mucho los ojos.

Asiente y suelta una carcajada que le arruga los ojos y provoca la caída de una lágrima sobre su mejilla. Deja que la risa se apague mientras se suena los mocos.

—Lo siento. Sé que os prometí diversión...

Diversión...

La pequeña dosis de diversión que he tenido hoy podría costarme la vida. Pero preferiría morir por la espada de mis propias decisiones que verme despojada de la capacidad de tomarlas.

—Creo que la diversión está sobrevalorada —admito, apoyando la cadera en la pared.

—Quizá a mí ya también me quede grande.

Le paso un mechón de pelo suelto por detrás de la oreja.

—¿Qué te parece si buscamos un lugar tranquilo y pacífico, y... —me encojo de hombros y le lanzo una ligera sonrisa torcida— no hacemos nada?

—No hacer nada suena genial. —Fija los ojos en los míos.

—¿Sí?

Asiente y le brilla la mirada al dirigirla hacia mi bolsa.

—¿Lleváis una lámpara ahí?

—Tengo unas cuantas velas, ¿por?

—En ese caso, conozco el sitio ideal.

El edificio alto se alinea con la pared de delante y deja solo un ligero sendero, tan estrecho que no hay espacio suficiente para que caminemos una al lado de la otra. Después de haberse dejado los zapatos en la guarida al salir a toda prisa, Gael va descalza, como yo, y el dobladillo de su capa está tan sucio y mojado que parece más negra que azul.

El camino conduce hacia un puente curvado y adoquinado que se arquea sobre una profunda rambla con un torrente de agua que se mueve lentamente y que procede de las entrañas de la ciudad y pasa por debajo de la muralla. Un puente al que espero que me lleve Gael, pero me descoloca al sentarse en la orilla de la rambla y pegar un salto para aterrizar chapoteando, cubierta de agua hasta las rodillas.

Se gira y me lanza una sonrisa radiante.

—¿Venís?

Me quito la bolsa del hombro y se la lanzo antes de agacharme en la ribera y saltar con el corazón a toda velocidad.

Me patinan los pies sobre las algas, resbalo y, con un grito, caigo de culo con un ruidoso chapoteo que provoca la carcajada de Gael.

Con la ceja arqueada y agua goteándome por la cara, levanto la vista. Se está partiendo tanto de risa que se ha inclinado hacia delante y ha apoyado las manos en las rodillas.

—¿Estoy sentada sobre pis?

—Será mejor que no lo penséis —se ríe y se seca las lágrimas de las mejillas antes de tenderme una mano para ayudarme a levantarme—. Disculpad, os tendría que haber advertido.

—No pasa nada —digo, contenta de verla animada de nuevo, aunque sea a mi costa.

Me sacudo un poco de fango verdoso mientras ella hurga en mi bolsa y saca dos velas. Me tiende una.

—En realidad, no las necesitamos, pero no soy una gran amante de la oscuridad. ¿Lleváis alguna cerilla?

Le arrebato la bolsa y rebusco. Saco una de un tarro pequeño y prendo la cabeza sobre una piedra para encender las dos velas. Gael enarca las cejas y me guía por debajo del puente en dirección a la boca del desagüe que fluye debajo de la muralla, en cuya entrada cuelga una sucesión de lámparas llameantes.

—¿Vamos a entrar ahí? —le pregunto, con cieno entre los dedos de los pies al seguir sus pasos y recordar la clara advertencia de Rhordyn.

«No trepes por la muralla que rodea la ciudad. Es peligroso».

Siendo justos, no me dijo nada sobre pasar por debajo…

—Pues sí. Vamos a ir donde iba cuando era joven y necesitaba espacio. —Las palabras hacen eco cuando nos acercamos a la entrada y la cruzamos, con los pies sobre un fango más espeso.

378

El aire es denso y estancado, y la piedra curvada se cierne sobre nosotras desde todos los ángulos mientras avanzamos por el desagüe. Las velas encendidas iluminan una infinidad de telarañas de la parte superior del túnel. Algo serpentea junto a mi pie y me estremezco; reprimo las ganas de chillar, convencida de que esas cosas me cubren los brazos y la cabeza.

Se me pone de punta el vello de la nuca.

Al mirar atrás, no veo más que el túnel vacío del desagüe, que se alarga con cada paso lodoso que damos.

El aire empieza a cerrarse hasta que ya no tengo la impresión de que me lleno los pulmones de esporas mohosas.

Gael se detiene y apaga su vela.

—Mierda —masculla y miro tras ella, hacia la puerta de metal que bloquea la salida. Y hacia el candado que cuelga de ella, resplandeciente bajo la luz de las llamas de las numerosas lámparas atornilladas a la pared curvada.

—Mierda —repito y Gael suspira, toquetea el candado y tira de él. Incluso le asesta un puntapié.

—Qué absurdo. La última vez que vine no estaba cerrada…

—Déjame probar a mí.

Se aparta y apoya la espalda en la pared del desagüe para dejarme pasar.

Apago mi vela y me la guardo en la bolsa. Acto seguido, me quito la horquilla y libero mi pesada cascada de cabello. Introduzco la punta larga y afilada en la cerradura del candado, la giro, la remuevo… Clic.

El candado se abre y le lanzo a Gael una sonrisa triunfal.

Se ríe mientras niega con la cabeza y yo abro la puerta y le indico que me muestre el camino.

—Sois una caja de sorpresas. Si vuestro enlace no prospera, os voy a secuestrar y seréis mía.

Con las mejillas al rojo vivo, me peino y luego echo a caminar por unas enormes piedras lisas, cubiertas de una capa de algas, con los ojos entornados ante la cegadora luz del sol al observar en torno a mí.

Nos encontramos en lo alto de una pequeña colina que linda

con un gran valle. Un camino adoquinado parte del desagüe y baja la escasa pendiente junto al agua que va hacia la jungla salvaje. A lo lejos se oye el rugido de un río, hacia la extensión de tierra montañosa de hierba descuidada ligeramente salpicada de árboles bajo un cielo azul que me eleva el corazón.

No veo la muralla al otro lado de la frondosa jungla que cubre la colina detrás de nosotras.

—Conque estamos...

—Fuera de la ciudad, sí. Es genial, ¿eh?

Asiento y guardo su vela en mi bolsa antes de seguirla cuesta abajo. Los pies se me hunden en la tierra, las piernas se me pierden entre la hierba...

Cierro los ojos y me detengo para escuchar el viento que silba entre el follaje e inclinar la cabeza a la izquierda, hacia la luz del sol, que se me filtra por los poros como si alguien me hubiera puesto un paño caliente sobre la cara.

El olor orgánico y terroso de la naturaleza me embarga y me elimina la pesadez del pecho y el eco de dolor entre las piernas.

Aquí fuera, todo parece más fácil. Menos serio. Como si la ciudad entera se esfumara.

—Vamos.

Abro los ojos y veo la sonrisa de oreja a oreja de Gael.

Me conduce hacia un promontorio, en dirección a un barranco con algunos árboles llenos de flores enormes y vibrantes con frutos. El suelo está cubierto de un manto espeso de briznas de hierba.

Ella se desabrocha la capa y mira entre el verdor, hacia un melocotonero nudoso rebosante de frutas.

—No sé si alguien más conoce este sitio. —Se aferra a una rama baja, se balancea hacia arriba y se pone de pie, como recién salida de un cuento de hadas con ese vestido dorado cuyas tiras ondean alrededor de ella—. No miréis por debajo de mi falda —bromea.

Me río, alzo una mano y cojo el melocotón que me lanza.

—Buenos reflejos —dice al tiempo que yo me siento sobre la hierba con las piernas cruzadas y dejo la fruta en el suelo, esperando la siguiente. En cuanto hemos formado una montaña más alta que yo, Gael baja y aterriza con un aleteo de tela dorada resplandeciente. A continuación, se sienta al otro lado de la montaña.

—¿Y ahora qué?

—Ahora —coge un melocotón, inspecciona su piel peluda desde todos los ángulos y le pega un mordisco que provoca que un reguero de jugo rosado le gotee por la barbilla— comemos hasta que nos duela la tripa. Es lo que solíamos hacer Padre y yo...

Cierta tensión se instala entre las dos mientras ella mastica y contempla la pulpa expuesta, con el ceño fruncido y los mechones dorados bailando con la brisa como si fueran un aura inquieta.

En la punta de la lengua tengo la pregunta de cómo murió su padre.

A ese pensamiento le crecen alas en mi pecho que empiezan a batirse...

Me lanza un melocotón a las manos.

—No vamos a hacer nada, ¿eh?

Doy un buen mordisco a la dulce y jugosa pulpa, me trago la pregunta y la acompaño con una amable sonrisa.

—Nada.

45

KAI

Un suave latido me golpea las costillas y me devuelve a la consciencia, difundiéndose a través de mi corazón y de mi maldita alma.

—Zykanth…

Silencio. Un silencio vacío y doloroso.

Pero lo noto.

Un suspiro profundo de alivio emerge de mí cuando abro los ojos y miro hacia el agua rosada que me acaricia la marca del pecho, una porción de piel roja y tirante que cubre los restos de la herida.

Levanto una mano y presiono la cicatriz, paso los dedos por la piel arrugada.

—Me ha curado…

«¿Dónde está?».

Miro hacia la orilla escarpada del lago y veo un montón de cangrejos azules inertes; algunos son más grandes que mi mano; otros, más pequeños que mi uña del pulgar. Me rugen las tripas y clavo los ojos en el barranco y en el arroyo que llena el lago, y luego en el borde del acantilado cristalino, donde la veo. Está desnuda.

El pelo suelto le cae más allá de la curva de la zona baja de la espalda al extender los brazos y estirarse. Levanta la mano con más lentitud que el sol al salir. La estampa sobre la roca tan rápido que me encojo y las comisuras de los labios se me curvan cuando veo un diminuto cangrejo aplastado que cae de la pared hacia su palma.

Sujeta al animal y lo examina desde todos los ángulos antes de metérselo en la boca y masticarlo. Al tragar, abre mucho los ojos e introduce el brazo en una grieta del acantilado.

El torbellino que tengo en el pecho se arremolina más y más rápido conforme recompongo todas las partes de mí.

Cruel retira el brazo con un enorme cangrejo en la mano que sacude las pinzas y lo estampa contra el suelo junto a sus pies descalzos. Sus bellos pechos rebotan con el movimiento. Se agacha, coge el crustáceo inerte y lo parte por la mitad para sorber la carne del interior.

Cierta calidez me inunda el pecho al embeberme de su imagen desde lejos. Todas las curvas suaves, las líneas rectas, los valles que quiero explorar.

Un hormigueo familiar me nace en el pecho y al bajar la vista veo una escama plateada que me sobresale de la piel.

—Zykanth... Creía que te había perdido...

La oleada de alivio casi me despelleja y mi risotada oxidada ondea el agua derramándose en chorros mareantes. Cruel gira la cabeza, se queda quieta y me mira fijamente, con el rostro manchado de vísceras de cangrejo y una pata gruesa y arrancada colgándole de la boca.

Me da un vuelco el corazón.

Tras proferir un aullido agudo, escupe la pata, suelta al cangrejo y luego se acerca a la ribera del río con unos pasos acelerados que tropiezan entre sí. Alcanza el lago, da un salto y se sumerge, salpicándome la cara y el pecho.

Desaparece debajo de la superficie temblorosa y luego aparece entre mis piernas, con el pelo blanco hacia atrás cayéndole en forma de cascada húmeda sobre los hombros. Se sienta a horcajadas encima de mí, me toca y pasa los dedos por la escama que Zykanth me acaba de regalar desde mi interior.

Cruel se inclina hacia delante y la roza con la mejilla, como si estuviera venerándola.

Se me pone la piel de gallina.

Con los ojos brillantes por las lágrimas que no ha derramado, Cruel pone una mano sobre la escama y asiente.

—Mmmío —murmura con los labios carnosos. El suave remolino de su voz líquida da vueltas a mi alrededor y se me adentra en las entrañas.

El insistente culebreo que noto en el pecho se detiene y se me forma un nudo en la garganta al atesorar en el corazón el hilo de su delicada voz como si fuera una joya.

—Cruel...

—Mío —repite con la misma confianza con la que antes ha estampado al cangrejo contra el suelo, asintiendo ahora con más entusiasmo.

Le coloco una mano en la cara y la sujeto fuerte para detener su gesto, sin dejar de contemplar sus ojos de rayos de sol.

—Tuyo.

Parpadea y una lágrima le cae por la mejilla.

Me inclino hacia delante y paso la lengua por el recorrido que traza sobre su piel sedosa para saborear el arrebato de sus emociones. Para saborearlas como los tesoros que son.

Un gemido suave y vacilante emerge de ella y lo noto en el pecho. Bajo la nariz y me detengo con la boca a poquísima distancia de la suya. Trago saliva. Me relamo los labios. Siento el temblor de su respiración mientras le sujeto la mejilla y me deleito con este instante; deseo poder guardarlo en mi cueva y contemplarlo eternamente.

—Tuyo —gruño y, acto seguido, sello los labios contra los suyos y me apodero de Cruel con un beso intenso y devastador. Su gemido entra en mi interior y engullo sus sonidos mientras le ladeo la cabeza para acceder mejor a ella, para sumergirme y paladear su salado esplendor.

Se me pone el miembro duro, palpitante, y le roza la entrada abierta, desnuda y totalmente dispuesta ante mí.

Se aparta con los ojos como platos, los pechos hinchados alzándose con cada brusca inhalación, los labios enrojecidos y las mejillas rosadas como el cielo antes de que el sol ascienda sobre el océano.

—Eres un ser magnífico —susurro.

Se aleja, dejándome abandonado y jadeando, con el corazón desbocado. La veo salir del lago.

—¿A dónde...?

Aparta de un empujón la montaña de cangrejos muertos, se

arrodilla en la ribera y apoya el pecho en el suelo, mirándome de lado, mostrándome el rubor de sus genitales.

La imagen me atraviesa el pecho y me deja sin aliento.

Me inclino hacia delante y avanzo por el agua antes de plantarme sobre un saliente rocoso y levantarme detrás de ella. Le pongo una mano en la columna y presiono entre sus escápulas; ella se estremece con mi caricia.

Bate las pestañas y suelta una súplica suave que hace que pierda el control.

—¿Quieres que te tome, Cruel?

Asiente mientras gime y echa atrás el culo hasta rozarme el miembro duro, pesado y dolorido.

«Joder».

Le paso las manos por la espalda, las apoyo en sus nalgas perfectas y me lleno las palmas con ellas.

Cruel mueve ligeramente las caderas.

Sigo bajando y le agarro los carnosos pliegues entre el culo y los muslos para separarle las piernas.

Me agacho. Contemplo su abertura rosada.

Más gemidos y Cruel retrocede otro centímetro…

Con un gruñido hambriento, paso la lengua por la entrada y jadeo al notar su sabor fuerte y salado, y entonces ella se echa hacia mí. Me obliga a hundirme más en su interior.

Introduzco la lengua en su centro hambriento y me atiborro del sabor de su deseo descarnado, con el miembro palpitante. Sus gimoteos se vuelven más fuertes cuando clavo la lengua en su calidez y cierra las entrañas en torno a ella.

Me echo atrás, con un reguero de su esencia por la barbilla, y me sujeto el miembro para pasarlo arriba y debajo por su grieta palpitante.

Arquea la espalda ofreciéndoseme, jadeando en silencio, y luego gira la cabeza para mirarme, con la boca abierta y los ojos dorados encendidos. Le sostengo la llameante mirada y me hundo un centímetro cada vez para adueñarme de sus profundidades prietas y aterciopeladas.

Pone los ojos en blanco cuando llego hasta el fondo. Le sujeto las caderas y me detengo, embelesado por el dulce éxtasis que le cruza las facciones.

—Mío.

Su voz casi me parte por la mitad. Un dolor ardiente me inunda el duro miembro.

—Sí —mascullo. Echo atrás las caderas y luego embisto hacia delante para beber sus gemidos eróticos, que siguen golpeándome en el pecho.

Una y otra y otra y otra vez me adentro en ella con poderosas acometidas y gruñidos voraces atrapados tras los dientes apretados.

Me inclino sobre su espalda, la protejo con mi cuerpo y le meto una mano entre las piernas. Introduzco los dedos entre los pliegues, acaricio su clítoris hinchado y todo su ser se estremece. Sacude las caderas y se aprieta contra mí al tiempo que con el culo y los muslos absorbe mis embestidas conforme mi gruesa longitud entra y sale de su cueva perfecta.

—¿De quién soy? —rujo contra su oído.

—¡Mío!

Gruño, embargado por una oleada cálida que nace en mis testículos y me empuja a hundirme más y más en ella.

Cruel sube la cabeza, mostrándome la curva de su delicado cuello para que se lo acaricie, y los músculos se le tensan con un estremecimiento palpitante.

El latido de mi interior adquiere más fuerza y crece hasta ser una pulsación fiera y ancestral…

«*Reclama…* —gruñe Zykanth con voz salvaje y desenfrenada mientras da vueltas en mi pecho—. *¡Reclama!*».

Echo adelante la cabeza con el embate del éxtasis y Cruel explota a mi alrededor, exprimiéndome mientras yo le clavo los dientes en el cuello. Su carne se desgarra y el sabor suave y aterciopelado de su alma destroza lo poco que me queda de compostura.

Me derramo en su interior, plantando mi semilla tan profundamente en su cuerpo que me la imagino arraigándose, enlazándonos hasta que llegue el fin del mundo.

Mi propia explosión salvaje e indómita de sol y mar…

«Es mía».

46

ORLAITH

Con las manos debajo de la cabeza y tumbada en el suelo, me arrullan las briznas de hierba, que me pintan secretos en las mejillas. Y también la luz del sol, cálida y veteada, que me incide sobre el rostro mientras la brisa mece el melocotonero y agita las hojas y cruje las ramas.

Me pesa el estómago y tengo las manos y los labios y la barbilla pegajosos con jugo de melocotón y los ojos tapados por el borde del gorro, soñando con una vida en la que podría pasarme la eternidad aquí. Desaparecer y dejar que todo lo demás... se esfume.

Una molestia dolorosa entre las piernas baja mi mente de las nubes y una punzada de temor me atraviesa el pecho al pensar en lo que he hecho hoy. En ese acto rebelde, bello y espantoso.

Ha sido lo correcto. Lo sé. Me lo debía a mí misma, me debía mitigar un poco la presión asfixiante y darme espacio para respirar.

Aun así, las repercusiones amenazan con enterrarme en una zanja de la tierra.

Aparto esa idea mientras Gael gime a mi lado y estira las extremidades. Abro los ojos a tiempo de verla sentarse.

Inclino el gorro con el alma en los pies.

—¿Hora de irse?

Unos mechones dorados de pelo se bambolean alrededor de su rostro cuando se gira, con los ojos entornados ante un sol que le ilumina los puntitos azules que le rodean las pupilas.

—Disponemos de una hora antes de que la luz empiece a apagarse y los irilaks se vuelvan lo bastante valientes como para acercarse, pero creo que deberíamos irnos en breve. Para cuando regresemos a mi casa, los guardias se habrán puesto nerviosos. Me voy a lavar las manos en el arroyo que está al otro lado de la colina. Enseguida vuelvo.

Se pone en pie y lentamente asciende el camino inclinado hasta desaparecer de mi vista.

Cierro los ojos de nuevo y estiro los dedos de los pies, con la mente a la deriva, persiguiendo unos sonidos e ignorando otros. Al notar una presión fría e incorpórea que revolotea sobre las plantas de los pies, abro los ojos y se me acelera el corazón al incorporarme sobre los codos y contemplar el barranco y la jungla espesa que cubre la otra punta.

No tardo demasiado en verlos en el interior de las sombras más profundas, en grupitos desordenados que flotan y oscilan y laten y aletean.

Las comisuras de los labios se me curvan hacia arriba.

«Irilaks».

Hay demasiados como para contarlos, unos grandes y otros pequeños, unos altos y otros rechonchos. Algunos muestran sin temor su rostro blanquecino, con los ojillos clavados en mí. Otros me observan desde detrás de su halo de vapor, asomando la cabeza entre los troncos de los árboles y los arbustos azul acero.

—Voy a tener que atrapar algunos ratones…

Un grito amortiguado llega hasta mí con una racha de viento que me golpea la mejilla. Giro la cabeza a la derecha y dirijo la vista por donde se ha ido mi compañera.

—¿Gael?

Transcurren varios segundos antes de que me siente en el suelo y preste atención para diseccionar todos los ruidos.

Otro grito amortiguado, esta vez más agudo.

Una oleada de pánico helado me inunda.

Me pongo de pie y echo a correr con una mano bajo la camisola para sujetar la empuñadura de mi daga, que libero antes siquiera de tener tiempo para pensar. Llego a lo alto de la colina y miro hacia el claro ubicado en el meandro de un arroyo caudaloso, dominado por un árbol enorme que da sombra a tres hombres a los que no reconozco.

Son enjutos, vestidos con ropas remendadas, con la cara demudada con una rabia furibunda que se derrama de sus labios retorcidos mientras asestan puntapiés a una silueta amordazada en el suelo, envuelta en un brillo dorado.

Es Gael.

Agachado a su lado, uno de los hombres intenta ponerle un saco en la cabeza, pero ella forcejea y patea al tiempo que sus gritos amortiguados rompen el aire.

Me sumerjo en el lugar muerto y frío de las profundidades de mi ser que me sume el corazón en un lago helado y echo a correr por el claro como una flecha disparada para matar. Con los labios contraídos, suelto un gruñido y se me cae el gorro de la cabeza al dirigirme hacia el hombre que aferra el vestido de Gael. Me lanzo por los aires y le doy una patada en la cabeza con la que se desploma como un saco de ladrillos.

Me estampo en el suelo con un fuerte golpe, ruedo por la hierba con el pelo suelto y clavo mi puñal en la tierra hasta detenerme, en posición agachada. Levanto la cabeza y lo veo convertirse en un nudo quejumbroso de músculos y tendones.

Los otros dos se abalanzan sobre mí profiriendo insultos vulgares.

Gael se remueve en el suelo. Me suplica con los ojos abiertos y atemorizados mientras tira de las muñecas atadas y gimotea palabras amortiguadas a través de la tela azul que le han metido entre los dientes.

Arranco la daga de la tierra y me precipito con el retumbo de un trueno.

Me agacho para deslizarme entre los hombres y esquivar sus puñetazos, y asesto un tajo con el arma detrás de un tobillo. Al llegar junto a Gael, le corto las cuerdas que le rodean los pies y luego las de las muñecas; un gimoteo amortiguado desplaza mi atención a sus ojos abiertos e histéricos.

Se me pone de punta el vello de la nuca.

Extiendo una pierna y doy un giro para derribar al hombre que estaba a punto de atacarme, y me lanzo encima de él cuando se desploma. Con las rodillas sobre su pecho, la rabia me nubla la vista y convierte mi puño en una roca.

Le golpeo en la cara y se le rompe la nariz bajo la fuerza bruta. Le golpeo una y otra y otra vez, y me desgarro los nudillos al liberar mi rabia sobre su cabeza.

Deja de intentar protegerse el rostro. Se queda inerte entre mis piernas.

Aun así, le estampo los nudillos contra la mejilla, los labios, la sien; la sangre me salpica la cara con cada golpe devastador.

—¡Orlaith!

La voz lejana de Gael me preocupa y levanto la vista entre el velo de mi sed de sangre, deteniendo el puño en el aire y los pulmones en plena inhalación.

Se encuentra en lo alto de la colina, con el vestido desgarrado, el kohl corrido sobre su mejilla herida y las rodillas tan rasguñadas que de ellas mana sangre que le recorre las pantorrillas.

Algo duro y frío me golpea en la sien.

Me desplomo.

Voy a la deriva.

Noto el cuerpo ligero, flojo; alguien me mueve las extremidades. Y me levanta. La cabeza se me bambolea hacia delante, algo tenso me ata las muñecas y el pecho, y me recuesta sobre algo duro y áspero.

El estallido de un trueno zarandea el suelo y electrifica el aire, arrancándome un grito.

Alguien me coge del pelo, evitándoles a mis hombros tener que sostenerme la cabeza, y me apoya algo frío y afilado sobre el cuello.

Abro los ojos cuando un latido profundo me golpea la sien y observo un par de órbitas azul claro y un rostro atravesado por la cólera.

Estoy segura de que es mi propia daga la que me apunta al cuello.

Una presión creciente me abotarga el cerebro y noto la calidez que me gotea de la nariz y que cae desde la punta de la barbilla. Veo doble y los pies amenazan con dejar de sostenerme, pero algo me rodea el pecho y me ata con la espalda sobre el tronco de un árbol.

Es una cuerda.

Parpadeo lentamente y paso la vista del hombre que me escupe su aliento rancio al que está en el suelo con el rostro cruento. Inmóvil.

Otro está agachado a su lado y con la mano se rodea el tobillo ensangrentado.

Aguzo la concentración y la clavo en Gael; está arrodillada en lo alto de la colina y se araña la cara mientras grita.

Abro la boca y una sola palabra sale despedida con un gruñido.

—Hu-huye...

Me zarandean tan fuerte que me cae la cabeza hacia un lado, los dientes me castañetean y los ojos se me ponen en blanco.

Apenas noto nada. Mi carne y mis músculos no son más que una tumba insensible que alberga latigazos abrasadores de un fuego corrosivo que me escarba la piel por dentro. La sangre me recorre las venas y el siseante tamborileo se convierte en unas voces malévolas que entonan una melodía letal...

«Matar. Matar. Matar...».

Otro chorro de sangre mana de mi nariz. La noto sobre la lengua cuando un relámpago atiza las nubes en el cielo que están tapando el sol.

—¿Qué es esto?

No sé cómo, pero esas palabras consiguen atravesar el siseante cántico y clavo la vista en el hombre ante mí, que coge la joya negra que me rodea el cuello. Los ojos se le iluminan al sostenerla como si en la palma de la mano blandiera la posibilidad de hacer realidad todos sus sueños.

«Matar. Matar. Matar...».

—Qué tenemos aquí —escupe a través de sus dientes amarillentos—. Creo que me lo voy a quedar, zorra.

Suelto un gemido.

El tipo aprieta la joya y tira de ella.

Oigo como se rompe la cadena. Noto su considerable peso desaparecer del cuello. Las voces se acallan y la presión disminuye, como si lo que se halla en mi interior acabara de incorporarse y prestase atención.

Mi coraza se descascarilla y el hombre da un paso atrás. Grita y mi sorprendente reflejo rebota en sus ojos abiertos, resplandeciente delante de mí.

«Asesina».

Mi piel llameante empieza a desgarrarse en agónicos intervalos, abriendo mi cascarón centímetro a centímetro. Un tropel de muerte crepitante se abre paso por la zanja que está dentro de mi pecho y abro la boca, con todos los músculos inmovilizados por los hilos ardientes que me despedazan mientras profiero los aullidos de cien almas torturadas que agitan las cadenas de su mortalidad.

El desconocido solo dispone de unos pocos segundos para contemplar mi belleza destruida antes de que toda la fealdad se desborde.

47

ORLAITH

La hierba me produce cosquilleos y desprende un olor dulzón. Me aparto el pelo de los ojos y cojo otra flor, una larga con pétalos rosados y diminutos que me hacen sonreír. La añado a mi montón y aprieto los tallos con los dedos.

Mi hermano se ríe y levanto la vista hacia el lugar donde mi madre y él están repanchingados, a la sombra de un árbol de aspecto triste, haciendo formas con las manos.

Corazones. Diamantes. Pájaros.

Cojo otra flor y aparto la abeja que intenta posarse en ella.

Si recojo un montón de ellas, a lo mejor mi hermano las usa para crear algo bonito.

—Mamá...

—¿Sí, cariño?

—¿Qué pasa cuando morimos?

Levanto la vista y los observo entre las briznas de hierba.

La mano en forma de pájaro de mi madre deja de volar, pero solo durante unos segundos.

—Bueno, se dice que tu corazón debe estar lleno para pasar por delante de Kvath, el dios de la muerte, en tu trayecto hacia el Mala. Es el más allá. Pero, cuando llegas allí, tu alma planea impulsada por un viento eterno por un mundo donde los colores no se apagan nunca y los olores son siempre dulces. Donde el mar siempre está tibio y limpio y agradable, y la arena brilla igual que tus preciosos ojos —responde y se inclina hacia delante para darle un beso en la nariz.

Esos son mis besos preferidos. Algún día, cuando tenga palabras, se lo voy a decir.

—Ah...

Aprieto las flores y gateo entre la hierba, que me cosquillea en las mejillas y en los labios.

Mi madre sonríe cuando llego hasta ellos y pasa una flor tras otra, dejándolas sobre la barriga de mi hermano hasta que solo me queda una. Mi preferida.

Es más pequeña que las demás, blanca como las estrellas, y en forma de estrella también.

Mi hermano junta los dedos y forma un perro.

Un monstruo.

—Ñam, ñam, ñam —murmura, haciendo que la bestia cierre las fauces sobre mi bella florecilla para tragársela entera.

Se la ha... comido.

Me tiembla el labio inferior y me escuecen los ojos al mirar hacia mis manos vacías.

—Ay, Serren, que solo es un juego. No pasa nada —dice él con una risa y separa los dedos. Tiende una mano, en cuya palma se encuentra mi flor perfecta—. ¿Ves?

«No pasa nada».

Sonrío, recuesto la cabeza en su pierna y él me pasa el pelo por detrás de la oreja.

—¿Quieres que te haga una corona bonita como la de ayer?

Asiento muy deprisa y mi madre sonríe de oreja a oreja.

—Eres su persona preferida, ¿sabes?

—Y ella la mía. Y tú, claro. ¡Y papá!

Mi madre se ríe y le acaricia la mejilla con la nariz.

—Ya lo sé, sol. Ya lo sé.

Mi hermano hace un agujero en uno de los largos tallos e introduce otro por ahí, con rostro muy serio.

La cadena se alarga más y más con todos los colores del arcoíris mientras mi madre me acaricia el pelo con los dedos de una forma que siempre me produce ganas de cerrar los ojos.

Cojo la siguiente flor y se la tiendo a él. Mi hermano me sonríe, pero de inmediato sus ojos adquieren una gran seriedad.

«¿Quizá esté triste porque nos estamos quedando ya sin flores?».

—¿Y si no? —pregunta, haciendo un agujero en el tallo con una uña.

—¿Si no qué, cielo?

—Si el corazón no está lleno cuando mueres, ¿qué pasa? ¿Te mueres... y ya?

La mano de mi madre se queda quieta durante un buen rato.

Le paso a él otra flor.

Y otra.

Y otra.

—En ese caso, regresamos a la tierra que nos ha visto nacer. Nos convertimos en flores y en rocas y en agua y en árboles y...

Las manos de mi hermano se quedan paralizadas; abre los ojos como platos con rostro preocupado.

—¡Pero yo no quiero convertirme en flores, mamá! Quiero quedarme aquí, contigo y con Ser y con papá. No quiero estar solo...

Suena muy asustado.

No me gusta. Me provoca escozor en los ojos.

Mi madre se acerca la cara de mi hermano y le acaricia las pecas resplandecientes con el pulgar.

—No lo estarás, cariño. Tu gran y precioso corazón está a salvo. Te lo prometo.

—Pero ¿y si no lo está?

Al ver la sonrisa triste de mi madre, me duele el pecho.

Le besa en los dos ojos y le brillan los labios con las lágrimas de él.

—Pues entonces iré contigo y seremos flores los dos juntos.

Una gota húmeda sobre la mejilla me devuelve al presente. No sé siquiera dónde me encontraba...

En alguna parte. En un lugar feliz que me ha parecido demasiado real, con gente que ya no existe.

«Serren. Me ha llamado Serren».

Ese nombre activa algo en mí, un dolor que cobra vida con tanta furia que es como si me abrieran el pecho por la mitad partiéndome una costilla tras otra.

«Me ha dicho que soy su persona preferida».

Sollozo, abro los ojos y espero ver un dosel de hojas frondosas y melocotones gordos colgando de las ramas; sin embargo, estoy ante los dedos finos y chamuscados de un árbol en llamas, que cruje y crepita conforme el fuego lo devora.

Un olor fuerte me golpea la garganta y me provoca arcadas; es el hedor acre e intenso a pelo y carne ardiendo, que nace en las profundidades de mis pesadillas más oscuras.

«Todavía estoy durmiendo. Debe de ser eso».

—Despierta… —gruño mientras cerro los ojos y me pongo las manos sobre las sienes.

Me ahogo en el vacío que siento por dentro, como si mi pecho fuera a desmoronarse en cualquier momento. Como si alguien hubiera hurgado en mi interior y me lo hubiera arrancado todo menos el palpitante corazón.

Una ráfaga de viento me rocía con una lluvia gélida que me llena de escalofríos toda la piel, que se me antoja demasiado expuesta…

Abro los ojos de repente.

Contemplo mi cuerpo desnudo, tumbado en el suelo y cubierto de cenizas. Veo los restos calcinados de mis ropas y pedazos de cuerda esparcidos a mi alrededor. La realidad me clava una estaca en el pecho y un sollozo asciende por mi irritada garganta.

«No estoy soñando».

Esto es real.

Mis ojos vuelan más allá de los pies y los fijo en una pierna mutilada, cuya carne es una sucesión de ampollas y ronchas supurantes que me detienen el corazón por completo.

Las esquirlas de los recuerdos me perforan el cerebro. Un lugar distinto, una escena similar. El mismo olor. El mismo silencio espeluznante, desprovisto de vida… Un instante de quietud antes de que estallara el caos, con bestias sin duda atraídas por la peste de la muerte ardiente.

El pasado y el presente se funden y se mezclan y descienden por mi garganta para aferrarme el corazón con un puño fulminante.

«¿Qué he hecho?».

Salir. Tengo que salir de aquí.

Ruedo por el suelo y casi me choco con un brazo, un muñón de carne derretida cuyos huesos de los dedos se alargan hacia mí. Todo el cuerpo se me agarrota, un grito me burbujea en la garganta y lo libero como un chasquido agudo que irrumpe en el silencio fantasmal. Paso la vista hacia el árbol. Veo el tronco inclinarse y desplomarse en el espacio que nos separa con un intenso frenesí. Me giro en el suelo, aplastando el brazo quemado, que me deja una mancha cálida y húmeda en la mejilla y en el pecho.

Las náuseas me zarandean y vomito mientras ruedo y ruedo…

El suelo se sacude, estallan chispas, y me tapo la cara, protegida por una burbuja que no me quita el olor repugnante, que se me pega a la piel y que me forma un nudo doloroso en las entrañas.

Un silencio cubre el mundo. Ni siquiera los pájaros cantan.

«Quizá también los haya matado».

Gael…

Abro los ojos y levanto la vista hacia las gruesas nubes de tormenta que amenazan con venírseme encima y que me arrojan una llovizna fría.

«¿Y si no se ha marchado?».

Me pongo de pie y un fuerte jadeo me embarga al barrer con la mirada el valle abrasado. Un viento frío levanta remolinos de cenizas que no consiguen suavizar el duro paisaje, empañado por un humo espeso que se ve interrumpido por el árbol caído en llamas.

Cuesta imaginarse que algo vuelva a crecer por aquí.

Con los pulmones llenos de humo, empiezo a toser y escupir y jadear al tiempo que agito los brazos, avanzando entre las trizas diseminadas de los muertos y levantando ceniza con cada paso histérico.

—¡Gael!

Otro violento ataque de tos me zarandea y me doy la vuelta, tambaleándome, con los ojos fijos en un torso delgado. Está boca abajo, con la cabeza intacta y la piel tan plagada de ampollas y llagas que es irreconocible.

Caigo de rodillas en el suelo.

«No, por favor. Por favor...».

Me dirijo hacia el cuerpo mientras débiles gimoteos consiguen atravesar mis dientes castañeantes.

Extiendo las manos temblorosas y giro el cuerpo. Varias capas de carne se desmenuzan y se me pegan a las manos como la cobertura gruesa que se forma encima de las natillas cuando se enfrían. La bilis me sube por la garganta al ver un mechón de pelo que curiosamente ha conseguido sobrevivir a la abrasión.

Un tono rubio demasiado oscuro.

Doy media vuelta y me inclino hacia delante, con calambres en la barriga. Los melocotones a medio digerir trazan un ardiente camino ascendente por mi interior antes de salir por entre los labios en forma de salpicadura grumosa.

«No es ella».

Empiezo a toser con las entrañas heladas.

«No es ella».

Ha logrado marcharse a tiempo. Tengo que creer que lo ha conseguido.

Gateo entre los trozos chamuscados de carne y hueso, apartando las cenizas, en busca de mi colgante. Me rasguño las rodillas y las palmas de las manos. Rozo con los dedos un objeto duro, largo y afilado.

Extraigo mi puñal ennegrecido de la capa de mugre. El filo se ha ensombrecido y la empuñadura de opalina ahora está manchada con un brillo oscuro que hace que las flores pintadas en la superficie parezcan unas rosas diminutas y macabras.

Sentada sobre los talones, con el pelo alrededor de los hombros, dejo que la daga caiga de las palmas inertes.

Otra ráfaga remueve las ruinas de cenizas y me lanza lluvia

a la cara, cuyas gotas recorren caminos limpios entre la suciedad para dejar al descubierto mi piel nacarada.

Impoluta.

Sin grietas. Sin heridas, quemaduras ni ampollas. No luzco nada que dé fe de que acabo de hacer trizas a varias personas.

El colgante era lo único que mantenía a todo el mundo a salvo de esta cosa serpenteante que vive dentro de mí. Un ente malvado, mortífero y malévolo que no discrimina.

«Y que fue lo que mató a mi madre».

Un sollozo emerge de entre mis labios al cerrar los ojos y pensar en mi sueño. En la mujer hermosa que nos estrechaba fuerte y que me acariciaba el pelo con los dedos...

Un terror frenético y descarnado hace que el corazón me empiece a galopar y la mente a dar vueltas en dirección a un lugar oscuro y definitivo.

«Sin mi colgante...».

Miro hacia la daga ennegrecida. Hacia mi pecho jadeante. Un estremecimiento me sacude, con el cerebro transportándose a ese paisaje sombrío lastrado por un punto final.

«Sin mi colgante, nadie está a salvo».

Aprieto la empuñadura...

Un soplo de aire me azota cuando un relámpago parte el cielo y me encojo. Clavo los ojos en algo que, entre el manto de cenizas, ha brillado con el destello de luz: mi colgante enrollado en el suelo, no demasiado lejos de mí.

Mi maldición y mi salvación.

Un extraño sentimiento, que no es del todo alivio, me embarga.

«Lo habría hecho. Me habría arrebatado la vida antes de arriesgarme a provocar otra detonación letal».

Esa idea me propina tal golpe que me cuesta respirar. Parpadeo y una lágrima solitaria se me desliza por la mejilla.

Doy pasos adelante para alejarme de esos pensamientos, que dejo en las cenizas, y cojo la joya y la concha. A continuación, inspecciono la cadena rota con dedos temblorosos manchados de carne derretida.

Lo veo todo al mismo tiempo. Con un nudo en el estómago,

otra arcada me hace vomitar. Vuelvo la cabeza hacia el arroyo, doy un salto y echo a correr hacia el agua, vestida con nada más que los chamuscados restos de mis propias acciones.

Lanzo la daga y el colgante en la ribera, me tambaleo sobre piernas que han olvidado cómo caminar y el agua me engulle en un trago frío, un enjuague purificador que me mece y me limpia, pero no de la manera que importa.

«Asesina».

—¡Cállate!

Me hundo bajo la superficie del caudaloso riachuelo. Sentada en las rocas del fondo, me aprieto los ojos con las manos y grito. Mis labios torcidos despiden muchas burbujas que estallan en su acelerado camino a la libertad.

Si Rhordyn supiera de lo que soy capaz, quizá habría puesto fin a mi vida hace años. En el mismo momento en el que me rescató de los vruks.

Recuerdo mi pesadilla. Su puñal perforándome el corazón...

«Tal vez sea exactamente lo que haga tarde o temprano».

Con los pulmones en tensión, me impulso hacia la superficie y cojo una bocanada profunda y vergonzosa de aire vital. Con la melena pegada a la espalda, cojo una roca de la ribera del río y la uso para frotarme la piel.

Al fijarme en mi reflejo ondulante, concentro la atención en las enredaderas negras que forman garabatos en mi hombro derecho, cuyas puntas afiladas me cubren la clavícula.

«Creo que se han extendido».

Levanto una mano y paso los dedos por la escarpada rama negra, que ahora me sobresale en parte de la piel como una especie de cicatriz nudosa. Un temor helado me inunda el pecho cuando noto un bulto redondo en una zona especialmente hinchada.

Suelto la roca, bajo la barbilla y miro la marca. Me rasco el bulto creciente con fuerza y una capa fina de piel cede bajo las uñas y deja al descubierto un brote negro pequeño como un arándano.

El corazón me cae en picado.

Con los dientes apretados, tiro de la rama, que parece tejida debajo de la piel.

Unos delicados sépalos negros se retiran y me muestran los pétalos de cristal amontonados en un resplandeciente remolino.

Una pequeña flor de cristal.

La sorpresa y la confusión se pelean en mi interior, pero hay otra emoción que las vence a las dos.

La repulsa.

Necesito arrancármela. Ya mismo.

Con el gesto demudado, tiro de la flor y profiero un doloroso gemido que parte de las profundidades de mi ser; es como si las raíces estuvieran enredadas alrededor de la clavícula, como si la única manera de quitármela de encima fuera partir el tallo óseo.

Las náuseas me zarandean las paredes internas del pecho.

Tiro de nuevo de la flor, con los ojos anegados de lágrimas por el dolor y la boca abierta en un aullido silencioso.

«Está pegada».

El pánico me atenaza la garganta y me entrecorta la respiración. Me echo agua al hombro para calmar el escozor palpitante y contemplo, horrorizada, los pétalos abriéndose y dejándose convencer para florecer.

«Necesito arrancármela».

Con los dientes apretados, tiro de nuevo…

Un grave rugido me pone la piel de gallina.

Lentamente, miro hacia atrás.

La sangre se me congela, todos los músculos se me atiesan al ver a la bestia colosal que merodea por los restos humeantes de mi desolación. Sus patas enormes dejan huellas profundas en la ceniza, con la cabeza entre los anchos y protuberantes hombros, como si olisqueara el suelo con sus resoplidos.

«Es un vruk».

Es el doble de grande que los monstruos esculpidos en los pliegues de mi cerebro: negro azabache, músculos poderosos que se remueven con cada paso errante. Tiene hacia atrás las orejas afiladas y un pelaje resbaladizo y suave, sin contar con su regia melena.

«¡Huye!», me grita la voz de mi interior.

Pero no puedo moverme, pensar ni respirar. Tengo los pies clavados en la piedra, anclados a la ribera limosa.

Una rama caída cruje bajo el peso de una de sus gigantescas patas mientras la bestia olisquea los restos abrasados de una pierna. Su aullido grave y estruendoso crea ondas sobre la superficie del agua.

Sobre mi piel erizada.

Con las fauces abiertas, clava los largos colmillos en la extremidad, se sienta y devora la pierna. Ladea la cabeza mientras mastica los restos de carne con un ritmo salvaje formado por crujidos, chasquidos y mascadas.

El estómago se me revuelve. Una breve exhalación me sale de entre los labios al mirar hacia el lugar por donde he entrado en el agua. Donde he dejado mi colgante y mi puñal, en la linde de la ribera.

El corazón me martillea contra las costillas tan fuerte que me da miedo que se partan.

Adelanto el pie un centímetro, luego otro, y lo bajo con los ojos clavados en la bestia. Agita las orejas mientras come y usa las patas colosales para recolocar la pierna para su siguiente bocado pulverizador.

Sé ser silenciosa, de verdad, pero ahora mismo el corazón me grita y palpita con latidos rápidos y urgentes.

«Demasiado alto».

La lengua gruesa y rosada de la criatura lame y relame los huesos antes de erguirse del suelo, con la barriga cubierta de cenizas, para pasar a otro trozo de carne.

«El torso al que he dado la vuelta».

Extiendo los dedos hacia la cadena y la daga, y las cojo con la vista fija en la bestia olfateadora.

Gira la cabeza en mi dirección. Sus ojos negros me golpean con una fuerza tan primitiva y osada que casi noto esos dientes cubiertos de rojo desgarrándome la carne y la sangre saliendo a borbotones.

La criatura ruge, un ruido que corta el espacio que nos separa como si de una sierra se tratara.

«¡Huye!».

Me echo hacia atrás para sumergirme en el agua y dejo que la rápida corriente me aleje de aquí.

48

ORLAITH

Subo la colina con la respiración entrecortada y el pelo empapado pegado a las costillas y goteándome sobre las piernas desnudas. Me agacho, asomo la cabeza por el promontorio y observo el pequeño vergel, por suerte ileso tras mi estallido destructivo y ardiente.

Bajo la cuesta cubierta de hierba con la vista clavada en la pendiente opuesta, donde algunas columnas de humo enturbian el cielo oscuro; el olor a cenizas y a carne quemada me obstruye los pulmones.

Los chasquidos lejanos de los huesos al partirse me hunden clavos en las rodillas y amenazan con hacerme caer.

El vruk sigue ahí.

Sigue comiendo.

Los irilaks están ocultos en las sombras de la jungla, refugiados en sus seguros confines, y parecen reacios a adelantarse y darse un festín a pesar de las nubes espesas que ocultan la luz.

Seguro que pronto avanzarán. Y convertirán al vruk en un montón deshidratado de carne y huesos.

«O eso espero».

Observada desde las entrañas sombrías de la jungla por incontables pares de ojos que me recorren la piel desnuda, sigo adelante con el corazón en un puño y un nudo en el estómago. Paso por debajo del árbol del que Gael y yo hemos comido melocotones y me envuelvo con su capa. Guardo la daga en mi bolsa y luego subo la colina con lentitud sin dejar de mirar atrás.

«Un poco más».

La hierba me provoca cosquilleos en las pantorrillas cuando acelero el paso y echo a correr hacia el desagüe que fluye por debajo de la muralla de la ciudad. Tan solo he empezado a recorrer un camino de piedras enormes y resbaladizas cuando se me eriza el vello de la nuca.

Un escalofrío me atraviesa de la cabeza a los pies.

Trago saliva. Al mirar hacia atrás, veo que el vruk merodea en la loma al otro lado del vergel con zancadas largas y robustas, y la nariz en el suelo, olisqueando la tierra.

El miedo me acuchilla.

Tras dar otro paso, suelta un rugido grave que me sube por la columna y, acto seguido, levanta la cabeza con las fauces manchadas con la sangre de los hombres a los que acabo de matar.

Una red de relámpagos ilumina el cielo cuando nos observamos a los ojos y la luz rebota en su mirada catastrófica.

Patino sobre una extensión de mugre resbaladiza.

Caigo de bruces y me golpeo las rodillas con las piedras en el mismo momento en el que un gruñido fulminante me traspasa el cuerpo. Al bajar las manos, el colgante se zafa de mi agarre y se pierde en el agua sucia.

El suelo comienza a temblar, como si un corazón martilleante estuviera golpeando la tierra. Levanto la vista y veo que la bestia se precipita por la colina a toda velocidad.

«Viene a por mí».

Hurgo entre las piedras con manoteos desesperados y lanzo miradas lacerantes a la bestia, que se me acerca cada vez más...

Y más...

Encuentro la cadena con los dedos y una bocanada de alivio me embarga ante la posibilidad de levantarme y avanzar entre el caos implacable de las piedras resbaladizas hacia la boca iluminada del desagüe, que parece demasiado pequeña como para permitir el paso de la bestia.

«Que no quepa, por favor».

Una ráfaga de viento cálido me ataca por la espalda. En las plantas de los pies me nacen unos hormigueos que ascienden por las piernas y la columna, y suelto un jadeo ahogado al agachar la cabeza y adentrarme en el hueco. El agua me salpica en las pantorrillas con cada paso frenético.

El suelo que piso se queda paralizado y un aullido agudo parte el aire, como si la puerta de metal estuviera gritando. Se oye un golpe a lo lejos y la luz de la lámpara que me ilumina el desagüe a mi espalda se atenúa gradualmente hasta apagarse por completo.

Un rugido profundo y aciago retumba por el túnel, un sonido que se me filtra por la piel y me pulveriza los huesos.

Está por todas partes. A mi alrededor, en mi interior. Desgarrando todas las fibras de mi ser.

Las piernas amenazan con dejar de funcionarme; apoyo la palma en la piedra curvada y me atrevo a mirar atrás, hacia el pozo de oscuridad…

Unos gruñidos se adueñan del aire y el pulso se me desparrama.

—Madre de…

«Está intentando meter la cara en el desagüe».

Tras proferir otro gruñido grave que me desgasta la compostura, se echa atrás e introduce una pata por el agujero para agitarla por el aire vacío, como si intentara alcanzarme. Me da un vuelco el estómago y acelero el ritmo hacia la lejana promesa de luz con pasos resbaladizos que se me antojan muy lentos.

«Demasiado lentos».

Varias telarañas se me pegan a la cara cuando me acerco al final del túnel y suelto un grito mientras las aparto de mí con manotazos desesperados, hasta que dejo atrás la luz de la lámpara del inicio del pasadizo y salgo por el otro extremo, envuelta en una sensación de seguridad.

Una cortina de lluvia me acaricia el rostro inclinado. La noche tormentosa baña la ciudad silenciosa con un manto desolador. Miro a mi alrededor, hacia más allá del puente que cubre por encima la zanja profunda en la que estoy, y clavo los ojos en la silueta de los altos edificios apiñados y en la muralla de la ciudad, cuyas torrecillas llameantes vierten un escudo de luz que no consigue llegar a las oscuras entrañas de la ciudad.

Giro sobre los talones y observo el desagüe, con jadeos que alimentan mis pulmones famélicos. Si presto suficiente atención, oigo la respiración de la bestia en el otro extremo del túnel. Todavía noto sus ojos ardientes clavados en el rostro como si estuvieran contando todas las pecas que me salpican la nariz y las mejillas.

Un suspiro de alivio emerge de mi interior.

Trepo por el lado de la zanja y llego al callejón vacío. Me agacho detrás de un barril, doy media vuelta y apoyo la espalda en la pared para ver por entre la fina rendija que separa la piedra de la madera. A pesar de saber que la bestia no saldrá del túnel, no dejo de contemplar el desagüe mientras a ciegas hurgo en mi bolsa y rozo las tijeras. Las extraigo y meto un dedo por un agujero y el pulgar por el otro, intentando que me dejen de castañetear los dientes.

Bajo la vista y me aparto ligeramente la capa del hombro para ver la enredadera negra y la diminuta flor de cristal, que ahora luce un montón de pétalos delicados, suaves al tacto cuando los toco con el pulgar.

Con el gesto torcido en una mueca de asco, la agarro con los dedos y la inclino para ver su tallo oscuro y coloco las tijeras encima de él.

Cojo aire y lo aguanto en los pulmones al cerrarlas.

Se me abre la boca con un grito que amenaza con brotar de entre mis labios cuando las hojas se deslizan por el tallo y le hacen unas profundas grietas a ambos lados.

Un estallido de dolor me recorre el hombro. El músculo, el hueso y la carne son una mezcla de nervios embrollados que me llena los ojos de lágrimas. Un latido fuerte se me propaga por la clavícula, me asciende por el cuello y se adentra en el oído.

Me da un vuelco el estómago.

«Con más fuerza… Tengo que cortar con más fuerza».

Siseo con los dientes apretados, vuelvo a inclinar la delicada flor con mano temblorosa y coloco las tijeras sobre el tallo.

Un relámpago se abre paso en el cielo y junto de nuevo las hojas.

Un chasquido llena el aire cuando corto el tallo, acompañado de una oleada de dolor cegador.

Me golpeo la cabeza contra la pared y me tapo la boca con una mano para ahogar un grito. Las tijeras traquetean sobre los adoquines del suelo al tiempo que el dolor me agarrota las extremidades y me carboniza la sangre. Me retuerzo, sacudida por gimoteos interrumpidos, y agito las piernas como si así fuera a aliviar el latido aniquilador que me amorata los huesos.

«Se ha caído».

«La he arrancado».

Suelto un sollozo de alivio y ladeo la cabeza para que la llovizna se lleve las lágrimas que me caen por la cara; entonces reúno la suficiente valentía como para volver a mirarme el hombro.

Giro lentamente la cabeza.

La flor cortada desprende una sustancia negruzca que cae por mi cuerpo, atacada enseguida por la lluvia y diluida en regueros oscuros que se pierden entre los pliegues de la tela. Me toco la piel hinchada que rodea la marca y bajo la barbilla temblorosa hacia el pecho mientras miro de reojo las tijeras doradas, que están bien abiertas en el suelo de piedra.

Y hacia la florecilla de cristal incrustada entre dos adoquines.

El dolor parece acrecentarse al verla, así como plantarme una semilla de melancolía que intento ignorar.

La lluvia pasa a ser una sinfonía de tambores mientras hago acopio de valor para cogerla. Trago saliva, la recojo del suelo y me la apoyo en la palma de la mano.

Los pulmones se me vuelven de roca y se me cierra la garganta al examinar la flor de cristal.

Es delicada. Es preciosa.

Es espantosa.

Rozo los sépalos sedosos, uno a uno, y los aprieto fuerte antes de retirar el dedo. La flor se abre por sí misma, dejando atrás al aspecto plegado que le he dado. La arranco del tallo y la toco hasta que empieza a desmenuzarse para familiarizarme con esta cosa tan rara que no sé cómo ha brotado de mí.

Clavo la atención en los pétalos resplandecientes.

Los acaricio con el dedo y me quedo sin aliento al descubrir que ya no son endebles como una rosa. Ya no ceden a la presión, como los sépalos, sino que se arrugan y se rompen. Veo pequeñas grietas abrirse paso desde los extremos como si fueran esquirlas de cristal, apagando la endurecida flor, que debe de haber empezado a calcificarse tan pronto como la he cortado.

Como si hubiera... muerto.

Una oleada de náuseas me ocluye la garganta y guardo la flor en mi bolsa. No quiero verla. Ni recordarla. Ni sentirla.

Una risita nerviosa y unos pasos apresurados me detienen el corazón y desplazo la vista hacia el callejón a mi derecha. Un chico y una chica huyen de la lluvia corriendo en mi dirección.

—Mierda.

Meto las tijeras en la bolsa, me calo la capucha y me aprieto el colgante contra el pecho mientras me hago un ovillo pegada al barril. Me tapo las piernas, los pies y los brazos desnudos con la capa.

«Por favor, no reparéis en mí».

Sus pasos se aproximan y el sonido de mi latido acelerado me inunda los oídos para combatir con el recuerdo lejano de una conversación que mantuve con Kai. Fue cuando estábamos hojeando el libro *Te Bruk o'Avalanste* y observando la ilustración de un aeshliano que desciende por la ladera del volcán...

«—¿Qué les ocurrió?».

«—Esa es una historia muy larga y muy triste. Una con la que no me gustaría corromperte».

«—Pero tú a mí me lo cuentas todo».

«—Esto no, Orlaith. Esto nunca».

Mi mente llamea con posibilidades que me crean ampollas en las entrañas.

¿Y si esas dos personas me ven? ¿Me mirarán como si fuera una abominación?

¿Me venerarán? ¿Me cazarán?

¿Me atarán a una pira y me quemarán?

Se aproximan más hacia mí.

El temor me inunda y me encojo dentro de la capucha.

Una moneda cae sobre la piedra ante mis piernas flexionadas y luego siguen corriendo por el callejón, alejándose de la lluvia con paso vivo. Suelto el aire y el alivio me florece tan rápido en el pecho que me parece que me va a dar algo.

Me levanto ligeramente la capucha y contemplo la monedita de plata que está en un charco delante de mí.

«Por los pelos».

Con manos temblorosas, me rodeo el cuello con el collar e intento unir los cabos, pero el cierre no aguanta.

La piel no recubre de nuevo mi luz.

—No, no, no...

Manipulo el collar con torpeza, lo ato y lo reato hasta que consigo que el cierre ceda. Mi piel falsa me engulle en un trago claustrofóbico que nunca me ha sentado tan bien y un sollozo de alivio me sale de entre los labios al levantar la cabeza hacia el cielo.

«Tengo que salir de aquí».

Llamo a la puerta con los nudillos rasguñados y ensangrentados, y devoro la oleada de placer como el castigo que es.

Con la frente apoyada en la madera, respiro hondo y bajo la vista al felpudo de Bulbos y Botánica, lleno de barro, mientras la lluvia sigue cayendo y calándome la espalda.

Si esta no es la tienda de Gun y de su compañero, no sé qué voy a hacer.

«No tengo a dónde ir si no».

Aparece un nuevo relámpago, sopla otra ráfaga de viento y el cartel del establecimiento cruje al mecerse con el ritmo de una tormenta chisporroteante.

Aferro la cadena más fuerte y el brazo me duele mientras intento sujetar los dos extremos. El vestido que he conseguido ponerme yo sola está atado solo hasta media espalda y empapado debajo de una capa que está igual de mojada.

Llamo de nuevo, esta vez más fuerte. Más desesperada.

«Que sean ellos».

«Que estén aquí».

Unos pasos fuertes retumban al otro lado de la puerta y me tiembla la barbilla. Noto las vibraciones de un pestillo al correrse a un lado antes de que alguien abra, casi lanzándome hacia delante.

Me incorporo y levanto la cabeza para mirar hacia un par de ojos marrón rojizo por debajo de la protección de mi capucha empapada; en las líneas finas que rematan las comisuras de los ojos entornados del hombre están talladas los años vividos. Un traje azul cuelga holgado sobre unos hombros muy anchos, a pesar de que está delgado; su rostro es largo y afilado, y con una mano sujeta una lámpara que arroja luz cálida sobre su piel morena salpicada de pecas.

Detrás de él, una sucesión de plantas cuelgan de unas macetas, cubren las estanterías de las paredes y están apiladas con elocuencia en una mesa que preside el centro de la estancia.

No hay ni rastro de Gun.

El pánico me propina golpes fuertes y devastadores en el pecho...

«Quizá ha sido una mala idea; quizá debería haber intentado alguna otra de las floristerías por las que he pasado viniendo hacia aquí».

El hombre mira tras de mí, a izquierda y derecha, y enarca las cejas.

—¿Te has perdido?

«Tal vez».

Trago saliva y uso la mano que tengo libre para quitarme la capucha. No sé qué ve el tipo en mis ojos, pero todo el color le abandona las mejillas, consiguiendo que las pecas destaquen en un fuerte contraste con la palidez. Se gira y grita:

—¡Gunthar!

El alivio me comprime los pulmones. Casi hace que me doble en dos.

Oigo una puerta que se abre y pasos que se acercan. Gun aparece ante la luz de la lámpara mientras se abrocha los botones dorados de su túnica azul oscuro, con los ojos como platos al pa-

sarlos por mi rostro. Por mis manos. Por mis pies descalzos y ensangrentados.

—Orlaith…

No sé por qué, pero, al oír mi nombre pronunciado por su voz
firme y conocida, me pican los ojos.

Me coge del brazo y tira de mí para alejarme del frío de la
calle.

49

ORLAITH

Con la mirada perdida, observo el retrato de familia descolorido que está en el centro de la pared azul claro, enmarcado por las ramas viejas de un árbol que se alza de una maceta de terracota situada en uno de los rincones de la estancia; se pegan a las paredes de tal forma que me recuerdan a la marca que me recorre la piel sobre el hombro.

Y a la flor que he arrancado.

Y matado.

Y a los hombres a los que también he matado.

Al pensarlo, me encojo y absorbo otra punzada de escozor cuando Gun me roza los nudillos con un trocito de algodón húmedo.

Su casa luce una elegancia clásica y está repleta de plantas que no he podido apreciar mientras me conducían por la tienda antes de subir dos tramos de escaleras y recorrer un pasillo para llegar a esta habitación. Está impoluta y huele a galletas de avena recién hechas que no me imagino a Gun preparando.

Examino la versión de él del marco, más joven. Se parece más a Zane que al capitán al que conozco. También hay una chica, quizá menor que él, entre dos personas que supongo que son sus padres, con el pelo rubio recogido.

Me la quedo mirando, cautivada por sus delicadas facciones y por el aura majestuosa que desprende. Admiro sus ojos enormes y violetas, quizá demasiado grandes para su carilla, y sus labios finos pero moldeados.

Noto otra punzada en los nudillos y Gun me pasa la vista por la cara.

—¿Duele?

—Un poco.

Oigo las palabras que he gruñido, pero apenas las siento abandonar los labios. Igual que todas mis emociones y todos mis sentimientos, lo demás... ha desaparecido.

Gun carraspea.

—Tenéis algo clavado. Intentad no gritar mientras os lo extraigo.

Creo que está de broma, pero soy incapaz de sonreír ni de apartar los ojos de la imagen.

Sigo llevando mi vestido y la capa; me niego a separarme de ellos por miedo a mostrar la marca malévola del hombro. Una toalla gruesa y mullida me cubre para arrebatarme una parte de la humedad y el peso extra hace que la herida de la clavícula me palpite sin parar.

Alguien llama a la puerta y el capitán masculla «Adelante» secamente mientras me hurga en la carne con un par de pinzas.

El hombre que me ha recibido al llegar entra con una taza humeante en una mano y un cuenco de arcilla en la otra, que deja en la alfombra al lado de Gun.

—¿Has enviado al duende mensajero?

«¿Qué duende mensajero?».

—¿En tan poca estima tienes mi atención que crees que he olvidado la tarea solo segundos después de que me la encargaras? —Se queda paralizado y fulmina por encima del hombro al tipo, que le guiña un ojo—. Capitán.

Tras otro gruñido, Gun retoma la labor de hurgarme en los nudillos mientras el otro me ofrece una taza humeante que huele a cacao, vainilla y canela.

Aprieto con la mano mi cadena rota.

—Soy Enry. —Me lanza una sonrisa cálida que le ilumina los ojos—. Es un placer conoceros formalmente.

—Lo mismo digo —respondo y le arrebato a Gun la mano

herida para coger la taza y dejarla en una mesita junto a la silla tapizada en la que estoy sentada—. Gracias.

Se dirige al sofá que ocupa el lado opuesto de la habitación, donde se coloca un cesto lleno en el regazo y se afana en pelar cabezas de ajos.

—¿Has… mandado a un duende mensajero? —Formulo la pregunta con un graznido y el corazón tenso al pensar que quizá ha hecho llamar a Cainon.

Y que es posible que ya esté de camino hacia aquí.

—A mi hermana —murmura Gun y suelto un suspiro de alivio aun cuando me arranca una afilada astilla de madera que se me había clavado en el fondo de los nudillos. La lanza al cuenco con agua y limpia el algodón antes de volver a darme golpecitos en las heridas—. Con suerte, llegará pronto con una muda de ropa.

Asiento y alzo la vista hacia el retrato de familia.

«Familia».

Algo en mi interior se retuerce.

—¿Qué ha ocurrido, Orlaith?

Transcurren largos segundos mientras él sigue curándome. No aparto los ojos del cuadro. Ni siquiera parpadeo.

Qué ha ocurrido…

Ella. Ellos. Yo.

Quiero gritarlo. Pero quiero ocultarlo más si cabe.

Ocultárselo a él. Ocultármelo a mí misma.

No quiero pensar en Gael, en lo que esos hombres le habrían hecho si hubieran terminado lo que se disponían a empezar. No quiero pensar en la emoción que he sentido al partirle la cara a uno con el puño. No quiero pensar en la piel abriéndoseme como un mosaico cuando la furiosa rabia se ha liberado… y los ha cercenado.

Y matado.

Obviamente, tampoco quiero pensar en el breve momento de antes, cuando lo que sea que habita en mi interior se ha incorporado y paralizado, escuchando, como si me estuviera pidiendo permiso. Como si yo hubiese podido evitar lo sucedido de haber sabido cómo decir que no.

O quizá sea otra cosa…

Quizá he dicho que sí.

Y eso…

«Eso no quiero ni pensarlo».

Me doy cuenta de que las manos de Gun están quietas.

—¿Hay algo que queráis que haga por vos? ¿Alguien de quien queráis que me ocupe?

Parpadeo y bajo la vista.

Está sentado sobre los talones, con los codos en las rodillas y el ceño fruncido. El brillo fiero de sus ojos azul claro me provoca la sensación de que llevo las últimas horas flotando a la deriva en el río y que justo ahora me he detenido. Como si la niña que se halla en lo más hondo de mí, la que le dio a su hermano flores para que elaborase una corona, percibiera el ancla que me está tendiendo.

Me tiembla el labio inferior y se me forma un nudo en la garganta.

—Se me ha roto el collar.

—Lo puedo arreglar. —Asiente.

Extiende una mano cubierta de callos gruesos; las líneas de su palma cuentan una historia de trabajo duro.

Otro suspiro tembloroso.

Trago saliva y me quito el collar. Lo veo caer en su mano paciente con un golpe seco.

Se me desprende la coraza y me libero de su abrazo devastador, y el rostro de Gun se queda pálido de golpe. Abre tantísimo los ojos que casi veo más blanco que azul en ellos.

El cesto que tenía Enry en el regazo cae al suelo y las cabezas de ajo se desparraman sobre la alfombra descolorida al tiempo que Gun se tambalea hacia atrás y se aferra a un taburete de madera. Con los ojos fijos en mí, se sienta mientras el otro se pone de pie y corre a cerrar las cortinas que cubren las enormes ventanas de una pared, para así impedir el paso del osado resplandor de las larguiruchas farolas de la calle que se ciernen sobre el mundo exterior.

Da media vuelta y me mira con los ojos empañados.

—Aeshliana —susurra Gun, como si la palabra fuera un secreto robado.

Parpadeo y una lágrima me cae por la mejilla.

—Pues… eso creo…

Ablanda los ojos a pesar de que aprieta fuerte la mandíbula y aferra con los nudillos la cadena que alza entre ambos; mi colgante y la concha oscilan de un lado a otro.

—¿Cuánto tiempo hace que lleváis esto, Orlaith?

«¿Cuánto tiempo hace que me escondo?».

—Desde que tengo uso de razón —murmuro y la voz se me rompe con las últimas sílabas.

Gun masculla algo que bien podría ser una maldición en un idioma que no comprendo.

—Enry.

—Estoy aquí, Gunthar.

—Ni una palabra a nadie, ¿entendido?

Enry se da un golpe en el pecho con expresión de horror.

—¿Acaso no me conoces o qué?

—Te conozco demasiado bien. —Gun observa el cierre roto de mi cadena—. Tu boca es lo que más y menos me gusta de ti.

—Eso es… —Enry mueve la cabeza de izquierda a derecha, pensativo— bastante bonito, en realidad.

Aprieto las manos y al hacerlo me pican las heridas abiertas.

—No lo comprendo —balbuceo—. ¿A qué viene el secretismo? ¿Por qué tengo que esconderme?

Gun intercambia una mirada de soslayo con Enry, que dice:

—¿Nunca os lo han contado?

—Nadie me ha contado nada. Por eso he estado buscando a Madame Strings. Tengo entendido que sabe muchas cosas y yo… quería…

—No vayáis a buscarla nunca —gruñe Gun, con el rostro despojado de todo color—. Ni siquiera pronunciéis su nombre, ¿os queda claro?

Se me detiene el corazón, como si algo muy pesado lo estuviera aplastando.

Todavía no sé de qué se trata.

—Mierda. —Gun mira al suelo y levanta la vista con un brillo que me perfora—. Orlaith, Madame Strings forma parte de un culto religioso que se debe a las palabras talladas del profeta Maars. Un grupito de los más devotos lleva años cazando a vuestro pueblo en el nombre de las piedras, con la creencia de que están obedeciendo la voluntad de los dioses.

En el hombro noto un picor que me produce ganas de rascarme la tierna herida, que comienza a palpitar con una nueva y flamante vida.

—¿Los shulaks?

—Sí.

—¿Y qué... qué hacen con nosotros?

—Creen que vuestro pueblo supone el fin del mundo —masculla con brusquedad—, un fin que nunca llegará... si os extinguen a todos.

La sangre me abandona la cara al asimilar lo que me está diciendo. Sus palabras son un golpe que me marchita por dentro.

—¿Nos matan?

—Sí. —Asiente con la cabeza—. Si os reveláis ante la persona equivocada, sí, os despellejarán. Os harán...

—¡Gunthar! —Enry levanta las manos—. ¡Para! Estás asustando a la pobre.

«Pobre...».

—¡Tiene que saberlo! —exclama Gun con la voz teñida de una furia que penetra en mi cuerpo.

Vuelve a mirarme a los ojos y quiero taparme los oídos con las manos. Quiero hacerme un ovillo debajo de una mesa y esconderme de los golpes.

—Si os reveláis ante la persona equivocada, os harán picadillo —repite, esta vez más lento. Todo el aire sale despedido de mi cuerpo—. Os venderán en el mercado negro...

—¡Basta! —grito y me obedece. Me sostiene la mirada durante unos segundos antes de agachar la cabeza.

Un silencio sepulcral se instala en el cuarto.

Gun se aclara la garganta y me mira a través de las cejas espesas.

—Lo siento, Orlaith…, pero debéis conocer la verdad.

Asiento y me trago el dolor que me sube por la garganta, la bilis que amenaza con verterse.

Llevo tiempo buscando respuestas y ahora me muero por enterrarlas en una tumba. Por viajar atrás en el tiempo y dejar que las preguntas sigan furiosas en mi pecho, royendo los barrotes que las encierran.

Me dolería mucho menos que esto.

—Ahí fuera hay gente muy mala y retorcida, Orlaith. No os fieis de nadie, ¿os queda claro? De nadie. Ni siquiera de vuestro prometido. —Sus palabras me repican en los oídos como una campana de advertencia—. Decidme que os queda claro.

—Me queda claro —digo con voz ronca y relaja los hombros.

—Esto… —agita el colgante ante mí, que sujeta con el puño apretado— lo voy a arreglar. —Se levanta, se dirige hacia una mesa del rincón y se pone unas gafas mientras reúne unas cuantas piezas y empieza a trastear bajo el brillo dorado de un candelabro.

«Si os reveláis ante la persona equivocada, os harán picadillo. Os venderán en el mercado negro».

Por eso Baze se ocultaba. Por eso no he visto a nadie más de mi pueblo por ahí.

O están asustados y se esconden…

O están muertos.

Clavo la vista en un corte que tengo en el muslo, casi en el mismo punto en el que Kai me curó una herida con la lengua, justo encima de la mancha de nacimiento con forma de corazón, que sin mi coraza está desaparecida.

Veo la sustancia opalina que mana de la herida, embelesada por un líquido que brilla con luz propia y deja tras de sí una manchita irisada que tapa el rojo.

Ese color rosado tan bonito que me encantaba ver cuando abocaba mi sangre en el agua que le daba a Rhordyn… Incluso eso era una mentira.

Enry se agacha delante de mí.

Parpadeo y él persigue con los ojos la atrevida lágrima que me cae por la mejilla.

—¿Puedo? —Cuando asiento, levanta una mano y recoge la gota. La punta del pulgar adquiere resplandor y la introduce en el agua enrojecida por mis heridas. Después de usar el algodón para darme golpecitos sobre el corte de la pierna, lo lanza en el cuenco de agua y se pone en pie—. Enseguida vuelvo.

Un aire frío entra en la habitación cuando abre la puerta y espero mientras oigo los ruidos agudos y metálicos que hace Gun al arreglar mi collar.

Cuando Enry regresa, lleva con él un material ceroso, un poco de cuerda y un tiesto pequeño de terracota del tamaño de una taza, lleno hasta los topes de tierra. Se arrodilla, mete la mano en el agua enrojecida y vierte un poco sobre la tierra antes de envolver la maceta en un paquete que me tiende.

Con el ceño fruncido, lo cojo y veo que esboza una leve sonrisa.

—Sois luz, cariño. Luz y vida y todo lo bueno del mundo. —Me rodea las manos con las suyas; su caricia resulta cálida y terrenal, de palmas suaves—. A eso debéis aferraros.

Asiento, aunque sus palabras son como otra piel que no termina de encajarme.

Gun me cubre con su gran sombra blandiendo el collar.

—¿Me permitís?

—Deja que primero… —me aclaro la garganta y cojo mi bolsa de tela para meter el paquete— guarde esto.

Me miro las manos mientras me aparta el pelo a un lado y me rodea el cuello con el colgante, que esta vez sí se afianza.

La coraza me envuelve la piel pulida y me pinta con la mentira.

Veo el brillo nacarado desaparecer del pelo, cuyos espesos mechones se tiñen de rubio. Veo la sangre que mana del corte de la pierna comenzar a tornarse roja y mancharme la capa.

Al levantar la vista, los dos me están contemplando, Gun acariciándose la barba incipiente y Enry negando con la cabeza, con una mano en la cadera y la otra sobre los labios.

A lo lejos, alguien llama a la puerta y rompe el silencio, y miro hacia la hoja de madera aferrando la toalla con los nudillos blancos; me siento tan desnuda como cuando he salido del riachuelo, a pesar de las capas mojadas de ropa y mi caparazón reconstruido.

Gun frunce el ceño y se dirige a Enry con un susurro.

—Que Della te entregue el paquete y se marche al instante.

—Le va a sentar como una patada en el culo. —Enry se ríe por la nariz—. ¿Acaso no conoces a tu hermana? —Agita una mano y mascula algo al cerrar la puerta tras de sí.

Gun se frota la mandíbula de nuevo y suelta un profundo suspiro.

—Voy a por un poco de ungüento para vuestros nudillos —me informa, encaminándose hacia un armario del fondo de la estancia—. Seguro que en su día Enry guardó un poco por aquí.

La puerta se abre tan deprisa que se estampa contra la pared y Zane irrumpe en la habitación como un rayo de sol y malicia que me desboca el corazón.

—¿Cómo has entrado tan rápido?

—Por la puerta trasera —anuncia él, corriendo hacia mí mientras yo me paso el pelo por detrás de la oreja e intento alisarlo para no parecer tan asustada como me siento.

Gun niega con la cabeza, abre la puerta del armario y desaparece en el interior con una lámpara. Zane se queda delante de mí y se aparta el pelo de los ojos preocupados. Fija la mirada en mis nudillos heridos y luego en el cuenco de agua ensangrentada que ahora está manchado con un ápice de resplandor.

Abro la boca para hablar. Para preguntarle cómo está, decirle que lo he echado de menos, que en el palacio tengo algo especial que me muero por regalarle...

—¿Qué ha pasado? —suelta antes de que yo pronuncie palabra, con una expresión que le hace aparentar mucha más edad de la que tiene en realidad. Es una expresión que me recuerda a mi hermano, a cuando me arrimó contra la pared debajo de la mesa después de abrazarme fuerte y decirme que cuidaría de mí.

Siempre.

—Es... —La voz me sale ahogada—. No es nada de lo que debas preocuparte. Te lo prometo.

—¿Estás en apuros? —Se saca algo del bolsillo y me lo tiende—. ¿Necesitas mi...?

Se me rompe el corazón y se me llenan los ojos de lágrimas al ver la ficha que tiene en la mano.

—No, quédatela para ti. —Una sonrisa me asoma a los labios cuando me echo hacia delante y envuelvo el fragmento dorado con sus propios dedos—. Estoy bien, Zane. Te lo juro.

Sus ojos irradian seriedad y terquedad. Aprieta la mandíbula sin dejar de alargar el brazo.

—No me mientas. ¡No soy un niño pequeño!

«Ay, Zane...».

Gun cierra la puerta del armario y gira sobre los talones con un cubo de hojalata, y yo le aprieto la mano a Zane y, con ojos suplicantes, lo urjo a guardar la ficha.

Al final, me hace caso; da un paso atrás y permite que su tío se disponga a untarme los nudillos con una sustancia bajo su intensa mirada.

—¡No, no me voy a limitar a darte la ropa, so idiota! —Una voz de mujer, aguda y adusta, acompaña un coro de pasos retumbantes.

El capitán se queda inmóvil con la mirada clavada en la puerta.

—Maldita sea. Tendría que haber ido yo. —Suspira y vuelve a poner la tapa en el cubo mientras Della sigue reprendiendo a Enry desde algún punto del pasillo.

—Una mujer aparece herida y ensangrentada, y, lo siento mucho, pero ¡la última persona con la que querrá hablar es con el bruto de mi hermano!

—Te aseguro, Della, que lo tenemos todo controla...

—Chorradas. —Entra por la puerta con un revoloteo de seda azul empapada del dobladillo a la rodilla y una explosión de energía inunda la habitación.

«La mujer del retrato».

Aunque ahora es mayor, sigue luciendo la misma belleza.

Me echa un vistazo y se detiene. Deja un paquete suave en el suelo, a sus pies, y toda su decisión le desaparece del semblante.

Sigo bajo el poder de su mirada y su rostro paralizado mientras se me congela la sangre en las venas. ¿Quizá el colgante no está bien puesto? ¿Quizá está viendo entre las grietas mi verdadero ser, que centellea bajo la piel?

Baja la vista, que aterriza en mi muslo desnudo, en el corte que todavía hay que vendar.

Con una mano sobre los labios, suelta un sollozo de angustia.

—Della. —Advierto un matiz de preocupación en el tono de Gun, que se acerca a su hermana. A continuación, ella se pone de rodillas, con las manos sobre la expresión demudada, y balbucea en otro idioma, una palabra tras otra. Él se arrodilla a su lado y le sujeta las muñecas.

Y niega con la cabeza.

Su hermana tartamudea, solloza, señala... Zane abre mucho los ojos al ver a su madre desmoronada en el suelo.

El capitán mira atrás, hacia mí, y vuelve a negar con la cabeza firmemente.

—*Sheil de nah pa. Gahs ke, Viola! Sheil de nah pa...*

Della gruñe, lo aparta de un empujón y se pone en pie. Coge una lámpara y corre hacia el armario, donde baja cajas de los estantes y empieza a hurgar entre ellas.

Enry me observa desde la puerta, muy fijamente, como si me estuviera viendo por primera vez.

—¿Hay algún problema? —Frunzo el ceño.

Silencio.

Della sale del armario con un libro sobre el pecho. Camina hacia mí con manos temblorosas, se arrodilla a mis pies, lo abre y me señala la primera página.

La ilustración.

Aparece ella. Es un dibujo perfecto de cuando era mucho más joven, meciendo a un bebé de un añito o así con unos ojos violeta enormes y una mata de pelo rubio. Esboza una sonrisa mofletuda que la ilumina por completo. Lleva una túnica azul con filigranas doradas y las piernas desnudas enfundadas en unas botillas con volantes de encaje.

—No entiendo —admito y me señala la pierna de la niña. Su mancha de nacimiento: un corazón.

Del mismo color.

En el mismo sitio.

Mi mancha de nacimiento...

Se me desboca el corazón, se me entrecorta la respiración.

Me posa su mano suave y cálida sobre la mejilla.

—Viola... —susurra. El nombre es algo delicado que me traslada con voz temblorosa—. Viola —repite y levanto la vista para clavar los ojos en los suyos, muy abiertos, esperanzados y lilas.

—Su hija... —empieza a decir Gun y se le rompe la voz. Se aclara la garganta mientras yo me fijo en sus ojos afligidos—. Mi sobrina. Contrajo... la Plaga cuando era pequeña. Della solo tenía dieciocho años. —Hace una pausa—. La enterramos en el patio con sus abuelos.

Se me atenaza la garganta y vuelvo a mirar a la mujer.

—Te acompaño en el sentimiento...

Ella me acerca la ilustración y la agita tanto que me encojo.

—¡Viola!

Cuando me doy cuenta de lo que ocurre, el corazón me da un vuelco y se me parte en mil añicos.

«Cree que soy su hija».

Pero no es verdad. Yo ya tengo una madre. Y una familia.

«Tenía».

Aunque es innegable lo mucho que nos parecemos su hija y yo, debajo de esta piel que ella cree conocer soy muy distinta.

No puedo mirar el dibujo. No puedo mirarla a los ojos y decirle que no es más que una desafortunada coincidencia. Que su hija no está aquí, que no ha regresado, porque conozco el ardor de la llama de la esperanza, por muy vana que sea.

A veces, es lo único que te mantiene caliente.

—Lo siento mucho, me tengo que ir...

Sus sollozos me asaltan cuando me quito la toalla de los hombros y me levanto para pasar junto a ella. Cojo mi bolsa de tela, le doy a un triste Zane un beso en la cabeza y me dirijo hacia la puerta. Bajo las escaleras con una velocidad que no me parece suficiente.

Solamente cuando he salido fuera, escondida en una enorme zanja entre dos grandes rocas que los pescadores usan como asientos, clavo la vista en el furioso océano, me tapo los labios con el dorso de la mano y me derrumbo.

50

ORLAITH

La tormenta arrecia en el mar. Las nubes hinchadas palpitan con un latido fiero y eléctrico mientras la tempestad sigue rugiendo como una bestia implacable que vive a las afueras del palacio. Otra ola rompe y me rocía en la cara gotitas saladas mientras observo el puente, largo e iluminado y sobrecogedor. Me lo imagino derrumbándose a mis pies en cuanto suba por las rocas y empiece a recorrerlo.

Solo quiero dormir, pero, a pesar de ser capaz de ver mi balcón desde aquí abajo, mi cama parece estar lejísimos de mí.

Ajena e inalcanzable.

Soy una persona diferente de la que era esta mañana. He dejado en esa habitación a una muchacha ingenua y llena de preguntas.

He dejado allí a Orlaith.

Ahora soy Serren, desplumada y mutilada, dolorosamente consciente de mi frágil existencia y cubierta con una nueva capa de asesina.

Me cuesta llenar los vacíos. Me cuesta obligarme a seguir adelante sabiendo que la muerte de toda mi especie se asienta sobre mis hombros. Me cuesta imaginarme durmiendo en esas sábanas blancas e impecables sin sentirme tentada a formar con ellas un gurruño y lanzarlas a la chimenea.

Vivo en una coraza que ya no encaja conmigo. Quizá no lo ha hecho nunca.

La vida lujosa se me antoja desorbitada comparada con la imagen completa y horrenda de lo que ha sucedido.

El traqueteo lejano de unos cascos me saca de mis ensoñaciones. Trepo por la roca escarpada y asomo la cabeza; veo un carruaje bañado en oro tirado por dos caballos que avanzan por el paseo marítimo vacío.

Un carruaje no: el carruaje.

Kolden lo sigue en otro caballo con pose recia y majestuosa. Su larga cabellera leonada se pega a la espalda de un abrigo igual de empapado. Mira alrededor y clava los ojos en mi dirección.

Me agacho con el corazón en un puño.

No tendré otra oportunidad como esta. O me quedo contemplando el mar y compadeciéndome de mí misma, evitando todos mis problemas hasta que metastaticen, o lo hundo todo en lo más profundo de mi ser, me recompongo, voy tras el carruaje e intento convencer a Kolden para que no me delate.

«Tal vez hayan visto a Gael. Tal vez sepan si está bien».

Esa idea me persuade de saltar en el momento exacto en el que giran hacia el puente y los persigo con pasos sigilosos, yendo de una sombra a otra. El carruaje llega al palacio y espero hasta que el soldado a cargo del puente se concentra en una bolsita con hojas de pino, con la pipa entre los dientes, antes de abandonar la oscuridad y echar a correr tan rápido que apenas rozo el suelo con los pies.

Me detengo detrás de un arbusto para recobrar el aliento y veo como el carruaje frena delante de las puertas. Kolden conduce a su caballo hacia la hierba que queda justo debajo de mi balcón con el ceño fruncido.

Se me revuelven las tripas y la culpabilidad se me afianza en el pecho.

«Parece cabreado».

Lanzo una mirada nerviosa a las altas paredes, yergo la barbilla y me pongo a su lado cuando pasa una pierna por encima del lomo de su caballo y baja de la silla de montar.

Se gira, sobresaltado, y se pone una mano sobre el pecho.

—Jodi…

—Hola.

El guardia suelta todo el aire y observa en derredor antes de ocultarme con su caballo y mirarme fijamente a los ojos.

—¿Me permitís hablar con franqueza? —escupe y me encojo.

—Sí...

—¿Qué cojones ha pasado?

—Me merezco ese tono —admito mientras me aparto el pelo mojado de la cara.

Clava los ojos en mis nudillos magullados y los abre como platos. Escondo la mano tras mi espalda y finjo que no la ha visto.

—¿Sabes algo de Gael?

Se me queda contemplando durante un buen rato, sin parpadear, y recorre con la mirada el punto palpitante de mi sien.

—Orlaith...

—¿Sabes algo de ella o no? —insisto con la voz embargada por la desesperación.

—Sí.

Me asciende por la garganta tal cúmulo de emoción que me cuesta tragar. Extiendo una mano para apoyarla en la pared y no perder el equilibrio. Debo hacer acopio de todo mi autocontrol para no desplomarme en un ovillo de alivio.

«Está viva... Está bien... No la he matado».

—Una criada se ha presentado con un pergamino con el sello de la familia de Gael. —Mete una mano en el bolsillo, lo extrae y lo agita ante mi cara—. Decía que habíais decidido regresar al palacio a pie porque necesitabais tomar el aire. ¿Es lo que ha pasado? ¿Necesitabais tomar el aire?

Asiento, demasiado asustada como para parpadear por el miedo a derramar veloces regueros de lágrimas por las mejillas.

—Sí, eso es justamente lo que ha pasado. Siento mucho haberte preocupado.

—No solo me habéis preocupado a mí —gruñe entre susurros señalando hacia el carruaje—, sino que estos hombres han recibido órdenes estrictas de no dejaros merodear por la ciudad a vuestras anchas. ¡Nos habéis puesto a todos en peligro! Perdonadme... —Se aclara la garganta y aprieta la mandíbula mientras se recompone—. Ya he terminado de hablar con franqueza.

—Bueno, ahora ya he vuelto, así que... —«Cainon no tiene por qué enterarse».

428

Kolden suspira, cierra los ojos y se aprieta el puente de la nariz, un gesto que me recuerda a Baze y que me produce dolor.

—De acuerdo. Id arriba antes de que el Alto Maestro vuelva y os vea así —dice, señalándome con una mano—. Yo iré a hablar con los demás hombres.

—Gracias, Kolden. —Le lanzo una ligera sonrisa.

—Tan solo prometedme que no me vais a lanzar ningún otro puñal —mascula, apuntando con la mandíbula hacia la puerta principal del palacio.

—¡Orlaith!

La voz de Cainon retumba por el recibidor y me paraliza con los dedos extendidos hacia la barandilla de la gran escalera que da a mi habitación.

Cojo una buena bocanada de aire que no consigue en absoluto aquietar el latido histérico de mi corazón y, al girarme, lo veo avanzar a toda prisa por el suelo pulido hacia mí. Es la personificación del viento y de la lluvia: tiene las mejillas arreboladas y la camisa azul oscuro tan empapada que se ajusta al contorno de su musculosa silueta.

Bajo la vista hasta sus pantalones grises, de un tono parecido al que llevan los shulaks...

Me da un vuelco el corazón.

Tiene vínculos con la fe, eso resulta evidente por la confianza que deposita en Elder Creed. Pero ¿hasta qué punto han arraigado en él esas creencias? ¿Aprueba la masacre de mi pueblo?

Me trago la bilis ardiente que me sube por la garganta.

Con el ceño fruncido, me repasa con la mirada mientras se arremanga la camisa.

—¿Acabas de volver? —Veo su cupla de lapislázuli alrededor de su muñeca fuerte y bronceada, y se me acelera el corazón. Siento un ardor en la muñeca por lo desnuda que está y la escondo tras la espalda.

«Mierda».

—Sí, es que... nos ha pillado la tormenta.

Hace una pausa y frunce más el ceño al observarme desde unos cuantos pasos de distancia, y al poco echa a caminar y me coge la muñeca de la espalda para ponerla entre ambos.

Se acerca tanto que estamos a ras.

Nuestra respiración se funde en una, áspera y entrecortada, y un chisporroteo de tensión me roe la piel mojada.

—¿Dónde está tu cupla? —me susurra al oído, palabras demasiado tranquilas como para provocar un efecto insoportable.

«¿Por qué no se me ha ocurrido pedirle a Gun que la arreglara?».

—En la bolsa —gruño—. El cierre se ha roto...

Transcurren varios segundos en los que el corazón me martillea y contemplo los botones de su camisa. Y los nudillos magullados apretados entre ambos.

Cainon se aparta un poco, me mira a los ojos y, en lugar de la cólera que me imaginaba que desprenderían, percibo un remolino de preocupación.

—Deberías haber acudido a mí directamente cuando se ha roto. Te podría haber pasado cualquier cosa. Esta es tu protección —me insiste, apretándome la muñeca desnuda—. Tu red de seguridad.

Cojo una bocanada de aire por entre los labios separados.

«Mi red de seguridad».

No quiero ninguna. Ya no. No la he querido desde que crucé mi Línea de Seguridad en el Castillo Negro. Ni siquiera con el reciente descubrimiento de que el ser que vive debajo de mi piel es objeto de persecución tanto de día como de noche.

Quizá ese ha sido nuestro problema desde el principio. Quizá él quería a la muchacha ingenua, asustada y maleable a la que encontró descalza y rota en el castillo de Rhordyn, pensando que podría doblegar sus debilidades en beneficio propio.

Pero mi nuevo yo no se doblega.

Se rompe.

—Pero no pasa nada —dice y me roza la mandíbula con los nudillos mientras me dedica una sonrisa—. Se puede arreglar.

Sin dejar de apretarme la muñeca, me guía por el pasillo hasta cruzar una puertecilla del otro lado. Una escalera de caracol nos conduce hacia las entrañas del palacio, una zona que todavía no he explorado, aunque sé a dónde nos dirigimos en el momento en el que el lejano chasquido de metal contra metal me golpea el cerebro cansado y desprotegido con clavos afilados.

Me da una bofetada un aroma metálico y humoso que ya he olido antes, en la frontera meridional del bosque de Vateshram, y solamente cuando el viento soplaba desde el norte.

«Me está llevando a la Forja».

Los ruidos siguen atacándome hasta que llegamos a una estancia enorme tallada en la ladera del acantilado. Las paredes están llenas de hornos llameantes y la sala está repleta de mesas, todas ellas ocupadas por hombres encorvados con regueros de sudor sobre la sien, golpeando distintos objetos, la mayoría espadas, por lo que veo al primer vistazo.

La pared abierta del fondo, que da a un muelle de madera vacío bañado por la luz de la luna, da entrada a los elementos en este espacio, aunque no consigue aliviar la densa humedad.

—¡Fuera! —grita Cainon y el intenso jaleo se detiene de repente, seguido por una sinfonía de herramientas que tintinean y que hacen que me encoja.

Las botas arañan la piedra conforme los herreros se marchan, con la cabeza gacha y los ojos fijos en el suelo lleno de hollín. Él parece elegir una mesa al azar, me suelta la muñeca y me tiende una mano.

Hurgo en mi bolsa, con un nudo en la garganta al ver la florecilla de cristal que se zarandea en el fondo. Saco mi cupla y el trozo de oro que se le rompió, y se los entrego.

Se los queda mirando con la vista baja.

—¿Cómo se ha roto?

—Me he dado un golpe con algo —miento y él levanta y baja los ojos.

—Nuestro oro es muy suave porque es de altísima calidad. Sustituiré el cierre por uno de hierro.

—¿De hierro?

—Es un tipo de metal. Ya no se utiliza demasiado, pero es muy útil.

Se pone a ello. Funde, inclina y aprieta algo con unas tenazas largas y después lo mete en un cubo de agua que se pone a hervir al instante. Y luego empieza a darle golpes decididos, que producen chasquidos agudos, con el ceño fruncido por la concentración.

Cojo una buena cantidad de aire y lo suelto con los dientes apretados mientras me obligo a mantener la compostura, imaginándome cruzada de piernas en una verde colina con tierra entre los dedos.

Alejo los ojos de la mesa y miro un cincel de aspecto cruel con un mango de madera nudosa. El trozo metálico está rematado en una punta cuadrada.

«Parece muy práctico...».

Cainon se vuelve hacia la forja que hay tras él; el destello de las llamas incide sobre su piel bronceada y perlada de sudor, y yo alargo un brazo a tientas hacia la herramienta, la cojo y me la guardo en la bolsa.

Se gira, con los ojos entornados y un trozo de metal apagado entre las puntas de unas tenazas ennegrecidas. Le propina más golpes con un martillo pequeño y luego sostiene mi cupla y la examina desde todos los ángulos.

—Mucho mejor —murmura y me hace señas para que coloque la mano sobre la mesa de madera, salpicada de esquirlas de metal y de fragmentos negros.

Me rodea la muñeca con el brazalete y cierra el pasador gris.

—Sé que a veces son incómodas, pero en teoría no hay que abrir el cierre nunca —dice y me mira con un brillo cómplice en los ojos—. Porque se debilita.

Me lo quedo observando, con el corazón tan acelerado que oigo su traqueteo.

«¿Sabe que me la he estado quitando?».

—¿Quizá te iba grande? —me pregunta con una ceja arqueada—. ¿El cierre se ha abierto alguna vez por sí solo?

—Sí —le suelto, aferrándome a su propuesta como el salvavidas que es—. Ha pasado un par de veces. Es muy frustrante. Lo miro a los ojos y lo reto a desmontar la mentira.

Cainon asiente y apoya los puños sobre la mesa, con los anchos hombros encorvados y dedicándome una sonrisa amable.

—¿Qué te parece si la soldamos? Así no tendrás que volver a preocuparte por si se te cae. Nunca más.

Sus palabras son piedras que me avasallan el pecho y que plantan semillas de un pánico espectacular que arraiga alrededor de las costillas.

«No. No quiero».

Una voz me lo grita, una y otra vez, a medida que retuerzo la conversación, la contemplo desde todas las perspectivas posibles y me doy cuenta de que no dispongo de ninguna manera de liberarme de las devastadoras fauces de su trampa verbal.

—Orlaith… —Arquea las cejas.

—Sí —susurro y luego me aclaro la garganta—. Es una buena idea.

—Claro. Pues pongámonos a ello —anuncia con una sonrisa de satisfacción.

Se gira e introduce una vara fina de metal en las llamas, donde la deja un buen rato mientras el corazón me aporrea desde dentro. Cuando la extrae, la punta resplandece con un pulso fiero, muy parecido al de mi aguja después de calentarla con la llama de mi vela.

Coloca un trocito de alambre plateado sobre el cierre de hierro y acerca la vara encendida.

Me trago las palabras que intentan escapar por mi garganta, desesperada por apartarme y huir del calor que se propaga y de mi sellado destino.

El metal abrasador me muerde la piel frágil del interior de la muñeca; el olor a carne quemada me debilita los sentidos, penetra en mi conciencia y activa imágenes en mi mente.

«Cuerpos quemados. Piel con ampollas que se desmenuza. Y que se me pega a las manos».

Aprieto los dientes y lo observo a través de un velo de lágrimas contenidas tocando el alambre con la punta al rojo vivo hasta volverlo líquido para que se derrame sobre el engranaje del cierre. Cainon vierte un poco de agua sobre el sello permanente, que chisporrotea igual que la sangre en mis venas y el dolor en mi muñeca.

«Me acaba de quemar... Ha soldado mi cupla... La ha convertido en un grillete...».

Y lo que es peor: prácticamente se lo he pedido yo.

Trago saliva y aparto el brazo para sujetármelo con el otro, con dedos temblorosos y una bola de fuego chamuscándome la punta de la lengua.

—Así evitaremos que vuelva a romperse. Estás contenta, ¿verdad?

Tengo unas palabras parecidas adheridas a los pliegues del cerebro desde la noche en la que me puso por primera vez la cupla en la muñeca.

—Es lo que querías, ¿no?

No. No es lo que quiero. No es quien soy.

No puedo vivir mordiéndome la lengua y reprimiendo palabras en el pecho.

Una pequeña parte de mi alma se aleja de mí con cada latido profundo de la muñeca; esa parte que creía que podría asegurar que Cainon cediera sus barcos sin quedar yo reducida a cenizas.

—Pétalo...

Levanto la vista y le lanzo una breve sonrisa y un asentimiento.

—Bien —murmura, rodeando la mesa. Me coge la mano, se lleva mis nudillos a los labios y deposita un beso suave sobre las heridas—. ¿Qué les ha pasado?

—Le he partido la cara a un tío por hacerle daño a alguien que me importa —contesto, aguantándole la mirada impertérrita.

Cainon suelta una carcajada grave y gutural, y vuelve a rozarme los nudillos con los labios.

—Lo digo en serio. ¿Te has caído?

«No tienes ni idea».

—He tropezado. Y me he arañado con la pared. Por cierto, me ha encantado visitar hoy tu ciudad.

—Ah, ¿sí? —Los ojos se le iluminan.

—Sí. Aunque he oído a alguien comentar que un vruk merodeaba no demasiado lejos de tu muralla…

—¿Qué? —Echa la cabeza atrás con un destello de miedo en los ojos—. ¿Se lo has contado a alguien?

«¿A quién se lo voy a contar?».

Niego con la cabeza.

Traga saliva, asiente lentamente y luego se coloca entre la mesa y yo. Se apoya en la madera, me rodea la espalda con un brazo y me arrima a él para situarme entre sus piernas extendidas.

—Aquí estás a salvo, no te preocupes. Nada va a cruzar la muralla, y, si lo hiciera, podría cargarme el puente en cuestión de segundos.

Una oleada de náuseas me provoca hormigueos en los carrillos, pero compongo una expresión neutra. Finjo que soy la chica a la que conoció en el Castillo Negro y lo miro con ojos empañados por la preocupación.

—¿De verdad?

Me pasa un mechón suelto y todavía mojado por detrás de la oreja, y me entran ganas de apartarme.

—Moviendo una sola palanca…

«No…».

Vuelve a acariciarme los nudillos con los labios y me sostiene la mirada.

—He ido reforzando poco a poco las islas más alejadas. Nuestro futuro está asegurado, tanto da lo lejos que se propague la invasión de los vruks.

Se me cae el alma a los pies, me empieza a dar vueltas la cabeza y tengo la sensación de que el suelo que piso desaparece.

No me extraña que quiera retener su flota. Su plan B depende de ella, pero pagando un precio altísimo.

La vida de todo el continente.

Una vez más, pienso en esos barcos, en las llamas que los hicieron añicos.

Una sola palabra se abre paso en mi cabeza, pronunciada con su voz contundente mientras su pueblo crepitaba y aullaba.

«Sacrificios».

51

ORLAITH

Izel recoge mi bandeja con la cena tardía que Cainon ha insistido en llevarme y se marcha sin darse cuenta de que me encuentro debajo de una mesa del rincón del cuarto, con las rodillas dobladas, el cincel en una mano y la bolsa de tela vacía sobre el hombro.

La puerta se cierra con un chasquido leve.

Me quedo mirando la cama, impoluta y hecha a la perfección. Las sábanas blancas, almidonadas y limpias, muy diferentes a mi conciencia oscurecida. Cierro los ojos y oigo el crujido que el brazo mutilado ha hecho cuando he rodado por encima de él. Y noto la carne húmeda manchándome como si de una plasta cálida se tratara.

En la piel me estalla un estremecimiento violento que me traquetea los órganos y me golpeo la cabeza contra la pared.

«No».

Trago saliva, meto los dedos por debajo de la capa y me rasco el escozor que me arde en el hombro, embargada por la punzada de dolor.

Y por el recuerdo.

Me niego a mirar hacia el enorme jarrón de oro del rincón de la habitación, que ahora alberga la flor de cristal para no tener que verla cada vez que abro el cajón. Con la cabeza apoyada en la pared, contemplo la luna hinchada a través de las puertas de cristal del balcón.

La gravedad de todo lo que ha sucedido hoy me asesta un puñetazo en el estómago.

No voy a sangrar por él. Pero, con el escozor que me cuece en la carne quemada de la muñeca con latidos dolorosos, me niego a sentirme culpable.

Un día me dijo que está en nuestra naturaleza enamorarnos del grillete que nos amarra, pero yo no soy una persona normal y corriente. Acepté el enlace político a cambio de una flota que todavía he de recibir. Y para salvar vidas.

Para marcar la diferencia.

Y resulta que me paso los días intentando salir de una piscina con los brazos extendidos hacia promesas vacías como una marioneta. Destruyéndome.

Y destruyendo a los demás.

Resulta sumamente obvio que Cainon tiene poquísimo interés en compartir sus barcos, así como en ayudar a la gente a la que he observado durante toda mi vida a través del agujerito de la sala del trono. Una teoría respaldada por el hecho de que no deja de mantener sus barcos fuera de nuestro alcance.

Es probable que su palabra no valga una mierda y que yo le haya dado un motivo estupendo para alejar las embarcaciones. O para quemarme en la hoguera.

Prometí los barcos. Me prometí a mí misma. Sin embargo, no hay ninguna garantía de que consiga salir de la Pecera, y, aunque lo logre, no hay ninguna garantía de que siga por aquí después de la ceremonia de matrimonio para asegurarme de que la flota parte según lo acordado.

Ha llegado el momento de que yo tome las riendas de la situación.

Me quedo sentada hasta que la luna se alza fuera de mi vista. Hasta que estoy convencida de que es lo bastante tarde como para que la mayoría de los criados se hayan acostado ya. Aparto la vista del cielo, meto el cincel en la bolsa y salgo de debajo de la mesa; me pongo de pie y hago una mueca de dolor cuando la tela pesada de la capa de Gael me roza la zona magullada y palpitante del hombro derecho.

El punto del que he arrancado la flor.

Me desato la capa, me la quito y la dejo sobre el tocador. Con una mezcla de temor y repulsa dándome vueltas en las entrañas, levanto la vista hacia el espejo.

Nada.

Me cuesta coger aire. Me rozo con un dedo la porción de piel herida, lo único que persiste en mí para homenajear el asqueroso dolor que llevo debajo de la máscara, como si no existiera en absoluto. Como si no tuviera plantas negras reptándome por el hombro. Ni bultos extraños ni tallos supurantes decapitados.

Clavo los ojos en mi mirada perdida, me aparto del espejo y salgo de la habitación con el vestido elegante y sin tiras que no tengo energía para quitarme, atado con holgura a la espalda y que apenas me envuelve el cuerpo. Atravieso el recibidor y abro la puerta de par en par; al otro lado doy con Kolden, que bosteza recostado en la pared, bañado en la luz dorada y adormilada de los candelabros.

«Mierda».

Da un respingo, parpadea y se frota los ojos.

Paso por delante de él.

—¡Orlaith! —La palabra es un siseo susurrado envuelto en desesperación que me paraliza los pies sobre el suelo de piedra.

Lentamente, me giro, lo justo para mirarlo por encima del hombro.

—No voy a salir del palacio, así que no te meteré en apuros...

—No me preocupa eso —gruñe. Mira tras de mí y da un paso adelante. Con la mandíbula apretada, me mira de arriba abajo, desde la punta de los pies descalzos que asoman bajo la falda del vestido hasta la cupla y luego los ojos. Traga saliva—. No vayáis a la tercera planta. Cainon está reunido.

Pestañeo y digiero la breve oleada de sorpresa antes de asentir bruscamente y dirigirme hacia una de las escaleras traseras con las que me familiaricé al ir en busca de la biblioteca.

Meto una mano en la bolsa y rodeo con fuerza el cincel para notar los extremos afilados clavados en la piel.

«Tengo un túnel que excavar».

Incrustada entre la pared y el tapiz grueso y pesado, golpeo la piedra con una fuerza fulminante para arrancar pedazos azules que recojo del suelo. Me los guardo en la bolsa, que luego me cuelgo en el hombro, y subo las escaleras de regreso a mi habitación.

Kolden arquea una ceja cuando ve que me acerco.

—¿Qué cojones lleváis ahí?

—Parte de una pared —mascullo y enarca la otra ceja también mientras abre la puerta del recibidor y la cierra tras de mí.

Si le cuento la verdad, no podrá hablarme con toda franqueza.

Paso los dedos agrietados por el costado del espejo de mi vestidor y lo abro, golpeada por una ráfaga de aire estancado y tibio. No me molesto en coger la lámpara que está en lo alto de las escaleras, sino que me limito a adentrarme en el túnel de la vieja Hattie fiándome solo de mis sentidos.

Al salir a la jungla húmeda, recibo las miradas enojadas de los irilaks que habitan en las sombras, un fuerte contraste con esta noche brillante, iluminada por la luna, que crea un laberinto de caminos que se extienden por el suelo.

Hundo una mano entre los trozos de piedra, cojo un puñado y lo lanzo sobre los matojos, un gesto mecánico que mantiene a raya los pensamientos desagradables hasta que he vaciado la bolsa. Al darme cuenta de que estoy a medio camino del sendero que va hacia el árbol que la vieja Hattie me mostró, sigo avanzando.

Tras abandonar la protección discontinua de la jungla, salgo a un claro bañado por la luz de la luna, que procede de un cielo despejado salpicado de estrellas. Hurgo en mi bolsa y extraigo el cincel, que sujeto fuerte mientras trepo por el árbol para sentarme en la rama más baja con la espalda apoyada en el tronco. Con las rodillas contra el pecho, observo el baile de las medusas, esas almas pequeñas y centelleantes que flotan a la deriva entre las olas, preciosas y libres.

Al verlas, el corazón me duele.

Decido contemplar el cielo mejor, la luna y las estrellas y la nada que las separa.

En la luna veo un reloj que no deja de hacer tictac.

En las estrellas, los ojos de mi hermano.

En la negrura que se encuentra entre una y otras, la muerte oscura que ha derramado mi piel, los cuerpos chamuscados que he dejado sobre el paisaje de desolación y cenizas, el vruk que ha aparecido y se ha zampado las pruebas de mi estallido.

Veo las enredaderas negras trenzadas en mi hombro y la florecilla de cristal que he cortado.

Que he matado.

Me meto la camisola en la boca y chillo para soltarlo todo en un espantoso aullido que, aun así, me deja con los nervios a flor de piel. Lo repito y lo repito y lo repito hasta que me quedo sin aliento, jadeando.

Suelto la tela, me desmorono y un sollozo fuerte y silencioso se abre paso sacudiéndome las entrañas y dándome la impresión de que no volveré a respirar jamás. Aprieto el cincel. Lo aprieto tanto que un dolor agudo e inmisericorde me atraviesa la palma...

Unas manos frías se me posan debajo de las rodillas y en la espalda, y no me encojo, como si una parte de mi alma desgarrada supiera que él está aquí, por más que no deba.

Tendría que estar con su pueblo. Ayudando a su gente. No embarrándose con problemas que son míos y tengo que arreglar yo.

Me levanta del árbol y me recuesta contra su pecho con brazos poderosos. Mis extremidades se abandonan a su abrazo aniquilador al tiempo que se sienta junto al tronco. Me coge las manos temblorosas y me aparta los dedos del cincel, uno a uno, para arrebatármelo cuando por fin me rindo.

Me las sujeta, las junta y se las coloca cerca del corazón, que palpita mucho más rápido de lo que recordaba.

—Respira —gruñe. La palabra es una caricia sobre el cuello, que me roza con la nariz mientras respira hondo y pronuncia la siguiente contra el lóbulo de la oreja—: Ahora.

Los pulmones se ponen en acción e inhalo una bocanada jadeante que es toda él. Una coraza de seguridad en la que puedo desmoronarme y que evidentemente no merezco.

«Él no debería estar aquí».

Mis sollozos se vuelven objetos tangibles y ásperos, horribles y retorcidos, pero él me sujeta mientras me vacío, rodeándome más fuerte con las manos ante cada sollozo, hasta que estamos tan juntos que solo hay espacio para que los pulmones se me desinflen. Se remueve para envolverme mientras el viento mezcla nuestros aromas en un elixir embriagador que calma mi alma agitada.

Mi llanto pierde vigor, libero toda mi energía; las visiones ensangrentadas se borran de mi mente cargada hasta que ya no me queda nada, tan solo un remolino de muerte crepitante en lo más hondo del pecho.

Aun así, él me sostiene como si tuviera miedo de que, si me soltara, me hiciera añicos de nuevo.

No merecía que me recompusiera. No después de todo lo que he hecho.

«Ojalá ese día me hubieras dejado morir».

La carga de esas palabras se me asienta sobre el corazón y me asciende por la garganta con manos cual garras que amenazan con abrirme la boca a zarpazos para salir al exterior.

Un ruido violento resuena en su garganta, descarnado y primitivo. Acto seguido, se pone en pie y se dirige hacia el sendero iluminado por la luna con paso vivo.

—¿A dónde me llevas?

—A casa.

Me quedo sin aliento.

Si se me lleva…

«Guerra. Más muertes. Nada de barcos».

A casa…

Me permito dar un sorbo a la ola de alivio que me provoca esas palabrillas y ladeo la cabeza para hundir la nariz en su pecho mientras pienso en bollitos de miel y en mis jornadas de jardinería y en mis rosas en todo su apogeo.

Odio que esa idea me llene. Que me dé ganas de hacerme un ovillo y llorar y gritar y verter todas mis debilidades encima de él.

Después de aspirar una nueva bocanada de su olor invernal,

reúno fuerzas y lo empujo para zafarme de él y caer al suelo con un golpe seco que me arrebata todo el aire de los pulmones. Sin aliento, ruedo por la hierba y retrocedo.

Él me persigue como cuando cae la noche y se decide a devorar el día.

Me pongo en pie y se detiene a un buen paso de mí. Jadea. Lo noto por el modo en el que derrama su aroma directamente de los pulmones hacia el poco espacio que nos separa a base de resoplidos profundos y narcóticos.

—Debes entenderlo —gruñe, aferrando con el puño el mango de mi maldito cincel—. Quedarme a un lado y ver cómo sufres va en contra de mi instinto. Pero lo estoy intentando, Milaje. Lo estoy intentando, joder.

Suelto una carcajada fría y grave, y me seco la cara con el antebrazo.

—Hace mucho tiempo, esas palabras me habrían alimentado, ¿sabes? Antes.

Juraría que el mundo se detiene. Como si incluso las estrellas dejaran de girar, vagas.

—¿Antes de qué?

En su voz percibo cierto desequilibrio; no suena como siempre, sino rechinante y cargada.

Sanguinaria.

—Antes de que decidieras que te importo.

—Siempre me has importado.

Sus palabras se me clavan entre las costillas con una fuerza perforadora, pero niego con la cabeza, con los puños apretados. Lo miro a los ojos mientras le lanzo un gancho con toda la convicción que soy capaz de reunir.

—Bueno, pues a mí ya no me importas tú.

Me enseña los dientes mientras gruñe en silencio y aparta la vista para luego volver a mirarme.

—Qué curioso. Casi me creo que estás diciendo la verdad.

—Pues sí —digo con una risotada vacía; doy un paso adelante, hasta que estamos cara a cara, y observo sus ojos de ónice, fríos y viejos, con chispas plateadas brillantes—. Cualquiera pensaría que perder a toda mi familia ha sido lo peor que me ha pasado, pero no. Eres tú —susurro, mis palabras impregnadas de veneno.

Él no se mueve. No se inmuta, ni respira, ni parpadea. Tan solo me contempla con una mirada avasalladora.

—Eres un monstruo, Rhordyn.

Veo un destello de dolor cruzar su rostro estoico, que desaparece al instante. Tardo unos segundos en darme cuenta de que estoy hablando sobre mí, pero no me detengo; estoy demasiado afectada por mi arrebato como para contener el torrente.

Demasiado desesperada por verlo desmoronarse bajo el peso de mis palabras.

—Bueno… —gruñe, su voz dura sobre mi piel—, está muy bien que te des cuenta.

—Hace tiempo que me di cuenta —repongo y él se inclina hacia delante; es una pared dura frente a mí, tan cerca que noto el latido estruendoso de su corazón—. Si pudiera dar marcha atrás, lo haría. Preferiría que me hicieran trizas a pasar diecinueve años viviendo en tu sombra.

Me da la impresión de que se hace más grande. Con el labio superior contraído, un rugido violento me ataca desde las profundidades de su pecho.

Gira la cabeza a un lado y a otro, y luego me recorre la cintura con la mano, como si estuviera intentando regresar al momento que protagonizamos cuando yo era pequeña y estaba rota en sus brazos. Pero ya no estoy rota.

Estoy muerta.

Arremeto contra él y me aparto.

—No me toques. No me mires. Ni siquiera respires en mi dirección. Te odio, ¿me oyes? Con todo mi ser. ¡Te odio!

Rhordyn aprieta el puño y la electricidad estática que nos separa chisporrotea.

—Te he oído, Milaje. —Sin dejar de aguantarme la mirada, me tiende el cincel manchado con mi sangre, suficiente como para satisfacer más de un año de ofrendas—. Alto y claro.

Dejo que suelte el mango sobre mi mano y la herramienta me

parece mucho más pesada que antes. Al poco se planta ante mí, eliminando el espacio que nos separa, y se cierne para darme un beso en la frente.

Se aparta y gira sobre los talones para marcharse por el camino iluminado por la luna. Su capa ondea con fiereza al compás de cada una de sus grandes zancadas.

Me tambaleo hacia atrás y se me vacían los pulmones, como si la columna acabara de partírseme por la mitad.

Sostenida por el tronco del árbol, me desplomo arañándome la espalda con la corteza y cojo una bocanada de aire que se me antoja completamente vacía ahora que él se ha ido.

52

RHORDYN

Me duelen los dedos por apretar tanto las manos, estrangulando nada, mientras los balanceo a ambos lados con cada paso pétreo. Echo atrás un puño, lo estampo en el tronco de un árbol y me desgarro la piel de los nudillos.

La vieja corteza se parte con un gruñido y luego se inclina como un gigante caído antes de provocar temblores en el suelo y un agujero luminoso entre las sombras.

Me caigo de rodillas, jadeando e intentando que el escozor de la piel no dé paso a grietas. Levanto la cabeza, miro entre el dosel perforado del bosque y examino la polvareda de estrellas como un cazador que acecha a su presa.

Quieren que me doblegue.

Que me rompa.

Pues yo quiero que parpadeen hasta apagarse y no dejar nada más que un mar de oscuridad asfixiante.

—No pienso hacerlo —exclamo con una carcajada grave y maniaca—. Antes vería el mundo arder.

No obtengo respuesta.

Pronto se arrepentirán de su silencio, causado por alguien a quien conocen. El arrepentimiento es un veneno que me obligo a beber a diario, pero no por las razones adecuadas. No por esconder a Orlaith de sí misma; de eso jamás podría arrepentirme. Y, si supiera por qué, su rabia se convertiría en entendimiento, pero entonces la perdería en un abrir y cerrar de ojos.

Para siempre.

La conozco demasiado bien como para tentarla con la verdad. Como para admitir que somos un desastre que se desarrolla a ritmo lento. Y que existimos en una línea imperfecta que está destinada a romperse.

No...

De lo que me arrepiento es de haberle dejado creer que no sostiene en su mano mi corazón frío y maltrecho. Porque es así.

Y siempre lo será.

53

ORLAITH

Paso entre los peatones que caminan por el paseo marítimo, con el gorro bastante calado para que me tape los ojos.

Y los pozos oscuros que hay tras ellos.

Frunzo el ceño y recuerdo que me he pasado todo el día durmiendo y que me he despertado más cansada de lo que estaba cuando me he metido en la cama al alba.

Rememoro la ausencia de Kolden y la decepción que he sentido al encontrar a otro guardia apostado al asomar la cabeza por la puerta, que ha impedido cualquier excavación de túnel a medianoche sin levantar sospechas. Pero con un plan desbaratado enseguida he urdido otro: escabullirme en cuanto se llevaran la cena, una comida que casi nunca ingiero porque no me apetece demasiado que me envenenen y me maten.

Con los pies en el felpudo de bienvenida de Bulbos y Botánica, saco un paquete enorme y suave de mi bolsa. Es la capa de Zane, envuelta en un retazo de tela brillante y dorada que he sacado de la falda de uno de los vestidos que seguramente no me ponga nunca. Lo he rematado con un lazo hecho con un trozo de cortina y una nota metida en uno de los bolsillos del pecho:

Siento mucho que perdieras tu otra capa,
pero me alegro de haberte encontrado.
Orlaith

Llamo a la puerta con los nudillos y luego echo a correr por el paseo marítimo que rodea la orilla; las tiendas y la multitud se vuelven más escasas a medida que me acerco a la comunidad costera de Gael.

La calle termina ante un par de puertas adornadas, con un guardia de seguridad de rostro serio que hace de centinela bajo la luz de la lámpara que cuelga en la entrada.

Silbando una melodía, asiento en su dirección, meto las manos en los bolsillos y me giro para recorrer el perímetro, examinando la pared en teoría infranqueable por debajo del borde del gorro. El camino iluminado vira a la derecha y veo un árbol entremezclado con la pared como un parásito.

Me servirá.

Miro atrás para comprobar que estoy sola, doy un salto y aprieto los dientes cuando me raspo las ampollas de los dedos con la dura corteza. Trepo hasta arriba, cojo una bocanada de aire marino y me agacho entre el follaje para mirar hacia las casas elegantes y las calles tranquilas. Un gran contraste con el trajín de la ciudad.

Algunos de los hogares despiden un resplandor intenso, un claro indicio de que esta noche la gente está en casa, y con una punzada de inquietud me doy cuenta de que fácilmente podrían verme.

Grupos de árboles flanquean el interior del muro. Las ramas barren la parte alta y me ofrecen cierta protección de las luces titilantes de las lámparas que arrojan resplandor a intervalos regulares. Me desplazo hacia la primera, me detengo entre las hojas con el corazón a mil y abrazo una rama para observar la fachada de cristal y piedra de la casa de Gael, que no está demasiado lejos de aquí.

Respiro hondo, salgo de mi escondrijo y me deslizo por una sombra entre las lámparas, y luego por otra y por otra. Al contemplar su patio cuidado, veo un enrejado envuelto en flores atornillado a la pared y la emoción me bulle en la sangre con ardientes estallidos.

«Ya casi estoy».

Tras un último vistazo a las calles vacías, echo a correr bajo la luz de la lámpara, me pongo de rodillas y desciendo por el enrejado hasta saltar sobre una extensión mullida y espesa de hierba bien cuidada, cuyas briznas romas se me meten entre los dedos al correr para ocultarme detrás de un arbusto.

Contemplo los enormes ventanales de la opulenta casa. Recuerdo que Gael me comentó que su habitación está en el último piso, en la cuarta planta.

Veo con alivio que es la única que está iluminada.

—Debe de ser su cuarto —susurro y me acerco de puntillas.

Solo necesito ver con mis propios ojos que está bien; entonces ya podré arrancarme la espina de temor que se me ha clavado en el corazón.

Me tomo unos instantes para observar el barrio y, a continuación, me paso la bolsa de tela por la cabeza para asegurármela sobre la espalda y me aferro a la cañería; ignoro el latido intenso que me palpita en la clavícula al impulsarme hacia arriba y subir como si fuera una escalera. Asciendo hasta el alféizar de su ventana y me acerco a la cortina de gasa gris que retoza frente al cristal.

La aparto un poco y echo un ojo a la estancia.

El interior colorido me calienta el corazón y enseguida constato que es la habitación de Gael.

Sonrío al ver la variedad de bufandas coloridas atadas en los cuatro postes del dosel de su cama; las esculturas de vidrio soplado de todos los colores del arcoíris que decoran todas las superficies planas, y el surtido de alfombras extendidas por el suelo, ninguna de ellas tejida con menos de tres tonos intensos. En las paredes cuelgan varios cuadros, la mayoría de ellos escenas abstractas o de naturaleza que me recuerdan al vergel de melocotoneros que visitamos.

El lugar que tiempo atrás compartía ella con su padre.

Me llama la atención la enorme pintura que está sobre su escritorio, muy distinta del resto.

Es un retrato.

Aparece Gael, con los rizos dorados alrededor de la cara, esbozando una de sus sonrisas embriagadoras, en los brazos de un hombre vestido con una túnica gris.

Entre temblores, cojo aire al clavar la vista en la cabeza rapada de él. En la marca en forma de V invertida entre los ojos.

Los recuerdos me asaltan, estrepitosos y escandalosos, y me pegan zarpazos en las desagradables cicatrices del corazón.

«Un hombre enorme se dirige hacia mí y el niño. Tiene la cabeza brillante y lleva en una mano uno de esos utensilios para talar madera. Creo que se llama "hacha"».

«¿Por qué le gotea un líquido rojizo?».

—No... —gimoteo; una palabra que apenas se oye por culpa del nudo que me tapona la garganta conforme el recuerdo sigue azotándome una y otra vez...

«—Apártate, chaval. La compasión no se reserva para aquellos que se apoyan en las piedras».

«El chico echa a correr con el objeto afilado por encima de la cabeza. Su grito es el que más destaca... hasta que mi madre profiere un sonido más fuerte al mismo tiempo que se balancea el hacha».

«Y él deja de correr».

«Me pongo en pie e intento seguir...».

«Y lo veo desplomarse. Y la luz le abandona los ojos».

No puedo pensar. No puedo respirar. No puedo dejar de observar esa sonrisa radiante, muy similar a la de Gael.

Un hombre que amaba a su hija. Que trepaba por árboles frutales con ella y le dio todos sus mejores recuerdos...

Y que luego me arrebató a mí a mi hermano.

Doy un paso atrás, me resbala un pie en el alféizar y levanto una mano para sujetarme a la cañería antes de que la gravedad me propine un golpe mortal. Me estampo contra la pared y profiero un gimoteo de dolor.

—¿Hola?

Es Gael.

Oigo que se sorbe la nariz y luego:

—¿Hay alguien ahí?

Balanceándome en algún punto del precipicio hacia la locura

completa, desciendo por el tubo, con el cuerpo y la mente atrapados debajo de un velo de olvido anestesiante.

Apenas noto dolor en la punta de los dedos al impulsarme por la celosía. Apenas percibo dónde planto los pies apresurados al sortear la pared; apenas siento la conmoción que me atraviesa las piernas al saltar del árbol a media altura y aterrizar agachada en el paseo marítimo.

Me precipito por las calles y me detengo en las afueras de la abarrotada plaza del mercado, donde me apoyo en una pared entre la multitud. El caos y los olores no son más que una neblina en los márgenes de mi nueva realidad.

Gael era como de mi familia, como si nuestra relación se hubiera profundizado de forma antinatural para lo poco que nos conocemos. Es la clase de vínculo que supongo que comparten dos hermanas.

Y ahora sé por qué.

Somos hermanas de muerte, las dos víctimas del mismo final trágico que nos cambió la vida para siempre. Y que nos arrebató a las personas a las que más queríamos.

Su padre me arrebató a mi hermano. Yo le arrebaté a su padre. En cierto modo, también a su madre.

Le arrebaté la ingenuidad. La infancia.

«¿Cómo voy a ser capaz de volver a mirarla a la cara?».

El mundo da vueltas y gira a mi alrededor en un borrón de negrura y luz. Con el rostro alzado hacia la llovizna que cae del cielo, agito las manos como si fueran tentáculos.

—¡Soy una medusa que flota en el océano! —Me río, sacudo las caderas y los brazos, y giro sobre los talones—. Soy libre…

Planto los pies en el suelo y creo que me he detenido, pero mi mente sigue rotando y rotando y rotando.

—Hala —mascullo y me desplomo.

Me desplomo…

Me estampo de rodillas contra el suelo y una burbuja de carcajada me emerge de entre los labios entumecidos, que me siguen sabiendo a canela y a clavo y a cosas ricas y alegres. Me los relamo.

Cuántas cosas alegres.

—Vaya, qué buen sabor el mío.

Me pongo en pie y me peleo contra la gravedad, que intenta hacerme caer de nuevo. No quiero estar en el suelo, quiero estar arriba. En lo alto del cielo, bailando con las estrellas...

Ruedo de nuevo y de nuevo y de nuevo antes de darme un golpe en el pie y mirar por el callejón hacia la imagen potente y brumosa de balbuceos alegres que suenan bajo el fulgurante árbol del correo.

«Necesito más vino».

Doy unos cuantos pasos inestables antes de darme cuenta de que he dejado mi bolsa sobre la caja de madera cerca de donde he empezado a beber, incluidas mis monedas. Y probablemente también mi dignidad.

Me golpeo el hombro con algo duro y todo el callejón oscila.

—¡Qué cojones haces, muchacho!

Alguien me coge del brazo y me da la vuelta tan deprisa que me río al ver un atisbo de un hombre alto y desaliñado. Consigo esquivar el puñetazo poderoso que se dirige a mi cara con un rápido arqueo de espalda. Es impresionante, teniendo en cuenta mi estado actual.

Él gruñe y provoca en mí una emoción imprudente.

Doy media vuelta y me aparto para retroceder bailando, saltando de un pie al otro, ingrávida como un duendecillo mensajero mientras lo mido con la mirada.

Suelto un silbido grave.

Es enorme. Colosal, de hecho, vestido como un marinero, con brazos grandes como troncos y el rostro ajado y demudado por una cólera salvaje mientras me mira con desdén.

Pero ahora mismo... yo soy más grande.

Soy un puto gigante.

—Venga, grandullón. A ver con qué me sorprendes. —Le hago gestos para que me lance otro gancho, pero, cuando echa atrás el brazo, me da un vuelco violento el estómago—. ¡Espera!

Para mi sorpresa, se detiene.

Me tapo los labios con el dorso de la mano cuando mis entrañas se rebelan contra el vaso de vino caliente y especiado que amenaza con derramarse en el suelo entre nosotros.

—Dame dos segundos. —Levanto un dedo—. Deja que me encargue de esto primero.

Respiro hondo, resisto las arcadas y los calambres, me trago el exceso de saliva que se me acumula debajo de la lengua y me yergo.

—Perdona. Qué inoport...

La gravedad me derriba, me tambalea de lado y trastabillo hasta caerme de bruces sobre los adoquines implacables, que soportan mi peso extenuante cuando me remuevo en el suelo y noto el pelo liberado a mi alrededor.

De hecho, es probable que así sea mejor. Así no me tambaleo tanto. Y peso menos.

Ya no llevo el gorro en la cabeza, por lo que levanto la vista hacia el cielo desde el suelo. La lluvia me rocía la cara y abro la boca para atrapar unas cuantas gotas con la lengua.

Unos pasos retumban hacia mí y desplazo la mirada hacia el fornido marinero, que ahora está entre mis piernas abiertas y se desabrocha los pantalones con manos apresuradas.

Tiene las pupilas dilatadas con una especie de excitación malévola que me provoca ganas de vomitar de nuevo.

—Apúntame con esa cosa y te la arranco.

Mis palabras arrastradas no impiden que se desabroche los pantalones ni borran su expresión de lascivia.

Unas manos fuertes le cogen la cabeza por ambos lados y se la giran con un crujido estremecedor que me recorre de la coronilla a los pies.

Su cuerpo inerte cae al suelo como si fuera de aire; detrás de él hay un hombre enorme escondido en la sombra de su capa, con una espada asomando por el hombro que me resulta demasiado familiar.

Gruño, me froto los ojos y suelto un suspiro de alivio al ver que se ha marchado.

Deben de haber sido imaginaciones mías.

Qué bien.

Ruedo, me incorporo sobre las manos y las rodillas, y miro de soslayo hacia el marinero inconsciente en el suelo, con la cabeza girada en un ángulo imposible.

—Me da a mí que estás incómodo. Te vas a despertar con una buena tortícolis. —Me pongo de pie entre tambaleos y lo miro desde arriba—. Eso es lo que te pasa por ser tan capullo.

Trastabillo hacia la animada plaza del mercado, vuelvo a recordar que he olvidado las monedas y giro sobre los talones. El mundo sigue dando vueltas y doy un traspié, pero me sujetan unos brazos firmes que me levantan. No de la forma romántica que he leído en las novelas de amor, sino como si fuera un cadáver, con los brazos colgando y la cabeza hacia atrás para observar el mundo del revés.

Gruño, levanto un poco el cuello y veo una barba negra áspera que desde abajo parece muy suave.

—Buf. —Dejo caer la cabeza otra vez—. Tú.

—Sí, Milaje. —Rhordyn empieza a caminar y el entorno se sacude con cada una de sus vigorosas zancadas—. Yo.

Una palabra que parece pronunciada entre dientes apretados.

—¿Sabes qué es lo que no me hace ninguna gracia? Tu…

—Tono —termina él y frunzo el ceño mientras me pregunto durante cuánto tiempo podré soportar esta postura antes de vomitarme vino especiado sobre la nariz.

—Y tus brazos. Soy una medusa grácil y me estás sacando del mar.

—Sí, muy grácil —masculla.

Vaya, un piropo. Quizá debería devolverle el favor.

Alargo el cuello, alzo de nuevo la cabeza y me embebo de su perfil.

—Eres un hombre muy guapo. Incluso con tanto vello en la cara. De hecho… —digo, levantando una mano y dándole una palmada en la mandíbula en un intento por rozarle con los dedos la suavidad que se la cubre—, sobre todo con tanto vello en la cara.

Me detengo justo antes de decirle que me he imaginado cómo sería sentirlo entre los muslos. Más de una vez.

Sin apenas bajar la barbilla, me contempla y me desgarra con su mirada plateada, una mirada que noto en el interior del pecho.

Buf. Sentimientos.

Ahora mismo no los quiero.

Echo atrás la cabeza otra vez y el brazo se me queda colgando, inerte. Suspiro.

—¿Por qué has venido, Rhordy?

—Mi indiferencia es igual de letal que mi cariño —murmura; palabras humosas que escapan a mi alcance en cuanto les prende fuego.

—¿Letal para quién?

El mundo sigue latiendo con fuerza.

—Para ti.

—Lo que dices no tiene ningún sentido —farfullo y oigo su respuesta lúcida segundos antes de sumergirme en el fango espeso del sueño.

—Mejor.

54

RHORDYN

Con el hombro apoyado en el alféizar de la ventana, corro la cortina mugrienta y miro hacia la noche iluminada por la luna para barrer con los ojos la calle adoquinada que huele a cerveza tres plantas por debajo de mi habitación.

Un hombre pasa tambaleándose y se detiene en medio de la calle para sacarse la polla y ponerse a mear mientras silba una melodía al cielo y canta a voz en grito el estribillo con notas arrastradas y desafinadas. Pisa su propio charco y sigue andando en zigzag entre la estrecha barriada.

Cindra hace acto de presencia vestida con su túnica de falsa mercadera, que arrastra por el suelo tras ella; la temible melena blanca le cuelga por la espalda. Levanta la vista hacia mi ventana y me dirige un asentimiento breve con el rostro tenso. Tres hombres la siguen, cada uno de ellos tirando de un carro hasta los topes cubierto de pieles.

Tres, no los ocho que sugería el último duende mensajero que subirían a la barcaza.

—Joder —mascullo y corro la cortina más todavía para contemplar la calle en busca de algún rezagado.

Lo único que veo es una vía vacía que se adentra en las profundidades de la ciudad.

—No, por favor...

El pulso se me desboca y giro la cabeza para mirarla a ella, metida entre mis sábanas arrugadas. Su pelo es una maraña que se derrama sobre la almohada y su expresión torturada está iluminada por una lámpara solitaria que cuelga del cabecero de madera de la cama.

Sacude la cabeza y extiende las manos hacia la nada al tiempo que un grito agudo emerge de entre sus labios.

—N-no os lo llevéis. Por favor...

Cruzo la habitación de dos zancadas y me siento en la cama. Apoyado en el cabecero, coloco un brazo sobre la madera. Con el gesto demudado, ella me golpea a ciegas en el pecho mientras suelta otro sollozo y me sujeta la camisa con un agarre firme a fin de arrimarse a mí, aferrada a mi cuerpo como si se encontrara en el filo de un acantilado. Como si yo fuera lo único que impide que se precipite hacia el abismo.

Pasa una pierna por encima de la mía, ajusta su contorno al mío y lentamente, muy lentamente, bajo el brazo para colocarlo sobre su espalda.

—No... no puedo volver a hacerlo. —Sus palabras murmuradas me atacan el pecho—. Por favor... No puedo. Llevadme a mí en su lugar...

Me hierve la sangre, que me crepita en las venas.

«Llevadme a mí en su lugar...».

Cojo una buena bocanada de aire, lo aguanto y giro la cabeza para obligarme a remitir el arrebato.

Le abro el puño con el que me sujeta la camisa como si pensara que algún día la abandonaré y aparto la tela de su agarre férreo.

Otro sollozo.

—No... No, no, no...

El dolor que le tiñe la voz me provoca un desequilibrio en el pecho.

Con la vista clavada en la única puerta de la habitación, que no está lejos de los pies de mi cama, la estrecho con fuerza, me acerco su puño tembloroso a los labios y se lo acaricio con la nariz para tranquilizarla mientras aspiro el olor intenso y especiado a ámbar, endulzado con un toque floral.

—Érase una vez un chico que lo tenía todo —murmuro y luego le beso la punta del pulgar—. Hasta que una persona que le importaba mucho encontró un amor irrompible que la rompió a ella.

Y que lo rompió todo.

Trago saliva y me aclaro la garganta antes de besarle la punta del índice a Orlaith justo cuando otro sollozo le separa los labios temblorosos.

—El chico aprendió que el amor te destruye.

Ella se arrima más a mi pecho. Sus temblores desaparecen cuando le recorro el dedo corazón con la nariz.

Y le beso la punta.

—Ese chico se convirtió en un hombre al que ya no le quedaba nada que perder —susurro y le planto un beso en la punta de los dos dedos más pequeños—. Hasta que sí tuvo algo que perder.

Sus sollozos pierden vigor, como si una parte de ella me estuviera escuchando.

Mi mente regresa a ese día, cuando sustituí a Baze en la sala de entrenamientos para inculcarle un poco de sentido común. Recuerdo que Orlaith me hizo un tajo en la camisa con su espada. Recuerdo cómo me miró al pensar que me había herido, como si le importara.

Algo más que un mero instinto protector prendió en mi interior. Una llama que enseguida quise extinguir.

«Te odio».

«Ay, preciosa. Ni siquiera sabes el verdadero significado de esa palabra».

Bajo la vista hacia su cara ladeada y su aliento cálido se me pega a la fina camisola.

—Hizo lo que mejor se le daba. —Le aparto el pelo de la mejilla y observo cómo mueve las pestañas—. Lo destruyó.

«Lo destruyó antes de destruirla a ella».

Pero...

—Eso no cambió el destino de ella como él esperaba —prosigo, acariciándole el labio inferior con el pulgar—. No la salvó. Y, aunque estaba atada a él de una forma inexplicable, la perdió en todos los sentidos que importan.

Le hundo los dedos en el pelo y le inclino ligeramente la cabeza. Finjo que me está mirando con esos ojos pesarosos que quiero recomponer.

—Pero eso no lo detuvo.

No lo detendría nunca.

—Porque él era suyo para siempre, aunque sabía que ese amor era letal.

«Él era de ella».

55

KAI

Me despierta un tamborileo brusco contra las costillas —tap-tap-tap-tap— y gruño, me doy la vuelta y estrujo las pieles amontonadas que desprenden el fuerte olor a almizcle de nuestro coito.

—Vuelve a dormirte, Zyke.

«Despertar. Compañera marcharse. Zykanth atrapado en pecho de hombre pequeño».

Abro los ojos de pronto y registro nuestro nido...

Está vacío.

«Mierda».

—¿Por qué no me has despertado antes? —balbuceo, con el corazón acelerado y hormigueos en las escamas del pecho que se me extienden hasta los hombros y me recorren los brazos—. Y vuelve a meterte dentro si no quieres destrozar su casa y todos sus tesoros. Entonces tus escamas no le gustarían tanto.

«Tener piel débil. Necesitar escamas fuertes. Proteger pequeña compañera que creer ser muy grande».

—Cálmate —gruño y me incorporo cuando Zykanth revolotea en mi interior.

«Ir. Buscar. Mover rápido pies pequeños».

Con un rugido, corro hacia la puerta de madera y la abro de par en par.

—¡Cruel! —grito y me rodeo el torso con un trozo de tela antes de salir a la plataforma que sobresale de su pequeña cabaña de cristal bajo el cielo, casi en la punta de uno de los pinchos iridiscentes que conforman la isla.

Miro a la derecha y observo el camino serpenteante que baja hasta la orilla de piedras que centellean bajo la luz de la mañana, y luego la extensión de agua sedosa bañada de rosa.

Espero que no haya bajado sin mí. Quizá ya lo haya hecho antes, pero ahora que es nuestra...

La idea de que meta incluso un solo dedo del pie en esas aguas me produce una oleada de miedo abrumante que me inunda el pecho.

Si la criatura que acosa esta isla se la llevara, yo iría a por ella. Haría añicos los mares para recuperarla.

«*Encontrar, encontrar, encontrar*», repite Zykanth y doy un paso adelante para mirar por el borde, con hormigueos en los pies al reparar en el escarpado desfiladero.

¿A lo mejor se ha ido a bañar en las aguas rojizas y a buscar cangrejos?

«A nuestra amiguita le encantan los cangrejos».

Con la espalda tan pegada a la pared como me resulta posible, giro a la izquierda por el camino que circunda el pincho y me detengo, aunque Zykanth sigue estampándose contra mis costillas como un látigo. El sendero recorre el dentado acantilado y luego sube y baja por una montaña rechoncha de cristal en cuya cima la veo a ella, acompañada de una silueta con capa.

Los dos inclinan la cabeza y Cruel hurga en un cesto, vestida con nada más que la holgada camisola que bailotea sobre sus piernas largas y doradas.

«*¡Correr, pies pequeños! Comer hombre desconocido. Un bocado y ya*».

Un volante afilado me desgarra la piel y me baja por la columna mientras se me abre la mandíbula para acomodar las fauces feroces de Zykanth.

—Baja —le gruño, con los músculos en tensión al pelear contra su poder.

Me ignora y sisea entre mis dientes; las escamas me recubren el cuello, la mandíbula y las piernas.

Cruel y el hombre miran en mi dirección, y una criatura pequeña aparece desde el otro lado del montículo y asoma la cabeza entre los pliegues de la capa marrón del desconocido.

Zykanth pausa su veloz ascenso y hunde los colmillos y las branquias cuando el corazón se me detiene de pronto.

«*Criatura pequeña y brillante...*».

El crío tiene una melena de pelo iridiscente, orejas puntiagudas con una hilera de espinas delicadas y ojos de cristal pulido que absorben el cielo rosado que se cierne sobre nosotros.

«Es un aeshliano».

56

ORLAITH

Nado entre las capas oscuras de un lodazal asfixiante y desgarro algo…, nada. La saliva se me acumula debajo de la lengua y suelto un gruñido mientras trago la necesidad de vomitar y una palpitación intensa me asalta las sienes. Me froto los ojos y me lleno los pulmones con el fuerte olor a almizcle que me da un golpe de lucidez en el pecho.

El aire de esta habitación… es él.

—Ay, no…

Me paso las manos por la cara y miro alrededor. Pongo una mueca cuando el peso empalagoso de mis malas decisiones me da un vuelco en el estómago.

«No es mi habitación, es evidente».

Analizo el cuarto, desde las duras paredes de piedra hasta la fina cortina que tapa una ventana baja. La estancia parece pequeña, la mayor parte de ella ocupada por la cama enorme en la que estoy tumbada. Hay un escritorio a mi derecha salpicado de montañas de papeles, trozos de rocas azules y palos de carbón afilados. Un mapa ilustrado cubre la pared de detrás de la mesa, con unos retazos de pergamino que lo mantienen sujeto.

Me inclino hacia delante y gimo ante el retumbo de la cabeza al mirarlo, intentando descifrar su significado. Enseguida me doy cuenta de que es un mapa de la ciudad, con islas que motean un mar por lo demás vacío más allá de Parith, todas ellas conectadas por unas enredaderas que parecen ser el sistema de túneles que me comentó Rhordyn.

El mismo en el que en este momento estoy intentando hacer un agujero desde el palacio.

Faltan unas zonas muy grandes, señaladas con hojas blancas de papel o cruces negras enormes, que quizá signifiquen que los túneles están obstruidos.

Miro hacia los pergaminos extras, hacia los palos de carbón afilados...

«Tengo que apuntarlo todo para mí».

Al incorporarme, me asalta un ruido ensordecedor que me resuena desde la punta de la columna. Con los dientes apretados, me tambaleo, con los ojos anegados en lágrimas al gruñir a través de mis labios calcáreos y estampando la nuca en el cabecero en busca de apoyo.

Nunca volveré a beber vino caliente. Me siento como si fuese una mierda raspada de la calzada y luego arrojada por un desagüe.

Mis ojos desesperados reparan en una taza colocada encima del taburete de madera que hace las veces de mesita de noche y la cojo para beber un buen trago del líquido que contiene. Toda yo me sacudo ante el sabor a lluvia fría de la mañana especiada con pétalos de flores y una pizca de rayos de sol.

Me aparto la taza de los labios y observo el líquido claro que se mueve en el interior.

—Vaya... Es el agua más deliciosa que he probado nunca.

Aferrándola con las manos temblorosas, le doy un sorbo y paladeo cada gota que me pasa por la lengua y se introduce en mi interior; me calma la barriga por dentro y apacigua el suave tamborileo de la cabeza. Dejo la taza vacía en el taburete ansiando que hubiera más.

Al oír el chirrido de unos goznes oxidados, me giro y me concentro en la silueta sombría que ocupa el umbral de la puerta. A mi corazón le cuesta palpitar al observarlo a él, con capa y capucha, aunque noto su mirada fría recorriéndome la cara, la curva de los labios, el cuello...

Me hormiguea la piel y se me endurecen los pezones. El cuarto parece muchísimo más pequeño ahora que su imponente presencia me eclipsa. Ahora que bloquea la salida principal con sus anchos hombros.

Al quitarse la capucha, me encuentro ante el embate total de su belleza salvaje. Me encuentro con sus ojos, una mezcla catastrófica de voracidad e infierno.

La barba le tapa la mitad inferior de la cara y un recuerdo vago me aparece en las retinas: cuando le di una bofetada mientras me imaginaba la sensación de ese vello entre los muslos.

Un latido fuerte e insatisfecho me obliga a tragar saliva.

Rhordyn da otro paso adelante y cierra la puerta; el chasquido del pestillo al recuperar su sitio reverbera sobre mi piel, mi carne y mis huesos. Deja una naranja en la mesa y se desabrocha la capa. Mientras la coloca en el respaldo de la silla baja, que se bambolea con el peso de la prenda, me observa.

Lo repaso de arriba abajo de nuevo y me percato de que lleva los pantalones holgados y bajos en la cintura, y la camisa se le ciñe a cada línea del cuerpo como si de una segunda piel se tratara.

Otra profunda palpitación casi me dobla las rodillas…

—¿Es tu habitación? —gruño, como si no lo supiera ya, desesperada por llenar el silencio. Por hacer cualquier cosa que me distraiga de la imagen que está ante mí y de sus ojos penetrantes, como si en el mundo no hubiera nada más que nosotros dos y este cuarto.

Y esta cama.

Y este espacio vacío y hambriento que nos separa.

—Sí, Milaje.

Asiento y me tomo unos instantes más para disfrutar de esta paz deliciosa antes de dejar que la realidad se asiente y la haga trizas. Él debe de ser consciente del momento preciso en el que levanto las barreras, porque sus ojos se endurecen, se cruza de brazos y separa las piernas, con una ceja arqueada como si quisiera decir: «Aquí me tienes».

Levanto la barbilla y me aliso las arrugas de la camisa en un intento por mantener la compostura. El recuerdo neblinoso de haber recorrido las calles borracha y peleona, y a punto de vomitar sobre el adoquinado, es un bofetón humillante.

466

Pero aquí estamos.

—¿Qué hora es? —le pregunto.

—Bastante tarde.

Se me cae el alma a los pies.

«Mierda».

—¿Por qué no me has llevado al palacio?

—¿Pretendías que escalase la fachada contigo inconsciente en los brazos, roncando y oliendo a cervecería? —Me atraviesa con su mirada dura.

Me encojo para mis adentros.

Qué decisiones tan malas he tomado.

—Podrías haber hecho lo más normal y dejarme en la puerta. Y pedirle a alguien que me llevase en brazos a mi habitación.

Un destello le cruza los ojos, como si una chispa plateada los iluminara.

Se hace el silencio. Un silencio aniquilador que me provoca ganas de retorcerme.

—Para que quede claro, Milaje, yo jamás voy a pedirle a nadie que te lleve en brazos a ninguna parte.

Aprieto los puños y aparto la vista para clavarla en la cortina cerrada y en la escasa luz que la atraviesa.

—¿Y dónde has dormido tú? —le espeto, mirándolo de nuevo e intentando ignorar el rubor ardiente que se apodera de mis mejillas.

—Ahí —responde, señalando la cama con la barbilla, justo el punto donde las sábanas siguen aplastadas y con claros indicios de la ausencia de mi cuerpo.

—Pero yo me he despertado ahí...

—Sí —gruñe. Se quita las botas y se sienta en la silla, con los codos sobre las rodillas después de coger la fruta y hundir las uñas en la piel—. Has rodado hacia mi lado en cuanto me he levantado.

El calor se intensifica, me bulle en las mejillas, con un resplandor de rabia vergonzoso que me hace apretar los nudillos hasta que me duelen por el esfuerzo.

La Orlaith comatosa es una puta insensata.

—Te dije que no...

—Respirara en tu dirección —murmura mientras arranca un buen trozo de piel que llena el ambiente de una frescura ácida—. Ya lo sé. Me he pasado toda la noche mirando hacia el otro lado. Te lo prometo.

Parte la fruta y luego la pone en un plato de hojalata antes de levantarse y reducir el espacio que nos separa con unas cuantas zancadas poderosas.

Me veo obligada a inclinar la cabeza para sostenerle la mirada.

—Come —masculla, empujando el plato hacia mí—. Esto te calmará la migraña.

—¿Cómo sabes que tengo migraña?

—Porque, aunque no te hubiera visto ventilarte dos jarras de vino especiado con el estómago sin duda vacío, he pasado por esto con Baze. —Me mira sin expresión alguna en la cara—. Conozco las señales.

—¿No has pensado nunca en buscarte una afición? —murmuro con los dientes apretados.

—Ya tengo una. Y ahora mismo es una mosca cojonera que no quiere tomarse la medicina. —Deja el plato en la cama a mi lado y los gajos dan un brinco cuando me arrebata la taza vacía y se gira.

Estoy tentada a coger un trocito de naranja y lanzárselo a la cabeza.

Mientras aplaco mi violenta reacción refleja, veo como desaparece por una puerta lateral que seguramente conduzca a un cuarto de baño, a juzgar por el ruido de agua corriente que enseguida suena.

Me quedo mirando la fruta con los ojos entornados y odio cómo me rugen las tripas, como si fueran una bestia famélica que rechina los dientes.

Joder, es probable que sepa a sol.

Con hormigueos en la boca por el ansia, me rindo, me siento, cojo un gajo y lo sujeto entre los labios. Saco una pizca la lengua con la intención de lamerlo un poco, pero una explosión de dulzura ácida me produce un espasmo frenético en las papilas gustativas.

Profiero un gemido breve al morder la pulpa y deleitarme con los estallidos de dulzor conforme mastico, suspirando con la boca llena y con el jugo pegajoso chorreándome por los dedos y la barbilla.

Rhordyn regresa con un paño en una mano y mi taza llena en la otra justo cuando me estoy terminando el último gajo. Lo deja todo en la mesita de noche y se dirige al escritorio; sigo con la vista todos sus movimientos mientras uso la toalla húmeda para limpiarme las manos y la barbilla.

—O sea que no está bien que Cainon me sirva comida, pero sí que me la sirvas tú, ¿no?

—Él lo hacía a modo de insulto —masculla y se desploma en la silla con un golpe seco. Coge un trozo de carbón y empieza a escribir algo en un pergamino—. Mi intención es la opuesta. Ahora intenta dormir unas cuantas horas más.

—Estás de coña. —Detengo las manos.

Me mira por debajo de la línea formada por sus cejas.

—¿A ti te parece que esté de coña?

Abro la boca, la cierro, la vuelvo a abrir y por fin surgen las palabras.

—Es probable que mi prometido me esté buscando...

—Exacto. —Coge el manuscrito y sopla sobre las letras para después observarlo de lado antes de dejarlo en la mesa—. No se dará cuenta de que le he robado uno de sus barcos para explorar las islas de los alrededores.

Me echo a reír y me detengo, momentáneamente paralizada por mi propia estupidez.

—Eres un falso y un hijo de puta. —Lanzo la toalla en su dirección y me pongo en pie. Mi pelo desmadejado y dorado me cae sobre los hombros como si fuera una armadura—. Me has utilizado.

Se inclina en la silla, apoya la barbilla en el puño y me mira con una intensidad feroz.

—Las fuerzas de Ocruth se están adentrando en la ciudad,

dispuestas a zarpar con los barcos prometidos. Estaré a la defensiva hasta que los localice.

Digiero la información como si fuera un caramelo de licor y me pregunto por qué me ha entregado tan pancho un secreto tan valioso. Cainon se aprovecharía al máximo de ese dato. Lo vería como una prueba fehaciente de que Rhordyn intenta infiltrarse en su territorio para después robárselo.

Y justo por eso no se puede enterar.

Echo un vistazo rápido al mapa que está detrás de él y me lo grabo a fuego en la mente.

—Bueno, me has lanzado a la boca del lobo de todos modos —digo, buscando entre las sábanas azules mi gorro y mi horquilla.

—Eres tú la que ha caído en mis brazos. Literalmente.

Desplazo la vista hacia él y luego hacia mi bolsa, en un rincón del suelo detrás de Rhordyn.

—Un consejo para la próxima vez —le suelto mientras me adelanto para cogerla y busco mi gorro en el interior. Me embarga la decepción al ver que no está ahí, pero me guardo la horquilla en el bolsillo—. Déjame caer y luego me abandonas en la calle. No necesito tu puta ayuda. —Giro sobre los talones y me encamino hacia la puerta para descorrer el pestillo.

Después de abrirla, echo a andar por el pasillo apenas iluminado y bajo unas escaleras estrechas de madera que crujen. Tan solo advierto la explosión de cháchara ronca cuando llego al último peldaño. Acto seguido, el olor a estofado bien condimentado y a pan recién hecho, como si mis sentidos necesitaran cierto tiempo para reiniciarse después de ahogarme en el aroma primario y denso de Rhordyn.

Asomo la cabeza por el rincón y veo a unos cuantos hombres congregados en mesas altas que salpican la estancia; mojan pan en el estofado y beben cerveza de jarras empañadas. Hay una barra que flanquea uno de los lados de la sala, detrás de la cual se encuentra un hombre fornido de mirada adusta secando un vaso.

Se me cae el alma a los pies al confirmar que la salida está en la otra punta del local.

«Mierda».

Vuelvo a subir las escaleras, irrumpo en la habitación de Rhordyn, cierro la puerta tras de mí y apoyo la espalda contra la fría plancha de madera.

—Sí que vuelves pronto —farfulla.

—No me pueden ver saliendo de aquí. Menos aún con estas pintas. Y... —me llevo el cuello de la camisola hasta la nariz y respiro hondo, pero mi olor ha desaparecido bajo las capas espesas y punzantes del suyo— oliendo así.

—Pues baja trepando por la ventana, Milaje.

Lo miro y veo que está inclinado sobre su dibujo y moviendo la mano con trazos cortos y artísticos.

—Estarás de broma.

Se echa atrás con la silla, aparta un poco la cortina y mira por la ventana.

—A mí me parece una buena forma. —Suelta un gruñido—. Te he visto bajar por sitios peores... y en peores condiciones.

Me dirijo a toda prisa a la cortina y la descorro del todo para asomar la cabeza por la ventana semiabierta, donde me empapo de los fieros rayos del sol de media tarde. El sudor me perla la frente por la humedad, que es peor todavía cuando bajo la vista y me doy cuenta de que el sendero que está tres pisos más abajo parece un recorrido muy concurrido.

Un hombre pasea a su perro, hay varias mujeres merodeando con cestos repletos de productos frescos, niños que zigzaguean entre la multitud, riéndose. Un grupo de guardias pasan por debajo de la ventana con el rostro ceñudo y apretando muy fuerte las lanzas al examinar el rostro de todas las personas con las que se cruzan.

—Mierda —mascullo y me agacho tan rápido que casi vomito. Cierro la cortina, le doy la espalda a la ventana y tamborileo con los dedos en el alféizar mientras veo cómo trabaja Rhordyn; dibuja cada línea y cada sombra con tanta seguridad que dudo de que llegue a cometer algún error.

Contemplo el mapa. Y a Rhordyn de nuevo.

—Oye... ¿Qué estás haciendo?

«¿Podría convencerte de que me hicieras una versión en miniatura del mapa para llevármela al palacio para cuando rompa la pared?».

—Calah solía guardar su flota en una de las islas. Yo solo he viajado una vez hasta allí por el sistema de túneles subterráneos que te comenté —contesta sin levantar la vista—. No tengo ni idea de cómo llegar si no.

—¿Quién es Calah?

—El padre de Cainon. —Dibuja otro trazo y sopla el exceso.

—¿Por qué no envías a un duende mensajero y ya está?

—He enviado a dos —murmura—. Ninguno ha regresado. Me parece cruel mandar a un tercero. —Dibuja otra línea larga—. Tan solo debo descubrir la dirección que tomar para no verme obligado a malgastar días muy valiosos navegando por aguas que me resultan desconocidas.

Una semilla de nervios me arraiga en el pecho y se introduce en las grietas del corazón.

Habla como si estuviera planeando robar los barcos antes de que la ceremonia se lleve a cabo. Pero, si se los quita a Cainon delante de sus narices, estallará la guerra.

Contra Bahari.

Si soy yo quien se asegura de conseguirlos, Rhordyn será totalmente inocente, y no me importan las consecuencias que me toque padecer.

Ya no.

—No hagas ninguna tontería. Cainon y yo nos casaremos cuando haya luna llena —digo, intentando ocultar la turbación de mi voz, sin dejar de recorrer con la vista las líneas del mapa para afianzarlas en los confines de la mente—. Y entonces te conseguiré los barcos que necesitas. Sin coste.

«Y sin guerra».

Tardo unos segundos en darme cuenta de que se hace el silencio.

Un silencio demasiado intenso.

Rhordyn se gira y yo bajo la vista, que aterriza en sus ojos oscuros.

—¿Sin coste?

Percibo un tono amenazador y trago saliva mientras me aparto del alféizar de la ventana con paso veloz y él se levanta del asiento, una furiosa torre de músculos.

—¿Sin... coste? —gruñe, más fuerte ahora, y las palabras le tiemblan un poco, como si combatiesen con sus límites.

Me golpeo la pantorrilla con la cama y caigo de culo aterrizando de espaldas sobre el colchón mientras él cruza la estancia. Se cierne sobre mí y juraría que es más alto que de costumbre, con los músculos hinchados y llenos de una rabia que noto rebotar contra la piel.

Se coloca entre mis muslos abiertos, pone las manos a ambos lados de mi cabeza y baja más lento que la luna en el cielo, mostrándome los dientes y lanzando un aliento frío que me ataca la piel febril.

Odio que esta mera cercanía produzca un nuevo zumbido en mi interior. Odio imaginármelo arrancándome los botones, bajándome los pantalones y separándome los muslos. Odio imaginármelo colocándose entre mis piernas y hundiéndose en lo más profundo, abriéndome en dos.

Apoderándose de mí.

«Destrozándome por dentro».

Arqueo la espalda con la respiración entrecortada.

Me roza el lóbulo de la oreja con los labios y me provoca un escalofrío en el cuello que me endurece los pezones hasta convertirlos en dos cumbres doloridas.

—Qué poco importante te consideras...

Jadeo cuando sus palabras penetran en mi piel y arrastran una resaca delicada por mi corazón ennegrecido, que me duele con el golpe propinado.

«Deja de removerme», quiero gritarle.

—Lo que me considere o deje de considerarme no es asunto tuyo.

—Te equivocas —ruge; mis palabras no tienen tiempo de respirar antes de engullirlas con las suyas—. Tu dolor me llama. Puedes esconderlo en el fondo y disfrazarlo tanto como quieras, pero sigo viéndolo tan claro como el agua.

—No ves una mierda.

Baja la cabeza hasta mi cuello, coge aire y me acaricia con la nariz, un gesto que me tensa la piel con un ansia deliciosa. Podría rompérmela en un abrir y cerrar de ojos. Desgarrarme la carne y hacerme sangrar por la carótida.

¿Qué haría yo si me lo hiciese? ¿Forcejearía con él?

Tal vez.

O tal vez le rodearía el cuello con los brazos y tiraría de él para mantenerlo inmovilizado hasta que me hubiera sacado todas las gotas de sangre.

—Veo cuánto te odias a ti misma —susurra; una frase que es un golpe violento contra mi oído. Todos los huesos del cuerpo se me agarrotan, me escuece tanto detrás de los ojos que me da miedo parpadear por si derramo lágrimas sobre las mejillas—. No solo has rodado hasta mi sitio cuando me he levantado de la cama, Orlaith. —Sus palabras desmoronadas galopan sobre mi piel—. Te has pasado toda la noche pegada a mí como si yo fuera lo único que te ata al mundo.

—Para...

—Nunca —gruñe, aplicando más presión devastadora por mi cuerpo, dejando que devore su peso y bañándome con su aroma masculino—. Nunca pararé de perseguir tu pulso. —Me planta un beso en el cuello que me arde como un hierro glacial.

«No me diría eso si supiera de lo que soy capaz. Y lo que he hecho».

Quiero arañarle la piel con las uñas para acceder a su interior.

Rhordyn mueve las caderas y me arranca un grito agudo de los labios cuando me roza con su miembro duro la parte más suave de mi ser, aliviando el dolor inquieto que siento ahí.

—Enséñamelo...

Su palabra llega hasta mí a través de la neblina de éxtasis y levanto las caderas para recibir otra embestida suya, con lo que su polla, apenas enfundada en sus finos pantalones, se me clava en la abertura con toda la intención del mundo de atravesarme.

Gimo, absorbo el tamborileo de ese calor delicioso y separo más las piernas para que su siguiente acometida golpee la zona hinchada y enrojecida de mi núcleo dolorido. Recorro con las manos la ancha musculatura de su espalda y las bajo hasta los pantalones, donde las poso sobre el culo, que flexiona al mecer las caderas hacia delante otra vez.

Y otra vez.

El pulso me abrasa por dentro y por fuera, y gimoteo; quiero bajar una mano y arrancarle los pantalones.

—Milaje, he dicho que me lo enseñes...

Ladeo la cabeza para darle acceso total a mi cuello mientras mi cuerpo devora otra embestida poderosa.

—¿Que te enseñe el qué?

Quiero que me folle. Que me use y me destroce.

«Quiero hacerle lo mismo a él».

Me coge las mejillas y detiene las caderas al sostenerme la mirada. Y tomarla como rehén.

—Tu dolor.

Me quedo paralizada. Incluso el corazón se me detiene.

Rhordyn no desea mi cuerpo. Desea mi puta alma.

«No».

Le doy un empujón en el pecho.

—Apártate de mí.

Obedece al instante y se retira tan rápido que suelto un jadeo ante la sorpresa de su repentina ausencia. A continuación, se dirige hacia el cuarto de baño como una sombra furibunda y me deja sumida en su guerra emocional.

El ruido del agua corriente me llega por la puerta abierta, seguido por una niebla de vapor espesa que huele a él. Es una dosis narcótica de deseo primitivo que me remueve de formas obscenas que deberían darme vergüenza. Cierro los ojos y recorro el camino del odio que siento hacia mí misma, pellizcándome el brazo con tanta fuerza que se me vidrian los ojos con una flamante promesa de lágrimas.

No. No tiene ningún derecho a hacerme añicos y analizarme las entrañas. No tiene ningún derecho a mirarme como si quisiera volver a unirme.

No tiene ningún derecho a ser mi héroe, joder.

Me aparto de la cama, me desabrocho la camisola y me la quito para liberar mis pechos doloridos, que caen pesados y libres. Me quito los pantalones y la ropa interior, y hurgo en mi bolsa hasta que encuentro mi puñal, que aferro con un mano. El pelo me golpea la espalda desnuda y me roza la curva del culo cuando me tambaleo hacia la puerta a la par que me trago los restos de inquietud y me sumerjo en ese lugar frío y muerto en el que no siento nada.

El cuarto de baño es más grande de lo que me esperaba. La roca tallada está dominada por una catarata de agua que cae de una rendija que separa la pared del techo. Pero todo palidece en comparación con él.

Desnudo. Glorioso. Sumamente imponente.

Una bestia en todo su esplendor.

Tiene las manos apoyadas en la pared, postura que acentúa sus hombros anchos y poderosos, con la cabeza gacha para que el agua le caiga justo en la nuca. Paso los ojos de sus dedos extendidos al camino de venas hinchadas que le recorre los antebrazos y a la línea de su espalda; entonces devoro su trasero y sus muslos musculosos. Es una imagen que me prende fuego en las entrañas, que me acelera la sangre hasta que forma un torrente caudaloso y que consigue que la palpitación profunda y vacía que me embarga cobre vida propia.

Luce una belleza oscura y masculina adornada con letras plateadas. Es mi perdición tallada en una escultura labrada y tosca de tentación agónica.

No hay ni una sola parte de mi ser que no se deleite con las vistas.

No hay ni una sola parte de mi ser que no quiera destruirlo de todos modos.

—¿Quieres ver mi dolor? —ronroneo y Rhordyn alza la cabeza y la gira para mirarme por encima del hombro derecho.

Entre la cortina de su pelo empapado, ese destello plateado y deslumbrante me golpea y se ensombrece.

Y se ensancha.

Clava su mirada fría en mi interior de una forma que casi me despelleja las crueles intenciones, así que no le brindo más de un segundo para mirarme antes de ponerme en su espalda con el puñal entre sus hombros. Le agarro el miembro grueso y suave con la otra mano, la que está amarrada con la cupla de Cainon.

Es pesado.

Y enorme.

El pecho se le hincha y un gruñido profundo emerge de su garganta mientras intento controlar la conmoción.

Al tener a este hombre en la palma de la mano, me asalta una oleada de poder erótico y primario que disuelve la turbación de mi inexperiencia.

Con agarre firme y movimientos suaves, lo zarandeo y exploro su longitud. Él se resiste y tensa los músculos, como si estuviera peleándose con los instintos que le gritan que tome el control. Le acaricio la cabeza de la polla con los dedos y se la aprieto. El miembro se sacude bajo mi mano, se hincha y se vuelve duro como la piedra.

Echa atrás el brazo derecho y, dominante, me sujeta una amplia porción de una nalga y me deja el centro expuesto al beso cálido de la humedad. Apoya la cabeza en la mía y un retumbo grave y gutural atruena en la estancia, un sonido que me perfora el anhelo que siento entre las piernas y que me desenfrena las entrañas.

Arqueo la espalda y le doy mejor acceso a mi núcleo enrojecido y palpitante; mientras tanto, me acaricia con los dedos flexionados y me ataca con una oleada de placer en la que me encantaría ahogarme.

Con los dientes apretados y la frente apoyada en su espalda, lo sacudo más rápido, más fuerte, pasando la mano sobre la sucesión aterciopelada de venas hinchadas y sobre su cabeza dura.

Noto placer en la tensión de sus músculos, en la palpitación de su polla, en los gruñidos graves y abrasadores que suelta cada vez que recorro con los dedos su zona más sensible.

Se arrima contra mí con más desesperación, hasta el punto de que me duelen los pechos desnudos por la presión y me tiembla la mano con el esfuerzo que debo hacer para evitar hundirle el puñal en la espalda.

Se gira. Y suelto un grito.

No sé cómo, pero he conseguido seguir sujetándolo mientras me empuja bajo la cascada de agua y me estampa contra la pared con tanta fuerza que me deja sin aire. Con una mano me coge de la mandíbula y con la otra me clava la que blande mi puñal en la piedra, junto a mi cabeza.

El aroma punzante y embriagador de su sangre inunda la habitación y revolotea hasta mí en columnas de vapor.

—Te he cortado...

—Me da igual —gruñe. Acerca las caderas a las mías mientras el agua caliente nos salpica y él mueve el miembro, que sigo sosteniendo con el puño.

Bajo la vista y contemplo la cabeza gruesa y rosada, brillante e hinchada y de aspecto colérico, que palpita entre mis dedos apretados y que se yergue en dirección a mi pecho.

Un gemido grave y gutural me despierta otra ola de calor entre las piernas y hace eco en la pared tras la cascada de agua.

Tardo unos instantes en darme cuenta de que ese sonido lo he emitido yo.

Los músculos se le agarrotan y mece las caderas una y otra vez con la cabeza enterrada en mi cuello. Noto sus dientes rozándome la piel fina y anhelante.

Rhordyn baja una mano y me palpa con los dedos el interior del muslo, muy cerca de ese punto hinchado y ardiente que se muere por que lo acaricie. Aparto las caderas, consciente de que un mero roce me lanzaría a sus brazos de más de una manera, y lo zarandeo más rápido y más fuerte.

Un ruido primitivo e intenso le retumba en el pecho y amenaza con hacerlo trizas por dentro y por fuera. Todo él se petrifica a mi alrededor como una coraza cuando unos chorros cálidos y blanquecinos me salpican los pechos jadeantes y me gotean por los dedos con los que sigo aferrando su masculinidad.

En busca de aire, aspiro el potente olor de su placer y en ese preciso instante él retira los dientes y los sustituye por la frescura de sus labios, que posa sobre mi piel muy suavemente.

Un golpe demasiado suave a mi alma.

Traza con besos un camino tierno desde el cuello hasta la oreja, por la mandíbula, y me afloja la mano con la que blando el arma sin dejar de gruñir una especie de ronroneo. Me acaricia los pechos con dedos ásperos, me embadurna con su simiente y me la extiende por las cumbres duras de los pezones, donde me provoca hormigueos y una deliciosa punzada de éxtasis al tiempo que yo intento calmar mi respiración acelerada.

Está temblando. El agua desciende por las planicies salvajes de su bello cuerpo mientras lo miro a través de las pestañas y me zambullo en los pozos turbulentos de sus ojos desguarnecidos. Me cuesta fijarme en ellos, pues lo único que veo es mi reflejo.

El autodesprecio empieza a burbujear.

Me recorre con el pulgar el labio inferior y el agua le gotea del pelo y de la barba, con la vista fija en mi boca. Se inclina sobre mí como si fuera una bestia colosal, agacha la cabeza y posa los labios fríos encima de los míos.

Me aparto de él, me deslizo de lado y camino hacia atrás mientras se gira. Entre sus piernas, su polla palpitante, que parece de una dureza imposible, me señala directamente a mí.

Dispongo de unos segundos para contemplarlo, despojado de sus corazas y con los músculos hinchados, mientras el nudo de tensión que siempre nos ha mantenido unidos nos oprime al máximo. O quizá lo ocurrido no hace sino que sea más difícil de desanudar.

Levanto la barbilla.

—Milaje…

—Da por hecho que he saldado la deuda por la vez que me metiste los dedos por lástima. Esto no volverá a suceder.

Cojo una toalla del estante y giro sobre los talones para apartarme de su mirada fulminante y encaminarme hacia la habitación. Me limpio el pecho. Solamente me doy cuenta de lo que he hecho cuando me libero del aroma embriagador de nuestras acciones.

«Acabo de provocar a la bestia».

Cojo mi bolsa y mi ropa, y paso los pies por las bragas y luego por los pantalones. No me molesto en envolverme los pechos antes de ponerme a toda prisa la parte de arriba e intentar abrochar los botones.

Con la bolsa sobre un hombro, me saco el pelo húmedo de la camisola y corro hacia la ventana. En cuanto apoyo una mano en el cristal para abrirla, Rhordyn rodea la manecilla con los dedos. Empuja y la cierra de golpe.

El cristal traquetea acompasado con mi corazón retumbante.

—Déjame salir —gruño, negándome a dar media vuelta. Sé que, si lo hago, una parte de mí quizá se rompa—. Tengo que volver con mi prometido.

—Lo estás respetando mucho más de lo que merece —exclama. Su energía es una electricidad estática violenta que me apalea la espalda—. Su «amor» es resultado de sus fines oscuros y de la avaricia. No es lo bastante bueno para ti. Ni de cerca.

—No eres quién para decirme a quién puedo o no puedo amar —le espeto y el aire se enfría tan deprisa que mi aliento se transforma en un vaho blanquecino.

Da un paso adelante y alinea su cuerpo mojado y desnudo con mi espalda. Me deja sin aire, me detiene el corazón y me arrebata todos los pensamientos de la mente.

—No. Y no lo haré. Pero sí te voy a decir una cosa —gruñe con la cara sobre mi cuello; casi me fallan las rodillas—: Voy a conseguir esos barcos antes de la puta luna llena y entonces ya decidirás si quieres seguir estando con ese hombre.

«No».

Me giro, con el corazón en un puño y la cabeza inclinada para mirarlo a los ojos. Se cierne sobre mí como si fuera un escudo.

—¿Vas a ir a la guerra con él por mí?

—Me enfrentaría al mundo entero por ti. —No parpadea ni se inmuta.

Todo el aire me abandona los pulmones.

—Rhordyn, no...

—Te dije que me negaba a dejarte caer, y es una decisión que he escrito en piedra —gruñe, con una expresión salvaje en la que ya se libra una batalla.

Me duele todo el pecho, como si acabara de introducir una

mano en él y dibujado esa decisión con una de mis costillas partidas.

—Te vas a ir de Parith sin los barcos —digo, señalando su mapa con firme determinación—, vas a abandonar a tus marineros y vas a dejar ese dibujo que has hecho ahí, y te vas a marchar.

Se echa a reír, mostrándome los dientes.

—No, Milaje. Ni en un millón de años.

La desesperación me desciende por la garganta y me constriñe el corazón. Lo abre por la mitad. Hurga en su interior hasta extraer una ficha mía que le ofreceré con las manos manchadas de sangre.

Con mirada dura, lo observo fijamente a los ojos.

—¿Sabes de qué me he enterado?

Rhordyn frunce el ceño.

—De que a mi... mi especie —gruño, haciendo un gesto hacia la joya que me cuelga del cuello— la han perseguido. Asesinado. Por lo visto, el simple hecho de enseñar en público mi cara real es prácticamente una sentencia de muerte. —Me encojo de hombros y le aguanto la mirada catatónica—. Supongo que a mi protector se le pasó esa parte en mi clase de historia.

Hay una pausa agónica mientras devora mi colgante con la mirada, como si ya hubiera anticipado el golpe que estoy a punto de propinarle.

—Como no te marches —digo en voz baja mientras rodeo la pesada gargantilla con los dedos y la aprieto fuerte—, me iré al paseo marítimo y me arrancaré esto del cuello.

Los ojos se le encienden con un destello de comprensión, como si advirtiera la verdad que desprenden los míos.

No tengo nada que perder, solo a mí misma.

Un silencio sepulcral y espeluznante se instala entre ambos. Sus ojos se vuelven tan oscuros que me imagino que es otra cosa muy diferente la que me está contemplando.

Algo feroz y sediento de sangre.

—¿Me crees?

—Sí, Milaje. Te creo.

Ignoro el chasquido de su voz y alzo la barbilla ante sus ojos negros.

—Pues da un paso atrás.

` Un rugido implacable le nace en el pecho, pero se aparta con las manos a ambos lados. Doy media vuelta, abro la ventana y la cruzo; al girarme, lo veo a él.

Empalándome con sus ojos de ónice.

Afanándome en mantenerme sujeta a la piedra, me alejo de su vista, pero eso no borra el espantoso presentimiento que se me ha hundido en el pecho.

Puede que haya evitado una guerra contra Bahari, pero ¿a qué precio?

57

ORLAITH

Numerosas nubes embozan y difuminan el cielo azul, y provocan una lluvia intensa que me cala por completo, pero que no consigue limpiarme del cuerpo la sensación de las caricias de él.

Ni del alma.

«Me enfrentaría al mundo entero por ti».

Niego con la cabeza y gruño al tiempo que cruzo el adoquinado mojado con zancadas largas y decididas.

«Es demasiado. Y demasiado tarde».

Ya he lidiado con Rhordyn, pero solo he hecho la mitad del trabajo.

Me he pasado fuera toda la noche. Y todo el día.

Cainon no es idiota.

Necesito aceptar mis errores. Y enmendarlos. Decirle que por fin he puesto a descansar a la bestia, que la he sellado en una tumba de la que no podrá levantarse.

No me molesto en ocultarme de la lluvia como todo el mundo, cobijado en zonas secas bajo árboles gruesos y en portales anchos; me devoran la piel con la mirada. Al ver a un montón de guardias más adelante registrando a todas las mujeres con las que se cruzan, me detengo en medio de una calle.

Me arremango la camisola, enseñando la cupla sin miramientos, y contemplo el suelo mientras el agua me martillea la coronilla...

Y espero.

El viento fuerte nos azota cuando me conducen por el puente. Trepo con los ojos por los distintos pisos del palacio hasta ver mi balcón.

Y a Cainon, en pie ante la balaustrada con las manos sobre la barandilla. Me está mirando fijamente mientras sus cuatro guardias, armados hasta los dientes, me escoltan rumbo al palacio ataviada con un vestido sucio de vergüenza que se me pega más a la piel que la lluvia.

El corazón me da un brinco mientras golpeo las piedras con los pies descalzos, sincronizados con mi barricada humana, y me trago las náuseas que me suben por la garganta.

Me escoltan a través de la entrada del palacio, de la puerta principal, el suelo impecable y las escaleras inclinadas, y echo atrás los hombros cuando accedemos a mi habitación.

Los guardias me sueltan en el recibidor y luego se retiran.

Me aclaro la garganta, abro la puerta y me enfundo una máscara de confianza; tan solo me detengo al ver a Cainon, vestido con pantalones grises y una camisa azul oscuro arremangada hasta los codos. Sigue en el mismo lugar, contemplando el puente, a pesar de que el intenso aguacero lo empapa y los relámpagos atraviesan las nubes hinchadas. Las cortinas han cobrado vida y se bambolean como banderas que ceden a las ráfagas de viento para adentrarse en mi cuarto.

Cainon infla la espalda cuando respira hondo y las venas de los brazos afloran a la superficie de su piel bronceada cubierta de lluvia. Aprieta la barandilla más fuerte y los nudillos se le ponen blancos.

Otro estallido me eriza el vello de los brazos y de la nuca.

—Qué amable por tu parte haber vuelto —me espeta y percibo una advertencia en su tono grave y abrasivo que me roza la piel.

—Cainon, es que...

—¿Te lo has follado? —Se gira y me pilla desprevenida con una mirada desolladora—. ¿Te has abierto de piernas y le has dejado coger lo que me prometiste a mí?

No veo decepción en sus ojos, sino algo muchísimo peor. Es algo que ya he visto antes, hace muchos años: una ausencia de humanidad.

Son los ojos de un hombre que ha emprendido un camino que solo puede terminar en muerte.

—No —susurro—. No he... No he hecho eso con él.

—Entonces ¿qué has hecho? —me suelta con la cabeza inclinada y los labios entreabiertos para escupir su ira—. ¿Qué has hecho con ese bárbaro monstruoso para acabar como una rata callejera empapada y oliendo como su puta?

Sus palabras sitúan las fauces alrededor de mi cuello y me lo muerden.

Fuerte.

Otra racha de viento y de lluvia golpea la fachada del palacio e irrumpe por las puertas abiertas, rociándome la cara. Cainon avanza hacia mí y, por alguna razón, me lo imagino con un hacha en la mano que gotea sangre por todo el suelo.

Mis pies se mueven por su propia voluntad y me hacen retroceder por la habitación hasta que estampo la espalda en la pared de detrás de la cama; me quedo sin aire al verlo acercarse.

—No estamos oficialmente casados —gruño, sintiéndome más pequeña con cada segundo que pasa. Como si estuviera viajando al pasado y mi cuerpo se contrajera hasta ser una versión mucho más joven de mí misma.

Una versión mucho más débil y vulnerable.

—Llevas mi cupla. —Golpea la pared a ambos lados de mi cabeza y me encojo. Me coloca su muslo grueso y musculoso entre las piernas y me aprieta justo en esa parte de mí—. ¡Eres mía! —ruge. Apoya la frente en la mía y sus palabras me dan en la cara y en el puto orgullo.

Con los ojos cerrados y enseñándome los dientes, inspira hondo y me doy cuenta de que yo he contenido la respiración. Y de que me estoy preparando para lo peor. ¿Quizá va a llamar a los guardias y me va a arrastrar hasta la pira para que me quemen delante de su pueblo? Es un final adecuado, teniendo en cuenta todo lo que ha sucedido.

Se aparta y gira sobre los talones mientras suelta un gruñido.

Mis pulmones se ponen en marcha ante la libertad y él se pasa una mano por la cara. Parece que se le hinchan los músculos.

—Joder, lo siento —dice—. Estoy dejando que el miedo alimente mi furia y lo estoy pagando contigo.

«¿Miedo?».

—¿Va… todo bien? —Frunzo el ceño.

—No.

Me arroja la palabra al pecho como si fuera una piedra.

Se gira: sus ojos marinos se han suavizado y su expresión ha adoptado un refinamiento majestuoso, dejando atrás todo rastro de rabia.

—No, Orlaith, no va bien. —Me tiende una mano—. Necesito que me acompañes.

—¿Por qué?

—Porque ya va siendo hora de que sepas la verdad, pétalo.

58

ORLAITH

Con gracia y agilidad, Cainon aterriza sobre las rocas al otro lado del abismo de aguas revueltas y se gira para mirarme con ojos expectantes. Yo ya estoy volando entre la cortina de rocío marino y me planto a su lado agachada.

«Porque ya va siendo hora de que sepas la verdad, pétalo».

Sus palabras me azotan la mente al erguirme y sacudirme la arena de las manos.

—¿Y ahora?

La tormenta ruge a lo lejos y él me mira, me coge una mano y me conduce por una piedra resbaladiza y entre un montón de percebes que cree que soy incapaz de sortear por mi cuenta. Dejo que lo crea. Que me guíe hacia la entrada escarpada de una cueva pequeña y protegida en la que hay una lancha atada a la orilla con remos idénticos en sendos agujeros. No estamos demasiado lejos de allí cuando Cainon se gira hacia la ladera del acantilado y justo al verlo entrar en el túnel tallado en una grieta de la piedra me doy cuenta de su presencia, oculta a simple vista.

Mi curiosidad extiende las alas y echa a volar.

Las escaleras nos conducen bajo tierra y camino con cuidado para evitar las algas resbaladizas que cubren las rocas. Cuanto más descendemos, menos luz hay y más fuerte es el olor a sal y a aguas estancadas. Doblamos una curva pronunciada, nos sumimos en una oscuridad completa y Cainon me coloca una mano en su hombro.

—Cógeme del otro también.

Lo obedezco y dejo que me guíe más y más adentro, y se me forma un nudo en el pecho que se tensa con cada paso. La voz que suena en mi interior es un grito ahogado que intenta decirme que me detenga.

Que salga corriendo.

—¿Tenemos que adentrarnos mucho más?

—Ya falta poco —mascula y más adelante brilla un destello de luz, primero tenue y luego intenso, cuando las escaleras dan a una cueva colosal, con una grieta gigantesca de lado a lado en el techo. Un rayo de sol ilumina el lago que se mece con suavidad en el fondo, como si tuviera vida propia.

Frunzo el ceño y bajo las manos de los hombros de Cainon. Observo las paredes, mojadas y abarrotadas de grupos grandes de percebes y de algas pegadas a la piedra.

—Parece que las mareas son peligrosas aquí.

—Así es. —Escala el contorno de la pared con movimientos suaves y ágiles para coger una antorcha de una cornisa rocosa—. La única manera de acceder aquí es con marea baja —me explica. Estampa una piedra negra contra la pared con tanta fuerza que salen chispas que prenden el paño impregnado en aceite que rodea la punta de la antorcha—. Antes había otras formas de entrar, pero hace años que las cerraron.

Da un salto y aterriza como una roca. La llama de la antorcha ruge con una ráfaga de viento cuando Cainon cae justo delante de mí, con medio rostro bañado en luz dorada titilante que convierte sus ojos en dos muescas sombrías.

Retrocedo, pero él me coge una mano y tira de mí hacia el fondo de la cueva con zancadas grandes y decididas a las que me cuesta seguir el ritmo, lo que me obliga a correr para evitar que me resbalen los pies.

Llegamos a la pared, donde más escaleras se hunden en la piedra, cuya entrada está justo por encima de la superficie del agua. Echo un vistazo atrás antes de que vuelva a arrastrarme hacia la negrura de unos escalones al parecer interminables que de pronto se acaban y que ascienden después de un breve tramo plano.

Conforme subimos, los escalones húmedos cubiertos de algas

son sustituidos por piedra seca llena de polvo y un olor distinto me golpea la boca de la garganta, que se intensifica con cada paso que damos rumbo a lo desconocido. Es un aroma añejo que cuesta tragar y que me provoca ganas de levantarme la camisola y respirar a través del tejido para amortiguar el golpe.

«Huele a muerte. A muerte vieja y olvidada tiempo atrás».

La voz de mi interior me grita que huya de aquí.

El túnel empieza a abrirse; me detengo y tiro de la mano de Cainon. Él gira la cabeza y noto el ardor de sus ojos entornados; su cuerpo es una silueta oscura que me bloquea la luz del espacio que hay más adelante.

No estoy segura de querer saber esa verdad.

—Cainon, no sé...

Con un gruñido, tira de mí hacia delante y trastabillo con el último escalón. Pierdo el equilibrio y me caigo hacia el duro suelo de piedra. Él me coge antes de que me estampe, me rodea el pecho jadeante con un brazo y me estrecha contra su cuerpo firme.

Está detrás de mí, alrededor de mí, y me obliga a mirar hacia un túnel ancho escasamente iluminado por rayos de sol polvorientos que se cuelan por unos agujeros del bajo techo. El aire es espeso y está estancado, pero un frío antinatural me abrasa la piel al observar las celdas que se alzan a ambos lados del pasadizo.

Hay muchas.

Demasiadas.

La de mi izquierda está abierta y la puerta entornada me permite echar un vistazo al reducido espacio y a su austero contenido: columnas de velas pálidas y cortas, un jergón mugriento y hundido, y una manta engurruñada cubierta de telarañas sedosas.

Cainon me sujeta la barbilla, me dirige la vista hacia la celda de la derecha y un grito ahogado me perfora los pulmones como si fuera un puñal.

Hay una persona, una mujer acurrucada en el suelo junto a los barrotes, con los dedos ajados alrededor de las barras de metal oxidado, como si se hubiera marchado aferrada a la esperanza de una libertad que nunca llegó.

Me fallan las piernas y Cainon me sujeta con más fuerza.

Los restos marchitos me recuerdan a los ratones que solía lanzar por encima de mi Línea de Seguridad para Shay...

—¿Qu-qué es este sitio? —susurro con voz rota. Solo una parte pequeña y curiosa de mí quiere saberlo. Todo lo demás me chilla que dé media vuelta y corra hacia las escaleras. Que salga huyendo más rápido que nunca y sin mirar atrás.

—Una madriguera vieja y abandonada de los Unseelie. Asaltada por los irilaks.

Esas palabras me llenan los pulmones de mortero.

«Unseelie».

Recuerdo la ilustración de *Te Bruk o'Avalanste* y el modo en el que me miraba esa criatura desde la página, con ojos que me hicieron sentirme pequeña y frágil.

Y atormentada.

Esos monstruos estuvieron a punto de hacer pedazos el mundo entero. No hay ni una sola parte de mí que quiera ver qué eran capaces de hacerles a los cautivos.

—Tengo que salir de aquí.

«No debería haber venido».

Cainon me roza el oído con los labios y noto en la piel un estallido de escalofríos.

—No. No hasta que lo hayas visto todo. —Me lleva hacia delante y me mueve la barbilla hacia la izquierda para que observe otra celda.

En la cama hay un cuerpo pequeño, quizá de chico, hecho un ovillo y cubierto por ropas comidas por las polillas y por piel deshidratada pegada a sus frágiles restos. Y las manos... Se tapa la cara con ellas, como si fueran un escudo.

«Si yo no te veo, tú no me ves a mí».

Un sonido agudo me nace en la garganta. Es un niño pequeño.

Demasiado pequeño.

—Este es el borrón negro de nuestros libros de historia que a tantos les cuesta observar —mascula Cainon—. Sobre todo a los que tienen algo que ocultar.

Me suelta, me caigo al suelo y me golpeo las rodillas con la piedra mientras él habla contra los barrotes.

—Hace tiempo, el mundo lo impulsaba algo más que el deseo de gobernar más tierras. Fue una época implacable y brutal de avaricia y sed de sangre, en la que los que tenían poder mandaban y los que no eran los cadáveres encima de los cuales los Altos Maestros y Maestras construían su trono.

Cainon se coloca delante de mí y me impide ver al niño.

Me encojo al contemplar sus ojos enfáticos con muchas palabras en la boca y la lengua cortada.

—Los Unseelie se alimentaban de la fuerza vital de los demás, Orlaith. De hombres. De mujeres. De niños —espeta y señala la celda con la cabeza—. Los reforzaba. A algunos les daba protección contra los elementos. A otros les proporcionaba una fuerza sin igual.

—Para...

—Hasta que ocurrió la Gran Purga y puso orden, la única debilidad que podía darles muerte era recibir en el corazón el zarpazo de una garra de vruk —me informa, con el ceño fruncido al ver la lágrima que me cae por la mejilla—. Ni siquiera los irilaks los tocaban.

«¿Por eso los irilaks no me comen? ¿Soy en parte Unseelie?».

—Durante miles de años —prosigue—, fueron imparables, embargados por una sed insaciable de hacer añicos el mundo hasta desangrarlo en su competición por ser los mejores.

Me recoge las lágrimas con la punta del pulgar y se las mete en la boca; me pregunto si tendré sabor a quemado.

—Ven —ruge y me rodea la cintura con una mano para tirar de mí y arrastrarme, dejando atrás una celda tras otra.

«Hay demasiadas».

Sus pasos resuenan con convicción. Los míos, al contrario, se tambalean por el suelo tras él.

Me obligo a observar todas las celdas. A ver lo que sé que se me grabará a fuego en el alma eternamente. Porque quienquiera que mandaba en esta madriguera...

Prefería a los niños pequeños.

—Algunos desarrollaron apetito por el néctar dulce de la sangre joven —murmura Cainon, quizá al deducir los derroteros de mis pensamientos.

Más lágrimas se acumulan y me provocan escozor en los ojos.

—Y luego los Unseelie descubrieron la sangre de los aeshlianos. —Sus palabras me hacen clavar la vista al frente—. Era tan potente y estaba tan llena de luz —continúa diciendo— que les ofrecía un poder más catastrófico de lo que nadie habría imaginado.

Se detiene delante de una especie de estadio pequeño y circular cubierto de almohadas y mantas devoradas por las polillas. Un rayo de luz cae en el centro e ilumina a una mujer.

No lleva ropa que respete su dignidad, ni siquiera muerta.

La hilera de espinas finas que le decora la oreja puntiaguda resplandece bajo el sol como si fueran diamantes y arroja un confeti de color y luz que no consigue iluminar la escena.

Se me detiene la mente, me fallan las rodillas y cuelgo del mástil del brazo de Cainon como si fuera una vela agotada, con un hormigueo ardiente en la piel del hombro derecho.

La mujer está amarrada con un grillete metálico que se le clava en la carne devorada del cuello. En mi cabeza se ilumina una imagen del cuello de Baze, con cicatrices retorcidas que daban a entender que la piel se había desgarrado y luego curado. Desgarrado y luego curado.

Temblorosa, cojo aire y me lo imagino a él en el suelo.

Roto. Solo. Desnudo.

Muerto.

—Los cazaron —prosigue Cainon—. Los coleccionaban como posesiones valiosas. Los alimentaban con una dosis diaria de luz del sol para impedir que la sangre se oscureciera.

El corazón se me rompe en millones de pedazos ensangrentados.

«No sabes cómo es el mundo ahí fuera, Orlaith».

Esas palabras me atacan una y otra vez, y un sonido breve burbujea, directo y vacío. Levanto una mano, me tapo los labios y evito proferir el grito que amenaza con salirme del pecho.

Cierro los ojos con fuerza al tiempo que me caen regueros de lágrimas por las mejillas.

—¿Por qué me estás enseñando esto?

Oigo que Cainon se remueve y, al abrir los ojos, lo veo agachado ante mí. Observo su mirada gélida mientras me coge por los hombros y me gira para que deje de ver el cuerpo en un ligero acto de compasión.

—Porque algunos creemos que no todos los Unseelie de pura cepa fueron eliminados durante la Gran Purga. Y que varios sobrevivieron. —Entorna los ojos, que se vuelven rendijas duras—. Y que se esconden a simple vista. Quizá incluso en asientos poderosos.

Me encojo al oír sus palabras afiladas, cuya fiera implicación me esculpe un camino escarpado hacia el alma.

—Crees que Rhordyn es un Unseelie. —Mi voz es un susurro, pero me atruena en los oídos y pelea contra el sonido de mi sangre, un torrente retumbante que me atraviesa las venas.

El silencio breve me dice todo lo que necesito saber.

—En todos los años que hace que lo conozco —dice bajando la voz una octava—, tu Alto Maestro no ha envejecido ni un solo día. Si acaso, se ha vuelto más grande en las dos últimas décadas. Y más fuerte.

Como un fantasma sombrío de mi pasado, lo veo a través de los ojos de mi versión de dos años, esa noche de hace tanto tiempo. Su rostro iluminado por el baile de las llamas. Sus ojos abiertos al cernerse sobre mí, quizá viéndome como la herida abierta que era.

Que soy.

Por encima de todo, veo la verdad eterna...

Un hombre en la flor de la vida, igual que hoy.

Me encojo y aparto esa imagen.

«No quiero verla».

—No pueden contener su deseo de controlar y dominar, Orlaith. —Cainon me aprieta los hombros con más fuerza—. Este... malestar podría ser la punta del iceberg. ¿Y si es él quien crece gracias a todos los niños desaparecidos?

Mis pensamientos regresan a la Maraña. A la niña que encontré hecha un ovillo en el suelo, con los ojos anegados en lágrimas...

Cuando la vi, estaba asustada. Y también cuando la devolví a esas puertas que no parecía muy dispuesta a cruzar.

Cainon me sujeta la barbilla, la ladea y me obliga a levantar la vista hacia sus ojos condenatorios.

—Un Unseelie de sangre pura necesita sangre para sobrevivir. A diario.

En el interior del pecho hay algo que se me rompe. Siento una oleada de frialdad recorriéndome entera.

«No...».

—Tú has vivido muchos años con él. ¿Alguna vez lo has visto bebiendo sangre? ¿Alguna vez ha bebido la tuya?

—¿Qué? ¡No! —Niego con la cabeza y entierro los recuerdos de mi sangre cayendo en el cáliz de cristal. De los dientes de Rhordyn planeando sobre mi carótida palpitante—. Nunca.

«No puedo más».

—¿Estás segura? —Cainon frunce el ceño—. Piensa, Orlaith. Es importante. Podría ser cuestión de vida o muerte para mucha, muchísima gente.

Me zafo de su mano y contraigo el labio superior.

—Estoy convencida, Cainon. Me acordaría de algo así.

No es mentira. Únicamente no le estoy contando toda la verdad. Nunca he visto a Rhordyn consumir mi sangre.

Ni una sola vez.

«Debe de haber otra explicación».

Lo grito para mis adentros en repetidas ocasiones. Sé que es un monstruo. Sé que es capaz de ser cruel e inmisericorde. Pero me niego a creer que sea... eso.

«Por favor, que no lo sea».

—¿Alguna vez comió contigo? ¿Comida de verdad?

Otro aluvión de náuseas y la grieta del pecho se profundiza hasta el punto de que quiero acurrucarme sobre el dolor y cuidarlo. Paso los ojos de Cainon a un cuerpo desplomado en un jergón arrinconado en una celda.

Bato las pestañas, que ansían cerrarse y desconectarme del mundo.

¿Por eso nunca comía con nosotros? ¿Acaso los alimentos normales y corrientes no... no lo satisfacen?

—No —me veo obligada a admitir y luego recuerdo la vez que lo presioné para que comiera un trozo de pan en el baile—. O sea, sí, una vez... —Odio la punzada desesperada de alivio que me calma las venas crispadas—. Siempre estaba demasiado ocupado —me apresuro a añadir, con la vista fija en Cainon.

—Demasiado ocupado —repite con el ceño fruncido, empujando mis palabras de regreso a mi garganta y haciendo que me atragante con el nudo patético que forman. Veo decepción en sus ojos, fría y patente—. Eres muy lista como para tragarte eso, pétalo.

Me arden las mejillas y quiero asestarle un golpe en el pecho para que caiga al suelo. Sobre todo, lo que quiero es que deje de hablar.

«No quiero verlo».

—En mi opinión, es culpable hasta que demuestre lo contrario —masculla y levanta la barbilla para mirarme a los ojos—. Está dando vueltas por ahí, Orlaith, y temo por mi pueblo. Ya ha pasado por demasiadas cosas. —Me pasa un dedo por el rostro, por el hombro, por el escote—. Quiero tener este vínculo con Ocruth. Quiero compartir el futuro contigo y la seguridad de una alianza lograda con nuestro enlace. Pero él te ha marcado.

—¿Que me ha marcado? —Me aparto de su caricia.

—Sí —dice, con la nariz arrugada y los labios contraídos—. Apestas a él, joder. A falta de darte su propia cupla, se ha apoderado de ti. Y no es positivo para ti. O eres su puta o su topo, o te ha forzado y te ha follado en contra de tu voluntad. ¿Qué opción es?

—Ninguna de esas —gruño.

No quiero mostrarle el mapa de mis heridas. Hay demasiadas, tanto por dentro como por fuera. Y el olor por el que me condena no es más que otro parche oscuro de autodesprecio que él no entendería.

—Si te ha tomado a la fuerza, podría decl…

—Que no. —Las palabras salen de mí y a Cainon se le iluminan los ojos como dos escudos duros.

Transcurre un segundo.

Dos.

El espacio que nos separa parece aumentar.

—Bueno. Si Rhordyn es un Unseelie —escupe al final—, no podré hacer gran cosa para salvarte. Y tampoco haré gran cosa para salvarlo a él e impedir que lo asesine la que probablemente sea su única debilidad: los vruks.

En sus palabras advierto cierta crueldad y una vez más recuerdo las llamas que engulleron sus barcos y los hombres que chillaban en el interior…

«Sacrificios».

Alza una mano y con la punta de los dedos me pasa un mechón de pelo por detrás de la oreja, siguiendo el movimiento con los ojos.

—Quiero ayudar a tu pueblo. Quiero ayudarte a ti —susurra y me aprieta tanto la mejilla que me duele. Me lanza una mirada que pesa más que mi compostura crispada—. Pero no se puede ayudar a alguien que no quiere que lo salven.

—¿Y los barcos? —Le aguanto la mirada férrea.

Las palabras emergen temblorosas, como si yo misma me estuviera sujetando el cuello con las manos y jadeando en busca de aire. Las tripas revueltas intentan rechazar el veneno que él acaba de administrarme.

—Me dijiste que sabías lidiar con Rhordyn. —Entorna los ojos—. Has fracasado.

Se me clava una costilla en el corazón.

Cainon baja la mano y deja tras de sí un rastro de cólera que me roe.

—Mientras siga husmeando por aquí, no habrá enlace. —Hace una pausa y me examina la cara—. Ni barcos.

Abro mucho la nariz para coger una bocanada de aire, espeso por el hedor a muerte.

«No…».

—No me puedo arriesgar. No cuando tengo una ciudad llena de gente a la que proteger. —Su voz es un aplacamiento suave que apenas oigo por encima del latido histérico de mi corazón, que me retumba en los oídos—. Y tú deberías ir con mucho cuidado. No soporto la idea de que tu luz se apague solamente por haberlo subestimado.

Me acaricia la mejilla con los dedos, con la cabeza ladeada, y luego los baja. Casi me desmorono al verlo regresar por el camino por el que hemos llegado hasta aquí.

El pánico me arraiga en el pecho; las puntas afiladas de este árbol venenoso me estrangulan las costillas y el corazón y la puta conciencia. Un millar de vidas atrapadas en su jaula, condenadas, canturreando...

«Has fracasado, has fracasado, has fracasado...».

—¿Y ya está? —balbuceo. ¿Tanta muerte y tanto dolor y sufrimiento no han servido para nada?

«¿No he arreglado nada?».

Se detiene y gira la cabeza para mirarme de soslayo.

—No, pétalo —responde y me dedica una amable sonrisa—. Aquí tienes un hogar mientras arreglas las cosas.

«Mientras arreglo las cosas».

Cainon no lo entiende. No hay nada que arreglar. No hay forma de volver atrás; el único camino hacia delante es una pared de dura piedra a través de la que debo abrirme paso con los puños doloridos y el corazón partido.

Ni una sola parte de mí desea ver lo que hay al otro lado.

«Más vale monstruo conocido que monstruo por conocer».

Cainon me mira de arriba abajo, suelta un suspiro profundo y me tiende la mano con una mirada de lástima que me quema.

—La marea está subiendo. Si tardamos mucho más, nos quedaremos aquí atrapados hasta que baje de nuevo.

Miro hacia su mano y aparto los ojos al segundo para fijarme en la mujer atada al suelo de piedra fría. Y luego en el rayo de luz que barre el polvo de negación que se había aposentado en los surcos de mi mente.

Mis pensamientos revolotean hasta la habitación del centro

del Castillo Negro, donde Rhordyn y Zali celebraron el Cónclave.

Cojo una bocanada de aire breve y espontánea...

La mesa.

El agujero en el centro.

El rayo de luz que caía del techo y que iba a saber dónde.

La energía vacía y melancólica que me embargó en cuanto puse un pie en esa sala, que me dejó desolada, como si acabara de romper el sello de la tumba de alguien.

¿Qué ha habido debajo de ese agujero y de esa mesa durante todo este tiempo? ¿Un cadáver? O quizá una persona que vive y respira atada al suelo, y que cuenta los segundos para que alguien vaya y le rebane el pescuezo.

Alguien no.

Él.

Primero lento y luego rápidamente, desenrollo los hilos de mi vida y examino los fragmentos crispados como las serpientes venenosas que son.

Se me tensan los músculos. Aprieto los puños.

Rhordyn no me habló de los dioses, de los Unseelie ni de sus formas malvadas y retorcidas.

Sabía que le haría preguntas y descubriría quién era él. Sabía que perdería a su mascota.

Y decidió encerrarme en una torre, alimentada y vestida, donde día tras día recibía mi dosis de sol. Por la razón que sea, fui la afortunada, quizá porque fui un ídolo de supervivencia que inyectaba esperanza en los suyos y detenía la discordia durante unos cuantos años.

«¿Y qué pasa con el resto?».

Si la teoría de Cainon es cierta, solo le di a Rhordyn una gota de sangre al día. Nada más. No es cantidad suficiente para sobrevivir.

Una vez más, mis pensamientos regresan a Baze, a su carne arrugada y deteriorada.

La rabia se enciende, unas ascuas palpitantes nacidas tras diecinueve años de curiosidad insatisfecha, porque de repente todas esas puertas cerradas y esos recuerdos tienen demasiado sentido. Joder.

No quiero mirar. No quiero verlo.

Contraigo el labio superior.

«Pero voy a hacerlo de todos modos».

Me pongo en pie y me dirijo al rayo de luz. Me arrodillo delante de la aeshliana y busco la horquilla que llevo en el bolsillo.

—Orlaith, espera. —Introduzco la punta afilada en el cerrojo y la muevo—. ¿Qué haces?

Se oye un chasquido sordo cuando el cerrojo cede.

—Liberarlos —murmuro. Abro el grillete y libero a la mujer de la única manera que sé. Le tapo el cuerpo desnudo con las mantas devoradas por las polillas. Le regalo un ápice de recato.

—No sirve de nada. Ya están muertos.

Sigo adelante y me detengo en la puerta de la primera celda para abrir el cerrojo. Me trago el nudo que se me ha formado en la garganta y me pellizco con fuerza el brazo.

No merezco llorar.

No merezco nada.

«He fracasado».

No puedo enmendar los errores de mi pasado, pero sí puedo enmendar otra cosa y, al hacerlo, arreglar este puto caos.

Rhordyn me quitó la máscara, me destrozó la imagen que tenía yo de mí misma y me obligó a ver entre las grietas oscuras de mi ser bello y roto, y a enfrentarme al monstruo que soy por dentro.

Y lo más justo es que le devuelva el favor.

59

ORLAITH

Estaba sentada frente a un tocador cuando Rhordyn descompuso la imagen que tengo de mí misma. Quizá por eso me siento atraída por este otro tocador mientras cavilo sobre las llamaradas de rabia que me queman las entrañas e intento apagarlas para que sean un mero resplandor.

Es una labor imposible.

Hay ira en mis ojos. Hay fuego en mis venas. Hay dolor en mi corazón.

Llega un plato de comida caliente que se enfría y se llevan. Alguien entra para ahuecarme las almohadas y retirar las mantas de una cama en la que no me meto. Me ofrecen té, pero no respondo.

Me da demasiado miedo lo que vaya a surgir de entre mis labios apretados si los abro.

Todos se van igualmente, se escabullen y dejan en el aire el claro olor del temor. La espiral de vapor desaparece y la poca luz que entra en mi habitación se extingue y me sume en una negrura absoluta.

Aun así, miro hacia el espejo que ya no veo, paso una mano por encima del tocador y cojo el cepillo de pelo con dedos flojos. Con la otra sujeto una maceta en el regazo, la que me dio Enry, llena de tierra alimentada con mi sangre y mis lágrimas, en la que ahora ha brotado un ramo de flores que lucen todos los colores del arcoíris. Flores que curiosamente han logrado germinar, brotar y luego abrirse en tan solo dos días.

Pasan los segundos, un goteo lento y constante...

Tictac, tictac.

Las gaviotas lanzan sus gritos matutinos y la luz rosada del sol irrumpe en mi habitación y me acaricia la piel cetrina.

Suelto un suspiro tembloroso y paso la vista hacia mis oscuras ojeras y hacia el colgante.

«Te habría mentido eternamente si hubiera pensado que me saldría con la mía».

Aprieto el cepillo con los dedos, echo atrás la mano y golpeo el espejo; la colisión se parece a un relámpago que cae del cielo ennegrecido. El cristal se rompe y algunos trocitos salen despedidos de la superficie y vuelan hasta mí al tiempo que el resto se mantiene pegado a la piedra.

Miro hacia mi reflejo fragmentado, que por fin muestra cómo me siento por dentro.

Bajo la vista, cojo una esquirla de cristal y le doy vueltas en la palma para estudiar sus numerosos ángulos afilados...

Él me enseñó a sangrar con belleza.

Me pregunto si... sangrará él por mí.

El aire frío de la mañana me muerde los pulmones cuando me dirijo hacia la ciudad bajo un cielo de pomelo, con la esquirla de cristal bien apretada en el puño. Una capa de niebla se arremolina sobre los adoquines, que siguen húmedos por el aguacero que ha caído durante la noche. Las calles están vacías a excepción de unas cuantas mujeres que vierten el contenido de los orinales en los desagües y unos cuantos hombres sentados ante las puertas, fumando pipa o bebiendo de tazas humeantes.

Paso por debajo de las largas ramas del árbol del correo, donde me gano miradas curiosas de algunos de los duendecillos que cuelgan boca abajo, y acto seguido me dirijo hacia el callejón estrecho por el que me condujo Gael en la que ya me parece otra vida...

Aprieto más fuerte la esquirla de cristal y me deleito con el escozor. Los cantos afilados se me clavan en la carne de la palma y una calidez resbaladiza me humedece la piel y gotea al compás de mis pasos.

Lanzo la esquirla en un contenedor, dejando un rastro rojo en uno de los lados, y sigo adelante.

Una gota, un paso.

Una gota, un paso.

Una gota, un paso.

Noto un hormigueo en la nuca y se me acelera el corazón.

Está aquí. Un monstruo que ha olido a su presa. Porque me he dado cuenta de que eso es lo que soy…

Una presa.

Lo llevo hasta la sombra sórdida de la pared, hacia el callejón estrecho y detrás del barril de madera junto al cual me senté cuando me arranqué la flor de cristal. Alcanzo el final del desagüe y me dejo caer de culo antes de dar un salto al fango pastoso, que me salpica las pantorrillas al caer. Me giro hacia el desagüe, respiro hondo y paso por delante de las numerosas lámparas que iluminan la entrada.

Con cada paso que doy por el túnel, los de él resuenan tras de mí, estruendosos y descomunales. Como si estuviera revelando su presencia a propósito. Como si no fuera a darme cuenta.

Estoy conectada con él de forma innata.

Siempre he pensado que había algo especial en el hecho de que noto sus ojos raspándome la piel. O de que su aroma tiene un efecto físico sobre mi capacidad de funcionar. O de que veía mi interior, a través de mí, y contemplaba ante su cuerpo embriagador el centro mismo de mi ser.

Ahora me pregunto si no era más que mi conciencia intrínseca, que me gritaba que había un depredador cerca. Si mi asquerosa adicción al dolor me ha confundido haciéndome pensar que había algo más.

A fin de cuentas, siempre he sentido devoción por los castigos.

En el túnel hay una puerta nueva, iluminada por un halo de lámparas llameantes, que también han sustituido.

Noto a Rhordyn cruzando el espacio que nos separa como si la muerte se me hubiera aparecido para robarme el último aliento. Noto sus preguntas silenciosas martilleándome como clavos en la columna vertebral cuando saco la horquilla y la meto en el cerrojo.

La giro.

Hace clic.

Una vez abierta, empujo la puerta y dejo una mancha de sangre en los barrotes. Me guardo la horquilla en el bolsillo y camino sobre unas piedras enormes y resbaladizas que resplandecen bajo la luz de la mañana, que no consigue aplacar los pensamientos indómitos que se sacuden en mi interior.

La hierba larga me hace cosquillas en las pantorrillas empapadas cuando bajo la colina con la mandíbula apretada y una tormenta de fuego en el corazón. El pequeño vergel en el que Gael y yo comimos melocotones aparece ante mí y noto como ellos me observan desde las sombras que forma la jungla más allá, muy profundas y oscuras en comparación con los lugares donde incide la luz del sol.

«Son irilaks».

Atraída por sus miradas atentas, dejo atrás el melocotonero con zancadas largas y decididas, en dirección a la fina línea entre la vida y una muerte veloz y deshidratante que me separa de la verdad.

La manada de irilaks se une como una tormenta de vapor oscura y parpadeante; hay tantos que cuesta identificar a las criaturas de forma individual. En el enjambre ante mí se forma un agujero cuando deslizo un pie hacia las sombras.

Una mano enorme y fría me sujeta el brazo.

Giro la cabeza y miro hacia los ojos plateados de Rhordyn.

—Suéltame.

Con un gruñido, me suelta y baja la mano a un costado.

Desvío la vista hacia delante y me adentro en la penumbra para abrirme camino entre los irilaks como si fueran aguas que se parten por la mitad.

El silencio es ensordecedor.

No hay pájaros trinando sus melodías matutinas, no hay abejas yendo de flor en flor, no hay viento soplando entre los árboles.

No hay nada más que mis pasos, que hacen crujir el suelo y me anuncian que él ha dejado de seguirme.

—Orlaith, ya has llegado lo bastante lejos.

—No —le espeto con los dientes apretados.

«Todavía falta mucho».

Sigo caminando e incremento la distancia que nos separa hasta que estoy totalmente envuelta en sombras y miradas depredadoras. Al final me detengo, con el corazón martilleándome en el nudo de tensión del pecho, y doy media vuelta.

Inmóvil.

Él se encuentra bañado por la luz de la mañana, una columna de belleza robusta en el límite de la incertidumbre, con los rasgos ensombrecidos por algo que no sé interpretar. Lleva pantalones de cuero negros y una camisa que se ciñe a su físico cincelado, y veo cada vez que respira e hincha su ancho pecho.

Está respirando más rápido que yo...

«Creo que él también está nervioso».

—Los irilaks se alimentan de todo lo que tiene latido. De todo... menos de mí —mi voz áspera retumba en el vacío hambriento que nos separa, un abismo ensangrentado por todos los secretos que me ha ocultado— y de los Unseelie.

La quietud que nos separa es más frágil que el espejo que he roto.

Rhordyn no se mueve, no habla, pero veo una pregunta en sus ojos oscuros. A diferencia de él, yo no voy a esperar diecinueve años para darle las malditas respuestas que ansía conocer.

Me pongo una mano en la nuca y él elimina nuestra distancia con un gruñido estremecedor. Los irilaks se encogen a un tiempo, como una ola ondulante.

Abro el cierre del collar y me quito el colgante.

Y libero el rostro de mi especie caída.

La joya se desploma con pesadez sobre mi mano y la piel se retira y me suelta de su tenso agarre; me deja desnuda de la manera que es más importante. Soy una rosa frágil expuesta ante su mirada violenta y cortante, y lanzo la gargantilla al suelo entre ambos, donde aterriza con un golpe seco entre los matojos.

Transcurre un segundo. Y otro.

Levanto la barbilla. Lo miro a los ojos.

Lo reto.

Él agacha la cabeza e hincha el pecho antes de soltar un retumbo salvaje que evoca los ruidos que hace el suelo cuando hay un terremoto.

La tormenta arrecia en mi estómago.

Se cruje el cuello de un lado a otro y aprieta los puños con un temblor en el labio superior. Lentamente, alza la cabeza y me mira a través de espesos mechones de pelo; el remolino de sus ojos plateados adquiere un tono negro mate. Una energía violenta emana de él, forma ondas en el aire que nos separa y me electrifica la piel, que se me pone de gallina. Levanta un pie y se me detiene el corazón, que se reinicia con una sucesión de latidos frenéticos que se persiguen unos a otros.

Baja la bota y cruza la línea.

«No».

Otro paso y oigo movimiento en la oscuridad: los irilaks se escabullen y se retiran.

«No, por favor».

Los trazos de plata le abandonan el pelo para emular el brillo azabache de la piel que le rodea los ojos. Sus tatuajes se encienden con rayos de luz titilante, como si en los confines de las letras se hubiera desatado una tormenta eléctrica.

Sus rasgos se endurecen. Se afilan.

Las orejas puntiagudas le sobresalen de los mechones negros y espesos; los músculos se le hinchan, el pecho se le ensancha y el rostro se convierte en algo extraordinario, de una belleza brutal que parece letal a simple vista, como si hubiera nacido en el espacio oscuro que hay entre las estrellas, donde no habita vida alguna; en una oscuridad vacía e interminable.

Una caída eterna a la que me acabo de precipitar.

Los irilaks se acobardan ante su presencia, se encogen como sombras aplastadas por el sol de buena mañana.

Mis pies se niegan a moverse, pero mi corazón galopa sobre mis costillas, como si estuviera desesperado por huir de su energía hiriente.

Sin dejar de fulminarme con la mirada seria, coge mi collar del suelo, lo balancea con los dedos y da un paso adelante.

Es un cazador que se acerca a la presa que ha atrapado.

La conciencia de mi interior me rodea la columna con las manos para intentar que retroceda. Me chilla que huya. Reprimo las ganas y me quedo donde estoy, desnuda y pura, con el único velo de la vergüenza y la culpa cuando se cierne sobre mí.

Detrás de sus ojos hay algo que hace que me sienta dominada. Como si una mirada larga me llevase a inclinar el cuello, a suplicarle que me rebane la carne, me desgarre la piel y beba de mí con tragos avariciosos.

Me echa el pelo atrás con la mano y suelto un grito ahogado al notar la pureza de su caricia gélida.

—Eres realmente un monstruo —gruño, como si acabara de tragar una semilla espinosa que tuviera atascada en la garganta.

Y me ahogase.

Me observa la cara con su mirada heladora, que posa en las puntas afiladas de mis orejas.

—Tu monstruo —susurra y cojo aire, temblorosa.

Lo aguanto.

Al inclinarse hacia delante, su exhalación fría me envuelve. Me pasa el dedo por el pelo, me aprieta contra él; los cuerpos encajan a la perfección, como si estuviéramos conectados por algo que es más grande que nosotros mismos.

—Solo tuyo.

Una lágrima escapa a mi control y dejo que siga su curso.

Rhordyn se aparta y me mira. Con ojos amables y brutales a un tiempo, me rodea el cuello con el collar lentamente. Su caricia es una ráfaga de viento sobre mi piel febril. Oigo el chasquido del cierre, pero apenas noto la máscara recubriéndome mientras se apaga mi luz en el reflejo de su mirada oscura.

—¿Tienes miedo? —me pregunta y veo como le asoman unos colmillos afilados.

—¿Debería?

—Sí. —Me aparta el pelo del hombro con una mirada que me roba el alma—. Soy mucho peor de lo que te imaginas.

Me sujeta la muñeca con una mano y me arrastra a las profundidades de la jungla como si fuera una hierba recién arrancada de la tierra, que sigue sacudiendo las raíces expuestas.

—¿Qué estás haciendo? —Se me desboca el corazón.

—Algo que debería haber hecho hace mucho tiempo.

—¿El qué?

—Dejar que veas lo peor de mí —gruñe con una dureza en la voz que me manda una oleada de temor gélido por las venas con latido propio y que hunde las esquirlas del cristal roto en mi corazón carnoso.

«Ya conozco lo peor de ti. Lo he visto con mis propios ojos».

Quiero gritárselo a la cara mientras las esquirlas se clavan más y más, y me despedazan el órgano. Y amenazan con arrastrarme por el suelo antes de que tenga la oportunidad de hacer lo correcto.

Es decir, lo que traicionará a mi corazón y a él de la peor forma posible, pero que salvará a quienes no tienen el poder de hacerlo por su cuenta. A quienes son simples flores que aplastar con las botas de Rhordyn.

Tira de mí hacia la pendiente de un camino estrecho que avanza por el filo de un desfiladero hondo. Un río fluye por el abismo con ferocidad y se dirige hacia la cascada que ruge más adelante, un remolino furibundo de niebla de agua.

Un gemido roto emerge de entre mis labios temblorosos cuando reúno todas mis emociones en la palma de una mano tras arrancármelas de las costillas y del corazón y de los pulmones como las malas hierbas que son, cuyas raíces ensangrentadas se enroscan. Las meto en ese lugar frío y muerto de lo más hondo de mí y las encierro en una coraza de cristal para que se marchiten debajo del vidrio.

Cojo una larga bocanada de alivio y se me relaja el pecho.

Yergo los hombros.

Me arrastra hacia el punto que conecta el caudal rabioso y la cascada destructiva. Noto en lo más profundo del pecho la violencia estruendosa del agua, que se revuelve con una brutalidad siniestra, repleta de los gritos agudos y torturados de una especie asesinada...

Miro abajo, hacia la caída gélida, incapaz de ver el fondo más allá de la tormenta de niebla rabiosa que me golpea la cara y me inunda con mi propia necesidad de derramarme.

Por mi gente.

Por Baze.

Mi cólera corrosiva, mi dolor incapacitante, la devastación que destroza mi mundo al saber qué es Rhordyn en realidad y lo que ha hecho…; todo eso hace hervir un veneno espeso que me palpita en las venas.

Mil almas asesinadas parecen canturrear mi nombre…

«Serren… Serren… Serren…».

—¡Tengo algo que decir!

Rhordyn se detiene tan bruscamente que casi me estampo contra su espalda. Levanto una mano para impedir la colisión y extiendo los dedos sobre las planicies sólidas de su cuerpo musculoso.

«Qué monstruo tan bello».

Bajo la mano en el mismo instante en el que él me suelta la muñeca y se hace un silencio expectante. Me quedo inmóvil, observando el punto entre sus escápulas.

Un nudo de tensión me obstruye la garganta y me impide hablar.

Me lo trago y aprieto los dientes para contener la acumulación de lágrimas que me escuecen tras los ojos.

—Una confesión. —La palabra surge dañada y me aclaro la garganta, ladeo la cabeza para detener el derramamiento de lágrimas y miro al cielo azul claro que se ve entre las copas de los árboles—. Tú y yo… hemos hecho cosas horribles.

Se le acelera la respiración, los hombros le suben y bajan a toda velocidad.

—Creo que por eso soy incapaz de soltarte del todo —admito con temblores en la barbilla—. Porque a los dos nos han forjado las vidas que hemos arrebatado.

El ritmo cortante de su respiración se detiene de golpe, como si de pronto se hubiera convertido en piedra.

Parpadeo y las lágrimas al fin empiezan a caerme por la cara.

—Yo maté a mi madre…

Palabras susurradas.

Ahogadas.

Apenas audibles.

Una confesión lúgubre que me envuelve en una mortaja de melancolía, dirigida a mi fantasma bello y roto.

Un mordisco solitario del daño que me ha hecho él.

«Un último golpe que deberá absorber».

—Orlaith…

Oigo como se remueve; deslizo una mano hacia la espalda y rodeo con la palma sudada la gruesa empuñadura, que se me antoja muy fría y definitiva.

—Me llamo Serren —susurro y se gira.

Percibo tristeza en sus ojos, que empiezan a cambiar suavemente del negro al conocido y seguro gris plateado. Las grietas crujen por mi caparazón de cristal cuando él hincha el pecho con una munición de palabras que no tiene oportunidad de pronunciar antes de que yo levante una mano y la mueva hacia delante.

Noto la punta del arma brutal perforándole la carne dura del pecho al mismo tiempo que oigo la melodía de su gruñido hueco. La noto atravesando los músculos y tendones alrededor del corazón hasta partir el órgano que lo mantiene con vida.

Muy abiertos, sus ojos penetrantes me hacen sangrar…

Y al instante baja la vista y la clava en el arma que le sobresale del pecho. En mi mano, que sigue blandiéndola, pintada con la fuerza vital que se derrama de su interior mientras algo dentro de mí se marchita más rápido de lo que se mueve el mundo.

Mi mano ensangrentada cae, inerte, sobre el costado.

Rhordyn levanta las pestañas y me mira. Sus ojos plateados pierden color y sus labios forman palabras silenciosas que intento leer sin lograrlo.

Más grietas crujen por mi coraza, que suelta esporas de emoción que me atenazan la garganta.

No puedo respirar. No puedo pensar ni parpadear. No puedo dejar de tener la sensación de que acabo de clavar la garra del vruk en el pecho de los dos.

Caemos de rodillas a la vez y una línea de sangre le gotea de la comisura de la boca justo cuando me pone una mano en la mejilla a modo de un adiós mudo que me quema.

Con el pulgar, recoge una lágrima que me recorre la cara.

—No... no llo-llores —gruñe y sacude el pecho, incapaz de coger aire. En sus ojos hay una tristeza que grita miles de palabras de pena que ya no podrá pronunciar jamás.

Palabras que cantan en mi memoria y que me atacan con su suavidad.

«Se dice que tu corazón debe estar lleno para pasar por delante de Kvath, el dios de la muerte, en tu trayecto hacia el Mala».

Un sollozo se abre paso entre mis labios.

Imaginármelo flotando a la deriva en esa nada interminable que me acecha en las pesadillas me llena el pecho de pánico y me lleva a ofrecerle una verdad con una mano que sigue pegajosa por la sangre que yo misma he vertido.

—Te dije que eres lo peor que me ha pasado nunca —farfullo y el rostro se le crispa, como si hubiera movido la garra. Suelta el final de un gruñido fuerte—. Te mentí...

Se inclina hacia delante y me apoya los labios en la frente, un beso que me quema de tal forma que ahogo un grito.

Están calientes. No fríos.

Calientes...

Mi mejilla también recibe una caricia cálida y pongo una mano encima de la suya para dejarla ahí eternamente, con el corazón rompiéndose en fragmentos ensangrentados.

«Yo lo he roto... Yo le he hecho esto... Y no puedo volver atrás».

—Y no te odio para nada —sollozo con los ojos cerrados—. Te quiero tanto que hace daño. A los dos.

Su mano se vuelve pesada y me cuesta mantenerla contra mi mejilla.

Y que me acaricie.

«No me dejes».

—Eres el final feliz que no merezco —susurro y noto como le tiembla el cuerpo.

Y su beso se aparta.

Abro los ojos justo a tiempo de ver la luz abandonando los suyos y la gravedad lo atrae hacia atrás. Se precipita por el filo del desfiladero y yo golpeo el aire mientras un grito de agonía asciende por mi garganta hinchada.

Con los brazos hacia mí, se cae entre una niebla que no hace nada para impedir su descenso.

Y se va.

BAZE

En algún momento de la Gran Purga

La oscuridad me provoca claustrofobia y el frío del viento nocturno me arranca volutas blancas de entre los dientes castañeteantes, azota la llama de mi vela y la hace titilar. Y que las tres sombras desgarbadas que me observan desde el exterior de esa línea entre la negrura y la luz parezcan mucho más grandes.

Una de ellas extiende una mano de dedos huesudos que chasquean unos contra otros al golpear el límite de la oscuridad, produciendo el mismo traqueteo espeluznante que sonaba antes de que se extinguieran las llamas en las otras celdas.

Una a una, las velas se apagaron y los gritos se ahogaron en sorbidos que me han roto el corazón en un millón de fragmentos.

Suelto un sollozo frágil cuando una oleada de temor me consume...

«¿Y si mi señor no regresa?».

Niego con la cabeza y expulso ese pensamiento de la cabeza.

«Pues claro que va a regresar...».

Otro suspiro, otro titileo y el castañeteo de los dientes, ahogado por el coro retumbante de los demás irilaks que se unen.

Me concentro en la llama, me hago más pequeño y me rodeo el cuerpo vacío con los brazos delgados y huesudos.

La comida se acabó hace días. Las primeras cuatro velas ardieron demasiado deprisa.

¿Por qué nos iba a dejar mi señor así? ¿Acaso ya no le importamos nada?

«¿Acaso no me necesita como yo a él?».

Este dolor desconocido es peor que los grilletes con dientes metálicos que a veces nos pone alrededor del cuello. Es peor que cuando nos muerde tan hondo que estoy convencido de que, al soltarme, me va a arrancar un trozo de carne.

La porción de cera menguante que queda en la única vela que tengo se apagará antes de que termine la noche. Antes de que la luz brillante atraviese los agujeros del cielo y ahuyente a los monstruos que se aproximan con cada baileteo de luz.

Un gimoteo emerge de entre mis dientes…

«No quiero morir así».

Me duele el bajo vientre por la necesidad de estallar y echo un ojo a mi orinal, hasta los topes en el rincón de mi celda.

Si me acerco hasta allí, puede que la vela se extinga.

Decido liberar el dolor y una lágrima me cae por la mejilla cuando un charco cálido se forma debajo de mí. Me castañetean tanto los dientes que me muerdo la lengua. Y noto el sabor de la sangre.

«Todavía no estoy preparado para irme. No quiero irme. Es posible que vuelva mi señor».

Unos pasos retumban por el túnel…

Suelto un suspiro tembloroso y dirijo los ojos hacia el contorno lodoso de mi puerta con barrotes, hacia la negrura del túnel que se extiende más allá.

«¿Ha venido a por mí?».

Los irilaks se remueven, chillan y atraviesan los barrotes de mi puerta para desaparecer en la oscuridad.

—¿Mi se-señor? —grito, con el corazón en un puño y hormigueos de esperanza en la piel. La voz hace eco en las paredes y se estrella bajo el peso de los pasos que se aproximan.

Pum… Pum… Pum…

No. Son demasiado fuertes. Las zancadas, demasiado grandes. Por lo general mi señor viene corriendo hacia mí, tan desesperado como yo por su atención.

Una sombra corpulenta con capa se detiene frente a los barrotes de mi celda, mira hacia el interior y noto sus ojos barriendo mi cuerpo tembloroso y mis ropas raídas y sucias.

Y las marcas de mordiscos en el cuello y en el brazo, en las que se han formado costras, dada la ausencia de mi señor.

Olisqueo el aire y percibo un olor fuerte y masculino.

El hombre mete algo en la cerradura y lo gira, y el chasquido de la puerta al abrirse me golpea en las costillas como una patada. Me hago un ovillo cuando empuja los barrotes y ocupa el umbral como nadie ha hecho jamás.

El pánico me explota en el pecho.

Oigo un clic y de pronto la lámpara que sujeta en el puño cobra vida.

—No... —le ruego con escozor en los ojos cuando avanza en mi dirección y se agacha delante de mí. La deja en el suelo entre los dos y se quita la capucha.

Me lo quedo mirando con los ojos como platos.

Su rostro parece de piedra esculpida, tallada por los dioses de los que habla mi señor. Tiene el pelo negro como el túnel, con mechones más claros, pero no creo que sea viejo. Es grande, fuerte y terrorífico.

Frunce el ceño y me examina la cara con sus ojos plateados.

—¿Qui-quién eres tú? —Mi voz suena áspera y ronca.

Me sujeta la barbilla; su mano es mucho más cálida que el suelo o que el aire o que la sangre de mis venas, que quizá se ha vuelto un poco negra. A mi señor no le gusta que negree. Se deshace de nosotros cuando ocurre. Por eso mi señor debe regresar y dejarme un tiempo bajo la luz del sol.

El hombre me gira la cara, me la inspecciona y luego suelta un retumbo grave que me traquetea los huesos.

—¿Dónde es-está mi señor? —gimo con los ojos clavados tras él—. ¿Mi señor?

—Se ha ido —exclama; una frase tan profunda y atronadora que engulle mi grito y rebota en las paredes.

Y me desgarra.

No...

No, no, no…

Mi dolorido corazón parece partirse de diez formas distintas y las grietas se propagan hasta el alma al tiempo que mi respiración se vuelve dificultosa y entrecortada.

Aparto la barbilla de su mano y contraigo el labio superior.

—¿Qué le has hecho?

Las palabras salen como un siseo roto, descarnado y abrupto. Condenatorio.

Su silencio es respuesta suficiente y las entrañas se me encienden con una maraña de emociones.

—Has matado a mi señor… Mi señor. No, no, no, no… —Me hago un ovillo en el suelo y me araño los brazos y la espalda. Bajo la barbilla y me lo quedo mirando a través de un caos de pelo apelmazado—. ¡Has matado a mi señor!

Él me sujeta la cara con ambas manos y suelto un grito ahogado.

—Debes enterrar tu debilidad del mismo modo en el que yo lo he enterrado a él —gruñe; palabras que son un rechino duro contra mi piel y mi alma—. Ocúltala. Ponte una coraza y pasa página, o de lo contrario estarás mejor aquí muerto con todos los demás.

Me desmorono en cuanto me suelta.

El desconocido se desata el abrigo negro, se lo quita de los hombros y lo deja en el suelo delante de mí antes de acercarme la lámpara.

—Me marcho —ruge. Su voz grave inunda mi celda cuando se levanta y me mira; sigo hecho un ovillo en un charco de mi orina—. En las alforjas llevo comida y una muda de ropa. Ven conmigo si quieres o no vengas, pero la vida no tiene por qué doler de esta manera.

Se gira y se aleja, dejando la puerta abierta. Sus pasos se retiran.

Lo único que puedo hacer es quedarme observando el umbral.

Sus pisadas empiezan a desvanecerse y miro entre la tenue luz de la lámpara hacia la celda del lado opuesto del túnel. Hacia la chica hecha un ovillo y encogida que anoche perdió la llama.

«Omara».

Echo de menos su voz suave y sus sonrisas.

Pero ahora tiene el gesto demudado, los labios con la forma del grito que profirió segundos antes de que se le apagara la luz; el aullido sigue sonando en mis oídos.

Trago saliva. Miro la capa. Extiendo un brazo y la cojo. Froto la tela entre los dedos temblorosos; es mucho más gruesa y suave que nada que me haya dado nadie antes.

No tiene agujeros. No tiene extremos deshilachados. Huele a limpio y a seguro.

Me incorporo sobre piernas tambaleantes, me la paso por encima de los hombros y me arrebujo en la calidez que sigue en las fibras de la prenda al tiempo que los irilaks se aproximan, se quedan junto a la linde de la luz de mi lámpara y emiten los chasquidos de antes.

Observo el espacio que separa mi celda del túnel.

Me viene un recuerdo de una familia, sonrisas y carcajadas. Y luego otro de cuando todo aquello terminó.

Un recuerdo que me duele tanto como los que tengo de este sitio.

Pero quizá ese hombre tenga razón… Quizá la vida no tenga por qué doler.

Cojo el asa de alambre de la lámpara y me dirijo hacia la puerta. Los pasos del desconocido ya no son más que un susurro ligeramente esperanzador.

Entre temblores, aspiro una bocanada de aire y me adentro en el túnel.

ORLAITH

Me miro las manos ensangrentadas como si ellas fueran el enemigo, no el hombre al que acabo de apuñalar.

Esa voz de mi interior se queda en un silencio sorprendido mientras mi corazón libra una guerra consigo mismo. Su latido es un eco lejano que siento a través de las capas que he situado entre mis sentimientos encerrados y yo.

«No quiero sentir».

No quiero mirar hacia esta escena de sangre y brutalidad sin el halo anestesiante, porque sé que me dolerá de formas que amenazarán con romperme por la mitad.

«Tal vez ya estoy medio rota».

Inclino la cabeza y miro hacia el cielo; suelto un suspiro tembloroso y rompo el caparazón de cristal que había construido en mi interior para liberar el dolor y el odio y el amor y la culpa y la pena devastadora.

Abro la boca y cojo una bocanada vacía al tiempo que las emociones se desbordan con la fuerza de mil enredaderas espinosas que reptan en busca de libertad.

Se me arremolinan en torno a las costillas, me las estrujan hasta hacerlas añicos y siembran las semillas de más plantas que brotan del tuétano que han derramado. Me perforan los pulmones y luego me constriñen el impotente corazón con tanta fuerza que el órgano se marchita y se pudre; las enredaderas proliferan, ascienden por la cavidad de mi pecho hasta que ya no disponen de más espacio donde crecer.

Me suben por la garganta en su fulminante camino hacia la libertad y dejan tras de sí un reguero de espinas partidas. Y luego se me enroscan en la lengua con un peso tan intenso que resulta insoportable y me obligan a separar los labios para verter la rabia y el odio y el dolor hacia el cielo con un sonido que me desgarra la garganta.

La gravedad me asesta tal golpe en el pecho que dudo de que pueda volver a levantarme algún día...

«¿Qué he hecho?».

GRACIAS

¡Gracias por leer *Un tallo plateado y roto*! Espero que hayas disfrutado del viaje de Orlaith hasta aquí. Como sabéis muchos de vosotros, esta historia la soñé y no me ha abandonado desde entonces. Planeé la saga entera antes de escribir una sola palabra: fue como si me hablara directamente.

Los personajes. El mundo. Las relaciones.

Aunque el camino no ha hecho más que empezar, me ha encantado expandir la Línea de Seguridad y daros más que asimilar del mundo inventado en este libro. Sé que ya lo dije al final de *Un pétalo de sangre y cristal*, pero todavía queda mucha historia por contar. Orlaith aún debe curarse mucho, muchísimo, pero debe hacerlo por dentro y por fuera, y para ello antes debe romper las capas.

Pero lo conseguirá. Y, cuando florezca, será preciosa.

Una vez más, ¡gracias por leerme!

AGRADECIMIENTOS

No habría podido publicar este libro sin la ayuda de mi maravilloso equipo ni sin el apoyo interminable de mi familia.

A mis peques: gracias por tener tanta paciencia mientras mamá escribía su libro. Gracias por ser una fuente interminable de bromas, amor y abrazos.

The Editor & the Quill: Chinah, gracias por lo mucho que has vertido en esta historia. Gracias por tu amistad, por tu sabiduría y por tu atención al detalle. Gracias por hurgar hasta el fondo y por estar ahí a última hora de la noche y a primera de la mañana. Vas más allá del deber y soy muy afortunada de tenerte en mi vida.

Mamá: gracias por poner en pausa tu vida para estar a mi lado durante los meses previos a la publicación. No sé si lo habría logrado sin ti. Gracias por los esfuerzos que has hecho para ayudarme a pulir la historia y por sentir la misma pasión por ella que yo. Gracias por darme fuerza cuando a mí ya casi no me quedaba, por sacarme de las cenizas más de una vez, sacudirme el polvo, insuflarme vida y decirme que siguiera adelante.

Philippa: gracias por mudarte conmigo durante el último mes, cuando estaba en mi peor momento. Gracias por asegurarte de que nuestra familia siguiera siendo funcional hasta cuando básicamente dejé de existir. Gracias por cuidar de mis peques y por darme de comer y por cerciorarte de que ningún obstáculo me impedía llegar a la línea de meta. No tengo palabras suficientes para decirte lo agradecida que estoy.

Angelique: gracias por las horas que has pasado leyendo mi borrador. Gracias por tus sabias opiniones y por ser estar tan presente durante el proceso.

Brittani: gracias por tu amistad, por tus risas, por escucharme, por tu atención al detalle. Gracias por estar ahí hasta el (muy estresante) final. Por animarme cuando estaba de bajón y por tus maravillosos consejos durante todo el camino. Te quiero mucho.

Raven: gracias por acompañarme durante interminables horas en el tramo final, por estar siempre ahí para decirme que siguiera y por ser mi voz de la razón. Gracias por tu amistad y por el sinfín de carcajadas que siempre me animan. Te quiero infinito.

Josh, mi amor: gracias por apoyarme, por quererme y por creer siempre en mí. Gracias por hacer de padre y de madre en estos últimos meses que han precedido al lanzamiento de la novela. Eres increíble y tengo muchísima suerte de compartir la vida contigo.

A. T. Cover Designs: Aubrey, gracias por las maravillosas cubiertas. Gracias por meterte en cuerpo y alma en mis diseños y por ayudar a que esta historia cobrase vida visualmente. Tienes un talento increíble ¡y siempre me dejas boquiabierta con tus ilustraciones!

Y, por supuesto, gracias a mis fantásticos lectores, que me dan ánimos a diario. Veo las horas que invertís con vuestros dibujos, con vuestras teorías y dándole amor al libro, y me dais muchísima vida. ¡Me muero por escribir más para vosotros!

«Para viajar lejos no hay mejor nave que un libro».

EMILY DICKINSON

Gracias por tu lectura de este libro.

En **penguinlibros.club** encontrarás las mejores
recomendaciones de lectura.

Únete a nuestra comunidad y viaja con nosotros.

penguinlibros.club